Jörg Isringhaus

Ein fremder Feind

atb aufbau taschenbuch

Jörg Isringhaus, 1960 in Wuppertal geboren, studierte Germanistik und Geschichte. Seit 1992 ist er als Journalist tätig, seit 2000 für die Rheinische Post in Düsseldorf.

Im Aufbau Taschenbuch Verlag hat er bereits einen Thriller um den Geheimagenten Richard Krauss vorgelegt: »Unter Mördern«.

Während Hitler seine Feldzüge gegen Polen und Frankreich führt, versucht Richard Krauss, ein Deutscher im Dienste des englischen Geheimdienstes, sich auf sein neues Ziel vorzubereiten. Er will die ersten Männer des NS-Staates töten. Doch Heinrich Hansen, der neue Chef der Eliteeinheit »Söhne Odins«, durchkreuzt seine Pläne. Das Töten hat Hansen am Amazonas gelernt, auf einer geheimnisumwitterten Expedition von Nazi-Wissenschaftlern. Krauss und Hansen liefern sich einen erbitterten Kampf.

»Ein fremder Feind« verbindet historische Tatsachen wie die NS-Forschungsreise an den Rio Jary und die Wirren der ersten Kriegsmonate mit einer fiktiven Geschichte. Es geht um die Begegnung mit dem Fremden, den rassistischen Wahn der Nazis, um Rache, Liebe und die Suche nach Erlösung.

Jörg Isringhaus

EIN FREMDER FEIND

Thriller

atb aufbau taschenbuch

FSC
www.fsc.org
MIX
Papier aus verantwortungsvollen Quellen
FSC® C083411

ISBN 978-3-7466-2925-4

Aufbau Taschenbuch ist eine Marke
der Aufbau Verlag GmbH & Co. KG

1. Auflage 2013

Umschlaggestaltung capa design, Anke Fesel
unter Verwendung eines Motivs von ullstein bild
Druck und Binden CPI – Clausen & Bosse, Leck
Printed in Germany

www.aufbau-verlag.de

Für meine Familie

Ihr Nattern, ihr Schlangenbrut, wie wollt
ihr dem Strafgericht der Hölle entkommen?

(Matthäus, 23,33)

Januar 1940
Potsdam

Ein Windstoß weht feinen Schneestaub von den Bäumen, die Flocken glitzern im Mondlicht wie Lametta. Hansen ist zu sehr mit sich selbst beschäftigt, um die Kulisse wahrzunehmen. Er hat keinen Sinn für die Poesie der Natur, berauscht sich nur an seinem Triumph. Kostet den Moment aus, in dem er wieder ein Leben nehmen wird. Erst dann fühlt er sich selbst lebendig. Das Töten ist eine Kunst, die er über die Jahre perfektioniert hat. In ihm schlägt das Herz eines Jägers. Leider hat er zu lange gebraucht, um sich darüber klarzuwerden. Vergeudete Zeit. Wer weiß, ob er es jemals herausgefunden hätte, wenn der Dschungel nicht gewesen wäre. Dort ist er seinem wahren Ich begegnet. Hat sich befreit vom Korsett der Konventionen. Dort wurde er wiedergeboren. Als Sieger.

Heute trägt er auch die Uniform eines Siegers, den Waffenrock der SS. Hansen strafft die Schultern. Er fühlt sich wohl in seiner neuen Haut. Die Uniform legitimiert seine Taten. In ihr darf er seine Triebe ausleben. Töten. Herrschen. Er ist endlich da, wo er hingehört. Angekommen. Im Reich der Willkür. Des Wahnsinns. Des Kampfes. Warum es ausgerechnet der Dschungel war, der ihn so verwandelt hat, weiß er nicht. Es hätten auch die Berge sein können, vermutet er, oder eine einsame Insel, irgendeine Umgebung, die ihn mit sich selbst konfrontiert. Mit seinen Abgründen, seinen geheimsten Wünschen, seinen unerfüllten Träumen. Vielleicht verzeiht der Dschungel am wenigsten einen Fehler. Wenn er dort versagt hätte, stünde er jetzt nicht hier. Hansen kontrolliert seinen Atem, der in der Kälte zu Wölkchen kondensiert. Sein Herz schlägt eine Winzigkeit schneller als normal, aber das interpretiert er als Vorfreude. Auf das Geschenk, das dort im Schnee vor ihm kniet. Richard Krauss. Der große Krieger. Der Mann, vor dem sich alle fürchten. Nun nicht mehr als ein Häufchen Elend. Wartend auf die erlösende Hand seines Richters.

Er wendet sich Krauss zu. Vor diesem Mann hat Göring ihn gewarnt. Gedrillt in Deutschland, ein Elitesoldat, erbarmungslos und effektiv. Übergelaufen zu den Engländern, dann zurückgekommen nach Deutschland, um sich hier zu rächen an denjenigen, die ihn einst zu dem machten, was er ist. Hansen schaut fast mitleidig auf die verlorene Gestalt, von der keinerlei Gefahr mehr ausgeht. Noch vor ein paar Tagen waren die Rollen vertauscht, jagte Krauss Hansen durch Berlin. Wie leicht sich die Gunst des Schicksals manchmal wendet. Oft ist es eine Frage von Details, wer am Ende die Oberhand behält. Richard Krauss und Heinrich Hansen. Zwei Täter. Zwei Opfer. Ihre Begegnung besitzt etwas Zwangsläufiges. Sie sind füreinander bestimmt, denkt Hansen, und ohne die Zeit im Dschungel wäre er diesem Mann wohl hilflos ausgeliefert gewesen. So gesehen, hat alles einen tieferen Sinn. Es ist nur meistens unmöglich, ihn sofort zu erkennen.

Hansen richtet die Pistole auf Krauss. Der schaut ihn nicht einmal an, hält den Kopf gesenkt. Trotz der Kälte zittert Hansens Hand nicht. Er zielt, will Krauss ins Herz schießen. Nicht in den Kopf, das ist ihm zu gewöhnlich. Hansen will einen Blattschuss landen, Krauss buchstäblich das Herz zerreißen. Eine symbolische Geste zum Abschied.

»Bring es zu Ende«, sagt Krauss.

Aber Hansen ist trunken vor Euphorie, reizt es aus bis zum Anschlag.

»Weißt du, wie sie mich im Busch genannt haben?«, sagt er. »Ich war der Jäger. Der Meisterschütze. Weil ich nie danebengeschossen habe.«

Hansen spannt den Hahn. Es ist so weit.

ERSTER TEIL

1.
Brasilien

28. Oktober 1935
Über Guarupa

Die Welt war ein Dschungel. Bis zum Horizont erstreckte sich das Blätterdach, ein Meer aus Pflanzen, unwirklich in seiner bizarren Größe. Wenn Hansen die Augen zusammenkniff, sah er tatsächlich einen grünen Ozean, mit Wellen aus wogenden Wipfeln. Auch der Heinkel-Seekadett schaukelte knatternd im Wind, allerdings tausend Meter hoch über den Bäumen. Hansen saß hinten im zweisitzigen Doppeldecker, die Kamera im Anschlag. Seit drei Wochen flogen sie jetzt kreuz und quer über diesen endlosen Busch, fotografierten jede Lichtung, jedes Gewässer, jeden gottverdammten Strauch. Mein Gott, sehnte er sich zurück in die norddeutsche Heide, in offenes, ehrliches Land. Dieser Urwald erklärte jedem Fremden, der ihn betreten wollte, den Krieg. Noch nie hatte Hansen eine derart unzugängliche Natur erlebt. Dutzende Expeditionen waren hier, in den unwegsamen Wäldern Amazoniens, schon mit Mann und Maus verschwunden. Aber er hatte es ja nicht anders gewollt. Hatte sich möglichst weit weg gewünscht von zu Hause, in den hinterletzten Winkel der Welt. Dorthin, wohin ihm keiner folgen würde. Bis sich niemand mehr interessierte für ihn und das, was er getan hatte.

Hansen schauderte. Selbst wenn er andere zu täuschen vermochte, vor sich selbst konnte er nicht weglaufen. Auch hier, im brasilianischen Nirgendwo, trug er seine Taten mit sich herum. Wenigstens ahnte keiner seiner sogenannten Kameraden etwas von seinem Geheimnis. Ein Luftloch holte Hansen unsanft zurück in die Gegenwart. Wie er dieses Gerumpel hasste. Eingesperrt zu sein in diese klapprige Apparatur aus Holz, Draht und Metall, den Naturgewalten und einem Möchtegernpiloten ausgeliefert, in ständiger Angst vor einem Absturz. Heute steuerte Schulz-Kampfhenkel die Maschine, und ihm traute er weit weniger zu als Kahle, dem erfahrenen Kampfflieger. Schulz-Kampfhenkel war ein aufgeblasener Schnösel, ein Großmaul. Aber Hansen hütete sich davor, seine Meinung offen kundzutun. Ohne Schulz-Kampfhenkel wäre er nicht hier, hätte er nie die Gelegenheit bekommen, sich in diesem vergessenen Flecken des Planeten zu verkriechen. Hansens Gedanken schweiften ab, und er ließ es zu, weil die Erinnerungen an die Heimat ihm halfen, die Realität auszublenden.

Otto und er kannten sich aus gemeinsamen Berliner Schultagen. Stundenlang waren sie im Sommer durch die Wälder gestreift, hatten Frösche, Eidechsen und Insekten gesammelt, zwei Entdecker auf hochwissenschaftlicher Mission. Wobei Hansen eher an Otto als an der heimischen Fauna interessiert war; sein Mitschüler stammte aus wohlhabendem Haus, Hansen aus einer Arbeiterfamilie. Spinnen und Schaben kannte er zur Genüge aus den eigenen vier Wänden. Dem Getier in der Natur nachzustellen hielt Hansen für Zeitverschwendung. Aber er nahm es in Kauf, um der Tristesse seines Zuhauses zu entfliehen. In Buckow, auf dem opulenten Landsitz der Schulz-Kampfhenkels, durften sie sogar Kaninchen und manchmal ein Eichhörnchen schießen. Hansen hatte eine sichere Hand und ein gutes Auge; Ottos Vater bescheinigte ihm ein angeborenes Talent als Jäger und empfahl ihm, sich als Scharfschütze bei der Armee ausbilden zu lassen. Für Heinrich Hansen war es das Paradies, er wollte immer so weiterleben. Zwei Sommer lang blieben die beiden Jungen unzertrennlich. Bis Hansen Otto vor einem schlimmen Zusammenstoß bewahrte.

Es war ein regnerischer, verhangener Tag, die Sicht schlecht und der Boden matschig. Ein Graus für Spaziergänger, aber ideal, um Tiere aufzustöbern. Schulz-Kampfhenkel war wie immer beflissen bei der Sache, schaute in jeden Busch und unter jeden Stein. Hansen stand meist untätig herum, heuchelte angestrengt Interesse und glotzte, wenn sein Kamerad ihm den Rücken zuwandte, gelangweilt in der Gegend herum. Deshalb sah er die Wildsau zuerst. Sie kam wie aus dem Nichts auf sie zugaloppiert, den hässlichen Kopf angriffslustig gesenkt, die Schweinsaugen glotzten entschlossen. Hansen handelte instinktiv und stieß Schulz-Kampfhenkel aus der Bahn des tobenden Borstenviehs. Im gleichen Moment flog er selbst durch die Luft. Die Sau hatte ihn frontal überrannt. Hansen wusste, dass das Tier ihn übel erwischt haben musste, das sagte ihm der Schmerz in seinen Beinen. Tatsächlich hatten ihm die scharfen Hauer des Wildschweins das Fleisch aufgerissen.

Schulz-Kampfhenkel kümmerte sich sofort um ihn, versorgte notdürftig die Wunden seines Freundes, nicht ohne ständig nervös Ausschau zu halten nach der wütenden Sau. Aber das Vieh war nach dem Angriff verschwunden, zufrieden mit dem Respekt, den es sich verschafft hatte. Hansen war dem Tier fast dankbar. Es schien, als würden die bevorstehenden Lobpreisungen seiner Taten die ihm zugefügten Wunden um ein Vielfaches überwiegen. Hatte er dem jungen Otto doch viel Leid erspart, wenn nicht sogar das Leben gerettet. Heinrich Hansen war auf dem besten Weg, das ihm vorgezeichnete Schicksal eines Arbeiterjungen abzuwenden und ins Großbürgertum aufzusteigen, protegiert von der Fabrikantenfamilie Schulz-Kampfhenkel. Wunderbar rosig malte er sich seine Zukunft aus, doch sein Vater sah die Sache anders. Er verbot ihm die Streifzüge mit Otto, schimpfte auf dessen nachlässige Eltern, die ihre Kinder ohne Aufsicht unwägbaren Gefahren aussetzten. Alles Bitten und Flehen half nichts, Hansens Vater blieb hart. Vielleicht hätte er irgendwann dem Drängen des Patriarchen Schulz-Kampfhenkel nachgegeben, denn auch der setzte sich für die Freundschaft der Jungen ein, aber der alte Hansen nahm lieber eine Stelle in Hamburg an, seiner Geburtsstadt. Für die Freunde bedeutete das die endgültige Trennung – wobei Otto seinem Kumpel Heinrich versicherte, ihm ewig dankbar zu sein. Schon damals fasste Hansen den Vorsatz, diese Schuld eines Tages einzufordern.

Es sollte viele Jahre dauern, bis es so weit war. Die beiden Freunde hatten seit langem den Kontakt zueinander verloren. Einige Monate nach Hitlers Triumph aber fiel Hansen ein Buch in die Hände. »Das Dschungel rief« lautete der Titel, und Hansen hätte es sofort wieder weggelegt, hätte ihn nicht der Name des Autors förmlich angesprungen: Otto Schulz-Kampfhenkel. Es war, versicherte ihm der Buchhändler, ein ordentlicher Erfolg, aber Hansen brauchte nicht mehr überzeugt zu werden. Wieder daheim, quälte sich der ungeübte Leser durch die für seinen Geschmack arg pathetisch geratenen Zeilen. Sein alter Freund Otto hatte nichts von seiner Überheblichkeit verloren, eher eine Schippe draufgesattelt. Das Buch war eine Art exotischer Reisebericht, es schilderte Schulz-Kampfhenkels Expedition durch Liberia, wo er Tiere für den Berliner Zoo einfing. Otto hatte sich also nicht geändert, dachte Hansen, nur seine Streifzüge durch die Wälder von Buckow bis nach Afrika ausgedehnt. Zu dem Zeitpunkt bereute er es nicht mehr, den Freund aus den Augen verloren zu haben. Für Hansen war es ein unvorstellbarer Gedanke, durch einen afrikanischen Busch zu stapfen, ständig in der Gefahr, von Raubtieren oder Kannibalen zerfleischt zu werden. Er legte das Buch beiseite und dachte nur noch selten an Schulz-Kampfhenkel.

Aber die Zeiten änderten sich. Ein gutes Jahr später, als die unglückliche Sache mit Müller passiert war, suchte Hansen nach einer Möglichkeit, Deutschland für eine Weile zu verlassen. Zufällig fiel sein Blick auf Schulz-Kampfhenkels Buch, und er dachte, die Sache sei einen Versuch wert. Es war ein Schuss ins Blaue, doch Hansen hatte Glück. Er erkundigte sich bei alten Schulkameraden, ob diese etwas über Schulz-Kampfhenkels Pläne wüssten. Hansen erfuhr, dass sein alter Kumpel eine neuerliche Expedition vorbereitete, etwas Großes, hieß es, doch niemand kannte Einzelheiten. Hansen fasste sich ein Herz und bot Schulz-Kampfhenkel am Telefon seine Dienste an, egal wohin die Reise gehe. Sein alter Kompagnon zögerte zunächst, war unschlüssig ob dieser unerwarteten wie unliebsamen Begegnung mit der Vergangenheit, aber Hansen blieb hartnäckig. Er erzählte, wie sich seine Schießkünste verbessert hätten in den vergangenen Jahren und dass er in bester körperlicher Verfassung sei, ideal für eine Expedition in unwegsames Gelände und perfekt geeignet, um Schulz-Kampfhenkel vor den mannigfaltigen Gefahren, die dort unbestritten drohten, bestens zu beschützen. Kurzum: Hansen erinnerte seinen Gefährten aus Kindertagen an das Blut, das er für ihn vergossen hatte, und forderte dessen Dankbarkeit ein. Schulz-Kampfhenkel biss die Zähne zusammen und sagte zu.

Hoch über dem brasilianischen Urwald schüttelte Hansen den Kopf über sich selbst. Wie naiv er damals gewesen war. Er hatte Schulz-Kampfhenkel nicht einmal danach gefragt, wohin die Reise denn führen solle. Irgendwie war er immer von Afrika ausgegangen. Als ihm Otto bei ihrem ersten Treffen nach mehr als zehn Jahren eröffnete, dass ihr Reiseziel der Amazonas sei, blieb Hansen der Mund offen stehen. Afrika war ja schon schlimm genug, jedoch zum Glück größtenteils kolonialisiert und die meisten Wilden den Weißen ergeben zu Diensten. Aber von Amazonien wusste er so gut wie nichts. Nur dass der Dschungel dort größer war als Europa und bevölkert von bösartigen Pygmäen, die Eindringlinge am liebsten mit Giftpfeilen erlegten. Hansen erinnerte sich an Geschichten über einen Amerikaner namens Fawcett, der in den Zwanzigern mit seinem Sohn dort verschollen war – genauso wie mehrere Mannschaften, die seither nach ihm gesucht hatten. Eine Reise an den Amazonas war ein Himmelfahrtskommando.

»Na, Heinrich, jetzt machst du wohl doch einen Rückzieher«, hatte Schulz-Kampfhenkel amüsiert frohlockt.

Der spöttische Blick seines alten Schulfreundes war Hansen allein Grund genug, ihm keinerlei Genugtuung zu verschaffen. Außerdem waren alle Argumente gegen das Reiseziel rein hypothetisch. Eine bessere Gelegenheit, aus Deutschland zu verschwinden, würde er so leicht nicht bekommen. Dementsprechend fiel seine Antwort aus.

»Ich denke nicht daran«, sagte Hansen mit einem süffisanten, trotzigen Lächeln. Dennoch war da etwas, was die beiden Männer zusammenhielt, ein dunkles, geheimnisvolles Band, geknüpft im Dunst regendurchtränkter Wälder.

Schulz-Kampfhenkel hielt seinen wiedergefundenen Kameraden vorerst auf Distanz, fühlte sich nicht zu Unrecht moralisch erpresst. Hansen erfuhr nur in groben Umrissen von den Plänen, musste sich einiges selbst zusammenreimen. Ziel der Reise war der Rio Jary, ein Nebenfluss des Amazonas auf brasilianischem Territorium. Wie in Liberia sollte Schulz-Kampfhenkel für heimische Zoos die Pflanzen- und Tierwelt erkunden, außerdem Erkenntnisse über die am Jary lebenden, noch wenig erforschten Indio-Stämme gewinnen. Schulz-Kampfhenkel sprach davon, einen Film drehen zu wollen, und dafür brauche er unbedingt Bilder von halbnackten Waldmenschen. Neben Hansen waren noch zwei weitere Deutsche mit von der Partie: Gerd Kahle, ein erfahrener Pilot, und Gerhard Krause, ein Flugzeugingenieur. Beide hatte Schulz-Kampfhenkel über seine guten Drähte zur Partei und zur Regierung verpflichten können. Voller Argwohn nahm Hansen die Nähe seines neuen Chefs zur NSDAP zur Kenntnis; er befürwortete zwar deren Eintreten für die Rechte des deutschen Arbeiters und hoffte darauf, Hitler würde dem Land wieder mehr Geltung in der Welt verschaffen, fürchtete aber gleichzeitig den langen Arm der Partei. Sie besaß Mittel und Wege, diejenigen aufzuspüren, die gegen Recht und Gesetz verstoßen hatten.

Richtig ins Grübeln geriet Hansen, als die kleine Expeditionsschar in den Heinkel-Werken unter fachkundiger Anleitung ein Wasserflugzeug aus vorgefertigten Einzelteilen zusammenmontieren musste. Auf dem Leitwerk des Seekadetten HE 72 prangte unübersehbar ein Hakenkreuz. Hier ging es um mehr als nur um Tiere und Wilde, dachte Hansen sofort. Im gleichen Maße, wie ihn dieser Umstand beunruhigte, faszinierte er ihn. Denn die Wahrscheinlichkeit, dass es sich bei diesem »mehr« um etwas handelte, von dem er profitieren konnte, war groß. Hansen hatte nur eine vernünftige Erklärung: Schulz-Kampfhenkel suchte – unter dem Deckmantel des zoologisch interessierten Wissenschaftlers – nach den im Dschungel Amazoniens versteckten Goldschätzen. Nach dem sagenumwobenen Eldorado. Alle suchten danach. Warum nicht auch Hitler? Nur deshalb stellte man Schulz-Kampfhenkel ein Flugzeug zur Verfügung und die Crew gleich dazu, nur deshalb unterstützten ihn die Regierung und große Firmen. Hansen beschloss, sich noch vor ihrer Abfahrt schlauzumachen über die Legenden, die sich um das Gold des Amazonas rankten. Er wollte nicht unvorbereitet sein, wenn es so weit war. Vor allem aber wollte er verhindern, dass Schulz-Kampfhenkel ihn austrickste. Als sie die Einzelteile des Seekadetten wieder einpackten, strich Hansen fast zärtlich mit der Hand über das Hakenkreuz. In dem Moment war er überzeugt davon, dass er auf das richtige Pferd gesetzt hatte.

Gerade allerdings bockte der Seekadett mal wieder so gewaltig, dass Hansen den Haltegriff vor sich verzweifelt umklammerte. Eigentlich war er kein ängstlicher Typ, doch das Gerüttel machte ihn allmählich mürbe. Wieso flog Schulz-Kampfhenkel nicht niedriger? Hansen hatte den Eindruck, dass große Höhen dem leichten Doppeldecker nicht bekamen. Wieder schüttelte sich die Maschine, aber diesmal liefen die Vibrationen durch den Rumpf. Irgendetwas war anders als vorher. Hansen spürte ein Flattern in der Magengrube. Er sah, wie Schulz-Kampfhenkel einen Meter vor ihm nervös an einigen Schaltern herumhantierte. Verdammt, dachte Hansen.

»Was ist los?«, schrie er gegen den Wind. Schulz-Kampfhenkel reagierte nicht. Aber es war ohnehin fast unmöglich, sich in der Luft zu verständigen. Wieder ruckelte das Flugzeug. Hansen lauschte auf das Geräusch des Motors. Es hatte sich verändert, der Propeller lief nicht mehr rund. Schulz-Kampfhenkel drehte sich halb zu ihm um.

»Irgendetwas stimmt hier nicht«, brüllte er. »Das Öl ist zu heiß!«

Was bedeutete das? Hansen fühlte sich hilflos. Mussten sie das Öl jetzt kühlen? Und wie sollten sie das anstellen, tausend Meter über dem Boden? Panisch starrte er auf den Motor, als könne er ihn mit seinem Blick dazu bewegen, seine Arbeit ordentlich zu tun. Die Maschine dachte nicht daran. Stattdessen musste Hansen mit ansehen, wie der Kolben laut knallend eine schwarze Rauchwolke ausstieß und danach verstummte. Mit einem Mal herrschte eine unfassbare Stille. Hansen hörte nur noch das Rauschen des Windes. Es fiel ihm schwer zu glauben, was gerade geschehen war. Der Seekadett senkte seine Nase Richtung Urwald. Das kann nicht wahr sein, dachte Hansen.

»Halt dich fest«, schrie Schulz-Kampfhenkel hektisch von vorn. Hansen kramte sein fliegerisches Wissen zusammen.

Solange die Strömung an den Tragflächen nicht abriss, würden sie nicht wie ein Stein zu Boden fallen. Schulz-Kampfhenkel hatte also das einzig Richtige getan: Er drückte den Seekadett runter, um Tempo zu machen. Auf diese Weise segelten sie und blieben einigermaßen manövrierfähig. Hansen suchte hektisch die Landschaft ab. Alles Segeln würde ihnen nichts bringen, wenn sie den Fluss nicht fanden. Der Seekadett war ein Wasserflugzeug mit Schwimmern anstelle von Rädern. Sie brauchten Wasser, um zu landen. Ein paar Kilometer voraus entdeckte Hansen ein breites, braunes Band, das den Dschungelteppich unter ihnen durchbrach. Der Amazonas. Schulz-Kampfhenkel hatte den Strom auch gesehen, steuerte darauf zu. Der Rest war zumindest zum Teil reine Physik: Waren sie hoch genug, um im Sinkflug bis zum rettenden Fluss zu kommen? Hansen hätte gern gebetet, wenn er dem irgendeine Bedeutung beigemessen hätte, aber so blieb ihm nichts, als untätig zu bangen. Unter anderen Umständen wäre der Flug ohne das lästige Motorengebrüll sogar angenehm gewesen, dachte er. Jetzt aber segelten sie lautlos ins Verderben. Aller Wahrscheinlichkeit nach würde er also fern der Heimat in einem feuchten Urwald verrotten. Hansen schalt sich einen Narren. Er hatte gewusst, dass es so kommen würde, und ein Teil von ihm hatte es genau so gewollt. Der andere Teil aber schrie, als er die Baumwipfel bedrohlich näher kommen sah. Er bereitete sich auf den Aufprall vor. Die Schwimmer, so schien es ihm, streiften gleich die ersten, vorwitzig nach oben gereckten Blätter. Da waren plötzlich Häuser unter ihnen. Das musste Guarupa sein, da wollten sie hin, Station machen auf dem Weg zurück zum Rio Jary. Dann flogen sie über den braunen Strom, der hier so breit war wie ein See. Hansen jubelte, riss die Arme hoch. Schulz-Kampfhenkel blieb stumm. Er hatte zu tun. Noch war es nicht geschafft. Sie hatten keine Gelegenheit, eine günstige, von Wirbeln und Treibgut freie

Stelle zum Landen auszukundschaften. Die Maschine musste runter, komme, was wolle. Schulz-Kampfhenkel flog eine Linkskurve in Richtung Ufer, zog die Nase leicht hoch. Vom Ufer winkten ihnen Menschen zu. Sie ahnten nichts von der Not der beiden Flieger. Hansen zog den Kopf ein und klammerte sich fest. Er hatte gesehen, wie unruhig das Wasser war. Nicht gut, dachte er. In dem Moment setzte der Seekadett auf. Sanft zunächst. Hansen hob begeistert den Kopf. Der Doppeldecker schaukelte auf den Wellen, hatte noch Fahrt.

»Du bist ein Teufelskerl, Otto«, rief Hansen seinem Piloten zu. Plötzlich krachte es heftig, und Hansen knallte mit der Stirn gegen die kleine Windschutzscheibe vor sich. Das Flugzeug kippte langsam zur linken Seite weg. Sie hatten ein Hindernis touchiert, vielleicht einen Baumstamm. Hansen öffnete seinen Gurt und kletterte hastig aus dem hinteren Sitz in Richtung des anderen Schwimmers. Auch Schulz-Kampfhenkel stemmte sich hoch, benutzte die Takelage der Tragflächen, um sich festzuhalten. Beide Männer balancierten auf der rechten Seite des Rumpfs, während der Seekadett nach links umkippte und von der Strömung fortgetrieben wurde.

»Wir saufen ab!«, analysierte Hansen aufgeregt die Lage.

»Nur wenn wir in den Fluss springen«, antwortete Schulz-Kampfhenkel. »In der Strömung haben wir keine Chance, mit den Stiefeln schon gar nicht.«

Er hat recht, dachte Hansen. Die Stiefel waren aus Rindsleder, außerdem schwamm er so unbeholfen wie ein Esel. Der Seekadett schien sich in einer stabilen Seitenlage zu befinden, eine Tragfläche keck in die Höhe gereckt. Vorläufig waren sie hier sicher. Aber wohl nicht allzu lange.

»Da!«, rief Schulz-Kampfhenkel und wies mit der Hand in Richtung des Ufers, das mittlerweile bestimmt weit mehr als zwei Kilometer entfernt lag. Vor den Häusern des Dorfes erkannten sie mehrere Punkte auf den Wellen. Kanus, hoffte

Hansen. Ihre Retter waren unterwegs. Aber die Freude währte nicht lange. Der Seekadett ruckte und sank ein paar Zentimeter tiefer in die braunen Fluten. Die beiden Männer sahen sich erschrocken an.

»Viel Zeit bleibt uns nicht«, bilanzierte Hansen. Schulz-Kampfhenkel nickte. Es gab wenig zu sagen. Sie starrten in Richtung der Kanus, die in den vergangenen zehn Minuten nicht nennenswert näher gekommen waren. Schulz-Kampfhenkel fluchte.

»Strömung und Wellengang sind zu stark. Das wird nichts.«

Die beiden Männer trieben mit dem Seekadett raus auf den Amazonas, der hier an die sechs Kilometer breit sein mochte. Die Caboclos, wie sich die Einheimischen nannten, mussten schon ein höllisches Tempo anschlagen, um die Havaristen einzuholen. Hansen teilte die Skepsis seines Chefs. Sie würden von der Strömung mitgerissen werden und in dieser stinkenden Brühe versinken. Und niemand würde ihnen eine Träne nachweinen.

Schulz-Kampfhenkel schirmte die Augen mit der Hand vor der gleißenden Mittagssonne ab, spähte in Richtung ihrer Retter, als könne er sie kraft seines Blickes zu sich herüberziehen. Er murmelte vor sich hin, feuerte sie leise an. In Hansen stieg nach der anfänglichen Erleichterung und dem ersten Schrecken allmählich Wut auf seinen sogenannten Expeditionsleiter hoch. Otto Schulz-Kampfhenkel war kein Teufelsbraten, sondern ein Schwachkopf; ihre glückliche Landung reiner Zufall, der die Zeit bis zu ihrem unaufhaltsamen Ableben nur verlängerte.

»Sie schaffen es, Heinrich«, triumphierte sein Chef. »Diese wunderbaren braunen Kerle kommen näher.«

Hansen folgte Schulz-Kampfhenkels Blick. Kein Zweifel, die Caboclos waren jetzt deutlich zu erkennen. Es mussten an die zehn Einbäume sein. Die Männer paddelten wie verrückt, pflügten regelrecht durch die Wellen. Nur noch wenige Minuten, und sie würden bei ihnen sein.

»Du hast recht«, sagte Hansen.

Eine Viertelstunde später waren die Einheimischen in Rufweite. Sie bellten in ihrer weichen Sprache Kommandos, die Hansen nicht verstand. Schulz-Kampfhenkel aber nickte und wedelte mit dem Arm. Einer der Männer warf ihm ein Seil zu. Schulz-Kampfhenkel wickelte es um die Verstrebungen der Tragflächen.

»Sie wollen uns abschleppen«, rief er Hansen zu. Der hatte aber auch kapiert, was zu tun war. Ein zweites Kanu kam längsseits, wieder flog ein Seil herüber. Geschickt verzurrten die Brasilianer nach und nach das Flugzeug. Offensichtlich hatten sie den Ehrgeiz, das Wrack ans Ufer zu bringen. Schulz-Kampfhenkel und Hansen mussten in ein Kanu umsteigen. Am Heck der Einbäume, die den Seekadett zogen, standen Männer mit Macheten, bereit, die Seile zu kappen, falls die Maschine sie in die Tiefe zu reißen drohte. Hansen war froh, im sicheren Boot zu sitzen; gleichzeitig ärgerte er sich darüber, dass die Caboclos jetzt Oberwasser hatten und sich garantiert über sie lustig machten. Aber er durfte sich seinen Zorn nicht anmerken lassen. Sie brauchten die Männer noch.

Auf der Rückfahrt legten sich die Caboclos mindestens genauso ins Zeug wie eine Stunde zuvor. Allerdings war es selbst ihnen unmöglich, die schwere Fracht gegen die Strömung des Amazonas zum Dorf zu bringen. So erreichte der schwimmende Tross das Ufer ein gutes Stück flussabwärts, weit jenseits der ersten Häuser. Sie landeten auf einer von der Ebbe freigelegten Schlammbank.

Schulz-Kampfhenkel legte Hansen eine Hand auf die Schulter.

»Wir müssen den Seekadett auseinanderbauen, bevor die Flut kommt«, sagte er. »Sonst ist er verloren.« Hansen nickte.

Otto hatte recht. Sie mussten die Strapazen ignorieren und das Flugzeug retten. Mit dem Werkzeug an Bord und der Hilfe der Caboclos würde es ihnen gelingen, die Maschine in ihre Einzelteile zu zerlegen. Alle packten mit an; unter Schulz-Kampfhenkels Anleitung schraubten sie an dem Doppeldecker herum, bis die Dunkelheit hereinbrach. Das Gröbste hatten sie geschafft, Motor, Tragflächen und Rumpf in den Kanus verteilt. Bei der Demontage entdeckten sie die Ursache des Kenterns, den zersplitterten linken Schwimmer. Das eindringende Wasser hatte den Seekadett auf die Seite kippen lassen.

Als alles verstaut war, ruderte Schulz-Kampfhenkel mit einigen Caboclos nach Guarupa, um von dort nach Hilfe zu telegrafieren. Hansen sollte mit dem Rest der Männer das Flugzeug bewachen. Es wäre zu riskant gewesen, mit allen Booten in der Dunkelheit über den Amazonas zu fahren. Bei dem Gedanken daran, den Moskitos schutzlos ausgeliefert zu sein, rebellierte Hansen innerlich. Aber er wollte sich nicht gegen Schulz-Kampfhenkels Befehle auflehnen. Noch nicht. Hansen setzte sich auf die Außenwand des Kanus, in dem das Leitwerk des Seekadetten untergebracht war. Mit gemischten Gefühlen sah er zu, wie sein ehemaliger Schulfreund und jetziger Expeditionsleiter im schwindenden Licht davonpaddelte. Als er wieder aufstand, fiel sein Blick auf das schwarze Hakenkreuz, das vorhin noch mutig den Himmel durchschnitten hatte, jetzt aber traurig auf den Abtransport wartete. Vielleicht, sinnierte Hansen, stand ihre Reise doch unter einem schlechteren Stern, als er gedacht hatte.

2.
Berlin

13. September 1939
Wohnung der Weinbergs

Jeder Atemzug schnitt in Krauss' Lunge wie ein schrundiger Eiszapfen. Trotzdem rannte er weiter. Er wusste, dass sie ihn nicht einholen durften. Das wäre sein Ende. Krauss hörte die Stimmen hinter sich, verhaltene Rufe, die immer näher kamen. Ein paarmal war er auf dem hartgefrorenen Boden gestolpert, hatte wertvolle Zeit verloren. So würde er es nie schaffen, seine Verfolger abzuschütteln. Er kämpfte gegen seine Müdigkeit an, gegen die Schmerzen in seiner Brust, in seinen Beinen. Weil sein Bruder niemals aufgeben würde. Edgar jagte ihn wie ein angeschossenes Wild, unerbittlich, unbeirrt, wenn es sein musste, bis ans Ende der Welt. Krauss zwang seine Beine, ihm zu gehorchen, zwang sie, diesen nicht enden wollenden Acker zu überqueren, ihn endlich in den Schutz des Waldes zu bringen. Doch so schnell er auch lief, die Bäume rückten nicht näher. Dafür wurden die Stimmen hinter ihm lauter. Krauss blickte nicht zurück, nur nach vorn. Er spürte, wie Angst ihm die Kehle abschnürte. Der Acker, der Himmel, der Wald, die Schreie, all das erzeugte einen Sog, der ihn schwindeln ließ. Er stürzte, fiel auf die trockene Krume. Krauss hörte, wie Edgar hinter ihm lauthals triumphierte. Edgar. Sein Bruder. Hannas Mörder. Krauss war zu schwach, sich ihm entgegenzustellen. Diesem abgrundtiefen Hass, dieser Wut, diesem unstillbaren Durst auf Blut.

Plötzlich war Edgar über ihm, presste Krauss mit dem Gesicht in den Dreck. »Hab ich dich, du Schwein!«, brüllte sein Bruder und drückte ihm das Knie in den Nacken. Krauss hatte nicht die Kraft, um sich zu befreien. Nun war auch der Rest seiner gesichtslosen Verfolger angekommen, zerrte an ihm, schlug auf ihn ein, den Rücken, die Arme, die Beine. Schmerz- und Panikwellen liefen durch seinen Körper. Das hier würde er nicht überleben. Eine Stimme tief in ihm sagte, dass er es verdient habe. Dass er keinen Deut besser war als seine Jäger, ein Mörder und Menschenschinder war wie sie, dass er hier und jetzt seine Bestimmung finde.

Edgar riss den Kopf seines Bruders hoch und spuckte ihm ins Gesicht. »Du hast das deutsche Volk entehrt und deine Familie dazu. Du bist es nicht wert, unter uns zu leben«, geiferte er. Krauss wollte etwas erwidern, aber Edgar schlug ihm mit dem Handrücken hart auf die Lippen. Ein metallischer Geschmack breitete sich in Krauss' Mund aus. Die Männer zerrten ihn hoch. Krauss erkannte jetzt vertraute Gesichter, Bensler und Grünberg waren darunter. Er erinnerte sich an sie, aber in einem anderen Zusammenhang. Etwas war falsch.

Alle starrten ihn giftig an, drehten seinen Kopf so, dass er sehen konnte, was auf ihn wartete. Krauss traute seinen Augen nicht. Sie hatten ein Grab ausgehoben, in dem steinharten Boden, in Windeseile. Während er sich fragte, wie das denn sein konnte, stießen sie ihn schon hinein in das tiefe Loch. Er lag auf dem Rücken, unfähig, sich zu rühren, neben sich aufragend Wände aus winterhartem Lehm, über sich der graue Himmel, der eisige Tränen in sein Grab schickte. Edgar und die anderen Männer blickten vom Rand der Grube verächtlich auf ihn herunter. Sie hielten Schaufeln in ihren Händen.

»Deine Zeit ist vorbei«, sagte Edgar, »nun musst du bezahlen für deine Taten. Für den Mord an deinem Blut.«

Während Edgars Worte langsam in Krauss' Verstand sickerten, schaufelten die Männer frische Erde auf ihn. Sie lachten. Krauss wollte protestieren, da traf ihn ein Schwall mitten ins Gesicht. Er schrie. Wieder prasselte matschiger Lehm auf ihn herab, bedeckte seinen Körper, seinen Kopf. Krauss bekam kaum noch Luft, öffnete den Mund, um zu atmen, schluckte aber nur schwarze, kalte Erde …

Krauss öffnete die Augen. Er keuchte. Seine Zunge war ein trockener, geschwollener Lappen. Sein Kopf glühte, sein Körper zitterte vor Kälte. Alle Glieder schmerzten. Es schien Krauss, als liege eine tonnenschwere Last auf ihnen, so mühsam war es, sie zu bewegen. War das die Hölle, ein willenloses Vegetieren in einer Zwischenwelt? Er versuchte sich zu orientieren, den Nebel in seinem Bewusstsein zu lichten. Aber es fiel ihm schwer, etwas wahrzunehmen, sowohl mit seinen Augen als auch mit seinem Verstand. Träumte er? Nein. Er hatte geträumt, gerade eben, einen schrecklichen Traum, in dem sein Bruder ihn lebendig begrub. Edgar. Sein Bruder Edgar. Krauss schluckte, sein Hals brannte wie Feuer.

Edgar war der Tote, nicht er. Jetzt war alles wieder da. Der See, die Badeinsel, Hannas Waffe, die er trocken durchs Wasser brachte, um sie Edgar an den Kopf zu setzen. Die Waffe, mit der Edgar Hanna erst gefoltert und dann getötet hatte. Krauss entwich ein Seufzer. Er hatte Edgar getötet, ihm in die Stirn geschossen, seine Augen brechen sehen. Gewartet, bis der Körper seines toten Bruders wegsackte, haltlos auf die Planken schlug, nur noch Hülle war. Er hatte sich diesen einen Moment der Genugtuung gegönnt, den Triumph seiner gepeinigten Seele, aber nichts anderes gespürt als eine entsetzliche Leere. Bevor er sich selbst erlösen konnte, trafen ihn die vom Ufer abgefeuerten Kugeln. Von da an wollte sein Gedächtnis nichts mehr preisgeben. Er erinnerte sich nicht einmal mehr an die Zahl der Einschläge. Alles war wie ausgelöscht. Genau so hatte er es sich gewünscht, nur für immer. Die Gnade ewiger Dunkelheit, das Auflösen im Nichts. Und nun das.

Er war zurück im Licht, im Leben, aber er wusste nicht,

warum. Wusste überhaupt nichts. Weder, wo er war, noch, wie man ihn hergebracht hatte. Krauss zwinkerte, versuchte sich zu konzentrieren, die Bilder auf seiner Netzhaut zu verstehen. Er lag nicht in einem Grab, sondern in einem schmalen, hohen Raum, vielleicht einen halben Meter breiter als sein Bett. Wände und Decke waren weiß. Wenn er mehr erfahren wollte, musste er seinen Kopf bewegen. Vorsichtig drehte er ihn nach links. Es funktionierte, wenn auch unter Schmerzen. Neben ihm hing ein Infusionsbeutel mit einer klaren Flüssigkeit an einem Ständer. Ein Schlauch führte von dem Beutel in Richtung seines linken Armes. Er war in einem Krankenhaus. Die Schweine hatten ihn gerettet. Aber das ergab keinen Sinn. Warum sollten sie das tun? Um ihn vor ein Kriegsgericht zu stellen? Wollten sie den Aufenthaltsort des Jungen aus ihm herauspressen? Dann hätte Göring seine Finger mit im Spiel haben müssen. Edgars Männer waren nur darauf aus, ihn zu töten, nachdem er ihren Anführer erschossen hatte. Sie hätten ihr einmal begonnenes Werk an ihm vollendet. Krauss verstand es nicht.

Seine Augen folgten dem Schlauch. Er zuckte zusammen. Neben dem Bett zu seinen Füßen saß Hanna auf einem Stuhl. Sie hatte sich ein Kissen in den Nacken gedrückt und war eingeschlafen. Tränen stiegen ihm in die Augen. Also hatte er es doch geschafft, wenn auch auf ihm unverständliche Weise. Hanna und er waren wieder vereint. Krauss wollte ihren Namen aussprechen, aber aus seiner Kehle kam nur ein Krächzen. Hanna öffnete die Augen, sprang auf und beugte sich über ihn.

»Sie sind aufgewacht, Herr Krauss«, sagte sie, erschrocken und erleichtert zugleich.

Er hätte es besser wissen müssen. Die Frau war nicht Hanna. Sein vernebelter Verstand hatte ihm ein Wunschbild vorgegaukelt. Die Frau hatte Hannas Haare, dieses seidig schimmernde Braun, das er so liebte. Aber ihre Augen waren grün und ihre Gesichtszüge Krauss völlig unbekannt. Er wollte sie fragen, was es mit ihm auf sich hatte, gurgelte aber nur unverständliches Zeug. Die Frau legte einen Finger sacht auf seinen Mund.

»Versuchen Sie, nicht zu sprechen, Herr Krauss«, flüsterte sie mit weicher Stimme. »Sie müssen sich Ihre Kräfte aufsparen, jetzt, wo Sie wieder bei Bewusstsein sind.«

Sie griff hinter das Kopfende seines Bettes und hantierte dort herum. Dann betupfte sie ihm mit einem feuchten Waschlappen den Mund, wischte ihm wie einem Kind zart über Wangen und Stirn. Sie war zwar nicht Hanna, aber bestimmt ein Engel, dachte Krauss. Ihre grünen Augen ruhten auf ihm, begutachteten kritisch seine Verfassung. Er bemerkte einen leichten Schimmer, ein skeptisches, kaum wahrnehmbares Flirren in ihren Pupillen. Es stand nicht gut um ihn.

»Sie haben viel Blut verloren. Und Sie haben hohes Fieber. Sie müssen kämpfen, Herr Krauss.« Sie lächelte. Es sollte ihn aufmuntern, aber er sah die Angst darin, das Mitleid.

»Kämpfen Sie, Herr Krauss«, beschwor sie ihn. »Kämpfen Sie.«

Er war es so leid, das Kämpfen. Weil er nichts anderes kannte. Sein ganzes Leben war ein Kampf. Um Anerkennung, um Respekt, um Liebe. Um sein Seelenheil. Verfluchtes Kämpfen. Wieder schweifte sein Verstand ab, ließ ihn abtauchen in eine verdrängte Zeit, in die letzten Jahre der Republik, bevor das große Morden begann. Krauss feierte mit Edgar die Aufnahme in die SA, Hitlers Sturmabteilung. Sein Bruder war mit fünfundzwanzig bereits zum Rottenführer aufgestiegen, hatte ihn mit seiner Begeisterung für die Sache angesteckt. Und mit seinen deftigen Berichten von abenteuerlichen Einsätzen. Von Saalschlachten in verrauchten Spelunken. Von wilden Treibjagden in dunklen Gassen. Für den zwei Jahre jüngeren Krauss hörte sich das verlockend an. Auch er wollte dort sein, wo etwas passierte, wo die Weichen gestellt wurden für eine neue Zeit. Er folgte Edgar, der ihm den Boden bereitet hatte. Jetzt feierten sie, Arm in Arm, berauscht vom Alkohol und dem Gefühl, dass die Zukunft ihnen gehörte. Edgar hatte Krauss ein Braunhemd besorgt und eine Kampfbinde, das rote Armband mit Hakenkreuz. Krauss war begeistert, Teil von etwas Großem zu sein. Noch mehr aber freute er sich darüber, dass sein Bruder so stolz auf ihn war. Krauss hatte seinen Platz in Edgars Herz zurückerobert, hatte sich neben die Partei gedrängt, die seit vielen Monaten alles Sinnen und Trachten seines Bruders zu beherrschen schien.

In dem Lokal war er noch nie gewesen, Edgar hatte ihn hierhin geschleppt. Es war vornehmer als die Gaststuben, die Krauss normalerweise bevorzugte, wenn er in seinen jungen Jahren überhaupt mal eine betrat. Einige der Besucher beäugten sie abschätzig. Braunhemden waren nicht überall gerne gesehen, schon gar nicht in angetrunkenem Zustand. Hitler galt vielen als Störenfried, der die öffentliche Ordnung gefährdete. Krauss und sein Bruder wirkten zudem wie Abziehbilder der von Hitler propagierten arischen Rasse, sie waren beide blond, groß und einigermaßen athletisch. Sie strahlten Überlegenheit aus.

»Noch bist du nicht wirklich einer von uns, Brüderchen«, sagte Edgar, den Arm besitzergreifend um die Schultern seines jüngeren Bruders gelegt. »Ich habe was vor mit dir heute Nacht. Lass mich bloß nicht hängen, Richard.«

Edgars tiefblaue Augen ruhten auf Krauss, der den Blick etwas irritiert erwiderte, verunsichert von dem plötzlich ernsteren Unterton. In der Schule hatte eigentlich er als der Furchterregendere der beiden Brüder gegolten, weil seine Augen von einem viel helleren, klaren Blau waren, das sein Gegenüber kalt zu durchbohren schien. Aber Krauss wusste, dass Edgar in Wahrheit der Härtere von ihnen war und dass hinter seiner warmherzigen Art ein Abgrund schlummerte.

»Siehst du den Kerl dort an der Theke?«, fragte Edgar seinen Bruder und zeigte mit einer Kopfbewegung auf einen unauffälligen, mittelgroßen Mann, der dort einen Kaffee trank. Ab und zu starrte er ängstlich in Richtung der Braunhemden. Krauss nickte.

»Das ist ein Jude«, fuhr Edgar fort. »Ich kenne ihn. Er ist einer von denen, die unser Volk in den Abgrund ziehen. Das dürfen wir ihm nicht durchgehen lassen.« Krauss' gute Laune bekam Risse. Edgar hatte ihn gezielt hierhin geführt, um ihn zu prüfen. Der Mann trank seinen Kaffee aus, bezahlte und verließ das Lokal. Edgar packte seinen Bruder am Oberarm und zog ihn vom Stuhl.

»Los, komm!«, befahl er.

Sie stürmten aus dem Lokal, ohne zu bezahlen. Die Luft draußen war kühl und klar, eine Wohltat nach dem verqualmten Wirtshaus. Etwa hundert Meter vor ihnen bog der Mann um eine Ecke. Edgar schaute Krauss an und lachte wild.

»Den schnappen wir uns«, sagte er und rannte los. Krauss lief mit, den Kopf voll düsterer Ahnungen. Aber es gab kein Zurück, er hatte es so gewollt. In wenigen Sekunden hatten sie die Ecke erreicht, hinter der der Mann verschwunden war. Sie sahen ihn sofort, er war nicht weit gekommen. Es war nicht nötig, zu rennen, sie würden ihn auch so einholen. Edgar und sein Bruder beschleunigten ihren Schritt, schlossen auf. Die Gegend war am Abend wie ausgestorben. Edgar wusste, was er tat. Als sie den Mann fast erreicht hatten, drehte dieser sich erschrocken zu ihnen um.

»Judensau!«, schrie Edgar und schlug dem Mann unvermittelt mit der Faust ins Gesicht. Sein Opfer taumelte und stürzte zu Boden. Edgar packte Krauss an der Schulter.

»Zeigen wir dem Schwein, was ihn in Deutschland erwartet!«

Er trat dem vor ihm liegenden Mann, der sich die Hände vors Gesicht hielt und vor Schmerzen stöhnte, in den Brustkorb.

»Mach ihn fertig!«, geiferte Edgar. In Krauss gärte die Wut, auf sich selbst, auf Edgar und auf den hilflosen Juden, der vor ihm lag. Es gab keinen Ausweg, weder für ihn noch für den Kerl am Boden. Sie hatten beide gewusst, worauf sie sich einließen. Krauss trat zu, erst zögerlicher, dann heftiger. Sein Opfer schrie, würgte aber bald nur noch. Edgar feuerte seinen Bruder an. Irgendwo ging ein Fenster auf, jemand rief nach der Polizei. Edgar zog Krauss weg. Sie rannten die Straße runter, so schnell sie konnten, Edgar lachte und schlug ihm im Laufen auf die Schulter. Krauss sah seinen Bruder nicht an, starrte nur auf den Weg; in seinen Augen brannten trockene Tränen.

Kämpfen. Immerzu. Stärke zeigen, die Schwachen ausrotten. Das Gesetz der Auslese umsetzen. Krauss schluckte. Er träumte nicht mehr. Das hier war die Wahrheit, seine unselige Vergangenheit. Seine Bürde. Diese Schuld abzutragen war seine Aufgabe. Weil er irgendwann begriffen und etwas gefunden hatte, wofür sich das Kämpfen lohnte. Krauss sah die unbekannte Frau an, die ihn an Hanna erinnerte. Hanna, seine einzige Liebe. Er dachte an ihre Augen, ihr Lächeln, ihren Gang. Ihr offenes, selbstbewusstes Wesen. Ihre Fähigkeit, das Gute aus den Menschen herauszuholen. Ihre Entschlossenheit, ihre Stärke. Sie war jeden Kampf wert gewesen. Für sie hatte er sich in die Schlacht geworfen, für sie und das Kind. Hitlers heimlichen Sohn. Gezeugt mit einer Frau, die in den Augen des Führers nur eine Brutmaschine war. Sie hatte nur diesen einen Zweck zu erfüllen, danach hörte und sah niemand mehr etwas von ihr. Hanna sollte stattdessen das Baby pflegen, Krauss es beschützen. Aber Hanna ertrug den Gedanken nicht, dass Hitler seinem Jungen die Kindheit stehlen, dass er ihn vorbereiten wollte auf größere Aufgaben. So waren sie beide mit dem Kind geflohen, um es vor einer schrecklichen Zukunft zu bewahren. Sie hatten gewusst, dass es schwer werden würde. Er dachte an das Dorf in Frankreich, in dem sie Unterschlupf fanden. Ein Bauer nahm sie auf, gab ihnen ein Zimmer auf seinem Hof. Es war ein altes Landgut, mit einem Innenhof, um den sich die Gebäude gruppierten, und einem stählernen Tor, das am Abend geschlossen wurde. Hanna und Krauss fühlten sich gut aufgehoben dort. Bis ein Kollaborateur aus dem Dorf sie verriet.

Es war nach Mitternacht, als Edgars Männer anrückten. Sie rüttelten am Tor, verlangten barsch Einlass. Der Bauer hasste die Nazis. Er warnte die junge Familie. Krauss hatte für den Fall vorgesorgt. Außerhalb des Grundstücks, etwa zweihundert Meter hinter dem Haus, stand ein Schuppen. Darin hatte Krauss mit Genehmigung des Bauern einen Lieferwagen geparkt. Ihr Zimmer im Erdgeschoss lag günstig zum Schuppen und dem Tor gegenüber an der Rückseite des Landguts. Eilig rafften sie ihre Sachen zusammen. Krauss stieg zuerst aus dem Fenster, seine Maschinenpistole umgehängt. Es war stockdunkel, aber er erkannte rund zwanzig Meter entfernt gegen den sternenklaren Himmel die Umrisse eines Mannes. Krauss schoss ohne Vorwarnung. Er hörte einen Schrei und einen dumpfen Aufprall. Hanna reichte ihm das Kind aus dem Fenster und kletterte selbst hinterher. »Lauf!«, sagte er. »Ich halte sie auf.«

Hanna rannte ohne ein weiteres Wort auf den Schuppen zu, das Kind im Arm. Sie kannte den Weg, hatte ihn sich eingeprägt. Krauss erinnerte sich daran, wie die Dunkelheit sie sofort verschluckte und wie er dachte, dass er sie nie wiedersehen würde. Die nächsten Minuten verschwammen in seinem Gedächtnis zu einem Stakkato aus Bildern. Er war gebückt zu der Ecke des Hauses gehuscht, an der die Straße vorbeiführte, das wusste er noch. Weil er sie von dort erwartete. Dann ging alles sehr schnell. Heisere Rufe, metallisches Klappern. Grellgelbes Mündungsfeuer, das die Nacht kurz erhellte wie ein Blitzschlag. Umrisse von Körpern, die durchs Dunkel hasteten. Das trockene Knattern der Maschinenpistolen. Der eigene Atem, schnell, abgehackt, das Herz, das in der Brust trommelte, als wolle es die Rippen sprengen. Schreie. Kugeln, die in einen Baumstamm klatschten. Gebrüll. Mündungsfeuer. Flüche. Er war hinter dem Schuppen, hörte den Motor. Hanna fuhr aus dem Versteck, der Wagen rutschte auf den Feldweg, Krauss lief auf die Straße, folgte dem Wagen, so schnell er konnte. Die beiden Hecktüren schwangen offen hin und her. Hinter ihm Schüsse. Keine Zeit mehr, um zurückzufeuern. Er rannte, bekam eine Tür zu fassen, zog sich hoch, spürte einen Schlag im Rücken, der ihn ins Innere des Wagens schleuderte. Eine Kugel hatte ihn getroffen, nah an der Wirbelsäule, inoperabel, aber nicht lebensbedrohlich, wie sich später herausstellte. Der Preis für ihr Entkommen.

Selbst jetzt spürte er die Kugel in seinem Rücken, inmitten des Meeres aus Schmerz, das seinen Körper überflutete. Das Projektil war nicht tief eingedrungen, aber es piesackte ihn ab und an. Dafür erinnerte es ihn an die Monate der Flucht mit Hanna, an eine Zeit, in der ein anderes Leben möglich schien. Bis Edgar alles zerstörte.

Kämpfen Sie, hatte seine unbekannte Pflegerin gesagt. Nur wozu? Hanna und Edgar waren tot, beide hingerichtet durch die Hand derjenigen, die sie eigentlich lieben sollten. Es gab nichts mehr auf dieser Welt, wofür es sich zu kämpfen lohnte, dachte Krauss. Mit einer Ausnahme vielleicht. Oda. Die Frau, die sich auf seine Seite geschlagen, mit ihm gegen die Truppe seines Bruders gekämpft und Hitlers Jungen befreit hatte. Doch Krauss wusste nicht, wo sie war. Wollte es nicht wissen. Er hatte sie fortgeschickt, damit sie das Kind aus Deutschland heraus und in Sicherheit brachte. Ihm ein normales Leben ermöglichte. Oda war für ihn unerreichbar. Er vermisste sie. Aber er hatte es nicht anders gewollt – weil er wusste, dass es keine Hoffnung mehr für ihn gab.

Das Leben war für ihn zu einem immerwährenden Ringen mit den eigenen Dämonen geworden. Gegen sie hatte er zuletzt gekämpft, fünf lange Jahre in England. Fünf verlorene Jahre. Zwar hatte er den Jungen retten können, aber weder Hanna noch sich selbst. Er wandelte durch diese Welt wie ein Toter, und die Menschen um ihn herum erschienen ihm wie Totengräber. Vor allem sein eigenes Volk, dessen Führer nach der Allmacht strebte. Krauss verkaufte sein krankes Herz an die Briten, um Hitlers Schergen zu stoppen. Fortan tötete er Nazi-Agenten für den MI5. Aber er tat es auch für Hanna. Und für sich. Am liebsten aber wäre er ihr auf die andere Seite gefolgt, hätte er in einem allerletzten Kampf sich selbst besiegt, diese Last von seiner Seele genommen. Er hatte es oft probiert, sich Hannas Pistole an den Kopf gehalten, Russisch Roulette gespielt, das Schicksal entscheiden lassen, aber es war ihm nie vergönnt. Sterben war viel schwerer als gedacht.

Die Frau tröpfelte ihm Wasser zwischen die Lippen. Es rann köstlich über seine verdorrte Zunge. Er suchte ihren Blick, die grünen Augen. Sie weinte. Das konnte nur eines bedeuten. Es gab wohl keine Hoffnung mehr für ihn. Krauss entspannte sich. Die Zeit des Kämpfens war vorbei. Er würde diese Chance auf keinen Fall vergeben.

3.
Brasilien

24. November 1935
Unterlauf des Rio Jary

»Fernglas her! Schnell!« Schulz-Kampfhenkel wedelte aufgeregt mit dem Arm. Hansen lief zu ihm ans Ufer und reichte ihm das Instrument. Während Schulz-Kampfhenkel das Objekt seiner Begierde mehrfach vergrößert betrachtete, musste Hansen sich mit seinen bloßen Augen begnügen. Aber auch die reichten aus, um das Wesentliche zu erkennen. An der Flussbiegung, etwa dreihundert Meter von ihrem Lager entfernt, war ein Einbaum mit einem Indio aufgetaucht. Es war der erste Indianer, den sie seit ihrer Ankunft in Brasilien vor gut zwei Monaten zu Gesicht bekamen. Dementsprechend fiel Schulz-Kampfhenkels Begeisterung aus. Er sprach mit dem Fernglas im Anschlag.

»Er ist nackt, Heinrich, bis auf einen Lendenschurz. Lange Haare. Kleingewachsen, aber muskulös. Gebaut wie ein Athlet. Rotbraune Haut, keine Zeichen von Kampfbemalung. Im Bug bellt ein kleiner, räudiger Köter. Eine große Bastmatte bedeckt sein Gepäck oder den Proviant. Obendrauf liegen ein großer Bogen und eine Handvoll Pfeile. Wahrscheinlich alle vergiftet. Hinten sitzen fünf Papageien, an einen Ast gebunden. Die will er tauschen, klar. Er ist auf einer Reise. Wie wir. Mannomann, hoffentlich dreht er nicht ab.«

Hansen verkniff sich einen Kommentar. Das meiste von dem, was Schulz-Kampfhenkel schilderte, hatte er ebenfalls registriert. Nur konnte er dessen Enthusiasmus nicht teilen. Dieser Wilde war garantiert noch dümmer als die einundzwanzig Burschen, mit denen sie jetzt seit drei Wochen den Fluss hochfuhren. Und mit denen war eine Verständigung schon schwierig, zumal Hansen kein Portugiesisch sprach. Für ihn waren die Unterschiede zwischen den brasilianischen Einheimischen und den Indianern sowieso marginal. Die Caboclos besaßen eine hellere Haut, weil ihre europäischen Vorfahren sich mit den Indianern vermischt hatten. Sie waren Bastarde. Würde man ihnen die Kleider nehmen und sie in einen Lendenschurz stecken, sähen sie genauso »ursprünglich« aus wie die Indios. Hansen fand die Caboclos durch die Bank hässlich, Männer wie Frauen. Und unheimlich. Ihre derben Gesichter mit den hohen Wangenknochen und den dunklen ausdruckslosen Augen wirkten primitiv und hochmütig zugleich. Diese Caboclos waren keine Menschen wie er, sondern ganz offensichtlich eine Unterart, viel weniger weit entwickelt. Er mochte sich gar nicht vorstellen, auf welcher Stufe diese Buschmänner standen. Aber Schulz-Kampfhenkel brauchte sie für seinen angeblichen Film, und deshalb suchte er verzweifelt den Kontakt zu ihnen. Der Indio war mittlerweile näher ans Ufer herangerudert. Die Töle im Bug bellte wie verrückt. Schulz-Kampfhenkel lief ins Lager, holte die Kamera. Jetzt drehte er und lächelte dabei versonnen in sich hinein. Der Mann im Boot blickte sie unbewegt an. Aber er verschwand auch nicht. Wer weiß, wozu das alles gut war, dachte Hansen. Vielleicht wusste diese Rothaut ja etwas über das Gold, das irgendwo im Dreck des Dschungels verscharrt sein musste.

Seit ihrer Havarie im Amazonas waren gut vier Wochen vergangen. Drei Tage hatte es gedauert, den Seekadett sorgfältig auseinanderzuschrauben und in Kisten zu verstauen. Zum Glück war Schulz-Kampfhenkel der Ansicht, dass sie die Region ausreichend aus der Luft fotografiert und kartografiert hatten. Obwohl sie dabei nie auf Indios oder Spuren einer ihrer Ansiedlungen gestoßen waren. Schulz-Kampfhenkel hatte von Anfang an klargestellt, dass es das vordringliche Anliegen ihrer Expedition sei, Indianer zu finden und Kontakt zu ihnen herzustellen. Ohne die Hilfe der Indios könnten sie niemals so weit wie geplant den Rio Jary erkunden. Bis an die Grenze von Französisch-Guyana sollte es gehen, zu den Stämmen der Wayapi und Wayana. Hansen hatte daher befürchtet, dass Schulz-Kampfhenkel darauf bestehen würde, den silbernen Vogel wieder zu reparieren und die Flüge fortzusetzen, doch er erklärte die Luftbeobachtung für beendet.

Nur wenige Tage später waren sie zurück im Lager am Wasserfall von Santo Antonio. Schulz-Kampfhenkel drängte, mit der Mannschaft aufzubrechen, wo sie endlich die behördliche Genehmigung bekommen hatten, ins Indianerland reisen zu dürfen. Kahle und Krause sollten sich um das Verschiffen des Flugzeugs kümmern und nachkommen. Neu dazugestoßen war Josef Greiner. Er lebte in Brasilien, sprach gut Portugiesisch und wurde von Schulz-Kampfhenkel als Vormann für die Caboclos engagiert. Greiner stammte gebürtig aus Hamburg und war ein kräftiger, junger Kerl, für Hansens Geschmack aber ein wenig zu forsch und zu naiv. Immerhin musste er sich mit den Männern herumschlagen, sie anleiten und bei Laune halten.

Zum Glück waren die Kerle relativ gutmütig und nicht arbeitsscheu. Noch hielten sich die Strapazen in Grenzen, hatten sie genug zu essen und zu trinken, an harten Tagen auch eine Portion Hochprozentigen für die Mannschaft. Rund ein Dutzend Stromschnellen mussten sie seit ihrer Abreise überqueren, ein mühseliges, manchmal auch haarsträubend schweißtreibendes Unterfangen. Wenn sie Glück hatten, ließen sich die Boote von den Männern mit Seilen vom Ufer aus über die Katarakte ziehen. Manchmal allerdings war das aussichtslos. Dann suchten sie sich einen Weg durchs Dickicht. Ein Teil der Caboclos schob, ein anderer zog ein vollbeladenes Boot nach dem anderen durch den verfilzten Dschungel. Bald schienen Hansen die Stromschnellen wie eine Strafe Gottes, der sie prüfen wollte für ihre verwerflichen Taten – wenn er an Gott geglaubt hätte. Hansen stieß jedes Mal eine Reihe von Flüchen aus, wenn das Wasser wieder unruhiger wurde und sich neuerliche Schwierigkeiten ankündigten. Dann mussten sie sich wieder einen Pfad durchs Gestrüpp brechen und die schweren Boote unter Aufbietung all ihrer Kräfte hindurchzerren, während ihnen der Schweiß in den Augen brannte und dornige Zweige den Körper zerkratzten.

Einmal war der Mann, der mit der Machete voranging, um das übelste Unkraut wegzuschlagen, mit einem gewaltigen Satz ins Unterholz gesprungen. Direkt vor ihm hatte eine Jararaca gelegen und ihn böse angezüngelt. Zum Glück war der Caboclo dank seiner schnellen Reaktion nicht gebissen worden. Die Jararaca galt als eine der giftigsten Schlangen am Amazonas; wahrscheinlich wäre der Mann, etliche Tagesreisen von der nächsten Ansiedlung entfernt, im Falle eines Bisses nicht mehr zu retten gewesen. Obwohl Schulz-Kampfhenkel behauptete, in seiner Bayer-Apotheke einige Gegengifte parat zu haben. Hansen hielt das für Blödsinn. Er hatte das Vieh mit einem Schuss erledigt. Am Abend wanderte es in den Kochtopf.

Hansens gutes Auge und seine sichere Hand hatten ihm in den vergangenen Wochen den Respekt der Männer eingehandelt. Sie schätzten ihn als Jäger, der sein Ziel so gut wie nie verfehlte. Selbst Schulz-Kampfhenkel, das war Hansen aufgefallen, behandelte ihn anders, seit sie tiefer in den Urwald vordrangen. Hansen sorgte mit seinen Schießkünsten fast täglich für frisches Fleisch, was unabdingbar war fürs Überleben und für die Moral. Er selbst empfand beim Töten eine heimliche Lust, ein zufriedenes, wohliges Schaudern. Zumal er meist Affen erlegte, sie mit einem Schuss hoch aus den Wipfeln der

Bäume rupfte. Hansen liebte das Geräusch, wenn sie aus zwanzig Meter Höhe durch die Zweige krachten und dumpf auf dem Boden aufschlugen. Dass diese Tiere dem Menschen so nahestanden, erhöhte sein Jagdfieber und verlieh dem Töten eine Dimension, die ihn für vieles in diesem unwirtlichen Dschungel entschädigte. Es fühlte sich gut an, diese Leben zu beenden. Seit er das Jagen für sich entdeckt hatte, konnte er dem Urwald wenigstens etwas abgewinnen. Natürlich hätte Hansen diese Gedanken niemals einem seiner Kameraden offenbart, weil er wusste, dass sie dafür kein Verständnis gehabt hätten. Manche Geheimnisse muss man für sich behalten, dachte Hansen, sonst bringen sie einen um. Er dachte an den jungen Müller und daran, was aus ihm geworden war. Auch das durfte niemand erfahren, niemals.

Abends, wenn sie ihr Lager aufgeschlagen hatten, dachte Hansen oft an Müller, an dessen perfekten Körper. Um ihn zu vergessen, war er hier. Er hatte sich in Versuchung bringen lassen, und das durfte nie wieder passieren. In solchen Momenten nahm er den Aufenthalt im Dschungel als selbstauferlegte Sühne. Eines Nachts, als ihn besonders schlimme Erinnerungen peinigten, hatte er sogar auf sein Moskitonetz verzichtet und sich den Mücken zum Fraß vorgeworfen. Die Piums, wie die Einheimischen sie nannten, waren winzige, bösartige Biester. Hansen hatte noch nie zuvor solche Mücken erlebt. Sie stürzten sich in Schwärmen auf ihre Opfer, doch die spürten zunächst wenig davon, so lautlos pirschten sich die Blutsauger heran. Erst am nächsten Morgen offenbarten mit Einstichstellen übersäte Körperteile das Ausmaß des Schlachtfestes. Oft entzündeten sich die Wunden, juckten in jedem Fall aber höllisch, außerdem übertrugen die Piums allerlei Krankheiten, zuvorderst Malaria. Schulz-Kampfhenkel hatte für diese Fälle Atrepin in seiner Reiseapotheke, ein neues, einigermaßen wirksames Mittel gegen das Fieber. Er selbst probierte es als Erster aus; nach dem mühseligen Auseinanderbauen des Seekadetten, bei dem sie stundenlang im Schlamm standen, waren an seinen Beinen Furunkel ausgebrochen. Aber mit dem Atrepin ließ sich das Fieber gut behandeln. Hansen mochte sich nicht ausmalen, was passierte, wenn ihre Vorräte verbraucht waren. Er fragte sich, wie die Indios mit den Stechfliegen umgingen. Schließlich liefen sie fast nackt herum und benutzten keinerlei schützende Netze.

Der Indianer, der jetzt vielleicht zwanzig Meter vom Ufer entfernt auf dem Jary dümpelte, sah ebenfalls sehr gesund aus. Mittlerweile befand sich die gesamte Mannschaft am Fluss und gaffte den exotischen Reisenden an. Selbst für die Caboclos war ein Indio kein alltäglicher Anblick. Abends am Lagerfeuer erzählten die Männer gerne Geschichten von Begegnungen mit Indianern. Sie waren äußerst selten, manche von ihnen endeten angeblich blutig. Der Indio in seinem Einbaum machte auf Hansen überhaupt keinen feindseligen Eindruck. Er wirkte eher neugierig, wenn auch zurückhaltend. Die Caboclos bedeuteten ihm per Handzeichen, er solle zu ihnen ans Ufer kommen. Der Indio rief etwas herüber, Hansen verstand kein Wort.

»Catarro, das heißt Katarrh«, übersetzte Greiner aufgeregt. »Er hat Angst, dass einer von uns die Grippe hat.«

Gegen die von den Weißen eingeschleppten Erkältungskrankheiten waren die Wilden nicht gefeit, hatte Hansen gelesen. Das allein bewies in seinen Augen ihre genetische Minderwertigkeit.

»Catarro não tem«, beruhigten die Caboclos den Neuankömmling und lachten. Der Indio überlegte einen Moment, ruderte aber in ihre Richtung. Schulz-Kampfhenkel war begeistert. Einer der Caboclos raunzte seinen Kollegen Kommandos zu. Zwei Männer liefen rasch zurück zum Lager. Wieder übersetzte Greiner.

»Sie decken unsere Ausrüstung und den Proviant ab. Wenn ein Indianer irgendetwas sieht, was ihm gefällt, will er es unbedingt haben, sagen sie. Das könnte dann Ärger geben.«

Der Indio hatte inzwischen am Ufer angelegt und stieg aus dem Einbaum. Er gab seinem bellenden Köter einen Klaps auf den Kopf. Das Tier verstummte. Hansen musterte den ersten echten Indianer seines Lebens aus der Nähe. Er war relativ klein, dabei aber stämmig, mit deutlich konturierten Muskeln und einer Haut wie aus Bronze. Die glatten schwarzen Haare fielen ihm bis über die Schultern, seine Haltung war die eines stolzen Kriegers. Misstrauisch begutachtete er aus schmalen Augen die merkwürdige Gesellschaft, auf die er so unverhofft gestoßen war.

»Riecht ihr den Prachtkerl? Streng, würde ich sagen, aber nicht unangenehm«, sagte Schulz-Kampfhenkel zu Greiner und Hansen, während er den Indio anlächelte. Hansen war der Geruch schon aufgefallen, aber im Gegensatz zu seinem Chef wurde ihm leicht übel. Der Indianer brauchte mal ein richtiges Bad. Mit dem Schlammwasser des Jary allein war es nicht getan.

Schulz-Kampfhenkel nickte höflich und machte eine einladende Geste zum Lager hin. Der Indio ließ sich nicht zweimal bitten und marschierte los, der restliche Trupp hinterher. Im Lager hatten die Caboclos einen Stuhl am Feuer bereitgestellt. Schulz-Kampfhenkel führte seinen Gast dorthin und bot ihm – wichtigtuerisch, wie Hansen fand – den Platz an. Der Indio setzte sich, seinem Gesichtsausdruck nach weiter skeptisch. Alle anderen hockten sich auf Kisten.

»Gebt ihm etwas zu trinken und schmeißt ein Stück Hirschfleisch in die Pfanne«, ordnete Schulz-Kampfhenkel auf Portugiesisch an. »Raimundo, du versuchst, etwas aus ihm herauszubekommen. Frag ihn, wo er herkommt und wo er hinwollte.«

Raimundo war der einzige der Caboclos, der einige Brocken Tupi beherrschte, die in dieser Region verbreitete Indianersprache. Er wechselte ein paar Worte mit dem Besucher. Während der Indio redete, blickte er wiederholt in die Runde und taxierte die Männer. Als wolle er unsere Stärke beurteilen, dachte Hansen. Raimundo gab dem Indianer zu verstehen, dass er das soeben Gehörte übersetzen wollte. Der Caboclo richtete das Wort an Schulz-Kampfhenkel.

»Er sagt, er ist vom Stamm der Aparai und allein unterwegs. In seinem Dorf würde niemand mehr leben. Ein böser Geist, Furuparn, habe alle getötet, Frauen und Kinder.«

Hansen glaubte der Rothaut kein Wort. Wahrscheinlich pirschte sich bereits eine Horde dieser Wilden heimlich an ihr Lager heran. Der Kerl hier sollte sie nur ablenken. Auch Greiner vermutete offensichtlich eine List. Während er seine Bedenken auf Deutsch formulierte, lächelte er den Indianer an.

»Für mich hört sich das komisch an. Das könnte eine Falle sein. Vielleicht ist der Bursche ein Späher, und irgendwo weiter oben auf dem Fluss lauert ein ganzer Trupp von denen.«

Einige der Caboclos teilten Greiners Befürchtungen. Niemand im Lager traute dem Indio, der ab und zu verlegen grinste, zumeist aber ausdruckslos dreinblickte. In Schulz-Kampfhenkel arbeitete es, das war deutlich zu sehen. Er brauchte die Hilfe dieses Indianers mehr als alles andere und wünschte sich mit jeder Faser seines Körpers, dass er es nicht mit einem Feind zu tun hatte. Als hätte der Indio verstanden, dass über ihn geredet wurde, sprang er plötzlich auf und ging zielstrebig zum Ufer, auf sein Kanu zu. Schulz-Kampfhenkel rannte hinterher und machte den Umstehenden dabei Zeichen, die Hansen als »Nun tut doch was!« interpretierte. Nur noch wenige Sekunden, und der Wilde könnte auf Nimmerwiedersehen verschwunden sein. Aber die Aufregung war umsonst. Der Indio lüpfte die Bastmatte seines Einbaums, zog ein Bananenbündel hervor, riss eine Frucht nach der anderen ab und überreichte sie den bedröppelt dastehenden Männern. Schulz-Kampfhenkel reagierte sofort, begriff die einmalige Chance, die sich ihm bot. Forsch hakte er sich bei dem Indianer unter und führte ihn zurück ins Lager, direkt zu einer mit einer Zeltplane überdachten Hütte. Hansen und Greiner folgten, einige der Caboclos im Schlepptau. Schulz-Kampfhenkel holte eine Kiste hervor und öffnete sie. Der Indio starrte wie versteinert auf den Inhalt. Hansen meinte, in den Augen des Indianers ein gieriges Glitzern zu sehen. Wie leicht diese Primitiven zu ködern waren. Ein paar billige Äxte und Messer, Hunderte bunte Glasperlen, Spiegel und anderer Ramsch, mehr bedurfte es nicht. Schulz-Kampfhenkel hatte ihnen noch in Deutschland prophezeit, dass dieser Tand ihnen eines Tages das Leben retten könnte. Er schien recht zu behalten.

Schulz-Kampfhenkel griff in die Kiste, nahm ein Messer und zwei Zelluloid-Püppchen heraus. Er sprach betont würdevoll.

»Das ist ein Geschenk für dich. Aber du und deine Stammesbrüder, ihr könnt noch viel mehr haben. Alle diese Schätze in den Kisten, die sind nur für euch. Für unsere Freunde aus den Wäldern. Wenn ihr uns helft, dürft ihr all das behalten.«

Raimundo übersetzte, wahrscheinlich nur notdürftig. Der Indio schaute von den Sachen in seiner Hand auf den Inhalt der Kiste und wieder zu den Männern um ihn herum. Er dachte nach und fing an zu reden. Raimundo fasste das Gehörte zusammen.

»Er sagt, dass er auf der Suche nach solchen Kostbarkeiten ist. Die Papageien hat er mit, um sie dagegen einzutauschen, bei den Gummisuchern an der großen Stromschnelle. Das sei noch ein weiter Weg, und deshalb müsse er weiter.«

»Wir dürfen ihn auf keinen Fall gehen lassen«, sagte Schulz-Kampfhenkel. »Sag ihm, die Gummisucher hätten nicht annähernd so große Schätze zu bieten wie wir. Und dass wir noch mehr erwarten, so viel, dass jeder in seinem Stamm zufrieden und er der gefeierte Held sein wird.«

Während Raimundo herumstammelte, befingerte der Indio fasziniert die Püppchen. Hansen wunderte sich, wie ein erwachsener Mann sich für so einen Kinderquatsch begeistern konnte. Aber der Indio nickte und sagte ein paar Worte.

»Ich glaube, er will diese Nacht bei uns bleiben«, übersetzte Raimundo. Schulz-Kampfhenkel strahlte. Er schüttelte dem Indianer die Hand und bedankte sich überschwänglich. Der Indio lächelte verlegen, drehte sich um und ging in Richtung seines Einbaums.

»Jetzt gilt's«, sagte Schulz-Kampfhenkel. Hansen beobachtete ihn genau. Er suchte nach Anzeichen dafür, wie ernst es sein alter Freund Otto wirklich meinte. Hansen nahm ihm ein tieferes Interesse an den Eingeborenen nicht ab. Schulz-Kampfhenkel hatte ihnen klargemacht, dass ein Film nicht funktionieren würde ohne Indios. Mit ein paar exotischen Tieren konnte man keinen Staat machen. Aber da war noch mehr, dachte Hansen. Otto Schulz-Kampfhenkel wollte als Entdecker in die Annalen eingehen, sein Name sollte in jedem Lehrbuch über den Amazonas zu finden sein – und dafür war er auf die Hilfe und den Schutz der Indianer angewiesen.

Tatsächlich war der Indio zu ihnen zurückgekehrt. Er hatte ein Bündel dabei, das sich als Hängematte entpuppte, die er neben Schulz-Kampfhenkels Hütte an zwei Bäume knüpfte. Der Expeditionsleiter grinste über das ganze Gesicht. Sie hatten gewonnen.

»Bereitet das Essen für unseren neuen Freund vor«, sagte er. »Wir müssen ihn verwöhnen, so gut es geht. Er soll sich fühlen wie in einem guten Hotel. Auch wenn er noch nie eines von innen gesehen hat.«

Eine Stunde später saßen Hansen, Schulz-Kampfhenkel, Greiner und Raimundo mit ihrem Gast um einen Klapptisch, der gerade Platz genug bot für ihre Teller. Hansen nahm es peinlich berührt zur Kenntnis, wie der Indio unbeholfen mit Messer und Gabel hantierte, offensichtlich bemüht, das Gebaren seiner Gastgeber zu imitieren. Sie hatten ihm ein Stück Hirsch gebraten. So laut, wie der Kerl schmatzte, schmeckte es ihm vorzüglich, war Hansen überzeugt. Während des Essens wurde kaum geredet, nur zwischen zwei Bissen lächelte der Indianer ab und zu verkrampft in die Runde. Nachher spendierte Schulz-Kampfhenkel Zigaretten, die alle zufrieden pafften. Mittlerweile dämmerte es, und die Geräusche des Dschungels, die tagsüber in den Hintergrund traten, schwollen langsam zu einem exotischen Konzert, das zum Sonnenuntergang sein Crescendo fand. Hansen hörte das durchdringende Zirpen der Zikaden heraus, weithin gellende Vogelrufe und die unheimlichen Schreie der Brüllaffen. Um diese Zeit schwirrten auch die Piums los, um ihr blutiges Werk zu verrichten, und Hansen sehnte sich nach dem Schutz seines Moskitonetzes. Solange sie rauchten, waren sie wenigstens minimal geschützt vor der Insektenbrut.

Angeregt von Essen und Nikotin, plauderte der Indianer drauflos. Raimundo lauschte angestrengt, hatte aber Probleme mit dem Wortschwall des Indios.

»Er sagt etwas von Tuschaua, das heißt Häuptling. Ich weiß aber nicht, ob er sich selbst meint oder einen von uns.«

Während der Indianer weiterredete, sprang Schulz-Kampfhenkel auf, ging in seine Hütte und kam mit seinem Skizzenblock und einem Stift zurück. Er legte die Utensilien vor seinem Gast auf den Tisch. Der Indio begann sofort zu zeichnen. In wenigen Sekunden kritzelte er das blanke Blatt mit unterschiedlich großen Strichmännchen voll. Auf Hansen wirkten sie wie von Kinderhand gekrakelt. Dann fing der Indianer wieder an zu reden, zeigte auf eine Figur und erklärte sich dazu wortreich.

»Ich glaube, es geht um seinen Stamm«, sagte Raimundo. »Er stellt uns die Leute aus seinem Dorf vor. Der Größte ist der Tuschaua, der Häuptling.«

»Tuschaua?«, fragte der Indio plötzlich und zeigte auf Schulz-Kampfhenkel. Der nickte sofort.

»Tuschaua«, sagte er und verbeugte sich leicht. Hansen ödete das über die Maßen an. Was für ein aufgeblasener Wicht.

»Frag ihn nach seinem Namen. Das haben wir bis jetzt versäumt«, sagte Schulz-Kampfhenkel zu Raimundo. Der Indianer antwortete mit mehreren Sätzen.

»Er sagt, er heißt Pituma. Aber so, wie ich ihn verstehe, will er von uns einen Namen in unserer Sprache. Das würde ihn stolz machen.«

Schulz-Kampfhenkel überlegte. Hansen war gespannt, was dem großen Forscher einfallen würde. Nach einer Minute wandte sich der Expeditionsleiter an den Indianer.

»Wir nennen ihn Winnetou«, sagte er.

4.
Berlin

15. September 1939
Wohnung der Weinbergs

Krauss schlug die Augen auf. Das war nicht die Dunkelheit, die er sich erhofft hatte. Er befand sich immer noch in dem merkwürdig schmalen Raum mit den hohen Wänden, der von einer für Krauss unsichtbaren Lichtquelle spärlich ausgeleuchtet wurde. Sein Körper schien jemand anderem zu gehören, er spürte keinerlei Schmerzen. Neben dem Bett stand ein ihm unbekannter Mann und musterte ihn mit dem kalten Blick eines Wissenschaftlers. Er war groß und schlank, fast hager. Auf seiner Nase saß eine Nickelbrille, um den Mund hatten sich senkrechte Falten ins Gesicht gegraben. Der Mann trug einen ordentlichen Seitenscheitel, an den Schläfen waren die Haare leicht ergraut. Er wirkte gebildet, selbstbewusst. Krauss schätzte ihn auf Mitte, Ende vierzig.

»Sie sind wach, das ist gut«, sagte er mit einer angenehmen, warmen Stimme. Krauss hätte gerne geantwortet, aber er brachte wieder nichts als ein Krächzen heraus. Er räusperte sich.

»Sparen Sie sich Ihre Kräfte«, sprach der Mann weiter und hob beschwichtigend eine Hand, um seine Worte zu unterstreichen. »Noch sind Sie nicht über den Berg. Sie haben schwere Verletzungen und viel Blut verloren. Zudem hat sich eine ihrer Wunden leicht entzündet. Ich besitze hier leider nicht die notwendigen Mittel, um Sie adäquat zu versorgen. Das hier …«, er machte eine raumgreifende Geste mit der Hand, »… ist keine gut ausgestattete Krankenstation, sondern nur ein Notbehelf. Für diejenigen, die nichts mehr zu verlieren haben. Deshalb müssen Sie selbst an Ihrer Genesung mitarbeiten. Ohne den Willen, zu überleben, räume ich Ihnen wenig Chancen ein.«

Es bedurfte keines besonderen Einfühlungsvermögens, um den sarkastischen Unterton des Mannes herauszuhören. Krauss vermutete, dass er einen Mediziner vor sich hatte, nur redeten die normalerweise anders. Mitfühlender, diplomatischer. Der Mann hingegen nahm kein Blatt vor den Mund.

»Wer …?«, brachte Krauss hervor.

»Mein Name ist Weinberg«, sagte der Mann. »Ich bin Arzt. Chirurg. Manchmal auch Gynäkologe. HNO-Spezialist, Kinderarzt, Hautarzt, Orthopäde, Kardiologe. Was eben gerade so anfällt. Bei mir ergibt das Wort Allgemeinmediziner noch Sinn. Hausarzt übrigens auch. Weil ich niemals das Haus verlasse.«

Krauss konnte sich darauf keinen Reim machen. Weinberg schien verbittert, aus welchem Grund auch immer. Warum hatte er ihn nicht sterben lassen? Krauss mochte sich das Lamento des Arztes nicht weiter anhören. Er hatte schon lange jegliches Interesse am Leben verloren. Doch Weinberg fuhr fort.

»Ich möchte Ihnen einen knappen Überblick über Ihre Situation geben. Vertiefen können wir das gerne später, wenn es Ihnen besser geht. Sollte es Ihnen besser gehen.« Er machte eine Kunstpause.

»Also: Sie haben vier Schussverletzungen. Eine Kugel hat Sie oberhalb des rechten Lungenflügels erwischt. Das Projektil ist aus dem Rücken wieder ausgetreten, hat auf seinem Weg Muskel- und Nervengewebe zerstört, aber nichts Lebenswichtiges. Eine Kugel musste ich aus Ihrem linken Oberschenkel operieren. Sie hat nur knapp die Hauptschlagader verfehlt. Etwa um einen Zentimeter, würde ich sagen. Bei einem Treffer wären Sie verblutet. Die dritte Kugel hat die komplizierteste Verletzung verursacht. Das Projektil ist in Ihren Bauchraum eingedrungen. Ich musste die Milz entfernen, habe Sie danach wieder so gut es geht zusammengeflickt. Mit den mir zur Verfügung stehenden Mitteln, muss ich einschränkend dazusagen. So ein massiver Eingriff ist selbst bei optimaler medizinischer Versorgung unberechenbar. Dazu kommt eine wohl etwas ältere Schussverletzung in der Leiste, ebenfalls ein Durchschuss. Diese Wunde hat sich entzündet. Alles in allem würde ich Ihren Zustand als besorgniserregend beschreiben. Ich kann Ihnen nichts versprechen.«

Krauss nahm die Diagnose gelassen hin. Wie sollte er dem Arzt erklären, dass ihm eine tödliche Kugel lieber gewesen wäre? Und dass er nicht im Entferntesten daran dachte, um sein Leben zu kämpfen?

»Lassen Sie mich sterben«, murmelte Krauss, oder er meinte, es gemurmelt zu haben.

»Das werde ich nicht tun«, antwortete Weinberg. Offensichtlich hatte er seinen Patienten verstanden. »Das verbietet mir mein Berufsethos. Außerdem sollen Sie ein hohes Tier bei der Gestapo getötet haben. Dafür verdienen Sie meinen Respekt. Drittens gibt es Menschen, die unbedingt wollen, dass Sie überleben.«

Wer mochte das sein?, fragte sich Krauss sofort. Bisher hatte er nicht weiter darüber nachgedacht, wie er überhaupt in dieses Zimmer gekommen war. Irgendwie erschien es ihm logisch, dass Edgars Männer ihn gefunden hatten, er sich also in irgendeinem Gestapo-Verlies befand. Weinbergs Worte allerdings deuteten in eine völlig andere Richtung. Was war wirklich passiert? Wer hatte ihn gerettet? Weinberg? Was hatte der am See zu suchen? Krauss konnte kein einziges Bild abrufen, sein Gedächtnis war ein unzugänglicher Raum.

»Wo bin ich?«, flüsterte er.

»Das muss Sie im Augenblick nicht interessieren. Es genügt

zu wissen, dass Sie an einem Ort sind, an dem man Sie nicht vermutet. Die Gestapo wähnt Sie auf dem Grund des Wannsees. Da haben Sie es vergleichsweise gut getroffen, würde ich sagen.«

Weinbergs galliger Humor war der eines Mannes, den man seiner Illusionen beraubt hatte, dachte Krauss. Er begriff immer weniger. Wenn die »Söhne Odins« nicht hinter seiner Rettung steckten, wer dann? Er wollte Weinberg fragen, gurgelte aber nur unverständliches Zeug.

»Investieren Sie Ihre Kräfte lieber in Ihre Genesung. Sie erfahren noch früh genug die Umstände Ihrer Rettung. Vielleicht früher, als Sie denken. Ich schicke Ihnen jetzt erst mal meine Frau herein. Sie heißt Inge. Lassen Sie sich von ihr etwas Suppe einflößen. Denn Sie haben nicht nur viel Blut, sondern auch Gewicht verloren. Wir konnten Sie nur notdürftig mit Infusionen versorgen.«

Der Arzt beugte sich zum ersten Mal vor, näher an Krauss' Gesicht heran. Seine Stimme wurde leiser, blieb aber bestimmt.

»Wenn Sie meinetwegen nicht weiterleben wollen, tun Sie es wenigstens meiner Frau zuliebe. Inge kann es nicht ertragen, Sie hier sterben zu sehen. Und ich kann es nicht ertragen, meine Frau um einen Fremden trauern zu sehen. Dazu haben wir so schon mehr als genug Gründe. Also, tun Sie mir den Gefallen, und bleiben Sie am Leben. Sterben können Sie später noch.«

Weinberg drehte sich um und verließ den Raum. Krauss blieb allein zurück, starrte verzweifelt an die hohe Decke. Für das, was er im Leben getan hatte, gab es keine Entschuldigungen. Nur Strafen. Der Tod wäre eine Gnade gewesen, die ihm nicht zustand. Er hatte es verdient zu leiden. Er hatte es verdient zu leben.

Als sich Krauss beim vierten Löffel Brühe so heftig verschluckte, dass er fast erstickte, hatte Weinbergs Frau ihre Bemühungen abgebrochen. Es war zu früh, der Patient zu schwach. Kurz nachdem sie gegangen war, dämmerte Krauss wieder weg. Ein Geräusch weckte ihn auf. Neben seinem Bett stand Weinberg, als hätte er sich von dort gar nicht wegbewegt. Krauss hatte sein Zeitgefühl komplett verloren. In dem Raum gab es kein Tageslicht, an dem er sich hätte orientieren können.

»Sie wollten wissen, wo Sie sind und wer Sie hierher gebracht hat, richtig?«, sagte Weinberg. »Nun, ich habe hier jemanden, der Ihre Fragen beantworten wird.«

Weinberg trat einen Schritt beiseite. Hinter ihm schälte sich eine zweite Gestalt aus dem Schatten. Es war ein Mann, er trug einen grauen Pullover und darunter ein weißes Hemd. Er trat ins Licht, so dass Krauss sein Gesicht erkennen konnte. Wache, blaue Augen über einer etwas zu klein geratenen Nase und einem schmalen Mund. Die blonden Haare waren streng gescheitelt. Vom Alter her mochte sich der Unbekannte nicht groß von Krauss unterscheiden. Anfang, Mitte dreißig, schätzte er. Ihm war unbehaglich zumute, ohne dass er hätte erklären können, warum.

»Ich bin froh, dass du lebst, Richard«, sagte der Unbekannte und setzte sich lässig auf die Bettkante. Krauss erschrak. Was war er doch für ein Idiot gewesen! Er kannte den Kerl von früher. Vor ihm saß Theo Straubinger. Ein cleverer Bursche, der damals für Einsätze nicht viel taugte, dafür aber komplizierte Operationen plante und Verhöre auswertete. Straubinger war eines der Gehirne der Gestapo. Edgar hatte ihn zu seiner geheimen Elite-Einsatztruppe geholt, die sich mystisch verklärend »Söhne Odins« nannte. Der martialische Name sollte ihr Credo als eigene Einheit innerhalb der Gestapo herausstellen, und er sollte ihnen einen Ruf verschaffen – was ihnen dank ihrer rücksichtslosen Vorgehensweise schneller gelang als gedacht. Bevor Krauss mit Hanna und dem Jungen verschwand, hatte er Straubinger vielleicht ein halbes Jahr lang erlebt. Deshalb hatte er ihn nicht sofort erkannt. Aber auch auf Straubingers linker Brust war das Zeichen der »Söhne Odins« in die Haut tätowiert, ein rotes Herz, umschlungen von einem dornenbewehrten Hakenkreuz. Reines Blut, reines Herz, reines Volk. Straubinger war ein »Sohn Odins«. Krauss hatte es von Anfang an geahnt.

»Du siehst zwar nicht gut aus«, fuhr Straubinger fort, »aber gemessen an dem fürchterlichen Zustand, in dem ich dich gefunden habe, hast du großartige Fortschritte gemacht. Bedanke dich bei Samuel.« Er deutete mit dem Kopf zu Weinberg. »Um dich kümmert sich einer der besten Ärzte, die ich kenne. Vielleicht sogar der beste. Er hat Maria gerettet, meine kleine Tochter, du erinnerst dich sicher an sie. Nein, du erinnerst dich nicht. Ist auch egal. Wenn dich einer wieder auf die Beine bringt, dann ist es Samuel. Das hier ist alles, was er noch tun kann. Aber so sind eben die Zeiten. Vielleicht kannst du etwas ausrichten. Deshalb bist du hier.«

Krauss war vollkommen ratlos. Er hatte keine Ahnung, wovon Straubinger redete. Und er konnte sich an keine Tochter erinnern. Es war zu lange her und ihr Kontakt nicht eng genug gewesen. Was wollte Straubinger von ihm? War das eine neue Verhörtechnik, die er an ihm ausprobierte? Als könnte Straubinger seine Gedanken lesen, sprach er weiter.

»Du willst sicher wissen, wie ich dich gefunden und hierhergebracht habe. Nun, das verdankst du meiner ausgeprägten Beobachtungsgabe und meinem Erfindungsreichtum. Ich kenne den Wannsee sehr gut und bin oft selbst dort geschwommen. Es gibt unterseeische Strömungen, die dich ungewöhnlich weit abtreiben können. Ich habe das abgeschätzt und für mich ein Gebiet abgegrenzt, in dem ich deinen Körper finden könnte. Ich sage Körper, weil ich nicht damit gerechnet habe, dich lebendig vorzufinden. Du kannst dir gar nicht vorstellen, wie überrascht ich gewesen bin, als ich dich am Abend aus dem Schilf gezogen habe und feststellen musste, dass du noch atmest.« Straubinger schüttelte den Kopf, ganz versunken in seine abenteuerliche Geschichte, mit ihm als dem großen Retter.

»Es war fast so eine Art Schock für mich. Sicher, wahrscheinlich habe ich ganz tief in mir gewünscht, dass du noch lebst, aber die Realität hat mich dann doch überwältigt. Diese Kugeln, die dich getroffen haben, das stundenlange Liegen im kühlen Wasser, nach menschlichem Ermessen hättest du tot sein müssen. Manchmal hält sich das Leben glücklicherweise nicht an das Maß, das wir an es anlegen wollen.«

In Straubingers Blick meinte Krauss einen Hauch Skepsis zu erkennen, als vertraue er selbst jetzt nicht dem Schicksal, das ihm einen so unglaublichen Fund vor die Füße spülte. Die Sache erschien Krauss zunehmend rätselhafter. Straubinger aber ließ sich nicht beirren und fuhr selbstverliebt fort, die Geschichte einer wundersamen Rettung zu erzählen.

»Da saß ich nun, mit einem lebendigen Richard Krauss in meinen Armen. Mir war natürlich klar, dass es mit dir auf Messers Schneide stand. Ich nahm an, dass du die Nacht nicht überleben würdest, mit diesen Verletzungen. Wenn ich dich retten wollte, musste ich sofort handeln. Sofort, aber überlegt. Erst einmal habe ich dich aus dem Wasser gezogen und im Schilf versteckt. Dann bin ich losgegangen und habe zwei Decken besorgt. Das war nicht weiter schwierig, denn im Haus herrschte seit Edgars Tod allgemeine Untergangsstimmung. Nicht nur Helga weinte den ganzen Tag, auch die Männer schienen den Tränen nahe. Ziemlich lächerlich eigentlich. Als wäre es nun ein für alle Mal vorbei mit den ›Söhnen Odins‹. Ich habe mir die Decken geschnappt und bin wieder gegangen. Draußen wartete ein Leichenwagen den halben Nachmittag, um Edgar in die Pathologie der Gestapo zu transportieren. Aber Helga wollte sich nicht von ihrem toten Mann trennen. Alles sehr theatralisch. Doch im Nachhinein für meine Bedürfnisse perfekt.«

Aus Straubingers Augen leuchtete unübersehbar der Stolz über seinen Ideenreichtum.

»Denn auf dem Rückweg zu dir kam mir ein verwegener Gedanke. Was, wenn ich dich in demselben Wagen fortschaffe, mit dem die Leiche deines Bruders abtransportiert wird? Niemand würde auf die Idee kommen, das Fahrzeug zu untersuchen. Ich musste nur Helga davon überzeugen, dass sie dem Fahrer diese Aufgabe nicht überlassen dürfe und ich der einzig richtige Mann dafür sei. Also habe ich dich schnell in die Decken gewickelt und bin zurück zum Haus. In meinem Kopf spulte sich alles ab wie ein Film: Wie ich auf Helga einrede, Edgar müsse von einem seiner besten Männer gefahren werden, einem, von dem sie wisse, dass sie ihm bedingungslos vertrauen könne. Niemand sonst – außer ihr natürlich – hätte das Recht darauf, ihn auf diesem Weg zu begleiten. Sie müsse die Kinder versorgen, ihnen Stärke geben. Wie ich dem verdatterten Fahrer hundert Reichsmark zustecke, damit er seine Empörung zügelt. Wie die Männer den Sarg mit Edgar in den Wagen schieben. Wie ich die hysterisch heulende Helga umarme, mich ans Steuer setze und über die Zufahrt an den Wachen vorbei das Gelände verlasse. Wie ich dreihundert Meter weiter im Schutz der Dunkelheit und des dichten Buschwerks den Wagen anhalte, aussteige und zum Ufer des Sees laufe. Wie ich dich über die Schulter hieve und deinen sterbenden Körper zum Wagen wuchte. Wie ich dich so vorsichtig wie möglich neben den Sarg deines Bruders lege, die Geschwister wieder vereine. Wie ich durch die Nacht fahre und dich bei Samuel Weinberg ablade. Wie ich Edgar an seinen Bestimmungsort und den Wagen zurück zu seinem Haus bringe, damit der Fahrer das leere Gefährt übernehmen kann. Wie ich Helga tröste und dabei daran denke, dass ich den Mörder ihres Mannes gerade aus ihrem Einflussbereich fortgeschafft habe. Wie ich erst still und dann, unbeobachtet, auch laut triumphiere.«

Straubinger legte eine Pause ein, um die Pointe auszukosten.

»Und was soll ich sagen – genau so ist es abgelaufen.«

Krauss bekam das Gehörte nicht sortiert. Warum hätte Straubinger ihn retten sollen? Zwischen ihnen war nie etwas gewesen, schon gar nichts, was man als Freundschaft hätte bezeichnen können. Arbeitete Straubinger vielleicht im Auftrag einer anderen Regierung oder einer anderen Institution? Oder handelte es sich bei der Geschichte wieder um eines der perfiden Täuschungsmanöver der »Söhne Odins«? Krauss war schon einmal auf eine gemeine Finte hereingefallen, und damals hatten sie sich ebenfalls seinen geschwächten Zustand zunutze gemacht.

»Warum?«, fragte er.

Straubinger lächelte milde.

»Natürlich traust du mir nicht. Das klingt ja auch alles ziemlich unglaublich. Es ist aber wahr, und ich habe meine Gründe. Gute Gründe, über die ich mit dir reden möchte, wenn es dir besser geht. So hat es keinen Zweck.«

Das Lächeln verschwand. Straubingers Stimme wurde schärfer.

»Dir sollte klar sein, dass man mich für das, was ich getan habe, sofort exekutieren würde. Da gibt es kein Pardon. Mit deiner Rettung habe ich mein Leben verwirkt.«

Er hustete leicht in die vorgehaltene Hand.

»Da ist noch eine Sache, mit der ich dir meine Ehrlichkeit beweisen möchte. Sie hat mit Samuel zu tun. Allein der Kontakt mit ihm würde mich mindestens die Karriere kosten.«

Straubinger sprach nun zu Weinberg.

»Sag du es ihm, Samuel.«

Krauss musste den Kopf drehen, um den Arzt zu sehen. Weinbergs Miene blieb stoisch.

»Ich bin Jude«, sagte er.

5.
Brasilien

1. Dezember 1935
Rio Jary

Der schwarze Klammeraffe saß etwa fünfzig Meter entfernt auf einem Ast. Hansen drückte den Kolben fest gegen seine Schulter und hielt den Atem an. Das Tier starrte wild zu ihm herunter, nicht ahnend, dass seine Lebensspanne nur noch in Sekunden zu bemessen war. Hansens Finger suchte den Druckpunkt. Für den Bruchteil einer Sekunde fühlte der Deutsche sich verbunden mit allem – der Waffe in seinen Händen, dem Wind auf seiner Haut, den Geräuschen des Dschungels, dem Kreischen, Flirren und Zirpen, den Bäumen und Sträuchern, jedem Blatt, jedem Stängel, jeder Wurzel. Hansen war das Zentrum, die Ruhe, die Kraft. Er war der Jäger. Der Schuss war nur die letzte Note einer perfekten Komposition, kaum wahrnehmbar. Hansen sah, wie der Affe auf seinem Ast herumgerissen wurde, taumelte, sich reflexartig mit Schwanz und Armen festklammerte, ihm die Gliedmaßen aber den Dienst versagten und er kraftlos zu Boden stürzte. Das Gesetz des Dschungels. Fressen und gefressen werden. Töten und getötet werden. Ich töte, dachte Hansen. Ich fresse.

Er schickte einen der Caboclos los, den Affen einzusammeln. Sie stellten seine Befehle nie in Frage. Hansen lieferte zuverlässig frisches Fleisch. Manchmal hatte er den Eindruck, dass die Männer am Lagerfeuer über ihn tuschelten. Aber das konnte Einbildung sein. Es schwirrte einem viel merkwürdiges Zeug im Kopf herum, wenn man tagaus, tagein nur den Dschungel um sich hatte. Acht Tage waren mittlerweile seit ihrer Begegnung mit Winnetou vergangen. Winnetou. Was für ein idiotischer Name. Schulz-Kampfhenkel kam sich vor wie Old Shatterhand, der weiße Held und die edle Rothaut. Dabei hatte sein alter »Freund« weder begriffen, wo er sich befand, noch, mit wem er es zu tun hatte. Sein Winnetou war ein gefährliches Subjekt, ein zweibeiniges Raubtier, niederträchtig und wie alle anderen Kreaturen in dieser Hölle nur auf das Überleben ausgerichtet. Hansen begegnete ihm mit Vorsicht, nannte ihn nur bei seinem richtigen Namen, Pitoma. Der Waldindianer quittierte das mit tückischen Blicken. Sie trauten sich gegenseitig nicht über den Weg. Aber Pitoma respektierte ihn wegen seiner Schießkünste genauso wie die Caboclos, und Hansen wusste, dass der Indio ein noch perfekterer Jäger war als er selbst. Pitoma hantierte unglaublich geschickt mit Pfeil und Bogen, erlegte Fische, kleine Kaimane und Vögel, selbst aus großer Distanz. Hansen hatte ihn bei der Jagd studiert und sich einiges abgeschaut. Die Geduld, die Ruhe, das Verschmelzen mit der Umgebung. Wenn Pitoma sich an ein Tier heranpirschte, stand er da wie aus Stein gemeißelt, den Bogen gespannt, der Atem flach. Es hatte Momente gegeben, da konnte Hansen sich nicht losreißen vom Anblick dieses Körpers, den genau definierten Muskeln, der animalischen Aura. Dann spürte er wieder dieses Verlangen in sich, wie sich alles in ihm verzehrte nach zärtlicher Berührung und gleich darauf ausgelöscht wurde durch eine glutheiße Welle der Scham. Müller. Warum wurde er überall, selbst im gottverlassensten Winkel des Planeten, von dem eingeholt, vor dem er fliehen wollte?

Zwei kräftezehrende Wochen waren sie jetzt unterwegs, gegen den Strom, das Tageslicht nutzend vom ersten bis zum letzten Sonnenstrahl. Pituma führte sie zurück zu seinem Dorf. Zumindest behauptete er das. Einen Tag hatten sie an der Biegung des Rio Jary, an der sie auf den Indio gestoßen waren, auf Kahle und Krause warten müssen. Am nächsten

Morgen hielt Schulz-Kampfhenkel mit hochrotem Kopf und gestelztem Tonfall eine Rede, bei der Hansen, der nicht richtig zuhörte, nur die Worte »historisch« und »Geschichtsbücher« verstand, und der mühselige Teil ihrer Reise begann. Mein Gott, wie er diesen Fluss hasste. Der Jary war lebendig, wild, starrsinnig, ein Monstrum, das sich mit Zähnen und Klauen dagegen wehrte, vereinnahmt zu werden, das gierig nach ihrem Lebenssaft verlangte. Seine Zähne waren die Stromschnellen, seine Klauen die scharfkantigen Felsen, die darunter lauerten. Wenn die Männer in die Fluten sprangen, um ein Boot durch das schaumweiße Wasser zu ziehen, kam kaum einer ohne blutende Schnitte an den Füßen wieder heraus. Hansen hatte den Eindruck, dass der Fluss nur aus einer Aneinanderreihung von Stromschnellen bestand, so schnell dröhnten sie mit ihren Außenbordern über die ruhigeren Passagen hinweg. Aber es war wohl nur der unvergleichlich höhere Aufwand, den sie betreiben mussten, um die Katarakte zu überwinden, die Angst um die Ausrüstung, den Proviant und nicht zuletzt das eigene Leben.

Tag für Tag ging das so, Stunde um Stunde. Manchmal steuerten sie, unterstützt von ihren Motoren, kühn durch die Stromschnellen hindurch. Meistens aber mussten sie aus den Booten heraus und sie am Rande über die Steine ziehen, vorsichtig, um kein Loch in den Rumpf zu schlagen. Wenn die tosenden Wirbel unüberwindbar schienen, suchten sie sich einen Weg am Ufer entlang, durchs Dickicht. Zwölf Stunden am Tag Plackerei. Pituma packte mit an, er kannte den Fluss und entschied, wann sie es durchs weiße Wasser wagten und wann sie die Muskeln spielen ließen. Als eines der Boote nach einer Woche in einer kniffligen Passage zu kentern drohte, gab Pituma ihnen gestenreich zu verstehen, dass sie zu viel Gewicht mit sich führten. Hansen hätte der Rothaut am liebsten gesagt, sie solle sich um ihren Indianerkram kümmern, aber

Schulz-Kampfhenkel ordnete an, die Boote zu erleichtern. Er ließ am Ufer, in geschützter Lage auf drei Meter Höhe, eine Plattform bauen und ein Drittel des Expeditionsgutes dort oben unter einer Plane wasserfest verstauen. Greiner sollte das Material holen, wenn sie das Dorf erreicht hatten.

Abends besaß niemand mehr die Kraft, noch Wache zu stehen, so erschöpft waren alle. Sie schafften es gerade, sich eine Mahlzeit zuzubereiten. Hansen und Pituma nutzten das Zwielicht der Dämmerung für die Jagd, und meist kehrte zumindest einer von ihnen mit Beute zurück. Diese Momente entschädigten Hansen ein wenig für die Strapazen des Tages, aber er fühlte sich trotzdem unwohl, sonderte sich ab von den Männern, blieb oft für sich, suchte sich einen ruhigen Platz für seine Hängematte. Die teils rüden Scherze waren ihm zuwider, das Gebaren in der Gruppe ein Gräuel. Hansen litt unter dem Verdacht, dass die anderen über ihn redeten, wenn er nicht dabei war, und schwiegen, wenn er zu ihnen ans Lagerfeuer stieß. Aber es gab keine offen ausgesprochenen Feindseligkeiten. Solange er seinen Genossen die Bäuche füllte, akzeptierten sie sein Verhalten.

Eines Abends war er, aufgewühlt von der Jagd, noch am Lagerfeuer sitzen geblieben, während die Männer matt in ihre Hängematten sanken. Plötzlich hockte sich Schulz-Kampfhenkel neben ihn und bot ihm einen silbernen Flachmann an.

»Rum aus meiner persönlichen Reserve«, sagte er. »Brugal Extra Viejo, acht Jahre alt, aus der Dominikanischen Republik. Ein edles Tröpfchen. Vertreibt die Piums.«

Hansen griff zu, nahm einen großen Schluck. Der Alkohol brannte köstlich in der Kehle.

»Erstklassig.«

»Weißt du noch, wie wir versucht haben, Vaters Barschrank zu knacken?«, fuhr Schulz-Kampfhenkel fort. »Du hast am Ende den Dietrich im Schloss abgebrochen, und ich habe es hinterher aufs Personal geschoben. Aber der Alte Herr hat mir nicht geglaubt.«

Schulz-Kampfhenkel lächelte versunken ins Feuer.

»Was, meinst du, wäre passiert, wenn wir uns nicht aus den Augen verloren hätten, Heinrich?«

»Dann wären wir Freunde geblieben«, entgegnete Hansen ohne innere Überzeugung.

»Das glaube ich auch«, sagte Schulz-Kampfhenkel. »Deshalb bin ich froh, dass wir uns wiedergefunden haben. Anfangs hatten wir unsere Probleme miteinander, aber mittlerweile weiß ich, dass ich mich auf dich verlassen kann. Du schießt wirklich großartig, viel besser als früher. Aus dir ist ein Meisterschütze geworden.«

Hansen winkte ab.

»Doch, mach dich nicht kleiner, als du bist. Auch Kahle und Krause schätzen dich, selbst wenn sie es dir nicht immer zeigen. Du bist ein vollwertiges Mitglied dieser Expedition, das wollte ich dir nur sagen.«

Also daher wehte der Wind, dachte Hansen. Schulz-Kampfhenkel wollte den Schaden begrenzen und die Moral verbessern.

»Das ist mir vollkommen klar.«

»Na, dann ist es ja gut.«

Beide schwiegen, schauten in die Flammen, die an einem fast verkohlten Aststück fraßen. Der größte Teil des Feuers war heruntergebrannt. Schulz-Kampfhenkel sprach als Erster.

»Darf ich dich mal was fragen?«

»Nur zu.«

»Was hast du die ganze Zeit getrieben? Wir haben nie darüber gesprochen.«

»Dies und das.«

»Ich verstehe. Du willst nicht darüber reden.«

Hansen schnappte sich einen längeren Ast und stocherte damit in der Glut herum.

»Ich komme mir so dumm neben euch vor. Ein Pilot, ein Flugzeugingenieur, ein Wissenschaftler und Buchautor. Und was habe ich vorzuweisen? Nichts.«

»Red keinen Quatsch. Keiner von uns schießt auch nur annähernd so gut wie du.«

Hansen prustete verächtlich.

»Schießen. Toll. Eine Fähigkeit, mit der ich es noch weit bringen werde.«

Schulz-Kampfhenkel wurde mutiger, befeuert durch den Alkohol.

»Was hast du gelernt, Heinrich?«

Ich habe gelernt, neugierigen Expeditionsleitern aus dem Weg zu gehen, dachte Hansen. Meistens zumindest.

»Nichts, Otto. Alles und nichts. Ich bin ein paar Jahre zur See gefahren, danach habe ich im Hafen gearbeitet. Was so anfiel. Schiffe beladen, in den Lagerhallen aushelfen, manchmal auch nur Böden schrubben. Später hat mich ein Bekannter meines Vaters in seinem Betrieb als Mädchen für alles engagiert. Den Job habe ich an den Nagel gehängt, um dich an den Amazonas zu begleiten. Du siehst, ich musste kein großes Opfer bringen.«

Wie laut der Dschungel in der Dunkelheit war. Um sie herum herrschte ein permanentes Zirpen, Gurren und Grunzen, das Grundrauschen der Wildnis. Hansen kam es so vor, als lachten die Urwaldbewohner ihn aus. Für seine Lügen und Halbwahrheiten. Der Laden, in dem er zuletzt gearbeitet hatte, war eine üble Spelunke an der Reeperbahn, in der alle abwegigen Wünsche erfüllt wurden. Seine Aufgabe war es, dafür zu sorgen, dass alles einigermaßen sauber wirkte und die Mädchen mit halbwegs anständigen Mahlzeiten versorgt wurden. Schon damals war er also derjenige, der eine Gruppe ernährte und nicht wirklich dazugehörte. Dort hatte er Müller kennengelernt. Eine verhängnisvolle Begegnung.

»Du hättest einen richtigen Beruf lernen sollen, Heinrich«, sagte Schulz-Kampfhenkel, für Hansens Geschmack zu gönnerisch. »Aber es ist nie zu spät. Wenn wir zurück in Deutschland sind und unsere kleine Expedition Furore macht, stehen dir alle Türen offen. Dann kannst du noch mal von vorn anfangen.«

»Das sehen wir, wenn es so weit ist.«

»Vertrau mir«, sagte Schulz-Kampfhenkel, schlug ihm jovial auf die Schulter, stand auf und ging zu seiner Hängematte. Hansen blieb allein am Lagerfeuer zurück. Über ihm, in undurchdringlicher Dunkelheit, schrie, pfiff und brummte es. Schlief der Dschungel nie? Hansen fragte sich, woher Schulz-Kampfhenkel selbst hier, in diesem Niemandsland, seine Selbstherrlichkeit nahm. Sie bewegten sich auf einem solch schmalen Grat. Ohne Feuer, ohne Ausrüstung, ohne den Schutz der Gruppe würde der Dschungel sie mit Haut und Haaren fressen. Nichts bliebe von ihnen zurück, niemand würde jemals eine Spur von ihnen finden. Sie waren nur lächerliche Staubkörner angesichts dieser Urgewalt. Erst einmal mussten sie lebend hier herauskommen. Alles Weitere würde man sehen. Neuanfang. Wenn Schulz-Kampfhenkel da nicht zu viel versprach. Hansen konnte zu diesem Zeitpunkt nicht ahnen, wie grausam richtig sein Freund aus Kindertagen mit seiner Prophezeiung lag.

Am nächsten Morgen hielt Schulz-Kampfhenkel Kriegsrat. Vier Caboclos litten unter leichtem Fieber, ihre Wunden an den Füßen hatten sich trotz Behandlung mit Jod entzündet. Man war sich einig, dass es so wenig Sinn ergab weiterzufahren. Alle Männer mussten einsatzbereit sein. Zwei Tage Pause, entschied Schulz-Kampfhenkel. Hansen und Winnetou sollten die Zeit nutzen, die Fleischvorräte aufzufüllen. Die beiden zogen wenig später los, der Indianer an den Fluss, um Fische zu jagen, Hansen in den Dschungel, um Affen aufzustöbern. Und um allein zu sein. Er markierte seinen Weg mit bunten Bändchen, die ihm die Caboclos gegeben hatten. Es war kinderleicht, sich im Gestrüpp zu verlaufen, und mit hoher Wahrscheinlichkeit tödlich. Bis zum frühen Nachmittag hatte er einen kleinen Kapuzineraffen geschossen, nicht gerade eine üppige Ausbeute. Er hoffte, dass Pituma erfolgreicher gewesen war. Bei seiner Rückkehr lagen ein Dutzend Fische und ein mittelgroßer Kaiman neben dem Lagerfeuer. Ernesto, der Koch der Truppe, erzählte Hansen vom Kampf mit der Echse. Pituma hatte das Tier mit einem Pfeil so schwer verletzt, dass die Männer es mit einer Schlinge fangen und aus dem Fluss ziehen konnten. Dort hatten sie es mit ihren Bootsstangen erschlagen. Ein Leckerbissen, schwärmte Ernesto, zog aber erst dem Kapuzineraffen die Haut ab. Hansen schaute gleichermaßen fasziniert wie angeekelt zu. Gehäutet sahen vor allem die größeren Affen aus wie Kinder. Ernesto hatte seinen Spaß.

»Criança, Criança«, witzelte er auf Portugiesisch. »Kind, Kind.«

Er nahm ein Beil und hackte dem Affen den Kopf ab. Hansen schauderte. Mit jedem Tag, den sie tiefer in den Dschungel eindrangen, blätterte etwas ab von der dünnen Patina der Zivilisation. Er fragte sich, wann sie alle nackt dastanden, verrückt und lüstern, und ob sie sich dann gegenseitig die Schädel einschlagen würden. Wahrscheinlich. Ernesto lachte.

»Kind schmeckt gut«, sagte er.

Hansen wandte sich ab. Er würde die Zeit bis zum Abendessen in der Hängematte verdösen. Zwei Stunden später verfärbte sich der Himmel, schimmerte erst bläulich schwarz, ging dann ins Violette über. Ein Gewitter zog heran. Das Abendessen konnten sie vorläufig vergessen. In Windeseile sicherten die Männer die Ausrüstung, verzurrten alles so fest wie möglich unter Planen. Über ihnen grollte es bedrohlich. Hansen kannte mittlerweile diese Tropengewitter, sie hatten so wenig mit deutschen Unwettern gemein wie ein Wassertropfen mit dem Ozean. Wieder rollte Donner so gewaltig über den Dschungel, als ob ein Riese mit Felsbrocken kegelte. Noch war der Regen nicht bei ihnen angekommen, aber Hansen konnte ihn riechen. Weißglühende Blitze erleuchteten die Wolkengebirge, erfüllten die Luft mit so viel elektrischer Energie, dass Hansens Haare an den Armen aufrecht standen, als hätte er eine Gänsehaut. Auf einen Schlag war der Regen da, wie eingeschaltet, und sofort so dicht wie ein Vorhang. Hansen lachte verzweifelt. Mit Regen hatte das nichts zu tun. Die Luft war so gesättigt mit Feuchtigkeit, dass man sich beinahe so vorkam, als würde man sich unter Wasser befinden. Innerhalb von Sekunden war Hansen bis auf die Knochen nass. Über ihm toste der Sturm, explodierte die Welt. Scheißegal, dachte er, weg mit dem Geschmeiß, das hier herumkreucht. Einschließlich ihm selbst. Er hätte sich nicht beschweren können. Nach einer halben Stunde aber war alles schon vorbei. Der Regen wurde von unsichtbarer Hand wieder ausgeschaltet, der Donner rumpelte in weiter Ferne, die Blitze zuckten matt, kaum wahrnehmbar. Sie hatten es überstanden. Der Dschungel war noch nicht fertig mit ihnen.

Auf eine ruhige Nacht folgte ein Tag ohne besondere Vorkommnisse. Das Fieber der Erkrankten ging zurück, sie waren bereit, es wieder mit dem Jary aufzunehmen. Am nächsten Morgen starteten sie in aller Frühe, mit dem ersten, diffusen Licht. Schulz-Kampfhenkel wollte die verlorengegangene Zeit aufholen und hatte auf den frühen Aufbruch gedrängt. Angeblich lagen nur noch sechs Tagesreisen vor ihnen, behauptete Pituma. Er beherrschte bereits etliche Wörter Portugiesisch, und täglich lernte er neue hinzu. Außerdem war es ihm anzusehen, dass er mit jedem Tag, den sie sich ihrem Ziel näherten, nervöser wurde. Pituma riskierte viel. Für ihn ging es um seine Stellung innerhalb des Dorfes, erklärte Schulz-Kampfhenkel seinen Gefährten. Wenn der Häuptling Pituma vorwerfen sollte, dass er Weiße und mit ihnen womöglich Krankheiten einschleppte, wurde er vielleicht ausgestoßen. Allerdings verschaffte ihm die Kiste mit Kostbarkeiten, die seine neuen Freunde als Gastgeschenk mitbrachten, wahrscheinlich Respekt unter seinen Stammesbrüdern. Auf jeden Fall hing Pitumas persönliche Zukunft davon ab, wie das Dorf reagierte. Als wolle er trübe Gedanken an seine Rückkehr vertreiben, arbeitete er härter als alle anderen, paddelte wild durch die Stromschnellen, legte sich eisern in die Seile, wenn es notwendig wurde, ein Boot zu ziehen, und holte Fische wie am Fließband aus dem Fluss. Am fünften Abend erklärte Pituma am Lagerfeuer wortreich, dass sie am folgenden Tag sein Dorf erreichen würden, einen Tag eher als vorgesehen. Hansen sah den selbstzufriedenen Schimmer in Schulz-Kampfhenkels Augen. Der selbsternannte Entdecker, der sich in einer Reihe mit Vasco da Gama und Alexander von Humboldt wähnte, war kurz vorm Ziel. Monatelang hatte er von seinen Waldindianern geredet, nun würde er ihnen gegenübertreten, der erste Weiße im Dorf der Aparai. Hansen fragte sich, wer aufgeregter war: Winnetou oder Old Shatterhand. Er selbst spürte auch einen leisen Kitzel. Aber es war die Gier, die sich in ihm regte. Hansen vermutete, dass sie nun dem tatsächlichen Grund ihrer Reise ein gutes Stück näher kommen würden – dem mysteriösen Eldorado.

Der nächste Morgen verlief in angespannter Erwartung. Schulz-Kampfhenkel wollte auf alles vorbereitet sein. Bloß jetzt keine Fehler, hämmerte er seinen Männern ein. Er ließ Pitumas Kanu mit einer Auswahl seiner Geschenke beladen, ein paar Äxten, Messern und Ketten aus falschen Perlen. Hansen und Kahle sollten ihn und Pituma begleiten, mit Gewehren bewaffnet. Schulz-Kampfhenkel sagte, es sei wichtig, Stärke zu demonstrieren, ihren Status als weiße Häuptlinge zu untermauern. Dann legten sie ab. Krause, Greiner und die Caboclos blieben im Lager zurück. Nach ein paar Ruderschlägen drehte sich Hansen noch einmal um. Die Männer standen am Ufer, Greiner winkte. Hoffentlich würde er ihn wiedersehen.

Zwei Stunden mühte sich die kleine Delegation stumm gegen die Strömung ab, bis Pituma, der im Bug saß, ein Zeichen gab. Sie sollten anlegen. Pituma sprang aus dem Boot, griff sich ein Bündel, holte Kleider heraus, die ihm Schulz-Kampfhenkel geschenkt hatte. Die Männer beobachteten, wie sich der Indio verwandelte, eine Khaki-Hose über seinen Lendenschurz zog und in ein Hemd schlüpfte. Er hängte sich seine geliebte Kette mit den beiden Püppchen um, kämmte sich sorgfältig die Haare und lächelte verlegen. Sieh mal an, dachte Hansen, selbst im Dschungel machen Kleider Leute. Auch wenn Pituma seiner Meinung nach aussah wie ein Karnevalist, der seine Herkunft nicht verleugnen konnte. Mit einem Mal glaubte Hansen, dass von den Aparai nichts zu befürchten war. Wer Wert auf ein ordentliches Aussehen legte, würde nicht gleich den erstbesten Weißen mit einem tödlichen Pfeil begrüßen.

Pituma kletterte zurück ins Boot. Alle wussten, dass sie unmittelbar vor dem Lager sein mussten. Der Indio steuerte auf einen schmalen Seitenarm des Jary zu. Bäume mit tiefhängenden Blättern beschatteten die Einfahrt. Ohne Pituma wären sie mit dem Haupttross daran vorbeigerudert.

»Da vorn«, rief Schulz-Kampfhenkel.

An einem sandigen Ufer lag ein Dutzend Kanus. Sie waren am Dorf. Pituma legte an, alle stiegen aus. Niemand war zu sehen, es herrschte fast beängstigende Stille. Selbst der Dschungel schwieg, dachte Hansen. Jetzt spürte er ein Flattern in der

Magengrube. Er packte das Gewehr fester. Vor ihnen führte ein zwei Meter breiter, offensichtlich dem Urwald abgetrotzter Weg hinein ins Unbekannte. Hatten die Aparai ihre Ankunft beobachtet? Hatten sie Pituma gesehen, den Mann aus ihrer Mitte? Vermuteten sie vielleicht, dass er ein Gefangener sei, und wollten ihn nun befreien, aus dem Schutz des Waldes heraus? Wahrscheinlich waren sie alle so treffsicher wie Pituma. Ihn fröstelte, kalter Schweiß brannte in Hansens Augen.

Die Männer warteten unschlüssig. Pituma deutete an, dass sie mit den Gewehren in die Luft schießen sollten. Einen Willkommenssalut. Ob das die angemessene Begrüßung war?, fragte sich Hansen.

»Los«, sagte Schulz-Kampfhenkel.

Kahle und Hansen zielten in die Luft und gaben jeder zwei Schüsse ab. Pituma nickte. Nichts passierte. Nach einer Minute schälte sich eine Gestalt aus dem Schatten des Weges. Pituma trat beiseite. Der Indianer war schon älter, vielleicht Mitte fünfzig, aber zäh und muskulös. Bis auf seine Schambinde war er nackt. Sein Gesicht hatte scharfe Falten, die Augen blickten sie wach und aufmerksam an. Das war der Häuptling, dachte Hansen, der Tuschaua. Der Alte blieb vor den Männern stehen und lächelte sie an.

»Hallo, guten Tag, wie geht's? Lange nicht gesehen!«, sagte Schulz-Kampfhenkel auf Deutsch.

Der Häuptling reichte ihm die Hand und lächelte weiter. Hansen atmete erleichtert aus. Bald bin ich ein reicher Mann, dachte er.

6.
Berlin

23. September 1939
Wohnung der Weinbergs

Krauss starrte auf das kleine Mädchen, das sich am Fußende seines Bettes verlegen wand, als sähe er eine Erscheinung. Er hatte nicht bemerkt, dass es ins Zimmer gekommen war, sondern nur die Decke betrachtet und seinen trüben Gedanken nachgehangen.

Das Kind mochte etwa fünf, sechs Jahre alt sein, genau konnte Krauss das nicht einschätzen. Dafür fehlte es ihm an Erfahrung. Er nahm an, dass es sich um Weinbergs Tochter handelte; vielleicht aber war sie auch mit ihren Eltern zu Besuch und hatte sich heimlich in sein Zimmer geschlichen. Krauss verzog sein Gesicht zu etwas, das er für ein Lächeln hielt. Das Mädchen schubberte mit der Schulter nervös am Fußteil des Bettes entlang.

»Bist du tot?«, fragte sie.

Jetzt musste Krauss wirklich lächeln, so entwaffnend war die Frage.

»Auch wenn ich vielleicht so aussehe, nein, ich bin es nicht«, antwortete er. Er hob die rechte Hand. »Sieh mal, ich kann sogar die Hand heben.«

Das Mädchen beobachtete ihn genau.

»Mama hat gesagt, du siehst lebendig aus, aber in Wirklichkeit bist du tot.«

Krauss schwieg, sah das Kind nur an. Es musste den Satz aufgeschnappt haben, so etwas sagte eine Mutter nicht zu ihrer kleinen Tochter. Das Mädchen hatte ihn behalten und war neugierig geworden.

»Deine Mutter irrt sich«, sagte er. »Ich war fast tot. Jetzt bin ich lebendig. So lebendig wie du.«

Sie zog eine Schnute, zeigte eine Reihe kleiner Zähne.

»Und warum stehst du nicht auf und spielst mit mir?«

»Ich bin krank. Das ist aber nicht dasselbe wie tot.«

Die Kleine warf den Kopf nach vorn und prustete die Worte raus.

»Das weiß ich doch längst. Mama und Papa sind schon lange krank, aber ganz lebendig. Ich bin auch manchmal krank, doch das geht vorbei.« Sie nickte. Krauss war neugierig geworden.

»Was haben deine Eltern denn für eine Krankheit?«

Das Mädchen schüttelte den Kopf. Ihre Arme ruderten wild in der Luft herum.

»Keine Ahnung. Aber sie dürfen nicht zur Arbeit, sondern müssen zu Hause bleiben. Damit sie niemanden anstecken.«

Krauss glaubte zu wissen, was hinter der Krankheit der Weinbergs steckte. In den vergangenen Tagen hatte er genug Zeit gehabt, über seine Situation nachzudenken. Auch wenn das Ehepaar bislang nur das Nötigste mit ihm sprach – angeblich, um ihn zu schonen –, ließen Straubingers Ausführungen nicht viele Deutungen zu. Weinberg hatte gesagt, er sei Jude. Es war möglich, dass er seinen Beruf nicht ausüben durfte. Krauss hatte die vergangenen fünf Jahre in England verbracht und die politischen Nachrichten aus Deutschland nicht so aufmerksam verfolgt, wie es vielleicht nötig gewesen wäre. Stattdessen hatte er sich auf die Informationen des britischen Geheimdienstes MI5 verlassen. Mehr brauchte und wollte er nicht wissen. Aber es war ihm zu Ohren gekommen, dass die deutsche Regierung für Juden Berufsverbote verhängt hatte. Das würde das merkwürdig schmale Zimmer erklären, in dem er sich befand. Weinberg betrieb eine illegale Praxis, und Straubinger unterstützte ihn dabei. Aus bislang unklaren Motiven.

Das war es, was er sich zusammengereimt hatte, und die beiläufigen Sätze des Mädchens bestätigten seine Einschätzung.

»Aber das ist doch schön für dich, wenn deine Eltern zu Hause sind. So können sie sich um dich kümmern.«

Das Mädchen grimassierte.

»Schön, ja. Aber manchmal auch nicht. Denn Papa ist oft traurig, und Mama weint. Dann möchte ich, dass sie wieder gesund werden und arbeiten gehen können. Wirst du denn wieder gesund?«

Krauss betrachtete das Kind. Es hatte das Leben noch vor sich, dachte nicht an das Unvermeidliche, nur an das Naheliegende. Ja, wie war es um ihn bestellt? Würde er wieder gesund werden? Im Moment sah es tatsächlich danach aus.

»Natürlich«, sagte er. »Und dann gehe ich wieder arbeiten.«

Das Mädchen drehte sich plötzlich um, schaute nervös zur Tür. Sie hatte etwas gehört, wirkte unschlüssig. Offensichtlich durfte sie nicht hier bei ihm sein. Ohne ein weiteres Wort rannte sie davon. Krauss blickte ihr hinterher. Er kam nur selten mit Kindern in Berührung, fühlte sich in ihrer Gegenwart oft unbeholfen. Seine Unfähigkeit, sie vor dem zu beschützen, was gerade in dieser Welt geschah, peinigte ihn. Krauss musste an Philipp denken, Hitlers heimlichen Sohn, den er erst mit Hanna aus dem Land und später nach London geschafft hatte. Philipp war sechs, also etwa im Alter des kleinen Mädchens. Auch bei ihm hatte er versagt. Weil Krauss sich einredete, seine eigenen Rachegelüste würden das Wohlergehen des Jungen sichern, hatte der Junge seine Adoptiveltern verloren und war nach Deutschland verschleppt worden. Nur mit Odas Hilfe war es ihm gelungen, Philipp zu befreien. Aber zu welchem Preis? Der Junge war traumatisiert, heimat- und elternlos. Ihn seinem leiblichen Vater zuzuführen, hätte noch weitaus größeres Unheil über ihn gebracht. Es war so schon schwer genug, Philipp fernzuhalten von den Begehrlichkeiten, die seine Herkunft unter den Nazi-Mächtigen weckte. Göring wollte ihn in seine Gewalt bringen, um ihn für seine Zwecke zu instrumentalisieren, aber auch Bensler und Edgar hatten versucht, Hitlers Sohn für sich gewinnbringend einzusetzen. Bensler und Edgar waren tot, Philipp lebte noch. Wenigstens etwas. Der Junge wusste zum Glück nichts von seiner Herkunft. Ihm musste alles, was geschah, wie ein unerklärlicher Alptraum erscheinen, wie ein blutiger Sturm, der aus dem Nichts über ihn hinwegfegte. Jetzt war er mit Oda auf der Flucht, hoffentlich in ein besseres Leben.

Oda. Sie war einer der wenigen Menschen, denen Krauss vertraute. Vielleicht sogar der einzige, wenn er es genau bedachte. Obwohl sie ihm anfangs keinen Grund dazu gegeben hatte. Als sie sich zum ersten Mal begegneten, war sie eine Doppelagentin, arbeitete für seinen Bruder Edgar, in Wahrheit jedoch für Hermann Göring. Krauss konnte sie nach anfänglichen Schwierigkeiten für sich gewinnen, sie mit Philipps schrecklicher Geschichte überzeugen, dem Jungen zu helfen. Merkwürdige Parallelität des Lebens. Schon einmal hatte der Junge eine Frau dazu gebracht, ihn vor einer unheilvollen Zukunft zu bewahren. Hanna war mit Krauss und dem Säugling aus Deutschland geflohen. Sie hatte dafür das größtmögliche Opfer gebracht. Jetzt war Oda mit Philipp unterwegs, und Krauss wusste nicht einmal, wohin. Er hatte es nicht wissen wollen, für den Fall, dass man ihn foltern würde. Er stellte sich Oda und Philipp auf einem Schiff vor, nach England, lieber aber nach Australien, so weit wie möglich entfernt von Hitlers Einflussbereich. Oda konnte es schaffen, da war sich Krauss sicher, er hatte sie in Extremsituationen erlebt. Sie war klug, einfallsreich, kämpferisch. Eine Amazone. Er lachte leise. Ja, das war sie. Eine moderne Amazone. Oda würde das ihr anvertraute Kind bis aufs Blut verteidigen. Sie hatte keine Angst vor dem Tod.

Die Tür ging auf. Weinbergs Frau Inge trat mit einem Tablett ins Zimmer. Sie brachte das Mittagessen. Seit drei Tagen konnte Krauss wieder feste Nahrung zu sich nehmen. Die Mahlzeiten strukturierten seinen Tag, vermittelten so etwas wie Normalität. Er war dankbar dafür. Weinbergs Frau stellte das Tablett auf dem Nachttisch ab, klappte das Kopfteil des Bettes hoch, so dass Krauss aufrecht sitzen konnte, und reichte ihm das Tablett. Es gab zerstampften Kartoffel-Möhren-Auflauf und eine Tasse Tee.

»Guten Appetit«, sagte sie. »Aber essen Sie langsam.« Sie wollte gehen, doch Krauss ergriff ihren Arm.

»Bitte, bleiben Sie noch einen Moment«, sagte er. Weinbergs Frau musterte ihn erst unschlüssig, setzte sich dann aber neben sein linkes Bein auf die Bettkante. Sie strich sich eine Haarsträhne aus dem Gesicht. Krauss fand, dass sie müde aussah. Aber nicht nach der Art von Müdigkeit, die aus einem arbeitsreichen Haushalt resultierte. Sie sah so aus, als hätte man ihr die Hoffnung gestohlen, den Glauben an eine bessere Zukunft.

»Die Kinder«, setzte sie an, »sie geben nie Ruhe.«

»Ich möchte mich bei Ihnen von ganzem Herzen entschuldigen«, ging Krauss über ihre Worte hinweg, »für die Unannehmlichkeiten, die ich Ihnen bereite. Sie haben so schrecklich viel Arbeit mit mir, dass ich gar nicht weiß, wie ich das jemals wiedergutmachen soll. So wie in diesen Tagen habe ich mich noch nie geschämt, das sollen Sie wissen, und sobald ich wieder auf eigenen Beinen stehe, werde ich mich revanchieren. Ich weiß nicht, wie, aber es wird sich ein Weg finden …«

Weinbergs Frau winkte ab und setzte an, etwas zu erwidern, aber Krauss ließ sie nicht zu Wort kommen.

»… außerdem bin ich mir sicher, dass Sie sich durch meine Anwesenheit in große Gefahr bringen. Ich weiß nicht, warum Sie das tun, aber es zeigt, wie unglaublich mutig Sie sind. Sich gegen dieses System zu stellen, in Ihrer Situation.«

Sie schwieg, die Augen leicht gesenkt, einen Punkt des Bettes fixierend.

»Ihr Mann hat mir erzählt, dass Sie Juden sind«, sagte Krauss.

Weinbergs Frau hob den Blick.

»Ich war Protestantin, bin aber vor der Hochzeit zum jüdischen Glauben konvertiert. Das ist in ihren Augen fast noch schlimmer.« Sie sprach das »ihren« voller Verachtung aus. »Samuel hat gesagt, Sie hätten einen hohen Gestapo-Offizier getötet. Auch wenn ich Gewalt ablehne und nicht daran glaube, dass sie unsere Probleme lösen kann, freue ich mich, dass jemand den Mut findet, sich ihnen entgegenzustellen.« Sie legte eine Hand auf sein Bein. »Sie müssen sich für gar nichts entschuldigen.«

Jetzt war es an Krauss wegzuschauen.

»Sie wissen nichts über mich«, sagte er. »Ich bin kein guter Mensch. Noch vor ein paar Jahren habe ich an dieselbe Sache geglaubt wie die Menschen, die Sie so verachten. Und ich habe in meinem Leben furchtbare Dinge getan. Unverzeihliche Dinge. So gern ich es auch will, ich kann es nicht ungeschehen machen.«

Weinbergs Frau zuckte mit keiner Wimper.

»Für mich zählt nur, was Sie jetzt denken und tun«, sagte sie.

»Die Vergangenheit ist nicht vergangen. Nicht für mich«, entgegnete er. »Sosehr ich mir es anders wünschen würde. Aber meine Schuld werde ich selbst dann nicht los, wenn ich das gesamte Nazi-Pack umbringe. Ich bin mir dessen in jeder Sekunde bewusst. Bevor Sie in mir also etwas sehen, was ich nicht bin, denken Sie an das, was ich Ihnen gesagt habe. Ich bin kein guter Mensch.«

Sie schwieg, schaute dabei durch Krauss hindurch in die Ferne. Dann fixierte sie wieder seine Augen. Als hätte sie kurz in meine Seele geschaut, dachte Krauss. Die Müdigkeit in ihrem Gesicht war verflogen.

»Ich habe das Gefühl dafür verloren, was gut und was böse ist. Was ist daran schlecht, ein Jude zu sein? Ich weiß es nicht. Jeder lebt mir vor, dass wir ein Stück Dreck sind. Aber wir sind es nicht, die Menschen zusammenschlagen, Häuser anstecken und einen Krieg führen. Das passiert im Namen der Guten, der einzig Wahren, der Herrenrasse. Diese Welt ist krank. Manchmal kommt es mir vor, als hätte man sie wie einen schmutzigen Socken auf links gezogen. Auf einmal ist alles falsch, was vorher richtig war. Es ist zum Verrücktwerden. Ohne Samuel wäre ich es längst, davon bin ich überzeugt. Er gibt mir die Kraft, das durchzustehen, obwohl er selbst an den Zuständen verzweifelt. Aber er ist ungeheuer stark, tief verwurzelt in einem Glauben, der in seiner Geschichte so vielen Anfeindungen ausgesetzt gewesen ist. Mir war das nicht bewusst, ich bin dem Ruf meines Herzens gefolgt. Sagen Sie mir bitte, was kann daran schlecht sein?«

Krauss antwortete nicht, weil er wusste, dass sie nichts hören wollte. Weinbergs Frau sprach weiter.

»Ich halte mich für jemanden, der Menschen einschätzen kann. Sie sind nicht einer von denen. Vielleicht waren Sie es einmal, das weiß ich nicht. Ich weiß aber, dass Sie sich damit auseinandersetzen. Und dass Sie versuchen, es wiedergutzumachen, auch wenn Sie behaupten, dass das nicht geht. Für mich macht das einen guten Menschen aus – jemand, der aus seinen Fehlern lernt. Ich wollte, es gäbe mehr Leute, die so sind wie Sie.«

Weinbergs Frau stockte.

»Ich weiß nicht, ob Straubinger es Ihnen erzählt hat, aber der Mann, den ich getötet habe, war mein Bruder«, sagte Krauss in die Stille, die zwischen ihnen entstanden war. Er wusste nicht, warum er das gesagt hatte. Es schien ihm, als wolle er ihr unbedingt beweisen, was für ein Ungeheuer er war. Er suchte keine Absolution, sondern Strafe. Ihr Gesichtsausdruck veränderte sich nicht.

»Das ist entsetzlich«, sagte sie. »Sie tun mir leid.«

»Das ist nicht nötig. Ich würde es wieder tun, obwohl es mir keinerlei Genugtuung verschafft hat. Nur die Gewissheit, dass er für seine Taten bestraft wurde. Mir geht es da so ähnlich wie Ihnen: Ich glaube, dass man auch die Gerechtigkeit auf links gezogen hat. Also muss man seinen eigenen Prinzipien folgen.«

Sie sah ihn traurig an.

»Ich halte Sie trotzdem nicht für einen schlechten Menschen«, flüsterte sie. »Vielleicht für einen verlorenen. Ich weiß nicht, was schlimmer ist.«

Weinbergs Frau lächelte, strich ihm über das Bein und erhob sich.

»Ich muss jetzt gehen«, sagte sie. Er nickte. Als sie fast die Tür erreicht hatte, fiel Krauss noch etwas ein.

»Würden Sie mir einen Gefallen tun?«, fragte er. Sie blieb stehen und drehte sich um.

»Erlauben Sie Ihrer Tochter, mich zu besuchen. Sie war vorhin kurz hier, und ich finde sie wunderbar. Es würde mich auf andere Gedanken bringen.«

Krauss war nicht in der Lage, ihren Blick zu deuten, bevor sie die Tür wortlos hinter sich zuzog. Doch er konnte es gut verstehen, wenn sie ihrer Tochter den Kontakt mit einem Brudermörder nicht zumuten wollte.

Eine halbe Stunde später zupfte jemand an seiner Bettdecke. Er war nach dem Essen eingeschlafen, das Tablett vor sich.

»Ich soll das Geschirr abholen«, sagte die Kleine.

Er lächelte und reichte es ihr. Sie ging, kehrte aber kurz darauf zurück und stand unschlüssig neben dem Bett. Er rutschte ein Stück zur Seite.

»Setz dich«, sagte er. Sie zierte sich erst, setzte sich dann aber aufs Bett und verschränkte die Arme.

»Ich weiß noch gar nicht, wie du heißt«, sagte Krauss.

Sie machte einen spitzen Mund.

»Hannah«, sagte sie.

Krauss schluckte. Er hatte sofort einen Kloß im Hals, riss sich aber zusammen.

»Das ist ein schöner Name«, entgegnete er leise. »Ein sehr schöner Name.«

»Und wie heißt du?«, fragte Hannah keck.

Er rang sich ein Lächeln ab. »Richard«, sagte er. »Ich heiße Richard.«

7.
Brasilien

15. Dezember 1935
Dorf der Aparai

Niemals hätte Hansen gedacht, dass er im Dschungel mit seinen sexuellen Neigungen konfrontiert werden könnte. Doch jetzt hockte er im Rundhaus und beobachtete verstohlen Saracomano, den Häuptlingssohn. In den fünf Tagen, die sie jetzt bei den Aparai waren, hatte er sich mit dem Jungen angefreundet, besser gesagt, Saracomano mit ihm. Sie gingen gemeinsam auf die Jagd, der Indianer zeigte ihm ihre verborgenen Pfade, versuchte, den Weißen aufmerksam zu machen auf die Geheimnisse des Dschungels. Hansen lernte schnell, und mit jedem Tag, an dem er mit dem Jungen unterwegs war, fühlte er sich stärker zu ihm hingezogen. Saracomano mochte fünfzehn, sechzehn Jahre alt sein, er hatte einen muskulösen, aber noch nicht stämmigen Körper und im Gegensatz zum grobschlächtigen Pituma ein feingeschnittenes, anmutiges Gesicht. Hansen verfluchte das Schicksal, das ihn im hinterletzten Winkel der Welt mit einem solchen Jüngling konfrontierte. Er war verwirrt, verunsichert, manchmal geradezu verstört. Niemand im Lager oder im Dorf durfte von seinen Präferenzen erfahren. Also musste er sich noch mehr verstellen als bisher, auch Saracomano gegenüber. Hansen wusste genau, dass es das Ende ihrer Expedition bedeuten würde, wenn er einen Annäherungsversuch unternahm. Er wagte es sich gar nicht auszumalen, wie Aocapoto reagieren würde. Der Häuptling war ein kräftiger Mann, mit Adern, die sich beinahe fingerdick über seine muskelharten Arme schlängelten. Aocapoto verstand bestimmt keinen Spaß, wenn es um seinen Sohn ging. Hansen ermahnte sich zu mehr Wachsamkeit.

Unter dem hohen Palmstrohdach des Rundhauses verflüchtigte sich der Qualm der Bambuszigaretten. Die Männer hielten an diesem Morgen eine Besprechung ab, bei der gewohnheitsmäßig geraucht wurde. Schon jetzt, gegen elf Uhr, lag die Außentemperatur bei über dreißig Grad, und Hansen freute sich, dass das Versammlungshaus der Aparai an den Seiten offen war, um den Wind hindurchzulassen. Schulz-Kampfhenkel wollte seinen neuen Dschungelfreunden an diesem Morgen erklären, was es mit den schwarzen Kästen, den Kameras, auf sich hatte, mit denen die weißen Besucher ständig durchs Dorf liefen. Aocapoto hatte am Tag zuvor sein Misstrauen gegenüber den »machinas«, wie er sie nannte, bekundet. Es war das erste Mal, dass der Häuptling etwas an den so überraschend aufgetauchten Gästen kritisierte. Bisher verlief ihr Rendezvous mit den Indianern reibungslos. Nach der ersten verlegenen Begegnung vor zehn Tagen hatte Aocapoto die kleine Delegation über den Weg in ein leeres Dorf geführt. Erst auf seine Rufe hin waren zwei alte Frauen aus ihrem Versteck gekommen. Schulz-Kampfhenkels Geschenke und Pitumas Bericht überzeugten die überrumpelten Indios jedoch sehr schnell von den guten Absichten ihrer weißen Besucher. Sie waren willkommen, durften am nächsten Tag mit dem gesamten Tross sogar ein verlassenes Dorf der Aparai beziehen, das ganz in der Nähe auf einer Flussinsel in einem Seitenarm des Jary lag. Besser hätte die Kontaktaufnahme mit diesem ursprünglichen Stamm aus Schulz-Kampfhenkels Sicht nicht verlaufen können.

Bereits am dritten Tag trauten sich alle Indianer, auch die jüngeren Frauen, wieder ans Licht. Neugier auf die ungebetenen Gäste siegte über eventuelle Bedenken. Im Grunde handelte es sich bei diesem Dorf der Aparai um eine Großfamilie, bestehend aus vierzehn Personen. Der Hauptstamm siedelte weiter westlich, am Rio Paru. Die Indios am Jary lebten völlig zurückgezogen, unberührt von zivilisatorischen Einflüssen. Für Schulz-Kampfhenkel die ideale Voraussetzung, um ihre Kultur zu studieren. Deshalb war er sofort elektrisiert, als er von Aocapotos Bedenken gegenüber den Kameras erfuhr. Nichts durfte ihr Vorhaben gefährden.

Für das Gespräch mit Aocapoto hatte Schulz-Kampfhenkel sich ein paar zerfledderte Illustrierte eingesteckt, die während der wochenlangen Reise den Jary hinauf mehrfach durch alle Hände gegangen waren. Sie lagen jetzt aufgeschlagen vor dem Häuptling und dessen Sohn. Aocapoto betrachtete aufmerksam die Fotos, blätterte um, reichte die Zeitung an Saracomano weiter. Diese Bilder seien mit Hilfe der schwarzen Apparate, der »machinas«, entstanden, ließ Schulz-Kampfhenkel Pituma und Raimundo übersetzen. So würden die Menschen in ihrer Heimat vom Leben der Aparai erfahren. Aocapoto nickte. Er begriff, und er erlaubte es. Die Angelegenheit war erledigt, die Sache mit den »machinas« vom Tisch.

Das Stammesoberhaupt wollte aber noch mehr wissen. Aocapoto fragte nach dem großen Häuptling der weißen Männer. Er wusste, dass es in Brasilien einen »Papa Grande« gab, einen großen Vater, und vermutete Ähnliches auch in der Heimat seiner Gäste. Schulz-Kampfhenkel grübelte. Hansen war gespannt darauf, was der Expeditionsleiter über Hitler zu berichten haben würde.

»Ja, bei uns gibt es auch einen großen Vater«, sagte Schulz-Kampfhenkel. »Aber wir reisen im Auftrag eines noch mächtigeren Papas, des großen Vaters Wissenschaft. Er hat von dem genügsamen Leben der Aparai gehört und will sie näher kennenlernen, ihre Gebräuche und Gewohnheiten studieren. Deshalb sind wir hier, als Kundschafter.«

Aocapoto lauschte den übersetzten Worten. Ob dieser große Vater Wissenschaft einen Bart habe, fragte er. Schulz-

Kampfhenkel lächelte. Die Männer hatten sich seit Wochen nicht mehr rasiert, trugen allesamt ein dichtes Gesichtsgestrüpp, während den Indianern nur ein paar vereinzelte Haare am Kinn wucherten.

»Ja, er hat einen langen weißen Bart«, sagte Schulz-Kampfhenkel. »Er ist ein sehr weiser Mann, der nie aufhört zu lernen und sein Wissen allen Menschen zur Verfügung stellt, damit sie davon profitieren und schlauer werden. Er interessiert sich für alles auf der Welt, aber er kann nicht überall zugleich sein. Deshalb schickt er uns.«

»Wenn er so alt ist und nicht mehr jagen kann, wer sorgt dann für den großen Vater Wissenschaft?«, fragte Aocapoto. Schließlich seien seine Kinder hier bei ihnen, weit weg von zu Hause.

»Der große Vater Wissenschaft hat viele Söhne«, entgegnete Schulz-Kampfhenkel. »Es bleiben immer genug bei ihm, um ihm zu helfen. Außerdem sind Hansen und Greiner nur seine Neffen.« Er zwinkerte Hansen zu, der erneut Wut in sich auflodern fühlte. Das war mal wieder typisch für Otto und sein Großmannsgetue.

Aocapoto erklärte, dass er zufrieden sei und hoffe, dem großen Vater Wissenschaft alles über die Aparai liefern zu können. Die weißen Männer seien weiter willkommen und dürften sich in allen Fragen an ihn wenden. Nur eines sollten sie bedenken: Nicht lange, und die Regenzeit würde den Jary anschwellen lassen. Dann wäre ihnen für lange Zeit der Rückweg abgeschnitten, und sie müssten auf Monate so leben wie die Aparai. Schulz-Kampfhenkel bedankte sich ergeben. Hansen sah ihn verächtlich von der Seite an. Natürlich wussten die Männer, dass sie bald hier abgeschnitten waren. Das war es ja, was Schulz-Kampfhenkel wollte. So viel Zeit wie möglich mit den Indianern verbringen. Jetzt musste Hansen nur noch herausbekommen, warum.

Hansen und Saracomano zogen gemeinsam durch den Busch. Sie waren die Jäger, die Ernährer. Ihre Tage hatten nach mehr als zwei Wochen zu einer gewissen Routine gefunden. Um fünf Uhr am Morgen, eine Stunde vor Tagesanbruch, stand Hansen auf, schnappte sich ein schmales Ubu, ein Indianerkanu, und ruderte hinüber zum Lager der Aparai. Vor der Hütte des Häuptlings wartete er auf Saracomano, um den Schlaf seiner Eltern nicht zu stören; oft genug empfing ihn auch der Junge, bereit zum Aufbruch. Er trug nichts als einen Lendenschurz, in dessen Gürtel ein Messer steckte. Den mannshohen Bogen sowie sechs, sieben Pfeile hielt er in der Hand. Hansen nahm auf der Jagd stets den Mauserstutzen mit, der sich als robust und zuverlässig erwiesen hatte, dazu steckte in einem Holster an der Hüfte ein sechsschüssiger Webley-Revolver. Er hatte die Waffe in Belem gekauft, sie war alt und schwer, aber unverwüstlich. Mit ihr fühlte er sich sicherer, sollte plötzlich eine Giftschlange oder anderes gefährliches Getier vor ihnen auftauchen. Für die kurze Distanz war der Revolver besser geeignet. Selbstverständlich hatte er Saracomano damit schießen lassen; der Junge war gleichermaßen begabt wie begeistert. Hansen plante, dem Häuptlingssohn bei ihrer Abfahrt die Waffe zu schenken, fürchtete jedoch, dass Schulz-Kampfhenkel dies nicht gutheißen würde. Die Aparai sollten von ihnen keine Feuerwaffen bekommen, angeblich, um ihre Entwicklung nicht zu gefährden. Aber auch dahinter vermutete Hansen andere Motive. Der Stamm sollte kontrollierbar, die Weißen dank ihrer technischen Überlegenheit gefürchtet bleiben.

Dabei verhielten sich die Wilden den Weißen gegenüber mehr als aufgeschlossen. Sie hatten sogar Tuntanpone und Pituma, die beiden mittelalten Männer des Dorfes, gemeinsam mit Greiner und ein paar Caboclos auf die lange Reise zurück nach Santo Antonio geschickt, um den Nachschub zu holen.

Auf dem Weg ins Lager sollte auch der auf der zusammengezimmerten Plattform verstaute Proviant mitgenommen werden. Alles in allem rechnete Schulz-Kampfhenkel mit einer Reisezeit von mindestens vier, fünf Wochen. Bevor die Regenzeit gegen Ende Januar einsetzte, sollte der Trupp wieder im Dorf sein.

Saracomano bedeutete Hansen mit der Hand, stillzustehen. Der Indianer rührte sich nicht, spähte ins grüne Chaos. Hansen versuchte, Saracomanos Blick zu folgen, sah aber nur das übliche, für seine Augen undurchdringliche Durcheinander aus Farnen, übergroßen Blättern und von Schlingpflanzen überwucherten Baumriesen. Er lauschte. Vielleicht hatte der Junge ein ungewöhnliches Geräusch gehört. Ein Tukan schrie weit über ihnen in den Wipfeln, in der Ferne kreischten Affen. Es knirschte, knackte und stöhnte, als wäre der Dschungel selbst ein gigantischer Organismus, ein urzeitliches Geschöpf, das ab und zu die Glieder regte – aber das waren nur verwachsene Stämme, die sich im Wind aneinanderrieben. Manchmal hörte man ein riesiges Getöse, wenn gewaltige Äste brachen und in den Urwald stürzten. Aber kein Laut deutete darauf hin, was sich vor ihnen befinden könnte. Saracomano nahm aufreizend langsam den Bogen, legte einen Pfeil auf und spannte die Sehne in einer flüssigen Bewegung. Er zielte ins Dickicht. Hansen konnte nichts entdecken. Der Häuptlingssohn ließ die Sehne nach vorn schnellen, der Pfeil schoss ins Grün. Aus dem Busch zischte es bedrohlich, ein langer Schwanz peitschte über den Boden, und der Kopf eines großen, grünen Leguans wurde sichtbar. Der Pfeil hatte das zuvor perfekt getarnte Tier durchbohrt. Ein Meisterschuss, aus Hansens Sicht. Alltäglich für Saracomano. Ein Jäger, der nicht traf, war kein Jäger.

Der Häuptlingssohn zog sein Messer und ging zu dem Leguan, um ihm den Todesstoß zu versetzen. Das tote Tier warf er sich über die Schulter. Es hier zurückzulassen und auf dem Heimweg einzusammeln, wäre zu riskant gewesen. Dazu streiften zu viele Räuber durch den Dschungel. Und die Männer wollten auf keinen Fall ohne Beute heimkommen. Das Fleisch war in den vergangenen Tagen knapp geworden. Heute wollten sie deshalb etwas Großes erlegen, am liebsten einen Spießhirsch, auch Mazama genannt. Die rehgroßen Tiere waren schwer zu finden, sehr scheu und extrem vorsichtig. Hansen folgte Saracomano, der trotz seiner Last behände durch den Regenwald lief, vorbei an Bäumen, deren Stamm nicht einmal zwei Männer mit den Armen umfassen konnten, geschickt den wuchernden Lianen ausweichend, auf einem Pfad, der nur im Kopf des Indios zu existieren schien. Wieder hielt der junge Indianer inne, ging in die Hocke, roch an Tierkot. Frische Spuren von einem der so heiß herbeigesehnten Hirsche, gab er Hansen stumm zu verstehen. Der konnte sein Jagdglück kaum fassen.

Saracomano ließ den Leguan von seinen Schultern gleiten. Jeglicher Ballast würde jetzt nur stören. Sie rannten geduckt weiter, der Häuptlingssohn voran, beide so leise wie möglich. Nach kurzer Zeit stießen sie auf einen schmalen Seitenarm des Jary mit sandigem, offenem Ufer. Eine Wasserstelle für die Tiere des Waldes. Der Sand, das konnte sogar Hansen sehen, war voller Spuren. Hier in der Nähe würde der Hirsch zu finden sein. Sie warteten, legten sich unter einem schützenden Blätterdach auf die Lauer, Hansens Stutzen im Anschlag. Eine Stunde verging, dann eine zweite. Nicht ein Tier ließ sich sehen. Hansen war kurz davor aufzugeben. Er lag in seinem Saft, immer wieder krabbelte es an seinem Körper, und er durfte sich nicht rühren. Doch der Drang, sich zu kratzen, war zu groß. Gerade als seine Hand zum Oberschenkel zucken wollte, berührte ihn Saracomano sacht an der Schulter. Er legte den Finger auf die Lippen. Hansen biss die Zähne zusammen, konzentrierte sich auf das Ufer. Ein Hirsch lugte aus dem Schatten des Waldes, taxierte die Lage, witterte vorsichtig. Hansen bewegte keinen Muskel. Der Hirsch schien vorläufig zufrieden mit dem Terrain, denn er tippelte weiter Richtung Fluss. Hansen sah zu Saracomano hinüber, doch neben ihm lag zu seiner Überraschung niemand mehr. Sein Jagdgefährte hatte sich lautlos aus dem Staub gemacht. Verdammt. Diese Scheißindianer waren unberechenbar. Er nahm den Hirsch ins Visier. Sollte Saracomano doch machen, was er wollte. Hansen würde das Tier mit einem sauberen Schuss erlegen. Sein Finger glitt zum Abzug, fand den Druckpunkt. Hansen hörte das Sirren des Pfeils im selben Moment, in dem er sich in die Flanke des Hirschs bohrte, ein Blattschuss. Das Tier schwankte, erzitterte am ganzen Körper und brach zusammen. Saracomano war wieder einmal schneller gewesen. Er stieß ein Triumphgeheul aus und sprang aus seiner Deckung, lief auf den Hirsch zu.

Hansen vermochte später nicht mehr zu sagen, was ihn nach oben schauen ließ, eine Veränderung des Lichts, eine ungewohnte Bewegung oder einfach Zufall. Auf einem breiten Ast, drei Meter über dem toten Hirsch und dem Häuptlingssohn, der über seiner Beute kniete, duckte sich ein Jaguar zum Sprung. Hansen hatte keine Zeit mehr zum Nachdenken. Er riss den Stutzen hoch und schoss in dem Moment, als die Raubkatze sich in Richtung ihres Opfers katapultierte. Der Jaguar wurde in der Luft herumgerissen, stürzte hinter Saracomano zu Boden und zuckte dort wild herum. Hansen stand auf. Saracomano blickte auf den sterbenden Jaguar und von dort zu dem weißen Mann. In seinen Augen spiegelte sich das Entsetzen darüber, wie knapp er dem Tode entronnen war, und das Staunen über diesen unglaublichen Schuss seines Gefährten. Hansen lächelte. Na, wer ist hier jetzt der große Jäger?, dachte er.

Sie gingen beide zu der schwarz gefleckten Raubkatze. Das

Tier röchelte, die Augen blickten schon ins Leere. Saracomano beugte sich über den Jaguar und strich ihm sacht über das Fell, als wolle er ihn beruhigen. Hansen war befremdet über dieses Verhalten. Hatte die Katze nicht gerade versucht, den Indianer zu töten? Der Häuptlingssohn sprach sanft auf das Tier ein, dessen Flanken zuckten. Dann war es vorbei. Saracomano erhob sich. Er sagte etwas zu Hansen, der kein Wort davon verstand. Aber die besorgte Miene des Indianers gab ihm zu denken. Vielleicht war es nicht so gut, einen Jaguar zu töten, reimte sich Hansen zusammen, auch wenn er sich keinen Grund vorstellen konnte. Zumal er keine Wahl gehabt hatte, wenn er Saracomanos Leben retten wollte. Der Indio betrachtete schweigend ihre Beute. Beide Tiere konnten sie nicht wegschaffen, dazu waren sie zu schwer. Einer musste Verstärkung holen, und das konnte nur Saracomano sein. Hansen würde Stunden brauchen, um den Weg ins Dorf zu finden, vielleicht sogar Tage. Der Indianer schnappte sich Pfeil und Bogen und verschwand im Wald. Hansen blieb allein zurück.

Er lehnte sich gegen einen Baumstamm und studierte den toten Jaguar. Sie hatten einiges gemeinsam, dachte er. Die Raubkatze war ein Einzelgänger, genau wie er, und sie war ein tödlicher Jäger. Allerdings kannte sie keine Skrupel, kein Gewissen, keine Moral. Darin unterschieden sie sich. Noch, lächelte Hansen in sich hinein. Denn er spürte jeden Tag, wie die Distanz zur Heimat und der Dschungel das ohnehin schwache Gerüst seiner Moralvorstellungen bröckeln ließen. Wohin das führte, wusste er nicht. Es war ihm auch egal. Aber er unterschied sich noch in einem anderen Aspekt von dem toten Jaguar. Der Räuber war mit dem zufrieden, was er hatte, er führte ein selbstgenügsames Leben. In Hansen aber wühlte und bohrte es. Er wollte mehr, mehr haben, mehr sein, mehr vom Leben. Sein zaghaftes Fragen nach verborgenen Schätzen hatte bei Saracomano bisher zu nichts geführt, er musste es bei den Älteren probieren, am besten bei den beiden Greisinnen des Dorfes. Vielleicht würde ihm die Tatsache, dass er den Häuptlingssohn vor dem Tod bewahrt hatte, einige Hindernisse beiseiteräumen und die Indianer gesprächiger machen. Er dachte an die Streifzüge mit Schulz-Kampfhenkel, an ihr Erlebnis mit dem Wildschwein. Auch damals hatte Hansen schnell reagiert. Offensichtlich war er dazu auserkoren, andere vor Unheil zu bewahren. Bis auf Müller natürlich. Was sollte das? Warum drängte sich der Kerl dazwischen? Er verscheuchte den Gedanken. Zurück zu Schulz-Kampfhenkel. Mit dem Profit, den er damals aus seiner guten Tat schlagen wollte, hatte es allerdings nicht ganz geklappt. Er sollte seine Erwartungen also nicht zu hoch schrauben.

Verdammte Geheimniskrämerei. Niemand im Lager legte die Karten auf den Tisch. Schulz-Kampfhenkel machte Hansens Wissen nach keine Anstalten, mehr von den Aparai zu erfahren als ihre Lebensgewohnheiten. Allerdings war Hansen oft den ganzen Tag unterwegs. Es half alles nichts, er musste wohl offen mit Schulz-Kampfhenkel reden. Allein würde er das Gold sowieso nicht transportieren können. Hansen nahm sich vor, seinen alten Freund so bald wie möglich darauf anzusprechen. Er hatte ein Recht darauf zu erfahren, was wirklich los war, warum die Partei eine solche Expedition finanzierte. Über diesen Gedanken schlief Hansen ein. Er wachte erst wieder auf, als Saracomano mit Raimundo und Ernesto vor ihm stand. Raimundo schüttelte den Kopf.

»Gut, dass wir keine Kannibalen sind«, sagte er.

»Oder eine Jararaca«, scherzte Ernesto. Hansen stand auf. In diesem Moment entdeckten die Männer den Jaguar.

»Meine Güte«, rief Raimundo. »So ein Prachtexemplar bekommt man hier nicht oft zu sehen.«

»Höchstens, wenn es zu spät ist«, ergänzte Ernesto.

Sie lobten Hansens Sonntagsschuss und machten sich daran, die Füße des Jaguars zusammenzubinden. Mit dem Hirsch wurde genauso verfahren. Saracomano suchte zwei lange Stöcke, die das Gewicht der Jagdbeute aushielten. Dann wurde jeweils ein Ast durch die Beine geführt und samt Tier auf die Schultern von zwei Männern verlagert. Die Last vor allem des Jaguars war enorm, Hansen schätzte ihn auf gut hundert Kilo. Es würde eine schweißtreibende Plackerei werden, das Tier zurück ins Dorf zu tragen. Raimundo und Ernesto schleppten die Raubkatze, Hansen und der Häuptlingssohn den deutlich leichteren Spießhirsch und den Leguan.

Im Lager der Indios wurden sie bereits erwartet. Saracomano hatte seinen Leuten von der außergewöhnlichen Begegnung erzählt. Hansen meinte in den Gesichtern der Indianer aber eher Besorgnis zu lesen als Erleichterung darüber, dass einer der Ihren knapp davongekommen war. Alle begutachteten skeptisch die Raubkatze, als hätten die Männer das Böse in ihren Kreis geschleppt. Ernesto und Raimundo legten den Jaguar vor Aocapoto ab. Der Häuptling murmelte ein paar Worte, ließ seine Hand in einem halben Meter Abstand über dem Tier kreisen und fing an, leise zu singen. Hansen kam das albern vor. Was sollte der Zirkus? Sie hatten eine große Katze erschossen, sonst nichts. Aocapoto beendete seine Zeremonie, schaute kurz hinauf zum Himmel und richtete seinen Blick auf Hansen. Der fühlte sich plötzlich unwohl in seiner Haut. Aocapoto sprach ihn direkt an. Raimundo übersetzte.

»Er bedankt sich bei dir, dass du seinen einzigen Sohn gerettet hast. Dafür steht er lebenslang in deiner Schuld. Und er lobt dein gutes Auge, deine sichere Hand, glaube ich. Du bist ein großer Jäger und bei den Aparai immer willkommen. Nein, er meint, er würde sich freuen, wenn du ein Aparai wärst. Dann müssten sie nie Hunger leiden. Ich verstehe zu wenig, um das fehlerfrei zu übersetzen, tut mir leid. Also, jetzt hat er gesagt, dass er dich auch warnen muss. Der Jaguar wird beschützt von einem starken Geist oder so ähnlich, und dieser Geist ist böse und reißt seinen Feinden bei lebendigem Leib das Herz heraus.«

Der Häuptling schwenkte seine schwielige Hand vor Hansens Brust hin und her. Langsam nervte ihn dieser Hokuspokus, gleichzeitig beunruhigte ihn die Situation zunehmend. Die Aparai um ihn herum starrten ihn mit finsteren Gesichtern an. Aocapoto redete weiter.

»Einen Jaguar zu töten, ist ein böses Omen. Jetzt droht Unheil, wobei es wohl nicht gesagt ist, wem und wann. Es kann eine Überschwemmung geben oder eine Dürre, Krankheiten können über sie kommen, oder ein Unfall kann passieren. Der böse Geist des Jaguars hat viele Gesichter, und du musst auf der Hut sein, um ihn rechtzeitig zu erkennen. Aber er will dir helfen, weil du seinen Sohn gerettet hast. Er wird dir etwas geben, was dich vor dem bösen Geist des Jaguars beschützt.«

Aocapoto nickte und legte Hansen eine Hand auf die Schulter. Er wirkte jetzt wieder versöhnlicher. Aber sein Blick und die Art, wie er ihm leicht die Schulter drückte, vermittelten Hansen ein anderes Bild – Aocapoto hielt ihn für einen Verfluchten, den zu retten ein aussichtsloses Unterfangen war. Hansen schüttelte diese morbiden Gedanken ab. Was wusste dieser fast nackte Waldmensch schon? Er war ein Wilder, degeneriert, in der Entwicklung weit unter ihm stehend. Aocapoto hatte keine Ahnung, was in der Welt vor sich ging. Der Mann glaubte an Geister, das musste man sich mal vorstellen. Hansen drehte sich brüsk ab.

»Gehen wir«, sagte er und griff nach dem Ast, an dem die Raubkatze befestigt war.

»Der Jaguar bleibt im Dorf«, entgegnete Raimundo.

»Ach ja?«

»Anordnung des Häuptlings.«

Hansen wandte sich wieder Aocapoto zu, wollte das nicht mit sich machen lassen, aber er sah nur noch, wie der Häuptling in seiner Hütte verschwand. Für den Tuschaua war die Sache vorläufig erledigt. Hansen blieb nichts anderes übrig, als sich dem Willen des Stammesoberhaupts zu fügen. Er zog mit den beiden Caboclos und dem Hirsch ab ins Lager. Seine Zeit würde kommen, dachte Hansen. Die Stunde des Jägers.

Am nächsten Morgen hatte Hansen keine Lust, seine tägliche Jagdroutine wiederaufzunehmen. Er wollte den Tag im Lager verbringen. Am Abend zuvor war sein Glücksschuss der einzige Gesprächsstoff gewesen, er musste wieder und wieder erzählen, wie er Saracomano vor dem Jaguar gerettet hatte. Nur einer der Caboclos hatte zuvor eine der Raubkatzen in freier Wildbahn gesehen, so extrem scheu waren die Biester. Umso mehr galt dieses Aufeinandertreffen als außerordentlich. Hansen war bald erschöpft davon, so sehr im Mittelpunkt zu stehen, zumal Raimundo mehrfach und haarklein zum Besten gab, wie der Häuptling reagiert hatte. Schulz-Kampfhenkel spielte die Worte Aocapotos herunter, sagte, selbstverständlich müsse sich Hansen keine Sorgen machen, das sei nur der übliche Indianer-Aberglaube, alles heilloser Schabernack. Außerdem intervenierte der Expeditionsleiter persönlich beim Häuptling, denn ein Jaguar würde sich in der Sammlung der präparierten Tier-Exemplare, die Schulz-Kampfhenkel in die Heimat mit zurücknehmen wollte, gut machen. Aber alles Bitten war zwecklos. Der sonst so verständnisvolle Aocapoto ließ nicht mit sich reden. Die tote Raubkatze blieb im Besitz der Aparai.

Hansen spielte gerade mit Krause und Kahle eine Runde Skat, als der Häuptling und sein Sohn gegen Mittag ihr ehemaliges Dorf betraten. Aus unerfindlichem Grund hatten sie elf ordentliche Hütten hier aufgegeben, nur um zehn Ruderminuten entfernt eine neue Siedlung zu errichten. Für die deutsche Expedition war das eine glückliche Fügung. Die gesamte Mannschaft sowie das Material waren so sicher untergebracht. Aocapoto interessierte sich nicht dafür, was die Besucher mit seinen verlassenen Hütten anstellten. Für ihn war das Dorf Geschichte. Er spazierte schnurstracks auf Hansen zu und blieb kerzengerade vor ihm stehen. Hansen erhob sich. Was wollte der Alte von ihm? Zum Glück hatte Raimundo die Szene beobachtet und war herbeigeeilt, um seine Übersetzerdienste anzubieten. Auch Schulz-Kampfhenkel gesellte sich zu dem Auflauf.

Erst jetzt sah Hansen, dass Aocapoto etwas in der Hand hielt. Der Häuptling bot ihm den Gegenstand feierlich mit ausgestreckten Händen dar. Hansen nahm ihn ratlos entgegen. Es war einer der Reißzähne des Jaguars, eingefasst in einen vielleicht zehn Zentimeter langen, mit Schnitzereien verzierten Holzschaft, durch den der Indianer einen Lederriemen gefädelt hatte. Eine Art Amulett. Aocapoto bedeutete Hansen, es sich um den Hals zu hängen. Hansen gehorchte. Der Häuptling nickte und sprach ein paar Worte.

»Das schenkt er dir als Zeichen des Dankes. Es soll dich vor dem Geist des Jaguars beschützen«, übersetzte Raimundo. »Warte. Du musst es immer tragen, sagt er. Denn solange du es trägst, bist du unbesiegbar.«

8.
Berlin

18. Oktober 1939
Wohnung der Weinbergs

Allmählich fühlte sich Krauss wieder wie ein Mensch. Er stand aufrecht, stützte sich mit der Rechten nur leicht am Fußteil des Bettes ab. Mittlerweile war er sogar in der Lage, ein paar Schritte in seinem Zimmer auf und ab zu schlurfen, ohne dass ihn der Schwindel in die Knie zwang. Beim ersten Aufstehen hatten ihn die Weinbergs gestützt, aber sein Kreislauf war zusammengebrochen, und sie hatten ihn zurück ins Bett bugsieren müssen. Krauss fand es furchtbar, derart hilflos zu sein. Nicht genug, dass ihm das inoperable Projektil in seinem Rücken seit Jahren zu schaffen machte, jetzt versagte ihm der restliche Körper den Dienst. Er kam sich vor wie ein Tattergreis, nutzlos, überflüssig. Aber die Weinbergs ermutigten ihn, erklärten ihm, dass die Kreislaufschwäche vorübergehen würde, der Organismus sich nach dem langen Liegen erst wieder an die aufrechte Position gewöhnen musste. Tatsächlich wurde es bei jedem Aufstehen besser, und obwohl er weiter unter Schwindelattacken litt, beharrte Krauss darauf, es allein zu probieren. Um keinen Preis wollte er seine Wohltäter über Gebühr belasten, er fühlte sich im Gegenteil sogar verpflichtet, so schnell wie möglich auf die Beine zu kommen, um die Weinbergs von seiner Anwesenheit zu befreien. Mehr als vier Wochen war er jetzt hier und noch nicht annähernd fähig, für sich selbst zu sorgen.

So hatte er allerdings mehr als genug Zeit, um über seine Situation nachzudenken. Nicht, dass er wirklich hätte erklären können, was geschehen war. Aber er bemühte sich, die Abläufe zu analysieren, indem er nach dem Ausschlussverfahren vorging: Welche Annahmen waren am wahrscheinlichsten, welche entbehrten jeder Grundlage? Warum hatte ihn Straubinger gerettet? Wer wollte Krauss unbedingt am Leben erhalten? Er kannte Straubinger viel zu wenig, um dessen Motive einschätzen zu können. Sein Schutzengel hatte sich seit seinem ersten Besuch nicht mehr am Krankenbett blicken lassen. Vielleicht wollte er unliebsamen Fragen aus dem Weg gehen. Vielleicht war es zu gefährlich. Vielleicht ließ er sich von Weinberg über Krauss' Fortschritte unterrichten. Vielleicht, vielleicht, vielleicht. Zu wenig. Was war dieser Straubinger für ein Typ? Krauss versuchte sich zu erinnern. Er schloss die Augen, reiste zurück in die Vergangenheit, beschwor ihre erste Begegnung herauf. Winter 1933. Sein Bruder Edgar hatte ihn zu sich in sein Büro gerufen. Als Krauss das Zimmer betrat, erhob sich ein Mann von seinem Stuhl und lächelte ihn höflich an.

»Richard, ich möchte dir einen neuen Kameraden vorstellen«, hatte Edgar gesagt. »Theo Straubinger. Beste Referenzen. Ein schlauer Bursche für besonders knifflige Aufträge. Ein Spezialist für strategisch geplante Operationen und Täuschungsmanöver. Renner hat ihn mir ans Herz gelegt. Ich glaube, so einen können wir gebrauchen.«

Straubinger hatte Krauss die Hand hingestreckt, das Lächeln wie festgefroren. Er war nervös, aber wer wäre das nicht gewesen, wenn es darum ging, die Krauss-Brüder zu überzeugen. Krauss suchte in seinem Gedächtnis nach dem ersten Eindruck, den Straubinger hinterlassen hatte, nach irgendeinem Gefühl, das ihn hätte einordnen können. Aber die verschiedenen Begegnungen hatten sich überlagert, waren nicht mehr voneinander zu trennen. Krauss erinnerte sich an ein diffuses Unbehagen gegenüber Straubingers Person, wusste aber nicht mehr, ob es aus dem ersten Treffen resultierte oder sich später festgesetzt hatte. Straubinger, das fiel ihm jetzt wieder ein, strahlte stets eine ironische Distanz aus, eine leicht arrogante Überlegenheit. Er hatte so eine gewisse Art zu lächeln, als hielte er seine Mitmenschen allesamt für minderbemittelt. Gleichzeitig wirkte Straubinger oft unsicher, sonderte sich ab und teilte nicht den zumeist derben Umgangston in der Gruppe. Krauss grübelte. Ließ sich daraus irgendetwas ableiten? Mittlerweile waren sechs Jahre vergangen, Straubinger konnte sich in dieser Zeit verändert haben. Unwahrscheinlich, dachte Krauss. Menschen veränderten sich höchstens äußerlich, das grundlegende charakterliche Mobiliar war so gut wie unverrückbar. Also noch mal: Was sagten seine Erkenntnisse über Straubinger aus?

Am Ende alles und nichts. Straubinger besaß zumindest die Intelligenz, um allein zu handeln – aber hatte er auch den Mut? Krauss zweifelte daran. Es sei denn, Straubingers Motiv war stark genug, ihn alle Vorsicht in den Wind schießen zu lassen. Vielleicht verfolgte er einen ausgeklügelten Plan, das würde zu ihm passen; vielleicht aber hatte er sich von der Situation hinreißen lassen, sich spontan entschieden. Was versprach er sich davon? Wollte Straubinger sein Gewissen beruhigen? Einen Teil seiner Schuld tilgen, indem er dem Feind half? Oder wollte er gar überlaufen zu den Engländern? Wusste er, dass Krauss für den britischen Geheimdienst arbeitete? Alles war denkbar und konnte doch völlig falsch sein. Er sollte besser versuchen, das zu klären, was in seinen Möglichkeiten lag. Bisher hatte er es vermieden, mit den Weinbergs über deren Beziehung zu Straubinger zu reden. Krauss wollte seine Gastgeber weder in Verlegenheit bringen noch nervös machen. Aber dass ein Gestapo-Mann Kontakte zu einer jüdischen Familie pflegte, war in diesen Zeiten mehr als ungewöhnlich. Krauss musste wissen, was dahintersteckte, wenn er nicht überrascht werden wollte. Er benötigte so viele Informationen wie möglich. Nur funktionierte das nicht, wenn er in diesem Zimmer festsaß. Er durfte sich nicht allein auf das verlassen, was die Weinbergs ihm erzählten. Es war überlebenswichtig, mit eigenen Augen zu sehen, sich ein Bild zu machen von dem, was außerhalb dieser Wände vor sich ging. Eins nach dem anderen, sagte sich Krauss, bloß nichts überstürzen.

Er starrte auf die Tür. Irgendwie hatte er auch Angst vor dem, was sich dahinter verbarg. Wenn er die Schmerzen einmal beiseiteließ, konnte er sich nicht erinnern, jemals so behütet gewesen zu sein wie in den vergangenen Wochen. Diese Tür hatte alles Unheil von ihm abgehalten, die mörderische Welt da draußen ausgeblendet. Dort herrschte Krieg. Die Weinbergs hatten ihm erzählt, dass Polen von der deutschen Wehrmacht beinahe überrollt worden war und England kaum etwas unternahm, um seinem Verbündeten zu helfen. Krauss dachte an den Auftrag, den er nicht ausgeführt hatte. Eigentlich war er vom britischen Geheimdienst dazu auserkoren worden, Hitler zu töten. Aus diesem Grund hatten sie Krauss wieder in Deutschland eingeschleust. Doch er verfolgte seine eigenen Pläne, sann auf seine private Rache. Wer weiß, dachte Krauss, was passiert wäre, wenn er sich an seine Order gehalten hätte. Vielleicht gäbe es diesen Krieg nicht. Er schüttelte den Kopf. So ein Unsinn! Wie konnte er das denken? Hitler war zwar der schlimmste, aber nicht der einzige Kriegstreiber in diesem Land. Vielleicht hätte sein Tod etwas geändert, vielleicht aber auch nicht. Die gesamte deutsche Politik war auf den Konflikt mit anderen Nationen ausgerichtet. Der Krieg war absehbar gewesen, wahrscheinlich sogar unvermeidlich. Die britische Regierung wusste das, die polnische auch und die deutsche sowieso.

Krauss dachte an Birger Dahlerus, den schwedischen Geschäftsmann, dem er zweimal begegnet war. Dahlerus hatte sich unbeirrt für den Frieden eingesetzt, gegen alle Widerstände. Krauss wusste nicht viel über den Schweden, aber das wenige reichte aus, um großen Respekt vor ihm zu empfinden. Für dessen Konsequenz, Unerschrockenheit und Disziplin. In diesen Punkten hatte Krauss sich Dahlerus nahe gefühlt, obwohl sie ansonsten grundverschieden waren. Er war ein Mann des Tötens, Dahlerus einer des Lebens. Und doch wollten sie auf eine gewisse Art dasselbe.

Dahlerus hatte ihm bei ihrer letzten Begegnung gesagt, dass er zurück in seine Heimat reise. Das war, nachdem Deutschland Polen den Krieg erklärt hatte. Krauss beschwor ihn, weiterzumachen mit seinen Bemühungen. Wenigstens einer, der für den Frieden kämpfte. Denn Krauss ahnte, dass dies erst der Anfang war. Deutschlands leichtes Spiel mit Polen konnte nicht darüber hinwegtäuschen, dass andere Nationen es Hitler schwerer machen würden. England zum Beispiel. Die Briten würden sich niemals von den Deutschen kolonialisieren lassen. Dass sie sich trotz ihrer Kriegserklärung bisher zurückhielten, besagte gar nichts. Das Schlimmste stand ihnen allen noch bevor, dachte Krauss. Deshalb musste er aus diesem Zimmer, dieser Stadt, diesem Land verschwinden, je schneller, desto besser.

Als sich Krauss auf die Bettkante setzte, weil ihm schummerig wurde, kam Weinberg herein. Früher hatte der Arzt mehrmals täglich nach ihm gesehen, jetzt schaute er nur noch sporadisch vorbei, meistens gegen Mittag. Von ärztlicher Seite gab es nicht mehr viel zu tun, die Wunden verheilten. Den Rest musste Krauss' Organismus allein bewältigen.

»Übertreiben Sie es nicht«, riet Weinberg.

»Keine Sorge«, antwortete Krauss, »es wird jeden Tag ein bisschen besser.«

»Wenn Sie hier umkippen, bezweifle ich das.«

Mittlerweile hatte sich Krauss an Weinbergs direkte Art und

den sarkastischen Unterton gewöhnt. Er schätzte es, wenn Menschen sich nicht verstellten. In seiner Branche wurde er täglich mit dem Gegenteil konfrontiert: jedes Wort eine Lüge, jeder Satz ein Verrat. Selbst mit der schlimmsten Wahrheit ließ sich leichter umgehen als mit diesem fortwährenden Betrug.

»Ich kippe nicht um«, sagte Krauss. Der Schwächeanfall war vorbei. Er musste die Gelegenheit nutzen, bevor Weinberg wieder verschwand.

»Darf ich Sie etwas fragen, was nichts mit meinem Gesundheitszustand zu tun hat?«

Der Arzt nickte.

»In welchem Verhältnis stehen Sie zu Theo Straubinger?«

»Er ist der Neffe meiner Frau«, sagte Weinberg. Nichts in seiner Stimme deutete darauf hin, wie er das bewertete. »Warum wollen Sie das wissen?«

»Ich suche nach Gründen, warum ich noch lebe.«

»Da müssen Sie Theo fragen.«

»Aber ich frage Sie.«

Weinberg zögerte, musterte seinen Patienten genau. Krauss wandte den Blick nicht ab. Der Arzt seufzte kaum hörbar.

»Theos Tochter hatte 1935 einen Blinddarmdurchbruch. Als sie bei mir auf dem Operationstisch lag, war es fast zu spät. Es ist gerade noch gutgegangen. Seitdem unterstützt Theo uns. Ich weiß nicht, wie er das mit seiner Stelle bei der Gestapo übereinbringt, aber es scheint zu funktionieren. Ohne ihn wären wir wohl nicht mehr hier.«

»Was soll das heißen?«

»Sie wissen nicht viel über die deutschen Judengesetze, nicht wahr?«

»Ich habe die vergangenen fünf Jahre in England gelebt. Einiges habe ich dort mitbekommen, die Zerstörung der jüdischen Synagogen zum Beispiel, vieles aber nicht.« Krauss sah zu Boden. »Vielleicht auch deshalb, weil ich es nicht so genau wissen wollte. Weil ich mich zutiefst schäme für das, was ich früher getan habe.«

Weinberg schwieg. Nach einem kurzen Moment zog er sich den Stuhl vom Fußende des Bettes heran und setzte sich.

»Dann werde ich mal einige Ihrer Wissenslücken schließen.«

Er blickte an Krauss vorbei, sammelte sich. Krauss ließ ihn in Ruhe. Er spürte, dass es Weinberg schwerfiel, die richtigen Worte zu finden. Der Arzt räusperte sich.

»Ich habe lebenslang an mein Land geglaubt. Ich bin hier geboren, aufgewachsen, zur Schule gegangen. Ich habe hier gelacht, gestritten, geliebt, gekämpft. Ja, ich habe für dieses Land gekämpft, in Frankreich, an vorderster Front. Ich habe für dieses Land sogar getötet, das Blut anderer Menschen vergossen.« Er stockte, sprach dann aber weiter. »Es ist mir nicht leichtgefallen, aber ich war der Meinung, dass es sein musste. Ich durfte mein Vaterland nicht im Stich lassen. Was war ich nur für ein Idiot. Nach dem Krieg habe ich Medizin studiert. Ich wollte den Menschen helfen, ihre Wunden versorgen, ihre Leiden lindern. Im Krieg habe ich so furchtbare Verletzungen gesehen und mich hilflos gefühlt. Wahrscheinlich wollte ich dieses Gefühl mit dem Studium kompensieren, das war mir damals schon klar, aber es war mir auch egal, welche tiefenpsychologischen Motive dahintersteckten. Ich wollte Arzt werden, in Deutschland, dem Land meiner Väter, dem Land, für das ich in den Krieg gezogen war und das mir dafür ein Eisernes Kreuz verliehen hat. Ein Kreuz, das muss man sich mal vorstellen.«

Er schüttelte den Kopf.

»Nach dem Studium habe ich im Krankenhaus gearbeitet, mich aber bald als Unfallchirurg selbständig gemacht. Im Sommer 1927 hatte ich meine eigene Praxis. Ich fühlte mich großartig. Ein paar Monate später lernte ich Inge kennen, sie konvertierte, wir heirateten. 11. August 1928. Alles lief reibungslos, wie vorgezeichnet. Besser hätte ich es mir nicht wünschen können. Inge und ich hatten besprochen, uns Zeit zu lassen mit den Kindern. Erst sollte die Praxis richtig laufen. Und sie lief sehr schnell sehr gut. Ich bin zwar Jude, aber ich bin ein guter Chirurg, Herr Krauss.«

Es war das erste Mal, dass sich Weinberg eine sarkastische Bemerkung gönnte. Krauss reagierte nicht; es schien ihm auch nicht erwünscht.

»Unser erster Sohn David wurde 1930 geboren. Sie haben ihn nicht kennengelernt, weil wir ihn zu Freunden in die Schweiz geschickt haben, genauso wie seinen Bruder Daniel. Er ist zwei Jahre jünger. Die beiden sind seit ein paar Monaten fort; wir dachten, das sei sicherer. Nur Hannah haben wir bei uns behalten, sie ist noch so jung, so schutzbedürftig. Außerdem erhält sie uns die Freude am Leben. Sie ist aufmerksam, intelligent, ein wunderbares Kind. Aber sie kennen Hannah ja.«

Krauss lächelte. Er hatte das Mädchen ebenfalls ins Herz geschlossen, nicht nur wegen ihres Namens.

»Hannah ist ein Kind des anderen Deutschlands. So nenne ich es. Das andere Deutschland. Das sogenannte Deutsche Reich. Was für ein hochtrabendes Wort: Reich. Da schwingt etwas Majestätisches, Erhabenes mit, dabei hat es rein gar nichts davon.«

Weinberg hielt erneut inne. Krauss bemerkte, dass der Arzt Probleme hatte, seine Emotionen zu kontrollieren. Unvermittelt sprach er weiter.

»Sie wurde 1934 geboren, etwa ein Jahr nach Hitlers Triumph. Hannah ist sozusagen unsere Antwort auf die Missachtung der Juden durch die Nationalsozialisten. Wir setzen Kinder in die Welt, um den Nazis den Wind aus den Segeln zu nehmen.« Er lachte gequält. »Dass es für Juden in Deutschland schwer werden würde, wenn die NSDAP an die Macht käme, war mir lange vor 1933 klar. Aber erstens habe ich nicht geglaubt, dass es so weit kommt, und zweitens, dass es solche Formen annehmen könnte. Wir Juden sind Verfolgung und Ausgrenzung gewohnt, Herr Krauss. Ich könnte jetzt weit ausholen, aber ich will Sie nicht langweilen. Nur damit Sie eine ungefähre Vorstellung davon haben: Seit dem vierten Jahrhundert nach Christus, als Kaiser Konstantin das Christentum zur Staatsreligion erhob, werden Juden missachtet, misshandelt, vertrieben und getötet. Tausendfünfhundert Jahre Verfolgung: Alles im Namen des Herrn natürlich, ein ehrbares, ja notwendiges Unterfangen, um das Heil aller zu garantieren.«

Krauss dachte an seine Zeit bei der SA und später bei der Gestapo, den »Söhnen Odins«. Dort behandelte man das Judentum wie eine Krankheit, die ausgemerzt werden musste. Krauss hatte diesen Hass nie ganz verstanden, aber er hatte das System auch nie in Frage gestellt. Bis Hanna ihm die Augen öffnete. Trotzdem fühlte er sich dem Arzt gegenüber schuldig. Weil Krauss es hätte besser wissen müssen. Die Kranken, das waren seine eigenen Leute.

»Tausendfünfhundert Jahre jüdischer Verfolgung, aber was in diesem Land mit den Juden passiert, ist unfassbar. Und niemand in Europa unternimmt etwas dagegen. Sie schauen zu, als ginge es sie nichts an. Die Engländer, die Franzosen, die Schweizer, unsere Nachbarn halten allesamt still. Hauptsache, die Geschäfte mit den Deutschen laufen gut. Es ist unglaublich. Es muss erst ein Krieg ausbrechen, um sie daran zu erinnern, was für ein Mensch dieser Adolf Hitler ist. Wenn er denn ein Mensch ist, was ich stark bezweifle.«

Krauss gab Weinberg recht. England hatte sich zu lange hinhalten lassen. Aber er musste sich auch an die eigene Nase fassen. Er hatte einen wichtigen Auftrag gehabt und nicht einmal versucht, ihn auszuführen.

»Ich habe Ihnen schon gesagt, dass ich nicht unvorbereitet

war. Ich habe damit gerechnet, dass es hart werden würde. Schwierig. Aber nicht unmöglich. Dieser Hass, der einem von allen Seiten entgegenschlägt, ist das eine, die totale Entrechtung in allen Bereichen des öffentlichen Lebens etwas ganz anderes. Seit sechs Jahren arbeitet der deutsche Staat minutiös daran, uns alles wegzunehmen – unsere Arbeit, unser Geld, unsere Wohnungen und vor allem unsere Rechte. Wir Juden gelten nichts mehr, wir haben nichts, wir dürfen nichts. Und wenn wir dieses Land, das uns den Boden unter den Füßen wegzieht, verlassen wollen, dürfen wir unseren Besitz nicht mitnehmen, weil wir ihn unrechtmäßig erworben haben. Als hätten wir das, was wir mit unseren Händen erarbeitet haben, den Christen gestohlen. Man jagt uns hinaus wie Straßenköter. Mehr sind wir nicht in den Augen der deutschen Regierung. Nur armselige Köter.«

Weinbergs Verbitterung füllte den Raum vollständig aus.

»Schauen Sie sich die deutschen Gesetze an, Herr Krauss. Sie müssen nichts über deren Inhalt wissen, um zu begreifen, welcher Geist dahintersteckt. Die Formulierung allein reicht aus. Gesetz zum Schutze des deutschen Blutes und der deutschen Ehre, Gesetz zur Wiederherstellung des Berufsbeamtentums. Hört sich gut an, nicht wahr? Das sind nur zwei Hilfsmittel von vielen, mit denen die Juden im Deutschen Reich entrechtet werden. Nehmen Sie meine Frau und mich. Obwohl Inge arischer Abstammung ist, wird sie durch ihren Übertritt zum Judentum und die Heirat mit mir wie eine Jüdin behandelt. Mischehen unterliegen einem unverständlichen Bewertungskodex, manche sind privilegiert, manche nicht. Entscheidend ist, in welchem Glauben sie ihre Kinder unterrichten. Entscheiden sie sich für eine christliche Erziehung, sind sie privilegiert. Das verschafft ihnen minimale Vorteile. Den Beruf verlieren können sie allerdings trotzdem. Niemand ist davor gefeit, ob Beamter oder Geschäftsführer, ob Anwalt oder Arzt. Je gebildeter, je spezialisierter, desto schneller müssen sie ihren Platz räumen. Nach und nach haben eigentlich alle Juden ihre Stelle verloren. Auch ich. Für jüdische Ärzte gilt seit 1938 ein Approbationsverbot. Schon vorher durften wir keine Christen mehr behandeln. Das klingt nach finsterem Mittelalter, aber es ist die Gegenwart. Die SS-schwarze Gegenwart.«

Er räusperte sich, fuhr fort.

»Juden müssen Kennkarten bei sich führen, auf denen verzeichnet ist, dass sie Juden sind. Juden dürfen weder einen Führerschein erwerben noch einen besitzen und damit auch kein Fahrzeug führen. Juden sollen, wenn möglich, gemeinsam in Judenhäusern leben. Juden müssen ihr Vermögen mehr oder weniger komplett dem Staat überschreiben. Das irrwitzigste Stück ist die von Göring geforderte ›Sühneleistung‹ von uns nach der Zerstörung der Synagogen: eine Milliarde Reichsmark dafür, dass deutsche Hetzer jüdisches Eigentum vernichteten. Dafür muss jeder Jude zwanzig Prozent seines Vermögens opfern, zahlbar in vier Raten. Ist das nicht vollkommen absurd? Aber es ist wahr, es ist unser Alltag, unser Leben in Deutschland. Weiß Gott, wohin das führt. Ich hoffe, dass Hitler den Krieg verliert. Vielleicht werden dann viele Dinge neu geordnet. Nur dass der Preis dafür so viel Leid sein muss, das leuchtet mir nicht ein.«

Als der Arzt zu sprechen aufhörte, lastete die Stille wie ein Joch auf Krauss' Schultern. Weinbergs Schweigen ließ sich genauso schwer ertragen wie das, was er zu sagen hatte. Der Raum war angefüllt mit Verzweiflung und Hilflosigkeit.

»Was mich und meine Familie betrifft, so haben wir bisher Glück gehabt. Was man in diesen Zeiten so Glück nennt. Ich bin ein sogenannter Krankenbehandler, einer von vielleicht einem halben Dutzend in Berlin. Das habe ich Theo zu verdanken und meinem heldenhaften Einsatz im letzten Krieg.

Dem Eisernen Kreuz. Als Krankenbehandler darf ich nur Juden verarzten. Der Bedarf ist groß, weil die meisten deutschen Ärzte keine Juden mehr annehmen dürfen. Ich tue, was ich kann, aber es ist schwer, an Medikamente zu kommen. Dieser Raum hier, in dem wir Sie untergebracht haben, ist eigentlich eine etwas groß geratene Abstellkammer. Wir haben sie für Sie hergerichtet. Meine Patienten dürfen Sie nicht sehen. Es ist zu gefährlich. In diesen Zeiten können Sie niemandem vertrauen. Wenn jemand am Abgrund steht, wird er alles tun, um nicht hinunterspringen zu müssen.«

Krauss hatte also nicht ganz richtig gelegen mit seinen Vermutungen. Weinberg betrieb keine geheime Praxis, er versteckte nur einen seiner Patienten. Die Chancen, das Zimmer verlassen zu dürfen, waren also gering. Weinberg sah ihm direkt in die Augen.

»Ich hoffe, dass mein Vortrag Sie nicht allzu sehr gelangweilt hat. Wahrscheinlich wissen Sie immer noch nicht, warum Theo Ihnen geholfen hat – ich weiß es übrigens auch nicht –, aber Sie wissen jetzt, warum ich Ihnen helfe. Wenn es stimmt, was Theo mir erzählt hat, waren Sie mal bei der Gestapo und kämpfen nun gegen Ihre Kameraden von damals. Ich bewundere Ihren Mut. Als Arzt und Familienvater ist mir der Weg des Kampfes verwehrt. Aber es ist ein Weg, den ich nachvollziehen kann. Ich bin froh, dass Sie wieder auf die Beine gekommen sind.«

»Dank Ihrer Hilfe.« Es waren die ersten Worte, die Krauss sprach, seit Weinberg seinen Monolog begonnen hatte.

»Ich habe nicht viel dazu getan. Es war allein Ihr Wille, der Sie hat genesen lassen. Sie sind stark.«

»Nicht so stark, wie Sie denken. Ich wollte sterben. Es ist mir nicht gelungen.«

»Vielleicht ist Ihre Zeit noch nicht gekommen. Gott hat etwas mit Ihnen vor. Sehen Sie es doch mal so.«

»Ich glaube nicht an Gott. Nur an menschliche Unzulänglichkeit.«

Weinberg verzog keine Miene. Krauss dachte an seinen Auftrag vom MI5. Hatte er noch Bestand? Wahrscheinlich mehr als je zuvor. Die britische Regierung musste sich Hitler tot wünschen, alles andere hätte ihn sehr gewundert.

»Wann darf ich diesen Raum verlassen?«

»Die Frage habe ich erwartet. Was halten Sie davon, wenn Sie ab heute abends mit uns essen? Dann sind wir unter uns, und Sie haben nicht mehr das Gefühl, hier eingesperrt zu sein.«

»Wenn Sie mich als Gast an Ihrem Tisch akzeptieren.«

»Reden Sie keinen Unsinn.« Weinberg stand auf. »Ich habe Ihnen gerade etwas dazu gesagt. Sie sind an meinem Tisch willkommen.«

Krauss lächelte.

»Vielen Dank.«

»Ich schicke Hannah, um Sie zu holen. So gegen neunzehn Uhr, denke ich.«

»Hört sich an wie eine Verabredung.«

Jetzt schmunzelte auch Weinberg. Zum ersten Mal, dachte Krauss.

»Ihr erster Termin in Ihrem zweiten Leben.«

»Ich glaube, es ist schon mein drittes«, sagte Krauss.

»Bleiben noch vier«, entgegnete Weinberg und ging. Krauss sah ihm nach. Zum Teufel mit Straubinger und dessen Plänen. Es war an der Zeit, wieder selbstbestimmt zu handeln. Einen Entschluss zu fassen. Er würde wieder auf die Beine kommen. Und dann würde er das tun, was man ihm aufgetragen hatte: Er würde Adolf Hitler töten.

9.
Brasilien

31. März 1936
Dorf der Aparai

Seit dem Tod des Jaguars war die Expedition vom Pech verfolgt. Hansen konnte es nicht begreifen. Wie war das möglich? Warum schien sich der Dschungel gegen sie verschworen zu haben? Für den Häuptling lag der Fall sonnenklar: Der Geist des Jaguars sann auf Rache und beschwor das Unheil herauf. Aber Hansen weigerte sich, an solchen Firlefanz zu glauben. Scheiß auf die Indianer, scheiß auf diesen verfluchten Urwald, scheiß auf alles, lautete sein tägliches Mantra. Er hatte die Schnauze gestrichen voll. Seit mehr als drei Monaten saßen sie jetzt in diesem hinterletzten Winkel des Planeten fest, und Schulz-Kampfhenkel versuchte immer noch, sämtliches Getier und Gerümpel dieses Landstrichs zu präparieren, zu sortieren und zu kategorisieren. Er hatte meterhohe Gestelle errichten lassen, um die Felle zu trocknen, vor denen die Indianer ratlos standen und die merkwürdigen Riten der weißen Männer bestaunten.

Was ging in Schulz-Kampfhenkel nur vor? Dachte er wirklich, dieser primitive Dreck würde irgendjemanden in Deutschland interessieren? Glaubte er, der Führer wollte ausgestopfte Affen, geflochtene Körbe und bemalte Tonschalen bewundern? Hitler war angetreten, die Welt von Deutschlands Überlegenheit zu überzeugen. Wozu sollte er sich mit diesen Steinzeitmenschen befassen, die noch dazu in einem Landstrich lebten, den ein echter Deutscher nie betreten würde?

Schulz-Kampfhenkel freilich plagten zumindest äußerlich keine Selbstzweifel. Er sammelte unverdrossen weiter. Aber reichte es nicht, zwei oder drei Schlangenarten mit nach Hause zu nehmen, musste es gleich jede Unterart sein, derer man habhaft werden konnte? Vor kurzem war eines der Mistviecher aus dem Grammophon gekrochen, als sie gerade beim Abendessen saßen. Schulz-Kampfhenkel hatte nichts Besseres zu tun, als das Reptil, eine junge Jararaca, mit der Pinzette zu fangen und gleich in Alkohol zu legen. Hansen hätte das Vieh am liebsten plattgeschlagen und das verfluchte Grammophon gleich mit. Jeden Tag legten sie Platten auf, Walzer oder Märsche, um der ohrenbetäubenden, allumfassenden Kakophonie des Urwalds etwas Hochkultur entgegenzuhalten. Wer wusste denn, wie lange diese Mistschlange in dem Gerät herumschlich? Da wollte man »Preußens Gloria« hören, schon durfte man Deutschland nie wiedersehen, wurde stattdessen im fauligen Uferschlamm des Rio Jary begraben. Wie der arme Tropf Greiner. Mit der Krankheit des jungen Vorarbeiters hatten die Probleme begonnen, seit seinem Tod haftete ihrer Expedition ein bitterer Beigeschmack an, überschattete alles, was sie taten.

Greiner war am Fieber gestorben. Schulz-Kampfhenkel hatte ihn Mitte Dezember losgeschickt, in Santo Antonio den bei ihrer Abreise bestellten Nachschub zu holen und auf dem Weg zurück zu den Indianern den im Dschungel verstauten Proviant mitzunehmen. Auf dem Weg erwischte Greiner die Malaria. Weil er auf die von Schulz-Kampfhenkel verordnete Prophylaxe verzichtet hatte, raffte ihn das Fieber dahin. Hansen bedauerte den Verlust. Er hatte Greiner gemocht, schon deswegen, weil er nicht diesem arroganten Triumvirat angehörte, das sich für unfehlbar hielt. Aber der Bursche vertraute zu sehr auf seine jugendlich robuste Konstitution. Hochmut nahm der Dschungel schnell übel, das hatte Hansen gelernt. Man durfte den Urwald hassen, das ja, aber man durfte ihn niemals unterschätzen. Das war lebensgefährlich.

Vier Caboclos hatten Anfang Februar die Nachricht von Greiners Tod überbracht. Schulz-Kampfhenkel schickte Krause und Kahle gemeinsam mit weiteren Ruderern los, um den überlebenswichtigen Nachschub zu retten und ins Lager zu bringen. Während der wochenlangen Wartezeit auf Greiner waren die Vorräte bereits knapp geworden, nun drohten die Löcher im Speiseplan noch größer zu werden. Bald ging das Farinha, das Maniokmehl, aus, das Grundnahrungsmittel der Caboclos. Auch die Kaffeereserven waren verbraucht. Zudem brachten Hansen und Saracomano von der Jagd nicht regelmäßig frisches Fleisch mit. Manchmal ließ sich tagelang kein Großwild blicken, und sie kehrten nur mit einem Tukan oder einem Kapuzineraffen zurück. Nichts, wovon mehrere Männer und ein ganzes, wenn auch kleines Indianerdorf satt werden konnten. Hansen hatte es darüber verlernt zu lächeln. Mit steinerner Miene zog er durch den Dschungel, hochkonzentriert, seinen knurrenden Magen ignorierend.

Hinzu kam, dass Hansen ungeheure Willenskraft aufwenden musste, um sich Saracomano nicht zu offenbaren. Sosehr der Deutsche das archaische Indianerleben verachtete, den Körper dieses Jungen begehrte er mehr als alles andere. Er hasste sich dafür, schämte sich, aber er konnte nicht anders. Nachts in seiner Hütte masturbierte Hansen wild, um seine Triebe abzureagieren, aber der Anblick des sehnigen Saracomano entfachte seine Lust am nächsten Tag aufs Neue. Hansen wusste, dass es nicht mehr lange gutgehen konnte, dass es in ihm brodelte. Irgendwann würde es zur Explosion kommen. Mittlerweile verzichtete Hansen oft darauf, bei ihren gemeinsamen Streifzügen ein Hemd zu tragen. So konnte er Saracomanos Haut spüren, wenn sie sich versteckten, um Wild zu beobachten, bewegungslos, eng aneinandergeschmiegt. Er kostete diese Momente aus, sie halfen ihm über die Entbehrungen hinweg und ließen ihn zugleich am Leben verzweifeln.

Wenn sie ihre Jagdbeute ablieferten, meinte Hansen manchmal einen kritischen Blick des Häuptlings aufzufangen, als ob der Alte etwas ahnte. Vielleicht aber schimpfte er innerlich über den weißen Jäger, der einen heiligen Jaguar getötet und damit Unheil über ihr Dorf gebracht hatte. Hansen ignorierte das. Ihre Pechsträhne war allerdings schwer zu ignorieren. Zwei Indianerfrauen erkrankten an der Grippe, angesteckt von den Caboclos. Der Häuptling schickte sie ins Lager der Weißen, damit sie niemanden im Dorf infizierten. Die Indianer fürchteten den »catarro« mehr als die bösen Geister des Dschungels. Selbst der bemüht optimistische Schulz-Kampfhenkel haderte allmählich. Krause und Kahle waren nun ebenfalls zwei Wochen unterwegs. Sollte sie ein ähnliches Schicksal wie Greiner ereilt haben? Die Organisation des Nachschubs zog sich bereits mehr als zwei Monate hin. Täglich konnte die Regenzeit den Jary unbefahrbar machen. Der Expedition drohte das vorzeitige Ende.

Schulz-Kampfhenkel nahm sich deshalb vor, mit den verbliebenen Caboclos Krause und Kahle entgegenzufahren. Vielleicht hingen die Boote irgendwo fest und waren auf Hilfe angewiesen. Hansen sollte im Lager die Stellung halten. Schulz-Kampfhenkel hatte ihm nachmittags nach der Jagd seinen Plan verkündet, am nächsten Morgen würde es losgehen. Abends wollten sie alles besprechen. Hansen durfte die Gelegenheit auf keinen Fall ungenutzt verstreichen lassen. Heute musste er seinen Schulfreund endlich fragen, was der wahre Grund für ihre Reise war. Vielleicht würde er Otto niemals wiedersehen. Unter diesen Bedingungen war das nicht unwahrscheinlich. Für den Fall sollte Hansen doch wohl informiert sein.

Beim Abendessen war Schulz-Kampfhenkel in aufgeräumter Stimmung. Er schien froh, endlich etwas tun zu können, nicht mehr stillsitzen zu müssen. Wegen des besonderen Anlasses spendierte er eine Runde Rum nach der anderen. Hansen war das nur recht. Der Alkohol würde Schulz-Kampfhenkels Zunge lösen.

»Ich hoffe, du weißt, dass ich dich nicht ohne Grund hier bei den Indianern lasse«, sagte der Expeditionsleiter. »Ich vertraue dir. Auf dir ruht jetzt die Verantwortung für alles, was wir bisher zusammengetragen haben. Falls ich nicht zurückkomme, musst du das Material nach Deutschland schaffen. Sonst war alles umsonst.«

Hansen nickte.

»Du kannst dich auf mich verlassen.«

Er würde alles verlässlich im Fluss versenken, dachte er. Schulz-Kampfhenkels Expedition wäre für die Öffentlichkeit mit Mann und Maus verschwunden, und Hansen könnte in der Heimat ein neues Leben anfangen. Ein verlockender Gedanke, wenn er es recht überlegte.

»Ich weiß«, sagte Schulz-Kampfhenkel. »Du hast dich in den vergangenen Monaten als wertvoller Freund erwiesen. Was du für die Gruppe geleistet hast, war wirklich großartig.«

Spuck es aus, dachte Hansen. Ohne mich wärt ihr alle verhungert. Aber sein Freund und Chef starrte nur abwesend in den Nachthimmel.

»Findest du nicht auch, dass das hier ein unglaublich schönes Land ist, so wild und prall und farbenprächtig? Zu Hause ist alles nur grau in grau. Man kann sich nie sattsehen an dieser Schönheit.«

Und leider auch nicht satt essen, hätte Hansen gerne hinzugefügt.

»Es hat seine Reize«, sagte er stattdessen.

»Die Jagd liegt dir, nicht wahr? Du bist zum Jäger geboren, weißt du das? Du könntest hier überleben.«

»Vielleicht. Aber ich kann mir Besseres vorstellen.«

»Du solltest mal darüber nachdenken. Wenn es so weit ist,

brauchen wir Leute wie dich. Jemanden, der sich anpassen und durchsetzen kann.«

»Wenn was so weit ist?«

Schulz-Kampfhenkel seufzte.

»Ach, das sind nur so Gedankenspiele.«

Hansen frohlockte. Offensichtlich wollte sich der Expeditionsleiter etwas von der Seele reden.

»Komm, red schon. Du kannst mich nicht mit ein paar Brocken abspeisen und dann abfahren.«

»Es ist nur so eine Überlegung, ein Herumspinnen, weißt du. Um sich abzulenken von den täglichen Pflichten.« Er sammelte sich. »Das Land hier, das ist viel zu wertvoll, um von ein paar Indianern bewohnt zu werden. Sicher, aus ethnologischer Sicht sind die Aparai interessant, aber betrachte es mal aus einem Blickwinkel, der die Anforderungen unserer Zeit berücksichtigt. Rassisch gesehen stehen die Indianer weit unter uns, genau wie die Caboclos. Wenn sie uns dienen, ist das in Ordnung, aber im Grunde haben sie keinen Anspruch auf dieses Land.«

Hansen lauschte gebannt. Jetzt lernte er den wahren Otto Schulz-Kampfhenkel kennen. Und der stand ihm näher, als er dachte.

»Das sind alles Wilde, sonst nichts«, sagte Hansen bestätigend.

»Wilde, genau. Sie hocken auf unendlichen Mengen von Gold, Diamanten, Holz und was weiß ich noch von tropischen Rohstoffen. Auf Schätzen, die unser Land dringend braucht. Denk an die Worte des Führers. Das arische Volk ist ein Volk ohne Raum. Hier aber existiert dieser Raum. Gigantische Landstriche, fast gänzlich unbevölkert. Und weitaus leichter bewohnbar zu machen als beispielsweise Sibirien, nach dem China seine Krallen ausstreckt. Wenn du mich fragst, ist das hier das ideale Land für die Ziele des Führers. Stell dir vor, wie fruchtbar dieser Boden sein muss.«

»Dafür musst du aber erst mal diesen gottverdammten Dschungel roden.«

Schulz-Kampfhenkels Augen glühten, befeuert vom Alkohol und seinen kühnen Ideen.

»Natürlich ist das ein großes Unterfangen, das ist mir klar. Aber deshalb muss man in anderen Dimensionen denken, Heinrich. Mein Vorschlag ist es, Leute heranzuholen, die uns dabei zur Hand gehen, das Land urbar zu machen. Eine Rasse, die diese Temperaturen mehr gewohnt ist als wir. Die meisten Indianer und die Caboclos werden sich sträuben. Also bedienen wir uns in den deutschen Kolonien in Afrika. Ich war in Afrika, ich weiß, dass die Neger uns gerne zu Diensten sind. So könnte es funktionieren.«

Der Teil war Hansen suspekt. Er hätte lieber auf noch mehr Schwarze verzichtet, außerdem schien ihm der Aufwand übertrieben.

»Brasilien ist Deutschland freundschaftlich verbunden«, warf Hansen ein. »Hunderttausende unserer Landsleute leben hier. Ich glaube nicht, dass der Führer hier einmarschiert.«

Schulz-Kampfhenkel schüttelte energisch den Kopf.

»Ich rede nicht von Brasilien, sondern von den Guyanas. Du weißt, es gibt drei. Unter holländischer, britischer und französischer Führung. Französisch-Guyana erscheint mir für den Anfang am aussichtsreichsten. Wenn wir das im Handstreich nehmen, fallen die Nachbarn wie Kegel. Strategisch kann ich mir keinen besseren Brückenkopf in Südamerika vorstellen. Von dort aus lässt sich der Schiffsverkehr, zum Beispiel durch den Panamakanal, kontrollieren und die USA in Schach halten. Es wäre ein Coup, der die Welt einschüchtern würde.«

Schulz-Kampfhenkel grinste trunken. Hansen hatte ihn für einen harmlosen Spinner gehalten. Aber in seinem alten Mitschüler steckte mehr kriminelle Energie als vermutet. Er war gefährlich. Nicht auf dieselbe Art wie Hansen, aber auch nicht zu unterschätzen. Der Expeditionsleiter nahm einen Schluck Rum und sprach weiter.

»Ich habe das alles mal durchgespielt. Wie es laufen könnte. Nächtliche Schiffslandungen an der brasilianischen Küste, weit von jeder Stadt entfernt. Aufbau eines Kommandolagers. Von dort aus würde der Angriff auf Cayenne erfolgen, in einer Zangenbewegung. Mit dreihundert leicht bewaffneten Soldaten durch den Dschungel und mit zwei, drei U-Booten und schnellen Kreuzern über den Seeweg. Im Urwald könnten die Aparai uns helfen, als Träger, Jäger und Kundschafter. Sie dienen dem großen Vater, der sie am besten behandelt. Außerdem sind sie mittlerweile gut mit uns befreundet. Eine entschlossene deutsche Truppe würde Cayenne überrollen, da bin ich mir sicher. Der Weg wäre bereitet für eine deutsche Kolonie in Südamerika.«

Schulz-Kampfhenkel hob sein Glas.

»Auf die unbesiegbare deutsche Wehrmacht. Heil Hitler!«

Hansen sagte nichts. Er grübelte. Hatte Schulz-Kampfhenkel sich das alles selbst ausgedacht, oder handelte er im Auftrag von Regierungsstellen? War er vielleicht hier, um das Terrain zu sondieren, getarnt als Forscher auf den Spuren der Amazonas-Indianer? Hansen dachte daran, wie sie wochenlang aus der Luft die Landschaft nach Schulz-Kampfhenkels genauen Vorstellungen fotografiert und kartografiert hatten. Das konnte doch kein Zufall sein.

»Und, Heinrich? Hättest du Lust, dabei zu sein, wenn es so weit ist?«

»Was?« Hansen hatte nicht zugehört.

»Ob du bei der Eroberung der Guyanas mitmachen würdest?«

»Ich dachte, das seien nur Gedankenspiele.«

»Ich meine ja nur, theoretisch.«

Hansen schwitzte, aber es war nicht die Hitze. Er wurde das Gefühl nicht los, dass sie aus einem ganz anderen Grund als von ihm vermutet in diese Gluthölle gezogen waren. Deshalb die Hakenkreuz-Fahnen, deshalb hatte die NSDAP die Expedition mitfinanziert. Er war so ein Idiot. Goldschätze, Eldorado. Wie konnte er nur solch einen Mist glauben? Es ging um Politik, sonst nichts, um die Erweiterung des deutschen Lebensraumes. Ein hehres Ziel, aber nichts, was ihn wirklich interessierte.

»Heinrich?« Schulz-Kampfhenkel kniff die Augen zusammen. »Hörst du mir überhaupt zu?«

Hansen sah sein Gegenüber an, aber in seinem Kopf schwirrte es. Er hatte sich seit Monaten an einen Strohhalm geklammert, und der war ihm mit einem Mal genommen worden.

»Natürlich«, sagte er.

»Scheint mir nicht so«, entgegnete Schulz-Kampfhenkel verstimmt.

Hansen hatte sich halbwegs gefangen. Er musste es genau wissen.

»Ist das der wahre Grund?«

Schulz-Kampfhenkel runzelte die Stirn.

»Der wahre Grund wofür?«

»Für diese Expedition natürlich, wofür sonst?«

»Ich verstehe dich nicht.«

»Sind diese Pläne, die Guyanas zu erobern und einen deutschen Brückenkopf in Südamerika zu schaffen, der Grund für unsere Expedition?«

Schulz-Kampfhenkel verzog den Mund abfällig nach unten.

»Red keinen Quatsch. Man wird ja wohl noch rumspinnen dürfen.«

»Wir sind also doch wegen des Goldes hier?«

»Welches Gold?«

»Die Schätze der Azteken. Berge voller Reichtümer. Eldorado. Die Legenden. Das, wovon alle reden, wenn es um den Amazonas geht. Der einzige Beweggrund, freiwillig in dieses stinkende Morastloch zu ziehen.« Hansen kam sich mit einem Mal unheimlich einfältig vor. Der mitleidige Blick von Schulz-Kampfhenkel sagte alles.

»Mach dich nicht lächerlich.«

Der Expeditionsleiter stand auf, drehte sich ohne ein Wort des Abschieds um und marschierte in seine Hütte. Hansen blieb sitzen, enttäuscht, verwirrt und allmählich auch zornig. Die Wut bahnte sich einen Weg durch die Trümmer der Illusionen, denen er in den vergangenen Wochen nachgehangen hatte, sie beanspruchte immer mehr Raum, füllte ihn aus. Wut auf diesen arroganten Herrenmenschen, auf seine lächerliche, von vornherein zum Scheitern verurteilte Expedition, auf die degenerierte Indianerbrut und den verfaulten Wald, in dem sie hausten. Zuallererst aber Wut auf sich selbst. Auf seine Naivität, seine Feigheit, seine Dummheit. Dass er sich mit falschen Versprechungen hatte ködern lassen. Damit war es vorbei. Er würde von nun an nur noch das tun, was er für richtig hielt. Schulz-Kampfhenkel, dieser selbstverliebte Kretin, konnte ihm gestohlen bleiben. Hansen trank sein Glas in einem Zug aus. Jetzt war er allein.

In der Nacht fand Hansen nicht in den Schlaf. Er versuchte sich abzulenken, sich nicht beherrschen zu lassen von dem Frust über seine geplatzten Illusionen. Stattdessen dachte er darüber nach, wie er die Zeit im Dschungel am besten nutzen konnte. Wie sich daraus Kapital schlagen ließ für die Zeit danach. Die Wut führte zu nichts. Er musste sie umwandeln in etwas Produktives. Am Morgen verschlief er absichtlich Schulz-Kampfhenkels Abfahrt. Der Expeditionsleiter hatte ebenfalls keine Anstalten gemacht, Hansen zu wecken. Zwischen ihnen war alles gesagt. Hansen schlurfte zur Feuerstelle. Das Lager war ausgestorben, ein Geisterdorf. Er würde auf unbestimmte Zeit keine Weißen mehr zu Gesicht bekommen. Nicht, dass er einen von ihnen vermisst hätte.

Im Morgengrauen hatte er einen Entschluss gefasst. Er würde versuchen, von den Indianern zumindest das wenige zu lernen, was ihm später einmal nützlich sein konnte. Hansen wusste, dass sie die Kunst beherrschten, aus Pflanzen- und Tierextrakten berauschende Tränke zu brauen. Und Gifte. Tödliche Gifte, teils aus der Haut von Fröschen gewonnen, teils aus einer geheimnisvollen Mixtur aus Früchten und Blättern hergestellt. Das war das bereits von den spanischen Entdeckern gefürchtete Curare. Es lähmte die Atmung, bereits der kleinste Ritzer eines mit Curare bestrichenen Pfeils bedeutete für das Opfer den sicheren Tod. Aber es gab noch andere, heimtückischere Gifte, die schmerzhafter und langsamer, manchmal erst nach Tagen wirkten, hatte ihm Saracomano erklärt. Die Indios benutzten sie, um ihre Feinde zu foltern. Als Hansen zum ersten Mal davon hörte, war er sofort begeistert. Solcherlei Geschichten faszinierten ihn. Was hätte er dafür gegeben, selbst derartige Fähigkeiten zu besitzen – und ein paar Phiolen voll mit den gefährlichsten Ingredienzien der Welt.

Im Dorf war Prärawa zuständig für alle heiklen wie heilsamen Substanzen. Die Alte, die nicht einmal selbst ihre Lebensjahre genau anzugeben wusste, hatte ein Gesicht wie eine verschrumpelte Kartoffel, ein zahnloses Grinsen und einen gebeugten Gang, ihre Augen jedoch linsten spöttisch in die Welt. Normalerweise teilte sie ihre Geheimnisse ungern, erklärte ihm Saracomano, aber Hansen verwöhnte die Schamanin tagelang mit ausgesucht guten Fleischstücken. Die besten Teile eines Spießhirsches überzeugten sie schließlich von den ehrenhaften Absichten ihres Wohltäters. Zufrieden mümmelnd erklärte sie sich bereit, den Weißen, der fast so herumlief wie die Aparai, in ihre Kunst einzuweihen. Hansen schmunzelte.

Bei den Indianern war es nicht anders als bei den Weißen. Erst kam das Fressen, dann die Moral. Wahrscheinlich waren sie auch anfällig für übertriebene Komplimente. Er probierte es gleich, verbeugte sich höflich vor Prräwa und hauchte ihr einen Kuss auf die Hand. Die hutzelige Indianerin kicherte unanständig. Das Eis war gebrochen.

Prräwa fing mit den tierischen Giften an. Sie ließ Saracomano verschiedene Frösche fangen. Für Hansen, der nur die heimischen Laubfrösche kannte, wirkten die winzigen, manchmal nur daumennagelgroßen Amphibien vollkommen harmlos. Verdächtig stimmte nur die leuchtende Signalfarbe ihrer Haut: Saracomano lieferte zitronengelbe, blutrote und azurblaue Exemplare in Prräwas Hütte ab. Sie spießte die Tiere der Länge nach auf, worauf diese ein leicht schaumiges Sekret auf ihrer Haut absonderten. Das war alles. Prräwa feixte. Sie nahm einen Blasrohrpfeil und tauchte die Spitze in die helle Flüssigkeit. Hansen fragte nach, wollte mehr erfahren über die genaue Wirksamkeit der Gifte und ob es jeweils ein Gegenmittel gebe. Prräwa teilte ihr Wissen, Saracomano übersetzte mit seinen erlernten Brocken Deutsch das, was ihm möglich war, und Hansen reimte sich den Rest zusammen. So gab es einen Pflanzensud, der gegen dieses und jenes Gift half, aber wohl nicht verlässlich. Prräwa zeigte ihm die Blätter, Hansen studierte sie genau, konservierte sie. Auch die verschiedenen Giftstoffe sammelte er in kleinen Glasfläschchen aus Schulz-Kampfhenkels Bestand. Sie dienten eigentlich dazu, Proben der exotischen Fauna und Flora aufzunehmen. In gewissem Sinne erfüllten sie also ihren Zweck. Nur war das hier im Gegensatz zu den Flechtkörben, Pfeilspitzen und Tierhäuten wenigstens praktisches Wissen, das daheim hilfreich sein konnte, wenn man denn geeignete Verwendung dafür fand. Er hielt Saracomano dazu an, noch mehr Frösche zu fangen, um brauchbare Mengen zusammenzubekommen. Begeistert verfolgte Hansen, wie sich sein Giftschrank allmählich füllte.

Komplizierter als das Melken der Frösche war die Herstellung von Curare. Hier bedurfte es exakt bemessener Anteile verschiedener Pflanzen und Baumrinden, die zu einer Masse gestampft wurden, um anschließend mühselig unter permanentem Rühren über Stunden gekocht zu werden. Atmete man dabei die Dämpfe zu tief ein, drohten Übelkeit und Ohnmacht. Hansen erwischte beides und musste außerhalb der Hütte, in der das Curare brodelte, verzweifelt nach Luft schnappen. Als er sich erholt hatte, ging er zurück in die Hütte und rührte weiter. Die Indianerin grinste breit. Hansen war ein zu allem entschlossener Schüler.

Am Ende entstand eine klebrige bräunliche Masse, die abgekühlt auf die Pfeile gestrichen wurde. Präräwa demonstrierte ihm, wie sich die Pampe verflüssigte, wenn sie mit Wasser in Kontakt kam. Hansen begriff. Drang das Curare von der Pfeilspitze ins Blut, veränderte es seine Konsistenz und zirkulierte sofort im Organismus. Die Alte gab ihm zu verstehen, dass er das Curare ruhig schlucken könnte, ohne daran zu sterben. Es musste in den Blutkreislauf gelangen, um seine Wirksamkeit zu entfalten. So erklärte sich für Hansen, warum die Indianer Tiere, die sie mit einem vergifteten Pfeil getötet hatten, gefahrlos essen konnten. Der Deutsche füllte ein kleines Tongefäß mit der teuflischen Masse und versiegelte es.

Als Letztes kam Präräwa zu den Feinheiten. Die Gifte ließen sich mischen, um besondere Wirkungen zu erzielen, oder man konnte sie mit einem Rauschmittel kombinieren. Es gab Tränke, um böse Dämonen aus einem Menschen zu treiben oder um ihm ein besonders gehütetes Geheimnis zu entlocken, um Schmerzen zu lindern oder die eigene Seele auf eine Reise zu den Geistern zu schicken, auf dass diese einen in die Zukunft schauen ließen. Hansen schwirrte der Kopf, aber er schrieb sich alles auf, notierte die Zusammensetzungen und zeichnete die Pflanzen ab, aus denen die Alte ihre unheilvollen Cocktails mischte. Wenn es irgendwie ging, konservierte er jeden Trank, jedes Pulver, selbst auf die Gefahr hin, dass die Ingredienzien nach einiger Zeit ihre Wirksamkeit verlieren könnten. Präräwa forderte ihn auf, ein Gebräu selbst zu probieren, um die Folgen am eigenen Leib zu erfahren, aber Hansen war das zunächst nicht geheuer. Er wollte jedoch auch nicht wie ein Feigling dastehen. Es war das Pulver, erklärte die Alte ihm, mit dem er sich von seinem Körper lösen und zu den Geistern reisen könne. Hansen stimmte zögerlich zu. Präräwa bröselte ihm eine Prise von dem ekelhaft stinkenden Zeug vor ein Nasenloch und bedeutete ihm stillzuhalten. Hansen zitterte vor Anspannung. Er hatte eine Riesenangst vor dem, was ihn erwartete. Wahrscheinlich würde sich sein Gehirn gleich in seine Bestandteile zerlegen. Saracomano nahm eine Art kürzeres Blasrohr, setzte es vor das Nasenloch seines weißen Freundes und blies ihm das Pulver in die Nase.

Hansens Kopf explodierte, als hätte jemand eine Feuerwerksrakete in seinem Schädel gezündet. Schlagartig verlor er die Kontrolle über Körper und Sinne. Er schwebte, fiel, flog, die Welt löste sich auf in ein Kaleidoskop aus Farben, chaotisch, sinnlos. Formen schälten sich heraus, Blätter, Bäume, Felsen in nie gesehenen Schattierungen. Der Dschungel als Symphonie aus Licht. Hansen lief, lief, lief, sprang durch Büsche, über Wurzeln, rannte, witterte, ein hungriger Räuber auf der Jagd. Sein Herz klopfte beengt in der Brust, stahl ihm die Luft. Jetzt war er die Beute, verfolgt von rhythmischem Keuchen. Der heiße Atem des Jaguars in seinem Nacken. Meute, Beute. Hansen drehte sich nicht um. Schneller, schneller, er raste jetzt, die Beine schwer wie Blei, Blut tropfte von seinen Schuhen. Er lief durch roten Schnee, in den Fußstapfen der Toten. Seiner Toten. Feuer füllte ihn aus, brannte seine

Sünden hinweg, reinigte die Seele. Hansen kotzte Saracomano vor die Füße. Was für ein Höllentrip. Der Indianer betrachtete ihn, als könne er durch seine Augen sehen, als könne er verstehen, was Hansen vollkommen rätselhaft blieb. Der Deutsche wälzte sich auf den Rücken und starrte in den Sternenhimmel. Stand dort sein Schicksal geschrieben? Wussten die Sterne, was hier unten geschah und was einmal geschehen würde? Kannten sie jede Wendung jedes noch so armseligen Lebens? Hansen hatte sich darangemacht, seinem eine neue Richtung zu geben, es selbst zu steuern, statt sich lenken zu lassen. Denn er hatte Großes vor. Er war dabei, ein Kind des Dschungels zu werden. Ein Meister in der Kunst des Überlebens. Und in der Kunst des Tötens. Das wollte er werden. Ein Künstler, der mit Leben und Tod ein Werk gestalten konnte, wie es die Welt noch nicht gesehen hatte.

10.
Berlin

28. Oktober 1939
Wohnung der Weinbergs

Als Kind hatte sich Krauss vor dem gefürchtet, was sich im monströsen Kleiderschrank seiner Eltern verbergen mochte. Nun wusste er mehr um die dunklen Geheimnisse dieser Möbelstücke, denn er war selbst gerade einem entstiegen. Die Weinbergs hatten ihren ebenfalls übergroßen Schrank vor die Tür seiner Kammer geschoben und die Rückwand entfernt. So kam kein Patient in die Verlegenheit, auf der Suche nach der Toilette unerwartete Einblicke ins Privatleben seines Arztes zu erhalten. Krauss musste lächeln über die unbeholfenen Scharaden seiner Gastgeber, als er Weinberg durch das nur ein paar Alibi-Kleidungsstücke beherbergende Möbel folgte, dabei auf seine Füße achtete, um ja nicht zu stolpern, und durch die Schranktür in den Wohnungsflur trat; zugleich rührte ihn diese Camouflage, denn ein Kommando entschlossener Männer hätte sich davon sicher nicht täuschen lassen. Erst als er im Flur stand und etwas ungläubig den Schrank betrachtete, wurde ihm klar, wie viel Glück er gehabt hatte. Entweder es suchte tatsächlich niemand nach ihm, oder es war nicht nötig, weil sein Aufenthaltsort ohnehin in den entscheidenden Kreisen bekannt war. Weinberg bemerkte den kritischen Blick seines Gastes.

»Etwas Besseres ist uns nicht eingefallen«, sagte er entschuldigend.

»Es hat bisher seine Dienste erfüllt«, entgegnete Krauss, um ihn nicht bloßzustellen.

»Juden schnüffeln eben nicht in anderer Leute Kleiderschränken herum.«

Weinbergs Verbitterung saß so tief, dass nicht einmal ein so glänzender Chirurg wie er sie hätte herausoperieren können, dachte Krauss. Er wandte sich von dem Möbelstück ab, musterte den Flur.

»Führen Sie mich herum? Ich würde gerne den Ort meiner Wiedergeburt kennenlernen.«

»Aber selbstverständlich. Folgen Sie mir.«

Krauss humpelte hinter Weinberg her. Der Arzt hatte ihm eine Krücke besorgt, außerdem eine Garnitur seiner Kleidung, Hemd und Hose. Weinberg war nur ein paar Zentimeter größer und hagerer, Krauss hatte aber deutlich abgenommen, so dass ihm die Sachen annähernd passten. Zuerst suchte sein Gastgeber die Küche auf, wo seine Frau und seine Tochter gerade den Tisch deckten. Hannah lief freudestrahlend auf Krauss zu und sprang vor ihm herum.

»Richard isst mit uns am Tisch«, juchzte sie. Krauss lachte, strich ihr über die Haare. Hannah und er waren in den vergangenen zwei Wochen Freunde geworden. Sie hatte ihm alle ihre Lieblingspuppen angeschleppt und ausführlich vorgestellt, außerdem spielten sie ausdauernd Mau-Mau und Schiffe versenken. Krauss genoss ihre vorwitzige, manchmal neunmalkluge Art; ohne Hannah hätte er nicht so schnell ins Leben zurückgefunden.

»Beruhige dich«, ermahnte Weinberg seine Tochter. »Ich führe unseren Gast noch ein wenig herum, und du hilfst solange deiner Mutter.«

Hannah zog eine beleidigte Grimasse. Krauss zwinkerte ihr zu und folgte dem Arzt in den Flur. Die Wohnung war mit erlesenen dunklen Möbeln eingerichtet, in jedem Raum lagen teure Läufer. Weinberg hatte gut verdient, das war deutlich zu sehen. Er zeigte Krauss den Wohnraum, die teilweise leerstehenden Kinderzimmer, ein kleines Büro, alles nur knapp kommentierend. Vom Eingangsbereich führte ein weiterer Flur in eine Nachbarwohnung. Weinberg erklärte Krauss, dass sie die gesamte Etage des Gebäudes verbunden und in der zweiten Wohnung die Praxis untergebracht hatten. Es gab ein Warte- und zwei Behandlungszimmer mit Liegen und diversen Medizinschränken, deren Vitrinen für Krauss ziemlich leer wirkten. Dennoch beeindruckte ihn Weinbergs Reich. Der Mann hatte sich mit seinen Fähigkeiten ein bemerkenswertes Leben aufgebaut, das unter den Nationalsozialisten nichts mehr gelten sollte. Schweigend gingen sie zurück in die Küche. Weinbergs Frau Inge tischte gerade das Essen auf, Fischsuppe. Krauss setzte sich.

»Ich hätte Ihnen gerne ein Stück Fleisch gebraten«, sagte sie. »Aber die koscheren Metzgereien wurden in den vergangenen Wochen alle geschlossen. Ich hoffe, Sie mögen Fisch.«

»Das ist wunderbar«, antwortete Krauss.

»Isst Richard jetzt jeden Tag mit uns?«, fragte Hannah mit vollem Mund.

»Hannah!«, ermahnte sie ihr Vater. »Habe ich dir nicht etwas gesagt? Unser Gast ist ein Geheimnis. Wenn du es überall herausposaunst, können schlimme Dinge passieren. Das willst du doch nicht, oder?«

Hannah schüttelte stumm den Kopf. Sie war den Tränen nahe. Ihre Mutter streichelte ihr sanft über die Schulter.

»Lass sie nur, Samuel. Sie freut sich doch so.«

Krauss hatte ein ungutes Gefühl bei dem Gedanken, was diese Familie riskierte, indem sie ihn aufnahm. Er mochte es sich nicht ausmalen.

»Ich bin froh, dass ich mit Ihnen essen darf«, sagte er. »Es ist lange her, dass ich mit anderen Menschen an einem Tisch saß.«

»Wir freuen uns auch. Aber bitte, greifen Sie zu«, sagte Inge Weinberg. Hannah nickte eifrig.

Sie aßen schweigend. Krauss schmeckte es köstlich. Es schien ihm, als entdecke er das Essen neu für sich, als habe der Kummer der vergangenen Jahre das Aroma aus den Speisen gewaschen. Nun war es mit einem Mal wieder da, und er spürte plötzlich eine Lust beim Essen, die er so nicht kannte. Je mehr er aß, desto hungriger wurde er. Hannah kiekste plötzlich albern in die Stille hinein.

»Du isst viel zu schnell«, sagte sie. »Davon bekommst du Bauchschmerzen.«

Krauss sah sie erstaunt an, die volle Gabel in der Hand. Weinberg lachte, zuckte mit den Achseln.

»Sie ist eben sehr direkt, meine freche Tochter.«

»Schon gut. Sie hat ja recht. Aber es schmeckt phantastisch. Und da ist noch viel Platz.« Krauss zeigte auf seinen Bauch. Hannah strahlte ihn an. Sie hatte ihn offensichtlich in ihr Herz geschlossen, und er wusste nicht, warum. Ihn, einen Mörder. Einen Verlorenen.

Nachdem sie ihren Teller leer gegessen hatte, sprang Hannah sofort auf. Sie habe noch etwas Wichtiges zu erledigen, sagte sie und verschwand. Weinberg schüttelte wortlos den Kopf. Als seine Frau begann, den Tisch abzuräumen, stand er auf, um ihr zu helfen. Auch Krauss wollte sich erheben.

»Sie bleiben sitzen«, sagte seine Gastgeberin, keinen Widerspruch duldend. So musste er tatenlos zusehen. Es war ein schönes, klassisches Bild, dachte er. Die Familie isst gemeinsam und räumt die Reste weg. Ein Klischee und vielleicht deshalb so herzerwärmend. Vielleicht suchen wir deshalb immer nach dem Altbekannten, mutmaßte Krauss, weil nur das Vertraute unser Wohlbefinden garantiert. Er wunderte sich über diese für ihn ungewohnten Gefühle. Die Weinbergs hatten offensichtlich seine verkarstete Seele abgeschliffen und unbekannte, zugänglichere Seiten freigelegt. Krauss wusste nicht recht, wie er damit umgehen sollte.

»Lassen Sie uns ein Glas Wein trinken«, sagte der Arzt und

entkorkte, ohne die Antwort seines Gastes abzuwarten, eine Flasche Rotwein.

»Ein Château Latour. Ein edler Tropfen. Früher habe ich es genossen, mich bei einem Glas gutem Wein zu entspannen, heute versuche ich mich bei jedem Schluck daran zu erinnern.«

Weinberg füllte drei Kelche bis zur Hälfte, setzte sich und erhob sein Glas. »Stoßen wir an.«

Seine Frau und Krauss nahmen ihre Gläser, streckten sie ihm entgegen. »Auf eine bessere Zukunft. Oder überhaupt auf eine Zukunft.«

Weinberg trank. Krauss nippte nur an der tiefrot schillernden Flüssigkeit. Er hatte lange keinen Alkohol mehr getrunken, fürchtete den Schwindel. Und Fragen, für deren Beantwortung er einen klaren Kopf brauchte. Weinbergs Frau taxierte ihn bereits mit diesem gewissen Blick.

»Richard«, sagte sie und ließ seinen Namen einen Moment lang im Raum stehen, als höre sie seinen Klang zum ersten Mal. »Jetzt sind Sie schon so lange bei uns, und wir wissen so gut wie nichts über Sie. Was sind Sie für ein Mensch? Wo kommen Sie her, was haben Sie gemacht, wer sind Ihre Eltern? Ich würde mich freuen, wenn Sie uns ein wenig über sich erzählen würden.«

Genau diese Fragen hatte er gemeint. Was sollte er darauf sagen? Die Wahrheit? Krauss sah in sein Glas, schwenkte die blutrote Flüssigkeit leicht hin und her. Die Farbe war ihm vertraut, durch sein Leben zog sich eine Blutspur, die bis in diese Küche führte. Sollte er das den Weinbergs erzählen? Dass er das Blut so vieler Menschen vergossen hatte, dass es ihm schwerfiel, sich an jeden Einzelnen von ihnen zu erinnern? Und wo sollte er anfangen?

Ich war ein ganz normaler Junge aus bürgerlichem Haus, würde er sagen, ein Junge, der seinen älteren Bruder liebte und bewunderte und ihm in allem nacheiferte, so gut es irgend ging. Also folgte ich ihm in Hitlers Sturmabteilung, um Deutschland von dem niederträchtigen und blutsaugerischen Gesindel zu befreien, das es in den Abgrund zu ziehen drohte. Ich ging mit ihm auf die Straße und brüllte unsere Parolen so lautstark in andere Ohren, dass man uns nicht überhören konnte. Und wenn die anderen nicht hinhören wollten oder zurückbrüllten, dann prügelten wir ihnen unsere Wahrheiten in die Köpfe, so lange, bis sie es begriffen. Im Prügeln war ich gut, auch wenn es mir anfangs schwerfiel, aber ich wollte Edgar gefallen, wollte, dass mein großer Bruder stolz auf mich war. Und so habe ich mir seine Anerkennung auf der Straße mit einer Sammlung blutiger Schädel verdient.

Eine tolle Leistung, nicht wahr, würde er den Weinbergs sagen, aber es kommt noch besser, wartet nur ab. Denn mein schlauer Bruder hat nicht nur mein Talent und meinen Ehrgeiz erkannt, sondern auch meine Ergebenheit ihm gegenüber, und er hat diese Fähigkeiten in eine Richtung gelenkt, die von Vorteil für uns beide war. Er hat mich mitgenommen auf seinem Weg nach oben, mich zu seinem Werkzeug gemacht, zu seinem Vollstrecker. Von Hitler persönlich erhielt Edgar den Auftrag, ein geheimes Kommando zu gründen, die »Söhne Odins«, und die Männer auszubilden in der Kunst des Folterns und des Tötens. Ich war von Anfang an mit dabei, ich war Edgars bester Schüler. Er hat einen perfekten Mörder aus mir gemacht, schnell, skrupellos, einfallsreich. Ich war der gelehrigste Geselle, den man sich wünschen kann, und schon bald ein Meister darin, Leben auszulöschen.

Sollte er den Weinbergs die Einzelheiten ersparen oder sie teilhaben lassen an seinen ruhmreichen Taten? Wie würde Inge reagieren, wenn er ihr von den Menschen berichtete, die er gefoltert und getötet hatte? Vielleicht konnte er sie milder stimmen, wenn er von diesen nervenzerreißenden Schreien sprach, wie sie ihn verfolgten in schlaflosen Nächten und erst

Hanna sie verstummen ließ. Da war Hitler aber schon an der Macht und die »Söhne Odins« ein inoffizieller Teil der Gestapo geworden. Vielleicht begriffen die Weinbergs mit ihrem heutigen Wissen, was das damals für ihn bedeutete. Er konnte schalten und walten, wie er wollte, er war ein Mörder von Hitlers Gnaden, gehasst und gefürchtet. Ich war für alles gewappnet, würde er sagen, nur für Hannas Liebe nicht. Ausgerechnet eine Krankenschwester heilte mich von dem Hass, den mein Bruder in mir gezüchtet hatte. Nur war es da eigentlich zu spät, auch wenn ich es nicht wahrhaben wollte. Hanna und ich lernten uns kennen, weil sie Hitlers uneheliches Baby versorgen sollte, würde er dann en passant fallenlassen und die verdutzten Gesichter der Weinbergs genießen. Das haben Sie nicht gewusst? Keine Sorge. Nur sehr wenige haben Kenntnis davon, und auch Sie sollten nicht mehr wissen als nötig. Andernfalls riskieren Sie Ihr Leben.

Wäre das zu dramatisch? Würden sie ihm glauben? Und wenn nicht, was hieße das? Nichts. Also weiter. Wo waren wir stehen geblieben? Bei Hitlers Sohn. Philipp. Er konnte nichts für seinen Vater, er war unschuldig. Und doch sollte er in seinem Sinne erzogen, auf Großes vorbereitet werden. Nur Kind zu sein, war bei ihm nicht vorgesehen. Hanna ertrug diesen Gedanken nicht, und wir entschlossen uns zu einer verzweifelten Tat. Ich bin mit ihr und dem Kind nach Frankreich geflohen, in eine abgelegene Ecke. Für ein paar Monate waren wir eine glückliche Familie. Wie Sie. Bis mich mein liebenswerter Bruder aufgestöbert hat. Ich musste aus einem Versteck heraus mit ansehen, wie er Hanna tötete, und habe damals ewige Rache geschworen. Diese Rache hat mich am Ende zu Ihnen geführt. Aber ich will nicht vorgreifen, würde er sagen, um die Spannung aufrechtzuerhalten. Wenn sie ihm überhaupt noch zuhörten, wenn sie bis dahin nicht abgestoßen waren von den Enthüllungen ihres Gastes.

Ich bin dann mit Philipp nach England, würde er fortfahren, habe den Jungen gut untergebracht und mich selbst dem britischen Geheimdienst angeboten. Die nächsten Jahre habe ich erneut das getan, was ich am besten kann: töten. Diesmal im Auftrag der englischen Regierung und zumeist Deutsche. Ein paar Briten waren auch darunter, Überläufer und Spitzel. Für mich zählte nur eines: Wer für den Nazi-Apparat spionierte, hatte sein Leben verwirkt. Das Töten selber war für mich dabei eine nüchterne Angelegenheit, anders als in Deutschland. Hier musste ich nicht mehr foltern, sondern nur noch liquidieren, präzise, unauffällig, effektiv. Alles ging gut, bis vor ein paar Monaten mein alter Nazi-Kamerad Bensler in London auftauchte. Von da an lief alles schief.

Das wäre die richtige Zeit für eine Kunstpause, dachte Krauss. Und das vorläufig letzte Kapitel. Seine Order, im Auftrag des britischen Geheimdienstes Hitler zu töten, würde er für sich behalten. Die Weinbergs mussten ja nicht alles wissen. Wie würde er das Finale einläuten? Ich bin nach Deutschland, um reinen Tisch zu machen, könnte er sagen. Doch ich habe meinen Bruder unterschätzt. Zum Glück hat mir wieder eine Frau geholfen, Oda. Sie arbeitete eigentlich für Hermann Göring, hat sich aber auf meine Seite geschlagen. Es wäre zu kompliziert, Ihnen alle Verwicklungen zu erklären, nur so viel: Am Ende mussten viele Menschen sterben, bis ich meine Rache vollendet hatte. Zu viele. Es ist nicht recht, was ich getan habe, und ich weiß das. Menschen wie Sie sollten die Gesellschaft eines Mannes wie mir meiden. Ich bin kein guter Umgang für Ihresgleichen. So gern ich mir wünschte, dass es anders wäre. Mehr habe ich nicht zu sagen. Das ist der Teil meines Lebens, der zählt. Sie wollten wissen, was für ein Mensch ich bin. Jetzt wissen Sie es.

Mit diesen Worten würde er schließen. Krauss nahm einen Schluck von dem Wein, stellte das Glas ab, atmete tief ein und sah seiner Gastgeberin in die Augen. Sie wusste alles. Er blickte weg.

»Es tut mir leid«, sagte er.

Niemand reagierte. Das Schweigen zwischen ihnen schien wie eine unüberwindbare Wand. Weinberg riss sie nieder.

»Ich verstehe das«, sagte er. »Sie müssen sich vor uns nicht offenbaren. Vielleicht ist es besser so.«

Weinbergs Frau lächelte verlegen.

»Mir tut es leid, dass ich Sie bedrängt habe.«

»Bitte, Sie haben mich nicht bedrängt«, entgegnete Krauss schnell. »Es fällt mir schwer, über jemanden zu reden, den ich vergessen will. Irgendwann vielleicht.«

»Einverstanden.«

»Aber jetzt würde ich mich gerne zurückziehen«, sagte Krauss. »Das Essen und die Gesellschaft waren wunderbar, doch mein erster Ausflug hat mich ganz schön angestrengt.« Er machte gerade Anstalten aufzustehen, als Hannah ins Zimmer platzte.

»Richard, du darfst noch nicht gehen«, rief sie aufgeregt. »Ich habe ein Geschenk für dich.«

Krauss ließ sich zurück auf den Stuhl fallen. Weinbergs Tochter überreichte ihm etwas, das sie in bunt bemaltes Zeitungspapier eingewickelt hatte. Vorsichtig packte Krauss es aus. Zum Vorschein kam eine Metallscheibe, vielleicht sechs, sieben Zentimeter im Durchmesser, durch die am Rand ein Loch gestanzt war. Krauss nahm an, dass es sich um den Rohling einer Unterlegscheibe handelte. Durch das Loch hatte Hannah eine Kordel gefädelt.

»Gefällt's dir?«, fragte sie.

Krauss betrachtete die Scheibe genauer. Auf eine Seite hatte Hannah mit einem spitzen Gegenstand einen Davidstern eingekratzt, auf der anderen Seite erkannte er unbeholfene Strichmännchen, die sich an den Händen hielten. Krauss wusste nicht, was er sagen sollte. Zum ersten Mal seit Jahren war er gerührt.

»Es ist schön. Vielen Dank.«

»Das sind wir. Und der Stern soll dich vor deinen Feinden schützen, wie er auch David beschützt hat. Du hast viele Feinde, hat Papa gesagt. Deshalb musst du dich bei uns verstecken. Jetzt, wo du wieder rausdarfst, habe ich dir den Schutz gebastelt.« Hannah sah ihn ernst an. »Du musst ihn umhängen.«

Krauss zog sich die Kordel über den Kopf und öffnete das Hemd. Der Anhänger lag tief auf seiner knochigen Brust.

»Passt«, sagte er und lachte Hannah an. Sie drehte die Scheibe so, dass der Davidstern nach außen zeigte.

»So musst du ihn tragen«, ordnete sie mit strenger Stimme an. »Dann hast du vor deinen Feinden nichts zu befürchten.«

11. Brasilien

24. Januar 1937
Dorf der Wayapi

Hansen rannte durch den Busch, lief um sein Leben. Sein jämmerliches, vergeudetes Leben. Zweige peitschten ihm ins Gesicht, Dornen rissen seine Arme auf. Diesmal war es kein Drogenrausch, sondern die Wirklichkeit; die Zukunft hatte ihn eingeholt. Er keuchte schwer, die Luft stach bei jedem Atemzug in seinen Lungen. Nicht mehr lange, und er würde aufgeben müssen. Hinter sich hörte er seine Verfolger, hörte ihre heiseren Rufe, hörte, wie sie sich genauso wie er einen Pfad brachen durchs dichte Gestrüpp. Warum rannte er überhaupt weg? Sie würden ihn ohnehin erwischen, er konnte ihnen nicht entkommen. Dies war ihr Land, ihr Territorium. Sie jagten, kämpften und töteten hier seit Anbeginn der Zeit. Was wollte er ihnen entgegensetzen? Es war sinnlos. Hansen lehnte sich an einen Baum, beugte sich vor, stützte sich mit den Händen auf den Knien ab. Magensäure stieg seine Speiseröhre hoch, er würgte, schluckte die bittere Flüssigkeit wieder hinunter. Verdammt, verdammt, verdammt. Er hätte es kommen sehen, sich beherrschen müssen. Aber es war aus ihm herausgebrochen wie ein unkontrollierbares Tier. Ja, er hätte es verflucht noch mal wissen müssen. Jetzt war es zu spät.

Hansen raste durch seine Erinnerungen, als könne er irgendwo den Moment finden, in dem alles aus dem Ruder gelaufen war. Erst der Jaguar, später die Anakonda, dann Kahles entzündeter Blinddarm, schließlich der Verlust der Boote, der Aufbruch zu den Wayana und Wayapi gegen den Willen der Aparai. Er schüttelte den Kopf. Auch dieses verzweifelte Grübeln war so sinnlos wie alles andere in den vergangenen Monaten. Hansen musste sich der Wahrheit stellen. Seit sie den Dschungel betreten hatten, verfolgte sie das Unheil so unerbittlich wie ein Schatten. Der Deutsche umklammerte sein Amulett, drückte sich den Reißzahn des Jaguars in die Hand, bis sie blutete. »Lass mich nicht im Stich«, flehte er.

Hansen lauschte angestrengt, das Gesicht zu einer Fratze verzerrt. Die Geräuschkulisse hinter ihm hatte sich verändert, die Rufe der Männer schienen sich zu entfernen. Sie mussten seine Spur verloren haben. Kaum zu glauben. Er schloss die Augen, zwang sich stillzuhalten, unterdrückte den alles beherrschenden Fluchtimpuls. Langsam gewann sein Denken an Kontur. Zum Teufel, das hier hatte er nicht verdient. Nicht, nachdem er so lange durchgehalten hatte.

Er dachte an die Zeit, als er allein im Dorf geblieben und Präräwa ihm die Gifte des Urwalds gezeigt hatte. Es lag mehr als ein halbes Jahr zurück, aber es erschien ihm wie ein anderes Leben. Damals hatte er sich wie ein Jäger gefühlt, wie ein Herrscher über Leben und Tod. Abends saß er allein in seiner Hütte und betrachtete die Fläschchen mit ihrem tödlichen Inhalt. Er hielt sie vors Feuer, schüttelte die ölig schillernden Flüssigkeiten. Die Macht in seinen Händen erregte ihn. Ein winziger Tropfen war in der Lage, mehrere Menschen zu töten. Es reizte ihn, es auszuprobieren, Gift beispielsweise unter das Maniokmehl der Indianer zu mischen und abzuwarten. So ein Experiment zählte doch zum Repertoire der von Schulz-Kampfhenkel so gepriesenen Wissenschaft. Der Versuch am lebenden Objekt. Niemand – außer den Indianern natürlich – würde ihm das übelnehmen. Warum auch? Es handelte sich nur um ein paar Wilde, die gerade von den Bäumen geklettert waren, nicht um zivilisierte Menschen. Dass er seine mordlüsternen Gedanken nicht in die Tat umsetzte, lag daran, dass er sich zu sehr vor dem Häuptling fürchtete, Angst hatte vor dessen Rache. Also sammelte er weiter, beschriftete die Fläschchen akkurat und sortierte sie stoßfest in eine kleine Holzkiste. Das war nun sein Schatz – nicht das erhoffte Gold, aber vielleicht dennoch ein Besitz, der ihn reich machen konnte.

Ab und zu gönnte Hansen sich eine Prise von Präräwas berauschendem Pulver und halluzinierte in seiner Hütte. Das Leben, das er früher geführt hatte, schien ihm mit jedem Tag unwirklicher, verblasste allmählich wie die Erinnerung an einen Traum. Endlich näherte er sich zumindest einem Ziel seiner Reise – dem Vergessen. Hansen verzichtete jetzt permanent darauf, ein Hemd zu tragen, ließ sich stattdessen den Körper von Präräwas Tochter mit einer stinkenden Mischung aus Erde und Pflanzensud einreiben, um die Moskitos fernzuhalten. Im Dorf spazierte er barfuß umher, die Haare waren hoffnungslos verfilzt und hingen ihm mittlerweile bis weit über die Ohren. Er hatte sich angepasst, obwohl er die Indianer zutiefst verachtete. Aber mehr als alles andere wollte Hansen überleben, auch um den Preis der Selbstaufgabe.

Als er eines Mittags nach der Jagd sein Kanu auf den Uferstreifen zog, vernahm er von weitem Stimmengewirr. Rund vier Wochen nach seiner Abreise – es musste Anfang April gewesen sein, aber Hansen zählte die Tage nicht mehr – war Schulz-Kampfhenkel zurückgekehrt, mit Kahle, Krause, den Caboclos und dem Material, das der Fluss und die Ameisen ihnen gelassen hatten. Hansen stand verstört vor den Hütten, Bogen und Pfeile in der einen, einen Tukan in der anderen Hand, und starrte wie paralysiert auf die Horde Vandalen, die sein Reich beschmutzten. Schulz-Kampfhenkel lief auf ihn zu und umarmte ihn so herzlich, als wäre nie etwas vorgefallen zwischen ihnen.

»Was bin ich froh, dich gesund zu sehen, Heinrich«, sagte der Expeditionsleiter und packte seinen Schulfreund an beiden Schultern. Hansen hätte ihn nur mit einem seiner vergifteten Pfeile leicht ritzen müssen, und Schulz-Kampfhenkel wäre vor seinen Augen verendet.

»Du siehst ja aus wie ein Indianer. Mein Gott, und du stinkst auch wie einer.« Schulz-Kampfhenkel betrachtete ihn von oben bis unten.

»So beißen sie nicht«, brummte Hansen.

»Ist alles in Ordnung?«, hatte Schulz-Kampfhenkel gefragt und ihn erneut gemustert wie ein Arzt einen Patienten mit verdächtigen Symptomen. Nein, es ist nicht alles in Ordnung, hätte Hansen am liebsten geschrien, es ist nicht in Ordnung, dass du zurückgekommen bist und mir die Last deiner Existenz wieder aufbürdest, dass du mich daran hinderst, mich selbst zu verlieren. Aber er sagte nichts, nickte nur stumpf. Schulz-Kampfhenkel berichtete ihm, wie er Kahle und Krause nach Tagen gestrandet auf einer Flussinsel gefunden hatte, wie sie sich durch die Stromschnellen kämpfen mussten, dabei ein komplettes Boot einbüßten und eine Zeitlang die Kraft, sich weiter gegen den Fluss zu stemmen. Am Ende war es ihnen doch geglückt, so dass die Expedition – trotz des bedauerlichen Verlustes von Greiner – vor dem Scheitern bewahrt werden konnte.

Hansen benötigte mehrere Tage, um sich wieder umzustellen und in den alten Jagdtrott zu verfallen. Obwohl Kahle und Krause ihn mit Witzen über sein Aussehen nervten, beließ es Hansen bei den langen Haaren und schmierte sich weiter mit Pflanzenfett ein. So hielt er die Landsleute auf Distanz. Wenn sie ihn nicht behelligten und seine Hütte mieden, war es leichter, Geheimnisse für sich zu behalten. Einen Monat nach Schulz-Kampfhenkels Ankunft im Lager hatte der Expeditionsleiter verkündet, dass er einen Nebenfluss des Jary erkunden wolle, mit einem Boot und begleitet von vier treuen Caboclos. Hansen konnte über Schulz-Kampfhenkels Gründe nur spekulieren, vermutete aber, dass der Forscher nach alleinigem Entdeckerruhm gierte. Der Mann war ruhelos, getrieben vom Ehrgeiz, berühmt zu werden, und von der Gewissheit, ein besonderer Mensch zu sein.

Als der größte Sohn des Vaters Wissenschaft nach drei Wochen noch nicht zurück war, entschieden die Männer, dass Hansen als mittlerweile erfahrener Waldläufer ihn gemeinsam mit einigen Männern suchen solle. Er wählte Raimundo und Ernesto aus, ihnen traute er am meisten zu. Eine Woche später fanden sie Schulz-Kampfhenkel und dessen Trupp ausgehungert und abgemagert ein paar Kilometer den Fluss hinauf, in einem notdürftigen, aus Zweigen und Blättern errichteten Lager direkt am Ufer. Das Boot seines Chefs war gekentert, leckgeschlagen und gesunken mitsamt der kompletten Ausbeute ihres Ausflugs. Alles hatte der Fluss geschluckt, Tiere und Pflanzen, Filme und Kamera, Medikamente und Proviant. Zudem war Schulz-Kampfhenkel am Bein verletzt, einen Marsch durch den Dschungel hätte er nicht überlebt. Hansen traf zur rechten Zeit ein, und er meinte die Dankbarkeit in den Augen des havarierten Entdeckers zu erkennen. Schulz-Kampfhenkel war der glücklichste Pechvogel, der Hansen jemals untergekommen war. Was das Leben manchmal für kuriose Kapriolen bereithielt. Erneut war er mit seinem Schulfreund im Wald unterwegs, und wieder hatte er ihn vor größerem Unheil bewahrt. Schulz-Kampfhenkel würde ihn nicht noch einmal wortlos sitzen lassen, weil er wusste, dass zwischen ihnen eine Art symbiotischer Verbindung existierte – sie brauchten einander, um in diesem Leben zu bestehen.

Glücklich zurück im Lager erwartete sie die nächste Aufregung. Kahle hatte eine sieben Meter lange Anakonda erlegt, die vielleicht furchteinflößendste Schlange des Amazonas, die sich darüber hinaus nicht in ihrer Sammlung befand. Das Tier war den Indianern allerdings noch heiliger als der Jaguar, so dass Funkstille zwischen den Lagern herrschte. Kahle winkte nur herablassend ab.

»Die werden sich wieder beruhigen«, sagte er und präsentierte stolz die abgezogene Haut des Riesentiers. Im Magen der Anakonda hatte Krause ein fast unverdautes Schwein gefunden. Dem geschwächten Schulz-Kampfhenkel gelang es, die Wogen zwischen den Parteien zu glätten; Hansen vermutete, dass Aocapoto aus Mitleid für den von Hunger und Krankheit gezeichneten Weißen nachgab. Den Zorn des Waldes aber beschwichtigte das in den Augen der Indianer nicht. Sie sollten recht behalten, wie sich Monate später zeigte.

Anfang Oktober wachte Kahle am Morgen mit heftigen Unterleibsschmerzen auf. Schulz-Kampfhenkel betastete die Bauchdecke und stellte eine folgenschwere Diagnose: Blinddarmentzündung. Was einen Arzt unter normalen Umständen nicht weiter beunruhigt hätte, bedeutete so tief im Dschungel unwägbare Komplikationen. Dank entzündungshemmender Mittel aus seiner Bayer-Apotheke gelang es Schulz-Kampfhenkel zwar, die Reizung abzuschwächen, aber Kahles Zustand blieb besorgniserregend. Hansen schlug vor, eines von Präräwas Pulvern zu benutzen, doch Schulz-Kampfhenkel lehnte ab. Noch sei es zu früh, Kahles Bewusstsein zu trüben, vielleicht würde er später auf den Vorschlag zurückgreifen. Hansen spürte, dass sein Freund bemüht war, ihn nicht vor den Kopf zu stoßen. Das unsichtbare Band zwischen ihnen durfte nicht ein weiteres Mal reißen.

Als sich nach acht Tagen keine grundlegende Besserung einstellte, hielten die drei gesunden Männer Kriegsrat.

»Kahle muss operiert werden«, sagte Schulz-Kampfhenkel. »Er stirbt, wenn wir ihn nicht ins Krankenhaus nach Arumanduba bringen.«

»Der Transport ist auch ein Risiko«, gab Krause zu bedenken.

»Hierbleiben ist ein größeres«, entgegnete Schulz-Kampfhenkel.

Die Männer schwiegen, senkten die Köpfe. Ob ihnen die Rückkehr ins Lager vor dem nächsten Hochwasser gelingen würde, war völlig offen. Es stand nicht gut um die Jary-Expedition.

»Ich bleibe hier«, hatte Hansen in die Stille hinein gesagt und die erstaunten Blicke seiner beiden Kameraden auf sich gezogen. Er fühlte sich genötigt, weiterzureden.

»Erstens muss jemand auf das Material aufpassen. Zweitens habt ihr dann auf der Fahrt ein hungriges Maul weniger zu stopfen. Und drittens möchte ich, dass du auf jeden Fall zurückkommst, Otto. Wir sind hier noch nicht fertig. Noch lange nicht. Denk an die Wayapi. Denk an die Guyanas. Noch sind wir nicht weit genug vorgestoßen ins Land. Und wenn ihr beide wieder hier seid, brechen wir gemeinsam auf.«

Hansen hatte sich spontan entschieden. Er war nicht bereit, heimzukehren in die alte Welt. Er hatte jedoch auch Angst davor, sein isoliertes Leben unter den Aparai erneut aufzunehmen. Aber im direkten Vergleich schien es ihm leichter. Ob Schulz-Kampfhenkel wiederkommen würde, war ihm eigentlich egal; Hansen wollte nur den Schein wahren und appellierte deshalb an den Forschergeist seines Landsmannes.

»Ich weiß nicht, ob das eine gute Idee ist, Heinrich«, sagte der zögerlich.

»Ich bin fest entschlossen«, entgegnete Hansen.

»Was sagst du, Gerd?«, fragte der Expeditionsleiter.

Krause nickte knapp.

»Heinrich hat bewiesen, dass er allein zurechtkommt. Wenn er hierbleiben will, soll er das meinetwegen tun. Ohne das Material werden wir schneller sein. Und wir haben einen Grund zurückzukehren.«

Die Entscheidung war damit so gut wie gefallen. Als auch der geschwächte Kahle den Entschluss der Männer absegnete, trafen sie ihre Vorbereitungen. Es war ein unsentimentaler Abschied. Einen Tag später stand Hansen am Ufer und winkte den Booten hinterher. Er war allein, auf unbestimmte Zeit. Weit jenseits jeder Zivilisation, und damit für ihn weit jenseits von Gesetz und Moral. Er wusste nicht, ob das gut für ihn war.

Nach Schulz-Kampfhenkels Abreise hatte es angefangen. Zunächst sah sich Hansen nicht in der Lage, seinen gewohnten Trott wiederaufzunehmen. Erst der Hunger trieb ihn in den Busch, und alles war wieder wie früher. Er verzichtete auf sein Hemd, ließ sich von Präräwas Tochter Macassa den Oberkörper einreiben, ging mit Saracomano auf die Jagd und hielt seine Lust auf den Jungen so gut wie möglich im Zaum. Und doch war ein entscheidender Punkt anders. Sein neues Leben schien ihm endgültiger. Hansen rechnete nicht mehr damit, dass er Schulz-Kampfhenkel noch einmal wiedersehen würde. Als Macassa, deren Mann vor Jahren an einem Schlangenbiss gestorben war, ihm deutliche Avancen machte, ging Hansen darauf ein. Er ekelte sich ein wenig vor ihr, wenn sie ihn in seiner Hütte besuchte, aber die Chance, mit ihrer Hilfe seine Triebe im Zaum zu halten, wollte er nicht ungenutzt verstreichen lassen. Doch er hatte nicht damit gerechnet, dass seine Liaison genau das Gegenteil bewirken würde. Jedes Mal, wenn Macassa auf allen vieren vor ihm kniete und er von hinten in sie eindrang, spürte er eine größere Abscheu. Hansen stellte sich vor, es sei Saracomanos Körper, den er penetrierte, aber das war nur eine notdürftige Krücke. Sein Verhältnis mit Macassa sollte ihn befreien, stattdessen staute sich ein diffuser Widerwille in ihm an. Er war unzufrieden, rastlos, dehnte seine meist einsamen Jagdtouren aus, übernachtete sogar im Dschungel. In ihm gärte es, und er fürchtete das Ergebnis.

Eines Tages saß ein junger, fremder Indianer mit gesenktem Haupt vor Aocapotos Hütte, als Hansen das Dorf betrat. Saracomano erklärte ihm, dass zwei Wayana, denen weit entfernt von ihrem Stamm die Vorräte ausgegangen waren, ihn gegen Lebensmittel eingetauscht hatten. Der junge Indio war ein Wayapi, mit denen die Wayana über Kreuz lagen. Schulz-Kampfhenkel wollte dieses Volk unbedingt besuchen, weil er sich davon neue anthropologische Erkenntnisse versprach und der Stamm rund siebenhundert Kilometer flussaufwärts lebte, nah an der Grenze zu Französisch-Guyana. Die Wayapi waren angeblich weniger weit entwickelt als die Aparai, selbst die Physiognomien sollten unterschiedlich sein. Hansen bemerkte, dass Schulz-Kampfhenkel recht hatte. Der junge Bursche hatte einen flacheren Kopf, und seine Augen standen nah beieinander. Er wirkte auf den Deutschen zurückgeblieben. Saracomano erläuterte seinem weißen Freund, dass die Wayapi den Wayana dienten und dass der Junge nun den Aparai helfen würde. Hansen verstand. Sie hatten den Wayana einen Sklaven abgekauft. Er betrachtete den Jungen, Bilder schossen ihm durch den Kopf, vernebelten ihm den Verstand. Hansen wandte sich abrupt ab. Eine Erkenntnis flackerte in ihm auf. Er war unter Wilden. Und er war einer von ihnen.

Eine Woche später traf Hansen am Fluss auf den jungen Wayapi. Er hieß Tiliwe. Verlegen lächelte er den Weißen an, hielt zwei leere Körbe hoch. Er sollte Wasser holen. Von den Aparai war niemand zu sehen. Hansen konnte sich selbst später nicht erklären, wie es passiert war, aber er ertappte sich dabei, wie er dem Indianer einen vergifteten Pfeil in die Leiste stieß, als würde er ein Stück Fleisch aufspießen. Ein Schauer lief durch Hansens Körper. Mit einem Mal fühlte er sich freier, stärker, mächtiger. Tiliwe stöhnte überrascht, starrte entsetzt auf die Wunde und von da ins Gesicht des Deutschen, suchte darin ein Motiv für die sinnlose Tat. Hansen zog den Pfeil ungerührt wieder heraus. Der Indio fiel auf die Knie, Speichel tropfte ihm aus dem Mund, er atmete stoßweise. Hansen stieß ihn mit dem Fuß ins Wasser. Die starke Strömung riss den Jungen sofort mit. Hansen sah ihm nach, verfolgte, wie der Indio abgetrieben wurde und weit entfernt in den braunen Fluten versank. Der Fluss und die Piranhas würden sein Werk vollenden. Tiliwe war für alle Zeit verschwunden, geflohen oder beim Wasserholen ertrunken. Hansen lächelte. Nicht der Jaguar oder die Anakonda, er war jetzt das gefährlichste Raubtier in diesem Dschungel.

Am Abend lag er allein in seiner Hütte, den Pfeil, an dem noch das Blut des Jungen klebte, in der Hand. Saracomano war kurz vorher bei ihm gewesen und hatte ihn nach dem Jungen gefragt. Die Indianer schöpften keinen Verdacht, sie vertrauten Hansen. Alles lief wie von ihm vorhergesehen, die Aparai vermuteten, dass Tiliwe sich aus dem Staub gemacht hatte oder im Jary ertrunken war. Niemanden bekümmerte dieser Umstand sonderlich. Es war nur ein Wayapi weniger.

Hansen drehte den Pfeil vor seinen Augen hin und her, fasziniert von der tödlichen Kraft des Giftes. Curare hatte die Lebensgeister des Jungen ausgelöscht, einfach so, in Sekundenschnelle. Hansen dachte darüber nach, dass er an diesem Pfeil lecken könnte, ohne dass ihm etwas geschah, weil das Gift in den Blutkreislauf gelangen musste, um seine verheerende Wirkung zu entfalten. Würde er sich die Zunge aber an der scharfen Spitze verletzen, wäre sein Schicksal besiegelt. Langsam führte er den Pfeil an seine Nase, schnupperte vorsichtig daran. Welches Aroma hatte der Tod? Die Spitze roch schwach, leicht bitter und faulig, bildete er sich ein. Hansen streckte die Zunge heraus, um den Tod zu schmecken, war vielleicht zwei Zentimeter von der Mischung aus Curare und Blut entfernt. Was, wenn er falsch lag mit der Wirkungsweise des Giftes? Sein Herz schlug schneller. Wollte er sich geißeln?

Oder seine Todesverachtung beweisen? Hansen wusste es nicht zu sagen. Seine Hand zitterte leicht. Unbeabsichtigt berührte er mit der Pfeilspitze leicht seine Zunge. Hansen schleuderte erschrocken den Pfeil weg, schwang sich aus der Hängematte und spuckte aus. Hektisch tastete er nach seiner Wasserflasche, fand sie, nahm einen großen Schluck, gurgelte ihn wild im Mund herum und spie erneut auf den Hüttenboden. Mit der Hand versuchte er, die Zungenspitze sauber zu schrubben. Sein Herz raste. War das nur die Aufregung, die ihm die Luft abzuschnüren drohte? Er schwitzte, wartete. Wenn das Gift wirken würde, wäre er jetzt tot. Erschöpft sank er in die Hängematte zurück. Verdammt noch mal, was war los mit ihm?

Eine Woche nachdem Hansen den Jungen ermordet hatte, war Schulz-Kampfhenkel wieder aufgetaucht. Rund zwei Monate waren seit seiner Abreise vergangen, schätzte Hansen. Er war im Lager, als Schulz-Kampfhenkel sich plötzlich vor ihm aufbaute, als hätte er sich aus dem Nichts vor seinen Augen materialisiert. Erst als der Expeditionsleiter ihn ansprach, bezweifelte Hansen, dass er noch unter dem betäubenden Einfluss von Prärawas Pulver stand. Der Schock hätte nicht größer sein können. Fassungslos glotzte Hansen den Mann an, ohne den er niemals im Dschungel gelandet wäre. War dieser ausgezehrte Kerl wirklich Otto Schulz-Kampfhenkel, der Möchtegern-Entdecker? Warum hatte er Kahle und Krause nicht bei sich? Hansen strich sich fahrig die schulterlangen Haare aus dem Gesicht. Schulz-Kampfhenkel schüttelte sacht den Kopf.

»Mein Gott, Heinrich«, sagte er. »Heute ist Heiligabend. Frohe Weihnachten.«

Das war typisch Otto. Nachdem sich diese Erkenntnis in Hansens Bewusstsein festgesetzt hatte, erzählte Schulz-Kampfhenkel ihm ausführlich die Geschichte seiner Reise. Hansen hörte wie betäubt zu, unfähig, einen Kommentar abzugeben. Aber Schulz-Kampfhenkel sprach ohnehin völlig in sich versunken, als verlese er ein Protokoll, das ihn selbst nicht betraf.

Nach der Abreise waren Kahles Bauchschmerzen mit jedem Tag schlimmer geworden, so dass sie häufig pausieren mussten. Eine Zeitlang sah es so aus, als würde der Pilot es nicht schaffen. An die Weiterreise war nicht zu denken, der Tross kampierte am Ufer des Jary. Kahle musste operiert werden, und zwar so bald wie möglich. Wider Erwarten beruhigte sich der entzündete Blinddarm, und sie konnten weiterfahren. Gerade noch rechtzeitig erreichten sie Arumanduba, wo Kahle sofort unters Messer kam. Doch mittlerweile hatte es auch Krause erwischt, er fieberte seit Tagen, benötigte dringend medizinische Behandlung. Schulz-Kampfhenkel wachte abwechselnd an den Betten seiner Kameraden, bis beide über den Berg waren.

Danach besprachen sie, wie es weitergehen könnte. Schulz-Kampfhenkel wollte unbedingt zurück ins Lager, um den zweiten Teil seiner Expedition zu vollenden – die Reise zu den Wayapi, den Pfahlbauindianern an der Grenze von Französisch-Guyana. Von ihnen erhoffte er sich weitere Erkenntnisse über die indigenen Völker des Amazonas. Doch die Reise würde langwierig und anstrengend werden, zu kräftezehrend für die beiden angeschlagenen Deutschen. Sie kapitulierten. Schweren Herzens musste Schulz-Kampfhenkel ihre Entscheidung akzeptieren. Kahle und Krause wollten zurück nach Deutschland, in die Heimat. Der Jary-Expedition wurde nach und nach das Fundament entzogen.

Verzweifelt versuchte Schulz-Kampfhenkel, unter den Caboclos für das neuerliche Abenteuer zu werben, doch selbst die Einheimischen scheuten die Strapazen. Gerade mal Pascoal, ein ruhiger, selbstbewusster und risikobereiter Mann, ließ sich überzeugen. Mit ihm trat Schulz-Kampfhenkel nach sechs Wochen die Rückreise zu den Aparai an, wohl wissend, dass er für seine weiteren Pläne die Unterstützung der Indianer gewinnen musste. Vierzehn Tage hatten sie gebraucht, um den Jary ein weiteres Mal zu bezwingen. Entsprechend mitgenommen sah der Expeditionsleiter aus. Trotzdem drängte er darauf, so schnell wie möglich weiterzufahren, hinein ins Territorium der Wayana und Wayapi.

»Ich habe das Gefühl, dass mir nicht mehr viel Zeit bleibt, Heinrich«, sagte er ungewöhnlich müde. »Kann ich auf deine Hilfe zählen?«

Hansen war so überrumpelt und verwirrt, dass er einwilligte. Dabei erschien ihm eine Reise zu dem Stamm, dessen Blut er sinnlos vergossen hatte, wie eine Strafe Gottes. Er hoffte, dass sich die Aparai nicht überzeugen ließen. Schulz-Kampfhenkel benötigte mehr Hände, als der Häuptling erübrigen konnte.

Doch Hansen hatte sich getäuscht. Zwar sträubte sich Aocapoto, aber Schulz-Kampfhenkel versprach ihm zusätzliche Kisten voller Geschenke und den lebenslangen Dank des großen Vaters Wissenschaft, der das Volk der Aparai beschützen würde. Am Ende stimmte Aocapoto zu, unter der Bedingung, dass er seinem weißen Bruder auch Frauen würde mitgeben müssen. Der Häuptling durfte sein Dorf nicht so lange ungeschützt lassen. Pituma, Akuri und Parassi würden Schulz-Kampfhenkel begleiten. Der Deutsche bedankte sich. Hansen hätte seinen alten Freund am liebsten auf der Stelle getötet. Schon allein, weil er ihm zumutete, wochen- oder gar monatelang ohne den Anblick von Saracomano auszukommen. Auch wenn Hansen es nicht wagte, sich dem Häuptlingssohn mehr als freundschaftlich zu nähern, übte der Indio nach wie vor eine große Anziehungskraft auf ihn aus. Saracomano war seine heimliche Leidenschaft und Macassa sein erotisches Ventil.

Jetzt sollte er gleich auf beide verzichten. Aber er wusste keine Lösung, die Dinge abzuwenden, ohne sein Gesicht oder sein Leben zu verlieren.

Drei Tage später brachen sie mit zwei Booten auf, unvorstellbare siebenhundert Kilometer weiter den Jary hinauf. Ob es der Widerwille gegen die Unternehmung war oder die nervtötende Monotonie, in Hansens Erinnerung verschmolzen die darauffolgenden Wochen zu einem einzigen unauflöslichen Klumpen. Er saß meist vorn im Boot, den Mauserstutzen neben sich, auf Gefahren wie auf schnelle Beute lauernd. Mit Schulz-Kampfhenkel sprach er kaum ein Wort; sie begegneten sich zwar nicht feindselig, hatten ihre Beziehung aber auf ein notwendiges Mindestmaß heruntergefahren, mit klar verteilten Aufgaben. Hansen war derjenige, der das Fleisch besorgte, Schulz-Kampfhenkel kümmerte sich um die Motivation des ungleichen Trupps. Schon rein äußerlich kamen die beiden Deutschen aus unterschiedlichen Welten: Hansen verzichtete konsequent auf sein Hemd, hatte auch die Hose unterm Knie abgetrennt. Die langen Haare flatterten im Fahrtwind, um den Hals trug er seinen Jaguarzahn, am Gürtel den schweren Webley-Revolver. Äußerlich war er mehr Indianer als Deutscher, innerlich allmählich vollkommen verwildert. Schulz-Kampfhenkel achtete dagegen, so gut es ging, auf saubere Kleidung, verzichtete nie auf sein Hemd, bevorzugte lange Hosen und schwere Schuhe. Seiner Ansicht nach hatte eine gute Moral etwas mit dem äußeren Erscheinungsbild zu tun. Hansens Aussehen kommentierte er nicht, aber er fand es lächerlich, nicht ahnend, was sich im Kopf seines Landsmannes abspielte.

Nach ungefähr zwei Wochen erreichten sie das Lager der Wayana. Wieder musste Schulz-Kampfhenkel all seine Überredungskraft aufwenden, um die Indios von seinen guten Absichten zu überzeugen. Denn die Wayana weigerten sich, ihre Besucher zu den noch entlegener lebenden Wayapi zu führen, weil sie die jungen Männer und Frauen dieses kleinen und weniger weit entwickelten Stammes gerne als Sklaven unterjochten. Schulz-Kampfhenkel blieb stur, versprach, ein Füllhorn von Schätzen über den Wayana auszugießen, und beeindruckte mit faulen Tricks. Nachts schoss er eine Leuchtpistole ab, ließ rote und blaue Sonnen am Nachthimmel aufglühen. Diesem machtvollen weißen Zauber hatten die vor Ehrfurcht erstarrten Indios nichts entgegenzusetzen. Sie gaben nach. Schulz-Kampfhenkel hatte Hansen einen triumphierenden Blick zugeworfen, als er die Zusage der Wayana erhielt, doch der schaute demonstrativ in eine andere Richtung. Für ihn waren die letzten Hoffnungen zerplatzt, er reiste zum Ursprung seiner schlimmsten Alpträume.

Mit vier Booten ging es weiter, denn der Häuptling der Wayana orderte zwanzig Mann ab, um die Eindringlinge zu kontrollieren. Die Beziehung zwischen den Aparai und den Wayana war nicht ganz spannungsfrei, aber es funktionierte. Langsam bewegte sich der vergrößerte Tross stromauf. Hansen wurde mit jedem Tag schweigsamer, unzugänglicher.

»Gente«, Menschen, rief plötzlich einer der Indios. Hansen zuckte zusammen, griff nach dem Gewehr. Aber natürlich hatte es niemand auf ihn abgesehen. Die Wayapi waren ein friedfertiges Volk und den Wayana schon rein zahlenmäßig unterlegen. Sie lebten in Häusern, die auf Pfählen im Fluss standen, und hießen bei den Caboclos daher Pfahlbauindianer. Wie der Junge, den Hansen getötet hatte, unterschieden sie sich in ihren Physiognomien von den Aparai und den Wayana. Für Schulz-Kampfhenkel war das ein gefundenes Fressen, in ihm erwachte der Sammelinstinkt. Wieder wollte er so viele Alltagsgegenstände wie möglich zusammentragen und richtete daher sein Lager mitten unter den Wayapi ein. Hansen beruhigte sich, weil er begriff, dass keiner hier auch nur ahnte, was geschehen war, geschweige denn sich ansatzweise dafür interessierte, und nahm seinen gewohnten Jagdrhythmus wieder auf.

Auf seinen Streifzügen begegnete er meist keiner Menschenseele. Die Wayapi waren generell schüchtern, ängstlich, ihm gegenüber dazu besonders scheu. Ein langhaariger Weißer, der herumlief wie ein Indianer, das behagte ihnen nicht. Hansen begrüßte das, er war gerne allein. Die hässlichen Wayapi schienen in seinen Augen ohnehin mehr Affen als Menschen. Er wollte mit ihnen nichts zu schaffen haben. Nur einer aus dem Stamm war ihm aufgefallen, ein Junge, vielleicht zwölf oder dreizehn Jahre alt, wie stets bei den Indios schwer einzuschätzen. Der Bursche war hübsch, hatte ungewöhnlich ebenmäßige Züge und einen sehnigen Körper. Er erinnerte Hansen entfernt an Saracomano. Doch der Junge hatte bemerkt, dass der merkwürdige Weiße ihn beobachtete, und ging ihm seither bewusst aus dem Weg. Nach einigen Tagen erkrankte Schulz-Kampfhenkel. Er fieberte und litt an Durchfall.

»Das ist die Ruhr«, sagte er zu Hansen. »Wir müssen zurück, sonst bleibe ich für immer hier.«

Sie vereinbarten, am nächsten Vormittag aufzubrechen, sofort nachdem Hansen mit frischem Reiseproviant von der Jagd zurückgekehrt war. Froh über die bevorstehende Abreise, machte sich Hansen in aller Frühe auf den Weg. Ein schwacher Schimmer am Himmel kündigte den Sonnenaufgang an. Plötzlich tauchte der junge Wayapi vor ihm auf, rund einen Kilometer vom Dorf entfernt. Er musste ebenfalls auf der Pirsch gewesen sein. Oder auf dem Rückweg von einem Rendezvous. Hansen lächelte ihn freundlich an.

»Was machst du hier?«, fragte er ihn im Dialekt der Aparai. Er hatte keine Ahnung, ob der Indio ihn verstand.

Der Junge senkte den Kopf und wollte an ihm vorbeilaufen, zurück in Richtung des Dorfes. Hansen hielt ihn am Arm fest. Der Wayapi schaute ihn erschrocken an. Auch aus der Nähe hatte er ein bemerkenswertes Gesicht, mit tiefschwarzen, ausdrucksvollen Augen.

»Keine Angst«, sagte Hansen. »Ich würde dich gerne mal näher kennenlernen.«

Der Junge wand sich mit einer abrupten Bewegung aus Hansens Griff und wollte loslaufen, hatte aber nicht mit den geschulten Reflexen des Deutschen gerechnet. Hansens Sinne waren hochsensibel, seine Muskeln und Sehnen trainiert vom täglichen Gebrauch. Er reagierte instinktiv, als hätte der Junge einen verborgenen Mechanismus ausgelöst, wirbelte herum und warf sich auf den flüchtenden Indianer. Beide stürzten zu Boden, Hansen hörte einen dumpfen Aufprall. Sofort war er auf allen vieren, beugte sich über sein Opfer. Der Junge war mit dem Kopf auf die Kante einer Baumwurzel geschlagen. Er stöhnte leise, Blut sickerte aus seinem Hinterkopf. Hansen fluchte und musterte die irgendwie verdrehte Gestalt des jungen Indios. Es war, als schaute er in seine eigene Vergangenheit. Auch Müller hatte so dagelegen, reglos, von einem Moment auf den anderen. Auch das hatte Hansen nicht gewollt. Aber es war geschehen, und er hatte die Situation bewältigt, irgendwie. Es schauderte ihn, wenn er daran zurückdachte. Nicht ohne Grund war er ans andere Ende der Welt geflohen. Er hatte gehofft, seine Dämonen mit Müllers totem Körper beerdigen zu können. Ein Irrglaube. Die Toten fanden ihre Mittel und Wege, wenn es darum ging, ihr Recht einzufordern.

Der Deutsche kniete sich hin, überlegte. Wie kam er möglichst ungeschoren aus dieser Sache raus? Wenn er den Jungen ins Dorf brachte und dieser den Vorfall erzählte, würde es Komplikationen geben, so viel war sicher. Hansen hatte sich auf ein Kind gestürzt, wenn auch impulsiv. Schulz-Kampfhenkel würde toben. Und das war noch das Geringste, was ihm blühte. Vielleicht hielten sie Gericht über ihn. Weiß der Teufel, welche Strafe darauf stand, ein Kind zu verletzen. Verdammt! Er musste hier und jetzt handeln. Sofort.

Zwei Meter entfernt lagen sein Bogen und seine vergifteten Pfeile. Hansen hatte sie in dem Tumult fallen lassen. Er dachte nach. So konnte es gehen. Hansen stand auf, nahm einen Pfeil und ging zurück zu dem Jungen, setzte sich rittlings auf ihn. Der Indio war bewusstlos. Hansen drehte den Kopf des Indianers so, dass die Wunde am Hinterkopf zu sehen war. Er nahm den Pfeil und führte die Pfeilspitze vorsichtig in die Wunde. So würde das Curare seine tödliche Wirkung entfalten, ohne dass eine Einstichstelle zu sehen war. Für diejenigen, die den Jungen später fanden, war der Kerl gestolpert und an seiner Kopfverletzung gestorben. Er hatte eben nicht aufgepasst. So ein Pech.

Hansen blieb auf der Brust des Indios hocken, um sicherzugehen, dass sein Plan funktionierte. Nach einer Minute veränderte sich der Atem des Jungen. Nichts konnte ihn jetzt mehr retten. Plötzlich wurde Hansen nach hinten gerissen und auf den Waldboden geschleudert. Er schrie erschrocken auf. Überall um ihn herum standen Indianer, Wayapi. Sie mussten mit dem Jungen unterwegs gewesen sein, und er war vorausgelaufen. Hansen krabbelte auf dem Rücken weg von ihnen, schockiert von der Begegnung. Zwei Hände griffen von jeder Seite unter seine Achseln und zogen ihn mühelos vom Boden hoch. Die Indios brüllten ihn an. Er begriff kein Wort und gleichzeitig alles, was sie sagten. Drei von ihnen beugten sich über den toten Jungen. Einer legte sein Ohr an das Herz des Kindes. Hansen sondierte hektisch die Lage. Er zählte sechs Mann. Nur einer hielt ihn fest. Die anderen schrien immer nervöser, gruppierten sich um die Leiche. Wenn er nicht sofort handelte, war es zu spät. Sie hatten Waffen dabei, Speere, Äxte und Bogen, und sie würden ihn hier an Ort und Stelle töten. Sie hatten ihn auf dem Jungen sitzen sehen, einer von ihnen hielt den vergifteten Pfeil in der Hand, schnupperte daran wie Hansen in seiner Hütte. Er würde das Curare riechen.

Der Indio, dessen Hand Hansens Arm eisern umklammerte, hatte eines der von Schulz-Kampfhenkel verschenkten Messer umgebunden. Hansen schlug ihm in einer flüssigen Bewegung mit der rechten Faust vor den Kehlkopf, zog das Messer aus der Scheide und stieß es ihm in die Brust. Ohne die Reaktion der anderen abzuwarten, drehte er sich um und lief los. Zweige schlugen ihm ins Gesicht, Dornen zerkratzten seine Arme, seinen nackten Oberkörper. Er lief weiter, stolperte über Wurzeln, fing sich wieder und lief weiter. Immer weiter. Und weiter. Hansen drehte sich nicht um. Er keuchte, sein Herz stampfte. Dabei war er körperlich in der Form seines Lebens. Das musste die Angst sein. Bloß nicht umdrehen. Laufen. Er konnte nicht mehr, blieb stehen, lauschte. Außer dem Rauschen und Stampfen in seinem Ohr war nichts zu hören. Als würde in seinem Inneren ein Schiffsmotor arbeiten. Rotz tropfte aus seiner Nase, seine Arme waren voller Blut und Dreck. Er rang nach Luft. Da. Nein. Doch, kein Zweifel. Hansen hörte brechende Zweige, Rufe, entfernt, aber näher kommend. Sie hatten seine Spur gefunden. Was auch sonst. Wie ein Elefant war er durch den Wald getrampelt. Er musste weiter, weiter.

Nun versteckte er sich hinter einem Baum und rekapitulierte sein verkorkstes Leben. Der Dschungel hatte ihn verändert. Irgendetwas war passiert mit Hansen, ohne dass er hätte sagen können, was genau oder wann es geschehen war. Die Wildnis hatte in Hansens Seele geschürft und Vergrabenes zutage gefördert. Nur glänzte dieser Fund nicht golden. Hansen keuchte, obwohl er sich seit zehn Minuten nicht mehr bewegt hatte. Sein Körper vibrierte, als stände er unter Strom. Das war das Adrenalin in seinem Blut, die Aufregung, die ihn fiebern ließ. Der Deutsche ballte die Hände zu Fäusten, spannte die Muskeln an, schloss die Augen. Er musste es endlich akzeptieren. Die Wahrheit verinnerlichen. Er war vor ihr ans Ende der Welt geflohen, hatte sie stets geleugnet, sich selbst getäuscht. Aber der Dschungel hatte sie freigelegt wie ein Chirurg einen bösartigen Tumor. Er war ein Jäger. Er liebte es, Witterung aufzunehmen, er jagte und tötete. Tiere wie Menschen. Das befriedigte ihn, dafür war er geschaffen. Hansen atmete tief durch. Ja, er war ein Jäger. Ein Mörder.

Warum konnte er diese zerstörerischen Triebe in sich nicht kontrollieren? Immer häufiger brach es aus ihm heraus, musste er seine Gelüste befriedigen. Deshalb jagten sie ihn. Deshalb wollten sie ihn töten. Abschlachten. Massakrieren, zerstückeln. Hansen hockte auf dem Waldboden, presste sich mit dem Rücken an den Baumstamm, dass sich die knorpelige Rinde in seine Haut drückte, und legte die Arme auf seine Knie. Er schloss die Augen. Es war an der Zeit, die Sache aus einem anderen Blickwinkel zu betrachten. Wenn sie ihn jagen wollten, bitte schön. Aber er war bestimmt nicht die Sorte Wild, die sich in ihr Schicksal ergab. Hansen zog den alten Webley-Revolver aus dem Holster, öffnete die Trommel. Sie war voll. Sechs Schuss. Fünf Indianer. Eigentlich unmöglich. Er drückte die Trommel zurück, steckte den Revolver wieder weg. Nicht für ihn. Er war der treffsicherste Schütze, den die Aparai je gesehen hatten. Er war der große weiße Jäger. Der Jaguar-Bezwinger. Hansen schaute auf seine Hand. Sie zitterte nicht. Nicht mehr.

Sein Kopf schnellte herum. Er hatte Stimmen gehört. Die Wayapi kehrten zurück, und sie würden ihn finden. Ungefähr fünfzig Meter vor Hansen lichtete sich der Wald, dahinter lag offenes Gelände, wahrscheinlich brandgerodet. Dort wollte er hin. Dort würde er sich seinen Verfolgern stellen. Dort würde er sie heim zu ihren Vorfahren schicken. Sein Entschluss stand fest. Kampf bis zum Tod. Die Beute stellte sich den Jägern. Er drückte sich hoch, taxierte die Lichtung vor sich, berührte erst seinen Revolver, dann sein Amulett, um sich ihrer Gegenwart zu versichern. Die Stimmen waren bedrohlich nah. Er hoffte, dass er mindestens fünfzig bis hundert Meter Vorsprung hatte. Das würde ihm die entscheidenden Sekunden verschaffen, um sich vorzubereiten auf die wichtigste Begegnung seines bisherigen Lebens. Hansen atmete mehrmals tief ein und aus, wie ein Taucher, der sich in unbekannte Tiefen begibt. Dann rannte er los.

12.
Berlin

7. November 1939
Wohnung der Weinbergs

Dumpfes Gepolter riss Krauss aus traumlosen Tiefen. Normalerweise schlief er die Nächte durch; seit ihrem ersten gemeinsamen Essen fühlte er sich bei den Weinbergs geborgen. Beinahe zwei Wochen lag der Abend zurück, und Krauss war in dieser Zeit gut zu Kräften gekommen. Mit täglich anspruchsvolleren Übungen baute er seine Muskulatur auf und erzielte dabei beachtliche Fortschritte, bewegte sich fast so behände wie vor den Schüssen. Schmerzen akzeptierte er, statt an ihnen zu verzweifeln; sie waren mit jedem Tag leichter zu ertragen. Krauss knipste die Lampe auf seinem Nachttisch an, sah auf seine Uhr. Vier Uhr am Morgen. Vielleicht hatte er sich die Geräusche eingebildet. Er sank zurück ins Kissen. Nein, da war es wieder, ganz deutlich. Der Boden vibrierte, eine Tür wurde zugeschlagen. Kein Zweifel. Licht aus. Krauss schwang sich aus dem Bett, schlüpfte in seine Hose. Sie kamen, um ihn zu holen. Gestapo-Zeit. In dem fensterlosen Zimmer war es stockdunkel. Vorsichtig tastete er sich vorwärts, Richtung Tür. In wenigen Minuten würden sie den Kleiderschrank öffnen, durchwühlen, die Tür finden. Krauss sah es vor sich, wie sie die Kleider von den Bügeln rissen oder gleich den Schrank wegschoben und ihre Maschinenpistolen auf den freigelegten Eingang richteten. Seine Chancen waren gleich null. Er hatte keine Waffe, wollte die Weinbergs in nichts hineinziehen. Jetzt bereute er es. Was sollte er mit bloßen Händen gegen einen Gestapo-Trupp ausrichten? Er lauschte. Jetzt hörte er Stimmen, tief, befehlend. Einen schrillen Schrei. Ein Kind, das laut aufheulte. Wenn sie es wagten, Hannah etwas anzutun …

Er riss die Tür auf, schob die Bügel weg. Draußen rumste es kräftig. Krauss öffnete den Kleiderschrank, war bereit, sich seinen Häschern zu stellen. Hauptsache, sie verschonten die Familie. Er trat in den hell erleuchteten Flur. Niemand war zu sehen. Hannah hatte ihn gehört, lief heulend aus der Küche auf ihn zu.

»Richard!« Sie klammerte sich an ihn. »Sie haben Papa mitgenommen!«

Krauss war konsterniert. Was bedeutete das? Warum sollten sie Weinberg mitnehmen? Sie waren doch wegen ihm hier. Er streichelte dem Mädchen beruhigend über die Haare. Was ging hier vor?

»Keine Sorge«, sagte er. »Ihm wird nichts passieren.«

»Wo bringen sie ihn hin?«, schluchzte Hannah.

»Das werden wir herausfinden. Und dann holen wir ihn zurück.«

»Versprichst du mir das?«

»So wahr ich hier stehe. Deinem Vater geschieht nichts.«

Sie hob den Kopf, sah ihn mit flehendem Blick an.

»Ich habe schreckliche Angst«, sagte sie leise.

Ich auch, dachte Krauss. Aber ich lasse nicht zu, dass sie mich beherrscht. Er spürte, wie sich etwas in ihm verhärtete, etwas, das in der Zeit mit den Weinbergs nachgiebiger geworden war.

»Wo ist deine Mutter?«, fragte er Hannah.

»In der Küche«, sagte sie. Krauss nahm sie an der Hand und ging mit ihr in die geräumige Wohnküche, in der er seit zwei Wochen jeden Abend gegessen und geredet hatte. Nicht über sich; nach dem ersten, gescheiterten Versuch waren sie auf andere Themen ausgewichen. Das Miteinander, die Gespräche bedeuteten ihm viel, es war, als habe die Welt draußen an

Macht über ihn verloren, als hätten ihn die Schüsse auf der Badeinsel in ein Paralleluniversum befördert. Als er die Küche betrat, holte ihn die Realität wieder ein. Inge Weinberg saß in sich zusammengesunken auf einem Stuhl, die Hände kraftlos im Schoß, die Augen leer. Sie weinte. Hannah riss sich von Krauss los und rannte zu ihrer Mutter, schmiss sich in ihre Arme. Weinbergs Frau blickte ihn über Hannahs Schultern hinweg an. In ihrer Stimme schwang Entsetzen mit.

»Sie haben Samuel mitgenommen, mitten in der Nacht, ohne Vorwarnung, ohne Grund. Den würde ich früh genug erfahren, haben sie gesagt.« Sie strich Hannah über den Kopf. »Samuel ist vollkommen ruhig geblieben. Er hat sich angezogen, während sie in den Kommoden und im Sekretär herumgewühlt haben. ›Warum tun Sie das?‹, habe ich gefragt. ›Halten Sie den Mund‹, hat einer geantwortet. Sonst müsste ich auch mitkommen. Dann sind sie mit Samuel fortgegangen. Er hat noch zu mir gesagt, dass er bald wieder da ist und ich mir keine Sorgen machen soll. Da hat einer von den Kerlen laut gelacht.«

Krauss kannte diese Typen, ihr Auftreten, ihre Selbstherrlichkeit, ihre Brutalität. Er merkte, wie die Wut in Wellen über ihn hinwegrollte.

»Gestapo?«, fragte er.

Sie nickte. Niemand sonst schleppte die Menschen mitten in der Nacht aus ihrer Wohnung. Warum hatten sie sich Weinberg geschnappt? Offensichtlich ging es nicht um seinen heimlichen Gast, dachte Krauss. Wenn sie den Verdacht hegten, dass die Weinbergs einen Spion versteckten, hätten sie die Wohnung auseinandergenommen. Dann läge er längst in Ketten. Es war etwas anderes, nur was? Willkür? Die Gestapo brauchte keine triftigen Gründe. Er wusste das am besten. Weinberg war Jude, das reichte. Trotz seiner Sondererlaubnis als Arzt würde es Menschen geben, denen er ein Dorn im Auge war. Die seine Praxis übernehmen wollten. Die ihn Gott weiß wohin wünschten. Vielleicht hatte ihn auch jemand aus anderen Motiven angezeigt. Das Denunzianten-System funktionierte schon damals, als Krauss noch zur Gestapo gehörte, hervorragend. Jeder überwachte jeden. Wer den anderen zuerst anzeigte, verschaffte sich einen Vorteil. So streckte die Partei ihre Fühler bis in die kleinste Zelle aus. Niemand durfte sich sicher fühlen, der Feind saß unter Umständen mit am Tisch. Perfide und perfekt.

Krauss musste unbedingt ermitteln, worum es bei Weinbergs Festnahme ging. Wusste er den Grund, hatte er einen Anhaltspunkt dafür, wie sie mit dem Arzt umspringen würden. Ob seine Familie ihn lebend wiedersehen würde. Krauss mochte nicht daran denken.

»Gibt es irgendetwas, das Sie mir verschwiegen haben?«, fragte er Weinbergs Frau. »Es ist wichtig.«

Sie schaute ihn verständnislos an, schüttelte den Kopf. Verdammt. Die Zeit arbeitete gegen sie. Falls die Gestapo Weinberg in einen ihrer Folterkeller schleppte, konnte alles passieren. Selbst wenn der Arzt es überlebte, war er unter Umständen hinterher nicht mehr derselbe. Krauss fiel nur eine Möglichkeit ein. Straubinger. Vor einer Woche war er zum ersten Mal seit der Begegnung am Krankenbett wieder bei den Weinbergs aufgetaucht. Der Arzt hatte ihm erzählt, dass Straubinger regelmäßig anrief, angeblich über eine abhörsichere Leitung, um sich über den Gesundheitszustand seines Patienten zu erkundigen. Doch der »Sohn Odins« vermied es, die Praxis persönlich aufzusuchen. Er wolle, erklärte er Krauss bei seinem Besuch, die Gefahr einer Entdeckung so gering wie möglich halten. Krauss hoffte, mehr zu erfahren über die Motive seines alten Kameraden, aber Straubinger gefiel sich in der Rolle des geheimnisvollen Retters. Noch ein wenig Geduld, und alles würde sich klären, sagte er, Krauss habe aber keinen Grund, irgendetwas zu befürchten. Er sei auf seiner Seite, erklärte

Straubinger, ein Abtrünniger, der den Wahnsinn durchschaue und seine Konsequenzen daraus ziehe. Krauss traute ihm nach wie vor nicht über den Weg, aber was blieb ihm übrig? Zumal das Schicksal der Weinbergs von Straubingers Gnade abhing. Krauss beugte sich über die Frau des Arztes, strich ihr tröstend über die Schulter.

»Haben Sie Straubingers Telefonnummer?«, fragte er. Wieder schüttelte sie stumm den Kopf. In ihren Augen lag nackte Verzweiflung. Hannah rannte ohne ein Wort davon. Krauss packte die Wut. Er wollte helfen, wusste aber nicht, wie. Hannah kehrte atemlos zurück in die Küche.

»Ich habe eine Nummer, aber ich weiß nicht von wem. Papa hat sie mir gegeben und gesagt, da solle ich anrufen, wenn ihm und Mama etwas passieren würde.« Sie reichte Krauss einen Zettel, auf dem eine Telefonnummer notiert war, aber kein Name. Wie hoch war die Wahrscheinlichkeit, dass es sich um Straubingers Nummer handelte? Hoch, dachte Krauss. Aber vielleicht war es auch ein unbekannter Joker, den Weinberg erst im letzten Moment auszuspielen gedachte.

»Ich rufe an«, sagte Weinbergs Frau. Sie streckte die Hand nach dem Zettel aus. Jetzt schüttelte Krauss den Kopf.

»Nein«, sagte er. »Hannah ruft an.«

Wenn Weinberg seiner Tochter die Nummer gegeben hatte, existierte eine Vereinbarung. Derjenige, der am anderen Ende den Hörer abhob, würde sofort handeln, wenn er Hannahs Stimme hörte. Das Mädchen sah ihn ernst an.

»Schaffst du das?« Sie nickte. Er wandte sich an die Mutter des Kindes.

»Sind Sie einverstanden?« Inge Weinberg zögerte, starrte auf ihre Hände, die ein zerknülltes Taschentuch umklammerten, als sei darin irgendeine tiefere Weisheit verborgen. Dann nickte sie.

Krauss bläute Hannah ein, sie dürfe nur sagen, dass Papa

von Männern abgeholt worden sei und sie Angst habe. Nichts weiter. Die Person am anderen Ende der Leitung sollte den Ernst der Lage begreifen. Hannah sagte, sie hätte verstanden. Krauss wählte die Nummer und gab dem Mädchen den Hörer, als er ein Freizeichen vernahm. Weinbergs Tochter presste sich den für sie viel zu großen Hörer mit beiden Händen ans Ohr. Sie wartete, biss sich dabei nervös auf die Lippen. Das dauerte zu lange. Krauss war kurz davor, diese Hoffnung fahrenzulassen. Dann flackerten Hannahs Augenlider.

»Onkel Theo?«, fragte sie. Pause. O Gott, dachte Krauss. »Die schwarze Polizei hat Papa abgeholt. Ich habe schreckliche Angst.« Hannah legte auf. Sie blickte Krauss fragend an. Er lächelte aufmunternd.

»Das hast du gut gemacht«, sagte er. Wie gut, werden wir sehen, fügte er im Stillen hinzu. »Komm her.« Er schloss das Mädchen in seine Arme.

»Es war Onkel Theo«, flüsterte Hannah an seiner Schulter. »Er hat gesagt, dass er so schnell wie möglich zu uns kommt und wir nichts unternehmen sollen.«

Krauss war erleichtert. Sie hatten Glück gehabt. Straubinger war der einzige Mensch, der in dieser Situation etwas ausrichten konnte. Vorausgesetzt, er spielte kein falsches Spiel. Nach einer knappen Dreiviertelstunde betrat er die Wohnung der Weinbergs. Straubinger hatte einen Schlüssel und benutzte stets die Hintertür, um ins Haus zu gelangen. Es war gefährlich genug für ihn, aus der Distanz jüdische Verwandte zu unterstützen; keinesfalls aber durfte er in den Ruf geraten, ihnen zu nahe zu stehen. Es sei denn, dachte Krauss, Straubingers Vorgehen war Teil eines ausgeklügelten Plans. Das würde sich bald herausstellen. Zumindest dem äußeren Erscheinungsbild nach zu urteilen, war Straubinger von der Nachricht ebenfalls überrascht worden. Seine sonst ordentlich gescheitelten Haare standen in alle Richtungen ab, das Gesicht war aschgrau und vom Schlaf zerknittert. Er ging sofort zu seiner Tante, umarmte sie.

»Ich werde tun, was ich kann, um Samuel zu helfen«, sagte er. »Aber erst mal musst du mir genau erzählen, was passiert ist.«

Inge Weinberg berichtete ihrem Neffen vom Auftauchen der Gestapo und der Festnahme ihres Mannes. Straubinger hörte aufmerksam zu.

»Versuche dich bitte zu erinnern: Hat dir einer der Kerle seinen Namen genannt oder den Verdacht formuliert, unter dem Samuel steht?«

»Sie haben mich nur ausgelacht«, antwortete Weinbergs Frau. Straubinger blickte Krauss an.

»Nicht, dass mich das wundern würde. Ich muss unbedingt herausbekommen, wo sie ihn hingebracht haben. Vermutlich in die Zentrale.«

»Können wir ihn da rausholen?«, fragte Krauss. Straubinger sah ihn ungläubig an.

»Wir sprechen hier von der Prinz-Albrecht-Straße, nicht von Auerbachs Keller.« Straubinger spielte auf eine halsbrecherische Aktion von Krauss an, die erst ein paar Monate zurücklag. Er war nach seiner Ankunft in Berlin auf der Suche nach Informationen über seinen Bruder Edgar in eines der über das Stadtgebiet verteilten sicheren Häuser eingedrungen, in denen die »Söhne Odins« ihre Gefangenen folterten. »Auerbachs Keller« verdankte seinen doppeldeutigen Namen dem Kommunisten Hans Auerbach, dem ersten Opfer in diesen Räumen. Krauss hatte nach seinem Eindringen ein Blutbad unter den Folterknechten angerichtet. Natürlich war die stark bewachte Gestapo-Zentrale an der Prinz-Albrecht-Straße ein anderes Kaliber. Aber Krauss hatte bei seiner Frage auch keinen bewaffneten Überfall im Sinn gehabt. Er ignorierte Straubingers Bemerkung.

»Was hast du vor?«

»Das Einzige, was mir einfällt, ist, Samuel als wichtigen Informanten über Widerständler auszugeben. So komme ich vielleicht an ihn ran. Aber leicht wird das nicht.«

Straubinger hatte recht. So könnte es klappen. Doch er brachte sich selbst damit in höchste Gefahr. Auch ein »Sohn Odins« war nicht davor gefeit, in die Mühlen des eigenen Vereins zu geraten.

»Du musst dich beeilen«, sagte Krauss. Je nachdem, wer das Verhör führte, war Weinbergs Leben in größter Gefahr.

»Ich weiß«, entgegnete Straubinger. »Aber bitte: Unternehmt nichts. Wartet, bis ich mich melde. Ich verspreche, dass ich tue, was ich kann.« Nur zwanzig Minuten hatte Straubingers Besuch gedauert, dann war er schon wieder verschwunden. Krauss wünschte sich, dem dubiosen Nazi glauben zu können.

In den folgenden Stunden versuchte er, sich und Hannah von den Ereignissen der Nacht abzulenken. Er spielte mit ihr in seinem Versteck eine endlose Partie Mau-Mau, ohne sich konzentrieren zu können. Weinbergs Frau hatte derweil an der Haustür einen Zettel befestigt mit der Nachricht, dass die Praxis an diesem Tag wegen Krankheit geschlossen sei. Trotzdem musste sie am Telefon viele Anrufer vertrösten. Sie nahm sich kaum Zeit für Erklärungen, wollte die Leitung nicht blockieren. Denn bei jedem Klingeln erwartete sie, Straubingers Stimme zu hören. So verstrich der Vormittag in schier endlosem, hirnzermarterndem Warten. Auch acht Stunden nach Weinbergs Verschwinden gab es keine Nachricht über seinen Verbleib. Erst am Nachmittag schrillte die Türklingel. Hannah sprang auf, aber Krauss hielt sie fest. Niemand durfte sie aus dem Schrank steigen sehen. Er legte den Finger an die Lippen. Selbst in dem durch den Schrank einigermaßen schallisolierten Zimmer hörten beide, wie Weinbergs Frau einen spitzen Schrei ausstieß. In Krauss krampfte sich etwas zusammen. Hatte man der Arztgattin eine furchtbare Nachricht überbracht?

Hannah bibberte. Ihre Augen füllten sich mit Tränen. Krauss ließ sie los. Das Mädchen rannte aus dem Zimmer durch den Schrank in den Flur. Er wartete. Sein Körper fühlte sich kalt an, seine Sinne erschienen ihm seltsam dumpf. Etwas geschah mit ihm. Krauss richtete sich auf, wappnete sich. Langsam ging er durch die noch offene Tür, trat durch den Schrank in die Wohnung. Es war niemand zu sehen. Aus dem Wohnzimmer vernahm er Geräusche. Im Türrahmen blieb er stehen. Weinberg saß auf der Couch, hatte das bis zur Unkenntlichkeit zerschlagene Gesicht ihm zugewandt. Seine Augen waren beinahe zugeschwollen, die Brauen aufgeplatzt. Die Nase schien Krauss gebrochen, neben der Lippe bildete sich ein eigroßes Hämatom. Weinbergs Frau hatte die Stirn auf die Brust ihres Mannes gelegt, sie weinte fast unhörbar. Hannah lag im Schoß ihres Vaters, die Hände um seine Hüften gekrallt, das Gesicht wie unter Schmerzen zusammengekniffen. Krauss wandte sich ab. Er hatte genug gesehen. Es nahm kein Ende. In den vergangenen Wochen hatte er geglaubt, ein anderer Mensch werden zu können, hatte Seiten an sich entdeckt, die er längst verloren wähnte. Aber das war nur eine Illusion. Kaltes Blut kroch durch seine Adern, ließ sein Herz gefrieren. Nur so konnte er den Hass ertragen, die Wut, die in ihm aufstieg und ihn dazu drängte, seinen Dämonen die Herrschaft zu überlassen.

Er fand sich vor dem Telefon wieder und wählte die Nummer auf dem zerknitterten Zettel. Nach mehrmaligem Läuten nahm jemand ab, sagte aber kein Wort.

»Hast du Namen?«, fragte Krauss emotionslos.

»Wieso?« Straubingers Stimme. Also ja, dachte Krauss. Er formulierte seine Wünsche unmissverständlich.

»Ich brauche eine SS-Uniform, möglichst bald. Ein hoher Dienstgrad, mindestens SS-Hauptsturmführer. Dazu zwei Pistolen, eine mit Schalldämpfer. Bring mir die Sachen, so schnell es geht.«

»Was hast du vor?«

Krauss schwieg einen Moment. Aus den Tiefen der Wohnung vernahm er leises Wehklagen.

»Ich werde ein Exempel statuieren«, sagte er.

13.
Brasilien

24. Januar 1937
Dorf der Wayapi

Vielleicht lief er zum letzten Mal in seinem Leben, dachte Hansen. Nur die Ruhe, ermahnte er sich, bloß nicht ablenken lassen. Er versuchte, seinen Atem so flach wie möglich zu halten, sich nur auf seinen Plan zu konzentrieren. Alles auszublenden, was hinter ihm geschah. Das Buschwerk wurde dünner, die Lichtung war nah. Er schlug die letzten Zweige weg, gelangte ins Freie. Die gerodete Fläche mochte zweihundert Meter lang sein und fünfzig Meter breit. Überall lugten verkohlte Baumstümpfe aus der Erde. Hansen hatte keine Ahnung, was die Indianer mit diesem Stück Land anfangen wollten, so weit vom Dorf entfernt. Mais anbauen? Hühner züchten? Sie sollten besser einen Friedhof anlegen, dachte er. Gleich heute.

Ohne sich umzudrehen, rannte er weiter auf das offene Gelände. Vierzig, fünfzig Meter. Genug. Das musste reichen. Er blieb stehen, atmete tiefer, gleichmäßiger. Alles hing davon ab, dass er vollkommen gelassen blieb. Die Ruhe selbst. Wie bei einer seiner Schießübungen. Sein Herz schlug kräftig, aber langsamer. Geht doch, sagte er sich. Jetzt dreh dich um. Hansen schwang sich in Richtung des Waldrandes. Noch war er allein, aber den Geräuschen nach zu urteilen hatten seine Verfolger in wenigen Sekunden die Lichtung erreicht. Hansen hörte, wie sie sich etwas zuriefen, und er sah die Schemen ihrer Körper im Schatten des Dschungels. Er lockerte seine Muskulatur, richtete seine Sinne für einen Moment nach innen und verschmolz mit seiner Umgebung. Diese Technik hatte er sich auf der Jagd angeeignet. Je mehr es ihm gelang, sich auf

Augenhöhe mit seiner Beute zu bewegen, eine innere Verbindung mit ihr aufzubauen, desto erfolgreicher war er. Die Indios schrien jetzt beinahe hysterisch. Sie hatten die Lichtung erreicht und ihn dort stehen sehen, mit gesenktem Kopf, als hätte er sich in sein Schicksal ergeben. Er blickte auf. Es waren fünf, wie erwartet. Atmen. Ruhig atmen. Sie hatten unterschiedliche Waffen in der Hand, Axt, Bogen, Speer, Axt, Messer. Ein Trupp Jäger, darauf ausgerichtet, Beute zu machen und zu zerlegen. Hansen zog den Revolver aus dem Holster, richtete den Lauf nach unten. Sein Arm zitterte nicht. Er stellte das rechte Bein nach vorn, spreizte das linke nach hinten ab, bot den Angreifern nur seine Silhouette. Fester Stand, schmales Ziel. Die Wayapi hatten sich in einer Linie aufgestellt, jeweils etwa drei, vier Meter trennten sie voneinander. Sie brüllten sich knappe Kommandos zu, die Hansen nicht verstand, aber auch nicht zu verstehen brauchte. Dafür reichte seine Vorstellungsgabe. Schlagt ihm den Schädel ein, schneidet ihm die Eingeweide raus. Einer stieß einen trillernden Schrei aus. Sie griffen an.

Hansen dachte an seine Ausflüge mit Saracomano. Manchmal hatten sie mit dem alten Webley-Revolver geschossen, nur zum Spaß. Das Ding war klobig, der Rückstoß gewaltig, eine Waffe für die kurze Distanz, für Schlangen oder anderes gefährliches Getier, das einen im Dschungel überraschen konnte. Auf eine Reichweite von fünf, sechs, vielleicht zehn Metern hatte Hansen absolutes Vertrauen in den Revolver. Darüber hinaus war jeder Treffer reine Glückssache. Auf fünfzig Meter vielleicht sogar unmöglich. Deshalb wartete er. Die Indios mochten noch vierzig Meter entfernt sein, in ihren Gesichtern meinte Hansen aber triumphierende Züge zu erkennen. Ihr Opfer war nah, der Sieg scheinbar sicher. Er hielt den Webley mit dem Lauf auf den Boden gerichtet. Der Revolver war zu schwer, um ihn längere Zeit mit ausgestrecktem Arm zu halten. Zittern wäre die Folge gewesen, ein Fehlschuss unvermeidlich. Er musste die Waffe heben, zielen, schießen, alles in einem Zug. Konzentrier dich, ermahnte er sich. Glaub an dich, an deine Herkunft, deine Wurzeln. Er war diesen Wilden in jeder Hinsicht haushoch überlegen. Sie hatten gerade den Sprung vom Affen zum Menschen vollzogen, aber er war ein Arier. Er stand an der Spitze der Rassenpyramide. Sein genetisches Material war viel wertvoller, viel widerstandsfähiger, viel komplexer. Sie handelten impulsiv, er kontrolliert. Sie ließen sich von ihren Gefühlen lenken, er von seinem Verstand. Nach normalem Ermessen durfte er nicht verlieren.

Wenn es allerdings einen Gott gab oder Gerechtigkeit, dann hatte er wahrscheinlich die Höchststrafe verdient. Du sollst nicht töten. Dieses Gebot hatte er zweifellos nicht befolgt. Aber war der Dschungel nicht ein rechts- und moralfreier Raum? Wer wollte hier über ihn richten? Galten hier nicht eigene Regeln? Das Recht des Stärkeren zum Beispiel. Daran gemessen, durfte ihn niemand verurteilen. Schon gar nicht diese Untermenschen. Hansen fixierte sein erstes Ziel. Den Wayapi mit dem Bogen. Noch fünfunddreißig Meter, zu weit für einen sicheren Schuss. Sein Geist, sein Auge, sein Arm waren eine Einheit. Hansen wollte leben, aber er fürchtete den Tod nicht. Wer den Tod fürchtete, der hatte in diesem Leben nichts verloren. Dreißig Meter. Jetzt. Er spannte den Hahn, hob den Arm, zielte und schoss. Der Rückstoß schlug seine Hand nach oben. Hansen sah, wie der Wayapi mit dem Bogen aus vollem Lauf nach hinten gerissen wurde, als sei er gegen eine unsichtbare Wand geprallt. Volltreffer.

Ein Speer flog eine Handbreit am Kopf des Deutschen vorbei. Um den Werfer musste er sich erst mal nicht mehr kümmern. Er hatte seine Chance vertan. Zunächst die anderen. Er hob den Revolver, zielte, schoss. Der Kopf des Indianers mit dem Messer knickte weg, er taumelte, stürzte, blieb reglos liegen. Hansen hatte den Arm längst wieder gesenkt und den Hahn gespannt. Fünfundzwanzig Meter. Ein Wayapi hob seine Axt zum Schlag oder Wurf. Hansen richtete den Revolver auf ihn, zielte, schoss. Der Indianer musste seitlich in die Brust getroffen worden sein, denn sein Körper wurde herumgewirbelt. Zwanzig Meter. Hahn spannen, zielen, schießen. Hansen tötete den zweiten axtbewehrten Wayapi mit einem Schuss ins Herz. Nur noch der Indianer war auf den Beinen, der seinen Speer erfolglos geschleudert hatte. Verschleudert traf es besser, dachte Hansen. Der Wayapi lief langsamer auf den Deutschen zu, blieb resigniert stehen, sank auf die Knie, kapitulierte. Hansen erwachte wie aus einer Trance. Was machte der Kerl da? Sang er? Der Indio hatte die Hände zum Himmel gehoben und murmelte vor sich hin. Hansen löste sich aus seiner Starre und ging gemessenen Schrittes zu ihm hinüber, den Revolver gespannt, aber zu Boden gerichtet. Zwei Meter vor dem Indio blieb er stehen. Der Bursche sang tatsächlich. Was diese Wilden so singen nennen, dachte Hansen. Für seine Ohren war das nur ein schauerlich schiefes Geheul.

»Willst du die Götter gnädig stimmen?«, fragte er. »Oder bejammerst du deine toten Brüder?«

Der Indianer reagierte nicht, sang einfach weiter.

»Sing nur«, sagte Hansen. »Vielleicht hilft es ja.«

Er hob die Waffe, richtete sie auf den Kopf des Wayapi und drückte ab. Der Indianer sank auf den gerodeten Waldboden.

Hansen hörte zum ersten Mal bewusst den Knall des Schusses, hörte das Echo, das über die Lichtung schwappte wie eine Welle über den Strand. Im Dorf würde niemand die Schüsse mitbekommen haben, dafür waren sie zu weit entfernt, und der Dschungel schluckte die Geräusche. Hansens Blick schweifte über die reglosen Körper um ihn herum. Langsam überwältigte ihn die Erkenntnis: Er war am Leben. Ein mächtiges Glücksgefühl durchströmte Hansen, ließ seine Muskeln zum ersten Mal leise flattern. Ja, er hatte sich den Indianern gestellt, diesen Wilden, und seinen Ängsten, und er hatte alle besiegt. Nichts und niemand konnte ihm etwas anhaben. Im Dorf warteten ahnungslos Schulz-Kampfhenkel und der Tross aus Wayana und Aparai auf ihn, um die Rückreise anzutreten. Hansen würde zum Aufbruch drängen. Bis die Wayapi ihre toten Stammesbrüder gefunden hatten, war die unglückselige Expedition schon kilometerweit den Jary stromab gefahren. Außerdem bezweifelte Hansen, dass die Wayapi sie überhaupt verfolgen würden. Erst einmal mussten sie die Ereignisse rekonstruieren. Es gab keine Zeugen. Hansen glaubte nicht, dass der Indianer, dem er das Messer in die Brust gestoßen hatte, noch lebte. Falls doch, wäre er nicht weit gekommen, und Hansen konnte sein Werk auf dem Rückweg vollenden. Außerdem hielt er die Wayapi für zu ängstlich, um gegen die Weißen und die Wayana zu Felde zu ziehen. Die Wayapi würden sich in ihr Elend ergeben. Daran zweifelte Hansen nicht im Geringsten. Nicht jetzt, nicht hier, nicht in diesem wunderbaren Rauschzustand, der ihn fast zu überwältigen drohte.

Euphorie beschrieb es am besten, eine Art übersteigertes Selbstbewusstsein, die Gewissheit, alles, und sei es noch so menschenunmöglich, schaffen zu können. Er war unbesiegbar. Aocapoto hatte recht gehabt. Hansen fasste mit der linken Hand an den Jaguarzahn, der um seinen Hals baumelte. Unbesiegbar. Niemand war in der Lage, ihn zu bezwingen. Nur er selbst. Er starrte auf den Revolver in seiner Rechten. Fünf Kugeln hatte er verschossen, fünfmal getroffen. Unglaublich. Noch eine Kugel steckte in der Trommel. Aus einem Impuls heraus wischte er mit der Linken darüber, ließ die Trommel rotieren.

»Unbesiegbar!«, schrie er lauthals in den gnadenlos blauen Himmel, setzte sich den Revolver an die Schläfe und drückte ab.

14.
Berlin

8. November 1939
Reichssicherheitshauptamt

Wie Schüsse knallten die Stiefelabsätze auf dem Steinfußboden der weitläufigen Eingangshalle des Gestapo-Hauptquartiers. Krauss schritt energisch aus, versuchte, selbst den geringsten Anschein von Unsicherheit zu vermeiden. Er wusste, dass aufmerksame Augen auf ihn gerichtet waren, auch wenn die Sicherheitsposten zunächst keinen Anlass hatten, in ihm einen unbefugten Eindringling zu vermuten. Die schwarze Uniform saß tadellos, das silberne Koppelschloss glänzte frisch gewienert, die Kragenspiegel wiesen ihn als SS-Hauptsturmführer aus. Ein hohes Tier auf dem Weg zu einem wichtigen Termin. Krauss bewegte sich in der Kleidung mit einer Selbstverständlichkeit, die ihn kaum zu überraschen vermochte. Er hatte seine Lektion gelernt. Und einen hohen Preis dafür bezahlt.

Die Verwandlung hatte in seinem Versteck stattgefunden. Krauss nahm Weinbergs Frau in einem geeigneten Moment beiseite, erklärte ihr, dass es zu gefährlich sei, wenn er weiter bei ihnen wohnte. Sie wollte protestieren, aber er ließ es nicht zu; seine Entscheidung war endgültig. Er bat sie, ihm die struppigen und viel zu langen Haare militärisch kurz zu schneiden. Sie sträubte sich, doch er bestand so hartnäckig darauf, dass sie bald nachgab, außerdem war da eine ungewohnte Schärfe in seiner Stimme, die keinen Widerspruch duldete. Inge Weinberg verpasste ihm einen Schnitt, mit dem Krauss nicht mehr auffiel, rasierte den Nacken und die Partien um die Ohren aus. Als er sich aus dem Stuhl erhob und sie ihr Werk begutachtete, erschrak sie. Aus seinen hellblauen Augen war alles Sanfte verschwunden, sie wirkten jetzt unergründlich und kalt. Erschreckend kalt. Fast schien es ihr, als sehe sie Krauss zum ersten Mal, wie er wirklich war, die kantigen Kiefer, die Narbe am Kinn, der bedrohlich bohrende Blick. Die kurzen Haare ließen seine Züge noch härter wirken. Wen hatte sie da bei sich aufgenommen? Er lächelte, und sie bereute ihre Gedanken.

Krauss blieb ihr Zwiespalt nicht verborgen, er kannte seine Wirkung auf andere Menschen. Bereits auf dem Gymnasium fürchteten ihn seine Mitschüler, hielten ihn für gefühlskalt und gefährlich. Ihm gefiel das, er pflegte sein Image, schon allein, weil es ihn im Ansehen seines großen und beliebteren Bruders hob. Niemand wusste, wie es tatsächlich in ihm aussah. Erst Hanna erkannte sein wahres Wesen. Krauss wich Inge Weinbergs Blick aus, sagte ihr, dass Straubinger ihm eine Uniform bringen werde, damit er unerkannt aus Deutschland verschwinden konnte. Er log sie an. Es brachte nichts, ihr die Wahrheit zu erzählen. Sie hätte versucht, ihn von seinem Vorhaben abzubringen. Aber sie begriff nicht, was in ihm vorging. Sie verstand diesen Ekel nicht, diesen unersättlichen, brennenden Hass. Auf einen Gott, der all das zuließ, auf die Mörder in diesem Land und auf sich selbst. Vor allem auf sich selbst. Den Weinbergs war es dank ihrer Freundlichkeit gelungen, diesen Hass eine Zeitlang zu neutralisieren, aber die Brutalität der Gestapo hatte ihn wieder entflammt. Jetzt war er da und fraß sich durch Krauss' Seele wie ein alles verzehrender Feuersturm.

Als Straubinger die Wohnung betrat, schlief Weinberg wie ein Bewusstloser. Seine Frau hatte ihm ein starkes Beruhigungsmittel verabreicht. Krauss war das recht, so musste er sich vor dem moralisch integren Arzt nicht verantworten. Weinbergs Frau ließ ihren Gast gewähren, ahnte sie doch, dass er Widerspruch nicht dulden würde. Krauss zog sich mit Straubinger in sein Zimmer zurück, begutachtete Waffen und

Uniform. Die Kluft eines SS-Hauptsturmführers, wie vereinbart.

»Ich weiß, was du vorhast«, sagte Straubinger.

»Dann ist es ja gut«, entgegnete Krauss und begann, sich umzuziehen. Straubinger hatte bei der Wahl der Kleidergröße ein gutes Händchen bewiesen, der Rock saß tadellos. Krauss strich die Falten glatt und ließ das Koppelschloss einrasten.

»Du willst jemanden bestrafen.«

Krauss setzte sich aufs Bett und steckte den linken Fuß in einen schwarzen Stiefel. Er war eine Nummer zu groß. Tolerabel.

»Ach ja?«

Der andere Stiefel passte besser. Vielleicht waren seine Füße unterschiedlich groß. Krauss erhob sich, prüfte den Sitz des Schuhwerks, indem er mehrmals auftrat.

»Meiner Ansicht nach auch dich selbst.«

Krauss nahm schweigend die Mütze, betrachtete die Abzeichen über dem Schild. Unter dem NS-Adler prangte der silberne Totenkopf. »Meine Ehre heißt Treue«, lautete die SS-Parole. Treue bis zum Tod. Er würde sie beim Wort nehmen. Krauss setzte die Mütze auf, rückte sie zurecht.

»Mein Gott«, sagte Straubinger.

Krauss griff sich eine der beiden Pistolen. Es waren beides Walther PPK vom Kaliber neun Millimeter, die gebräuchlichste Handfeuerwaffe unter Offizieren. Er prüfte das Magazin, zog den Schlitten durch. Dasselbe bei der anderen. Abläufe, die ihm in Fleisch und Blut übergegangen waren. Beide Pistolen schienen technisch einwandfrei. Er nahm den Schalldämpfer, schraubte ihn auf den Lauf der ersten PPK, drehte ihn fest. Zum ersten Mal sah er Straubinger an. Die Pupillen des Nazis flackerten. Er hatte Angst. Weil er einen Geist heraufbeschworen hatte, der sich seiner Kontrolle entzog. Krauss richtete die Waffe auf Straubingers Stirn. Der »Sohn Odins« zuckte zurück.

»Warum hast du mich gerettet?«, fragte Krauss. Seine Hand war vollkommen ruhig.

»Ich, ich, ich weiß es nicht«, stammelte Straubinger. »Ich weiß es wirklich nicht. Es war eine spontane Aktion, ich habe überhaupt nicht nachgedacht. Du wirst mich doch nicht töten, hier bei der Familie?«

»Ich glaube dir nicht. Du tust nichts unüberlegt.«

»Bitte, du musst mir glauben. Es war … ein Geschenk. Ja, genau.« Er suchte nach Worten. »Mir ist alles Mögliche durch den Kopf geschossen. Es gab so viele Gründe.«

»Nenn mir einen.«

Straubinger versuchte, Krauss anzusehen, ertrug aber den Anblick der Mündung nicht, die zwischen seine Augen zielte.

»Es hätte meine Position gestärkt. Ja, daran habe ich gedacht. Dass sie mich belobigen würden für meinen Scharfsinn. Es ist nicht so gut gelaufen in der letzten Zeit für mich, weißt du. Dein Bruder hat andere Männer vorgezogen. Dass ich dich gefunden habe, hätte meine Reputation verbessert. Aber dann war mir das nicht mehr genug.« Er hob den Kopf, versuchte, die Waffe zu ignorieren. »Ich will hier weg, Richard. Ich habe die Schnauze voll, ich will raus aus diesem Land. Aber ohne vor einem Kriegsgericht zu landen. Ich dachte mir, du hast die Verbindungen. Mit deiner Hilfe könnte ich es schaffen.«

Das war zu einfach, dachte Krauss. Straubinger war raffiniert, ein gewiefter Stratege, ein schlauer Bursche, wie Edgar zu sagen pflegte. Und ein derartiges Lob kam ihm nicht leicht über die Lippen. Aber wenn Straubinger einen ausgetüftelten Plan verfolgte, wieso brachte er ihm die Waffen mit? Er musste davon ausgehen, dass Krauss sie benutzte. Das passte nicht zusammen. Nichts passte. Außerdem lag Straubinger natürlich richtig mit seiner Vermutung, dass Krauss niemals bei den Weinbergs einen Menschen töten würde. Es sollte eine Warnung sein, sonst nichts. Er senkte die Waffe.

»Hast du die Namen?«

»Natürlich«, sagte Straubinger eilfertig. Er zog einen Zettel aus der Tasche und reichte ihn Krauss. »Mit ihren privaten Adressen. Allerdings möchte ich dich darauf hinweisen, dass du mich und die Weinbergs damit in höchste Gefahr bringst. Aber das ist dir sicher klar, nehme ich an.«

Krauss betrachtete den Zettel. Blumberg, Schmidt, Kreuztal. Sie hatten das zu verantworten, was Weinberg zugestoßen war. Sie fühlten sich unnahbar. Ein Irrglaube.

»Die Adressen brauche ich nicht«, sagte er.

Straubinger war irritiert.

»Du hast angekündigt, dass du ein Exempel statuieren willst. Auge um Auge, Zahn um Zahn. So denkst du doch.«

»Ich formuliere es anders: Ursache und Wirkung. Jede Handlung zieht eine andere nach sich. Das ist ein Lernprozess. Aber wenn es dir gefällt, kannst du es archaischer ausdrücken. Mir ist das egal.«

»Also doch.«

»Ich werde sie da treffen, wo sie es am wenigsten erwarten.«

Straubinger sah ihn ungläubig an.

»Du willst in die Prinz-Albrecht-Straße. Deshalb die Uniform.«

Krauss steckte die PPK ohne Schalldämpfer in ein Gürtelholster und klipste die Lasche zu.

»Das schaffst du nie.«

»Wir werden sehen. Du beschreibst mir, auf welchem Flur ich Blumbergs Büro finde. Es gibt doch bestimmt regelmäßige Besprechungen.«

Straubinger hatte den Schock noch nicht verdaut, wirkte fahrig.

»Jeden Morgen um zehn treffen sich die Kriminalkommissare Schmidt, Jansen und Meyerling im Büro des Kriminalrats Blumberg für eine kurze Lagebesprechung. Dauert meistens dreißig Minuten. Außerdem findet mittwochs abends um acht Uhr eine Wochenbesprechung statt. So haben die Herren Gelegenheit, sich dabei einen zu genehmigen.«

Krauss nickte.

»Morgen Abend. Das ist ideal. Es verwässert die Anhaltspunkte. Niemand wird auf den Gedanken kommen, dass Weinberg mit den Ereignissen zu tun hat. Um Kreuztal kümmere ich mich später.«

»Es wird kein Später geben. Du wirst nicht einmal Blumbergs Büro erreichen. Die Gestapo-Zentrale wird lückenlos rund um die Uhr überwacht. Du hast nicht die geringste Chance.«

»Da irrst du dich. Ich bin ein Teil des Systems. Niemand wird SS-Hauptsturmführer Kreidler auf seinem Weg zu Kriminalrat Blumberg behelligen. Und wenn doch, ist es auch nicht weiter schlimm. Es trifft immer die Richtigen.«

Weinbergs Sarkasmus färbte offensichtlich ab, dachte Krauss. Er ließ sich von dem nach wie vor skeptischen Straubinger eine Skizze des Gestapo-Gebäudes anfertigen, in der sowohl sein Weg als auch Blumbergs Büro verzeichnet waren. Krauss kannte den Bau zwar von früher, aber seinen blassen Erinnerungen allein vertraute er nicht. Außerdem war der Komplex in den vergangenen Jahren erweitert und verändert worden. Für den Fall, dass er das Haus lebend wieder verlassen würde, vereinbarte er mit Straubinger, der das Vorhaben weiterhin als undurchführbar kritisierte, einen sicheren Treffpunkt. Krauss hatte nicht vor, zu den Weinbergs zurückzukehren. Er durfte die Familie nicht in Gefahr bringen.

Als Straubinger gegen zehn Uhr abends gegangen war, entledigte sich Krauss der Uniform und klopfte behutsam an Weinbergs Schlafzimmertür. Der Arzt saß wach im Bett, seine Frau davor. Hannah schlief in ihrem Zimmer.

»Kommen Sie rein«, sagte Weinberg kaum hörbar. Sein Gesicht sah schrecklich aus. Krauss hoffte für den Arzt, dass er keine dauerhaften Entstellungen zurückbehielt. Er trat ans Bett, zog sich einen Stuhl heran, setzte sich.

»Ich möchte mich für alles bedanken«, sagte Krauss. »Und mich von Ihnen verabschieden.«

»Was mir passiert ist, hat nichts mit Ihnen zu tun. Das ist nicht Ihre Schuld«, nuschelte Weinberg.

»Ich möchte Sie trotzdem nicht weiter in Gefahr bringen. Das würde ich mir nie verzeihen.«

»Was haben Sie jetzt vor?«, fragte Weinbergs Frau.

»Straubinger hat mir eine SS-Uniform besorgt. Er wird mir auch Papiere verschaffen. Damit werde ich versuchen, das Land zu verlassen.« Krauss wollte sie mit der Wahrheit nicht belasten.

»Auch Sie sollten zusehen, dass Sie so schnell wie möglich aus Deutschland rauskommen«, fuhr er fort. »Hier steht es auf Messers Schneide. Und ich glaube nicht, dass sich die Dinge in Zukunft bessern werden. Gehen Sie, schon allein Hannah zuliebe.«

Inge Weinberg senkte den Kopf.

»Wir haben bereits darüber gesprochen. Samuel will nicht klein beigeben, aber ich schaffe es nicht mehr. Ich kann nicht jeden Tag mit der Angst leben, dass sie ihn mir wegnehmen.«

»Gehen Sie«, sagte Krauss. »Die Nazis sind Totengräber. Es wird noch schlimmer werden, als wir es uns heute vorstellen können.«

»Wahrscheinlich habt ihr beide recht«, entgegnete der Arzt. »Mir behagt nur der Gedanke nicht, meine Heimat zu verlassen.«

»Tun Sie es, solange es noch möglich ist.«

Krauss stand auf.

»Ich weiß nicht, wie ich Ihnen danken soll. Mir fallen in solchen Momenten nie die richtigen Worte ein. Aber Sie sollten wissen, dass das, was Sie getan haben, mir den Glauben an die Menschen wiedergegeben hat. Am Anfang habe ich mich geärgert, weil ich sterben wollte, jetzt bin ich dankbar dafür, dass ich Sie kennenlernen durfte. Vielen Dank für alles. Sie sind eine tolle Familie, Sie haben eine phantastische Tochter. Beschützen Sie sie. Ich werde mich morgen früh von ihr verabschieden.«

Krauss wollte gehen, aber Weinbergs Frau griff nach seiner Hand und hielt sie fest.

»Hören Sie auf zu glauben, dass Sie ein schlechter Mensch sind. Sterben ist viel zu einfach. Das Leben ist die Herausforderung. Ich freue mich, dass Sie sich dafür entschieden haben. Passen Sie also bitte auf sich auf.«

Krauss dachte an diese Worte, als er durch das Foyer des Gestapo-Gebäudes marschierte. Er sollte besser auf sich aufpassen. Leicht gesagt. Lebend würde er auf jeden Fall nicht in die Hände seiner Feinde geraten, das hatte er sich geschworen. Nur noch wenige Schritte durch den mit Hakenkreuzfahnen und Büsten berühmter Nationalsozialisten geschmückten Saal, und er hatte das Treppenhaus erreicht. Blumbergs Büro lag im dritten Stock. Bis hierher war alles glattgegangen. Es war zwanzig Uhr fünfzig. Die Wachposten am Eingang hatten zackig vor seiner SS-Uniform salutiert und ihn passieren lassen. Nur seine Dienstwaffe musste er an einem Schalter im Foyer hinterlegen. Damit hatte er gerechnet. Die zweite Walther PPK steckte unsichtbar im rückwärtigen Bund seiner Hose, den Schalldämpfer trug er in seiner Rocktasche. Krauss unterzeichnete ein Papier, löste das Holster vom Gürtel und überreichte es dem Soldaten. Es war so wie von ihm vermutet: Niemand rechnete hier mit einem Eindringling, an jeder Ecke warteten mit Maschinenpistolen bewaffnete SD- und SS-Männer darauf, potentielle Attentäter auszuschalten.

Krauss erreichte unbehelligt die erste Stufe der geschwungenen Treppe. Soweit er wusste, war das herrschaftliche Haus von König Friedrich Wilhelm I. vor zweihundert Jahren als Stadtpalais errichtet worden. Heute beherbergte es unter dem Dach des von Heinrich Himmler gegründeten Reichssicherheitshauptamtes den Sicherheitsdienst, die Reichskriminalpolizei und die Gestapo. Mehr polizeiliche Gewalt ließ sich in einem Haus nicht vereinen. Reinhard Heydrich, einer der brutalsten Nazi-Schlächter, hatte seinen Dienstsitz in diesem Gebäude. An ihn ranzukommen würde ihn vor größere Probleme stellen, dachte Krauss. Unmöglich war es nicht.

Auf Höhe des zweiten Stocks spürte er, dass er noch nicht wiederhergestellt war. Er schnappte leicht nach Luft, musste langsamer gehen. In der dritten Etage angekommen, verharrte er einen Moment, orientierte sich, sammelte neue Kräfte. Blumbergs Büro lag links von der Treppe, in einem Seitenflur. Krauss ging weiter. Hier oben waren weder Wachen noch sonst jemand zu sehen. Um diese Uhrzeit hatte ein Großteil des Personals bereits Feierabend. Sollte es einfacher werden als gedacht? Zwei Minuten später stand er vor Blumbergs Tür. Zimmer 318, hatte Straubinger gesagt. Krauss blickte rechts und links den Flur hinunter. Niemand zu sehen. Er nahm die Walther aus dem Hosenbund und schraubte den Schalldämpfer auf den Lauf. Dann öffnete er die Tür.

In dem relativ geräumigen Zimmer war ein Schreibtisch so positioniert, dass er als Empfangstresen fungierte. Links und rechts registrierte Krauss verschlossene Türen. Eine davon musste in Blumbergs Büro führen. Hinter dem Tisch saß ein Mann, der überrascht aufschaute. Blumbergs Sekretär. Er wollte etwas sagen, stockte jedoch. Aus Krauss' Sicht gab es dafür zwei Gründe. Entweder der Sekretär hatte seine Rangabzeichen gesehen – einen SS-Hauptsturmführer raunzte man nicht an, selbst wenn er unangekündigt und ohne anzuklopfen einen Raum betrat. Oder dem Mann war die Waffe aufgefallen, die Krauss in der Rechten eng am Oberschenkel hielt, den verlängerten Lauf auf den Boden gerichtet. Krauss hob die Waffe und schoss Blumbergs Bürokraft in den Kopf. Der Schalldämpfer reduzierte das Knallgeräusch auf ein metallisches Zischen. Blumbergs Sekretär sackte im Sessel zusammen.

Krauss horchte an der Tür zu seiner Linken. Er hörte Männerstimmen, Gelächter. Bevor er hineinging, musste er wissen, was hinter der zweiten Tür lag. Bloß keine bösen Überraschungen. Er wechselte die Seite, lauschte. Kein Laut. Er drückte die Klinke. Ein großzügiger, tagsüber wegen der hohen Fenster wohl heller Raum mit einem Schreibtisch und einem Ledersessel dahinter. Hakenkreuzfahne, ein gerahmtes Bild des Führers an der Wand. Das war Blumbergs Büro. Dann besaß er ein eigenes Besprechungszimmer. In einer so luxuriösen Umgebung wurde über das Leben von Menschen entschieden, dachte Krauss. Es kann aber auch hier enden, fügte er hinzu. Plötzlich wütend, verließ er das Büro und marschierte direkt durch in den Konferenzraum. Auch er war üppig dimensioniert, allerdings mit einem ovalen Tisch ausgestattet, an dem vier Männer in Anzügen saßen, zwei mit dem Rücken zu ihm. Sie drehten sich um, wollten den Eindringling sehen, der so forsch ins Zimmer stürmte. Blumberg – Krauss vermutete, dass es Blumberg war, weil er an der schmalen Seite des Tisches saß – herrschte ihn trotz seiner schwarzen Uniform an.

»Das ist eine interne Besprechung. Verlassen Sie sofort das Zimmer!«

Einer der Männer starrte mit großen Augen auf die Pistole, die Krauss am Bein führte. Er hob die Walther, schoss dem Mann in die Stirn. Blumberg schrie erschrocken auf und sprang aus dem Stuhl. Auch der Mann zu seiner Rechten katapultierte sich aus seinem Sessel. Krauss erschoss den zweiten Gestapo-Mann, von dem er nur den Rücken sah, und richtete die Waffe auf Blumberg.

»Sind Sie wahnsinnig?«, schrie der Kriminalrat.

»Keinen Ton«, befahl Krauss.

»Gröbel! Helfen Sie uns!«, schrie Blumberg. Das musste der Name des Sekretärs sein. Krauss schwenkte die Waffe auf Blumbergs Nachbarn.

»Noch ein lautes Wort, und Sie sind beide tot.«

Der Kriminalrat straffte sich, reckte das feiste Kinn vor.

»Sie kommen niemals ungeschoren hier raus.«

»Wer sagt, dass ich das will?«

»Was wollen Sie denn?«, fragte Blumbergs Kollege mit belegter Stimme.

»Was ist Ihre Aufgabe?«

Der Mann sah hilfesuchend seinen Chef an.

»Ich habe Sie was gefragt«, insistierte Krauss.

»Im Wesentlichen Verhöre auswerten, verdächtige Subjekte aus dem Verkehr ziehen, mögliche Widerständler eliminieren.«

»Was Sie dafür halten.«

»Sie vergessen wohl, mit wem Sie es zu tun haben«, mischte sich Blumberg ein. »Kommissar Jansen und ich befolgen nur das Gesetz, im Gegensatz zu Ihnen. Sie sind ein Mörder.«

»Ich kenne Ihre pervertierten Gesetze. Es legitimiert Ihre kranken Taten. Aber es ändert nichts daran, dass Sie nur jämmerliche Folterknechte sind.«

Blumberg grunzte verächtlich.

»Sie haben gerade zwei Menschen kaltblütig erschossen. Erzählen Sie keinen Quatsch.«

Krauss atmete tief ein und aus.

»Ich werde Ihnen sagen, was ich will. Kennen Sie das Prinzip von Aktion und Reaktion? Es besagt, dass jede Kraft eine

Gegenkraft bewirkt, die auf denjenigen zurückfällt, der das Ganze angestoßen hat. Ein einfaches, klares Prinzip. Ich will, dass Sie begreifen, dass Sie mit den Konsequenzen Ihrer Taten leben müssen. Dass nichts ungestraft bleibt, auch wenn Sie diese Tatsache in Ihrer grenzenlosen Arroganz ignorieren. Kennen Sie einen Juden namens Samuel Weinberg?«

Jansen und Blumberg sahen sich fragend an.

»Ein Krankenbehandler, ja«, sagte der Kriminalrat. »Er war hier, aber wir haben ihn wieder laufenlassen.«

»Dafür haben Sie ihm übel mitgespielt.«

»Es ist unsere Aufgabe, Verdächtigen zu entlocken, wie sie dem Staat schaden wollen. Das geht nicht ohne Blessuren ab. Im Übrigen ist der Mann Jude.«

»Ja, das ist er wohl«, sagte Krauss und drückte ab. Jansen sackte getroffen zusammen. Blumberg stöhnte auf.

»Sie feiges Schwein«, keuchte er. »Sie erschießen wehrlose Männer.«

Krauss richtete die Waffe auf ihn.

»Jetzt wissen Sie, wie es sich anfühlt, auf der anderen Seite zu stehen.«

Er schoss ihm kurz hintereinander in Brust und Kopf. Blumberg kippte frontal über den Tisch. Krauss marschierte aus dem Konferenzzimmer. Im Vorraum schraubte er den Schalldämpfer vom Lauf und steckte ihn in die Tasche. Die Pistole stopfte er sich wieder in den Hosenbund. Als er Blumbergs Büro verlassen wollte, fiel sein Blick auf einen Schlüssel, der an einem kleinen Haken neben der Tür hing. Er nahm ihn ab und probierte von innen, ob er ins Schloss der Bürotür passte. Der Riegel rastete ein. Perfekt. Er öffnete die Tür, schritt auf den Flur. Kein Mensch war zu sehen. Krauss steckte den Schlüssel ins Schloss, drehte ihn zweimal, zog ihn ab. Das würde ihm mehr Zeit verschaffen, als er vermutet hatte. Er bog auf den Gang, der zur Treppe führte. Zwei Männer kamen ihm entgegen, salutierten, gingen weiter. Die Treppe. Krauss nahm die Stufen in geschäftigem Tempo, vermied übertriebene Eile. Er horchte in sich hinein. Da war nichts. Weder Anspannung noch Befriedigung. Stattdessen erschreckende Leere. So ähnlich hatte er sich nach den Schüssen auf seinen Bruder gefühlt. Kalt, ausgehöhlt, hoffnungslos. Warum verschaffte ihm Rache keine Genugtuung? Weil sie nichts änderte. Weil er nur am System kratzte, ohne etwas am großen Ganzen zu ändern. Die Nazis mordeten weiter, und sie stürzten Europa ins Chaos.

In seine trüben Gedanken versunken, erreichte Krauss das Erdgeschoss. Zielstrebig wanderte er durch die Halle auf den Schalter zu, an dem er sein Pistolenholster abgegeben hatte.

»Herr Hauptsturmführer!«

Die Stimme ertönte schräg hinter ihm, und sie hatte einen befehlshaberischen Ton. Krauss ging unbeirrt weiter. Das durfte nicht sein. So kurz vor dem rettenden Ausgang.

»Herr Hauptsturmführer! Es ist dringend!«

Er blieb stehen. Die Augen mehrerer bewaffneter Soldaten waren auf ihn gerichtet. Krauss bezweifelte, dass er sich den Weg würde freischießen können. Vielleicht zwei, drei Leute mit ins Grab nehmen, das ja. Aber ungeschoren hier herauskommen? Niemals. Also sich dem Unvermeidlichen stellen. Er drehte sich um. Zwei SD-Männer warteten fünf Meter von ihm entfernt. Zu Krauss' Überraschung schaute er nicht in einen Gewehrlauf.

»Sie müssen mitkommen. Sofort.«

Die Männer schienen nicht bereit, ein Nein zu akzeptieren. Sie hatten offensichtlich ihre Befehle. Krauss zögerte. Würden sie ihn der Taten bezichtigen, die er gerade begangen hatte, wäre die Situation eine andere.

»Worum geht's?«, fragte er. »Ich habe es eilig.«

»Ein Notfall. Sie werden gleich alles erfahren.«

Krauss nickte knapp.

»Na gut. Gehen Sie voran.«

Außer Sichtweite der Männer in der Halle konnte er seine Begleiter vielleicht unauffällig loswerden und verschwinden. Es kam darauf an, den geeigneten Moment zu finden. Die Soldaten marschierten vorneweg und bogen nach links in einen Gang ab. Krauss suchte fieberhaft nach einem Ausweg. Mit jeder Minute, die er sich länger in dem Gebäude aufhielt, erhöhte sich die Wahrscheinlichkeit, als Betrüger enttarnt zu werden. Und als Mörder. Der Gang knickte nach rechts ab. Krauss hörte Stimmen. Die Chance, seinen Begleitern zu entkommen, sank. Er bog um die Ecke und lief direkt in eine geöffnete Flügeltür. Was er für einen Gang gehalten hatte, war der Eingangsbereich zu einem Konferenzraum. Seine Eskorte bedeutete ihm einzutreten. In dem Saal befanden sich vielleicht zehn Männer, dem Gebaren nach höhere Dienstgrade. Niemand saß, alle standen in Grüppchen herum und redeten aufgeregt miteinander. Hoffentlich war niemand dabei, der ihn von früher kannte. Selbst wenn, würde ihn die ungewohnte SS-Uniform schützen, beruhigte sich Krauss. Aus einer Tür an der Stirnwand des Raums trat eine schlanke, hochgewachsene Gestalt mit asketischen Zügen. Die Offiziere verstummten, wandten sich dem Neuankömmling zu. Krauss erkannte den Mann sofort, obwohl er ihn seit Jahren nicht gesehen hatte. Es war Reinhard Heydrich.

Der Chef des Reichssicherheitshauptamtes schritt energisch durch den Raum, baute sich vor den Männern auf. Als Krauss das Land verlassen hatte, galt Heydrich als einer derjenigen, die es dank ihrer Intelligenz und ihres Durchsetzungsvermögens bis ganz nach oben schaffen würden. Da war er nun, im Zentrum der Macht, leitete die Gestapo und den Sicherheitsdienst mit gnadenloser Härte. Krauss blickte in die kalten Augen Heydrichs wie in einen Spiegel. Das hätte auch aus ihm werden können. Heydrich fixierte ihn einen Moment, schien seine Tarnung zu durchschauen. Dann wandte er sich abrupt den Männern zu.

»Heil Hitler, meine Herren. Ich habe Sie zu ungewöhnlicher Stunde hier zusammenrufen lassen, weil es zu einem außerordentlichen Vorfall von nationaler Tragweite gekommen ist. Vor wenigen Minuten hat mich die Nachricht erreicht, dass im Bürgerbräukeller gegen einundzwanzig Uhr zwanzig eine Bombe explodiert ist.«

Ein Raunen ging durch den Raum. Heydrich hob beschwichtigend die Hände.

»Beruhigen Sie sich. Man hat mir versichert, dass der Führer den feigen Anschlag unverletzt überlebt hat. Zum Zeitpunkt der Explosion saß er bereits im Zug und befand sich auf dem Heimweg. Allerdings gibt es wohl etliche Tote und Dutzende Verletzte zu beklagen. Über den oder die Attentäter ist noch nichts bekannt.«

Heydrich ließ seine Worte wirken. Alle starrten ihn an.

»Es ist von entscheidender Bedeutung, dass Sie die Wahrheit kennen. Nur so können Sie bösartigen Gerüchten entgegentreten. Außerdem erwarte ich von Ihnen, dass Sie ab sofort an der Aufklärung des Anschlags mitarbeiten. Bei so einem Verbrechen gibt es Hintermänner, das muss ich Ihnen nicht erzählen. Ein derartiges Attentat bedarf der sorgfältigen Planung. Ich will jeden, der mit diesem unerhörten Verbrechen etwas zu tun hat, so bald wie möglich hinter Schloss und Riegel sehen. Ist das klar?«

»Selbstverständlich«, sagte Krauss' Nachbar zur Linken. Alle anderen murmelten zustimmend. Heydrich sah sich suchend um.

»Wo sind eigentlich Blumberg, Jansen und Schmidt?«, fragte er.

»Hauptsturmführer Kreidler ist gerade bei ihnen gewesen«,

sagte eine Stimme von hinten. Es war einer der Soldaten, der Krauss zum Konferenzraum geleitet hatte. Ihm wurde schlagartig heiß. Heydrichs Augen waren wieder auf ihn gerichtet.

»Hauptsturmführer Kreidler? Ein Besucher von der SS. Ich kann mich nicht erinnern, Sie schon einmal hier gesehen zu haben.«

Kannte Heydrich jeden Kopf innerhalb der SS-Hierarchie? Kaum zu glauben. Aber nicht unmöglich. Als direkter Untergebener Himmlers hatte er auch mit der SS zu tun. Aber deren Apparat war unüberschaubar.

»Als ich die Herren verlassen habe, sagten sie, sie würden jetzt zum gemütlichen Teil des Abends übergehen«, antwortete Krauss so beiläufig wie möglich. »Das war vor vielleicht fünfzehn Minuten.«

Heydrich musterte ihn.

»Sehen Sie nach, ob sie noch da sind«, sagte er zu einem der Soldaten. Zum Glück hatte er die Tür zu Blumbergs Büro abgeschlossen, dachte Krauss. Aber er musste trotzdem dringend hier weg. Er nahm Haltung an.

»Bitte um die Erlaubnis, mich entfernen zu dürfen«, sagte Krauss. »Ich werde meine Dienststelle von den Ereignissen in Kenntnis setzen und alles Notwendige zur lückenlosen Aufklärung in die Wege leiten.«

Heydrich trat zwei Schritte vor, so dass er direkt vor Krauss stand.

»Kann es sein, dass wir uns schon einmal begegnet sind, Hauptsturmführer Kreidler?«, fragte er.

»Schon möglich«, sagte Krauss. Er zwang sich dazu, weder zu blinzeln noch wegzuschauen. Wenn einer nichts zu verlieren hatte, dann war er das. Und im Ernstfall würde auch Heydrich diesen Raum nicht lebend verlassen.

»Wir brauchen Männer wie Sie«, sagte Heydrich. »Sie haben Ausstrahlung, Schneid. Sie verkörpern alles das, was wir sind. Hart, unnachgiebig, überlegen. Solange wir Männer wie Sie haben, mache ich mir um dieses Mörderpack keine Sorgen. Gehen Sie und tun Sie Ihre Pflicht.«

»Heil Hitler«, salutierte Krauss, knallte die Hacken zusammen, drehte sich um und verließ die unwirklich anmutende Szenerie. Er, ein Attentäter im feindlichen Auftrag, inmitten einer Lagebesprechung über einen Anschlag auf Hitler. Dass Heydrich ihm schmeichelte, setzte dem Ganzen die Krone auf. Er beschleunigte seine Schritte. Nicht, dass jemand auf die Idee kam, Blumbergs Büro zu öffnen. Jeden Moment rechnete Krauss damit, dass Alarm geschlagen wurde. Dann wäre er im Gebäude gefangen. Wahrscheinlich würden sich die Wachen ohnehin auf ihn stürzen, so kritisch, wie sie ihn beäugten. Doch nichts geschah. Krauss präsentierte am Schalter seine Quittung und bekam seine Waffe ausgehändigt.

»Das war aber ein kurzer Besuch«, sagte der SD-Mann.

»Wir waren uns schnell einig«, entgegnete Krauss. Er hob den rechten Arm zum Gruß. »Heil Hitler!«

Die Wachposten am Eingang ließen ihn ohne weiteres passieren. Er atmete wieder eisige Winterluft. Nicht einmal eine Stunde hatte Krauss in der Gestapo-Zentrale verbracht. Fünf Männer waren tot, niemand hatte ihn verdächtigt, selbst Heydrich nicht. Der dreiste Überfall würde ein internes Erdbeben auslösen. Und Ängste schüren. Gleich zwei Anschläge an einem Tag. Künftig würde es nicht mehr so leicht sein, das Reichssicherheitshauptamt zu betreten. Krauss hatte ihnen bewiesen, dass sie verletzlicher waren, als sie dachten. Er lief die Treppen zum Bürgersteig hinunter und ging strammen Schrittes davon. Seine Gedanken überschlugen sich. Er konnte die Nazis verletzen, aber er konnte sie nicht aufhalten. Vielleicht war er deshalb so unzufrieden. Ja, vielleicht. Auch Hitler war ungeschoren davongekommen. Mit Gerechtigkeit hatte das nichts zu tun.

Krauss spürte, wie sich in ihm etwas regte. Hass und Wut, gemischt mit Euphorie. Vor seinem inneren Auge zeichnete sich ein diffuses Bild ab. Eine Aufgabe. Eine Bestimmung. Sie hätten ihn beinahe getötet, aber er hatte überlebt. Vielleicht aus gutem Grund. Vielleicht brauchte es einen Mörder, um diesen Monstern ihre Grenzen aufzuzeigen. Einen aus den eigenen Reihen, kaltblütig und todesverachtend. Krauss lächelte. Vorhin, als Heydrich ihn taxiert hatte, war ihm klargeworden, dass die Nazis keine Macht über ihn hatten, weil er den Tod nicht fürchtete. Er war schon vor langer Zeit gestorben. Ja, er spürte es genau, mit jeder Faser seines vernarbten Körpers. Er würde alles tun, wozu er in der Lage war, um dieses Gesindel zu erledigen. Und er würde sofort damit anfangen.

ZWEITER TEIL

15.
Berlin

8. Januar 1940
Görings Residenz »Carinhall«

Göring weinte. Ungehindert ließ der Reichsfeldmarschall die Tränen über seine teigigen Wangen rollen und auf seine Uniformjacke tropfen. Er genoss diesen Moment. Mindestens sechsmal hatte er »Vom Winde verweht« bisher gesehen, aber er bekam nicht genug von diesem Rausch in Technicolor. Filme drehen konnten die Amerikaner, das musste man ihnen lassen. Was war die UFA dagegen für ein trauriger Haufen. Hatten es einfach nicht raus. Göring erinnerte sich nur an einen bunten Tierfilm. In Sachen Krieg war Deutschland weit vorn, in Sachen Kino aber provinziell. Außerdem gab es hierzulande keine Vivien Leigh und keinen Clark Gable. Rhett Butler. Allein der Name. Selbstverständlich erkannte er sich selbst in Butler wieder, in dem unerschütterlichen und kriegsgestählten Südstaatler. Jedes Mal freute Göring sich diebisch, wenn Scarlett O'Hara zu spät erkannte, dass es Butler war, den sie eigentlich liebte.

Davon träumte der zweite Mann des Deutschen Reiches – dass andere erkannten, wer er wirklich war. Dass man sich nach ihm verzehrte, ihn zurückwünschte in die allervorderste Reihe. Hitler zum Beispiel. Obwohl der Führer auf Göring und dessen Luftwaffe angewiesen war, behandelte er ihn ab und an wie einen Trottel. Das Verhältnis zu Hitler unterlag starken Schwankungen. Nach dem schnellen Erfolg in Polen war Göring obenauf gewesen, doch seither ging es stetig bergab. Der Reichsfeldmarschall spürte, dass Hitler sich bremste, weil er ihn brauchte, aber manchmal brach es ungezügelt aus ihm heraus. Das hatte Göring nicht verdient. Er stellte sich vor, wie er Hitler seinen Marschallstab vor die Füße warf – und der Führer ihn heulend anflehte, zu bleiben. Gott, wäre das schön. Der Reichsfeldmarschall gluckste belustigt. Er holte ein seidenbesticktes Taschentuch hervor, wischte sich das Gesicht ab und trocknete seine geröteten Augen. Gut, dass er sich in seinem eigenen Kino so gehenlassen konnte. Göring hatte es im Keller seines Wohnsitzes Carinhall errichten lassen, mit fünfzig bequemen Sesseln, schaute aber am liebsten allein. Vor allem die Filme, die ihm etwas bedeuteten. Und ganz besonders die, die in Deutschland verboten waren. Wie »Vom Winde verweht«.

Mühsam wuchtete Göring sich aus dem bequemen, nur für ihn reservierten Fauteuil. Er strich seine Uniform glatt und sah auf die Uhr. Kurz nach eins. Sofort spürte er ein Magengrummeln. Dass der Film so lange dauerte, war sein einziger Nachteil. Seit dem Frühstück hatte er nichts mehr gegessen. Er hoffte, dass oben niemand auf ihn wartete und er direkt ins Esszimmer spazieren konnte. Momentan fühlte er sich kaum in der Lage, seine Termine wahrzunehmen; stattdessen blieb er entweder im Bett oder flüchtete sich in andere Beschäftigungen. Das Filmeschauen war eine davon. Göring stieg die Treppe hoch ins Erdgeschoss. Oben angekommen, blieb er kurz stehen und schnappte nach Luft. Er war zu fett, das wusste er selbst, musste es sich aber auch ständig von Emmy und seinem Hausarzt anhören. Je mehr sie seine Figur kritisierten, desto mehr stopfte er in sich hinein. Schon allein der Gedanke an Emmy steigerte Görings Appetit. Zügig marschierte er durch die Halle Richtung Küchentrakt, aber sein Kammerdiener versperrte ihm den Weg.

»Sie haben einen Gast«, sagte Kropp mit einer gewissen Dringlichkeit. »Dr. Augustus Heermann wartet seit mehr als einer Stunde im Kartenzimmer.«

Göring nickte genervt. Meine Güte, den hatte er komplett vergessen. Heermann, der große Wahrsager. Emmy hatte ihn über einen ihrer diversen spirituellen Zirkel kennengelernt und angeschleppt, als Göring ein goldenes Zigarettenetui abhandengekommen war. Irgendwelche Stimmen flüsterten Heermann ein, dass einer der Hausangestellten das Etui entwendet hatte. So war es auch. Wahrscheinlich steckten die beiden unter einer Decke. Aber Emmy traute Heermann seither zu, selbst das Weltende exakt zu prognostizieren. Göring hielt den hageren Mittvierziger, der stets einen schwarzen Anzug und ein weißes Hemd mit Vatermörder trug, für einen Scharlatan. Allerdings umgab ihn irgendetwas Mysteriöses, und das hatte auch bei Göring Eindruck hinterlassen. Heute wollte er ihm näher auf den Zahn fühlen. Heermann sollte Zeitpunkt und Ort einer britisch-französischen Offensive im Westen auspendeln. Trotz seines leeren Magens drehte der Reichsfeldmarschall ab und steuerte das Kartenzimmer an. Ohne anzuklopfen, trat er ein. Heermann sprang aus einem Stuhl hoch und hob den Arm zum Gruß.

»Heil Hitler, Herr Reichsfeldmarschall«, sagte er eine Spur zu zackig.

»Ja, ja«, entgegnete Göring. »Danke, dass Sie es ermöglichen konnten. Ich hoffe, Emmy hat sich um Sie gekümmert.«

»Leider habe ich Ihre verehrte Gattin heute noch nicht gesehen.«

Dieser Schleimer. Nach zwei Minuten hatte Göring schon die Nase voll. Er ging zu dem großen quadratischen Tisch in der Mitte des Zimmers, auf dem mehrere Landkarten ausgebreitet übereinanderlagen. Sie zeigten die Benelux-Länder, Frankreich und den Westen Deutschlands.

»Sie wissen ja, worum es geht«, sagte Göring beinahe desinteressiert.

»In der Tat. Sie möchten, dass ich Ihnen etwaige Angriffspläne der Briten und Franzosen offenlege. Ich habe Ihnen bereits am Telefon gesagt, dass ich Ihnen nichts versprechen kann. Meine Gabe ist keine Wissenschaft, sondern hochsensibel und unberechenbaren Einflüssen ausgesetzt.«

Göring lächelte hinterhältig.

»Mit anderen Worten: Kokolores.«

»Wenn Sie dieser Ansicht sind, warum haben Sie mich dann bestellt?«, fragte der Wahrsager pikiert.

»Mein lieber Heermann, nun seien Sie nicht gleich eingeschnappt. Ich will eben nichts unversucht lassen. Je mehr wir die Pläne des Feindes vorempfinden können, umso besser. Allerdings müssen Sie verstehen, dass ich mich dabei nicht nur auf Sie verlassen kann.«

Heermann sah Göring skeptisch an. Dann nestelte er an seinem Vatermörder herum, nahm ihn ab und steckte ihn in seine Aktentasche, aus der er gleichzeitig ein goldenes Pendel hervorzauberte. Der Wahrsager räusperte sich, stolzierte übertrieben gemessenen Schritts an den Tisch, streckte den Arm aus und ließ das Pendel aus der Hand an einer goldenen Kette über der Karte hinabbaumeln. Langsam schwang das spitz zulaufende Gewicht über der westdeutschen Grenze hin und her. Görings Blick schweifte von Heermanns Gesicht, das betont konzentriert wirkte, über dessen Hand, die seltsam wächsern schien, zum Pendel, das über Frankreich, Belgien, Holland und dem Westen Deutschlands kreiste. Heermann schloss die Augen. Der Kreis, den das Pendel beschrieb, verengte sich. Göring beugte sich über die Karte. Verdammt, dieser Quacksalber machte es spannend. Würde er tatsächlich vorhersagen, wo die Briten zuschlagen? Der Reichsfeldmarschall schwitzte. In diesen Tagen war jede halbwegs brauchbare Information Gold wert. Hitler scharrte mit den Hufen, weil er nicht noch einmal den »Fall Gelb« verschieben wollte, den Angriff auf Frankreich. Ursprünglich vorgesehen war der 22. November, der Termin ließ sich aber aus taktischen Erwägungen nicht halten. Nun sollte es am 17. Januar losgehen. Aus Görings Sicht viel zu früh. Als Chef der Luftwaffe wusste er, dass sich seine Flieger bei den Kämpfen in Polen verausgabt hatten. In den Munitionsdepots herrschte gähnende Leere, die Treibstoffvorräte waren so gut wie verbraucht. Ein Angriff zum jetzigen Zeitpunkt hätte seine desolate Planung offenbart. Und seine ohnehin angeschlagene Position bei Hitler weiter geschwächt. In den Augen des Führers agierte Göring zu zögerlich, beispielsweise hinsichtlich einer Ausweitung des Krieges auf Skandinavien und England. Was die Schweden betraf, schien ihm ein Krieg mit ihnen wegen seiner familiären und freundschaftlichen Verbindungen unerträglich, und bei den Briten hatte er die Hoffnung auf eine friedliche Lösung nicht aufgegeben. Selbst der schwedische Industrielle Birger Dahlerus, der Mann, der ihm nach der Kriegserklärung an Polen enttäuscht die kalte Schulter gezeigt hatte, war auf Drängen des Reichsfeldmarschalls wieder in seine alte Vermittlerrolle geschlüpft. Freilich ohne den frommen Eifer von damals. Aber immerhin.

Doch bisher war alles vergebens. Nun griff Göring nach jedem Strohhalm, um sich in eine bessere Ausgangsposition zu bringen. Wenn er wüsste, wo die Briten und Franzosen ihre Offensive planten, könnte er seine Luftwaffe dort konzentrieren. Nicht, dass er Heermann wirklich belastbare Prognosen zutraute. Es war eine unter vielen Optionen. Göring wollte nichts unversucht lassen. Was trieb der Kerl da überhaupt? Immer noch schwang das Pendel hin und her. Langsamer, langsamer, jetzt …

Mit einem Ruck ging die Tür auf. Kropp schob sich herein, in der Rechten ein Tablett mit einer Teekanne und zwei Tassen balancierend. Heermann ließ das Pendel fallen.

»So kann ich nicht arbeiten«, sagte er brüsk.

»Kropp, verdammt noch mal!«, bellte Göring. »Ich habe Ihnen doch gesagt, ich will nicht gestört werden.«

Der Kammerdiener murmelte etwas, stellte sein Tablett ab und verschwand sofort wieder. Göring wandte sich an den Wahrsager.

»Tut mir leid, aber wir müssen noch mal von vorn anfangen.«

Doch sein Gast verstaute das Pendel gerade wieder in der Aktentasche, zog den Vatermörder heraus und legte ihn an.

»Mir tut es auch leid, Herr Reichsfeldmarschall. Aber meine Fähigkeiten lassen sich nicht ein- und ausschalten wie eine Lampe. Die Verbindung ist weg, das bringt heute rein gar nichts mehr.«

»Welche Verbindung?«, fragte Göring leicht irritiert.

»Das entzieht sich Ihrem Verständnis«, antwortete Heermann beleidigt und schloss die Aktentasche. »Wir müssen das zu einem anderen Zeitpunkt wiederholen. Ich möchte mich jetzt empfehlen. Meine Verehrung an Ihre Gattin.« Der Wahrsager ging Richtung Tür. Göring fand es ungeheuerlich, so stehen gelassen zu werden. Er setzte an, Heermann zurechtzustutzen, zügelte sich aber, weil er es sich nicht mit Emmy verderben wollte.

»Mein lieber Heermann«, sagte er stattdessen mit unüberhörbarer Schärfe in der Stimme. »Schnappen Sie sich daheim gefälligst einen Atlas und pendeln Sie aus, was ich von Ihnen verlangt habe. Ich erwarte Ihren Anruf bis spätestens morgen früh. Und sollten Sie mit Ihrer Prognose danebenliegen, werden wir uns noch mal unterhalten.«

Heermann erblasste, die Klinke in der Hand, warf theatralisch den Kopf nach hinten, öffnete die Tür und verschwand ohne ein weiteres Wort. Schnösel, dachte Göring. Glaubt, er könnte mich mit Taschenspielertricks beeindrucken. Kopfschüttelnd verließ er das Kartenzimmer, diesmal fest entschlossen, es bis zur Küche zu schaffen. Doch wieder erschien Kropp wie aus dem Nichts vor ihm.

»Da wartet noch ein Gast. Er hat gesagt, Sie haben ihn eingeladen. Ein sehr merkwürdiger Mensch, wenn ich das sagen darf. Beunruhigend.«

Göring betrachtete seinen Kammerdiener, als habe er eine ansteckende Krankheit. Wovon redete die Nervensäge?

»Sein Name ist Hansen«, sagte Kropp.

Ach du liebe Zeit, dachte Göring. Der nächste Verrückte. Hansen hatte ihm schriftlich Pläne skizziert, wie man die Guyanas in Südamerika unter deutsche Kontrolle bringen könnte. Der Kerl hatte mehr als ein Jahr dort in der Wildnis verbracht, auf einer Expedition gemeinsam mit dem Wissenschaftler und SS-Offizier Otto Schulz-Kampfhenkel. Göring mochte dessen Film »Rätsel der Urwaldhölle«, auch wenn ihm der Landstrich und die dort hausenden Eingeborenen so exotisch erschienen wie Heermanns ominöse Verbindungen zur Geisterwelt. Normalerweise hätte er Hansen nicht eingeladen. Doch Göring erhoffte sich zum einen wilde Geschichten aus erster Hand – das stillte seinen Rhett-Butler-Abenteurerdurst –, zum anderen gefiel ihm der Part, in dem Hansen die Gold- und Diamantenschätze des Landes anpries, es überhaupt als dankbares, weil leicht auszubeutendes Eldorado beschrieb. Auch wenn eine weitere Front in Übersee derzeit überhaupt nicht in Frage kam, so witterte Göring doch Ablenkungspotential in der Guyana-Geschichte. Und alles, was den »Fall Gelb« hinauszögerte, lohnte ein näheres Hinsehen. Außerdem hatte man nicht jeden Tag einen echten Entdecker zu Gast. Das Mittagessen musste also weiter warten.

»Schicken Sie ihn in mein Arbeitszimmer«, sagte Göring. Fünf Minuten später klopfte es bereits an seiner Bürotür. Aufmerksam musterte der Reichsfeldmarschall seinen ungewöhnlichen Gast. Schulz hatte recht gehabt. Wobei »merkwürdig«

den Mann nur unzureichend beschrieb. »Anders«, hätte Göring spontan gewählt und ein »potentiell gefährlich« hinzugefügt. Hansen trug zwar einen grauen Anzug, weißes Hemd und Krawatte, wirkte aber verkleidet, denn er bewegte sich nicht dem Anlass angemessen förmlich, sondern ungemein lässig. Die Gesichtshaut war von lederner Bräune, selbst jetzt im Januar, mit tiefen Längsfalten zu beiden Seiten des Mundes, was ihn streng und älter erscheinen ließ. Was Hansen aber sofort zum Sonderling stempelte, waren seine Haare – vorn ordentlich nach hinten aus dem Gesicht gekämmt, mündeten sie in einen langen Zopf, der bis über die Schulter reichte. Den »weißen Indianer« nannten ihn die Indios in Schulz-Kampfhenkels Dokumentarfilm; Göring wusste nicht, dass Hansen seine Haarpracht behalten hatte. Wie lange war das jetzt her? Mehr als zwei Jahre mussten die Expeditionsmitglieder bereits wieder in Deutschland sein. Dieser lächerliche Zopf allein stempelte Hansen aber höchstens zu einem wunderlichen Kauz oder, in der Behördensprache, vielleicht zu einem abartigen Subjekt. Was ihn für den Reichsfeldmarschall besonders unheimlich erscheinen ließ, waren Hansens Augen. Der Mann besaß eine braune und eine blaue Pupille, beide musterten ihn ausdruckslos. Göring war außerstande, etwas in diesen irritierenden Blick hineinzuinterpretieren. Er fragte sich, ob er solche Augen schon einmal gesehen hatte, aber er konnte sich nicht erinnern. Hansen fiel aus der Norm. Der zweite Mann des Deutschen Reiches spürte, wie ihm unbehaglich wurde.

»Nehmen Sie Platz«, sagte er für seine Verhältnisse leise.

»Eure Exzellenz.« Aus Hansens Worten meinte Göring eine kaum wahrnehmbare Verachtung herauszuhören. Selbst die Stimme dieses Mannes war unangenehm, irgendwie schnarrend. Am liebsten hätte er Hansen sofort wieder hinauskomplimentiert.

»Da haben Sie ja einen tollen Plan ausgeknobelt«, polterte

Göring jovial los und schämte sich gleich dafür. Etwas mehr staatsmännische Zurückhaltung wäre angebracht.

»Freut mich, dass er Ihnen gefällt«, entgegnete Hansen. »Ich hatte befürchtet, dass Sie meine bescheidenen Ausführungen als die Ideen eines Spinners abtun.«

Allerdings, dachte Göring. Aber in der Not frisst der Teufel auch mal langhaarige Fliegen.

»Wo denken Sie hin? Ich kenne Otto Schulz-Kampfhenkel persönlich und selbstredend auch seinen kolossalen Film. ›Rätsel der Urwaldhölle‹, ein tolles Ding. Habe mich gewundert, wie Sie da so lange überleben konnten. Dass es nie zu ernsthaften Auseinandersetzungen mit diesen Wilden gekommen ist.«

»Schon erstaunlich, nicht?« Hansen lächelte zum ersten Mal. Ziemlich süffisant, fand Göring. »Wenn man sie nicht reizt, sind die Indianer äußerst friedfertige Menschen.«

»Sehr praktisch. Ich meine, für den Fall einer deutschen Landung.«

»Das ist unser geringstes Problem. Wie Sie wissen, habe ich lange unter den Eingeborenen gelebt. Ich bin sozusagen einer von ihnen. Der weiße Indianer.« Hansen lachte leise, aber Göring erkannte den Witz in den Worten seines Gegenübers nicht.

»Eine Frage gleich mal vorab: Wieso haben nur Sie mir diesen Plan vorgeschlagen, ohne Schulz-Kampfhenkels Unterstützung? Bei allem Respekt, aber Schulz-Kampfhenkel hat sich große Meriten um die deutsche Forschung erworben.«

Hansen bekam dieses abfällige Lächeln gar nicht mehr aus dem Gesicht.

»Unterschätzen Sie meinen Beitrag nicht, Herr Reichsfeldmarschall. Ohne mich wäre diese Expedition wohl verhungert. Aber lassen wir das. Schulz-Kampfhenkel und ich haben uns ein wenig – wie sagt man – auseinandergelebt. Unterschiedliche Interessen. In dieser Sache aber denkt er genauso wie ich, das kann ich Ihnen versichern. Wir haben schon während unserer Reise ausführlich darüber gesprochen. Fragen Sie ihn ruhig.«

Nur keine Eile, das werde ich, dachte Göring. Er lehnte sich zurück. Dieser Urwaldmensch soll sich nicht zu sicher fühlen.

»Na, dann legen Sie mal los. Wie soll das Unternehmen Ihrer Ansicht nach vonstattengehen?«

Ein Ruck ging durch Hansens Körper. Er straffte sich, fasste sich mit der Hand an die Brust, als ertaste er dort etwas, und fing an zu reden. Es ging um deutsche Kriegsschiffe vor der brasilianischen Küste, um schnelle Landungstruppen, die sich mit Hilfe der Indios durch den Urwald schlugen, um unerschöpfliche Bodenschätze und fruchtbares Land, das deutschen Siedlern auf Jahrzehnte hinaus Wohlstand und Wohlbefinden garantieren würde. Hansen redete und redete, und Göring ertappte sich dabei, wie seine Gedanken abschweiften in ein angenehmes Nirgendwo, in dem man Gerede nur als akustische Tapete benutzte wie das sanfte Murmeln eines nahen Baches. Plötzlich versiegte dieser Bach.

»Klingt interessant und einleuchtend«, sagte der Reichsfeldmarschall. »Für eine detailliertere Planung müssen wir natürlich ein paar fähige Köpfe der Marine hinzuziehen. Sie verstehen.«

Hansen blickte ihn aus seinen toten Katzenaugen an.

»Sie haben mich noch nicht nach meiner Rolle in diesem Szenario gefragt«, sagte er.

»Ich nehme an, Sie wollen eine Beteiligung an den Einnahmen. Liege ich da richtig? Jeder will doch heutzutage eine Beteiligung.«

»Nicht ganz. Ich möchte deutscher Statthalter in den Guyanas werden. Und ich kann mir vorstellen, dort eine geheime

Elitetruppe der SS aufzubauen, unter meiner Führung natürlich, die besonders heikle Aufträge übernimmt.«

Das waren ja ganz neue Töne. Wie ein SS-Mann sah Hansen nun wirklich nicht aus. Göring hätte gerne gewusst, was in diesem Kerl vorging.

»Was sollte Sie dazu befähigen? Soweit ich das Ihren Ausführungen entnehme, haben Sie keine militärischen Vorkenntnisse. Sie sind nicht einmal in der Partei.«

Hansen verzog den Mund.

»Letzteres lässt sich schnell ändern. Und was meine Fähigkeiten betrifft, so können Sie mir glauben, dass jemand, der es schafft, im Dschungel zu überleben, das überall auf der Welt kann. Zudem habe ich mir Kenntnisse angeeignet, von denen die SS in größtem Umfang profitieren könnte.«

»Zum Beispiel?«

»Die Indios überleben seit Hunderten von Jahren im Urwald. Sie beherrschen Techniken, die uns völlig fremd sind, zum Beispiel, was Gifte und Tränke angeht. Es gibt Gifte, nach deren Injektion sie in Sekunden sterben, andere brauchen Tage, um ihre ganze Wirkung zu entfalten. Es gibt Pulver, nach deren Genuss sie in den Wolken schweben, und andere, die sie mitnehmen auf einen Abstecher in die Hölle. Es gibt Abhängigkeits- und Wahrheitsdrogen, je nachdem. Ich hatte das Glück, von den Schamanen eingeweiht zu werden in die Kunst des Giftmischens. Was Sie auch brauchen, ich mische es Ihnen zusammen. Und das ist nur ein Teil der Fähigkeiten, von denen ich spreche. Machen Sie mich zum Statthalter Guyanas, und die SS wird die Welt von dort aus mit einem Schreckensregiment überziehen.«

Göring hatte interessiert beobachtet, wie sich Hansen zum ersten Mal ereiferte. Offenbar war dies die sensible Stelle dieses verrückten Kauzes. Gifte, Pulver, Wahrheitsdrogen, er hatte lange nicht mehr solchen Schwachsinn gehört. Er musste

Hansen schnell loswerden, die Kanaille war nicht mehr zu ertragen.

»Das hört sich bemerkenswert an. Ich werde das überdenken und Ihnen Bescheid geben.« Göring erhob sich. »Sie hören von mir.«

Hansens Gesicht wirkte plötzlich angeekelt. Er machte den Mund auf, um etwas zu sagen, da klopfte es. Ausnahmsweise erfreut über die Störung, reagierte Göring sofort.

»Ja, bitte.«

Kropp trat ein und ging, mit einem Schreiben in der Hand, schnurstracks auf seinen Dienstherrn zu. Hansen war derweil aufgestanden und bewegte sich wortlos Richtung Tür.

»Ein Telegramm, das keinen Aufschub duldet«, sagte Kropp.

Göring riss ihm das Blatt aus der Hand und las. Das war unmöglich, dachte er. Er las noch einmal. Dieser Tag bescherte ihm eine Überraschung nach der anderen. Plötzlich hatte er eine Eingebung. Seine Augen suchten Hansen, der gerade im Begriff war, Görings Büro zu verlassen.

»Eine Sekunde, Hansen«, rief der Reichsfeldmarschall. »Was sagten Sie gerade über Wahrheitsdrogen?«

16.
Potsdam

11. Januar 1940
Wildpark-Werder

Unaufhaltsam kroch die Kälte in Krauss' Glieder. Selbst eine doppelte Garnitur Unterwäsche und zwei extradicke Pullover unter seinem Mantel kamen gegen die eisigen Temperaturen nicht an. Mit jedem Atemzug stieß er eine Wolke aus wie die Lokomotive dort unten. Dieser Winter war mörderisch, als wolle die Natur ihrerseits einen Krieg führen gegen die Menschen, die den Planeten in ein Schlachthaus verwandelten. Aber das Gejammer half ihm nicht weiter. Wenn er seinen Plan umsetzen wollte, musste er die Kälte als notwendiges Übel hinnehmen.

Krauss lag bäuchlings auf einer Anhöhe in einer Schneekuhle, über seiner Kleidung trug er einen weißen Overall, wie ihn Anstreicher benutzten, selbst sein Fernglas und sein Gewehr waren mit weißem Stoff umwickelt. Dank dieser Tarnung wähnte er sich einigermaßen sicher vor unliebsamen Blicken. Von seiner erhöhten Position aus konnte er über einen kleinen Kiefernwald hinweg die Ebene überschauen, bis hin zu dem rund einen Kilometer entfernten Ziel seines Ausflugs: einem Zug namens »Asien«. Nicht irgendein Zug, sondern das rollende Hauptquartier des zweiten Mannes im Deutschen Reich, Hermann Göring. Der Reichsfeldmarschall reiste gerne ohne Abstriche an seine persönlichen Bedürfnisse, und die wähnte er nur in seinem luxuriösen Sonderzug angemessen befriedigt. Während er in seiner Berliner Residenz weilte, parkte der Zug entweder im Bahnhof Yorckstraße oder nahe dem Oberkommando der Luftwaffe an der Station Wildpark-

Werder bei Potsdam, Deckname »Kurfürst«. Dort lauerte und fror Krauss nun deutlich außerhalb des Sicherheitsrings, den SS- und SD-Männer rund um die Waggons gezogen hatten. Niemand rechnete mit einem Schuss aus mehr als einem Kilometer Distanz. Das würde sich bald ändern, dachte Krauss.

Er hob den Mauser-Karabiner 98 leicht an und sah durch das Zielfernrohr. Straubinger hatte die Waffe besorgt, sie war zuverlässig und besaß eine enorme Reichweite, angeblich bis zu zweitausend Meter. Absolut ausreichend für seine Zwecke, denn er hatte nicht vor, die Möglichkeiten des K98 auszureizen. Das Testschießen in einem einsamen Waldstück war zufriedenstellend verlaufen, auch wenn sich die beiden Männer sputen mussten, um nicht entdeckt zu werden. Krauss vertraute dem Gewehr. Es würde seine Arbeit tun und der Welt einen Dienst erweisen. Vorausgesetzt, seine Hand zitterte nicht.

Langsam schwenkte er die Waffe den Zug entlang, ein Auge am Zielfernrohr. Der erste Waggon war wie der letzte mit zwei Flakgeschützen bestückt, mit denen Görings Männer, wenn sie denn wollten, auch auf Krauss feuern konnten. Dafür mussten sie aber eine Ahnung haben, woher der Schuss gekommen war. Im zweiten und dritten Wagen wohnten die Gäste und acht Beamte der Eisenbahnpolizei, die vor Görings Abteil Wache hielten. Von ihnen ging eine gewisse Gefahr aus; zwar waren sie außerstande, Krauss mit einer Kugel zu treffen, konnten ihn aber unter Umständen aufgrund des Knalls lokalisieren und seine Position an die Flakschützen weitergeben. Eine Vorstellung, die Krauss nicht gerade gefiel.

In den nächsten drei Salonwagen residierte Göring. Der Reichsfeldmarschall brauchte in diesem Palast auf Gleisen auf nichts zu verzichten. Das Mobiliar war aus edelsten Hölzern gefertigt, dickflorige Teppiche dämpften den Geräuschpegel, großzügige Schlaf- und Essbereiche ließen keine Wünsche offen, das Bad besaß goldene Armaturen und marmorne Becken. Straubinger hatte das Innere des Zuges in allen Einzelheiten beschrieben. Krauss widerte dieses Geprotze an, diese zur Schau gestellte Dekadenz, die Göring mit dem Blut unzähliger Menschen erkaufte. Wenn alles nach Plan lief, würde heute das Blut des Feldmarschalls fließen und dessen kostbaren Teppich beschmutzen.

Aber noch war Göring nicht an seinem Zug eingetroffen. Straubinger hatte ihm am Abend zuvor versichert, dass der Reichsfeldmarschall seinen Geburtstag auf Burg Veldenstein in Neuhaus an der Pegnitz zu verbringen gedenke und für heute die Abfahrt plane. Das war für Krauss das Signal gewesen. Doch Hitlers Paladin ließ auf sich warten. Krauss sah auf die Uhr. Kurz vor neun am Morgen. Noch zu früh für Hermann Göring. Das feiste Schwein schlief erst seinen Morphiumrausch aus. Krauss inspizierte weiter die Waggons. Hinter Görings Luxusabteilen folgten zwei ebenfalls komfortablere Wagen für den engen Führungsstab, dann drei normale D-Zug-Waggons für die Angestellten und am Ende der zweite Flakwagen. Was für ein Aufwand für eine einzige Person. Aberwitzig.

Als Krauss nach seinem Strafkommando in der Gestapo-Zentrale Straubinger offenbart hatte, dass er vorhabe, der deutschen Nazi-Führungsriege den Krieg zu erklären, war der »Sohn Odins« erst einmal außer sich gewesen. Die Exekution der Gestapo-Offiziere fast zeitgleich mit Georg Elsers Anschlag auf Hitler hatte für ungeheuren Wirbel gesorgt und umfangreiche Ermittlungen nach sich gezogen. Straubinger fürchtete, entdeckt zu werden, zumal er Krauss, der die Weinbergs nicht länger behelligen wollte, nun bei sich in seinem Häuschen in Friedrichshain versteckte. Doch nichts passierte, die Situation beruhigte sich, wurde von den bevorstehenden

Großkonflikten überdeckt. Zudem war der Gestapo nur einen Tag nach Elsers Attentat ein folgenreicher Schlag gegen den britischen Geheimdienst gelungen. In Venlo hatten die Deutschen bei einer halsbrecherischen Aktion zwei englische Agenten festgenommen und dabei Informationen über die britische Geheimdienstarbeit in Deutschland erhalten. Angeblich war die Geheime Staatspolizei jetzt im Besitz einer Liste von Personen, die in Deutschland verdeckt für die Briten arbeiteten. So erschütternd Krauss die Nachricht fand, so hilfreich war sie, weil sie den Fokus auf andere verlegte. Was Straubinger betraf, hatte Krauss es aufgegeben, dessen Motive ergründen zu wollen. Wenn ihn der »Sohn Odins« verraten oder ein Geheimnis aus ihm herauslocken wollte, hätte er es längst getan oder resigniert. Krauss interessierte nur noch eines – wie er die entscheidenden Männer des Deutschen Reiches aus dem Weg räumen konnte. Allen voran Adolf Hitler.

Straubinger war es, der Göring als erstes Opfer ins Spiel brachte. Krauss wiegelte zunächst ab, weil der Reichsfeldmarschall zwar als machtverrückter Lebemann, aber nicht als vorderster Kriegstreiber galt; doch Straubingers Argumente leuchteten ein. An Göring heranzukommen, war deutlich leichter, weil sich der Chef der Luftwaffe häufiger in die Öffentlichkeit wagte und nicht so strenge Sicherheitsvorkehrungen traf. Krauss sollte es als Testlauf sehen für schwierigere Ziele. Außerdem erlaubte sich Straubinger das Gedankenspiel eines Staatsbegräbnisses – mit der auf engstem Raum versammelten Führungselite der nationalsozialistischen Partei. Ideal für einen beherzten Attentäter, sagte Straubinger. In der Tat eine verlockende Vorstellung. Allerdings glaubte Krauss nicht an Sprengstoffanschläge. Elsers Beispiel zeigte, wie schwer sich der exakte Zeitpunkt berechnen ließ. Es sei denn, man sprengte sich selbst mit in die Luft. Auch dazu wäre Krauss unter gewissen Voraussetzungen bereit.

In der Nähe des Zuges rührte sich etwas. Krauss griff nach dem Fernglas. Eine Kolonne von Fahrzeugen fuhr die Straße entlang. Görings Mercedes war nicht darunter. Die Wagen hielten vor den hinteren Waggons. Etliche Männer in SS-Uniformen verließen die Karossen. Krauss erkannte niemanden auf Anhieb, es handelte sich wohl um eine weitere Wachmannschaft. Aus einem Fahrzeug stiegen zwei Frauen, eine hatte die Hände hinter dem Rücken verschränkt und wurde von einem SS-Mann am Arm in den Zug hineingeführt. Eine Gefangene? In der Kürze der Zeit war es Krauss nicht möglich, ihr Gesicht zu sehen. Die andere Frau wartete vor dem Zug, steckte sich eine Zigarette an und drehte sich in seine Richtung. Krauss fluchte. Diese Frau war ein Mann; seine zu einem Zopf gebundenen Haare hatten ihn getäuscht. Was sollte das? Und vor allem: Wer war das? Krauss legte das Fernglas weg und fixierte den Mann durch das Zielfernrohr des Gewehrs. Jetzt erkannte er das Gesicht genauer. Harte, tief eingegrabene Züge, stechender Blick. Der Kerl gefiel ihm nicht. Es war bloß ein Gefühl, aber das täuschte Krauss selten. Er justierte das Zielfernrohr. Das Fadenkreuz lag genau auf dem Kopf des Unbekannten. Krauss führte den Finger vorsichtig an den Abzug.

»Peng«, sagte er leise. Ein potentielles Problem weniger.

Der Langhaarige schmiss die Kippe weg, blickte sich um und bestieg den Waggon. Krauss war neugierig geworden. Er folgte ihm mit dem Gewehr, dessen Lauf auf einem Dreifuß ruhte und sich deshalb leicht führen ließ. Sein Ziel lief durch den ersten Salonwagen weiter nach hinten. Obwohl Krauss nur die beschränkte Perspektive durch die Zugfenster blieb, registrierte er die ungewöhnlichen Bewegungen des Mannes, geschmeidig und elegant, fast wie ein Tänzer. Er war trainiert, dachte Krauss, schnell und stark. Plötzlich war der Zopfträger verschwunden. Krauss ging ein Fenster zurück, dann ein zweites, stellte scharf. Da war er wieder. In einem Abteil. Er stand vor der Frau, die man wohl in Handschellen ins Innere geführt hatte. Sie saß, die Arme seitlich nach unten gestreckt. Wahrscheinlich war sie dort fixiert. Krauss sah sie im Profil, stutzte. Die Frau drehte den Kopf in seine Richtung, blickte direkt ins Zielfernrohr. Krauss schrie auf, zuckte zurück. Das konnte nicht sein, das war unmöglich. Sein Puls beschleunigte sich schlagartig. Er schaute erneut durch das Zielgerät. Sie war es, kein Zweifel. Krauss schloss die Augen, drückte den Kopf in den Schnee. Verdammt, verdammt, verdammt. Das da unten war Oda. Unverkennbar. Görings Häscher hatten sie geschnappt.

Oda. Görings Nichte. Die Frau, die erst versucht hatte, Krauss im Auftrag von Göring den Aufenthaltsort von Hitlers heimlichem Sohn Philipp zu entlocken, sich aber auf seine Seite schlug, als sie von Krauss die wahren Hintergründe erfuhr. Sie war seine Seelenverwandte, verletzt und einsam wie er. Darüber hatten sie zueinandergefunden, und der ehemalige »Sohn Odins« fühlte sich zum ersten Mal seit Hannas Tod wieder von einer Frau verstanden und zu ihr hingezogen. Ohne Odas Hilfe hätte er Philipp niemals befreien können, denn sie war unerschrocken und als Agentin für Görings Forschungsamt bestens ausgebildet. Obwohl sie sich kaum kannten, bildeten Oda und Krauss ein perfektes Team. Gemeinsam hatten sie sogar die schwer bewachten Katakomben von Schein-Carinhall erobert. Doch sosehr Krauss sich eine Zukunft mit Oda gewünscht hätte, so unabdingbar war es, dass sie dem Jungen, der nicht das Geringste von seiner Herkunft ahnte, ein sicheres Refugium fernab von denjenigen bot, die nach ihm suchten. Krauss wollte das Seinige dazu beisteuern, indem er den Menschen, den er in Bezug auf Philipp für besonders hartnäckig und gefährlich erachtete, aus dem Weg räumte: seinen Bruder Edgar. Zugleich konnte er so

Rache nehmen für Hannas Tod. Alles schien folgerichtig, schien sich zu fügen. Oda und Krauss hatten sich ohne Hoffnung auf ein Wiedersehen getrennt. Und jetzt das.

In Krauss' Kopf arbeitete es. Was bedeutete Odas Gefangennahme für ihn und seine Pläne? Hatte Göring auch Philipp in seiner Gewalt? Welche Auswirkungen hatte das? War Odas Leben in akuter Gefahr? Er brauchte Antworten, und zwar schnell. Eine weitere Wagenkolonne näherte sich dem Zug. Krauss griff zum Fernglas. Diesmal waren es deutlich mehr Fahrzeuge, meist schwere Limousinen – unter ihnen Görings Mercedes, erkennbar an den Hakenkreuzfähnchen an den vorderen Kotflügeln. Krauss griff zum Gewehr und richtete es auf den Wagen des Reichsfeldmarschalls. Der Mercedes blieb vor dem Salonwagen stehen, der Fahrer sprang heraus und öffnete die hintere Tür. Krauss atmete tief ein, hielt die Luft an. Ganz ruhig jetzt. Auf diese Distanz reichte der Flügelschlag eines Sperlings, um die Flugbahn der Kugel zu beeinflussen. Göring stieg aus dem Fond. Er war noch fetter als bei ihrer letzten Begegnung vor ein paar Monaten. Ein leichtes Ziel. Krauss' Finger lag auf dem Abzug. Görings Brust füllte das Fadenkreuz aus. Die großkalibrige Kugel würde seine Rippen durchschlagen, seine Arterien zerfetzen und ein faustgroßes Loch in seinen Rücken reißen. Unwahrscheinlich, dass er einen solchen Treffer überlebte. Krauss musste nur abdrücken. Göring spazierte um den Mercedes herum, schüttelte ein paar Hände, lachte, winkte weiter entfernt Stehenden zu. Schieß, dachte Krauss. So eine Gelegenheit bekommst du nicht wieder. Er erhöhte den Druck auf den Abzugshebel. Jetzt. Krauss ließ das Gewehr los. Es ging nicht. Nicht mehr. Odas Anwesenheit hatte für ihn alles in Frage gestellt. Wenn er Göring erschoss, wurde das unter Umständen ihr angelastet, als Befreiungsversuch. Dann war sie in noch größerer Gefahr. Der Reichsfeldmarschall selbst würde seiner

Nichte aber so schnell nichts antun. Zumindest nicht sofort. Vorher würde er versuchen, so viel wie möglich aus ihr herauszuquetschen. Die entscheidende Frage für Krauss war: Hatte Göring Philipp in seiner Gewalt? Die Antwort würde über Odas Schicksal entscheiden.

Unten am Zug schrillte eine Trillerpfeife. »Asien« war zur Abfahrt bereit. Krauss klappte den Ständer seines Gewehres ein und erhob sich. Er wollte sofort zurück zu Straubinger, das weitere Vorgehen besprechen. Aber er wusste, dass er Oda nicht alleinlassen konnte. Es gab stets einen Weg. Sie mussten ihn nur finden. Krauss stapfte durch den Schnee zurück zu dem Wirtschaftspfad, an dem er den Opel abgestellt hatte. Am Wagen zog er den Overall sowie die Pullover aus und eine SS-Uniform an. Sie hatte ihm in den vergangenen Wochen gute Dienste erwiesen, von der Geschichte in der Gestapo-Zentrale ganz abgesehen. Kleidung und Gewehr verstaute er in einer Mulde unter der Rückbank. Nicht das raffinierteste Versteck, aber zum Glück war er bisher in keine Polizeikontrolle geraten. Ungehindert zuckelte Krauss durch den Wald zur Straße und bog ab in Richtung Berlin. Auf der Fahrt dachte er nur über Oda nach, konzentrierte sich kaum auf den Verkehr. Wie hatte sie sich austricksen lassen? Bis wohin war sie gekommen? Hatte der Mann mit dem Zopf sie geschnappt? Was wusste Straubinger? Gegen elf Uhr parkte er vor dessen Haus und konnte kaum sagen, wie er dorthin gefunden hatte. Noch in Gedanken, klopfte er an der Tür. Die Nachbarn waren es gewohnt, dass regelmäßig SS und Gestapo bei Straubinger ein und aus gingen. Sie vermieden es tunlichst, genauer hinzusehen. Nach zwei langen Minuten öffnete der »Sohn Odins« die Tür. Seinem Gesicht war die Anspannung anzusehen.

»Hat es geklappt?«, fragte er mit bangem Unterton.

»Lass mich erst mal rein«, sagte Krauss, schob sich an ihm vorbei in den Flur und wartete an der offenen Küchentür.

»Also nicht«, folgerte Straubinger, während er die Haustür ins Schloss fallen ließ. Krauss schüttelte den Kopf. Sein ehemaliger Kamerad schien fast erleichtert. Oder bildete er sich das ein?

»Geh durch ins Wohnzimmer«, sagte Straubinger so beiläufig wie möglich.

Krauss zögerte. Irgendetwas stimmte hier nicht. Auf den ersten Blick schien alles normal, es waren nur winzige Nuancen, die ihn störten. Straubingers Wortwahl, ein kaum wahrnehmbares Flirren seiner Pupillen, ein fremder Geruch. Plötzlich schrillten bei Krauss alle Alarmglocken. Straubinger hatte etwas vor. Das war der Moment, in dem sich sein wahres Gesicht offenbarte. Ein kaltes Stück Metall bohrte sich in Krauss' Nacken.

»Einen Mucks, und du kannst dein Gehirn von den Wänden kratzen«, sagte eine Stimme, die keinen Widerspruch duldete.

17.
Berlin

11. Januar 1940
Sonderzug »Asien«

»Warum hast du mir das angetan?«

Aus dem Gesicht ihres Onkels sprach ehrliches Unverständnis. Allerdings war Göring stets ein begabter Schauspieler gewesen, dachte Oda. Er liebte den theatralischen Auftritt. Man konnte nie sicher sein, was er wirklich plante.

»Wie soll ich dir erklären, was du nicht begreifen kannst?«, antwortete sie. Göring hatte sie in ihrem Gefängnisabteil besucht, saß ihr gegenüber, feist und behäbig, beinahe buddhahaft. Seine speckigen Wangen leuchteten rosa und ließen die Augen kleiner erscheinen, Hals und Kinn kamen sich bedrohlich näher. Oda betrachtete seine aufgedunsenen Hände. Der Ehering hatte sich tief ins Fleisch der wurstdicken Finger gegraben. Göring war für Oda das beste Beispiel, wie sich ein widerlicher Geist in einem abstoßenden Körper manifestierte.

»Du hast es ja nicht einmal versucht. Wenn ich mir überlege, was ich alles für dich getan habe.«

Der Reichsfeldmarschall sah demonstrativ aus dem Fenster, hinter dem die tiefverschneite sächsische Landschaft vorüberzog. Sie mussten auf der Höhe von Weimar sein. Er drehte den Kopf zurück und richtete seine trüben Augen auf Oda.

»Und was tust du? Du verrätst mich, tötest meine Männer, deine Kollegen, nur wegen dieses Verrückten, damit er seinen persönlichen Krieg führen kann. Er ist übrigens tot, falls du es noch nicht wissen solltest. Vorher hat er allerdings seinen Bruder erschossen. Was für eine Verschwendung.«

Obwohl Oda davon ausgegangen war, Krauss nicht mehr lebend wiederzusehen, versetzten ihr Görings Worte einen Stich. Sie hatte diesen stillen, seelisch schwer beschädigten Mann ins Herz geschlossen. Zu einer anderen Zeit, in einem anderen Leben wäre vielleicht ein Paar aus ihnen geworden. Jetzt hatten sie sich verhalten wie zwei Gestirne auf derselben Umlaufbahn – sie waren miteinander kollidiert, um sich dann in entgegengesetzte Richtungen voneinander zu entfernen, für alle Zeiten. Mit Görings Nachricht zerplatzte das letzte Quäntchen Hoffnung, Krauss noch einmal wiederzusehen.

»Habt ihr ihn wenigstens anständig begraben?«, fragte sie.

»Seine Leiche wurde nie gefunden. Sie verfault in den Tiefen des Wannsees.«

Wieder spürte sie einen Stich, diesmal aus einem anderen Grund. Sie kannte Krauss gut. Er war unglaublich zäh, lebte seit Jahren mit einer Kugel im Rücken und ließ sich davon nicht beeindrucken. Oda traute ihm zu, die Nazis glauben zu lassen, er sei tot. Sie lächelte.

»Man sollte nur glauben, was man mit eigenen Augen gesehen hat.«

»Red keinen Unsinn. Krauss wurde von mehreren Kugeln getroffen, die Badeinsel war voller Blut. Niemand überlebt das, auch nicht dein geschätzter Vaterlandsverräter. Er hat bekommen, was er verdient hat. Fertig. Deine Schuld ist allerdings noch ungesühnt. Du weißt, dass du vor einem Kriegsgericht keine Gnade zu erwarten hättest?«

»Erspar mir deine Predigten. Tu einfach, was du meinst, tun zu müssen.«

»So einfach, wie du denkst, ist das nicht. Ich muss gewisse Dinge berücksichtigen, Entwicklungen vorempfinden, Interessen ausloten, Absichten erahnen. Politik ist ein anspruchsvolles Spiel, das einem alles abverlangt, wenn man zu den Gewinnern gehören will. Und wie du ja weißt, meine liebe Oda, kann ich es nicht leiden zu verlieren. Mit deiner Anwesenheit lässt sich meine momentane Position vielleicht verbessern. Zumindest hoffe ich das.«

Ihr war klar, worauf Göring hinauswollte. Wenn der Junge nicht wäre, würde ihr Onkel sich einen Dreck um sie scheren.

»Da muss ich dich leider enttäuschen. Deine Männer sind zu spät gekommen. Philipp ist in Sicherheit. In diesem Spiel hast du das schlechtere Blatt.«

Görings Wangen zuckten. Er musste sich anstrengen, um nicht aus der Haut zu fahren, dachte sie. Es war nur eine Frage der Zeit. Dafür kannte sie ihren Onkel zu gut.

»Bleiben wir mal bei den Tatsachen«, sagte er. »Für mich bist du diejenige, die hier in Ketten vor mir sitzt. Eine gesuchte Mörderin. Das ist doch was. Dich aus dem Verkehr zu ziehen, rettet vielen Menschen das Leben.«

»Das aus deinem Mund«, entgegnete sie höhnisch.

Göring tat verständnislos, legte den Kopf leicht schief.

»Also ich war es nicht, der seine eigenen Kameraden getötet hat. Bredow und Kestner hatten beide Frau und Kinder. Von den Toten in Schein-Carinhall mal ganz abgesehen. Das war ein Massaker, das ihr da angerichtet habt, du und dein geisteskranker Vaterlandsverräter.«

Die Heuchelei ödete sie an.

»Wir sind im Krieg, schon vergessen?«

Der Reichsfeldmarschall hob die Hand und wackelte mit dem Zeigefinger.

»Nein, nein, nein, komm mir nicht so«, sagte er. »Mit Krieg hat das nichts zu tun. Erstens kämpfst du gegen deine eigenen Leute, zweitens ohne Regeln. So etwas nenne ich Terrorismus oder Landesverrat. Ihr handelt ehrlos, hinterhältig. Krieg ist ein offener, ehrlicher Schlagabtausch, in dem derjenige gewinnt, der sich besser für seine Sache einsetzt.«

Oda sah ihn müde an.

»Wahrscheinlich glaubst du sogar, was du hier erzählst. Zuzutrauen wäre es dir. Du hast Polen von deiner Luftwaffe überrollen lassen und dabei das halbe Land zerbombt. Tausende Menschen sind gestorben. Was hat das mit Ehre zu tun?«

Göring schwieg, schaute aus dem Fenster und räusperte sich.

»Wir vertreten wohl unterschiedliche Positionen«, fuhr er fort. »Sehr schwer zusammenzukommen.«

»Ich habe doch gesagt, dass du mich nicht verstehen kannst.«

»Ich bin aber hier, um es zu versuchen.« Er beugte sich nach vorn, legte seine Pranke auf ihr Knie.

»Fass mich nicht an«, zischte sie und schüttelte die Hand ab. Göring setzte einen enttäuschten Blick auf. Was bist du nur für ein schlechter Schauspieler, dachte sie.

»Du hast Schlimmes durchgemacht, Oda«, sagte er mit betont leutseliger Stimme. »Niemand weiß das besser als ich. Man hat dir die Kindheit gestohlen. Du hast weiß Gott eine zweite Chance verdient.« Er legte die von ihr abgewiesene Hand theatralisch auf sein Herz. »Bevor du eine Entscheidung triffst, denke bitte daran, was ich alles für dich getan habe. Ich habe dich den Fängen deines furchtbaren Vaters entrissen, ich habe dir eine neue Familie, neue Hoffnung und eine Aufgabe gegeben. Ich würde dich auch wieder aufnehmen, das weißt du. Selbst jetzt. Du bist auf Abwege geraten, na gut. Aber das war auch mein Fehler. Vielleicht habe ich bei dir die Zügel zu sehr schleifen lassen, vielleicht hätten wir einfach öfter und intensiver miteinander reden müssen. Ich habe dich einfach zu wenig an meinem Leben teilhaben lassen. Denn in unseren Adern fließt dasselbe Blut. Wir kommen aus demselben Stall, Oda. In einer Familie muss man über Ausrutscher hinwegsehen. Wie gesagt, ich wäre bereit dazu. Von Herzen. Wenn du bereit bist.«

Fast hätte sie losgelacht, so grotesk erschien ihr die Situation. Göring war unmöglich. Er hatte sie damals zwar von ihrem Stiefvater erlöst, der sie vergewaltigt hatte, aber auch das Kind weggenommen, das in ihrem Bauch herangewachsen war, es zu Pflegeeltern gegeben. Angeblich, weil sie zu jung dafür sei. Und er hatte sie, weil ihre Wut und Selbstverachtung sie dafür prädestinierten, zu einer Mörderin ausbilden lassen. Die neue Familie, von der er sprach, war das Forschungsamt, Görings geheimer Nachrichtendienst. Sie hatte allerdings nicht die Aufgabe gehabt, Nachrichten zu ermitteln, sondern deren unliebsamen Urhebern das Leben schwerzumachen. Oder es zu beenden, wenn es angeraten schien.

»Verlogenes, fettes Schwein«, sagte sie. »Du erfährst von mir kein Sterbenswörtchen, und das weißt du auch. Eher lasse ich mich in kleine Stücke schneiden. Mundgerecht, wenn du willst. Die kannst du in dich hineinstopfen, bis du daran krepierst.«

Görings freundliche Miene gefror.

»Gemeines Aas«, sagte er. »Wenn ich ehrlich bin, habe ich nicht damit gerechnet, dich auf friedlichem Wege zum Reden zu bringen. Du bist früher schon ein Satansbraten gewesen. Warum sollte sich daran etwas ändern? Du willst die harte Tour? Sollst du haben – sosehr es mir widerstrebt, Frauen leiden zu sehen. Aber ich tröste mich damit, dass du keine wirkliche Frau bist. Sondern ein mordendes Biest. Du hast es nicht anders verdient. Und wir werden dich zum Reden bringen, darauf kannst du dich verlassen. Nur fürs Protokoll, meine liebe Oda: Wo steckt Hitlers Sohn?«

Sie legte alle Verachtung in ihren Blick, zu der sie fähig war.

»Scher dich zum Teufel«, sagte sie.

Göring grinste sie an, stand auf und öffnete die Abteiltür.

»Du wirst bald einen jungen Mann kennenlernen«, sagte er fast fröhlich, als stehe seiner Nichte ein Rendezvous ins

Haus. »Er hat mir versichert, dass er ungewöhnliche Methoden beherrscht. Ich glaube, ihr werdet euch prächtig amüsieren.«

Oda war wieder allein. Das machte ihr am meisten zu schaffen. Nicht die Schmerzen, die auf sie warteten, nicht einmal der Tod, das Alleinsein ängstigte sie, begleitete sie als bohrendes Gefühl im Unterleib. So sehr hatte sie sich in den vergangenen Monaten an Philipp gewöhnt, dass er ihr beinahe wie ihr eigenes Kind erschien. Das Kind, das sie nicht haben durfte. Das jetzt – hoffentlich – bei ihr unbekannten Eltern lebte, irgendwo in Deutschland, nicht ahnend, dass die Frau, die es Mutter nannte, nicht seine leibliche war. Wahrscheinlich würde es sogar niemals die Wahrheit erfahren. Und Oda nie wiedersehen.

Immerhin waren sie und Philipp sich nähergekommen. Soweit es sein traumatisierter Zustand erlaubte. Aus der Sicht des Jungen hatte er seine Eltern in London bei einem brutalen Überfall verloren. Unmöglich, ihm die Wahrheit zu sagen. Er war damals zu jung gewesen, als dass er sich an die tatsächlichen Umstände seiner Herkunft hätte erinnern können. Der Sohn Adolf Hitlers, vom Führer auserkoren, eines Tages in seine Fußstapfen zu treten. Von Kindesbeinen an sollte er darauf vorbereitet werden. Hanna und Krauss hatten das verhindert, indem sie mit ihm nach Frankreich flüchteten. Sie wollten dem Jungen eine richtige Familie bieten. So hatte es Krauss Oda erzählt. Doch dann war alles schiefgegangen. Krauss' Bruder Edgar hatte sie aufgespürt und Hanna getötet. Um den Jungen zu retten, verzichtete Krauss auf Rache und floh nach London. Dort fand er eine Familie, die den Jungen aufzog. Krauss sah sich dazu nicht mehr in der Lage. Auch die Pflegeeltern wussten nichts von Philipps leiblichem Vater. Niemand sollte es wissen. So hatte Krauss gehofft, das Geheimnis zu wahren. Doch er war gescheitert.

Die Nazis hatten Philipp nach Deutschland entführt, aber Krauss und Oda war es gelungen, ihn zu befreien. Nur zu welchem Preis: Sie mussten sich trennen, um dem Kind eine Zukunft zu ermöglichen. Oda war mit Philipp davongefahren, Krauss hatte seinen Bruder getötet, um den hartnäckigsten Verfolger auszuschalten. Und war selbst dabei gestorben. Wahrscheinlich, fügte Oda in Gedanken hinzu. Selbst Göring hatte bei der Bemerkung, dass man Krauss' Leiche nicht gefunden habe, gezuckt. Die gefährlichsten Feinde sind die, deren Tod man nicht beweisen kann. Weil der Geist ihres Widerstandes weiterlebt.

Drei Nächte war Oda mit Philipp durchgefahren, tagsüber hatten sie sich und den Wagen versteckt, in einem Wald, hinter einer Scheune. Sie nahm nur wenig befahrene Straßen, mied die Städte, umfuhr, wenn möglich, selbst Dörfer. Philipp war pflegeleicht, aufgrund seiner furchtbaren Erlebnisse in sich gekehrt und folgsam. Er vertraute Oda, auch wenn sie nur über begrenzte Englischkenntnisse verfügte. Philipp, das war ihr größtes Problem, sprach ausschließlich Englisch. Wenn sie in eine Kontrolle geriete und er gefragt wurde oder ungefragt sprach, würden sie auffliegen. Zumindest war es schwer zu erklären, was eine deutsche Frau mit einem englischen Jungen zu tun hatte. In Kriegszeiten. Sie dachte sich Geschichten aus, von einem englischen Neffen, den sie nach Dover einschiffen musste, doch es hörte sich wenig plausibel an. Ihr Überleben hing von Zufällen ab. Außerdem brauchten sie Geld. In einem kleinen Dorf im Hunsrück fragte sie einen Bauern, der sein Feld bestellte, nach einer warmen Mahlzeit für sich und den Jungen. Der Mann hatte ein offenes, wettergegerbtes Gesicht mit wachen Augen. Er lud sie zu sich auf den Hof ein, versicherte, sie müssten keine Angst haben. Es stellte sich heraus, dass er eine an den Hof angeschlossene Gastwirtschaft mit ein paar Zimmern betrieb und eine Aushilfe gebrauchen konnte.

»Im Hinterhaus steht eine Wohnung leer. Da könnt ihr einziehen, wenn ihr wollt«, sagte er. Er war ein Mann weniger Worte.

Oda vertraute ihrer Intuition. Auch Philipp fühlte sich wohl auf dem Hof; mit den Gästen kam er kaum in Berührung. Vor allem am späten Nachmittag und frühen Abend war viel los in der Schenke, und Oda hatte gut zu tun. Der Landwirt behandelte sie anständig; er hatte seine Frau verloren und keine Kinder. Er hieß Schubert, sein Lokal war namenlos. Schubert mochte Philipp, Oda hatte ihm erzählt, dass der Junge der Sohn ihrer schwerkranken Schwester sei, die in England lebe. Philipp habe den Sommer bei seiner Tante verbracht, um die Mutter zu schonen, aber dann sei der Krieg ausgebrochen, und die Schwester habe es für besser erachtet, wenn ihr Kind zurück in die Heimat käme. Deshalb würde Oda ihren Neffen höchstpersönlich nach Calais bringen, um ihn dort nach Dover einzuschiffen, damit dem Jungen nichts passiere. Nur müsse sie vorher ein wenig Geld verdienen. Schubert hatte die Geschichte mit keinem Wort kommentiert. Allein dafür mochte Oda ihn.

Nach sechs Wochen geriet ihre Zuflucht in Gefahr. Der Gauleiter Westmark hatte einen Beamten in das Dorf geschickt, um ausführlichere Datensätze über die dort ansässigen Bauern und deren Ländereien zu erhalten. Für die in naher Zukunft anstehende Westoffensive brauchte die Wehrmacht genaue Angaben. Lehmann, so hieß der NSDAP-Beauftragte, war ein Mann Ende dreißig, mit streng nach hinten gekämmten Haaren und einem spitzen Gesicht, das Oda an einen Habicht erinnerte. Er war ihr sofort unsympathisch, zumal er in Schuberts Hof abstieg. Lehmanns Anwesenheit stellte eine ernste Bedrohung dar. Oda hoffte, er würde nur kurz bleiben, und schärfte Philipp ein, dem Mann aus dem Weg zu gehen. Was sie nicht bedacht hatte: Lehmann fand Gefallen an ihr, der aparten, geheimnisvollen Blondine, die bei Schubert arbeitete. Er flirtete mit ihr, machte Komplimente, schenkte ihr Blumen; Oda verzweifelte fast ob dieser hartnäckigen Annäherungsversuche. Sie fand Lehmann ekelhaft, seine kriecherische Art, sich bei ihr einzuschleimen, und auch sein herrisches Benehmen gegenüber den Dörflern. Als er sich nach drei Tagen nicht verabschiedet hatte, entschied Oda, in der nächsten Nacht mit Philipp zu verschwinden. Doch Lehmann war schneller. Er bat um eine ernsthafte Unterredung mit ihr, und dabei ginge es nicht nur um sie. Lehmann hatte mit Philipp gesprochen, das war klar. Oda willigte ein und bot ihm an, bei einem Spaziergang über alles zu reden. Sie führte ihn über Schuberts Felder hinunter zu einem Wäldchen an einem Bach. Lehmann hatte keine Eile, auf den Grund seiner Unterhaltung zu kommen, er spielte beflissen den galanten Verehrer.

»Was ist denn so dringlich, dass Sie es unbedingt mit mir klären müssen?«, fragte Oda ihren Begleiter am Ufer des Baches.

»Nun«, sagte Lehmann, »es geht um Philipp. Das Kind, dessen Vormund Sie offenkundig sind. Sie haben es gut vor mir verborgen. Aber letztendlich bin ich natürlich auf den Jungen gestoßen. Er ist Engländer, musste ich zu meiner Überraschung feststellen.«

Sie hoffte, dass genau dieser Umstand ein Gespräch verhindert hatte.

»Er ist der Sohn meiner Schwester, die in England lebt«, erklärte sie.

Lehmann lächelte überlegen.

»Nun«, sagte er süffisant. »Zufällig spreche ich sehr gut Englisch.«

Oda zog aus ihrer Rockschürze die schallgedämpfte Walther PPK, die ihr Krauss gegeben hatte, und schoss Lehmann in den Kopf. Der NSDAP-Mann hatte gerade noch Zeit gehabt, sie überrascht anzusehen, bevor ihm die Kugel die Stirnplatte zertrümmerte und sein Leben beendete. Er sackte zu Boden. Oda hatte ihn bewusst zu diesem Ort geführt. Hierhin verirrte sich kaum jemand von den Dörflern, außerdem ließ sich die Leiche im bis ans Bachufer wuchernden Unterholz gut verbergen. Sie zog Lehmanns Körper ein paar Meter weiter ins dichte Gestrüpp, zerkratzte sich dabei die Arme. Dann inspizierte sie ihr Werk. Lehmann war erst zu sehen, wenn man unmittelbar vor ihm stand. Bis sein Verschwinden in der Dienststelle auffiel, würden Tage, wenn nicht Wochen vergehen. Im Dorf vermisste ihn auf jeden Fall niemand. So hatte sie Zeit gewonnen, um ihre Flucht fortzusetzen. Noch in der Nacht verschwand sie mit Philipp, nicht ohne vorher Lehmanns Zimmer zu durchstöbern. Sie fand fast sechshundert Mark und steckte das Geld ein. Ein Glückstreffer. Für Schubert hinterließ sie in ihrem Zimmer nur einen Zettel mit einer knappen Notiz: »Danke.« Genug für einen Mann weniger Worte.

Oda schaffte es, mit Philipp unbehelligt die Grenze nach Frankreich zu überqueren. Sie hatte gehört, dass von Marseille aus Schiffe über Casablanca nach Buenos Aires gingen, und schlug sich in den Süden durch. Tatsächlich gelang es ihr, eine Reederei aufzutreiben. Doch ihre Hoffnung darauf, bald in Sicherheit zu sein, wurde jäh enttäuscht. Ihr Geld reichte nicht aus für zwei Tickets plus die Bestechungsprämien für Kapitän und weitere Offiziere. Alles Jammern, Bitten und Betteln verhallte ungehört. Der Zufall wollte es, dass Oda eine Familie französischer Juden – Eltern und zwei Kinder – im Büro der Reederei traf. Auch ihnen fehlte Geld, um alle an Bord zu bringen. Oda kam mit ihren Leidensgefährten ins Gespräch. Es waren rechtschaffene, ehrliche Menschen, die von ihren Verwandten in Polen Schlimmes gehört hatten und sich vor dem Golem, der sich in der Mitte Europas erhob, fürchteten. Ein karges Leben im Exil erschien ihnen hoffnungsvoller als das Warten auf die Katastrophe. Doch jetzt drohte ihr Plan an ein paar Franc zu scheitern. In Buenos Aires würden sie von Freunden empfangen, das sei kein Problem.

Als Oda die fehlenden Beträge hörte, durchzuckte sie ein Gedanke. Wenn die Familie Philipp als ihr Kind mitnehmen würde und dafür Odas Geld erhielte, müsste es für alle reichen – inklusive Bakschisch. Nur sie selbst würde auf der Strecke bleiben. Ein Gedanke, mit dem sie sich anfreunden konnte. Hauptsache, Philipp war außer Reichweite seiner Häscher. Dafür hatte Krauss gekämpft, dafür war er gestorben, er und viele andere. Außerdem bestand die Möglichkeit, dass sie sich das notwendige Geld beschaffte und Philipp nachreiste. Sie besprach die Idee mit den Eltern, die nach kurzer Überlegung einverstanden waren. Beide erkannten ihre Chance. Außerdem mochten sie den Jungen, auch die Kinder verstanden sich. In solchen Zeiten galt es, Mut zu beweisen. Jetzt musste Oda es Philipp beibringen. Der Junge hörte geduldig zu, schüttelte den Kopf und umarmte seine Beschützerin.

»Lass mich nicht allein«, sagte er schluchzend.

»Es ist nur für kurze Zeit«, antwortete sie. »Sobald ich genug Geld habe, komme ich nach, um dich zu holen.«

»Promise«, sagte er.

»Ich verspreche es. Du bleibst nicht allein. Aber so bist du wenigstens in Sicherheit.«

Er weinte weiter, aber er fügte sich. Einen Tag später hielt die Familie ihre Fahrkarten in den Händen – einschließlich einer für Philipp. Oda stand am Kai, als das Schiff an einem dunstigen Morgen ablegte, und sie ertappte sich dabei, dass sie beinahe zufrieden zusah, wie Hitlers Sohn vollkommen unerkannt in ferne Gefilde entschwand.

Drei Tage später überwältigten Görings Männer sie in ihrem Zimmer, zerrten sie am frühen Morgen aus dem Bett. Sie hatte keine Möglichkeit der Gegenwehr. Oda hatte nicht die geringste Ahnung, wer sie verraten haben könnte, doch es gab viele Franzosen, die mit den Nazis kooperierten. Wenige Stunden nach dem Überfall saß sie in einem Wagen, der sie zurück nach Deutschland brachte. Bis in diesen gottverdammten Zug.

Ein Mann öffnete die Abteiltür und trat ein. Oda war ihm bereits vorher begegnet, er war bei einem kurzen Stopp in den Wagen gestiegen, hatte sich aber nicht vorgestellt. Er trug sein Haar zu einem langen Zopf gebunden. Was für ein Affe, hatte sie gedacht. Aber neben dieser geschmacklichen Entgleisung strahlte er etwas Beunruhigendes aus, etwas Dunkles, Gefährliches. Er setzte sich ihr gegenüber, dahin, wo Göring noch vor wenigen Minuten gesessen hatte.

»Mein Name ist Hansen«, sagte er und deutete eine Verbeugung an. »Freut mich, Sie kennenzulernen.«

Wenn Oda von seiner Erscheinung irritiert war, so verstörte sie sein intensiver Blick noch mehr. Er hatte unterschiedlich farbige Pupillen – ein Auge war braun, das andere blau. Eine seltene Laune der Natur. Noch nie hatte Oda solche Augen gesehen. Sie wandte den Kopf ab.

»Göring schickt mich. Wir sollen uns unterhalten«, sagte Hansen.

»Ich habe ihm schon was dazu gesagt.«

»Er hat mir davon berichtet. Sie seien störrisch, behauptet er. Gar nicht kooperativ.«

Oda lachte verächtlich.

»Probieren Sie es aus. Eher sterbe ich, als Ihnen irgendetwas zu verraten.«

Hansen bekam das spöttische Grinsen nicht aus dem Gesicht.

»Das wird nicht nötig sein«, sagte er. »Ich habe Mittel und Wege. Sie werden mir Dinge verraten, von denen Sie jetzt noch nicht einmal ahnen, dass Sie sie wissen.«

18.
Berlin

11. Januar 1940
Straubingers Wohnung

Krauss starrte in die Mündung einer Welrod, einer Spezialwaffe für kurze Distanzen mit integriertem Schalldämpfer. Sie arbeitete beinahe lautlos. Eine Pistole für Killer. Krauss saß im einzigen Sessel in Straubingers Wohnzimmer, der Mann, der ihn überwältigt hatte, hockte auf einem Stuhl zwei Meter von ihm entfernt. Auf der Couch, Krauss gegenüber, räkelten sich entspannt zwei weitere Männer. Der eine hatte seine Waffe auf dem Oberschenkel liegen, die Mündung auf den Sessel gerichtet, der andere hatte sie neben sich auf der Sofalehne platziert. Außer Reichweite von Krauss. Er rechnete sich keine Chance aus, an eine der Pistolen zu kommen, ohne sich vorher mindestens eine Kugel einzufangen. Die Typen sahen aus, als meinten sie es ernst. Ein schönes Kaffeekränzchen hatte Straubinger da eingeladen. Sein ehemaliger Kamerad stand mit zerknirschtem Gesicht in der offenen Wohnzimmertür.

»Vielen Dank, Theo«, sagte Krauss. Straubinger hatte ihn am Ende doch verraten. Oder verkauft. Egal. Das Ergebnis war dasselbe.

»Halt's Maul«, raunzte ihn der Kerl mit der Welrod an.

Aber Straubinger musste sich rechtfertigen.

»Es ist nicht so, wie du glaubst, Richard. Ich muss an meine Zukunft denken. Und ich will nicht als Laufbursche der Engländer enden.«

Engländer?

»Haltet beide euer Maul«, bellte der Typ, diesmal nachdrücklicher. Er hatte schwarze Haare, militärisch kurz geschnitten, trug einen derben, grauen Pullover und eine dunkelblaue Wollhose. Seine Füße steckten in schweren Stiefeln. Er wirkte kräftig, sportlich, selbst unter dem Pullover zeichnete sich sein Bizeps ab. Die beiden Männer auf der Couch waren zwar schlanker, aber auch sie machten nicht den Eindruck, als würden sie tagsüber an einem Schreibtisch sitzen. Krauss hatte es mit Soldaten zu tun. Mit englischen? Der Kerl mit der Welrod sprach ohne jeglichen Akzent.

»Wir sind hier, um dir zu helfen, Richard«, sagte einer der Männer auf dem Sofa. Er sprach Krauss' Vornamen englisch aus. Was war das für eine Schmierenkomödie?

»Sagte der Storch und verschluckte den Frosch«, entgegnete Krauss.

»Wenn wir dich hätten töten wollen, wärst du längst Fischfutter«, sagte der Schwarzhaarige. Seinem Gesichtsausdruck nach zu urteilen, bedauerte er die Entscheidung.

»Lass gut sein«, versuchte der Kerl auf dem Sofa seinen Kollegen zu beschwichtigen. Er wandte sich an Krauss. »Die Waffen sind eine Vorsichtsmaßnahme. Wir wissen, dass du ein gefährlicher Mann bist, und dürfen nichts riskieren. Aber wir wollen dir nichts tun.«

»Sie wollen dir nichts tun«, mischte sich der Kräftige ein.

»Meine Güte, Baldwin. Muss das sein?«

»Okay, okay. Ich mag seine kalten Augen nicht. Er sieht aus wie ein verfluchter Nazi.«

Der Schlankere, den Krauss nun für den Anführer hielt, atmete betont ein und aus.

»Also noch mal von vorn. Mein Name ist John Mortimer, neben mir sitzt Frank Miller, und der etwas Ruppigere von uns heißt Stewart Baldwin. Wir sind vom SOE.«

Special Operations Executive, dachte Krauss. Eine der mysteriösen Unterabteilungen des britischen Geheimdienstes. Sozusagen geheimer als geheim. Viele behaupteten, das SOE existiere überhaupt nicht. Diejenigen, die es besser zu wissen meinten, ergingen sich in vagen Andeutungen. Soweit Krauss wusste, war das SOE ausschließlich für Operationen im Ausland zuständig, für Attentate, Guerilla-Überfälle oder ganz allgemein demoralisierende Aktionen. In der Abteilung arbeiteten nur bestens ausgebildete Agenten, Männer und Frauen, die bereit waren, wenn nötig das eigene Leben zu opfern, um ihr Ziel zu erreichen. Falls dieser Mortimer die Wahrheit sagte, hatte Krauss es mit britischen Elite-Agenten zu tun. Das erklärte auch die Welrod. Die Männer würden nicht einen Lidschlag lang zögern, ihn zu erledigen. Es sei denn, sie hatten tatsächlich anderes mit ihm vor.

»Wir sind hier, um dich an deinen Auftrag zu erinnern. Und dich zu unterstützen«, fuhr Mortimer fort.

»Welchen Auftrag?«, fragte Krauss.

»Den Auftrag, den Doyle dir gegeben hat.«

Allmählich war Krauss bereit, dem Trio zu glauben. Doyle war sein Verbindungsoffizier beim MI5. Von ihm hatte er vor Ausbruch des Krieges den Auftrag bekommen, Hitler zu töten. Von diesem Auftrag wusste nur eine Handvoll Menschen, und die würden den Teufel tun, es zuzugeben. Wenn also Mortimer den Namen Doyle kannte und über dessen Befehl unterrichtet war, musste er zu einem eingeweihten Zirkel gehören. Trotzdem war Krauss lieber übervorsichtig.

»Ich kenne keinen Doyle«, sagte er.

Baldwin stöhnte genervt.

»Langsam habe ich die Schnauze voll von diesem Kraut.«

»Doyle ist dein Verbindungsoffizier beim MI5«, sprach Mortimer ungerührt weiter. »Er hat dir den Auftrag gegeben, Adolf Hitler zu töten. Und er hat dir gesagt, dass die britische Regierung niemals, unter keinen Umständen zugeben würde, dass sie irgendetwas mit dir oder einem Anschlag zu tun hat.

Das gilt nach wie vor, soll ich dir von Doyle bestellen. Genauso wie die Abmachung, dass die Regierung für dein weiteres Leben im Exil aufkommt.«

»Na gut«, sagte Krauss. »Ihr seid vom SOE. Und was jetzt?«

Mortimer warf Baldwin einen Blick zu. Der senkte widerwillig seine Waffe.

»Jetzt besprechen wir unser weiteres Vorgehen. Erst mal sind wir froh darüber, dass du Göring nicht getötet hast. Das gehörte nicht zum Auftrag. Warum hast du es überhaupt probiert?«

»Ich hatte meine Gründe.«

»Auch darüber müssen wir reden. Denn es gibt einen weiteren Aspekt, der uns sehr am Herzen liegt. Du weißt, wovon ich spreche?«

Jetzt wird's interessant, dachte Krauss. Aber er ahnte, worauf es hinauslief. Straubinger hatte geplaudert, sein Wissen an die Engländer verscherbelt, um seine Position zu stärken. Er war schlau, er dachte weit im Voraus, besaß die notwendigen Informationen und kannte die Wege, sie an die richtigen Leute zu bringen.

»Ich kann's mir denken«, antwortete Krauss.

»Wir möchten von dir wissen, wo sich Hitlers Sohn aufhält. Keine Sorge, es geht nicht darum, ihm irgendetwas anzutun. Im Gegenteil. Wir wollen ihn in Sicherheit bringen, weg aus diesem Land und aus der Reichweite der Nazis. Unser Plan sieht vor, in der Führungsspitze möglichst reinen Tisch zu machen. In erster Linie wollen wir Hitler töten, wenn möglich aber auch Himmler, Heydrich und Heß. Wir nennen es Operation H4. Bei der Gelegenheit möchten wir auch Hitlers Sohn außer Landes bringen. Nur für alle Fälle.«

Krauss sah zu Straubinger.

»Auch dafür vielen Dank, Theo.«

»Du musst das verstehen, Richard. Das war eine Investition in meine Zukunft.«

Mortimer hob die Hand.

»Das bringt doch nichts. Jeder hier hat seine Gründe für das, was er tut. Wie gesagt, wir wollen dem Jungen kein Härchen krümmen. Wir stehen auf deiner Seite, Richard.«

Ihr habt doch keine Ahnung, dachte Krauss. Ihm und Hanna war es darum gegangen, dem Jungen ein Leben ohne die Last seines Erbes zu ermöglichen. Er sollte nie erfahren, wer seine leiblichen Eltern waren. Wenn sich die englische Regierung seiner annähme, wäre das nicht garantiert. Eines Tages würde er die Wahrheit erfahren. Wahrscheinlich zu früh. Dafür hatte sich Hanna nicht geopfert. Die Situation war allerdings verfahren. Göring hatte sich Oda geschnappt. War es ihr gelungen, den Jungen vorher in Sicherheit zu bringen? Hatte sie ihn vielleicht irgendwo versteckt, wo er nun vergeblich auf sie wartete? Oder kümmerte sich jemand um ihn? Am wahrscheinlichsten war, dass er sich in der Gewalt Görings befand. Oda würde Philipp niemals aus den Augen lassen. Also hatten Görings Leute zwangsläufig auch ihn erwischt, als sie Oda überwältigten. Insofern konnten ihm die SOE-Männer vielleicht tatsächlich helfen. Er musste sie nur anschließend wieder loswerden.

»Göring hat den Jungen«, sagte er.

Die Männer sahen einander entgeistert an.

»Was?«, fragte Mortimer.

»Göring hat den Jungen«, wiederholte Krauss.

»Du willst uns für dumm verkaufen«, sagte Baldwin.

»Glaubt es, oder lasst es bleiben. Vor vier Monaten habe ich eine Frau mit dem Jungen losgeschickt, das Land zu verlassen und für das Kind zu sorgen. Heute Morgen habe ich sie zum ersten Mal wiedergesehen, in Görings Zug. Sie ist seine Gefangene. Nur aus diesem Grund habe ich ihn nicht getötet.

Ich hatte ihn im Fadenkreuz, es wäre kein Problem gewesen. Aber ich hatte Sorge, dass man dann sie töten würde.«

»Und den Jungen, hast du den auch gesehen?«, fragte Baldwin.

Krauss schüttelte den Kopf.

»Er war nicht im Zug. Zumindest habe ich ihn nicht entdeckt.«

Mortimer faltete die Hände vor dem Mund, als wolle er beten.

»Du meinst, dort, wo sie ist, muss auch der Junge sein, richtig?«

Krauss nickte. Mortimer fuhr fort. »Entweder hat sie ihn versteckt, oder Göring hält ihn gefangen.«

»Auf jeden Fall wird sie wissen, wo er ist«, sagte Krauss. »Oda ist der Schlüssel zu Hitlers Sohn, nicht ich.«

»Was hast du vor?«

»Sie zu befreien. Ich bin ihr das schuldig. Sie hat dasselbe für mich getan.«

»Allein?«

»Mit der Hilfe meines Freundes Straubinger natürlich.«

»Deinen Sarkasmus kannst du dir sparen«, sagte Straubinger.

Mortimer dachte nach.

»Wo bringen sie die Frau hin?«, fragte er.

»Göring will seinen Geburtstag auf Burg Veldenstein in der Nähe von Nürnberg verbringen. Dorthin ist er unterwegs.«

»Wie schwer ist es, dort hineinzukommen?«

»Göring legt großen Wert auf Sicherheit«, sagte Straubinger. »In die Burg mit Waffengewalt einzudringen, ist unmöglich. Vielleicht mit einer Armee. Aber nicht zu viert. Ohne akribische Vorbereitung und ohne einen Mann innerhalb der Mauern, der euch hilft, habt ihr keine Chance.«

»Kennst du einen solchen Mann?«, fragte Mortimer.

Straubinger verneinte.

»Als ›Sohn Odins‹ kommst du doch überall rein, Theo«, sagte Krauss. »Du musst dir nur einen halbwegs vernünftigen Grund ausdenken. Zum Beispiel eine Geburtstagsüberraschung für den Reichsfeldmarschall. Oder noch besser, wichtige Informationen, die keinen Aufschub dulden.«

»Hat er recht?«, fragte Mortimer.

Straubinger wand sich.

»Wahrscheinlich. Aber wenn ich mich da sozusagen selbst einlade und euch helfe, bin ich hinterher verbrannt. Man wird mich für den Maulwurf halten.«

»Nicht unbedingt«, sagte Krauss. »Du wirst nicht der einzige Gast sein. Außerdem musst du dir deine Belohnung verdienen. Bisher war alles zu leicht.«

Mortimer wandte sich Straubinger zu.

»Hilfst du uns? Wir brauchen eine schnelle Entscheidung.«

»Wartet mal. Mir fällt da etwas anderes ein. Göring bezieht sein Gebäck von einer einzigen Berliner Konditorei, Harbacher. Er schwört darauf. Niemals würde er an seinem Geburtstag darauf verzichten wollen. Bisher hat Harbacher an jedem seiner Geburtstage die Torten geliefert. Auch in Neuhaus wird er darauf bestehen.«

»Woher weißt du das?«, fragte Krauss.

»Dein Bruder hat die Torten ebenfalls geliebt. Harbacher selbst hat sich mir gegenüber stolz gebrüstet, Görings Lieblingsbäcker zu sein. Ich bin mir sicher, dass er auf die Burg liefert. Fünf Stunden Fahrt, na und? Das juckt doch einen Reichsfeldmarschall nicht.«

»Wir müssen das genau wissen.«

»Kein Problem. Ich rufe an, frage, ob die Lieferung pünktlich eintrifft.«

Mortimer mischte sich ein.

»Das wäre eine reelle Chance. Wir verfolgen den Lieferwagen, halten ihn an, wechseln die Fahrer aus und kommen so in die Burg. Bleiben zwei Probleme: Wie finden wir den Raum, in dem unsere Zielperson festgehalten wird – und wie kommen wir aus der Burg wieder raus? Denn ich glaube nicht, dass die Befreiung ohne Blutvergießen ablaufen wird.«

Straubinger wirkte jetzt, da er einen gangbaren Weg gefunden hatte, geradezu eilfertig.

»Burg Veldenstein ist nicht sehr groß«, sagte er. »Ich war einmal dort, vor ein paar Jahren. Damals war die Burg noch nicht in Görings Besitz. Die Gebäude sind relativ überschaubar. Meiner Meinung nach befinden sich die Verliese im Keller. Es dürfte nicht schwer sein, dorthin zu gelangen.« Er räusperte sich. »Aber ein unkalkulierbares Risiko bleibt es natürlich.«

»Wir sind für solche Aktionen ausgebildet«, sagte Baldwin kühl.

Krauss blickte fragend in die Runde.

»Also, was tun wir?«

Auch Mortimer suchte die Blicke seiner Kameraden. Offensichtlich waren sie einer Meinung.

»Wir klären das mit der Bäckerei. Sollte es stimmen, was Straubinger sagt, brauchen wir einen halbwegs akzeptablen Plan. Aber es könnte funktionieren. Zwei Mann in der Burg, zwei Mann draußen, die den Rückweg sichern. Kannst du irgendwelche Ansichten von der Burg besorgen, Theo?«

Straubinger kaute auf seinen Lippen.

»Vielleicht gelingt es mir, Fotos aufzutreiben. Ich glaube, in Edgars Bibliothek habe ich einen Bildband über deutsche Burgen gesehen.«

Mortimer nickte, um die Unterhaltung abzuschließen.

»So machen wir's. Wir befreien deine Freundin. Und danach holen wir den Jungen.«

Krauss war nicht zufrieden.

»Gesetzt den Fall, Göring läuft uns zufällig über den Weg, wie verhalten wir uns?«

Mortimer seufzte.

»Wer uns in die Quere kommt, den legen wir um.«

19.
Berlin

11. Januar 1940
Görings Sonderzug »Asien«

Der Dschungel ließ ihn nicht los. Noch zwei Jahre nach seiner Rückkehr nach Deutschland träumte Hansen Nacht für Nacht vom Urwald, vom Jagen und Töten. Vor allem vom Töten. Es war zu einer inneren Notwendigkeit geworden, zu einem Zwang, dem all sein Handeln unterlag. Beinahe jeder Traum führte ihn an diesen Punkt. Er musste töten, um jeden Preis. Einen Spießhirsch, einen Leoparden, einen Menschen. Töten, um selbst zu leben. Dabei fiel es ihm nie leicht, im Gegenteil, das Handwerk des Tötens war Schwerstarbeit. Einen Bogen zu spannen, den Abzug durchzudrücken, das verlangte ihm schier übermenschliche Kräfte ab. Oft drohte ihm die Beute zu entkommen, nur weil das Gewehr nicht reagierte, der erlösende Schuss nicht fallen wollte, obwohl er den Finger mit aller Gewalt um den Abzug krümmte. Schweißnass wachte er in solchen Momenten auf, mit einem beengenden Gefühl um den Brustkorb, als würde ihm eine unsichtbare Hand die Luft zum Atmen abklemmen. Das alles war ihm völlig unbegreiflich. Nicht die Tatsache, dass er vom Dschungel träumte, aber im wahren Leben hatte er in solchen Momenten nie gezögert, ganz selten mal hatte eine Waffe versagt, noch seltener hatte er sein Ziel verfehlt. Hansen begriff nicht, was sein Gehirn mit ihm anstellte, welche Ängste es zutage förderte. Er wollte nur, dass es aufhörte.

Aber es hörte nicht auf. Es hörte nie auf. Nicht mehr seit dem Tag, an dem er sechs Männer und einen Jungen getötet hatte. Nachdem sie das Dorf der Wayapi verlassen hatten, erwartete er tagelang, von einem Trupp rachsüchtiger Indios verfolgt zu werden. Nachts in seiner Hängematte malte er sich aus, was sie mit ihm anstellen würden, und fand nicht in den Schlaf. Erst als eine ereignislose Woche vergangen war, beruhigte er sich allmählich. Niemand war hinter ihm her. Langsam freundete er sich mit dem Gedanken an. Er brauchte keine Angst vor diesen primitiven Wilden zu haben; sie hatten Angst vor ihm. Hansen war eine Naturgewalt, der Geist des Jaguars hatte keine Macht über ihn. Dieser Zahn, den er um den Hals trug, bewirkte einen mächtigeren Zauber, als er zuzugeben bereit gewesen war. Niemals mehr in seinem Leben würde er dieses Amulett ablegen. Er, der an nichts glaubte, außer an sich selbst, leistete sich den Aberglauben, dass es ihn beschützte; immerhin hatten selbst eineinhalb Jahre im Dschungel nicht ausgereicht, um dessen Mysterien zu entzaubern.

Auf der Fahrt den Rio Jary hinunter zurück zum Lager übernahm Hansen das Kommando, Schulz-Kampfhenkel war durch sein Fieber zu sehr geschwächt. Dass es zwischen ihnen nicht mehr viel zu sagen gab, fiel kaum auf. Es ging nur noch darum, schnell genug an die lebenswichtigen Medikamente zu kommen. Aber auch zurück bei den Aparai gönnte Hansen dem kranken Expeditionsleiter nur eine kurze Verschnaufpause; gerade mal so lange, wie die Männer brauchten, die wichtigsten Exponate in den Booten zu verstauen. Hansen achtete vor allem darauf, dass seine Kiste mit den mühsam zusammengerührten Giften und Tränken mit an Bord war, und verzichtete dafür auf ein paar präparierte Tierfelle. Schulz-Kampfhenkel war nicht in der Lage, sich zu beschweren, er bemerkte es nicht einmal. Zwei Tage später zog der Tross weiter Richtung Aramanduba. Hansen war im Begriff, die Stätte seiner Sünden für immer zu verlassen.

In Aramanduba erholte sich Schulz-Kampfhenkel. Die beiden Männer reisten weiter nach Belem, um sich dort einzuschiffen. Bis der nächste Dampfer ging, blieben ihnen zwei Wochen Zeit. Hansen verbrachte sie hauptsächlich allein, erkundete die quirlige Hafenstadt. Sie zog sich tief hinein ins hügelige Hinterland, verzweigte sich in labyrinthische Armensiedlungen. Wenn er einmal untertauchen müsste, wäre das der ideale Ort, dachte er. Niemand würde ihn dort aufstöbern, wo die Straßen keine Namen hatten und die baufälligen Hütten sich ähnelten wie eine Leprabeule der anderen. Noch etwas anderes entdeckte er in dieser Zeit, etwas, das nicht mit seiner Umgebung, sondern ausschließlich mit ihm selbst zu tun hatte. Je weiter er sich vom Dschungel entfernte, je länger die unselige Begegnung mit den Wayapi zurücklag, desto mehr fehlte ihm der süße Moment des Triumphs. Die unendliche Macht, die er besessen hatte. Der Rausch des Tötens. Er versuchte es auf die biochemischen Prozesse seines Körpers zu reduzieren, auf die Unmengen von Adrenalin, die der menschliche Organismus in solchen Situationen ausschüttete. Doch das war es nicht allein. Da war noch etwas anderes, Dunkles, Namenloses in ihm. Und es hungerte nach mehr.

Selbst auf dem Schiff gingen sich Hansen und Schulz-Kampfhenkel aus dem Weg, besprachen nur das Nötigste. Zwischen ihnen entwickelte sich keine offene Feindschaft, nur ein gewisser Überdruss am jeweils anderen, ein Bekenntnis zur Unerschütterlichkeit des eigenen Standpunkts. Allerdings erinnerte Hansen seinen alten Freund an dessen Versprechen, bei ihrer Rückkehr seinen Namen so populär zu machen, dass sich ihm Türen öffneten, die bisher für ihn verschlossen waren.

»Um von der oberen Gesellschaft akzeptiert zu werden, musst du dir erst mal die Haare schneiden«, hatte Schulz-Kampfhenkel geantwortet.

Aber Hansen dachte nicht daran. Die langen Haare gefielen ihm, und sie erinnerten ihn an die Sonderstellung, die er im Dschungel genossen hatte. Er war der weiße Indianer, ein Jäger, an den sich die Aparai noch lange erinnern würden. Einer, dem man sich nicht entgegenstellte. Seine Haare waren sein Erkennungszeichen, wie der Federbusch auf dem Helm eines römischen Feldherrn, und sie sollten allen eine Warnung sein. Ein Matrose des Schiffes, auf dem sie den Atlantik überquerten, hatte das nicht begriffen. Als Hansen eines Nachts am Heck des Dampfers lehnte und hinaussah in die Dunkelheit, gesellte sich der junge Mann zu ihm. Er war attraktiv und hatte die gierigen Blicke bemerkt, mit denen der Deutsche seinen Körper betrachtete. Ein kleines amouröses Abenteuer kam für ihn durchaus in Frage, zumal wenn dabei vielleicht ein Taschengeld heraussprang. Hansen stützte sich mit den Armen auf der Reling ab, als der Matrose seine Hand berührte und ihn anlächelte. Erst stutzte Hansen, dann schaute er sich verstohlen um und lächelte, als er sich unbeobachtet wähnte, zurück. Zwei Minuten später schmiegten sie ihre Körper aneinander, tief unter ihnen wummerte der Schiffsmotor. Hansen spürte wieder das Adrenalin, das sein Herz schneller schlagen ließ. Die Geilheit, die in ihm schlummerte. Die Gier nach Verbotenem. Und das andere, Namenlose. Endlich. Beiläufig griff er dem Matrosen mit der Rechten an den Hosenbund, packte ihn mit der Linken unter der Achsel und schleuderte ihn mit einer einzigen, unangestrengt wirkenden Bewegung über die Reling, wie einen Sack voller Unrat. Der Mann gab keinen Laut von sich, so überraschend war die Aktion. Hansen blickte dem Körper hinterher, der nach wenigen Metern von der Dunkelheit verschluckt wurde. Nicht einmal den Aufprall aufs Wasser hörte er, so hoch war die Reling und so laut die Schiffsschraube. Hansen drehte sich um, sein Herz klopfte. Niemand hatte ihn gesehen. Niemand hielt ihn auf. Er konnte töten, wen und wie es ihm beliebte.

Wieder in Deutschland, fiel Hansen in ein tiefes Loch. Die Türen, von denen Schulz-Kampfhenkel gesprochen hatte, öffneten sich nur für diesen. Für Hansen blieben sie verschlossen. Der Expeditionsleiter beschwor Hansen, der ihn regelmäßig mit Geldsorgen behelligte, sich zu gedulden, bis er Buch und Film fertiggestellt habe. Dann werde der Ruhm der Jary-Expedition auf ihn abfärben. Aber Hansen dauerte das zu lange. Sie waren nun, im Dezember 1937, ein halbes Jahr zurück in der Heimat, und nichts Nennenswertes war passiert. Er drohte Schulz-Kampfhenkel an, die Expedition mit erlogenen Enthüllungen in Misskredit zu bringen, wenn der nicht irgendetwas für ihn auf die Beine stellte. Sein vermögender Schulfreund gab nach und überwies ihm monatlich eine kleine Summe, die für die alltäglichen Bedürfnisse ausreichte. Hansen genoss diesen Triumph, aber bloßes Überleben war ihm zu wenig. Ein Mann mit seinen Talenten hatte mehr verdient.

Umso größer war der Schock, als im März 1938 Schulz-Kampfhenkels Film »Rätsel der Urwaldhölle« ins Kino kam. Schon Wochen vorab rühmten die Zeitungen das Großwerk des deutschen Kulturfilms, das angeblich neue Maßstäbe setzen würde. Hansens Finger zitterten, wenn er diese Berichte las, denn Schulz-Kampfhenkel hatte seit Monaten nicht mehr mit ihm gesprochen. Es war nur die Rede von den drei jugendlichen Draufgängern, die den Amazonas bezwungen hatten. Hansen wurde nicht mit einer Silbe erwähnt. Sein Anteil am Gelingen der Expedition hatte sich in Luft aufgelöst. Es war beinahe so, als sei er nicht dabei gewesen. Zur Premiere im Berliner »Marmorhaus« stellte die UFA den Heinkel Seekadett mit Schwimmern vor das Kino am Kurfürstendamm; Hansen stand fassungslos vor dem Flugzeug, mit dem er beinahe im Amazonas abgesoffen wäre, bis er registrierte, dass es sich um das gleiche Modell, aber nicht die originale

Maschine handelte. Hier ging es nicht mehr um Authentizität, sondern darum, ein Produkt zu verkaufen. Und davon verstand Schulz-Kampfhenkel etwas. Zur Premiere war Hansen nicht geladen, er wurde weiter totgeschwiegen. Er blieb an diesem Abend zu Hause, vor lauter Hass und Wut unfähig, einen klaren Gedanken zu fassen.

Das Ausmaß seiner Niederlage dämmerte ihm erst Tage später, als die Zeitungen den »Forschungsgroßfilm« Schulz-Kampfhenkels mit Lobeshymnen überschütteten, ihn als herrliches Männerwerk priesen, das kein Deutscher verpassen dürfe. Vergeblich suchte Hansen nach Verrissen, die Begeisterung war einhellig. Stattdessen fand er überall Zitate von Schulz-Kampfhenkel, über seinen Anspruch, ein »ehrliches Filmdokument« mit nach Hause zu bringen oder stets schussfertig zu sein, ob mit der Kamera oder der Büchse. Nach der Lektüre dieser Texte war Hansen wie betäubt. Wo blieb die Würdigung seiner Verdienste? Warum befragten die Reporter nicht ihn? Wer hatte denn das Wild erlegt und die Gebräuche der Indianer intensiv studiert? Schulz-Kampfhenkel war an den Wilden niemals wirklich interessiert gewesen, nur an sich selbst. Daran, seinen Ruhm zu mehren. Das Hakenkreuz in den Dschungel zu pflanzen.

Nach zwei Wochen raffte Hansen all seinen Mut zusammen und sah sich den Film an. Es war nicht nur eine Enttäuschung, sondern ein Angriff auf sein Selbstwertgefühl. Während alle anderen Expeditionsteilnehmer angemessen gewürdigt wurden, stellte Schulz-Kampfhenkel Hansen als komischen Kauz dar, als den »weißen Indianer«, der sich dem Leben der Eingeborenen mit solch verzweifelter Entschlossenheit anpasste, dass selbst die ihn belächelten. Es war Schulz-Kampfhenkels subtile Art, sich an seinem Kameraden zu rächen, ohne dass der ihn dafür zur Rechenschaft ziehen konnte. Doch da irrte er sich, dachte Hansen, den Mordgelüste plagten. Er stellte sich vor, wie er Schulz-Kampfhenkel vergiftete, genau wie damals im Dschungel, als der Expeditionsleiter nach Wochen der Abwesenheit wie aus dem Nichts vor ihm aufgetaucht war. Damals war nichts passiert, war er mit Skrupeln behaftet gewesen. Nur dass er jetzt mehrfach getötet hatte und ein weiterer Mord, selbst an einem Weggefährten, ihm nicht verwerflich erschien. Nicht verwerflicher als das, was er in den vergangenen Monaten getan hatte. Falls die Hölle existierte, war ihm ein Platz dort sicher.

Vorläufig aber wollte er abwarten, Schulz-Kampfhenkel in Sicherheit wiegen. Im April traf Hansen der zweite Schlag, die Ausstellung »Rätsel der Urwaldhölle« in den Berliner Reichshallen. Mit großem Pomp wurde die Ausstellung eröffnet, und wieder gehörte Hansen nicht zu den Gefeierten. Als er Tage später durch die Schau schlenderte, sah er viele der Tiere wieder, die er selbst geschossen hatte, präpariert und vor bemalten Hintergründen, die wohl Urwaldlandschaften darstellen sollten. Schulz-Kampfhenkel zeigte den Plunder, den er am Jary zusammengetragen hatte, Töpfe und Schalen neben Pfeilen und Speeren, Schädel, Schmuck und eben alles, was dort kreuchte und fleuchte. Selbst lebende Wildschweine, ein paar halbvertrocknete Riesenschlangen und abgemagerte Seidenreiher vegetierten in Gehegen vor sich hin. Hansen fand es merkwürdig, dies alles losgelöst von seinem Ursprungsort zu sehen, als habe es dadurch seine eigentliche Bedeutung verloren. In diesem Zusammenhang, in dieser Kulisse verkam es zu exotischem Tand. Unbemerkt öffnete er einen Schaukasten und legte einen seiner vergifteten Blasrohrpfeile hinein. Vielleicht verletzte sich ein Arbeiter beim Abräumen der Exponate daran. Das würde Schulz-Kampfhenkel eine Warnung sein. Und seinen untadeligen Ruf beschädigen.

Zwei Monate lang kreisten Hansens Gedanken darum, wie er die Karriere seines ehemaligen Gefährten vernichten könnte. Besser noch, ihn gleich vom Erdboden tilgen. Aber er konnte sich zu nichts aufraffen, war wie gelähmt von dem wachsenden Zuspruch, den Schulz-Kampfhenkel genoss. Dieser Versager hatte sich vom juvenilen Glücksritter zum angesehenen Wissenschaftler gemausert, der alles bekam, was er verlangte, und darüber hinaus mit Preisen überhäuft wurde. Dann erschienen die Expeditionserlebnisse als Buch, und wieder füllten sich die Zeitungen mit Berichten über das Amazonas-Abenteuer, mehr als je zuvor. Hansen las das Werk in einem Zug. Obwohl es ihm schwerfiel, weil es so war, als höre er Schulz-Kampfhenkel reden, dessen hochnäsigen Welterklärer-Tonfall. Das Buch, eher Reise- als Forschungsbericht, empfand Hansen in jeder Hinsicht als eine Zumutung. Sprachlich wie inhaltlich. Es war verlogen, anbiedernd, überzogen, selbstverliebt, ein übles Machwerk. Am meisten störte Hansen, dass die Bilanz für ihn noch beschämender ausfiel als der Film. Er war der Sonderling, dem die Tropen den gesunden Menschenverstand raubten. Dafür würde Schulz-Kampfhenkel bezahlen.

Hansen packte einen kleinen Giftpfeil ein, wie die Indios ihn für ihre Blasrohre verwendeten, und machte sich auf nach Buckow, entschlossen, den wieder auf dem Landsitz seiner Eltern wohnenden Schulz-Kampfhenkel auf seine letzte Reise zu schicken. Doch auf dem Weg dorthin geriet sein Gedankengebäude ins Wanken. Diesmal würde er wohl nicht ungeschoren davonkommen, die Tat ihm, dem Außenseiter und Neider, angelastet werden. Und wenn er es recht überlegte, hatte er wenig Lust, seinen Platz in der Hölle verfrüht einzunehmen. Also drehte er ab.

Auf den Adrenalinrausch aber wollte er trotzdem nicht verzichten. Mitten in der Innenstadt zwängte er sich in eine Gruppe Menschen, die eine aktuelle Ausgabe der in einer Fensterauslage präsentierten »Berliner Illustrierten Zeitung« las.

Vor einer Woche erst war es zu landesweiten Ausschreitungen gegen die Juden gekommen, und obwohl Hansen die Aufregung für übertrieben hielt, bewegte das Thema die Nation. Auch über diese Artikel wurde intensiv diskutiert. Hansen hörte nicht zu, sondern fingerte vorsichtig nach seinem Pfeil und stieß ihn einem vor ihm stehenden Mann in die Seite. Der zuckte zusammen, drehte sich um, aber es war nur ein Pikser, und zudem unmöglich zu sagen, wer in der drangvollen Enge um ihn herum der Auslöser war. Hansen zog sich zurück, aber nicht so weit, dass er sein Opfer aus den Augen verlor. Es dauerte nur wenige Minuten, und der Mann griff sich an die Kehle. Seine Gesichtshaut war schneeweiß, er röchelte, klammerte sich entsetzt an die Umstehenden. Die begriffen natürlich nicht, was vor sich ging, bis der Mann stürzte und auf dem Pflaster sein Leben aushauchte. Während Krauss die Szene äußerlich ungerührt verfolgte, toste in seinem Inneren ein wilder Strudel aus Genugtuung, Lust und Gier. Langsam entfernte Hansen sich von der Gruppe, die hilflos auf den Toten starrte, und kehrte zurück in die Bedeutungslosigkeit. Nur er wusste es besser. Er war der Tod. Wenn er jemanden berührte, war dessen Schicksal besiegelt.

So verstrich das Jahr 1938. Obwohl Hansen unzufrieden mit seiner Situation war, verweigerte er sich einer sinnvollen Beschäftigung. Er hielt sich fit, das ja, lief selbst im Winter kilometerlang durch den Köllnischen Park, lebte von dem Geld, das ihm Schulz-Kampfhenkel weiterhin kommentarlos überwies. Erst als er im Frühjahr 1939 hörte, dass sein ehemaliger Expeditionsleiter bereits vor Monaten wieder von der SS aufgenommen worden war, änderte sich alles. Zunächst ärgerte er sich darüber, dass die SS einem solch eitlen Wichtigtuer auf den Leim ging, zumal Schulz-Kampfhenkel sofort den Rang eines Untersturmführers bekleidete. Bei näherem Überlegen jedoch witterte er eine Chance. Was, wenn Schulz-

Kampfhenkel ihm den Weg in die Reihen der SS ebnete? Denn dort wäre ein Mann mit den Fähigkeiten, die Hansen mitbrachte, bestens aufgehoben. Die SS, das war Hitlers elitäre Kampftruppe, in der das Töten zum alltäglichen Geschäft gehörte. Wer wäre da prädestinierter als er? Nur wollte er auf keinen Fall ein unbedeutender Befehlsempfänger sein. Die Zeiten waren vorbei. Was ihm allerdings zu einer gehobenen Position, überhaupt zum Eintritt in diesen Ordenskreis fehlte, war die dazugehörige Ideologie. Er glaubte nicht an den Nationalsozialismus. Genauso wenig, wie er an den Kommunismus glaubte. Oder die Demokratie. Oder an Gott. Hansen glaubte nur daran, dass die Starken die Schwachen vom Angesicht der Erde fegen mussten. Das wiederum verstanden die Nationalsozialisten sehr gut.

Also schmiedete er Pläne, vom Schritt Schulz-Kampfhenkels und den Auswirkungen auf ihn als Mitglied der Jary-Expedition beflügelt. Seine Rechnung war folgende: Sobald ein Krieg ausbrach, und das erschien im Sommer 1939 immer wahrscheinlicher, würde er dem wissenschaftlich interessierten und auf die Erweiterung des deutschen Siedlungsraumes bedachten Himmler eine ausgearbeitete Strategie vorlegen, wie die Wehrmacht die Guyanas in ihre Gewalt bringen konnte. Wenn er ehrlich war, stammte die Idee aus seinem Lagerfeuergespräch mit Schulz-Kampfhenkel, aber dem wollte er unbedingt zuvorkommen. Hansen entwickelte einen detaillierten Invasionsplan, der die politische Lage im Land, die Hilfestellung durch die mit den Deutschen befreundeten Indiostämme (die Wayapi klammerte er vorsichtshalber aus) und die notwendige militärische Ausrüstung berücksichtigte. Sich selbst brachte er als Befehlshaber des Kommandos ins Spiel, weil niemand auf vergleichbare Kenntnisse des Terrains und der Eingeborenen zurückgreifen konnte. Nach der erfolgreichen Eroberung der Guyanas verlangte Hansen, dort als deutscher Statthalter eingesetzt zu werden. Gleichzeitig schlug er vor, eine geheime, spezialisierte SS-Einheit unter seiner Leitung zu formen. Die Ausbildung der Männer sollte in den Guyanas stattfinden. Von dort aus würden diese Soldaten in die Welt ausschwärmen, um ihre Spezialaufträge mit Bravour zu erfüllen. Denn wem es gelang, im Dschungel zu überleben und zu töten, der gehörte überall zu denen, die Furcht verbreiteten.

Hansen war stolz auf seine Ideen. In blumigen Worten pries er sich zudem an als Verhörspezialist, dessen umfassende Kenntnisse der geheimnisvollen Gifte und Tränke der indianischen Schamanen jedem Gefangenen sein Wissen entlockte, so dass der Feind keinerlei taktische Manöver vor ihm verbergen könnte. Zufrieden über sein fast zehnseitiges Schreiben, tröpfelte er einer Hure, mit der er eine Nacht verbrachte, heimlich ein langsam wirkendes Giftgemisch in ihr Glas mit billigem Rotwein. Als er eine Woche später nach ihr fragte, sagte man ihm, sie sei vor drei Tagen nach schweren Krämpfen gestorben. Kurz darauf erklärte Deutschland Polen den Krieg.

Zwei Monate später wurde er von Heinrich Himmler empfangen. Das allein machte Hansen Hoffnung. Vor dem Gespräch hatte er überlegt, ob er den Reichsführer-SS auf die Parallelität ihrer Initialen hinweisen sollte, um die Stimmung aufzulockern, doch Himmlers von Anfang an abweisende Art hielt ihn davon ab. Der oberste SS-Mann behandelte Hansen von oben herab, sah ihm nicht einmal in die Augen.

»Für Ihre abenteuerlichen Ausführungen haben wir momentan keine Verwendung«, sagte Himmler unterkühlt. »Ich ließ Sie einbestellen, um Ihnen das persönlich mitzuteilen, weil Sie mit Untersturmführer Schulz-Kampfhenkel den Jary erforscht haben. Aber militärische Pläne von Zivilisten leiden meist unter dem Makel, dass sie nicht von Militärs verfasst wurden. Sie überblicken weder die Erfordernisse der Situation noch die Tragweite eines derartigen Überfalls. Außerdem können Sie davon ausgehen, dass wir nach einem Sieg über Frankreich – der in nicht allzu ferner Zukunft liegt – ohnehin in den Guyanas präsent sind. Nehmen Sie es also nicht persönlich, wenn ich Ihren Ausführungen gegenüber eine gewisse Skepsis an den Tag lege.«

Natürlich nahm Hansen es persönlich. Wie sollte er es auch anders nehmen? Ihm fiel auch nichts Originelles ein, um die Argumente des Reichsführers zu entkräften. Hansen war kein Militär, daran bestand kein Zweifel, aber für detaillierte strategische Überlegungen konnte man ja Spezialisten hinzuziehen. Halbherzig leistete er einige Minuten verbale Gegenwehr, um schließlich einzusehen, dass Himmler nicht überzeugt werden wollte. Der Reichsführer-SS ließ ihn abblitzen, betrachtete ihn zum Abschied abfällig durch die befremdlich dicken Gläser seiner Nickelbrille, als sei er ein armer Irrer. Das Kapitel über die SS war ihm nicht ein einziges Wort wert gewesen. Hansen wusste, dass es schwer werden würde, in diese Kreise vorzudringen, aber nach diesem Besuch schien es ihm fast unmöglich. Man wollte ihn nicht haben. Ihn, den Zivilisten, den Verrückten, den »weißen Indianer«. Frustriert verließ er Himmlers Büro. Dennoch war es zu früh, um aufzugeben. Einen weiteren Versuch gestand er sich noch zu. Er würde es bei Hermann Göring probieren. Vielleicht hatte er beim Reichsfeldmarschall mehr Glück.

Tatsächlich konnte er den Gang der Ereignisse kaum fassen. Auch beim zweiten Mann des Deutschen Reiches wäre er fast gescheitert, aber dann spielte ihm das Schicksal eine besondere Karte zu. Jetzt hatte er sein eigenes Abteil in Görings Sonderzug und einen Spezialauftrag dazu. Er sollte eine Gefangene zum Reden bringen. So schnell änderten sich die Dinge.

»Oda beschützt einen Jungen, der mir sehr viel bedeutet«, hatte Göring gesagt. »Und sie wird mir auf keinen Fall freiwillig verraten, wo er steckt. Nicht einmal unter Druck. Sie ist eine außergewöhnliche Frau. Deshalb müssen wir außergewöhnliche Methoden anwenden. Wenn Sie den Aufenthaltsort des Jungen herausbekommen, werde ich mich für Ihre Belange einsetzen, mein lieber Hansen. Mein Ehrenwort.«

Hansen traute dem betont jovialen Reichsfeldmarschall zwar keine Sekunde, wusste aber keinen anderen Weg, ans Ziel zu gelangen. Erst einmal würde er versuchen, an die Informationen zu kommen, nach denen Göring verlangte. Dann galt es, neu zu entscheiden. Zumal es einen Grund haben musste, dass ihn dieser selbstverliebte Machtmensch nicht in die Details einweihte. Wer war dieser mysteriöse Junge? Was für ein Geheimnis umgab ihn? Das musste er ebenfalls herausfinden.

Er hob den ledernen Arztkoffer von der Gepäckablage seines Abteils. Darin transportierte er einen Teil seiner Mixturen und einige Pulver, die starke Halluzinationen auslösten. Außerdem enthielt die Tasche einige vergiftete Pfeile und ein kurzes Blasrohr. Damit würde er Oda das Pulver tief in die Nasengänge jagen, genauso, wie es Saracomano bei ihm getan hatte. Nur dass die Zusammensetzung des Pulvers eine andere war. Wie es am Ende wirkte, würde er sehen. Seine Kunst war keine, die sich genau berechnen ließ. Er würde Dinge ausprobieren, und seine Gefangene würde sie aushalten müssen. Der Gedanke verbesserte seine Stimmung. Zum ersten Mal durfte er im Namen einer höheren Instanz seinen Gelüsten nachgehen. Dies zur Regel zu machen, war sein erklärtes Ziel.

Hansen sortierte die Pulver, dachte nach. Noch ungefähr eine Stunde bis Burg Veldenstein. In dem Schloss an der Pegnitz gedachte Göring seinen Geburtstag zu verbringen. Die Frau, die auf Hansens Behandlung wartete, wirkte hart, unnahbar. In einer Stunde traute er sich nicht zu, sie zu knacken. Erst einmal musste das Pulver seine Kraft entfalten. Hansen entschied sich zu warten. In der Burg würde er alle Zeit der Welt haben, um seine Gefangene an die Grenzen ihrer Möglichkeiten zu bringen.

20.
Berlin

12. Januar 1940
Bäckerei Harbacher

Vor drei Stunden hatte es wieder angefangen zu schneien. Krauss schaltete ab und an die Scheibenwischer des gestohlenen Opels ein, um den freien Blick auf die Konditorei Harbacher zu behalten. Trotz dicker Handschuhe fühlten sich seine Finger steif an. Er konnte sich kaum an einen ähnlich strengen Winter erinnern. In den vergangenen Jahren hatte es im Januar ohnehin meist nur genieselt, kalter Londoner Regen. Entsprechend stuften die Menschen in England die Jahreszeiten nach der Temperatur des Niederschlags ein. Hier in Deutschland war das anders. Hier lag eine geschlossene Schneedecke über dem Land, und die Kälte drang einem in die Knochen. Straubinger saß dick in seine Jacke gemümmelt neben ihm und hielt die Arme vor der Brust verschränkt, als könne er so die Kälte davon abhalten, sich in seinem Körper auszubreiten. Ihr Atem produzierte weiße Wölkchen. Sie durften den Motor und damit die Heizung nicht anstellen, weil das zu auffällig gewesen wäre. Es war drei Uhr dreißig morgens, ungefähr in einer halben Stunde wollte Harbacher gen Neuhaus bei Nürnberg aufbrechen. Straubinger hatte sich als Görings Küchenchef ausgegeben und bei ihm angerufen. Harbacher bestätigte die Ankunftszeit um zehn Uhr morgens, sofern es der Verkehr und die Wetterlage ermöglichten. Und er garantierte, dass er persönlich für einen reibungslosen Ablauf des Transports sorgen werde.

Krauss hatte gehofft, dass Harbacher zwei Mitarbeiter schicken würde. Stattdessen erwartete man den Konditor höchstselbst auf Burg Veldenstein. Selbstverständlich ließ er sich die Gelegenheit nicht nehmen, seinem wichtigsten Kunden zum Geburtstag zu gratulieren. Krauss musste sich also eine Ausrede für die Bediensteten der Burg einfallen lassen und beten, dass sie geschluckt wurde. Aber ihr Plan war sowieso eine löchrige Angelegenheit. Ohne Improvisation und eine gehörige Portion Glück würde er nicht funktionieren. Bei der knappen Vorbereitungszeit war das kein Wunder, dachte Krauss. Ihr Vorgehen basierte auf den spärlichen Informationen Straubingers und den unscharfen Fotos, die er angeschleppt hatte. Burg Veldenstein wirkte da relativ uneinnehmbar, ruhte trutzig auf einem Hügel oberhalb des Städtchens Neuhaus. Nur eine Straße führte zu der Anlage. Das war von Vor- wie auch von Nachteil. Der Vorteil: Ein gut platzierter Scharfschütze konnte ihre Flucht einigermaßen absichern. Der Nachteil: Wenn ihnen der Rückweg aus irgendeinem Grund versperrt werden würde, waren sie auf der Burg gefangen. Krauss versuchte, sich von diesen Gedanken abzulenken, indem er sich auf den ersten Schritt konzentrierte. Denn erst mal mussten sie in die Burg hinein.

Der Lieferwagen der Konditorei, ein Mercedes-Benz 170 V, war bald voll beladen. Der Meister und zwei Angestellte schleppten laufend Bleche aus dem Laden, gefüllt mit Kuchen, Torten und Teilchen. Harbachers Spezialität waren Zitronenbaiser, hatte Straubinger ihm erzählt. Edgar habe die Leckereien sehr geschätzt. Krauss hatte das nicht gewusst. Als er jung gewesen war, wusste er alles über seinen Bruder, war er begierig auf jedes Detail, später wollte er nichts mehr wissen.

Harbacher schloss die Hecktür des Lieferwagens, der an beiden Seiten den Schriftzug »Harbacher – Feine Backwaren« trug. Es war so weit. Krauss sah auf die Uhr. Drei Uhr fünfzig. Sie lagen gut in der Zeit. Der Konditor setzte sich selbst hinters Steuer, einer seiner Angestellten kletterte auf den Beifahrersitz, der andere winkte kurz und verschwand im Laden. Krauss startete den Motor, ließ das Licht aber ausgeschaltet. Er wollte dem Konditor einen Vorsprung lassen. Harbacher fuhr vorsichtig los, die Straße konnte rutschig sein. Der Lieferwagen zog zwei frische Spuren durch die jungfräuliche Schneedecke. Krauss wartete und fuhr an. Das war das Signal für Mortimer und Miller. Sie parkten fünfzig Meter hinter ihnen in einem ebenfalls gestohlenen BMW und hängten sich hinter Krauss und Straubinger. Baldwin war bereits nach Neuhaus gefahren. Offensichtlich schätzte er es, allein unterwegs zu sein. Seine Aufgabe war es, ein Motorrad aufzutreiben und eine gute Position für einen Scharfschützen auszukundschaften. Am Ortseingang von Neuhaus wollten sie sich mit ihm am Morgen treffen.

Krauss versuchte, einen möglichst großen Abstand zu dem Lieferwagen zu halten. Zwar glaubte er nicht, dass ein Konditor unter Verfolgungswahn litt, aber man konnte nie wissen. Sobald der Konvoi Berlin verlassen hatte, würden Mortimer und Miller die beiden vor ihnen fahrenden Autos überholen und einige Kilometer voraus eine Panne simulieren. Dass Harbacher Hilfe anbot, schien so gut wie sicher. An einem verschneiten Januarmorgen war jeder Havarierte auf Unterstützung angewiesen. Krauss hoffte nur, dass die SOE-Männer sich an den Plan hielten. Er wollte nicht, dass den Bäckern etwas zustieß. Aber die Briten blieben ein unberechenbarer Faktor. Sie halfen ihm, weil er sie ihrem Ziel näher brachte. Krauss gab sich keinen Illusionen hin, was ihre Vorgehensweise anging. Die drei waren von der britischen Regierung ausgebildete Killer, und sie hatten erstens alle Freiheiten und zweitens keinerlei Skrupel, davon Gebrauch zu machen. Wenn sie der Meinung waren, Spuren verwischen zu müssen, würden sie das tun. Der Überfall auf die Bäcker war die Nagelprobe.

Nach einer halben Stunde passierten sie die Stadtgrenze.

Auf dem Weg dorthin waren ihnen vereinzelt Fahrzeuge begegnet. Um diese Uhrzeit und bei diesem Wetter setzte sich nur jemand ins Auto, der es unbedingt musste. Außerhalb der Stadt gehörte ihnen die Straße allein. Zum Glück hatte es aufgehört zu schneien. Krauss ließ die Bremslichter dreimal hintereinander kurz aufleuchten. Dies war das Signal für Mortimer, mit dem Überholmanöver zu beginnen. Eine Minute später schob sich der BMW an ihnen vorbei, setzte sich zwischen Krauss und den Lieferwagen. Dann schloss er auf Harbacher auf, überholte auch den und verlor sich in der Dunkelheit. Mortimer würde sich nun zehn, fünfzehn Minuten lang einen Vorsprung herausfahren.

»Tu mir einen Gefallen, Theo«, sagte Krauss. »Halte dich an den Plan. Ich möchte nicht, dass Harbacher etwas zustößt.«

»Ich bin kein Mörder«, entgegnete Straubinger. Im Gegensatz zu dir. Er sprach es nicht aus, aber Krauss verstand.

»Mach dich nicht lächerlich. Du bist ein ›Sohn Odins‹.«

»Ich habe noch nie einen Menschen angefasst.«

Sich nicht die Finger schmutzig zu machen, befreite nicht von Schuld, dachte Krauss. Ganz und gar nicht. Aber viele dachten so. Das machte es leichter.

»Du bist ein Stratege, ein Techniker. Aufgrund deiner Überlegungen sind Menschen gefoltert und getötet worden.«

Straubinger sah ihn von der Seite an.

»Ich habe höchstens Denkanstöße gegeben. Aber niemals Entscheidungen getroffen. Schon gar nicht über Leben und Tod. Du dagegen hast den Finger gekrümmt, Dutzende Male. Du hast sogar Unbewaffnete getötet, in der Gestapo-Zentrale. Hingerichtet. Erzähl mir bitte nicht, was ich tun soll.«

Lassen wir das, dachte Krauss. Es war sinnlos.

»Schon gut. Halte dich an den Plan.«

Hundert Meter vor ihm leuchteten die Bremslichter des Lieferwagens auf. Er war auf Mortimer und Miller gestoßen.

Krauss trat aufs Gas, um schnell eingreifen zu können. Er sah, wie Harbacher ausstieg. Ein Mann trat auf ihn zu, Krauss konnte nicht erkennen, ob es Mortimer oder Miller war. Nur dass er eine Pistole auf Harbachers Stirn gerichtet hatte. Der Konditor hob abwehrend die Hände. Krauss stoppte den Opel hinter dem Lieferwagen. Harbacher fiel rücklings in den Schnee. Krauss hatte den Schuss nicht gehört. Er stürzte aus dem Wagen, lief auf den Konditor zu. Im Licht der Scheinwerfer sah er, wie eine dunkle Lache unter Harbachers Kopf den Schnee rot färbte.

»Verdammt, was soll das!«, schrie Krauss den Schützen an. Es war Mortimer.

»Wir haben Anweisungen«, sagte der kühl. »Jedes Risiko, erkannt zu werden, ist unbedingt zu vermeiden. Der Mann war ein Risiko.«

»Niemals, wenn ihr euch an die Absprachen gehalten hättet.«

Krauss verfluchte sich. Er hätte es besser wissen müssen. Diese Typen waren rücksichtslos.

Er sah in das Führerhaus des Mercedes. Es war leer. Miller hatte den Angestellten aus dem Wagen gezerrt. Wahrscheinlich war er bereits tot. Mortimer schleifte Harbacher an den Füßen in den Straßengraben. Dort lag der andere Bäcker mit dem Gesicht nach unten im Schnee. Miller zog ihm den weißen Kittel aus, schlüpfte selbst hinein. Auch Mortimer befreite den toten Harbacher von dessen Konditorjacke. Er hielt sie Krauss hin. Am liebsten hätte Krauss die beiden Briten auf der Stelle erschossen. Aber dann wäre Oda verloren gewesen. Schweigend nahm er die Jacke. Mortimer trat näher an Krauss heran.

»Das hier bereitet mir kein Vergnügen. Es ist mein Geschäft. Wir sind im Krieg. Ich habe Interessen zu schützen, einen Auftrag durchzuführen. Ich werde alles tun, was dafür notwendig ist. Das solltest du wissen.«

Krauss zog Harbachers Jacke über. Miller rollte die Leichen tiefer in den Graben, warf Zweige darüber und schob mit den Händen von oben Schnee nach. Mortimer ging zurück zum BMW.

»Nur eines noch«, sagte Krauss. Er hatte seine Stimme wieder im Griff. Der Brite blieb stehen, drehte sich zu ihm um. »Wenn du noch einmal gegen unsere Absprachen verstößt, werde ich ebenfalls tun, was notwendig ist.«

Sie fuhren weiter durch die Nacht. Krauss saß jetzt am Lenkrad des Lieferwagens, auf dem Beifahrersitz hockte Miller. Mortimer steuerte den BMW, Straubinger den Opel. Eigentlich sollte er mit Harbacher und dessen Angestelltem zurück nach Berlin fahren, sie über den Vormittag festhalten – wenn die Briten nicht ihr eigenes Süppchen gekocht hätten. So folgte ihnen Straubinger zur Burg. Seine genaue Aufgabe war unklar. Krauss fand es sinnvoll, ihn strategisch günstig zu platzieren, falls etwas schiefging. Mortimer würde die Rolle des Scharfschützen übernehmen und ihre Flucht decken, Baldwin sollte auf dem Motorrad dazustoßen, blitzschnell zuschlagen und Verwirrung stiften. Miller war der Mann, auf den es ankam. Mortimer hatte ihn dazu bestimmt, an Krauss' Seite in die Burg einzudringen und Oda zu befreien. Miller gehorchte kommentarlos. Er war der Schweigsamste des mörderischen Trios, aber sicher nicht weniger gefährlich als seine Kameraden. Krauss nahm sich vor, sie nicht mehr aus den Augen zu lassen. Wegen der beiden toten Bäcker fühlte er sich schuldig. Ihre Hilfsbereitschaft und Görings unstillbarer Hunger auf Süßes waren ihnen zum Verhängnis geworden.

Die Fahrt verlief ohne weitere Vorkommnisse. Schon gegen neun Uhr dreißig erreichten sie Neuhaus. An der Kreuzung, die in den Ort führte, erwartete sie Baldwin auf einer BMW R23. Er hatte also ein Motorrad aufgetrieben. Krauss hielt hinter dem Wagen von Mortimer am Straßenrand und stieg aus. Auch der Engländer verließ das Auto, besprach sich mit Baldwin und wandte sich dann an Krauss.

»Stewart zeigt mir meine Position. Er sagt, ich brauche von hier aus rund zwanzig Minuten, um sie einzunehmen. Die Straße zur Burg hat einen vorgelagerten Posten mit fünf Soldaten und vier weiteren, die direkt am Tor stehen. Dazu weiteres Wachpersonal auf der Mauer. Es wird nicht leicht.«

»Das hat auch keiner behauptet«, sagte Krauss und ging zurück zum Lieferwagen. Miller wartete auf dem Beifahrersitz, sah ihn fragend an.

»Es läuft«, sagte Krauss und fuhr los. Die Straße schlängelte sich durch den Ort. Miller zog den Schlitten seiner Waffe durch, ließ sie einrasten und legte den Sicherungshebel um. Dann steckte er sie in den Hosenbund. Krauss verzichtete auf solche Rituale. An einer Abzweigung wies ein Schild den Weg zu Burg Veldenstein. Krauss bog ab, tuckerte mit dem beladenen Mercedes etwas beschwerlich die steile Straße hoch. Schon nach zweihundert Metern sahen sie den ersten Posten. Es war eine kleine Hütte mit Schranke, vor der zwei Soldaten standen, die Gewehre im Anschlag. Hinter der Schranke warteten weitere Bewaffnete. Statt Helmen trugen sie dicke Fellmützen mit Ohrenschützern.

Na dann, dachte Krauss. Er stoppte vor der Schranke, kurbelte das Fenster herunter. Sofort drang stechend kalte Luft in den warmen Innenraum. Einer der Soldaten trat zu ihm.

»Konditorei Harbacher«, sagte Krauss. »Wir werden erwartet.«

»Aussteigen«, befahl der Soldat. Er gab einem Kameraden ein Zeichen. Der Mann verschwand in der Hütte. Um zu telefonieren, hoffte Krauss.

»Laderaum öffnen«, herrschte ihn der Soldat an. Er war kein Freund gepflegter Konversation. Krauss ging um den Wagen herum, öffnete die ausladenden Türen. Aromatischer Geruch von frischem Gebäck schlug ihnen entgegen. Der Soldat steckte den Kopf ins Innere des Wagens, sah sich kurz um, zog den Kopf wieder heraus.

»Schließen«, befahl er. Krauss verriegelte die Türen. Der Soldat signalisierte ihm mit dem Gewehr, zurück zum Führerhaus zu gehen.

»Alles in Ordnung«, rief der Posten aus der Hütte und hob die Schranke.

»Sie dürfen weiterfahren. Die Küche liegt hinten im Hof. Fahren Sie bis dorthin durch.«

Die erste Hürde war geschafft. Krauss gab Gas, rumpelte weiter über den holprigen Weg. Vor ihm öffnete der nächste Wachposten bereits das Burgtor. Krauss und Miller fuhren hindurch auf einen geräumigen Platz. Links von ihnen parkten mehrere Limousinen, darunter Görings schwarzer Mercedes. Rechts passierten sie den Eingang zum Hauptgebäude. Am Ende des Hofes warteten bereits zwei Männer in Kellnerkluft. Sie winkten Krauss, er möge bis zu ihnen fahren. Ein dritter Mann im schwarzen Anzug trat zu den beiden Kellnern. Selbst aus der Distanz wirkte er blasiert. Wie ein englischer Butler, dachte Krauss. Das war bestimmt Görings Kammerdiener. Ohne ihn reiste er nirgendwohin. Krauss hielt vor ihm an und stieg aus in den frostigen Morgen.

»Heil Hitler. Wir bringen den Kuchen«, sagte er und lächelte.

»Wo ist Harbacher?«, fragte der Anzugträger zur Begrüßung. »Er hat mir versichert, er käme persönlich.«

Krauss zuckte mit den Achseln.

»Mein Chef lässt sich entschuldigen. Ihm ist heute Morgen plötzlich schlecht geworden. Kam von der Toilette gar nicht mehr herunter. Er ist untröstlich, dass er dem Reichsfeldmarschall nicht persönlich zum Geburtstag gratulieren kann, will das aber auf jeden Fall nachholen, wenn es ihm besser geht. Mein Chef hat gesagt, wichtig ist es, dass die Lieblingstörtchen von Ihrer Exzellenz rechtzeitig ankommen. Alles andere kann warten.«

Der Kammerdiener taxierte Krauss kritisch. Dann gab er den beiden Kellnern ein Zeichen. Sie sollten helfen, den Wagen zu entladen.

»Sie können Harbachers Entschuldigung gleich persönlich vortragen«, sagte er. »Der Reichsfeldmarschall begutachtet gerade die Vorbereitungen in der Küche. Ich bringe Sie zu ihm.«

Krauss stockte der Atem. Das war doch nicht möglich. Auf Göring zu treffen, damit hatte keiner von ihnen tatsächlich gerechnet. Vor allem nicht am Vormittag. Der Reichsfeldmarschall war als Langschläfer bekannt. Krauss durfte ihm auf keinen Fall begegnen. Göring hielt ihn zwar für tot, aber er würde ihn sofort erkennen. Sie hatten erst vor wenigen Monaten eine Unterredung gehabt. Doch Krauss hatte auf die Schnelle keine Idee, wie er die drohende Katastrophe abwenden konnte. Der Kammerdiener wartete bereits in der Tür, die zum Küchentrakt führte.

»Nun kommen Sie schon. Der Reichsfeldmarschall hat nicht ewig Zeit«, sagte er ungeduldig.

Krauss folgte ihm. Was sollte er tun? Er fasste unter seine Bäckerjacke an seinen hinteren Hosenbund, umklammerte den Griff seiner Waffe. Er würde Göring erschießen. Dann hatte diese Aktion wenigstens etwas gebracht. Dass es ihnen danach gelingen würde, Oda zu befreien, bezweifelte er. Nach den Schüssen auf Göring würde die Hölle ausbrechen. Krauss folgte dem Kammerdiener an zwei kleineren Räumen vorbei, in denen Angestellte Gemüse schnitzten, hinein in die Küche. Sie war riesig, mit mehreren Öfen in der Mitte und Arbeitsflächen sowie diversen Waschbecken an den Wänden.

Überall wuselte Küchenpersonal herum. An einem Tisch stand Göring, gekleidet in eine weiße Uniform, und schob sich ein kunstvoll arrangiertes Lachsröschen in den Mund. Der Kammerdiener führte Krauss zu ihm.

»Was gibt's, Kropp?«, fragte Göring kauend.

»Ihr Gebäck ist da. Harbacher lässt sich entschuldigen.« Er nickte Krauss zu, sein Sprüchlein aufzusagen. Göring bemerkte Kropps Begleiter erst jetzt. Er richtete seinen gelangweilten Blick auf Krauss. Und erstarrte. Er weiß, wer ich bin, dachte Krauss. Jetzt wäre der richtige Moment, um ihm mitten in die hässliche Visage zu schießen. Irgendetwas hielt ihn davon ab. Eine Idee. Ein vager Schimmer. Wenn er geistesgegenwärtig reagierte.

»Alles Gute zum Geburtstag, Eure Exzellenz«, sagte Krauss. »Mein Chef ist untröstlich. Er würde sein Leben dafür geben, hier bei Ihnen zu sein und Ihnen persönlich zu gratulieren. Aber leider ist er sterbenskrank. Wenigstens sind Sie noch gesund.«

Kropp verzog genervt sein Gesicht. Aber Göring hatte verstanden.

»Lassen Sie uns allein, Kropp. Sorgen Sie dafür, dass im Saal alles hergerichtet wird.«

Der Kammerdiener verschwand.

»Sie leben also«, sagte Göring.

»Und Sie nicht mehr lange, wenn Sie nicht das tun, was ich sage.«

»Sie sind verrückt, Krauss. Wenn Sie mich erschießen, kommen Sie niemals mehr lebend hier raus.«

»Das haben andere auch geglaubt.«

Göring musterte ihn fast bewundernd.

»In der Tat. Eindrucksvoll, möchte ich sagen. Damit können Sie im Zirkus auftreten. Aber irgendwann ist Ihr Glück aufgebraucht.«

»Ich will Ihnen einen Handel vorschlagen. Sie übergeben mir Oda und den Jungen, und ich werde Sie nicht töten.«

Göring zog überrascht die Augenbrauen hoch.

»Woher wissen Sie denn das schon wieder? Sie sind wirklich unglaublich.«

»Wie lautet Ihre Entscheidung?«

Der Reichsfeldmarschall überlegte.

»Ich traue Ihnen nicht. Sie erschießen mich auf jeden Fall.«

Natürlich, dachte Krauss. Aber jeder Mensch greift nach dem rettenden Strohhalm, wenn er ihm geboten wird.

»Ich gebe Ihnen mein Wort. Oda und den Jungen gegen Ihr Leben.«

»Ich habe den Jungen nicht. Tut mir leid.«

»Ich traue Ihnen auch nicht«, sagte Krauss.

Göring grinste.

»So kommen wir nicht weiter, mein lieber Krauss. Ihr verwegener Plan droht zu scheitern. Vielleicht ergeben Sie sich einfach, und ich garantiere Ihnen, dass Sie vor ein ordentliches Gericht gestellt werden.«

»Was Sie meinen, ist ein Standgericht. Na gut. Sie haben es so gewollt.«

Krauss griff mit der Rechten in seinen hinteren Hosenbund. Göring hob beschwichtigend die Hände.

»Nun beruhigen Sie sich mal wieder. Ich überlasse Ihnen Oda ja, aber den Jungen kann ich Ihnen nicht geben, weil ich ihn nicht habe. Fragen Sie Oda. Nur sie weiß, wo der Bursche steckt.«

Krauss lief die Zeit davon. Vielleicht sagte Göring die Wahrheit, auch wenn das nicht zu ihm passte.

»Bringen Sie mich zu Oda«, sagte Krauss. »Ein falsches Wort, und Ihre Gala-Uniform hat ein paar Löcher.«

Göring ging voraus, denselben Weg durch die Küche, den Krauss mit Kropp gekommen war. Vorbei an den kleineren

Räumen raus auf den Burghof. Dort nahm Miller gerade ein Blech aus dem Lieferwagen. Als er die beiden sah, verfinsterte sich sein Gesicht. Krauss nickte ihm zu. Alles in Ordnung. Miller begriff. Göring marschierte stramm über den Hof in Richtung des Turms und der gegenüberliegenden Mauer. Zwei Schritte dahinter folgte Krauss. Neben dem Turm führte eine steinerne Treppe nach unten zu einem bogenförmigen Eingang. Zwei Soldaten bewachten die hölzerne Eingangstür. Als sie ihren Chef anrollen sahen, nahmen sie Haltung an.

»Aufmachen«, befahl Göring.

Die Soldaten gehorchten, der Reichsfeldmarschall und Krauss im Schlepptau spazierten hindurch. Wieder ging es ein paar Stufen hinunter, um eine Ecke. Die Mauern waren aus unverputzten groben Steinen, an den Wänden glimmten Gaslampen. Es herrschte eine feuchte Kälte, der man nicht lange ausgesetzt sein wollte. Keine Frage, das hier war das Burgverlies. Hinter einer weiteren Ecke warteten wieder zwei Wachposten. Sie standen links und rechts einer vergitterten Tür. Wie im Mittelalter, dachte Krauss.

»Ich will die Gefangene sprechen«, sagte Göring. »Holen Sie sie raus.«

Einer der Soldaten schloss die Tür auf, öffnete sie. Er ging hinein und führte Oda heraus. Sie war in eine dicke Decke gehüllt. Krauss atmete tief durch. Oda sah blass aus, aber sie lebte. Sie blinzelte, versuchte sich zu orientieren, sah von Göring zu ihm. Erst schien sie nicht zu begreifen, aber dann leuchteten ihre Augen auf.

»Richard«, jubelte sie. Göring schnappte Oda und stieß sie Krauss in die Arme.

»Tötet sie beide«, befahl er und lief von ihnen fort in den dunklen Gang, tiefer in das Verlies hinein. Krauss schleuderte Oda von sich weg gegen das Mauerwerk und zog mit der

Rechten die Pistole aus dem Hosenbund. Die Soldaten waren einen kurzen Moment unschlüssig gewesen. Das kostete sie das Leben. Krauss schoss schnell und platziert. Der Schalldämpfer unterdrückte den Knall. Beide Soldaten fielen mit Kopftreffern auf die Steine. Göring war verschwunden. Krauss beugte sich über Oda.

»Geht's dir gut?«

»Ja, ja«, sagte sie. »Ich bin nur benommen. Von diesem furchtbaren Zeug, das mir Hansen gegeben hat. Aber es geht.«

»Was für ein Zeug?«

Sie winkte ab.

»Vergiss es. Lass uns von hier verschwinden.«

»Ist der Junge hier?«

»Nein, mach dir keine Sorgen. Er ist in Sicherheit.«

Also hatte Göring die Wahrheit gesagt. Wenigstens ein Mal. Krauss half Oda auf die Beine. Sie taumelte leicht. Was immer ihr dieser Hansen gegeben hatte, sie kämpfte mit den Nachwirkungen.

»Richard«, sagte sie, während sie sich an ihn klammerte. »Ich habe gewusst, dass du noch lebst. Ich habe von dir geträumt, letzte Nacht. Wir waren zusammen, wie früher, liefen durch den Schnee. Roten Schnee. Es war schön. Und schrecklich zugleich.«

Krauss bekam eine Gänsehaut. Auch er hatte in seinem Krankenzimmer von rotem Schnee geträumt, von bizarren Mustern aus Blutstropfen, und es hatte ihn seither nicht mehr losgelassen.

»Draußen wartet ein Lieferwagen. Wir müssen hier weg, bevor Göring jemanden warnen kann. Wer weiß, wo dieser Gang hinführt.«

Er nahm einem der Soldaten dessen Maschinenpistole ab und hängte sie sich um. Dann führte er Oda zum Ausgang. Vier Meter vor der hölzernen Tür bat er sie zu warten. Krauss ging voraus, öffnete die Tür von innen. Die Soldaten standen stramm, weil sie Göring erwarteten. Krauss schoss dem ersten in die Schläfe, dem zweiten in den Hals und in den Kopf. Beide gingen fast lautlos zu Boden. Weil der Eingang zum Verlies unter dem Hofniveau lag, war Krauss nur von den Fenstern des Hauptgebäudes aus zu entdecken. Kurz inspizierte er die Fensterfront. Nichts, was ihn beunruhigte. Er stieg die Stufen hoch, suchte Miller. Der saß bereits im Wagen, sah ihn, startete sofort den Motor und fuhr herüber. Krauss öffnete die hinteren Ladeluken. Er lief die Treppen hinunter zum Eingang.

»Jetzt, Oda, komm!«

Sie wankte die Stufen hoch. Im Tageslicht wirkte sie noch blasser. Er half ihr, nahm sie an der Hand, führte sie zum Laderaum. Sie kletterte hinein, legte sich hin. Krauss schloss die Tür. Auf der anderen Seite des Hofs stand der Kerl mit dem langen Zopf, den er am Zug gesehen hatte, und starrte herüber. Er hatte eine lederne Tasche in der Hand, wie ein Arzt. Nur dass dieser Arzt den Menschen nicht half. Hansen, dachte Krauss, das musste der Mann sein, von dem Oda gesprochen hatte. Er beschleunigte, lief auf ihn zu. Krauss hob die Waffe, schoss. Hansen sprang geschmeidig zur Seite, rollte sich ab wie eine Katze. Krauss schoss noch einmal, Kies spritzte dort hoch, wo der Kerl eben gelegen hatte. Dieser Hansen reagierte schnell, wahnsinnig schnell. Er spurtete geduckt zurück in die Küche, in Sicherheit. Bisher hatte niemand von den Wachposten das Scharmützel mitbekommen, die Schalldämpferschüsse hallten nicht über den Platz. Krauss schlug mit der flachen Hand auf das Blech des Mercedes. Miller fuhr an, Krauss lief auf der rechten Seite neben dem Wagen her, öffnete die Beifahrertür, zog sich rein. Das Tor war in Erwartung des Bäckereitransporters geöffnet. Dann begann das Inferno.

Krauss sah im Seitenspiegel, dass Göring auf den Platz taumelte, rief und gestikulierte. Auch Hansen musste Alarm geschlagen haben. Miller drückte aufs Gas. Eine Salve Kugeln schlug ins Blech des Lieferwagens. Krauss nahm die Maschinenpistole und schoss durch die Frontscheibe auf die Wachposten vor ihm. Die Scheibe explodierte in einem Scherbenregen. Miller steuerte den Wagen mit hohem Tempo auf das Tor zu, dessen beide Türen sich allmählich schlossen. Von überall her wurde auf den Wagen gefeuert. Auch Krauss schoss weiter, gab gezielte Salven auf die Männer am Tor ab. Auf ihrer Seite stand niemand mehr. Von draußen aber, gedeckt durch die Türen, versuchten die Soldaten die beiden Flügel zu schließen. Der Spalt war vielleicht noch knapp einen Meter breit.

»Festhalten!«, schrie Miller.

Harbachers Lieferwagen prallte mit Vollgas gegen das Tor, so dass die Türen explosionsartig nach hinten weggeschlagen wurden. Blechteile flogen durch die Luft, es zischte und knirschte. Sie waren durch. Doch jetzt geriet der Wagen ins Schleudern. Wahrscheinlich haben sie einen oder mehrere Reifen erwischt, spekulierte Krauss. Miller versuchte gegenzulenken, aber der Wagen eierte gefährlich. Vor ihnen zielten die Männer des zweiten Wachpostens auf sie. Miller hielt auf sie zu. Was sollte er auch sonst tun? Krauss feuerte. Einer der Soldaten klatschte bäuchlings auf die Straße. Dann der zweite. Das war nicht sein Werk. Das war Mortimer. Ihr Scharfschütze. Noch fünfzig Meter bis zur Schranke. Krauss sah von der anderen Seite ein Motorrad heranfahren. Baldwin. Er warf eine Handgranate. Das Häuschen explodierte. Der Lieferwagen krachte auf die Schranke, Holz splitterte, sie waren am Posten vorbei. Von der Burg aus wurde weiter auf sie geschossen, Krauss hörte die harten Einschläge ins Metall. Hoffentlich blieb Oda unverletzt. Ein lauter Knall. Das war ein

Reifen. Miller riss es das Lenkrad aus der Hand. Nun brachte er den Wagen nicht mehr unter Kontrolle. Sie donnerten gegen die halbhohe Steinmauer am Straßenrand, schleiften daran entlang. Das Blech kreischte, irgendetwas polterte grässlich im Motorraum, die Haube platzte weg. Ein letztes Ruckeln, und der Wagen bewegte sich nicht mehr. Sie hatten sich festgefahren. Rauch quoll aus dem Motor, es zischte und brodelte. Krauss bekam seine Tür nicht auf, sie war an der Mauer eingeklemmt.

»Raus!«, brüllte er zu Miller. Mortimer und Baldwin würden sie schützen. Miller öffnete die Tür, sprang hinaus, Krauss kroch hinterher, sah, wie der Brustkorb des Briten explodierte und es ihn von den Füßen riss. Vorsichtig riskierte er einen Blick aus dem Fahrzeug in Richtung des Schützen. Noch am Burgtor, also mehr als zweihundertfünfzig Meter von ihnen entfernt, stand Hansen und zielte mit einem Gewehr auf sie. Als Krauss den Kopf einzog, flog der Außenspiegel ab. Dieser Hansen war nicht nur schnell, sondern auch ein Meisterschütze. Was für ein Kerl war das?

Jetzt hörte er in der Nähe Gewehrfeuer, aber nicht den Einschlag von Kugeln. Das musste Baldwin sein. Krauss kletterte durch das Loch, das die Windschutzscheibe hinterlassen hatte, aus dem Wagen.

»Los. Ich geb dir Deckung!«, rief Baldwin von irgendwo hinter ihm.

Geduckt lief Krauss an der Seite des Wagens nach hinten. »Bitte, Oda, sei unversehrt«, murmelte er vor sich hin. Er öffnete die hinteren Türen. Oda lag flach auf dem Boden.

»Es geht mir gut«, sagte sie. Er atmete auf.

»Raus, schnell«, sagte er. Sie robbte auf ihn zu, kam auf die Beine. Der Brite schoss pausenlos. Krauss führte Oda um das Auto herum, duckte sich mit ihr vor der zerstörten Motorhaube.

»Wir müssen das letzte Stück laufen. Unten in der Stadt haben wir einen Wagen.« Straubinger wartete auf dem Marktplatz. Als Joker für den Fall, dass etwas schiefging. Dieser Fall war jetzt eingetreten.

»Gut«, sagte sie.

»Schaffst du das?«

»Haben wir eine Wahl?«

Er schüttelte sacht den Kopf.

»Dann schaffe ich das.«

Krauss schob ein neues Magazin in die Walther. Die Maschinenpistole war leer.

»Richard«, sagte sie. »Ich habe oft an dich gedacht.«

»Ich auch an dich«, antwortete er.

Sie lächelte ihn an.

»Zusammen schaffen wir das.«

Sie rannten los, die steile Straße hinunter, die er mit dem Lieferwagen vor vielleicht einer Stunde hochgerumpelt war. Krauss hielt Oda an der Hand, damit sie nicht fiel. Die Straße war nicht nur uneben und steil, sondern wegen des Schnees auch rutschig. Nach ungefähr hundert Metern, kurz vor einer Rechtskurve, blickte Krauss sich um. Er sah, wie Baldwin das Motorrad bestieg, um ihnen zu folgen. Er war vielleicht zwanzig Meter gefahren, da riss ihm eine Kugel den halben Kopf weg. Hansen. Verdammt!

Krauss und Oda rannten weiter. Nach der Kurve hatten sie die ersten Häuser erreicht, und die Straße wurde ebener. Sie erhöhten das Tempo. Krauss, der gut trainiert war, hätte noch schneller laufen können, aber er musste Rücksicht nehmen auf die geschwächte Oda. Zwischen zwei Häusern hindurch öffnete sich die Sicht auf ein Stück der Straße, die hinter ihnen lag. Krauss sah, wie Hansen den Weg herunterhastete. Er hatte sein Gewehr fortgeworfen und spurtete so schnell wie ein Hundertmeterläufer, die Arme schwangen weit aus, der lange

Zopf flatterte hinter ihm her. Mein Gott. In dem Tempo hatte er sie bald erreicht.

»Wir müssen uns beeilen, Oda«, sagte er und packte sie am Arm. Sie liefen weiter runter in den Ort. Krauss bog nach links in eine Gasse ein, weg von der Hauptstraße. Ihre Schritte klatschten auf das feuchte Pflaster. Die nächste Gasse nach rechts. Weiter. Er hielt an, lauschte. Nichts. Weiter. Sie hetzten um die nächste Ecke, dann eine weitere. Eine Frau stand an der Haustür, eine Tüte in der Hand.

»Wo geht's hier zum Marktplatz?«, schrie Krauss.

»Da vorn rechts, dann laufen Sie direkt darauf zu«, sagte die Alte.

Sie bogen um die Ecke. Krauss erspähte den Marktplatz, die Bäume, fünfzig Meter vor ihnen. Nur noch ein paar Sekunden. Da war Straubingers Wagen. Gleich hatten sie es geschafft. Krauss drehte sich im Laufen um, sah Hansen. So nah. Er zog mit der Linken stärker an Oda, drehte sich nach hinten und feuerte aus der Rechten auf Hansen. So einen Treffer zu landen, war schwierig, fast unmöglich. Straubinger hatte den Tumult bemerkt und die Türen geöffnet. Er war startbereit. Krauss zielte wieder grob auf Hansen, registrierte, dass der ein Stück Holz zum Mund führte. Nur ein paar Meter, dann waren sie im Wagen. Oda stolperte, fiel, Krauss fing sie gerade noch auf, feuerte im Fallen auf Hansen, der in einen Türeingang sprang. Oda war plötzlich schwer, unbeweglich. Krauss sah zu ihr hin, seine Hand spürte etwas an ihrem Hals, er zog daran, hatte einen kleinen Pfeil in der Hand. Was zum Teufel war das? Ein Giftpfeil? Hatte Hansen keinen Stock zum Mund geführt, sondern ein kurzes Blasrohr? Krauss packte Oda, warf sie sich über die Schulter und rannte weiter. Lebe, Oda, lebe, flehte er. Straubinger schoss jetzt auf Hansen, mit einer Luger, die einen ohrenbetäubenden Lärm machte. Die Häuser rund um den Platz warfen das Echo zurück. Krauss legte Oda behutsam hinten in den Wagen, schlug die Tür zu, sprang selbst hinein.

»Los«, schrie er.

Straubinger stürzte ans Steuer, gab Gas. Mit quietschenden Reifen verließen sie den Marktplatz. Krauss erhaschte durchs Fenster einen Blick auf Hansen. Er stand auf dem Platz und sah ihnen nach wie ein Gastgeber, der seine Gäste verabschiedete. Krauss war sich ziemlich sicher, dass es bald ein Wiedersehen geben würde.

21.
Neuhaus an der Pegnitz

12. Januar 1940
Burg Veldenstein

Wie hypnotisiert starrte Göring auf die Nachricht in seiner Hand. Er stieß einen tiefen Seufzer aus. Die ganze Welt schien sich gegen ihn verschworen zu haben. Und das an seinem Geburtstag. Erst diese wahnsinnige Befreiungsaktion, bei der Krauss die halbe Burg in Schutt und Asche gelegt hatte, und jetzt das. Ein Kurier der Luftwaffe war auf seinem Weg nach Köln mit kriegsentscheidenden Dokumenten nahe Mechelen abgestürzt. In Belgien. Wie kam er nur dorthin, zum Teufel? Es gab die strikte Order, dass der Kurier auf dem Landweg unterwegs sein sollte. Um genau einen solchen Vorfall zu vermeiden. Nein, dieser Trottel war in ein Flugzeug gestiegen. Und ausgerechnet über Belgien abgestürzt. Göring zerknüllte das braune Papier des F. A., seines bestens vernetzten Forschungsamtes, und pfefferte es durch das Arbeitszimmer. Bei den Dokumenten des Kuriers handelte es sich um die Angriffspläne für den »Fall Gelb«, die den Überfall auf die neutralen Staaten Holland und Belgien mit einschlossen, um die Feldzüge gegen Frankreich und Großbritannien vorzubereiten. Als Tag X hatte Hitler den 17. Januar vorgesehen. Heute in fünf Tagen. Nun war der Überraschungseffekt dahin. Was für eine Schmach. Die Luftwaffe war Göring unterstellt, er trug damit die Verantwortung für das eigenmächtige Handeln des Kuriers. Hitler würde toben. Wenn er es dabei beließ.

Göring vergrub das Gesicht in seinen Händen. Was sollte er nur als Erstes tun, wie genau vorgehen? Zunächst einmal benötigte er mehr Informationen. Was war bei dem Absturz passiert? War das Flugzeug vielleicht in Flammen aufgegangen, der Kurier samt den Dokumenten verbrannt? Dann müsste Göring sich keine Sorgen machen und der Kurier ebenfalls nicht. War das Flugzeug notgelandet, der Kurier aber mit den Papieren entkommen? Ebenfalls akzeptabel. Eine Disziplinarmaßnahme, selbstverständlich Degradierung, aber ansonsten Schwamm drüber und weitermachen. Hatte ihn die belgische Polizei aber festgesetzt und blätterte bereits in den geheimen Unterlagen, würden Köpfe rollen müssen. Dass sein eigener darunter sein könnte, schien Göring nicht ganz unwahrscheinlich. Genau das Geburtstagsgeschenk, das ihm fehlte.

Emmy klopfte zaghaft an und betrat ohne weitere Aufforderung das Zimmer. Göring sah mit seinem schlimmstmöglichen Elendsblick zu ihr auf.

»Ich wollte nur mal nach dir schauen, Hermann. Wie du dich fühlst und ob du irgendetwas brauchst nach dem Chaos heute Morgen«, sagte sie teilnahmsvoll.

Der Reichsfeldmarschall winkte ab.

»Alles geht den Bach runter. Vielleicht war das der letzte Geburtstag, den wir zusammen gefeiert haben.«

Jetzt wirkte Emmy ehrlich besorgt, obwohl sie wusste, dass ihr Mann gerne und oft jammerte. Aber nach diesem Desaster mit etlichen Toten hatte er ausnahmsweise allen Grund dazu.

»Dich trifft keine Schuld. Im Gegenteil. Sei froh, dass du noch lebst. Ich bin auf jeden Fall froh.«

Göring verzog angewidert das Gesicht.

»Das ist es doch nicht, Emmy«, sagte er vorwurfsvoll, als spreche er mit einem Kind. »Du weißt überhaupt nicht, was hier los ist. Geh bitte, kümmere dich um deine eigenen Angelegenheiten. Mir kann sowieso keiner mehr helfen.«

Emmy war eingeschnappt, gestand ihrem Gatten an dessen 47. Geburtstag aber mehr Unverschämtheiten zu als sonst.

Auf dem Weg aus dem Zimmer sah sie das von Göring zerknüllte Papier auf dem Boden liegen, hob es auf, entfaltete es und las die Nachricht. Ihr Mann sah sie währenddessen von seinem Schreibtisch aus genervt an.

»Jetzt weißt du es«, sagte er trotzig. »Ich bin erledigt.«

Emmy gab nicht auf.

»Was hatte dieser Kurier denn so Geheimes bei sich?«

Göring seufzte wieder.

»Nur ein paar unwichtige Papiere, auf denen steht, wann wir bei den Belgiern und Holländern freundlich anzuklopfen gedenken, um sie zu fragen, ob sie uns reinlassen. Mit Datum, Unterschrift, Stempel und allem Drum und Dran. Prima, nicht? Der Führer wird mich zum Teufel jagen. Und mir vorher die Haut abziehen.«

»Nun beruhige dich bitte mal, Hermann. Von den Dokumenten steht hier überhaupt nichts. Die sind vielleicht alle verbrannt.«

»Vielleicht, genau, vielleicht«, polterte Göring. »Genau dieses Vielleicht bringt mich vielleicht um meinen Posten.«

Emmy las noch einmal die dürren Zeilen der F. A.-Meldung.

»Was hatte dieser Kurier überhaupt in Belgien zu suchen?«

Göring sprang von seinem Stuhl.

»Das frage ich mich auch, verdammt noch mal! Der Kerl sollte mit der Bahn fahren. Und nicht ins Flugzeug steigen, um über London, Brüssel und Amsterdam nach Köln zu fliegen! Das ist doch zum Verrücktwerden!«

Er schlug mit seiner fetten Pranke so stark auf den Tisch, dass der goldene Stehbilderrahmen mit Emmys und Eddas Porträt kurz in die Höhe hüpfte. Auch die leibhaftige Emmy zuckte zusammen.

»Ich weiß, was ich tue«, sagte sie, als hätte sie der Schlag wachgerüttelt. »Ich rufe Dr. Heermann an. Er hat uns schon mal geholfen.«

»Was, der bekloppte Wahrsager?«, schrie Göring. »Ich glaube, ich spinne. Einen Teufel wirst du tun. Der Kerl hat nicht alle Tassen im Schrank.«

»Du weißt, dass das nicht stimmt. Und schreib mir bitte nicht vor, was ich zu tun habe«, sagte Emmy und verschwand.

Göring fasste sich mit beiden Händen an den Schädel. Wieso nur tanzten ihm alle auf der Nase rum? Er war der zweite Mann des Deutschen Reiches. Weiß Gott, er hatte das nicht verdient. Das Telefon vor ihm auf dem Tisch klingelte. Bedrohlich, wie Göring fand. Es schrillte, als sei der Führer am anderen Ende der Leitung. Er nahm trotzdem ab.

»Ja, Göring am Apparat.«

»Da haben Sie uns ja eine schöne Suppe eingebrockt.«

Er war es, und er wusste Bescheid. Göring erhob sich automatisch und schloss die Augen, als stände er vor einem Erschießungskommando.

»Es ist unglaublich. Und unverzeihlich.«

»Das ist es allerdings. Wie konnten Sie das nur zulassen? Es gab eine klare Order. Absolute Geheimhaltung. Das war doch unmissverständlich, oder? Unmissverständlich!« Hitler brüllte jetzt. Göring wollte etwas sagen, aber Hitler schnitt ihm das Wort ab. »Wenn ich eine Order gebe, dann will ich, dass sie befolgt wird. Befolgt! Sie haben mit Ihrem undisziplinierten Verhalten die deutsche Wehrmacht in Gefahr gebracht, Göring. Ist Ihnen das klar? Das grenzt an Hochverrat, Göring. Dafür wird jemand zur Verantwortung gezogen werden müssen. Wenn Sie diesen Kurier in die Finger kriegen, erschießen Sie ihn. Das ist ein Befehl!«

»Noch wissen wir nicht, ob er die Papiere vernichten konnte.«

»Dann bekommen Sie es raus, um Himmels willen, und zwar schnell. Haben Sie überhaupt eine Ahnung, was es das deutsche Volk kostet, diesen Angriff zu verschieben? Sie sollten das aus Ihrer eigenen Kasse zahlen, Göring. Dann müssten Sie in den nächsten Jahren wohl auf neue Uniformen verzichten.« Hitler schnaufte aufgeregt in den Hörer. Göring war froh, nicht in seiner Nähe zu sein. Die Wutausbrüche des Führers ließen sich nur schwer ertragen. Außerdem fanden sie kein Ende. Am Fernsprecher ging es schneller, weil Hitler nicht gerne telefonierte.

»Tauschen Sie Felmy aus. Er hat seine Leute nicht im Griff«, sagte der Führer unvermittelt. »Und ich will Sie so schnell wie möglich hier in Berlin sehen.« Es klackte in der Leitung. Hitler hatte aufgelegt. Ohne Görings Geburtstag auch nur zu erwähnen, geschweige denn, ihm zu gratulieren.

Der Reichsfeldmarschall seufzte zum dritten Mal innerhalb einer halben Stunde und setzte sich. General Felmy war der Kommandeur der westlichen Luftstreitkräfte, ein tadelloser, verdienter Mann. Dass er mit der Sache etwas zu tun hatte, war sehr unwahrscheinlich. Niemals hätte er gegen einen Befehl Görings verstoßen und den Kurier in ein Flugzeug gesteckt. Aber das war jetzt unwichtig. Wenn Hitler die Abberufung Felmys wollte, würde er sie kriegen. Außerdem: Besser er als ich, dachte Göring. Das musste der General verstehen.

Seit dem Triumph der Wehrmacht über die Polen waren nun mehr als drei Monate vergangen. Monate, in denen der Reichsfeldmarschall keine Gelegenheit gehabt hatte, durch spektakuläre Luftwaffeneinsätze Pluspunkte zu sammeln. Er brauchte Erfolge, um Hitlers Gunst nicht zu verlieren. Die Polen waren ein idealer Gegner gewesen – viel zu schwach, um sich gegen die militärische Übermacht Deutschlands behaupten zu können. Görings Luftwaffe war der polnischen sowohl in der Zahl als auch in der Qualität haushoch überlegen. Der Reichsfeldmarschall hatte seine Macht demonstriert und vor allem in der Schlussphase des Kriegs massive Bombardements angeordnet.

Die Stadt Warschau war auf diese Weise zur Kapitulation gezwungen worden. Mit der Folge, dass dieser Akt der Stärke die Waffendepots so immens dezimiert hatte, dass Göring zunächst für den »Fall Gelb« schwarzsah. War es doch Hitlers ursprüngliche Idee, schon Mitte November im Westen anzugreifen. Sein Paladin argwöhnte Unheil, ließ seinen Führer jedoch im Unklaren über die tatsächliche Lage der Luftwaffe. Damals hatte Göring Glück gehabt, weil Hitler den Angriff aus taktischen Gründen auf den Januar verschob. An der Problematik änderte dies jedoch wenig. Der Reichsfeldmarschall rechnete damit, dass ihm die französischen und britischen Flieger einen vergleichbar schnellen Erfolg wie im Osten durchkreuzen würden.

Trotzdem ignorierte er vehement Warnungen aus hochrangigen Regierungskreisen. Reichsminister Darré hatte offen darüber schwadroniert, der Krieg werde mindestens fünf Jahre dauern, worauf Göring sich weigerte, weiter mit ihm zu sprechen. Stattdessen intensivierte er seine Kontakte zu den Engländern, stellte Zugeständnisse in Aussicht, was eine unabhängige Tschechoslowakei und große Gebiete Polens betraf, um im Gegenzug zu einer Friedensvereinbarung zu kommen. Wieder schickte er seinen bewährten schwedischen Mittelsmann Birger Dahlerus nach London, auch wenn der sich nach seinen ernüchternden Versuchen, den Krieg zu verhindern, zunächst sträubte. Dennoch überbrachte er Görings Angebote. Aber das ohnehin geringe Vertrauen der britischen Regierung in den wankelmütigen Reichsfeldmarschall war zu stark belastet, eine Annäherung der beiden Parteien kaum möglich. Deshalb suchte Göring parallel auch Kontakt zu den Amerikanern. Im Stillen phantasierte er von einer Friedenskonferenz im neutralen Washington – das würde seinen von den Engländern missachteten Bemühungen den nötigen Nachdruck verleihen. Dafür stellte er verklausuliert gar die

Absetzung Hitlers in Aussicht; dieses sehr vage Versprechen brachte ihm den Besuch eines amerikanischen Unterhändlers ein. Doch auch hier verliefen die Bemühungen im Sand. Der Reichsfeldmarschall begriff nicht, woran es lag, fürchtete aber zu Recht, es habe mit der verlorenen Glaubwürdigkeit der deutschen Führungsspitze zu tun.

Göring gab nicht auf, aktivierte Dahlerus erneut, köderte ihn mit der Schreckensvision, dass Millionen von Menschen im Krieg ihr Leben lassen müssten, und schickte ihn mit dem Vorschlag einer Friedenskonferenz nach England. Dort sollten alle strittigen Themen diskutiert werden. Derweil versenkten deutsche U-Boote britische Kriegs- und Handelsschiffe. Göring hoffte auf ein Einlenken der Briten aus vielerlei Gründen. Zum einen verschaffte es der deutschen Kriegsindustrie die notwendige Zeit, um die Materiallager aufzufüllen, zum anderen böte sich vielleicht tatsächlich die Chance, dass der Reichsfeldmarschall mit Hilfe und Druck von außen Hitler auf eine weniger einflussreiche Position abschöbe, ein Präsidentenamt zum Beispiel. Wobei er dieser Variante eine eher geringe Wahrscheinlichkeit beimaß. Statt einer Konferenz zuzustimmen, erklärte Premier Chamberlain allerdings Mitte Oktober öffentlich, auf die Hinhaltemanöver der deutschen Regierung nicht mehr hereinfallen zu wollen. Gleichwohl sich Görings Taktik damit als wenig erfolgreich erwies, insistierte er weiter und überzeugte Dahlerus davon, den Briten weiter zuzusetzen. Solange der Schwede bereit war, deutsche Vorschläge zu überbringen, so lange würde er weitere unterbreiten, schwor sich der Reichsfeldmarschall. Er selbst konnte dabei nur gewinnen. Hitler ließ ihn gewähren. So trieb Göring seinen Mittelsmann weiter über den Kanal, in der Hoffnung, den »Fall Gelb« zu verzögern. Nur hielt sich das Interesse der Briten an seinen Vorschlägen bislang sehr in Grenzen.

Noch etwas anderes bereitete ihm Sorge. Hitler hatte im kleinen Kreis klar zu verstehen gegeben, dass das Bündnis mit Stalin befristet sei. Für den Zeitraum, in dem die Russen den Deutschen wichtige Rohstoffe und militärische Unterstützung lieferten, bestand der Pakt. Danach aber würde sich das Deutsche Reich gnadenlos nach Osten ausdehnen. Denn dort würde das Volk den Raum finden, den es so dringend benötigte. Göring fürchtete, dass sich die Luftwaffe bei einem baldigen Einsatz im Westen zu sehr verausgabte, was einen Angriff im Osten so gut wie unmöglich machte. »Fall Gelb« beinhaltete zu große Risiken. Es war wie verhext. Eigentlich hätte er sich über den Absturz des Kuriers freuen müssen, weil es den Angriffszeitpunkt in Frage stellte. Leider aber untergrub es auch seine Position als Chef der Luftwaffe. Was sollte er nur tun? Göring brauchte einen schnellen Erfolg. Etwas, das seine Unentbehrlichkeit für den Führer belegte. Irgendetwas. Durch seine Flieger versenkte Kriegsschiffe, eine britische Zusage für eine Friedenskonferenz – oder den entführten Sohn Hitlers auf dem Silbertablett. Das wäre mal eine echte Überraschung. Aber nein, dieser angeblich tote Krauss befreite den einzigen Menschen, der Genaueres über das Balg wusste. Künstlerpech.

Energisches Klopfen riss Göring aus seinen Gedanken. Er murmelte einige unverständliche Worte, und die Tür wurde geöffnet. Hansen trat ins Zimmer. Der Reichsfeldmarschall betrachtete ihn mit Unwillen. Noch so ein Scharlatan, dachte er. Hansen und dieser Heermann können sich die Hand reichen. Wieso gebe ich mich nur mit diesen Versagern ab?

»Wir müssen reden«, sagte Hansen, als würde er Ausflüchte nicht gelten lassen. Was dieser Kerl sich rausnahm. Nach diesem Debakel.

»Das ist ja wohl alles mächtig in die Hose gegangen«, entgegnete Göring barsch.

Hansen runzelte fragend die Stirn.

»Herr Reichsfeldmarschall?«

War dieser Halbwilde so dämlich, oder tat er nur so?

»Na, was dieser vermaledeite Krauss hier angerichtet hat. Und Ihre Gefangene hat er auch mitgenommen. Ist hier herein- und herausspaziert wie aus einem Hotel. Hätte ich nicht Alarm geschlagen, hätte man ihm zum Abschied vielleicht eine Postkarte von Burg Veldenstein geschenkt, zur Erinnerung.«

»Darf ich Sie daran erinnern, dass dieser Mann auf mich geschossen hat? Und ich ihn trotzdem verfolgt habe? Während Ihre Leibwache Luftlöcher geschossen hat oder sich in die Luft jagen ließ, war ich es, der zwei der Angreifer tötete. Aus größerer Distanz, um das einmal festzuhalten. Ich bin auch derjenige gewesen, der meiner Gefangenen, wie Sie es so trefflich ausdrücken, bis in den Ort nachgestellt hat. Von Ihren Leuten habe ich dort niemanden gesehen, Herr Reichsfeldmarschall.«

Einen impertinenten Ton hatte dieser Kerl am Leib. Hansen wirkte nicht im Geringsten eingeschüchtert. Langsam wurde ihm der Bursche unheimlich, dachte Göring. Eine der überlebenden Wachen hatte ihm berichtet, dass Hansen in dem Chaos tatsächlich kaltblütig zwei Männer erschossen hatte, aus mehr als zweihundert Metern Entfernung. Bei einem Treffer hätte man von einem Glücksschuss ausgehen können, doch bei zweien handelte es sich wohl um ein außerordentliches Talent. Göring drückte den Rücken durch. Ganz egal. Krauss lebte. Und als sei das allein nicht schlimm genug, war der gemeingefährliche Irre mit Oda entkommen. Die Chancen, jetzt noch den Aufenthaltsort des Jungen in Erfahrung zu bringen, schätzte Göring gleich null. Es war nicht der richtige Zeitpunkt, um Hansens Schießkünste zu loben.

»Das mag ja alles sein, Hansen«, sagte Göring. »Aber es ist

Ihnen trotzdem nicht gelungen, das herauszubekommen, wofür ich Sie engagiert habe. Wir hatten eine Abmachung. Sie haben es versaut.«

»Woher wissen Sie das?«

Diesem Burschen war nicht beizukommen. Göring seufzte. Heute wanderte er durch ein Jammertal.

»Was soll das heißen?«

Hansen blickte sein Gegenüber unverwandt aus braunblauen Augen an. Auch ein Umstand, weshalb sich der Reichsfeldmarschall unwohl fühlte.

»Ich habe viel Zeit mit Ihrer Nichte verbracht. In dieser Zeit hat sie mir alles verraten, was Sie wissen wollen. Und einiges, von dem Sie nicht wollten, dass ich es weiß.«

»Wie darf ich das verstehen?«

Hansen lächelte spöttisch.

»Ich bitte Sie. Spielen Sie keine Spielchen mit mir. Sie wissen genau, wovon ich rede. Ihr Geheimnis ist bei mir in guten Händen. Ich habe dafür gesorgt, dass Ihre Nichte es niemand anderem erzählen kann.«

»Was haben Sie getan?«, fragte Göring, dem der Kerl immer unheimlicher wurde.

»Ich habe sie vergiftet.«

»Sie haben was?«

»Mit einem Froschgift. Erst wird es sie lähmen, dann stirbt sie in den nächsten zwei, drei Tagen.«

»Das ist ja furchtbar.«

»Wie das klingt aus Ihrem Mund.«

Göring schnaubte. Dieser Mistkerl hatte seine Nichte getötet. Das war nicht vorgesehen. Göring hatte zwar nichts dagegen, Oda zu foltern, um an die für ihn lebenswichtigen Informationen heranzukommen, aber ihren Tod wollte er nicht unbedingt. Sie gehörte am Ende zur Familie. Was nahm dieser Urwaldmensch sich raus?

»Vergessen Sie nicht, wen Sie vor sich haben, Hansen. Übertreiben Sie es nicht.«

»Entschuldigen Sie, Herr Reichsfeldmarschall.«

Aber Göring entdeckte in Hansens Augen keine Spur von Reue. Eher Verachtung. Wahrscheinlich würde er auch ihn vergiften, wenn es von Vorteil für ihn wäre. Er musste Hansen loswerden. Auf die eine oder andere Art. Vor allem, wo der jetzt wusste, was es mit Hitlers Sohn auf sich hatte.

»Raus damit. Wo steckt der Junge?«

Hansen atmete tief ein und aus.

»Halten Sie mich nicht für unverschämt, Herr Reichsfeldmarschall, aber wir brauchen eine tiefer gehende Übereinkunft. Sie wissen, was mir vorschwebt. Ich will in die SS, wie Schulz-Kampfhenkel auch, und ich will eine Gruppe leiten. Verstehen Sie mich bitte richtig. Es geht mir darum, Ihre Interessen zu wahren. Ich werde Ihnen ergeben sein, aber ich möchte auch Einfluss, das gebe ich unumwunden zu. Dann kann ich Ihnen beweisen, wozu ich sonst noch fähig bin.«

Der Kerl spinnt, dachte Göring. Wenn ich den auf die Menschheit loslasse, werde ich meines Lebens nicht mehr froh.

»Das liegt wohl außerhalb meiner …«, fing er an, brach den Satz aber ab. Er hatte plötzlich eine Eingebung. Eine ungewöhnliche Eingebung.

»Vielleicht lässt sich da was machen«, sagte Göring. »Es gibt da eine geheime Gestapo-Gruppe, der vor ein paar Monaten der Mann an der Spitze abhandengekommen ist. Das wäre eine Möglichkeit.«

»Hört sich nicht schlecht an. Um was für eine Abteilung handelt es sich?«

»Sie nennen sich die ›Söhne Odins‹. Ein wilder Haufen. Die Truppe kommt zum Zug, wenn es besonders heikel wird. Oder besonders geheim. Oder besonders schmutzig. Genau das Richtige für Sie.«

Für einen Wahnsinnigen wie Sie, hätte Göring am liebsten gesagt. Einen Erpresser. Aber in der Tat ersetzte er damit einen Wahnsinnigen durch einen anderen. Krauss würde diese Parallelität zu schätzen wissen. War es nicht so, dass sein Bruder Edgar Krauss' Geliebte auf dem Gewissen hatte? Und jetzt war Göring drauf und dran, den Mörder seiner Mitstreiterin Oda in die Position seines toten Bruders zu hieven. Wenn Heydrich und Himmler mitspielten. Er musste ihnen die Personalie irgendwie verkaufen. Oder auch nicht. Wer wollte sich schon gegen den Reichsfeldmarschall stellen?

»Wann können Sie mich dort einführen?«

»In Kürze«, sagte Göring. »Wir müssen sowieso nach Berlin.«

»Ich würde es mir ansehen«, antwortete Hansen.

Wie gnädig, dachte Göring.

»Also nun mal raus mit der Sprache.«

Hansen ruckelte auf seinem Stuhl herum.

»Bei allem Respekt: Sie verstehen, dass ich mich absichern möchte. Ich verspreche Ihnen, dass ich Ihnen den Jungen persönlich herschaffe, wenn Sie sich an Ihren Teil der Abmachung halten. Er befindet sich ohnehin außerhalb Ihrer Reichweite. Oda hat ihn einer Familie anvertraut, die ihn nach Übersee gebracht hat. Nach Südamerika. Ich habe den Ort und den Namen der Familie. Ich behalte ihn für mich, als Rückversicherung. Sobald ich mich in Berlin etabliert habe, hole ich den Jungen zurück nach Deutschland, das garantiere ich Ihnen.«

Görings Enttäuschung war mit jedem Wort Hansens weiter gewachsen. Nicht nur, dass dieser Schuft ihn gnadenlos weiter erpresste. Wenn das zutraf, was Hansen sagte, würde es Wochen, wahrscheinlich Monate dauern, bis Göring das Kind in seiner Gewalt hatte. Dabei brauchte er es jetzt, um Hitler milde zu stimmen.

»Wie lange wird das dauern?«

»Realistisch: mindestens drei Monate, schätze ich.«

Göring sank mit dem tiefsten Seufzer der letzten Stunden zurück in seinen Stuhl. Mein Gott, dieser Tag war nicht zu retten. Er betrachtete Hansen aus halb geschlossenen Augen.

»Gut. Holen Sie ihn. Besser spät als nie.«

Eine Stunde später saß Göring im Esszimmer am Kopfende eines Tisches, der mindestens zwanzig Menschen Platz bot, und stärkte sich mit einer Mahlzeit für die Rückfahrt. Außerdem baute er beim Essen Frust ab. Emmy trat in den Raum und setzte sich neben ihren Gatten.

»Ich habe mit Dr. Heermann telefoniert«, berichtete sie.

Göring sprach mit vollem Mund, vollkommen desinteressiert.

»Und was sagt er?«

»Also. Der Kurier hat den Absturz überlebt. Die Maschine ist auf einem Feld gelandet. Dort wollte er die Dokumente verbrennen. Aber sein einziges Streichholz hat der Wind ausgeblasen. Er hat einen Bauern, der zufällig vorbeikam, gebeten, ihm ein Zündholz zu geben. Aber der hatte auch keines. Da tauchte die Polizei auf, hat die Papiere beschlagnahmt und den Kurier mitgenommen aufs Revier. Jetzt pass auf, Hermann. Dr. Heermann sagt, dass der Kurier die Dokumente auf der Wache den Polizisten entrissen und in einen Ofen geschmissen hat. Bis die Männer die Seiten wieder herausgefischt hatten, waren sie nur noch schwer leserlich. Leider kann er nicht genau sagen, welche Stellen verbrannt sind.«

Göring drehte sich zu ihr um.

»Das wundert mich jetzt aber«, sagte er. »Wo er doch so schlau ist, dein Dr. Heermann.«

»Bitte, Hermann. Woher soll er denn diese Details wissen? Ich glaube ihm, er ist ein guter Mensch.«

»Mit einer blühenden Phantasie.«

Emmy schmollte. Göring kaute lustlos auf einem gebratenen Hühnerbein herum. Zum Teufel, dachte er. Wahrscheinlich spintisierte diese Kanaille nur dummes Zeug zusammen. Aber so hatte er für Hitler wenigstens eine mögliche Variante parat, wie es in Mechelen abgelaufen sein könnte. Der Führer war, das wusste er aus eigener Erfahrung, nicht unanfällig für derartigen Aberglauben. Göring entfuhr ein kleiner Rülpser.

»Danke für deine Mühe, Emmy«, sagte er zu seiner Gattin. Aber der Stuhl neben ihm war leer. Emmy war lautlos gegangen.

22.
Berlin

12. Januar 1940
Stadtrand

Krauss kannte nur einen Menschen, dem er zutraute, Odas Leben zu retten. Den Menschen, der auch sein Leben gerettet hatte. Weinberg. Straubinger hatte angemerkt, dass es zu gefährlich sei, den Arzt in Berlin aufzusuchen, dass Krauss damit alle Beteiligten einem zu hohen Risiko aussetzen würde. Aber ihm fiel keine andere Lösung ein. Ohne kompetente Hilfe würde er Oda verlieren. Wo er sie doch gerade erst gefunden hatte. Alles wäre vergeblich gewesen, ihre Flucht mit Philipp und jetzt der Tod von Miller und Baldwin. Das durfte nicht sein. Unbewusst mahlte er mit den Zähnen, bis seine Kiefergelenke knackten.

Straubinger saß am Steuer, Krauss hinten im Wagen. Oda lag gekrümmt neben ihm auf der Rückbank, ihr Kopf ruhte auf seinem Schoß, die Augen geschlossen. Sie war bewusstlos. Krauss hatte mehrfach versucht, sie mit einem sanften Klaps ins Gesicht zurückzuholen, vergebens. Welcher Stoff auch in ihrem Organismus zirkulierte, er bewirkte, dass sie allmählich hinwegdämmerte. Fort von ihm. Krauss hatte nicht die geringste Vorstellung, womit der Pfeil wohl getränkt war. Irgendein heimtückisches Gift. Etwas, von dem der Schütze glaubte, dass es sicherer tötete als eine Kugel, sonst hätte er es nicht benutzt. Dieser verfluchte Teufel. Krauss dachte an ihren Verfolger. Den Mann mit dem Zopf. Hansen. Oda hatte diesen Namen bei der Flucht aus dem Verlies erwähnt. Sie sagte, Hansen habe ihr am Vorabend ein Mittel eingeflößt, deshalb sei sie wackelig auf den Beinen. Er musste es sein.

Krauss erinnerte sich, dass der Kerl zuerst eine lederne Tasche in der Hand hatte. Er wollte zu Oda. Ihr wieder eine seiner Mixturen verabreichen. Kein Zweifel. Hansen war der Mann, der ihren Plan durchkreuzt hatte. Der große Unbekannte. Ein Giftmischer und Meisterschütze. Schnell und entschlossen. Miller und Baldwin gingen auf sein Konto. Vielleicht bald auch Oda. Krauss schlug mit der Rechten auf die Rückenlehne vor ihm. Straubinger wandte sich erschrocken um.

»Was ist los?«, fragte er.

»Ich bringe das Schwein um«, zischte Krauss in die Dunkelheit.

Straubinger sparte sich einen Kommentar. Daran, wer gemeint war, gab es keinen Zweifel. Genauso wenig wie daran, was er verdient hatte.

Draußen dämmerte es. Sie waren von Neuhaus aus durchgefahren, hatten die Außenbezirke Berlins erreicht, ohne in eine Kontrolle zu geraten. Zum Haus der Weinbergs wollten sie erst im Schutz der Dunkelheit. Trotzdem war es heikel. Sogar mehr als das. Straubinger hatte recht. Sie brachten die Familie in höchste Gefahr. Als sie wenige Meter vom Haus entfernt parkten, war Krauss kurz davor, die Sache abzublasen. Da entfuhr Oda ein leises Stöhnen. Auf ihrer Stirn perlten Schweißtropfen, trotz der Kälte. Wenn ihr nicht bald geholfen wurde, war es zu spät.

»Du sondierst die Lage«, sagte Krauss zu Straubinger. Der stieg aus, um die Weinbergs vorzubereiten und nachzusehen, ob die Familie gerade Gäste hatte oder Patienten versorgte. Nach drei Minuten kehrte Straubinger zurück, sah sich um, öffnete die Fondtür.

»Sie machen mit«, sagte er. Krauss rutschte raus, zog Oda aus dem Wagen, nahm sie auf die Arme. Sie war schwer, atmete unregelmäßig. Noch ist Leben in ihr, dachte Krauss. Er steuerte mit seiner Last auf das Haus zu, hoffte, dass keiner der

Nachbarn am Fenster lauerte. An der Tür wartete Inge Weinberg. Sie wirkte gleichermaßen erfreut wie besorgt.

»Hinten durch, in Ihr altes Zimmer«, sagte sie.

Krauss quetschte sich an ihr vorbei ins Haus, ging durch den Flur. Der Arzt hatte die Schranktüren weit geöffnet und war bereit, Krauss zu helfen, Oda in das verborgene Zimmer zu transportieren. Er sah hager aus, verhärmt, vom Kummer gezeichnet. Nur seine äußeren Wunden waren verheilt. Wortlos packte er Oda an den Schultern und stieg rückwärts durch den Schrank. Krauss hielt ihre Beine und folgte ihm. Das Zimmer schien unverändert. Sie legten den schlaffen Körper auf das Bett. Weinberg schob seiner neuen Patientin ein Kissen in den Nacken.

»Was ist passiert?«, fragte er, während er Odas Lider zurückzog und die Pupillen untersuchte.

»Sie hat einen Giftpfeil abbekommen«, antwortete Krauss.

Weinberg schaute ihn ungläubig an.

»Sie hat was?«

»Einer von Görings Männern hat mit einem Blasrohr auf uns geschossen. Ich habe ihr einen kleinen Pfeil aus dem Hals gezogen. Vermutlich war er mit Gift bestrichen. Oda ist kurz darauf ohnmächtig geworden und nicht mehr aufgewacht.«

Der Arzt runzelte die Stirn.

»Haben Sie den Pfeil noch?«

»Nein, ich habe ihn weggeworfen.«

»Wann ist das passiert?«

»Vor ungefähr sieben Stunden. Wir sind sofort zu Ihnen gefahren.«

Weinberg widmete sich seiner Patientin, prüfte deren Reaktionen, maß Temperatur, Puls und Blutdruck. Mittlerweile waren Straubinger und Weinbergs Frau ins Zimmer gekommen. Schweigend warteten sie auf die Diagnose des Arztes.

»Ohne Kenntnis von der Substanz, mit der der Pfeil getränkt war, kann ich wenig tun«, sagte er ernst, »und selbst wenn ich es wüsste, wäre ich höchstwahrscheinlich machtlos. Wenn es stimmt, was Sie sagen, dann arbeitet in ihr irgendein Gift, von dem ich weder weiß, wie es wirkt, noch, was sich dagegen tun lässt. Meistens basieren Gifte auf Alkaloiden und lähmen die Organe, zum Beispiel die Lunge oder das Herz. In der Regel ist das unaufhaltsam, es sei denn, Sie haben ein Gegenmittel. Tut mir leid.«

Krauss hatte ein anderes Ergebnis erhofft, aber nicht erwartet. Bisher war dieser Hansen mit tödlicher Präzision zu Werke gegangen. Weinberg betrachtete die reglose Oda.

»Das Einzige, was mir zu denken gibt, ist die Tatsache, dass sie sieben Stunden nach dem Kontakt mit dem Gift noch lebt. Das ist ungewöhnlich. Normalerweise wirken solche starken Gifte in Sekunden oder Minuten. Das hat die Natur so vorgesehen, damit die getötete Beute nicht endlos weit fliehen kann. Sonst würde es keinen Sinn ergeben.«

»Heißt das, sie hat eine Chance?«, fragte Krauss.

»Ich weiß es nicht. Möglicherweise. Ihr Organismus kämpft dagegen an, so viel ist sicher. Aber ich will Ihnen keine falsche Hoffnung machen. Das Gift mag auch erst nach Stunden seine Kraft entfalten. Vielleicht ist die Konzentration geringer, oder es ist alt und hat sich teilweise zersetzt. Ich kann es einfach nicht sagen.«

»Wer hat ihr das Gift injiziert?«, fragte Weinbergs Frau.

»Ein Mann namens Hansen«, sagte Krauss bitter.

»So einen Kerl habe ich nie zuvor gesehen«, sagte Straubinger. »Er trägt einen langen Zopf, wie eine Frau.«

Inge Weinberg horchte auf, überlegte, schaute irritiert ihren Mann an.

»Der weiße Indianer«, murmelte sie. »Aber das ist unmöglich.«

»Sie kennen ihn?«, fragte Krauss ungläubig.

»Nein, nein, das nicht«, sagte sie unsicher. »Ich musste nur an einen Film denken, den Samuel und ich vor einem Jahr im Kino gesehen haben. Dort gab es auch einen Mann mit Zopf. Sie nannten ihn den ›weißen Indianer‹. Der Film hieß ›Rätsel der Urwaldhölle‹, es ging um eine Expedition an den Amazonas, nach dem Buch von diesem Schulz-Kampfhenkel.«

»Amazonas und giftige Pfeile, das würde passen«, sagte Krauss. Aber selbst ihm erschien ein Zusammenhang zu unwahrscheinlich.

»Hieß dieser weiße Indianer nicht Hansen?«, fragte der Arzt seine Frau. Krauss sah von einem zum anderen.

»Ich erinnere mich«, sagte Straubinger plötzlich aufgeregt. »Ich habe den Film ebenfalls gesehen. Das ist er, ganz bestimmt. Hansen, jetzt weiß ich es wieder. Ein Weißer, der auf die Jagd geht wie die Indianer. Mit Pfeil und Bogen. Und mit einem Blasrohr.«

Dass alle drei sich irrten, konnte Krauss sich nicht vorstellen. Wenn es ihm auch schwerfiel, eine Verbindung zwischen Hansen und Göring herzustellen. Jetzt hatten sie zumindest einen Anhaltspunkt. Gift vom Amazonas. Weinberg dachte dasselbe wie er.

»Mein Wissen ist da sehr beschränkt. Ich habe mal was gehört von einem Gift namens Curare. Ich bin mir nicht ganz sicher, ob es aus Fröschen gewonnen wird, es gibt aber dort auf jeden Fall hochgiftige Tiere und Pflanzen.«

Froschgift? Oda siechte elendig dahin, weil ihr jemand Froschgift injiziert hatte? Krauss sah den Arzt ratlos an.

»Sie brauchen dringend einen Spezialisten. Einen Biologen oder einen Völkerkundler, der sich mit solchen Stämmen und deren Lebensweise befasst.«

»Oder einen ehemaligen Abenteurer und heutigen SS-Offizier«, sagte Straubinger. Alle blickten auf ihn. Er fuhr fort. »Otto Schulz-Kampfhenkel. Er ist SS-Untersturmführer, hat im Reichssicherheitshauptamt gearbeitet. So viele prominente Zeitgenossen laufen da nicht rum.«

»Und wo finden wir den Kerl?«, fragte Krauss.

Straubinger lächelte, zum ersten Mal an diesem Tag.

»Ich glaube, wir haben Glück. Schulz-Kampfhenkel ist gerade in Berlin, kuriert eine Knieverletzung aus. Ich weiß es, weil ihn jemand kennt bei den ›Söhnen Odins‹. Er hat noch vor kurzem von ihm gesprochen, von dem Film. Und dass Schulz-Kampfhenkel in Schönwalde zum Militärflugzeugführer ausgebildet wird, aber seit Wochen wegen des kaputten Knies pausieren muss. Die Adresse habe ich in einer Stunde. Vielleicht weiß er, was in solchen Fällen zu tun ist. Ich meine, Schulz-Kampfhenkel war am Amazonas. Er musste mit solchen Vorfällen rechnen, sich vorbereiten.«

Krauss nickte.

»Dann los.«

Während Straubinger sich auf den Weg machte, kümmerte sich Weinberg um Oda, suchte nach einer geeigneten Vene, legte ihr eine Kanüle.

»Ich versuche, sie zu stabilisieren. Mehr kann ich im Augenblick nicht tun. Eine derartige Vergiftung ist unberechenbar.«

»Vielen Dank. Es tut mir leid, dass ich Sie da mit reingezogen habe. Aber Sie waren meine einzige Hoffnung.«

Weinberg rang mit den Worten. Ihm lag etwas auf der Seele, das auszusprechen ihn Überwindung kostete. Aber die Last war zu groß, er musste sich von ihr befreien.

»Dass Sie zu uns gekommen sind, kann ich Ihnen verzeihen. Sie wollten diese Frau retten. Aber dass Sie Rache genommen haben für das, was man mir angetan hat, ohne mich nach meiner Meinung zu fragen, ist unverzeihlich, Richard. Sie haben fünf Menschen kaltblütig erschossen. Meinetwegen. Glauben Sie, dass ich lächelnd darüber hinweggehe, als wäre nichts geschehen? Ich bin Arzt, Richard. Ich habe einen Eid geleistet, dass ich alles unternehme, was in meiner Macht steht, um Menschenleben zu erhalten. Egal, was diese Leute mir angetan haben, egal, was die Nationalsozialisten mit den Juden anstellen, es gibt Ihnen nicht das Recht, über deren Leben zu entscheiden.«

Der Arzt war aufgewühlt von seinen Worten, kämpfte sichtlich gegen seine Gefühle an. Aber er fing sich wieder, wartete auf eine Antwort. Krauss breitete hilflos die Arme aus.

»Ich weiß nicht, was ich sagen soll. Dass ich es bereue? Dann würde ich lügen. Es tut mir leid, Ihre Gefühle verletzt zu haben, das war nicht meine Absicht. Mag sein, dass unsere Vorstellungen von Recht und Gesetz auseinanderklaffen. Ehrlich gesagt hatte ich gehofft, dass Sie es gar nicht erfahren. Aber dass diese Menschen durch meine Hand gestorben sind, belastet mich in keiner Sekunde. Ich habe gesehen, wozu diese Leute fähig sind, und ich sehe mich außerstande, das zu tolerieren. Es geht dabei nicht nur um Sie, Samuel. Ich wollte diesen Männern demonstrieren, dass sie nicht die letzte Instanz sind auf diesem Planeten, dass ihr selbstgerechtes Handeln Konsequenzen haben kann. Dass es Menschen gibt, die eine andere Vorstellung von Gerechtigkeit besitzen. Dafür will ich mich nicht entschuldigen.« Er senkte den Kopf. »Ich kann es nicht.«

Der Arzt starrte ihn stumm aus schwarz umrandeten Augen an. Krauss hoffte, dass es nicht seine Vergeltungsaktion allein war, die dem Arzt den Schlaf raubte. Es machte ihn verrückt, dass die Dinge in diesem Land so aus dem Gleichgewicht gerieten. Diejenigen, die moralisch integer bleiben wollten, zahlten einen zu hohen Preis. Weinbergs Frau trat von hinten an Krauss heran und legte ihm eine Hand auf die Schulter. Sie sprach leise, gefasst.

»Sie müssen Samuel verstehen. Wir sind keine Mörder. Ich

habe ihm erklärt, dass Sie Ihren inneren Dämonen folgen, dass Sie nicht anders können, dass Sie Vorwände suchen, um Ihre Rache auszuleben. Dass es nichts mit ihm zu tun hat. Aber er glaubt mir nicht. Außerdem teile ich seine Auffassung nur teilweise. Denn obwohl ich selbst niemals jemanden töten könnte, bin ich froh, dass Sie es können, Richard.«

Der Arzt öffnete den Mund, um etwas zu sagen, verkniff es sich aber. Offensichtlich hatten ihn die Worte seiner Frau in einen Konflikt gestürzt. Es war ihm anzumerken, dass er damit nicht einverstanden war, aber vor der Auseinandersetzung zurückscheute.

»Ich werde alles tun, um diese Frau zu retten«, sagte er, »aber egal, wie es ausgeht: Ich möchte, dass Sie uns danach verlassen und nie mehr hier auftauchen.«

»Einverstanden«, entgegnete Krauss, froh, das unangenehme Gespräch beenden zu können.

»Kommen Sie, ich mache Ihnen was zu essen«, sagte Weinbergs Frau. Sie führte Krauss sanft aus dem Zimmer. Draußen im Flur wartete Hannah und blinzelte ihn schläfrig an. Als sie Krauss erkannte, lief sie auf ihn zu.

»Richard«, rief sie.

Obwohl ihm nicht danach zumute war, musste er lachen, während er sie hochhob und an sich drückte.

»Mein Gott, bist du schwer.«

Hannah klammerte sich an ihn.

»Ich habe dich so vermisst.«

»Ich dich auch.«

»Ich habe sogar von dir geträumt.«

»Ach ja? Und was?«

»Da war Feuer, und es war heiß, und eine Hand hat nach deinem Amulett gegriffen, um dich ins Feuer zu ziehen, aber du hast nur gelacht.«

»Siehst du, du musst dir keine Sorgen machen.«

»Nur wenn du mein Amulett trägst.«

Er holte die Kette unter seinem Hemd hervor, zeigte ihr die Unterlegscheibe.

»Da bin ich aber froh«, sagte sie, »der liebe Gott passt auf dich auf.«

Eine Stunde später saß Krauss neben Straubinger in dessen Wagen. Schweigend fuhren sie die fünfzig Kilometer raus in die Märkische Schweiz, nach Buckow, zum Anwesen der Schulz-Kampfhenkels. Es hieß, dass sich der Patient Schulz-Kampfhenkel nach zwei Monaten im Lazarett dort aufhalten sollte. Beide trugen SS-Uniformen. Als Türöffner, hatte Straubinger gesagt. Dort angekommen, zog sich Krauss einen schwarzen Ledermantel über und ging zum Haus. Straubinger lehnte sich wie vereinbart an den Wagen, gut sichtbar. SS-Offiziere hatten nichts zu verbergen. Es ging auf einundzwanzig Uhr dreißig zu, als Krauss am Portal der Gründerzeitvilla klingelte. Seit mehr als zehn Stunden zirkulierte das Gift in Odas Körper, kämpfte sie gegen einen exotischen Feind. Krauss hatte deshalb eine Unruhe erfasst, die ihn zur Eile antrieb.

Eine ältere Frau öffnete die Tür.

»Kann ich Ihnen helfen?«

»Frau Schulz-Kampfhenkel?«, fragte Krauss bestimmt.

»Die bin ich«, sagte die alte Dame.

»Heil Hitler. Hauptsturmführer Kreidler. Ich bin auf der Suche nach Ihrem Sohn. Eine dringende Angelegenheit. Ist er im Haus?«

Die Hausherrin war offenkundig verunsichert.

»Ja, ja, er ist da. Er kuriert sein kaputtes Knie aus.« Sie gab die Tür frei. »Treten Sie ein.«

Krauss folgte der Einladung und schritt in ein großzügiges Foyer. Es roch muffig, nach Staub und Leder. Eine Treppe führte in den ersten Stock.

»Worum geht es denn?«, fragte Schulz-Kampfhenkels Mutter.

»Tut mir leid, das obliegt der Geheimhaltung. Sie verstehen. Ich muss mit Ihrem Sohn unter vier Augen sprechen.«

»Na gut. Ich sage ihm, dass er Besuch hat.« Sie stieg langsam die Treppe hinauf. Während Krauss versuchte, anhand der Möbelstücke die Besitzer genauer einzuordnen, schlurfte ein alter Mann ins Foyer. Er war groß und wohl ehemals kräftig, wirkte nun aber eingefallen. Die grauen Haare auf seinem Kopf erinnerten an ein Vogelnest. Der Vater, vermutete Krauss.

»Heil Hitler, Herr Schulz-Kampfhenkel«, sagte er auf Verdacht.

Der alte Mann reagierte nicht, sondern schob sich näher an ihn heran, betrachtete den Besucher aus trüben Augen. Krauss war nicht imstande, in ihnen irgendetwas zu lesen außer einer unergründlichen Gleichgültigkeit, wollte die Gelegenheit aber nicht ungenutzt verstreichen lassen.

»Ich bin ein Bewunderer Ihres Sohnes. Diese Expedition, einfach famos. Nur aus Interesse: Wo bewahrt er die mitgebrachten Kostbarkeiten auf? Ich würde mich freuen, einige dieser fremdartigen Mitbringsel aus der Nähe zu sehen.«

Die Stimme des Alten war brüchig.

»Reden Sie kein Blech«, sagte er und tippte mit einem knöchernen Finger so fest auf Krauss' Brust, dass es schmerzte. »Sorgen Sie lieber dafür, dass uns diese Wilden nicht auf den Pelz rücken.«

»Kommen Sie bitte hoch«, erlöste ihn die Alte aus dem ersten Stock. Krauss lief die Treppe hinauf und spürte bei jedem Schritt die milchigen Augen des Hausherrn auf sich ruhen. Oben wies Frau Schulz-Kampfhenkel ihn lächelnd in Richtung einer offenen Tür.

»Mein Sohn erwartet Sie.«

Der Raum beantwortete die Frage, die er Schulz-Kampfhenkels Vater gestellt hatte. Er war bis zum Rand vollgestopft mit wunderlichem Krimskrams. Schnitzereien, geflochtenen Körben, bemalten Tonschalen, Waffen aller Art wie Äxten, Pfeilen, Bogen, Messern, Speeren, undefinierbaren Kultgegenständen, Federschmuck, Tierfellen und komplett ausgestopften Exemplaren, übereinandergestapelten Glaskästen mit konservierten Insekten, riesigen Faltern und Käfern sowie monströsen Spinnen. Niemals zuvor hatte Krauss so ein kurioses Sammelsurium gesehen. Seine Augen huschten umher, unfähig, einen Gegenstand länger zu fixieren, weil der nächste nach Aufmerksamkeit schrie, nur um zwangsläufig bei der Gestalt zu landen, die in der Mitte all diesen Krempels den Besucher erwartete. Schulz-Kampfhenkel war groß, schlank und Krauss vom ersten Moment an unsympathisch. Sein Gesichtsausdruck strahlte kaum verhohlen die Blasiertheit eines Mannes aus, der sich für etwas Besseres hielt. Schulz-Kampfhenkel, als SS-Untersturmführer im Rang unter seinem Besucher, nahm Haltung an, was in Strickjacke und bequemer Hauskleidung unpassend wirkte. Er stützte sich dabei auf einen mit Schnitzereien versehenen Stock, wohl wegen der Knieverletzung.

»Heil Hitler«, sagte er.

»Heil Hitler«, grüßte Krauss zurück. »Mein Name ist Kreidler. Hauptsturmführer Kreidler.«

»Was verschafft mir die Ehre zu so später Stunde?«

»Ein Mann namens Hansen.«

»Hansen war Mitglied meiner Jary-Expedition, das ist richtig. Was haben Sie mit ihm zu tun?«

»Wie schätzen Sie ihn ein?«

»Das ist merkwürdig. Ich habe eine ähnliche Anfrage bezüglich Hansens Qualitäten vom Reichsführer-SS Heinrich Himmler vorliegen. Ich soll ein Gutachten erstellen.«

Schulz-Kampfhenkel versuchte, Eindruck zu schinden, dachte Krauss. Und ihm von Anfang an klarzumachen, dass er von höchster Stelle protegiert wurde. Er konnte nicht wissen, dass das in seinem Fall nutzlos war.

»Können Sie das präzisieren?«

»Bei allem Respekt, aber dazu müsste ich mir erst das Einverständnis Himmlers holen«, sagte Schulz-Kampfhenkel. »Sie verstehen das hoffentlich.«

Krauss verstand sehr gut. Dieser arrogante Sohn aus gutem Hause wollte ihn auflaufen lassen. Sollte er.

»Schon gut. Aber Ihren Eindruck von Hansen können Sie mir sicher schildern?«

»Dazu müssen Sie wissen, dass ich seit langer Zeit keinen Kontakt mehr zu ihm pflege. Wir gehen getrennte Wege. Allerdings glaube ich nicht, dass er sich geändert hat.«

Schulz-Kampfhenkel legte eine kurze Kunstpause ein, um seinen Worten Gewicht zu verleihen.

»Hansen ist ein verkommenes Subjekt. Ich kann leider nichts Gutes über ihn sagen. Er hat einen liederlichen Charakter, handelt rücksichtslos und brutal, ist hinterhältig und gemein. Die Zeit im Dschungel hat ihn verändert. Ich kenne Heinrich seit der Schulzeit. Richtig sympathisch war er mir bereits damals nicht. Aber das ist kein Vergleich zu heute. Wissen Sie, wenn Sie auf sich selbst zurückgeworfen werden wie wir während unserer Zeit im Urwald, lernen Sie bislang unbekannte Seiten an sich kennen. Man kann wohl sagen, dass der Kern Ihres Wesens zutage gefördert wird. Und Hansens Kern ist der eines zutiefst bösartigen Menschen.«

Aus Schulz-Kampfhenkel sprach zwar ehrliche Abscheu. Für Krauss' Geschmack wirkte das aber alles ein wenig zu selbstgerecht. Bei den nächsten Worten fühlte er sich in seinem Urteil bestätigt.

»Hansen ist kein Wissenschaftler, so, wie ich es bin. Ihm

fehlt die Distanz des Forschers, der kritische Blick. Ich habe im Dschungel anthropologische Studien betrieben. Mir war bewusst, in welcher Umgebung ich mich befinde, mit wem ich es zu tun habe. Die Eingeborenen sind unterentwickelt, im Vergleich zu uns rassisch degeneriert. Niemals habe ich das vergessen. Doch Hansen hat sich auf eine Stufe mit ihnen gestellt, sich sogar eine Eingeborene als Frau genommen. Geradezu ekelerregend.«

Schulz-Kampfhenkel verzog das Gesicht.

»Der weiße Indianer«, sekundierte Krauss. Sein von sich selbst überzeugter Gesprächspartner nickte.

»So nannten ihn die Aparai. Obwohl Hansen äußerlich trotz seiner langen Haare niemals aussehen wird wie ein Indianer, innerlich ist die Verwandlung perfekt. Hansen ist ein Wilder, durch und durch, glauben Sie mir das. Eine verschlagene Kreatur, die nur ihren Instinkten folgt.«

»Kennt er sich mit Giften aus?«

»Hansen kennt sich mit allem aus, was das Leben der Indianer betrifft. Ich weiß, dass er für die Jagd Curare benutzt hat. Es machte die Runde, dass er in seiner Hütte weitere Gifte hortete, von Fröschen vor allem. Ich weiß nicht, ob es stimmt, weil ich es nie überprüft habe. Hansen hatte uns verboten, seine Hütte zu betreten. Uns allen war wohler dabei, sich daran zu halten.«

Weinberg hatte ebenfalls von einem Gift namens Curare gesprochen. Krauss wähnte sich auf der richtigen Spur.

»Gift ist das entscheidende Stichwort. Die Sache, wegen der ich hier bin, duldet keinen Aufschub, deshalb der späte Besuch. Hansen hat eine Person vergiftet, deren Tod der SS-Führung nicht gelegen kommt. Ich bin hier, weil ich Ihre Hilfe brauche.«

Schulz-Kampfhenkel zog die Augenbrauen missbilligend zusammen.

»Warum fragen Sie nicht Hansen? Anscheinend arbeiten Sie mit ihm zusammen. Wenn einer weiß, was zu tun ist, dann er.«

»Die Angelegenheit ist kompliziert. Fragen Sie bitte nicht nach dem Warum. Das unterliegt der Geheimhaltung. Sie kennen das ja.«

Der welterfahrene Abenteurer reagierte nicht auf die Spitze. Er sah Krauss nur skeptisch an. Schöpfte er Verdacht? Nein, dieser Kerl hatte zu großen Respekt vor der SS-Hierarchie. Trotz seines Dünkels.

»Wissen Sie, um was für ein Gift es sich handelt?«

Krauss schüttelte den Kopf.

»Wie lange wirkt es schon?«

»Etwa zwölf Stunden.«

»Dann kann es kein Curare sein. Das tötet in Sekunden. Wahrscheinlich ist es ein Froschgift. Wenn Sie Glück haben, hat es einen Teil seiner Kraft verloren. Sehen Sie, die pflanzlichen Gifte wie Curare werden erst gekocht. Die Indianer schmieren den Sud warm auf die Pfeile. Wenn das Zeug getrocknet ist, bleibt es jahrelang haltbar. Es verliert in dieser Zeit nichts von seiner todbringenden Wirkung, es sei denn, es ist zwischendurch feucht geworden. Dann können sich Pilze ansiedeln und den Sud zersetzen. Bei den tierischen Giften bin ich mir nicht sicher. Es kann sein, dass sie schneller zerfallen.«

Schulz-Kampfhenkel schien eine Eingebung zu haben.

»Ich besitze immer noch meine Bayer-Apotheke. Darin waren auch einige Gegengifte. Natürlich ist das Serum mittlerweile ebenfalls mehr als drei Jahre alt und wahrscheinlich nutzlos. Aber etwas Besseres kann ich Ihnen nicht bieten. Folgen Sie mir.«

Er ging voraus in einen mindestens genauso vollgerümpelten Nachbarraum. Krauss erschien das Chaos noch größer, vielleicht, weil das Zimmer kleiner war. Schulz-Kampfhenkel schob vorsichtig einige der Mitbringsel beiseite, zog eine metallene Kiste hervor und tätschelte mit der Hand den Deckel.

»Der Inhalt hat mir und meinen Kameraden oft das Leben gerettet. Die Bedingungen am Amazonas sind mörderisch. Stechmücken, die schlimmes Fieber auslösen, Blutegel, die einem den Saft aussaugen, und mindestens ein Dutzend Krankheiten, von denen Sie noch nie etwas gehört haben. Dafür muss man aus dem richtigen Holz geschnitzt sein.«

Krauss lief die Zeit davon, und dieser bornierte Vogel fing an, von seinen Buscherlebnissen zu schwärmen. Am liebsten hätte er ihm die Kiste aus den Händen gerissen. Schulz-Kampfhenkel öffnete den Deckel.

»Mal sehen. Das ist es nicht. Das auch nicht. Aber hier.« Er reichte Krauss drei Ampullen. »Das soll gegen Froschgifte helfen. Wir mussten es glücklicherweise nie benutzen. Injizieren Sie es der betroffenen Person. Aber wie gesagt. Ob es hilft, weiß ich nicht. Mehr kann ich nicht tun.«

»Gut. Vielen Dank. Ich muss mich beeilen.«

Schulz-Kampfhenkel begleitete ihn zur Tür.

»Eine Sache noch, Hauptsturmführer Kreidler«, sagte er. »Nehmen Sie sich in Acht vor Hansen. Er nutzt jede Schwäche skrupellos aus. Wissen Sie, meine Kameraden und ich haben Hansen im Dschungel mit einem gefährlichen Tier verglichen. Menschliche Maßstäbe dürfen Sie an ihn nicht anlegen. Er kennt keine Moral. Nur seinen eigenen Vorteil. Wenn Sie ihm in die Quere kommen, wartet er auf seine Chance und schlägt unerbittlich zu.«

23.
Berlin

12. Januar 1940
Görings Stadtwohnung

Göring stierte vor dem Kamin seiner Berliner Stadtwohnung in die züngelnden Flammen. In der Hand hielt er einige Seiten bedrucktes Papier, offenbar unschlüssig, was er mit ihnen anstellen sollte. Neben ihm stand Adolf Hitler. Er hatte die Arme vor der Brust verschränkt. Keiner der beiden sagte ein Wort. Die Scheite knisterten und knackten, ab und zu flog ein Funke in den Rost, glühte kurz auf, erlosch. In unmittelbarer Nähe strahlte der Kamin eine wohlige, würzige Wärme ab, die sich schmeichelnd um die Körper der beiden Männer legte.

Göring konnte stundenlang ins Feuer starren; er genoss es, sich darin zu verlieren. Nach wenigen Minuten hatte er Hitler vergessen und versank in eine Trance, ließ es zu, dass sich die prasselnden Flammen zu Bildern verdichteten. Er sah Fackeln bis zum Horizont, einen Lindwurm aus Lichtern, der kein Ende zu nehmen schien. Sieben Jahre war das her, und auch damals hatte Hitler neben ihm gestanden, hatte an seiner Seite die Huldigungen des deutschen Volkes entgegengenommen. Niemals würde Göring diesen Moment vergessen, den Tag ihres Triumphs, den endgültigen Sieg über die Würdenträger der Weimarer Republik. Der 30. Januar 1933 war der Schluss- und Höhepunkt eines langen und zähen Kampfes um die politische Macht in Deutschland. Was hatten ihre Gegner nicht alles versucht, um sie hinauszudrängen aus dem Allerheiligsten, dem Deutschen Reichstag. Nicht einmal vor Verbannung und Haft schreckten sie zurück. Jedes Mittel war ihnen recht, aber sie hatten weder mit so viel Widerstand und

Beharrlichkeit gerechnet noch mit dem Willen des Volkes, das so große Hoffnungen auf die Wiederauferstehung der deutschen Nation setzte.

Damals hatte die Euphorie Göring genau diese Worte in den Mund gelegt, als er zu dem Fackelmeer zu seinen Füßen sprach. Beharrlichkeit. Wiederauferstehung. Deutsche Nation. Er erinnerte sich, als wäre es gestern gewesen. In dieser Nacht hatte ihn ein Rausch erfasst wie niemals zuvor und danach in seinem Leben. Er hörte die Trommeln nicht nur, ihr Rhythmus pulsierte in seinem Blut, untermalt von den himmlischen Fanfaren des Jüngsten Gerichts. Nur dass sie diejenigen waren, die alle Nichtgläubigen zum Teufel schickten. Diejenigen, die nicht an ihre heilige Sache glaubten. Den Siegeszug des Nationalsozialismus. Ja, er konnte nicht anders, er musste auf biblische Vergleiche ausweichen, um die Größe dieses Tages, dieser Stunden zu beschreiben. Dieser Tag, dieses Ereignis war nicht von dieser Welt, es war überirdisch; er und Millionen andere Menschen spürten den Hauch der Geschichte. Genau wie das unsichtbare Band zwischen ihm und Adolf Hitler. Göring hatte sich ihm unwahrscheinlich nahe gefühlt, sie waren gemeinsam einen schweren Weg gegangen und hatten gesiegt. Niemand konnte sie auseinanderdividieren, sie waren die Gesichter einer neuen Zeit. Er hatte es gefühlt, tief in seinem Herzen. Hitler brauchte ihn, Göring vervollständigte sein Wesen. Trotz der Wärme, die der Kamin abstrahlte, erschauerte der Reichsfeldmarschall angenehm bei dem Gedanken an die Vergangenheit. Warum nur ließen sich Schönheit, Glück und Vertrauen nicht festhalten, warum machten Neid und Gier alles zunichte? Warum war das Band zwischen dem Führer und ihm so brüchig geworden?

Immer tiefer versank Göring in seinen Grübeleien, vergaß alles um sich herum. Wie oft war er buchstäblich durchs Feuer gegangen? Unzählige Male. Der große Krieg hatte ihn, den himmelstürmenden, heldenhaften Piloten, ausgezeichnet mit dem Tapferkeitsorden Pour le Mérite, unversehrt gelassen, und er war aus der Asche der Schande auferstanden zu imposanter Größe. Das Feuer war sein Freund, war ihm zu Diensten. Nur wenige Wochen nach dem Fackelzug hatte es den Reichstag in seinen unerbittlichen Fingern, und Göring, der neue Präsident des Hauses, war aufgeregt durch die Gänge gerannt, um die kostbaren Gobelins zu retten. Was kümmerte ihn dieses seelenlose Gebäude?

Die Kaminhitze brachte seine Gesichtshaut zum Glühen und gemahnte ihn an die dramatischen Minuten von einst, in denen er in den Sitzungssaal des Reichstags stürmte. Hoch über ihm explodierte die Glaskuppel mit einem infernalischen Knall, die Scherben krachten auf das Mobiliar und hätten während einer Sitzung wohl viele Menschen durchbohrt. Göring hatte damals blitzartig die Arme vors Gesicht gerissen und war erschrocken zurückgesprungen. Das hatte ihm das Leben gerettet. Der Saal sah aus, als wären die apokalyptischen Reiter hindurchgeprescht und hätten ihn in ein Schlachtfeld verwandelt. Ein paar Minuten später war er Hitler und Goebbels gegenübergetreten, stolz auf seinen Mut, seine Entschlusskraft und nicht zuletzt seine trotz des Übergewichts robuste Physis, mit der er sich durch Flammen und Trümmer wühlte.

Doch die Genugtuung währte nicht lang. Denn während Göring nur schwachsinnige Brandstifter am Werk wähnte, nutzte Hitler die historische Chance, mit den Kommunisten abzurechnen. Vielleicht hatte es damals angefangen, hatte sich damals bereits ein Riss aufgetan zwischen ihm und dem Führer, dachte Göring jetzt, weil Hitler stets berechnete, wie er die Dinge zu seinen Gunsten wenden konnte. Göring stattdessen lebte von der Aura des Augenblicks. Er war ein Genießer, egal, ob es um ein gutes Essen oder einen guten Kampf ging. Hitler sah das große Ganze. Deshalb verachtete er Göring. So zumindest legte der Reichsfeldmarschall es sich zurecht.

Was hatte er mittlerweile nicht alles für Demütigungen ertragen müssen von dem Mann, den er von Beginn dessen Weges begleitete und unterstützte. Ihre Beziehung war ein ständiges Auf und Ab, geprägt nicht von Vertrauen, sondern von Abhängigkeiten. Göring wagte sich kaum vorzustellen, wie Hitler mit ihm umspringen würde, wenn der Reichsfeldmarschall nicht diesen Rückhalt im Volk und bei seinen Soldaten hätte. Beinahe andächtig lauschte er dem Feuer, das tatsächlich zu ihm zu sprechen schien. Könnte er die Botschaft doch nur verstehen.

Göring beugte sich ein wenig vor, um die Stimmen besser wahrnehmen zu können. Unmerklich überschritt er die Grenze bewussten Erinnerns, trat ein ins Reich der Träume, erschöpft von einem außergewöhnlich aufreibenden Tag. Zwar blickte er noch aufs Feuer, aber aus einer anderen Perspektive, von ganz weit oben, aus den Wolken. Unter ihm brannten Häuser, Städte, ganze Landstriche, blutrote Flammen verzehrten alles Lebendige, walzten über alles von Menschenhand Errichtete hinweg und hinterließen nichts als schwarze Schlacke. Entsetzt blickte er hinab auf dieses Szenario, und wieder hörte er Stimmen, die zu ihm sprachen, nein, schrien, schrille Schreie der Verzweiflung. Göring hielt sich die Ohren zu.

»Nun machen Sie schon«, raunzte der Führer ungeduldig.

Der Reichsfeldmarschall schreckte hoch und schaute irritiert zur Seite. War Hitler aufgefallen, dass Göring im Stehen eingenickt war? Zumindest ließ der Führer sich nichts anmerken, glotzte grimmig in den Kamin, ohne seinen Kampfgefährten auch nur eines Blickes zu würdigen.

»Ich habe dem Feuer etwas Zeit gegeben.«

Göring war erleichtert, dass sich Hitler die Version des Wahrsagers wenigstens angehört hatte. Bisher gab es leider keine belastbaren Informationen aus Belgien über den Verbleib der Dokumente. Nur das Gefasel eines Vatermörder tragenden Scharlatans. Immerhin war Hitler bereit gewesen, die Situation im belgischen Polizeirevier so, wie sie Heermann geschildert hatte, nachzustellen. Wie viel würde auf einer bedruckten Seite noch zu lesen sein, wenn sie für ein paar Sekunden im Feuer lag? Als Testobjekt für das häusliche Experiment dienten veraltete Dokumente des Forschungsamtes. Göring warf die Seiten in die Flammen, beobachtete, wie sie eine vernichtende Spur durch die Druckerschwärze zogen, und angelte die Papiere mit spitzen Fingern wieder heraus.

»Verflucht«, sagte er, weil er sich dabei verbrannt hatte, und ließ die glimmenden Seiten auf den Boden fallen. Hitler trat die Funken mit den Stiefeln aus. Göring hob die Papiere auf, legte sie auf den Tisch und beugte sich darüber. Der Führer leistete ihm Gesellschaft, hielt dabei aber Distanz.

»Kaum zu erkennen«, frohlockte Göring. »Damit kann niemand etwas anfangen.«

»In der Tat«, sagte Hitler. »Das meiste ist zerstört, vollkommen unleserlich.«

Sie starrten schweigend und leicht vornübergebeugt auf die halbverkohlten Seiten. Mehrere Minuten vergingen. Dann richtete sich Hitler auf.

»Was tun wir hier eigentlich?«, fragte er scharf.

Göring wurde blass.

»Wir, wir …«, stotterte er.

»Wir sind dabei, unsere Entscheidung über den Angriff im Westen von den Aussagen eines dubiosen Wahrsagers abhängig zu machen. Wenn wir das ernst nehmen, dürfte man zu Recht an unserem Verstand zweifeln. Beinahe hätten Sie mich in Teufels Küche gebracht, Göring.«

»Tut mir leid«, sagte der Reichsfeldmarschall kleinlaut. »Und was jetzt?«

»Jetzt unternehmen wir das Einzige, was wir in dieser Situation tun können. Der Angriff wird verschoben.«

Hitler wandte sich brüsk ab und verließ ohne ein weiteres Wort das Zimmer. Göring war am Boden zerstört. Der Führer würde diese Blamage natürlich ihm anlasten. Ihm allein. Es war immer dasselbe. Wenn nicht irgendetwas Brauchbares geschah, blieb ihm tatsächlich nur Hansen. Dieser Geistesgestörte musste ihm unbedingt Hitlers Sohn herbeischaffen. Egal, wie lange es dauern mochte. Der Wahnsinn hier war noch lange nicht vorbei. Da war jede Unterstützung willkommen. Mit dem kleinen Hosenscheißer hoffte Göring die Gunst des Führers zurückzuerobern. Für die nächsten tausend Jahre.

24.
Berlin

14. Januar 1940
Eine leerstehende Wohnung

Hansen stach wie von Sinnen auf sein Opfer ein, bohrte die Klinge wieder und wieder tief in den wohlgeformten nackten Brustkorb. Dieses Schwein hatte es nicht anders verdient, er hatte ihn besudelt, mit seinem Speichel, seinem Sperma, und dafür bezahlte er mit seinem Blut. Franz, so hieß der junge Mann, stierte aus gebrochenen Augen ins Nichts, in seiner Kehle verklang ein letztes Röcheln. Hansen sank erschöpft neben ihm aufs Bett, der nackte Oberkörper voller Blutspritzer, die Hände rotverschmiert. Er atmete schwer, war berauscht von seinem Ausbruch, seiner Wildheit. Was mochte Franz gedacht haben, als Hansen über ihn gekommen war wie ein tollwütiges Tier? Nicht viel wahrscheinlich. Wie wollte er auch das Unbegreifliche verstehen? Hansen begriff es ja selbst kaum, diesen Wahnsinn, der in ihm wohnte und beständig heranwuchs zu einem Ungetüm, das sich Luft verschaffen musste, damit es sich nicht selbst zerstörte.

Nach seiner Ankunft in Berlin war er die halbe Nacht durch die Stadt geirrt, unfähig, zur Ruhe zu kommen. Unablässig spukten die Ereignisse auf der Burg durch seinen Kopf. Erst das Debakel mit dem Überfall. Dass es überhaupt jemand gewagt hatte, die Burg des Reichsfeldmarschalls anzugreifen, war schier unglaublich. Dass dieses Husarenstück auch noch gelungen war, empfand Hansen gar als persönlichen Affront. Zum Glück war er es gewesen, der einen totalen Triumph der Eindringlinge verhindert, zwei Männer und mit an Sicherheit grenzender Wahrscheinlichkeit auch Oda getötet hatte. Ohne sein Eingreifen wäre die Bande garantiert unverletzt entkommen und das Fiasko komplett gewesen.

Trotzdem fühlte Hansen sich betrogen. Er hätte Göring gerne die Wirksamkeit seiner Tinkturen demonstriert, ihre verblüffende Macht, den menschlichen Willen auszuhebeln. Augenschein war die beste Visitenkarte und durch Worte nicht zu ersetzen. Dieser Krauss hatte ihm einen Strich durch die Rechnung gemacht. Vom ersten Eindruck an war Hansen klar gewesen, dass er den Mann nicht unterschätzen durfte. Krauss hatte sofort auf ihn geschossen, obwohl sie sich nie begegnet waren. Instinkt. Er wusste es. Genauso wie Hansen es wusste. Sie waren Artverwandte. Göring hatte dem Fremden später einen Namen gegeben: Krauss. Zu dem Mann gehörte natürlich eine Geschichte. Krauss war ein ehemaliger »Sohn Odins« und hatte seinen Bruder getötet. Für Hansen vervollständigte sich damit das Bild. Im Dorf, auf dem Marktplatz, hatte Hansen sich entschieden, mit seinem Pfeil Oda statt Krauss zu verletzen, damit sie ihr Geheimnis nicht preisgab. Nach seinem jetzigen Erkenntnisstand war das vielleicht ein Fehler gewesen.

Zum Glück hatte Oda ihm in der Nacht zuvor alles erzählt, unfreiwillig natürlich. Aber er war erleichtert, dass seine Drogen wirkten. Unter ihrem Einfluss brach Odas Wille zusammen, und er konnte sie nach Belieben steuern. Was er dabei zutage förderte, raubte ihm fast den Atem. Denn Göring hatte ihm ein entscheidendes Detail vorenthalten – dass es sich bei dem Jungen, dessen Aufenthaltsort er in Erfahrung bringen sollte, um Hitlers Sohn handelte. Hansen war sofort klar gewesen, warum der Feldmarschall einen solchen Aufwand betrieb, um Oda Informationen zu entlocken. Mit Hitlers Sohn würde Göring sich die Gunst des Führers sichern, war er für alle Zeiten unangreifbar. Oder hatte er anderes mit dem Jungen vor, wollte er eine Hitler-Dynastie verhindern? Hansen begriff, dass ihm seinerseits die einmalige Chance ermöglicht wurde, seine eigenen Interessen durchzusetzen. Er durfte seine Karten nicht auf den Tisch legen, er musste pokern, dabei aber Göring eine gewisse Handlungsfreiheit lassen. Wenn er ihn unter Druck setzte, war das gefährlich. Also entschied er, einerseits den Reichsfeldmarschall nur bedingt an seinem Wissensvorsprung teilhaben zu lassen, ihm andererseits aber getreue Folgschaft und die Erfüllung seiner Wünsche zu signalisieren. Ein Vabanquespiel, vielleicht, aber auch eine unwiderstehliche Gelegenheit.

Göring war auf das Spiel eingegangen, hatte ihm einen Posten bei der Gestapo angeboten und wollte ihn in die SS aufnehmen. Zwar konnte Hansen nicht viel mit den »Söhnen Odins« verbinden, aber für den Anfang hörte es sich nicht schlecht an. Natürlich war das nur ein Sprungbrett, nichts von Dauer. Hansen wollte deutlich mehr Macht als über eine einzelne Abteilung, er fühlte sich zu Größerem berufen. Statthalter in den Guyanas, das war etwas, das spukte hartnäckig durch seinen Kopf. Da konnte er schalten und walten, wie er wollte, weit weg von Deutschland. Es würde seine Aufgabe sein, diese Idee in die Köpfe der Nazi-Führer zu pflanzen. Aber vorher musste er seine Fähigkeiten beweisen. Seinetwegen auch als Chef der »Söhne Odins«.

Zurück in Berlin, lief er fast die ganze Nacht durch die Stadt. Eine innere Unruhe hatte ihn erfasst, die Sorge, dem allen nicht gewachsen zu sein. Seit der Jary-Expedition war er nicht mehr eingebunden gewesen in eine Gruppe, und bereits damals hatte es ihm Probleme bereitet, seinen Platz im sozialen Gefüge zu finden. Aber er war längst nicht mehr der Mensch von früher, beruhigte Hansen sich, sondern gereift, selbstbewusst, stark. Trotzdem peinigte ihn die Angst, von den »Söhnen Odins« nicht akzeptiert zu werden. Er musste sich abreagieren, seine überschüssige Energie kanalisieren. Vor einigen Tagen hatte er zufällig mitbekommen, dass eine jüdische Familie in einem Nachbarhaus aus ihrer Wohnung ausgezogen war, mit unbestimmtem Ziel, aber der Hoffnung auf ein unbehelligteres Leben. Wie beiläufig kontrollierte er, ob Lichter in der Wohnung brannten oder etwas anderes darauf hindeutete, dass sich neue Mieter dort breitmachten. Das war nicht der Fall.

Am Abend darauf, nach unruhig verschlafenen Stunden bei Tageslicht, zog er wieder los, diesmal ausgestattet mit Dietrichen. Er vermied es, über sein Vorhaben nachzudenken, ließ sich vermeintlich treiben, ungewiss, wo er denn landen würde. Dabei wusste er es genau. Nicht weit entfernt vom Nollendorfplatz gab es ein Lokal, in dessen Hinterzimmer sich Männer trafen, deren sexuelle Vorlieben vom NS-Apparat als abartig eingestuft wurden. Es war ihnen per Gesetz verboten, ihren Trieb öffentlich auszuleben. Wer dagegen verstieß, der fand sich schnell in einem Konzentrationslager wieder, wurde erniedrigt und misshandelt und konnte von Glück sagen, wenn er sein Leben behielt. Der Nollendorfplatz war das Zentrum der Homosexuellen in Berlin, und weil die SS die meisten einschlägig bekannten Lokale geschlossen hatte, wich die Szene auf die Umgebung aus. Klammheimlich selbstverständlich und schwierig aufzuspüren selbst für diejenigen, die dort auf ihresgleichen trafen. Hansen wusste von solch einem Ort, und er bändelte dort mit einem jungen Mann an. Franz versprach ihm eine Nacht, die er nie vergessen würde. Seine auffälligen Haare hielt Hansen sorgfältig unter einer Schlägermütze verborgen. Eine Vorsichtsmaßnahme. So würde sich niemand an ihn erinnern – aber er rechnete ohnehin nicht damit, dass jemand das Verschwinden seines Spielgefährten sonderlich interessierte. Ein toter Schwuler war ein Problem weniger.

Nun lag Hansen neben Franz, dessen Leben gerade in den

Laken versickerte. Beide waren nackt, beide starrten an die Zimmerdecke, aber nur Hansens Gehirn war dazu in der Lage, aus den Informationen der Netzhaut Bilder zusammenzusetzen. Weil der jüdischen Familie ihr Leben mehr wert war als ihr Mobiliar, hatte sie das meiste zurückgelassen. So tummelte sich Hansen mit Franz bequem im Ehebett, bevor er sich hinabbeugte zu seiner hastig abgeworfenen Jacke, das Messer herausfischte und seine ahnungslose Zufallsbekanntschaft erstach. Vor der Wut, mit der er die Klinge in den fremden Körper trieb, erschrak er selbst, so sehr diktierte sie sein Handeln. Etwas in ihm entzog sich seiner Kontrolle. Er musste allmählich lernen, gegenzusteuern.

Hansen rollte sich zur Seite und erhob sich, inspizierte seine Hände, seine Brust. Alles war voller Blut. Ohne einen Blick an Franz zu verschwenden, spazierte er ins Bad. In der Badewanne schrubbte er sich sorgfältig ab, genoss das heiße Wasser auf seiner Haut. Er spürte, wie sich eine dunkle Masse in ihm ausbreitete, ihm den Atem zu rauben drohte, drehte das Wasser ab, japste nach Luft. Nach einem Moment war es wieder vorbei. Eine Angstattacke. Es geht alles zu schnell, dachte er. Du darfst dich nicht verzetteln, musst mehr auf dich aufpassen. Hansen stieg aus der Wanne, musterte sich im Spiegel. An ihm war kein Gramm Fett zu viel, jeder Muskel zeichnete sich ab, wie auf den Bildern eines anatomischen Lehrbuchs. Franz hatte beim Anblick von Hansens Körper lustvoll gestöhnt, die langen Haare fand er wunderbar exotisch. Jetzt klebten sie klatschnass auf Hansens Schultern. Aber er selbst betrachtete sich nicht mit Wohlgefallen, sondern suchte in seinem Spiegelbild nach Antworten. Mit der Rechten strich er über den Jaguarzahn, den Aocapoto ihm geschenkt hatte. Sein Glücksbringer und Beschützer. Oder wohnte darin ein Dämon, der sich seiner bemächtigt hatte und ihn zu diesen monströsen Taten trieb? Hansen spielte mit dem Amulett, überlegte eine

Sekunde, ob er es ablegen sollte. Sei kein Narr, sagte er sich. Das ist nur ein Zahn, ein Talisman. Das Böse steckt in dir, und du musst lernen, damit zu leben. Aber das beherrschst du ja ganz gut.

Er trocknete sich ab, klaubte im Schlafzimmer seine Sachen zusammen, stopfte seine Haare sorgfältig unter die Schlägermütze und zog sie tief ins Gesicht. Bevor er die Wohnung verließ, warf er einen letzten Blick auf sein Opfer. Das Bett war blutdurchtränkt, Franz lag mit ausgebreiteten Armen auf dem Rücken, die offenen Augen ins Nirgendwo gerichtet. Hansen fühlte keinerlei Reue, genoss sogar die Vorstellung, dass andere sein Werk sehen würden und es vielleicht nie mehr vergessen konnten. Welchen Künstlern war das schon vergönnt?

Bei Tagesanbruch verschwand er unbemerkt aus der Wohnung und ruhte bereits zehn Minuten später auf seinem eigenen Kissen. Nur drei Stunden später wurde er vom Klingeln des Telefons geweckt. Es war Görings Sekretär, der direkt durchstellte.

»Mein lieber Hansen«, dröhnte die Stimme des Reichsfeldmarschalls gut gelaunt durch den Hörer. »Heute geht's für Sie um die Wurst. Ich möchte, dass Sie in einer Stunde bei mir im Büro antreten. Wir werden Sie neu einkleiden und danach mit dem Reichsführer-SS plaudern. Das wird kein Spaziergang, das kann ich Ihnen versprechen. Wenn Sie mich blamieren, werfe ich Sie meinen Löwen zum Fraß vor.« Er lachte höhnisch. »Außerdem habe ich noch eine andere Sache, die ich dringend mit Ihnen besprechen muss. Also, in einer Stunde, und zwar pünktlich!«

Hansen erhielt keine Gelegenheit, auch nur ein Wort zu erwidern. Er sprang aus dem Bett, sah auf die Uhr. Eine Stunde. Um zehn Uhr musste er im Reichsluftfahrtministerium an der Wilhelmstraße sein. Während er sich fertigmachte, dachte er über Görings Stimmung nach. Irgendetwas musste vorgefallen sein. Vor zwei Tagen war der Reichsfeldmarschall missmutig gewesen, hatte darüber geklagt, dass ihn seine eigenen Leute ins Verderben rissen. Hansen wusste nur, dass ein Kurier mit geheimen Dokumenten über feindlichem Gebiet abgestürzt war. Offensichtlich hatte sich das Problem geklärt. Umso besser für ihn. Mit einem schlecht aufgelegten Göring war es schwieriger, Geschäfte zu machen. Noch eine andere Sache beschäftigte Hansen. Was wollte Göring Dringendes mit ihm besprechen? Hatte er es sich anders überlegt? Aber warum wollte er ihn dann neu einkleiden? Je länger Hansen über Görings Worte nachdachte, desto undurchschaubarer erschienen sie ihm. Es half nichts, er würde die Antworten auf seine Fragen erst bei ihrem Treffen erhalten.

Vor dem Haus schnappte sich Hansen ein Taxi und war fünfzehn Minuten zu früh an der Wilhelmstraße. Um nicht übermotiviert zu wirken, lief er die Straße auf und ab, bevor er das Gebäude betrat. Soldaten sicherten den Eingang. Hansen meldete sich an der Pforte und durfte passieren. Drei Minuten später stand er im Vorzimmer von Görings Büro. Der Reichsfeldmarschall bekleidete unter anderem auch das Amt des Luftfahrtministers; über seine Ämterfülle kursierten im Volk viele Witze. Hansen fiel nur der ein, in dem Göring seiner Haushälterin sagt, dass er mal eben in den Keller geht, um Holz zu holen, und sie darum bittet, ihm seine Uniform als Reichsknappenführer und die Reichsforstleiterabzeichen zu bringen. Es hieß, dass Göring gerne Witze über sich hörte und sogar mitlachte. Nur seine Frau durfte niemand veräppeln, da verstand er keinen Spaß. Hansen nannte seinen Namen.

»Sie werden erwartet«, sagte der Sekretär. »Der Minister bittet darum, dass Sie sich vorher umziehen. Ich begleite Sie nach nebenan ins Ankleidezimmer.«

Hansen folgte dem Sekretär aus dem Büro in einen Raum auf der anderen Seite des Ganges. Er war geräumig, mit Schränken an beiden Wänden, einem dunkelbraunen Ledersofa und einem mannshohen Spiegel eingerichtet. Hinter einer halboffenen Schiebetür entdeckte Hansen eine Reihe von Anzügen, fein säuberlich auf einer Stange aufgereiht. Dass der Reichsfeldmarschall den Hang hatte, sich herauszuputzen, war kein Geheimnis. Hansen mochte sich kaum vorstellen, wie viele Anzüge Göring zu Hause hortete. Der Sekretär wies auf eine bereitgehängte SS-Uniform.

»Der Minister hat Ihre Konfektionsgröße nach Augenmaß bestimmt. Aber ich kann Sie beruhigen, er irrt sich selten. Und wenn doch, sollten Sie das nicht unbedingt betonen.«

Hansen zog sich um. Die Uniform saß tadellos. Er posierte vor dem Spiegel. Bis auf die zu langen Haare sah er wie ein Offizier aus. Endlich war er auf dem Weg nach oben. Fünf Minuten später befand er sich wieder in Görings Vorzimmer.

»Gehen Sie durch«, sagte der Sekretär.

Hansen klopfte und trat ein. Das Büro war riesig, mit einer großen Fensterfläche, einem übertrieben wuchtigen Schreibtisch und einer separaten Sitzecke für Besprechungen. Göring thronte hinter dem Schreibtisch in einem feudalen Ledersessel und winkte ihn heran.

»Heil Hitler, Obersturmführer Hansen«, sagte er. Hansen salutierte. Der Reichsfeldmarschall deutete auf einen der beiden Stühle vor seinem Schreibtisch.

»Nehmen Sie Platz. Wir müssen dringend ein paar Dinge besprechen. In wenigen Minuten wird der Reichsführer-SS hier erscheinen. Ich habe ihn gebeten zu kommen, um ihm den neuen Leiter der ›Söhne Odins‹ zu präsentieren. Sie dürfen davon ausgehen, dass er nicht begeistert ist. Weder von der Tatsache, dass ich ihm in seine Angelegenheiten pfusche, noch von der Person, die ich ihm vorschlagen werde.« Göring lächelte. »Nehmen Sie es nicht persönlich. Aber Sie und ich wissen ja, dass ein solcher Posten für Sie unter normalen Umständen unerreichbar wäre.«

Hansen fühlte die Wut in sich hochkochen, den Hass auf diese Überheblichkeit, die ihn an Schulz-Kampfhenkel erinnerte. Aber er zwang sich, ruhig zu bleiben, und schwieg. Er durfte es nicht verderben. Heute war sein Tag.

»Tun Sie mir einen Gefallen, Hansen«, fuhr Göring fort. »Wenn Sie Ihre Haare schon nicht abschneiden wollen, verstecken Sie sie bitte unter der Mütze. Wir wollen dem Reichsführer keinen Schrecken einjagen.«

Das würde ohnehin passieren, dachte Hansen, denn Himmler kannte ihn bereits. Er hatte die Guyana-Pläne verworfen und ihn behandelt wie einen Kretin. Göring würde es schwerer haben als vermutet. Hansen klemmte den Zopf unter die SS-Mütze.

»Viel besser«, sagte der Reichsfeldmarschall. »So, noch eine wichtige Sache: Ich werde Ihre Ernennung mit einem aktuellen Vorfall begründen. Seit gestern liegen mir handfeste Meldungen des Forschungsamtes vor, dass es im OKW einen Verräter gibt. Einen, der Zugang zu hochbrisanten Informationen hat und davon Gebrauch macht. Alle Angriffstermine der Operation Gelb sind sofort weitergegeben worden. Das ist natürlich ein Unding. Während wir hier Pläne austüfteln, weiß der Feind schon, wann wir bei ihm auf der Matte zu stehen gedenken. Und das Schönste an der Sache: Weder Abwehr noch Gestapo sind in der Lage, den Burschen zu enttarnen. Sie erwischen ihn einfach nicht. Er ist zu clever für sie. Dagegen ist mein abgestürzter Kurier nur ein unglückliches Malheur. So schnell können sich die Dinge drehen, mein lieber Hansen.« Göring lehnte sich zurück. »Obersturmführer Hansen.«

Der Reichsfeldmarschall öffnete ein kleines Kästchen und holte eine Zigarre heraus, bot seinem Gegenüber aber keine an. Sorgfältig schnitt er ein Ende ab und drehte die Zigarre zwischen den Fingern.

»Aus Österreich. Die besten. Himmler kann den Qualm von Zigarren nicht ausstehen«, sagte er und zündete sich das eindrucksvolle Exemplar an. Hansen hätte am liebsten laut gelacht über diese Kindsköpfigkeit. Der zweitwichtigste Mann des Deutschen Reiches machte sich einen Spaß daraus, den drittwichtigsten zu ärgern – aus reiner Boshaftigkeit. Göring blies eine Rauchwolke in den Raum.

»Der Führer ist mir zutiefst dankbar und hat das Forschungsamt gelobt. Ich habe ihm versprochen, dass meine Leute den Mann aufdecken. Jetzt kommen Sie ins Spiel: Ich setze Sie mit den ›Söhnen Odins‹ auf den Fall an. Sie werden mir den Verräter liefern, und zwar schnell. Danach können Sie sich um das verfluchte Gör kümmern. Kriegen Sie das hin?«

»Ich hoffe doch«, entgegnete Hansen.

Göring beugte sich vor.

»Nur damit wir uns richtig verstehen«, polterte er. »Von Hoffen, Glauben, Hätte, Könnte, Wenn und Aber will ich nichts hören. Sie bringen mir den Verräter, basta. Wenn Sie versagen, war's das.«

Für den Reichsfeldmarschall war er nur Mittel zum Zweck, dachte Hansen. Hatte er den erfüllt, würde Göring ihn fallenlassen. Das musste ihm klar sein. Ein kurzes Klopfen unterbrach seine Gedankengänge. Der Sekretär öffnete die Tür.

»Der Reichsführer-SS wünscht Sie zu sprechen«, sagte er.

Ohne eine Antwort abzuwarten, schritt Himmler energisch ins Zimmer. Seine kleinen Augen blickten hinter der Nickelbrille genervt von Göring zu Hansen und zurück. Der Reichsfeldmarschall hatte sich erhoben, Hansen ebenfalls.

»Heil Hitler«, sagte Göring beiläufig und wies mit der Rechten, in der die Zigarre vor sich hin qualmte, auf den freien

Stuhl. »Bitte setzen Sie sich. Das ist Obersturmführer Hansen.«

Himmler taxierte Hansen noch im Stehen.

»Sie machen Witze«, sagte er zu Göring gewandt.

»Ich verstehe nicht.«

»Nehmen Sie die Mütze ab«, raunzte Himmler Hansen an. Der blickte fragend zu Göring, der die Szene interessiert, aber ungerührt beobachtete. Hansen lüftete seine Kopfbedeckung, die Haare rutschten darunter hervor und fielen bis über die Schultern.

»Das ist nicht Ihr Ernst«, sagte Himmler erbost in den Raum, meinte aber wohl seine beiden Gesprächspartner.

»Ich weiß nicht, was Sie meinen«, entgegnete Göring betont leutselig.

»Ich kenne diesen Mann«, zischte Himmler, ohne sich zu Hansen umzudrehen. »Er ist ein Abenteurer mit wirren Ideen. Warum trägt er die Uniform eines SS-Offiziers?«

Göring produzierte ungerührt eine Rauchwolke.

»Weil ich ihn dazu ernannt habe.«

Himmler beugte sich ruckartig vor.

»Was haben Sie sich denn dabei gedacht? Sie besudeln damit die ehrwürdigste Gemeinschaft des deutschen Volkes. Den ureigensten Orden des Führers. Die SS ist die Keimzelle eines neuen, rassisch reinen Deutschen Reiches. Solche Subjekte wie er haben darin nichts zu suchen.«

Hansen hatte geahnt, dass ihn der Reichsführer-SS verachtete. Das war bei ihrer ersten Begegnung spürbar gewesen. Doch Göring ließ sich nicht einschüchtern. Er sah den von ihm erzeugten Rauchschwaden hinterher.

»Bleiben Sie auf dem Teppich, Himmler. Und vergessen Sie nicht, mit wem Sie reden. Ich ernenne, wen ich will und wenn ich es für angemessen erachte. Obersturmführer Hansen hat sich große Verdienste erworben, was das Deutsche Reich betrifft. Dass vor zwei Tagen meine Burg überfallen wurde, haben Sie ja sicherlich gehört. Zwei der Angreifer hat Hansen im Alleingang ausgeschaltet. Meine Männer haben mir bestätigt, dass er ein Meisterschütze ist. Außerdem verfügt er aufgrund seiner Zeit am Amazonas über pflanzliche und tierische Extrakte, die einen Menschen gefügig machen, so dass man ihm die geheimsten Geheimnisse entlocken kann.«

»Dann gehört er meinetwegen in irgendeine Forschungsabteilung, aber nicht in die SS«, sagte Himmler scharf. »Schauen Sie ihn sich doch an. So kann man hier nicht ernsthaft herumlaufen. Der Mann sieht aus wie ein Wilder. Er soll aber keine Horde von Primitivlingen anführen, sondern die Elite des Deutschen Reiches. Ich bin mir sicher, dass er keiner rassischen Untersuchung standhält. Wenn Sie ihn in die SS einpflanzen, ist das genauso, als ob Sie einen gesunden Menschen mit einer Krankheit infizieren.«

Himmlers Impertinenz, mit Göring über ihn in dieser Weise zu reden, als sei er nicht anwesend, machte Hansen sprachlos vor Wut. Nur nicht den Kopf verlieren, dachte er.

»Lassen Sie sich nicht von Äußerlichkeiten täuschen, Herr Reichsführer«, sagte Göring. »Von Ihnen habe ich wirklich mehr erwartet. Eine neue Frisur ist doch ein Klacks. Dann sieht Hansen so aus wie jeder andere deutsche Soldat. Er ist aber nicht wie jeder andere. Deshalb habe ich entschieden, ihm mit sofortiger Wirkung die Leitung der ›Söhne Odins‹ zu übertragen.«

Himmler sprang von seinem Stuhl.

»Das kommt nicht in Frage. Sie lassen mir keine andere Wahl, als den Führer zu informieren, Reichsfeldmarschall.«

Göring blieb ruhig.

»Bitte, tun Sie das. Aber der Führer hat mich ausdrücklich darum gebeten, den Spion aufzuspüren, den Ihre Abwehr seit geraumer Zeit unbehelligt gewähren lässt. Und Hansen ist der

Mann, der diese Aufgabe für mich erledigen wird. Ich glaube nicht, dass der Führer mir da widerspricht. Also setzen Sie sich wieder.«

Der Reichsführer-SS schien unentschlossen. Göring hatte einen wunden Punkt getroffen. Hansen wagte es, das Wort zu ergreifen.

»Ich verspreche Ihnen, den Verräter innerhalb kürzester Zeit auszuschalten. Machen Sie meine berufliche Zukunft davon abhängig. Wenn ich versage, lege ich mein Amt sofort nieder.«

Himmler betrachtete ihn angewidert, setzte sich aber. Göring lächelte. Er hatte gewonnen.

»Obersturmführer Hansen besitzt außerordentliche Talente, glauben Sie mir. Wir brauchen solche Leute wie ihn, Quereinsteiger, die anders an die Dinge herangehen. Wer sich so lange im Dschungel behauptet, muss über besondere Fähigkeiten verfügen. Sind wir uns einig?«

»Ich habe meinen Protest formuliert«, sagte Himmler.

»Und ich habe es zur Kenntnis genommen. Es würde mich freuen, wenn Sie Hansen noch heute dem Führungsstab der ›Söhne Odins‹ vorstellen. Solange der Verräter im OKW sein Unwesen treibt, dürfen wir keine Zeit verlieren.« Göring lehnte sich zurück und blies eine große Rauchwolke gen Zimmerdecke. »Herzlich willkommen in der SS, Obersturmführer Hansen.«

Am späten Nachmittag wurde Hansen ins Gestapo-Hauptquartier an der Prinz-Albrecht-Straße gebeten. Die »Söhne Odins« belegten dort einen Flur in einem Seitenflügel. Im internen Sprachgebrauch galt die Abteilung als das »elfte Dezernat« – offiziell gliederte sich die Gestapo in zehn Dezernate. Den mystisch-martialischen Namen »Söhne Odins« hatten sie sich selbst verliehen, um ihre Ausnahmestellung und die unmittelbare Anbindung an den Führer zu signalisieren. Allerdings war ihr Stern seit dem Tod ihres Anführers gesunken. Göring hatte Hansen zu verstehen gegeben, dass es Krauss' Bruder Edgar gewesen war, der als Anführer den Ruf der »Söhne Odins« begründete, besonders effizient und grausam zu sein. Ähnliches erwartete er nun von ihm. Sichtlich widerwillig hatte ihn Himmler in einem Besprechungsraum vier Männern vorgestellt: Gruber, Haußmann, Möhring und Straubinger. Sie waren so etwas wie die kommissarische Führungsspitze der »Söhne Odins«, wobei Gruber das Sagen hatte. Nach ein paar kühlen Worten drehte sich der Reichsführer-SS um und ließ Hansen mit den missmutig dreinblickenden Männern zurück. Dem frischgebackenen Obersturmführer war klar, dass er es ohne Hilfe des übellaunigen Quartetts nicht schaffen würde.

»Meine Herren«, sagte er. »Ich bin mir sicher, dass die Nachricht für Sie überraschend kommt. Einige von Ihnen werden sich vor den Kopf gestoßen fühlen. Glauben Sie mir, auch mich hat es kalt erwischt. Aber da es hier um den bestmöglichen Dienst für den Führer und das deutsche Vaterland geht, können wir uns solche Eitelkeiten nicht leisten. Wir alle müssen unsere persönlichen Befindlichkeiten zurückstellen, um den ›Söhnen Odins‹ die Geltung zu verschaffen, die ihnen zusteht. Das betrifft Sie, aber insbesondere auch mich. Ich verstehe mich als Teil einer hochkarätigen Gemeinschaft, und ich fühle mich dadurch geehrt. Ohne Ihre Erfahrung kann ich diesen Posten nicht ausfüllen. Ich bin auf Ihre Unterstützung angewiesen, und ich hoffe, dass Sie sie mir nicht verwehren. Denn nur gemeinsam können wir siegen.« Hansen legte die geballte Faust auf sein Herz. Er hatte seine Hausaufgaben gemacht. »Reines Herz, reines Blut, reines Volk«, sagte er und streckte die Rechte aus.

Die Männer wiederholten die Geste. »Reines Blut, reines

Herz, reines Volk«, murmelten sie. Hansen lächelte. Es war gar nicht so schwer. Ein Teil der Anspannung fiel von ihm ab. In weniger förmlichen Worten berichtete er von dem Auftrag, den die »Söhne Odins« von Göring erhalten hatten. Und um den Männern gleich den Wind aus den Segeln zu nehmen, riss er ein paar Witze über seine langen Haare. Das Lachen, registrierte Hansen, war gekünstelt. Sie trauten ihm nicht, hielten ihn für einen Hochstapler. Er hatte es nicht anders erwartet. Solange sie ihm folgten, war es ihm egal. Bei der nächsten Gelegenheit würde er ihnen zeigen, mit wem sie es zu tun hatten. Nach zwei Stunden verabschiedete er die Männer, sah jedem in die Augen. Straubingers Hände waren kühl und feucht, in seinen Pupillen meinte Hansen Unsicherheit zu erkennen. Vielleicht sogar Angst. Hansen lächelte kalt. Irgendwie kam ihm dieser Kerl bekannt vor, ohne dass er das Gesicht hätte einordnen können.

»Sind wir uns schon einmal begegnet?«, fragte er.

»Meines Wissens nicht«, antwortete Straubinger. Für Hansen stand die Angst fast greifbar im Raum.

»Falls doch, bin ich mir sicher, dass es mir wieder einfällt. Ich vergesse niemals ein Gesicht.«

25.
Berlin

15. Januar 1940
Wohnung der Weinbergs

Oda zwang sich dazu, die Augen zu öffnen. Auf ihren Lidern lasteten bleischwere Gewichte, zugleich lähmte sie die Angst vor dem, was sie erwartete. Hansen oder Krauss? Folterknecht oder Schutzengel? Sie erinnerte sich nur bruchstückhaft an die Flucht aus der Burg, hatte zu sehr unter Drogen gestanden. Sie waren gefahren, gelaufen, es wurde geschossen, geschrien, dann versank alles in namenloser Dunkelheit. Hatte Krauss Hansen getötet? Oder war es – ein grausiger Gedanke – vielleicht umgekehrt? Würde sie als Erstes in das Gesicht dieses schmierigen Mistkerls blicken, der meinte, als Mann einen Zopf tragen zu müssen? Er hatte ihr mit einem Blasrohr ein ekelhaft riechendes Pulver in die Nase geblasen, so dass sie dachte, ihr Gehirn würde explodieren. Danach war sie seltsam entrückt, körper- und willenlos gewesen, ein nebelhaftes Geschöpf, dessen einzige Verbindung zur wirklichen Welt Hansens Stimme war.

Sie hatte ihm alles erzählt. Daran erinnerte sie sich merkwürdigerweise genau. Es war ihr ein Bedürfnis gewesen, sich zu befreien von ihren Geheimnissen, allen seelischen Ballast abzuwerfen. Später, als die berauschende Wirkung der Drogen abklang und ihr Kopf schmerzte, hatte sie mit sich gehadert. Wie konnte sie nur? Sie hatte sich selbst verleugnet. Aber Hansen war es gelungen, dass sie auf sich blickte wie auf eine Fremde und seine Anweisungen befolgte. Er wusste alles. Kannte ihre Geschichte, ihre Gedanken, ihre Hoffnungen. Den Namen der Familie, der sie Philipp anvertraut hatte.

Die Stadt, in der sie leben würden. Hansen konnte Hitlers Sohn aufspüren, dank ihrer Hilfe. Außer ihr Peiniger war tot. Getötet von Krauss, der entgegen allen Erwartungen lebte. Richard. Ihn wollte sie jetzt sehen, für ihn öffnete sie die Augen.

Um sie herum herrschte Dunkelheit. Oda erschrak. Vielleicht war sie doch abgetreten, wollte es nur nicht wahrhaben. Nein, allmählich schälten sich Umrisse aus der Finsternis. Irgendwo glimmte ein Licht. Sie lag in einem Bett, neben ihr auf einem Stuhl saß jemand, atmete gleichmäßig, schlief, der Kopf war nach vorn gesunken. Oda erkannte das Gesicht nicht. Jetzt kam es darauf an. Wobei sie nichts würde ändern können. Sie musste es hinnehmen. Oda krächzte, hustete, würgte. Die Person auf dem Stuhl schreckte hoch, beugte sich über sie. Ein Glücksgefühl durchströmte ihren Körper.

»Richard«, flüsterte Oda.

»Du bist wach«, sagte Krauss.

Sie legte ihre Hand auf seine Wange.

»Es ist so schön, dich zu sehen.«

Er lächelte, streichelte sanft über ihre Schulter.

»Ich wusste, dass du es schaffst. Du bist eine Kämpferin.«

Sie erwiderte sein Lächeln.

»Ich hatte geglaubt, dass ich dich nur in meinen Träumen treffe. Aber nun bist du hier. Und du lebst.«

»Ja. Ich bin bei dir, und ich werde bei dir bleiben. Du brauchst keine Angst mehr zu haben.«

Er strich ihr zärtlich über das Gesicht.

»Richard«, sagte sie.

»Ja.«

»Ich habe dich vermisst.«

»Ich dich auch.«

»Mehr, als ich je dachte.«

»Jetzt bist du hier. Und du wirst wieder gesund.«

»Ja. Ich habe Hunger.«

Er lachte leise.

»Du warst drei Tage bewusstlos. Wir päppeln dich wieder auf.«

»Wir?«

»Die Weinbergs und ich. Es sind Freunde. Ihnen verdanke ich mein Leben. Inge kocht eine phantastische Suppe, du wirst sehen. Samuel ist Arzt. Er hat sich um dich gekümmert. Ich sage ihnen Bescheid, dass du wach bist.«

Krauss wollte aufstehen, aber Oda hielt ihn zurück.

»Was ist mit Hansen?«, fragte sie.

Sein Gesicht verfinsterte sich.

»Um den kümmere ich mich noch.«

»Das heißt, er lebt.«

»Ja. Er war es, der dich vergiftet hat. Mit einem Pfeil. Zum Glück sind wir an ein Gegengift gekommen. Du hattest einen Schutzengel, Oda.«

»Hansen weiß alles«, sagte sie.

Der Schimmer in Krauss' hellblauen Augen verriet ihr, dass er begriff.

»In der Burg hast du mir gesagt, dass der Junge in Sicherheit ist.«

»Daran erinnere ich mich zwar nicht, aber es stimmt. Vorläufig ist er sicher. Aber das kann sich schnell ändern. Je nachdem, welche Hebel Hansen in Bewegung setzt. Philipp ist auf dem Weg nach Buenos Aires. Vielleicht ist er bereits da, ich weiß es nicht. Hansen kennt den Namen der Familie, die für ihn sorgt.«

»Dann muss er erst recht sterben. Und zwar so bald wie möglich.«

Sie drückte seine Hand.

»Jetzt, wo ich dich gerade gefunden habe, will ich dich nicht gleich wieder verlieren.«

Er lächelte.

»Du verlierst mich nicht. Ich sage nur Inge Bescheid, dass Sie dir eine Suppe bringen soll. Du musst zu Kräften kommen.«

Eine halbe Stunde später saß eine braunhaarige Frau an Odas Bett und flößte ihr lauwarme Brühe ein. Sie wirkte gelassen, in sich ruhend, als könne nur wenig sie aus der Fassung bringen.

»Es ist schon kurios«, sagte sie, »vor ein paar Monaten hat Herr Krauss in demselben Bett gelegen und meine Suppe gegessen.«

Diese Frau also hatte Richard gerettet. Oda fragte sich, wie das vonstattengegangen war. Hatte er sich nach dem Anschlag auf seinen Bruder bei ihr versteckt? Hatten die Weinbergs ihn vielleicht verletzt gefunden? Göring hatte ihr gegenüber erwähnt, dass Krauss erschossen worden war. Sie begriff es nicht. Inge Weinberg aber schien ihre Gedanken lesen zu können.

»Sie fragen sich bestimmt, wie Herr Krauss – Richard – hierhergekommen ist. Ein Freund hat ihn gebracht. Er war schwer verletzt, von mehreren Kugeln getroffen. Es sah nicht gut aus. Samuel, mein Mann, ist Arzt, Chirurg, sehr begabt. Er hat Richard operiert. So gut es unter diesen Umständen ging, natürlich. Wir waren lange im Ungewissen darüber, ob Richard es schaffen würde. Aber er ist stark.«

Die Frau des Arztes hielt inne. Sie sah Oda ernst, fast traurig an.

»Wenn Sie ihn kennen, wissen Sie, dass seine schlimmsten Verletzungen viel tiefer liegen. Die Seele kann man leider nicht operieren.«

Oda war verwundert über so viel Offenheit und Menschenkenntnis.

»Es sind Wunden, die niemals verheilen«, sagte sie. »Ich weiß es, weil es bei mir ähnlich ist. Nur im Gegensatz zu mir wird er davon getrieben, begangenes und erlittenes Unrecht wiedergutzumachen. Er wird erst ruhen, wenn er unter der Erde liegt.«

»Er hat viele Menschen getötet.«

»Die meisten davon haben es verdient.«

»Es ist eine Todsünde.«

»Wenn der Tag kommt, an dem er dafür bezahlen muss, wird er das gerne tun, glauben Sie mir das. Aber offensichtlich wurde dieser Tag aufgeschoben. Dank Ihnen.«

Inge Weinberg senkte den Kopf.

»Er hat uns geraten, Deutschland zu verlassen. So schnell wie möglich. Ich glaube, dass er recht hat.«

Oda durchfuhr es wie ein Blitz.

»Warum?«, fragte sie.

»Hat er es Ihnen nicht gesagt? Wir sind Juden. Wir sind in diesem Land nicht mehr erwünscht.«

Für Oda war das ein Schock. Seit sie mit dem Forschungsamt, ihrem Onkel und damit auch dem Nationalsozialismus gebrochen hatte, erschien ihr die gesamte Ideologie so ungeheuerlich wie die Tatsache, dass sie das meiste davon niemals hinterfragt hatte. Den Juden gegenüber beispielsweise empfand sie tiefe Reue für alles, dessen sie bezichtigt wurden, und für jeden judenfeindlichen Gedanken, den sie gedacht hatte. Jetzt wurde sie von einer Jüdin gesund gepflegt. Oda schlug die Augen nieder. Sie ertrug es nicht mehr, sie anzusehen. Wieder schien Inge Weinberg in ihr Innerstes zu schauen.

»Grämen Sie sich nicht. Es ist nicht leicht, gegen den Strom zu schwimmen. Ich bin froh über jeden, der es wagt. Und man muss nicht wie Richard gleich mehrere Menschen töten, nur weil sie einen Juden zusammengeschlagen haben.«

Oda sah sie wieder an.

»Was hat er getan?«

»Die SS hat meinen Mann verschleppt und gefoltert. Er hat

es überlebt. Richard hat daraufhin fünf Menschen erschossen. Im Gestapo-Hauptquartier. Es war ein Massaker. Samuel kann ihm das nicht verzeihen. Zwischen den beiden herrscht Funkstille. Ich verstehe beide Seiten. Deshalb sind Sie hier.«

»Das ist typisch für Richard«, sagte Oda. »Er fordert das Schicksal heraus, sucht den Tod. Aber es scheint, dass das Schicksal diesmal auf seiner Seite ist.«

Inge Weinberg erhob sich.

»Ich möchte gerne glauben, dass er ein von Gott gesandter Engel ist, der die Sünder mit dem Schwert richtet. Aber in Wahrheit macht er mir genauso viel Angst wie die Gestapo oder die SS. Es ist, als ob der Tod bei uns mit am Tisch sitzt. Seien Sie mir nicht böse. Ich wünsche mir deshalb, dass Sie beide so bald wie möglich aus unserem Leben verschwinden. Können Sie das verstehen?«

Einige Stunden später fühlte sich Oda bereits besser. Sie bestand darauf, aufrecht im Bett zu sitzen. Inge Weinbergs Worte gingen ihr nicht aus dem Kopf. Oda wollte die Familie so schnell wie möglich von ihrer Gegenwart befreien. Sie war entschlossen, in kürzester Zeit wieder auf die Beine zu kommen. Krauss hockte auf der Bettkante und betrachtete sie mit sorgenvoll gerunzelter Stirn.

»Du überforderst dich«, sagte er. »Lass dir Zeit.«

»Wir wissen beide, dass wir die nicht haben. Wenn wir den Jungen schützen wollen, müssen wir Hansen schnappen.«

»Du hast ja recht. Aber ich glaube nicht, dass es auf einen Tag ankommt«, sagte Krauss.

Oda hatte ihm ausführlich erzählt, wie Philipp auf das Schiff und an seine neue Familie gekommen war. Krauss teilte ihre Einschätzung, dass es nicht leicht sein würde, den Jungen zu finden. Weder für Hansen noch für sie. Aber es war eben nicht unmöglich. Wenn dieser Irre es darauf anlegte, würde er Hitlers Sohn aufstöbern – oder besser gesagt, aufstöbern lassen. Da offensichtlich Göring im Hintergrund Druck aufbaute, mussten sie davon ausgehen, dass Hansen bald handelte. Krauss hatte keine Ahnung, wie gut die Nazis in Argentinien vernetzt waren. Soweit er wusste, lebten dort viele Deutsche. Oda lag also richtig, sie musste schnell wieder gesund werden, um es Hansen heimzuzahlen. Aber sie las in Krauss' Gesicht, dass er sie nicht dabeihaben wollte.

»Es kommt auf jeden Tag an«, sagte sie.

»Grundsätzlich schon. Ich möchte nur nicht, dass du dir wegen Hansen Sorgen machst.« Er druckste herum. »Er ist zu stark für dich.«

Sie lächelte.

»Das warst du doch auch nicht.«

Er lachte kurz auf.

»Damals hast du meine Schwäche ausgenutzt. Sonst wäre ich dir nicht auf den Leim gegangen.«

»Natürlich«, sagte sie. »Das ist immer dasselbe mit euch Männern. Ihr könnt nicht zugeben, von einer Frau aufs Kreuz gelegt worden zu sein.«

»Es freut mich zu hören, dass du langsam wieder die Alte wirst.«

»Komm her«, sagte Oda und beugte sich vor. Krauss umarmte sie. Er roch vertraut.

»Ich bin so froh, wieder bei dir zu sein«, flüsterte sie. »Es ist ein so unerwartetes Geschenk. Lass uns so bald wie möglich verschwinden. Aus diesem Land. Weit weg.«

»Nichts lieber als das«, antwortete er. »Aber vorher haben wir eine Aufgabe zu erledigen. Dann gehen wir. Gemeinsam.«

Sie lösten sich aus der Umarmung.

»Du meinst Hansen?«, fragte sie.

»Nicht nur ihn. Ich habe einen Auftrag auszuführen. Und diesmal werde ich mich nicht davor drücken.«

Sie sah die Entschlossenheit in seinen Augen. Was hatte sie zu Inge Weinberg gesagt? Krauss würde erst ruhen, wenn er unter der Erde lag. Genau so war es. Vielleicht hatten sie ihr Privileg auf ein gemeinsames Leben verwirkt. Vielleicht hatten sie die Pflicht, Dinge wiedergutzumachen. Vielleicht waren sie deshalb hier. Sie strich ihm zärtlich über die Wange.

»Egal, was du vorhast, ich werde dir helfen«, sagte sie.

»Wir waren ein gutes Gespann«, entgegnete Krauss.

»Das sind wir noch.«

Sie zog ihn zu sich und küsste ihn. Ein knappes Klopfen ließ die beiden hochschrecken. Zwei Männer traten ins Zimmer. Oda stieß einen erstickten Schrei aus. Der kleinere von beiden trug eine SS-Uniform.

»Keine Angst, das ist Straubinger«, sagte Krauss. »Der andere heißt Mortimer. Er arbeitet für den britischen Geheimdienst und hat geholfen, dich zu befreien. Seine Kameraden sind dabei getötet worden. Ursprünglich wollte er nur wissen, wo Hitlers Sohn abgeblieben ist. Jetzt ist ihm außerdem sehr daran gelegen, mit Hansen abzurechnen. Du siehst, dieses Zimmer entwickelt sich allmählich zu einer Keimzelle des Widerstands.«

Nachdem der erste Schreck verflogen war, betrachtete Oda die Neuankömmlinge genauer. Straubinger wirkte nervös und fahrig, Mortimer in sich gekehrt. Keiner von beiden war ihr auf Anhieb sympathisch. Vor allem die Uniform machte sie misstrauisch.

»Mortimer war in meiner Wohnung nicht mehr sicher. Ich musste ihn herbringen«, sagte Straubinger ein wenig verzweifelt.

»Was ist passiert?«, fragte Krauss.

»Hansen ist zum Anführer der ›Söhne Odins‹ ernannt worden.«

»Wie bitte?«

Krauss blickte Straubinger fassungslos an.

»Das verstößt gegen alle Gepflogenheiten. Wie kann man ihm ein solches Kommando übergeben?«

»Göring kann alles, wenn er will. Irgendwie hat er Himmler überzeugt. Gestern präsentierte er uns Hansen als neuen Chef. Du kannst dir vorstellen, was deshalb los ist. Es herrscht ein Mordstheater, die sind alle kurz vor der Meuterei.«

»Offensichtlich traut Göring Hansen einiges zu. Oder es ist ein Geschäft auf Gegenseitigkeit. Ein wichtiger Posten gegen Informationen.« Krauss wandte sich an Oda. »Göring weiß also Bescheid. Das macht es nicht einfacher.«

»Was weiß er?«, fragte Mortimer.

»Wo Hitlers verschollener Sohn ist.«

»Verdammt.«

Krauss sprach Straubinger an.

»Glaubst du, Hansen kommt damit durch? Oder wird Gruber Hitler einschalten, um diese Farce zu beenden?«

Straubinger biss sich auf die Lippen.

»Gruber wird gar nichts tun. Der hat viel zu viel Angst vor Himmler und Göring. Wenn er zu Hitler läuft, muss er damit rechnen, trotzdem aus dem Rennen geworfen zu werden. Ich glaube, er setzt darauf, dass sich Hansen zum Idioten macht. Aber der Kerl sieht nur aus wie ein Affe. Der räumt jeden aus dem Weg, der ihm gefährlich wird. Das ist meine Meinung.«

Krauss schlug vor Wut auf den Bettpfosten.

»Jetzt hat der Kerl eine bestens ausgebildete Organisation im Rücken.«

»Und ich denke, es dauert nicht lange, bis er sich an mich erinnert«, sagte Straubinger. »Er hat mich gefragt, ob wir uns schon einmal begegnet sind.«

»Er hat dich nur kurz aus der Entfernung gesehen. Außerdem hattest du eine Mütze auf.«

»Trotzdem. Ich bin mir sicher, dass er Verdacht schöpft.

Wir wissen beide, dass wir ihn nicht unterschätzen dürfen. Irgendwann fällt es ihm wieder ein.«

»Dann müssen wir so schnell wie möglich etwas dagegen unternehmen«, sagte Krauss.

Straubinger schob die Brille zurück auf die Nasenwurzel.

»Ich habe seine Adresse«, sagte er. Krauss lächelte kalt.

»Ausgezeichnet. Dann werden wir noch heute Nacht dafür sorgen, dass dieses Dreckschwein, das es so sehr zu den ›Söhnen Odins‹ zieht, bald durch Walhalla wandert.«

26.
Berlin

16. Januar 1940
Bezirk Prenzlauer Berg

Der Schnee dämpfte ihre Schritte. Berlin war in frisches Weiß getaucht, als Krauss und Mortimer sich aufmachten, Hansen zu besuchen. Sie hatten Straubinger nicht lange überzeugen müssen daheimzubleiben. Ging etwas schief und Hansen erkannte ihn, wäre Straubinger geliefert. Außerdem lagen seine Stärken ohnehin woanders. Nächtliche Morde fielen nicht in sein Aufgabengebiet. Krauss war froh, Straubinger nicht dabeizuhaben. Auf Mortimer konnte er sich bei dieser Aktion blind verlassen. Der Brite hatte nicht nur ein Interesse daran, Hansen zu töten, er war für solche Operationen ausgebildet und würde nicht den Kopf verlieren, falls sich die Dinge zuspitzten.

Schweigend nebeneinanderher gehend suchten sie die angegebene Adresse. Sie lag im Bezirk Prenzlauer Berg. Straubinger hatte sie den größten Teil des Weges gefahren und dann abgesetzt. Nun waren sie zu Fuß unterwegs, zwei schwarze Gestalten im weiß gepuderten Berlin. Trotz der Dunkelheit fühlte sich Krauss wie auf dem Präsentierteller. Eine Polizeistreife würde sie garantiert anhalten. Zwei Männer, die um vier Uhr morgens durch die Straßen schlichen, führten nichts Gutes im Schilde. Nach zehn Minuten aber hatten sie Straße und Hausnummer gefunden. Krauss fluchte. Es war kein normales Wohnhaus, sondern eine von der Straße zurückliegende Autowerkstatt. Das Gelände war von einem drei Meter hohen Drahtzaun umgeben, in das ein Metalltor eingelassen war. Hinter dem Zaun parkten eng nebeneinander mehrere Fahrzeuge.

»Hansen hat Straubinger Blödsinn erzählt«, sagte Krauss leise. »Hier wohnt niemand.«

»Falsch«, entgegnete Mortimer. Er wies auf die Werkstatt. Neben dem Garagentor führte eine eiserne Treppe in den ersten Stock.

»Da geht's zum Büro«, mutmaßte Krauss.

»Kann sein, muss nicht sein. Soviel wir wissen, verfügt Hansen über kein regelmäßiges Einkommen. Vielleicht konnte er sich nicht mehr leisten als eine Bude über einer Werkstatt. So oder so. Uns bleibt keine andere Wahl, als nachzusehen.«

Krauss überlegte. Es war ein Risiko, in die Werkstatt einzubrechen. Vielleicht lauerte ein Hund in einem versteckten Zwinger. Aber Mortimer hatte recht. Es war ihre einzige Option. Wenn Hansen Straubinger reingelegt hatte, würden sie das in wenigen Minuten wissen. Krauss öffnete das Tor mit einem Dietrich. Vorsichtig schob er es so weit auf, dass sie beide hindurchschlüpfen konnten, und ließ es angelehnt offen stehen. Bis zur Treppe waren es zehn Meter. Ihre Schritte knirschten im pappigen Schnee. Wenn der Werkstattbesitzer einen Hund hielt, hätte der jetzt angeschlagen. Krauss testete die erste Treppenstufe, ob das Metall Geräusche verursachte. Nichts. Sie sahen sich an. Mortimer nickte. Langsam bewegten sie sich die Treppe hoch auf die Tür zu. Der Engländer hatte seine Waffe gezogen, hielt sie mit beiden Händen auf die Tür gerichtet. Wenn sie jemand von der Straße sah, war es vorbei. Krauss beugte sich vor, steckte den Dietrich ins Schloss, drehte, suchte den Ansatzpunkt, drückte. Der Riegel schnappte mit einem leisen Klicken zurück. Krauss zog die Walther, richtete sie auf den Eingang und öffnete mit der Linken die Tür. Niemand. Winterliche Stille. Sie standen nebeneinander in einem kargen Wohnraum, die schallgedämpften Pistolen im Anschlag. Durch die Fenster reflektierte der Schnee so viel Licht, dass sie genug erkennen konnten. Esstisch, Sofa, Kochecke. An der hinteren Wand führte eine leicht angelehnte Tür in einen weiteren Raum. Krauss wartete, damit sich seine Augen an die Dunkelheit gewöhnten. Sein Blick streifte über das Inventar auf der Suche nach Indizien. Er stockte. Sein Herz schlug schneller. Auf dem Tisch lag ein kurzer Stock neben einer kleinen Dose. Aber das war kein Stock. Er hatte sich schon mal getäuscht. Das war ein Blasrohr. Hansen. Sie hatten ihn gefunden. Krauss gab Mortimer Handzeichen. Der Brite begriff. Im zweiten Raum. Sie pirschten sich näher heran. Nur keine Fehler. Jedes Geräusch konnte sie verraten. Hansen hatte zur Genüge bewiesen, dass mit ihm nicht zu spaßen war.

Krauss erreichte die Tür, schob sie lautlos auf. Ein Bett kam in Sicht, zerwühlte Laken, darin: ein Mann. Er rührte sich nicht. Krauss wartete. Jetzt erkannte er Haare. Sie lagen lang über die Kissen ausgebreitet. Kein Zweifel. Mit zwei schnellen Schritten ging Krauss auf das Bett zu. Hansen schreckte hoch. Krauss schlug ihm die Waffe über den Schädel, sein Opfer sackte zusammen. Mortimer ging ans Bett, richtete die Waffe auf Hansens Kopf.

»Nein«, zischte Krauss, »noch nicht. Ich will erst mit ihm reden.«

Hansen trug nur eine Unterhose. Sie wuchteten seinen schlaffen Körper auf den Bauch, Krauss legte ihm hinter dem Rücken Handschellen an. Danach drehten sie ihn wieder um. Hansen stöhnte. Seine Haare waren wie ein Fächer unter ihm ausgebreitet. Um den Hals trug er eine Kette mit einem riesigen eingefassten Raubtierzahn. Krauss hatte einen solchen Zahn noch nie gesehen. Von einem Tiger, vermutete er, oder einem Löwen. Mortimer zündete eine Kerze an und zog sich einen Stuhl ans Bett, Krauss blieb stehen. Dass es so einfach werden würde, hatte er nicht gedacht. Selbst dieser elende Giftmischer kochte nur mit Wasser. Hansen blinzelte.

»Was wollt ihr?«, fragte er.

»Dich«, antwortete Krauss. Hansen sah ihn an.

»Krauss«, sagte er.

»Wenn du meinen Namen kennst, weißt du, dass ich es ernst meine.«

»Ich frage mich, warum ich noch lebe.«

»Bilde dir nichts darauf ein. Das ist nur eine Gnadenfrist«, raunzte Mortimer. »Du bist längst zum Tode verurteilt.«

Hansen hob den Kopf, um den Briten zu sehen.

»Wer ist das?«

»Jemand, der dir nicht wohlgesinnt ist. Du hast zwei seiner Männer getötet.«

»Kann mich nicht erinnern.«

»Aber ich«, sagte Mortimer. »Ich habe es sogar gesehen. Und fast hätte ich dich erwischt. Aber du warst zu schnell.«

Hansen hustete.

»Dann reden wir wohl von dem Überfall in der Burg. Wenn ich mich nicht irre, wart ihr diejenigen, die uns angegriffen haben. Dass man sich nicht mehr verteidigen darf, ist mir neu.«

»Das hier ist kein Gericht, und es geht auch nicht um Gerechtigkeit«, sagte Krauss. »Sondern darum, dass wir dich für das, was du getan hast, aus dem Verkehr ziehen werden. Du kannst entscheiden, auf welche Weise das passiert. Wenn du kooperierst, trittst du kurz und schmerzlos ab.«

Hansen rutschte unruhig auf dem Bett herum.

»Und falls nicht?«

»Holen wir Benzin aus der Garage und stecken dich an.«

»Ihr seid krank.«

Mortimer lachte.

»Mit deinen Haaren fange ich an. Die brennen wie Zunder«, sagte er.

Hansen ging in die Offensive.

»Was denkt ihr eigentlich, wer ihr seid? Ihr legt euch mit

der SS an. Meine Leute werden nicht ruhen, bis sie euch gefunden haben. Und dann stellen sie euch an die Wand.«

Krauss schnaubte verächtlich.

»SS. Du hast mit diesem Verein genauso wenig gemein wie dein Partner Schulz-Kampfhenkel. Eine Laune der Geschichte hat euch hochgespült. Wenn du deine Aufgabe erfüllt hast, wird dich die SS ausspucken wie eine Katze die Innereien einer Maus. Du bist nur Mittel zum Zweck, sonst nichts.«

Hansens Augen ruhten auf ihm. Er hatte sich jetzt besser unter Kontrolle, dachte nach, suchte nach Auswegen.

»Was hältst du von einem Handel? Ich sorge dafür, dass Göring dir Straffreiheit zusichert, wenn du im Gegenzug die Namen britischer Agenten ausplauderst. Das kriege ich hin, garantiert.«

Krauss beugte sich vor.

»Mach dich nicht lächerlich, Hansen. Weder bin ich an Straffreiheit interessiert, noch würde sie mir Göring gewähren.«

»Was willst du dann? Ich werde alles tun, was ich kann.«

»Das, was ich will, kannst du mir nicht beschaffen.«

Hansen starrte an die Decke.

»Ich bin also ein toter Mann.«

»Beschwer dich nicht. Du bekommst, was du verdienst. Und du hast es selbst in der Hand, das Beste daraus zu machen.«

»Ihr seid beide feige Ratten. Einen gefesselten Mann zu erschießen, das ist erbärmlich. Wenn einer von euch Mumm hat, dann kämpft er mit mir. Mann gegen Mann. So bin ich es aus dem Dschungel gewohnt. Ihr hättet dort keine zehn Minuten überlebt.«

»Weil du uns hinterrücks vergiftet hättest«, sagte Mortimer. »So, wie du es mit Oda gemacht hast. Das nenne ich feige. Mit Gift zu töten, ist das Erbärmlichste überhaupt.«

Hansen grinste leicht.

»Also hat es gewirkt. Und ihr musstet hilflos mit ansehen, wie sie starb.«

Krauss beschloss, ihn in dem Glauben zu lassen.

»Was war das für ein Gift?«

»Ein tödliches. Wozu brauchst du einen Namen, wenn er dir sowieso nichts sagt? Aber vielleicht hilft dir die Vorstellung, dass ein Frosch die Frau getötet hat.«

»Und vielleicht gefällt dir die Vorstellung, dass ich mich in dieser Wohnung mal näher umschaue. Irgendwo hast du das Zeug versteckt. Und dann probieren wir mal an dir aus, wie es wirkt.«

Hansen sah Krauss herausfordernd an.

»Pass aber auf, dass du dich dabei nicht verletzt. Das könnte Folgen haben.«

»Schluss jetzt. Das führt zu nichts.« Krauss setzte Hansen die Mündung seiner Waffe auf die Stirn. »Wem hast du alles verraten, wo Hitlers Sohn steckt?«

»Niemandem. Ich weiß es ja selbst nicht. Oda hat nichts ausgeplaudert.«

Krauss schüttelte den Kopf.

»Ich bin deine Lügen allmählich leid. Sie hat es mir gesagt, bevor sie gestorben ist. Dass sie geredet hat.«

Hansen stammelte.

»Na gut. Ja, ja, sie hat geredet, aber ich habe es für mich behalten. Göring weiß keine Details. Ich brauche ein Druckmittel, um das zu erreichen, was ich will.«

»Jetzt kommen wir der Sache näher. Weiter. Ich will alles hören.«

»Ich habe ihm versprochen, den Jungen in den nächsten drei Monaten zu holen. Im Gegenzug bekomme ich einen Statthalterposten in den Guyanas. Aber jetzt, wo Oda tot ist, können wir beide nach Argentinien fahren. Ich bringe dich zu dem Jungen, und du lässt mich gehen. Wir können noch heute aus Deutschland verschwinden.«

»Du gibst nicht auf, was? Schon mal daran gedacht, dass ich es gut finde, wenn der Junge unerreichbar außer Landes ist?«

Hansen biss sich auf die Lippen. Krauss betrachtete ihn, den sehnigen Oberkörper, das exotische Amulett, die langen Haare, die merkwürdigen Augen, und war mit einem Mal froh, ihn loszuwerden. Hansens Verhalten stieß ihn genauso ab wie sein Wesen. In welcher Welt leben wir, die solche Gestalten hervorbringt?, dachte Krauss.

»Wie viele Menschen hast du getötet?«, fragte er.

Hansen sah ihn an, irritiert von dem Themenwechsel.

»Einige.«

»Und es hat dir Freude bereitet, nicht wahr?«

Keine Antwort. Krauss hatte auch keine erwartet.

»Siehst du, das ist ein wesentlicher Punkt, in dem wir uns unterscheiden. Ich töte aus anderen Motiven.«

Hansen lachte höhnisch.

»Sei doch kein Narr, Krauss. Du maßt dir an, über Leben und Tod zu entscheiden. Doch dazu hast du keinerlei Recht. Genauso wenig wie ich. Du hast es vorhin selbst gesagt. Das hier ist kein Gericht. Und du bist kein Richter. Sondern ein gewöhnlicher Mörder wie ich. Du siehst, wir haben mehr gemeinsam, als du denkst. Vielleicht bin ich ein bisschen wahnsinniger, aber das ändert nichts. Du hast den Tod genauso verdient wie ich.«

Krauss lächelte.

»Das mag sein. Aber du darfst ihn vor mir erleben.«

Lautes Klopfen an der Wohnungstür ließ ihn zusammenfahren.

»Hauptsturmführer Hansen?«, rief eine laute Stimme. Mortimer erhob sich.

»Hilfe!«, brüllte Hansen.

Krauss schoss auf ihn, doch Hansen hatte sich blitzartig zur Seite weggerollt. Ungläubig sah Krauss mit an, wie Hansen die Beine wie ein Schlangenmensch fast bis zum Kinn anwinkelte und die Hände mit den Handschellen an den Füßen vorbeiführte. Das alles geschah in Sekunden. Mortimer stürzte sich auf Hansen, doch der hieb dem Angreifer beide Füße in die Brust, so dass der Brite gegen die Wand knallte. Krauss stand im Türrahmen und feuerte zweimal auf den Besucher, der mit gezogener Waffe in die Wohnung gestürmt war. Wahrscheinlich handelte es sich um einen Fahrer, der Hansen in aller Frühe abholen sollte. Der Mann taumelte und krachte auf den Esstisch, die Pistole glitt ihm aus der Hand. Krauss stürzte in seine Richtung, um sich zu vergewissern, ob noch mehr Männer draußen warteten, während hinter ihm Mortimer und Hansen das Mobiliar zerlegten. Vor der Tür war niemand, nur zertrampelter Schnee.

Krauss hastete zurück ins Schlafzimmer. Hansen hatte das Fenster geöffnet und hockte auf dem Rahmen, nahm Maß für den Sprung. Er sah zu Krauss, der zielte und schoss. Nur dass da niemand mehr war. Mortimer lag auf dem Boden, der Oberkörper lehnte an der Wand. Aus seinem Mund drang weißer Schaum. Draußen schepperte es dumpf. Krauss rannte an dem Briten vorbei zum Fenster. Darunter stand ein Wagen mit einem zerbeulten Dach. Hansen war auf das Autodach gesprungen, hatte sich über die Haube abgerollt. Der Schnee hatte den Aufprall zusätzlich gedämpft. Jetzt suchte er stolpernd Deckung hinter einem weiteren Fahrzeug. Krauss schoss, die Kugel durchschlug ein Blech. Er fluchte. Das Gelände war auch auf der Rückseite eingezäunt, grenzte an eine Straße. Für Hansen würde der Zaun trotz der Handschellen kein Hindernis sein. Er bewegte sich ungeheuer geschmeidig, hatte lange im unwegsamen Dschungel trainiert. Verdammt. Krauss traute sich nicht zu, hinter Hansen herzuspringen. Er musste die Treppe hinunter, außen ums Haus herum. Das würde Hansen einen Vorsprung geben. Dafür war er fast nackt, und die Temperaturen lagen tief im Minusbereich. Lange würde er das nicht aushalten.

Krauss wandte sich vom Fenster ab, beugte sich kurz über Mortimer. Der Brite war tot. Von seiner Hand tropfte Blut. Hansen musste an eine vergiftete Klinge gekommen sein und den Agenten damit verletzt haben. Anders konnte sich Krauss das nicht erklären. Was für ein Teufelszeug. Was für ein Satan. Warum hatte er ihn nicht sofort erschossen? Er lief durch das Wohnzimmer an dem toten Mann vorbei die Treppe hinunter, um das Haus herum, die Waffe im Anschlag. Hansen konnte sich zwischen dem Schrott versteckt haben, das vergiftete Messer in der Hand. Vorsichtig drang Krauss zur Rückseite des Hauses vor, sondierte das Gelände. Rund zwanzig Meter vor ihm schwang sich Hansen gerade über den rund drei Meter hohen Zaun auf die Straßenseite. Krauss schoss, Hansen ließ sich fallen, sprang in die Hocke und spurtete los. Trotz der gefesselten Hände sah das elegant aus, wenn auch langsamer als möglich. Krauss gab zwei weitere Schüsse ab, dann war das Magazin leer. Fluchend rannte er auf den Zaun zu, hangelte sich mühsam hoch. Der Draht schnitt in seine Finger. Er klemmte ein Bein über die Kante, zog den Oberkörper nach, verlagerte den Schwerpunkt auf die andere Seite und ließ sich vorsichtig hinab.

Wieder auf festem Boden, hielt er Ausschau nach Hansen. Rund hundertfünfzig Meter entfernt lief eine Gestalt durch die Dunkelheit. Das musste er sein. Krauss sprintete los. Zum Glück waren die Straßen um diese Zeit menschenleer. Aber das würde sich bald ändern. Um sechs Uhr begann für viele die Frühschicht. Schon jetzt waren irgendwo die ersten Arbeiter unterwegs. Ihm blieb nicht viel Zeit, um Hansen zu erledigen. Der Bursche rannte trotz der widrigen Bedingungen wie ein Wiesel. Krauss keuchte, die eiskalte Luft brannte in seinen Lungen. Andauernd rutschte er im Schnee aus, fing sich, hetzte weiter. Aber der Abstand verringerte sich nicht. Krauss hörte ein Fahrzeug hinter sich näher kommen, drehte sich im Laufen um. Es war ein Dreirad-Lieferwagen, ein Gutbrod. Der Wagen klapperte auf Krauss zu. Er hob die Waffe, stellte sich dem Dreirad in den Weg. Die Fahrertür öffnete sich, ein verhärmter Mann stieg aus.

»Nicht schießen«, sagte er.

»Verschwinde«, schnauzte Krauss, stieg ins Führerhaus und gab Gas. Der Gutbrod war zwar kein Rennwagen, aber schneller als ein Mensch. Hansen bog weit vor ihm um eine Ecke. Sekunden später war Krauss zur Stelle, folgte ihm. Hundert Meter vor ihm querte Hansen die Straße, warf ihm einen Blick zu. Sein Laufstil sah merkwürdig aus, mit den Handschellen vor der Brust. Aber er kapitulierte nicht. Krauss drückte das Gaspedal bis ins Bodenblech. Der Zweizylinder heulte laut auf und trieb den Gutbrod durch die schneenasse Straße. Krauss holte auf. Er schrie. Nein! Das durfte nicht sein. Hansen stolperte auf einen Mann zu, der den Bürgersteig vor seinem Haus mit einem Schneeschieber räumte. Krauss hielt auf Hansen zu. Der hatte den Mann bereits erreicht, schnappte sich den Schneeschieber und warf ihn mit dem Stiel voran in Richtung des Lieferwagens. Während sich Krauss noch fragte, wie Hansen mit seinen gefesselten Händen einen vernünftigen Wurf hinbekommen wollte, brach der Schieber durch die Windschutzscheibe. Instinktiv riss Krauss das Lenkrad herum, der Gutbrod schlingerte, bekam Schlagseite, kippte um und rutschte einige Meter durch den Schnee. Der Motor drehte auf und erstarb mit einem hässlichen Klockern. Krauss lag verdreht auf dem Boden, schien aber unverletzt. Mit Sicherheit hatte der Lärm einige Leute aus den Betten gerissen. Nicht nur Hansen, auch die Zeit lief ihm davon.

Krauss winkelte die Beine an und trat gegen die Tür über ihm. Sie krachte auf. Ein Kopf schaute rein. Es war nicht Hansens.

»Alles in Ordnung?«, fragte der Mann.

Krauss nickte und kroch aus dem Führerhaus.

»Wo ist er hin?«, fragte er.

»Da runter«, sagte der Mann und wies mit der Hand die Straße lang. Es war niemand mehr zu sehen. Hansen hatte seine Chance ergriffen.

»Was war'n das für ein Verrückter?«, fragte der Mann. »Der hat meinen Schieber geschleudert wie einen Speer. Mein Gott, der Kerl hatte fast nichts an. Und die Haare. Wie ein Indianer, hab ich gedacht. Und dann wirft der den Schieber.« Er brach ab, schüttelte den Kopf.

Hinter etlichen Fenstern war Licht angegangen, gegenüber öffnete sich eine Haustür. Krauss meinte, aufgeregte Stimmen zu hören. Gleich war hier alles auf den Beinen. Es war sinnlos weiterzusuchen. Hansen hatte mehr Glück als Verstand. Oder der Teufel hielt seine schützende Hand über ihn. Es war ihm nicht beizukommen. Krauss bezweifelte, dass er so bald eine weitere Gelegenheit erhalten würde. Ohne ein Wort zu sagen, trabte er los, zurück zur Werkstatt. Zumindest eine Sache musste er vollenden.

»He«, rief der Mann hinter ihm her. »Wo wollen Sie denn hin? Sie sind verletzt!«

Krauss packte sich im Laufen an die Stirn. Er blutete. Eine Platzwunde, nichts Ernstes. Nichts, was ihn aufhalten würde. Er schaute nicht zurück, hoffte darauf, dass die Winternacht ihn verschluckte. Um dem Dreirad-Fahrer nicht zu begegnen, wählte er die Straße, die zum vorn gelegenen Eingang der Werkstatt führte. Mittlerweile waren deutlich mehr Menschen unterwegs. Viel Zeit blieb ihm nicht mehr. Am Tor angekommen, wartete er einen Moment, bis sich sein Atem beruhigt hatte, und sondierte die Lage. Niemand war zu sehen.

Er öffnete das Tor und ging zur Werkstatt. Es war überflüssig, jetzt noch Vorsicht walten zu lassen. Er schlug eine Scheibe ein, öffnete die Tür, knipste das Licht an. Vom Büro führte eine Tür in die Garage. Krauss fand schnell, was er suchte. Mehrere Kanister, die nebeneinander an der Wand standen. Er öffnete die Schraubverschlüsse, überprüfte den Inhalt, indem er kurz am Ausguss schnüffelte. Mit einem halbvollen Kanister verließ Krauss die Werkstatt und stieg über die Metalltreppe nach oben. Ohne zu zögern, betrat er Hansens Wohnung. Neben dem Tisch lag der Fahrer, der den neuen Chef der »Söhne Odins« in aller Herrgottsfrühe abholen sollte. Krauss ging ins Schlafzimmer. Mortimer lehnte genauso an der Wand, wie er ihn verlassen hatte, den Kopf auf der Brust. Das Gift musste ihn innerhalb von Sekunden getötet haben. Hansen hatte damit das gesamte SOE-Kommando liquidiert. Das würde man beim MI5 nicht gerne hören. Krauss betrachtete die Leiche. Er hatte den Briten nicht gut genug gekannt, um ihn beurteilen zu können. Aber er hielt ihn für keinen schlechten Menschen. Weil Mortimer auf der richtigen Seite stand, trotz der überflüssigen Exekution von Harbacher. Es war schade, dass seine Familie, wenn er eine hatte, niemals an einem Grab um ihn trauern könnte. Aber es ließ sich nicht ändern.

Krauss schraubte den Kanister auf und verteilte das Benzin im Zimmer, kippte einen Schwall über das Bett, den Boden, Mortimers Körper, ging in den Wohnraum und schüttete dort den Rest aus. Er hatte keine Zeit, Hansens Giftküche zu suchen. Irgendwo musste der sein tödliches Sammelsurium versteckt haben. Das Feuer würde es finden. Krauss entzündete ein Streichholz und warf es von der Tür aus ins Zimmer. Sofort loderten die Flammen hoch und verteilten sich in Windeseile über die Wohnung. Hastig stürmte Krauss die Metalltreppe hinunter. In wenigen Sekunden würde hier alles lichterloh brennen. Er lief über das Gelände, ging durch das Tor, blickte zum Haus. Die Flammen schlugen bereits aus den Fenstern im ersten Stock, züngelten zum Dach. Hoffentlich löste sich das Giftarsenal in Rauch auf. Eine Schande, dass Hansen nicht mit verbrannte. Zumindest würde er so schnell keine ruhige Minute mehr finden. Er wusste jetzt, dass Krauss nach ihm suchte. Von überall her strömten Menschen herbei, gestikulierten wild, riefen nach der Feuerwehr, während die Flammen sich unaufhaltsam ausbreiteten.

Krauss nutzte das Getümmel, um unbemerkt zu verschwinden. Er wählte ein normales Tempo, fiel nicht auf unter denjenigen, die auf dem Weg zur Arbeit waren. Hansen sollte nicht zu laut triumphieren. Krauss schwor, ihn zu töten, früher oder später. Ein paar Straßen weiter drehte er sich noch einmal um. Am allmählich heller werdenden Himmel zogen blutrote Wolken, angestrahlt vom Feuer, und flackerten wie ein Herz, dessen Schläge gezählt waren.

27.
Berlin

16. Januar 1940
Reichssicherheitshauptamt

Unaufhaltsam war die Kälte in Hansen hineingekrochen und hatte sich dort festgesetzt. Sein Inneres fühlte sich an, als hätte er einen Eisberg verschluckt. Äußerlich war er wieder in warme Sachen gehüllt; hilfreiche Geister hatten ihm Kleidung besorgt. Aber er bekam diese verfluchte Kälte nicht aus dem Körper. Erst langsam dämmerte es ihm. Er hatte Angst. Hansen schnaufte erschrocken bei dem Gedanken, stützte beide Hände auf dem Schreibtisch ab und versuchte, seine Gefühle zu sortieren. Eigentlich hatte er sich für angstfrei gehalten. Weil er derjenige war, der Schrecken verbreitete. Doch jetzt hatte jemand diesen Panzer durchbrochen und ihn mit seiner Verletzlichkeit konfrontiert. Ihn zurückgeworfen auf sich selbst. Krauss. Wegen dieses Mannes besaß er jetzt nur noch die Sachen, die er am Leibe trug. Seine Besitztümer waren in den Flammen verbrannt. Um seine paar Klamotten trauerte er nicht. Aber um seine Gifte. Seine Pulver. Seinen Schatz. Alles verloren wegen Krauss. Vor ihm fürchtete Hansen sich, vor dem Abgrund, der hinter diesen eisblauen Augen lauerte. Sie hatten ihn mitleidlos gemustert, wie ein Metzger das Schlachtvieh. Krauss war ein Killer. Ein zweites Mal würde er nicht versagen.

Hansen dachte an seine Flucht, an den schrundigen Schnee unter seinen nackten Sohlen. Die Kälte hatte seinen Körper umklammert wie ein Schraubstock, seine Füße waren taub gewesen, zu Klumpen gefroren. Aber er war trotzdem weitergelaufen, hatte funktioniert, dank seiner Konstitution und seines Willens. Im Geiste rannte er nicht durch ein verschneites Berlin, sondern durch einen dampfenden Dschungel und stellte sich vor, das Prickeln auf der Haut rührte von Sonnenstrahlen, die durchs Blätterdach stachen. Damit hielt er die Kälte auf Distanz. So war er Krauss entkommen. Knapp, mit Glück und Geschick. Ganz knapp.

Hansen hoffte, dass er sich damit Respekt verschafft hatte. Immerhin war er aus einer beinahe aussichtslosen Lage geflohen und hatte einen Angreifer getötet. Das Messer mit der vergifteten Klinge verbarg er stets griffbereit unter dem Bett. Als Krauss auf den Fahrer schoss und der Brite sich auf ihn stürzte, hatte Hansen sich das Messer geangelt. Nur ein Schnitt in die Hand war nötig, damit das Curare wirkte. Sekundenschnell. Der Brite begriff sofort, was passiert war; während er zu Boden torkelte, stieß er wilde Flüche aus. Hansen ergötzte sich an der Gewalt des Giftes, aber ihm blieb keine Zeit, seinen Triumph auszukosten. Denn da war immer noch Krauss. Also öffnete Hansen das Fenster, nahm Maß und sprang, gerade als Krauss auf ihn schoss. Es war pure Verzweiflung, die ihn dazu trieb, und wäre er es nicht gewohnt, seinem Körper aberwitzige Strapazen zuzumuten, hätte er den Sturz nicht ohne Knochenbrüche überlebt. So aber rollte er sich vom Autodach ab und landete im Schnee. Damit begann die Jagd.

Nach wenigen Minuten übernahm Hansens Instinkt, steuerte ihn durch das Dickicht der Stadt wie durch den Dschungel des Amazonas. Sein rationales Denken war ausgeschaltet, er rannte nur, mobilisierte alles, was sein Bewegungsapparat jemals abgespeichert hatte. Diese Unbedingtheit rettete ihn. Nachdem er die Schneeschaufel wie einen Speer nach Krauss geschleudert und den Wagen gestoppt hatte, war er weitergelaufen, eine Straße, zwei Straßen, bis ihm Menschen halfen, ihn in Decken wickelten und ihm heißen Tee reichten. Eine halbe Stunde mochte seit dem Beginn seiner Flucht vergangen sein, und er hatte sich währenddessen vielleicht vier Kilometer von der Werkstatt entfernt, doch es schien ihm, als sei er bis zum Polarkreis gelaufen. Trotz der Decken hörte das Zittern nicht auf. Selbst als die Polizei und wenig später ein Rettungswagen auftauchten, klapperten seine Knochen noch. Er musste die Kontrolle zurückgewinnen, musste verhindern, dass sich die Kälte ins Unterbewusste verlagerte und dort weiter an ihm nagte.

Das war ihm nur zum Teil gelungen. Zwar war das Zittern verschwunden, aber die Kälte geblieben. Eisig stieg sie ihm die Kehle hoch, drohte seine Selbstsicherheit zu sprengen. Es gab nur einen Weg, sie wieder loszuwerden. Er musste Krauss zuvorkommen. Ihn töten. Aber wie?

Hansen ging in seinem Büro im Reichssicherheitshauptamt auf und ab. Das Zimmer war weder besonders groß noch repräsentativ und nur mit dem Nötigsten eingerichtet. Ein paar Stühle, ein Schreibtisch, ein Bild von Hitler an der Wand. Hansen vermutete zu Recht, dass dies nicht das Büro seines Vorgängers Edgar Krauss gewesen war. Aber es störte ihn nicht. Zumindest hatte er eine Sekretärin. Hansen sah aus seinem Fenster auf das winterliche Berlin. Über der Stadt lag ein Schleier aus winzigen Schneeflocken, die der Wind vor sich hertrieb. Je nach Stärke der Böen verdichtete sich der Schleier oder löste sich auf. Der Anblick ließ einen wieder frösteln, dachte Hansen und versuchte, sich die Hitze des Dschungels ins Gedächtnis zu rufen. Vergeblich.

Wo zum Teufel steckte Krauss? Er musste einflussreiche Verbündete haben, sonst hätten sie ihn längst erwischt. Da draußen herrschte Krieg, und da passte man aufeinander auf. Bespitzelte sich. Vielleicht arbeitete der Nachbar für den Feind oder bedrohte die nationale Sicherheit. Wer sich verdächtig machte, dessen Name war schnell bei der Gestapo. Krauss hatte es bisher geschafft, unsichtbar zu bleiben und aus dem Verborgenen heraus zu operieren. An die Informationen konnte er allerdings nicht ohne Kontakte gekommen sein. Krauss hatte gewusst, dass Oda auf Burg Veldenstein festgehalten wurde; er kannte den Bäcker, der Göring belieferte, und Hansens private Adresse. Es musste einen Verräter geben, anders war das nicht zu erklären. Einen, der Zugang zu brisanten Details hatte. Einen aus dem inneren Kreis. Vielleicht war es sogar derselbe, der den Feind über die bevorstehenden Angriffspläne unterrichtete. Verdammt! Wieso hatte er nicht eher geschaltet? Der Maulwurf agierte auf verschiedenen Ebenen, um die Position der Deutschen zu schwächen. Krauss war für ihn ein gefundenes Fressen. Er sorgte für Unruhe, lenkte ab. Hansen musste den Verräter entlarven. In seinem ureigenen Interesse. Außerdem würde er damit bei Göring punkten. Also zwei Fliegen mit einer Klappe schlagen.

Hansen schloss die Augen, lehnte die Stirn ans kalte Fenster. Es lag nahe, dass die Ratte bei den »Söhnen Odins« saß. Die Abteilung hatte Zugang zu allen Details. So viele Zufälle waren unmöglich. Er erinnerte sich an sein Bauchgefühl, als er der Führungsriege vorgestellt wurde. Besonders ein Mann war ihm bekannt vorgekommen. Nur hatte er das Gesicht nicht zuordnen können. Aber er täuschte sich selten. Fast nie. Vertraute seiner Intuition. Wenigstens ihr. Hansen drehte sich abrupt vom Fenster weg und ging zur Tür, die ins Vorzimmer führte. Die Sekretärin hob den Kopf. Hansens Ton war scharf.

»Bestellen Sie Straubinger in mein Büro. Sofort.«

Eine halbe Stunde später saß Theo Straubinger vor Hansen und ruckelte unruhig auf seinem Stuhl herum. Der Stratege der »Söhne Odins« war unfähig, längeren Blickkontakt zu halten, schlug nach wenigen Sekunden die Augen nieder. Aber das allein machte ihn nicht verdächtig. Hansen war es gewohnt, dass er seine Mitmenschen beunruhigte.

»Vielen Dank, dass Sie so schnell gekommen sind«, sagte er.

»Selbstverständlich«, entgegnete Straubinger. Er machte einen gehetzten Eindruck. Der Mann hat etwas zu verbergen, dachte Hansen.

»Ich befürchte, dass der von uns gesuchte Verräter in unseren Reihen sitzt«, sagte er unvermittelt. »Bei den ›Söhnen Odins‹.«

Straubinger schaute ihn verstört an. Hansen zwang sich, nicht überzuinterpretieren. Er musste absolut sicher sein. Sonst würden Göring und Himmler ihn in die Wüste schicken.

»Was gibt Ihnen Anlass, das zu glauben?«, fragte Straubinger.

Hansen setzte ein falsches Lächeln auf.

»Aufgrund der Faktenlage bin ich nahezu sicher. Sie müssen Ihre Scheuklappen beiseitelegen und den Radius erweitern, alles akribisch rekapitulieren. Dann drängt sich die Schlussfolgerung sozusagen auf.« Er beugte sich vor und zählte mit den Fingern ab. »Erstens: Krauss wird vor dem Haus seines Bruders angeschossen, überlebt aber offensichtlich. Wer sollte ihn gerettet haben, wenn nicht ein ›Sohn Odins‹? Zweitens: Krauss überfällt Burg Veldenstein, um seine Komplizin zu befreien. Die Informationsquelle scheint mir dieselbe zu sein. Drittens: Der Feind wird über alle Termine der Operation Gelb auf dem Laufenden gehalten. Die ›Söhne Odins‹ sind über die Angriffspläne stets im Bilde. Viertens: Krauss dringt in meine Privatwohnung ein. Die Adresse kennt nur eine Handvoll Personen. Es sind fast ausschließlich ›Söhne Odins‹.«

»Das sind alles nur Vermutungen.«

Hansen lehnte sich zurück.

»Aber ziemlich stichhaltige.«

»Unsere Männer sind handverlesen. Ich würde für jeden Einzelnen meine Hand ins Feuer legen.«

»Sie sind loyal, das ehrt Sie. Aber denken Sie mal nach, Straubinger. Es muss so sein. Alles passt zusammen.«

»Haben Sie einen konkreten Verdacht?«

Jetzt wurde es spannend. Hansen stand auf, kehrte Straubinger den Rücken zu und ging ans Fenster.

»Fällt Ihnen jemand ein?«

»Sie werden mich nicht ohne Grund einbestellt haben.«

Hansen wandte sich wieder seinem Gesprächspartner zu.

»Sie sind ein schlauer Kopf, Straubinger. Deshalb sind Sie hier. Sie sollen mir helfen.«

Straubinger blickte ihn skeptisch an. Er saß vielleicht drei Meter von Hansen entfernt. Dessen Gedächtnis gab ein Bild frei. Fast wäre ihm ein Triumphschrei entfahren. Er wusste plötzlich, wo er Straubinger gesehen hatte. Damals war er einige Meter weiter von ihm entfernt gewesen als jetzt, und er hatte am Steuer eines Autos gesessen. In Neuhaus. Nach dem Überfall auf Burg Veldenstein. Straubinger war der Fahrer des Wagens gewesen, in den sich Krauss und Oda gerettet hatten. Das Unbehagen ihm gegenüber hatte also einen Grund. Straubinger war der Verräter. Hansen hatte es geahnt. Aber er wollte es aus Straubingers Mund hören.

»Ich wüsste nicht, wie ich das anstellen sollte. Sie werden hoffentlich nicht von mir erwarten, dass ich meine Kameraden ausspioniere.«

Hansen löste sich vom Fenster und schlenderte an Straubinger vorbei in dessen Rücken.

»Keine Sorge. Sie sollen nur eine persönliche Einschätzung der Männer an der Spitze abgeben.« Hansen sah sich suchend um. »Ob Ihnen in letzter Zeit etwas aufgefallen ist, Unregelmäßigkeiten, ungewöhnliches Verhalten, so etwas.« Auf dem Sekretär an der Tür zum Vorzimmer lagen die Post und ein Brieföffner. Das würde genügen, um Straubinger zu täuschen. Hansen schnappte sich die spitze, aber stumpfe Klinge, trat hinter Straubinger, hielt dessen Kopf fest und ritzte ihn damit oberflächlich am Hals. Die Wunde blutete sofort. Straubinger schrie erschrocken und sprang auf.

»Was haben Sie getan?«

Er packte sich an die Wunde und sah vom Blut an seiner Hand zu Hansen, der ihn böse anfunkelte. Straubinger rang nach Worten. Eine plötzliche Erkenntnis schien ihm den Atem zu rauben.

»Sie, Sie haben mich vergiftet«, keuchte er.

Hansen grinste zufrieden.

»Elendes Schwein«, schrie Straubinger.

Hansen stieß ihn auf den Stuhl und hielt ihm den Brieföffner an die Kehle.

»Du bist der Verräter«, sagte er. »Niemand sonst hier weiß, dass ich Gift benutze. Du weißt es, weil du Krauss und Oda versteckt hast. Wahrscheinlich hat er dir auch erzählt, was heute Nacht passiert ist. Du bist der Mann, den ich suche. Und du erzählst mir jetzt, was ich wissen will.«

Straubinger begriff allmählich, dass er überrumpelt worden war.

»Dann werde ich nicht sterben?«

»Nein«, sagte Hansen abfällig. »Noch nicht.«

Hansen wartete mit zwanzig Mann vor dem Haus der Weinbergs. Auch hinter dem Gebäude waren Leute postiert. Er wollte nichts riskieren. Krauss zu unterschätzen, wäre ein grober Fehler gewesen. Den Faktor Oda konnte Hansen schwer kalkulieren. Dass sie noch lebte, hatte Straubinger ausgeplaudert. Kaum zu glauben. Offensichtlich hatte ihnen Schulz-Kampfhenkel mit seiner Amazonas-Apotheke geholfen. Schon komisch, dass ihm ausgerechnet dieser Klugscheißer dazwischenfunkte und seinen Gift-Cocktail neutralisierte. Aber über die Wirksamkeit seines Giftes musste Hansen sich keine Gedanken mehr machen. Das Feuer hatte seinen Vorrat restlos vernichtet.

Straubinger begleitete das SS-Kommando, in Handschellen natürlich. Falls sie Krauss nicht antrafen, wollte Hansen die Weinbergs mit ihrem Komplizen konfrontieren. Hansen würde nichts mehr dem Zufall überlassen. Er hatte das Gefühl, dass er am Wendepunkt seiner Karriere stand. Das Ziel war zum Greifen nah, ein Fehler konnte alles zerstören. Lieferte er Himmler den Verräter und Göring erst Krauss und später den Jungen, hatte er vorerst nichts zu befürchten. Dann würde man ihn respektieren, selbst ohne Rasse-Stammbuch. Hansen hatte nur eine einzige Sorge – seine mangelnde Selbstkontrolle. Wenn es ihm nicht gelang, seine Impulse zu unterdrücken, war seine SS-Laufbahn zu Ende, bevor sie überhaupt angefangen hatte.

Er signalisierte den Männern, die Tür aufzubrechen. Hansen hoffte auf den Überraschungseffekt. Wenn es jemanden zu überraschen gab. Wobei er von Seiten der Weinbergs nicht mit Widerstand rechnete. Der Mann war ein jüdischer Krankenbehandler, der nicht mehr praktizierte. Straubinger hatte gestanden, ihn protegiert zu haben. Weinberg war es gewesen, der Krauss zusammengeflickt hatte. Allein dafür würden sie den Juden an die Wand stellen. Die Tür krachte auf. Zwei Soldaten stürmten mit vorgehaltenen Maschinenpistolen in die Wohnung. Hansen hielt sich kurz hinter ihnen, eine Mauser in der Hand. Die Männer verteilten sich in den Räumen, riefen sich Kommandos zu. Aber Hansen brauchte keine Bestätigung mehr für das, was er ohnehin geahnt hatte. Die Wohnung war leer. Verlassen. Krauss besaß die Gabe, sich in seine Gegner hineinzuversetzen. So war er ihnen stets einen Schritt voraus. Hansen trat wütend gegen einen Küchenstuhl, der quer durch den Raum segelte.

»Das sollten Sie sich ansehen«, sagte einer der Männer. Am

Ende des Flurs stand ein Schrank. Durch die offene Tür blickte Hansen in eine kleine Kammer. Die Rückwand des Schrankes war ausgesägt, durch sie hindurch ging es in das Zimmer. Hansen vermutete, dass dies mal ein größerer Abstellraum gewesen war. An einer Wand befand sich ein Krankenbett. Hier war Krauss gesund gepflegt worden. Und vor kurzem Oda. Es stimmte also. Straubinger hatte nicht gelogen. Er war es gewesen, der den schwerverletzten Krauss zu den Weinbergs gebracht hatte. Hansen ging zurück in den Flur, direkt auf den Verräter zu.

»Wo sind sie hin?«, fragte er, mühsam seinen Ärger unterdrückend.

»Ich weiß es nicht«, entgegnete Straubinger eingeschüchtert.

Hansen fluchte. Es war mittlerweile fünfzehn Uhr. Krauss hatte viele Stunden Vorsprung. Ohne Anhaltspunkte würde er nicht so leicht aufzutreiben sein. Er hieb Straubinger die Waffe über den Schädel. Der ehemalige Stratege der »Söhne Odins« stürzte mit einem Schmerzensschrei auf die Knie.

»Rede!«, raunzte ihn Hansen an.

»Ich weiß es nicht«, jammerte Straubinger. »Wirklich nicht. Er hat mir nichts davon gesagt, dass er verschwinden will. Wahrscheinlich ahnte er, dass so etwas passieren würde.«

Natürlich hatte er es geahnt, dachte Hansen. Dieser Brudermörder war gerissen.

»Ich brauche einen Hinweis.«

»Es tut mir leid. Ich habe sie gestern von einer Hütte in irgendwelchen Wäldern sprechen hören, mehr aber auch nicht. Das ist alles.«

Einer Hütte in den Wäldern? Berlin war von Wald umgeben. Er benötigte präzisere Angaben. Hansen spürte, dass er sie von Straubinger nicht bekommen würde. Dessen Angst erregte ihn mindestens genauso, wie sie ihn abstieß. Zügele dich, maßregelte Hansen sich, aber sein Körper gierte nach einem Machtbeweis. Er richtete die Mauser auf den Kopf des Mannes, dem er diese Sauerei zu verdanken hatte.

»Du hast noch eine Chance. Überleg dir, was du sagst.«

Straubinger weinte. Er ließ die Arme hängen.

»Ich weiß nicht, wo sie sind.«

Hansen drückte ab. Der Schuss dröhnte durch die Wohnung. Straubinger sackte nach hinten weg und knallte auf den Boden. Niemand sprach ein Wort. Alle blickten auf den toten »Sohn Odins«, in dessen Gesichtszügen das Entsetzen seiner letzten Sekunden geschrieben stand. Unter Straubingers Kopf breitete sich eine Blutlache aus. Hansen sah sich herausfordernd um.

»Straubinger war ein Verräter«, sagte er. »Und jeder Verräter bekommt bei mir das, was er verdient.«

28.
Potsdam

17. Januar 1940
Odas Jagdhütte

Über Nacht war Schnee gefallen. Oda lehnte am Fensterrahmen, versunken in den Anblick der makellos weißen Lichtung.

»Es ist wunderschön«, sagte sie.

»Und es hat unsere Spuren getilgt«, fügte Krauss hinzu.

Er saß auf dem Sofa und hatte die Füße auf den flachen Tisch davor gelegt, direkt neben eine Tasse mit dampfendem Tee. Für die Schönheit der Natur hat er kein Auge, dachte Oda. Er betrachtete die Welt nur unter dem Aspekt, ob sie für oder gegen ihn arbeitete. Freund oder Feind. Heute war der Schnee sein Freund. Morgen würde er ihn verfluchen. Oda war da anders. Sie liebte die Natur, bewegte sich gerne in den Wäldern, fühlte sich dort beschützt. Deshalb hatte sie sich einst die alte Jagdhütte in der Nähe von Potsdam zugelegt. Es war ihr Rückzugsort, ihre einsame Insel. Dort atmete sie durch, tankte auf, besann sich auf die wichtigen Dinge. Niemand wusste von dieser Hütte. Sie hatte sie während ihrer Zeit beim F. A. gekauft und niemandem davon erzählt. Eine weise Entscheidung, wie sich später herausstellte. Schon einmal hatten Krauss und sie die Hütte als Versteck benutzt, dort ihre Kräfte gesammelt und das weitere Vorgehen geplant. Dort waren sie sich zum ersten Mal nähergekommen. Insofern steckte die Hütte für Oda voll warmer Erinnerungen. Es war aber auch der Ort, an dem sie Krauss das letzte Mal gesehen hatte. Beinahe fünf Monate musste das zurückliegen. Damals war sie mit Philipp in eine ungewisse Zukunft aufgebrochen. Niemals hätte sie gedacht, dass sie hierhin zurückkehren würde. Sie hatte das Kapitel für abgeschlossen gehalten. Wie man sich irren konnte.

Krauss hatte die Hütte ins Spiel gebracht. Nach dem missglückten Überfall auf Hansen war er in aller Herrgottsfrühe bei den Weinbergs reingeplatzt, hatte zum Aufbruch gedrängt. Er befürchtete, dass sie in der Wohnung nicht mehr sicher waren. Hansen musste nur eins und eins zusammenzählen, um einen Informanten in den eigenen Reihen zu vermuten. Krauss traute Straubinger nicht zu, Hansen die Stirn zu bieten. Er würde reden. Es war nur eine Frage der Zeit. Alles hing davon ab, ob Hansen Straubinger verdächtigte. Erst hatten sich die Weinbergs geweigert, aber Krauss war hart geblieben, hatte ihnen drastisch ausgemalt, was mit ihnen geschehen würde. Mit Hannah. Das hatte sie überzeugt. Am Ende war ihnen keine Wahl geblieben. Sie hatten sich nach langen Diskussionen endlich entschlossen, das Land zu verlassen, wollten es aber nicht überstürzen. Krauss gewährte ihnen zwei Stunden, um alles Nötige zusammenzupacken. Am Bahnhof kauften sie drei Fahrkarten nach Hamburg, von dort aus sollte es so bald wie möglich mit dem Schiff weitergehen. Nach Amerika. Ihre beiden Söhne sollten in der sicheren Schweiz bleiben; die Eltern wollten sie nachholen, wenn der Krieg vorüber war. Weinberg hatte für den Fall einer Flucht Geld gespart, aber gehofft, es nicht in Anspruch nehmen zu müssen. Viele seiner Kollegen waren diesen Weg vor ihm gegangen. Weinberg hatte sich ursprünglich vorgenommen, nicht vor dem menschenverachtenden System der Nazis zu kapitulieren. Er hoffte auf Gerechtigkeit. Deshalb war es in den Augen des Arztes eine verheerende Niederlage, seine Heimat verlassen zu müssen, ein Stachel, der ihm tief in die Seele getrieben wurde und niemals aufhören würde zu schmerzen.

Krauss sah nur die Leben, die dadurch gerettet wurden. Er

blieb, bis die Familie unbehelligt in den Zug stieg. Oda bemerkte, wie schwer es ihm fiel, Hannah ziehen zu lassen, weil er nicht mit Sicherheit sagen konnte, welches Schicksal das Mädchen erwartete. Und was es Krauss bedeutete, dass ihm der Arzt zum Abschied die Hand schüttelte, wortlos zwar, aber mit einem Nicken, das mehr besagte als verkrampfte Worte. Krauss hatte den Weg zurück zum Auto geschwiegen, mit seinen Gefühlen gerungen. Das war nicht mehr der kaltblütige Mann, den sie kennengelernt hatte, dachte Oda. Die Allgegenwart des Todes zehrte an seiner Persönlichkeit.

»Glaubst du, Hansen hat sich Straubinger vorgeknöpft?«, fragte sie.

Krauss nippte an seinem heißen Tee.

»Hoffen wir für ihn, dass es nicht so ist.«

»Du hättest ihn warnen sollen.«

»Er musste damit rechnen, dass etwas schiefgeht.«

»Vielleicht machen wir uns unnötig Sorgen.«

»Ja. Vielleicht.«

Oda betrachtete wieder die Landschaft. Das Panorama hätte jeden Kitschliebhaber entzückt, mit den schneebedeckten Bäumen und der blütenweißen Lichtung. Das ideale Wetter für einen Spaziergang. Aber dann hätten sie wieder Spuren hinterlassen, auf sich aufmerksam gemacht. Sie war froh, dass draußen alles so unberührt aussah. Es reichte, dass der Kamin qualmte und Licht brannte. Ein aufmerksamer Beobachter würde das registrieren. Die Frage war, ob er es für nötig befand, seine Beobachtungen zu melden. Auch der gestohlene Wagen war nur notdürftig versteckt. Sie hatten ihn zwei Kilometer entfernt am Waldrand stehen lassen und mit Zweigen getarnt. Immerhin würde er nun mit Schnee bedeckt sein. Ihre mitgebrachten Vorräte reichten für ungefähr eine Woche. Oda hoffte, dass Krauss vielleicht ein Reh schießen konnte. Sie hatten den Karabiner dabei, und Krauss war ein sicherer

Schütze. Es würde ihnen schwer gelingen, sich den Winter über hier zu verbergen. Aber sie glaubte sowieso nicht, dass Krauss das beabsichtigte. Hansen war für ihn zu einer Obsession geworden. Krauss würde keine Ruhe geben, bevor er ihn zur Strecke gebracht hatte. Alles andere war zweitrangig. Vielleicht schaffte sie es, ihn davon abzubringen. Denn Odas Prioritäten hatten sich gewandelt. Natürlich hätte sie Hansen gerne tot gesehen. Aber noch lieber war ihr ein lebendiger Krauss. Jetzt, wo sie ihn so unverhofft wiedergefunden hatte, wollte sie ihn nicht gleich wieder verlieren. Und sie fürchtete, dass das passieren könnte. Hansen paktierte mit dem Teufel. Bisher hatte ihm niemand etwas anhaben können.

»Wie geht es weiter?«, fragte sie.

»Komm her«, sagte er.

Sie setzte sich neben ihn aufs Sofa und bettete den Kopf in seinen Schoß. Er legte den Arm auf ihren Bauch. Oda hatte sich solche Momente sehnlichst gewünscht. Deshalb fiel es ihr schwer, sich darauf einzulassen, als es so weit war. Sie hatte das Vertrauen verloren. Nicht in Krauss. Sondern in das Leben. Warum gab es das Gute nicht ohne das Böse? Warum wurde ihr etwas gegeben und etwas anderes dafür genommen? Das ergab alles keinen Sinn. Krauss küsste sie sanft auf die Stirn.

»Wir müssen es zu Ende bringen.«

»Ich hatte befürchtet, dass du das sagst.«

Er sah sie fragend an.

»Du willst Hansen gehen lassen?«

»Er ist es nicht wert, dass wir unser Leben aufs Spiel setzen.«

»Was ist mit Hitler? Ich habe einen Auftrag. Und eine Verpflichtung. Die Männer vom SOE sind tot, weil sie uns geholfen haben. Hansen hat sie alle drei getötet. Er muss sterben.«

»Ich glaube nicht, dass wir etwas ausrichten können.«

»Natürlich. Wir hatten nur Pech. Beim nächsten Mal wird mir Hansen nicht entkommen.«

»So meine ich das nicht. Was ändert es, wenn du Hansen tötest? Oder sogar Hitler? Ich denke, dass wir es nicht mehr aufhalten können. Diese gigantische Kriegsmaschinerie. Das ist wie ein mächtiger Felsbrocken, der einen Abhang hinunterrollt. Hat er erst mal Fahrt aufgenommen, ist er nicht mehr zu stoppen. Schon gar nicht durch zwei armselige Gestalten wie uns.«

»Ich glaube mich zu erinnern, dass wir diese Diskussion so ähnlich schon mal geführt haben. Vielleicht hast du sogar recht. Vielleicht können wir das Rad der Geschichte nicht zurückdrehen. Aber entscheidend ist für mich nur noch, was sich für mich ändert. Und das wiederum ist ungeheuer viel. Aus meiner Sicht alles.«

»Warum?«

Krauss seufzte leise.

»Weil ich meinen Bruder getötet habe. Dass er so wurde, wie er war, das ist die Schuld Adolf Hitlers. Er hat ihn verführt, hat seinen Geist verseucht, ihn in ein Monster verwandelt. Es ist also nur konsequent, Hitler zu töten. Vielleicht kann ich dann besser mit dem leben, was ich getan habe.«

Was sollte Oda dieser verqueren Logik entgegensetzen? Krauss litt offensichtlich stärker darunter, dass er seinen Bruder getötet hatte, als sie dachte. Erst jetzt wurde ihr klar, dass er noch vehementer als früher den Tod suchte. Krauss fühlte sich des schlimmsten Verbrechens schuldig. Er hatte Blut von seinem Blut vergossen. Darauf stand die größtmögliche Strafe. Es gab kein Entrinnen. Krauss wollte eine letzte Tat vollbringen, seine Sünde ein wenig verringern, um dann das Urteil anzunehmen. Sie musste zumindest den Versuch wagen, seine Gedanken in eine andere Richtung zu lenken.

»Warum hast du mich gerettet?«, fragte sie.

Krauss runzelte die Stirn.

»Wärst du lieber tot?«

»Nein. Aber ich möchte nicht leben, um mit anzusehen, wie du dich in den Untergang stürzt. Es muss einen Sinn haben, dass ich lebe.«

»Du wirst nach Buenos Aires fahren und dich um den Jungen kümmern. Ihn beschützen. Das ist deine Aufgabe.«

Und wenn ich nicht will?, dachte Oda. Wenn ich dich will? Aber sie sprach es nicht aus. Sie hatte Angst, dass Krauss nicht so empfand wie sie. Natürlich war er ihr zugetan, aber wie tief ging das? Er schien unzugänglich, schwer zu erreichen unter seinem Panzer aus Wut, Hass und Selbstvorwürfen. Für Liebe war da kaum Platz.

»Philipp ist in zuverlässigen Händen. Die Familie weiß von nichts. Das sind ehrbare Menschen, die werden sich gut um ihn kümmern. Meiner Meinung nach ist er da bestens aufgehoben. Dort kann er die furchtbaren Dinge vergessen, die ihm zugestoßen sind.«

»Hansen wird nach ihm suchen. Und wenn es nicht Hansen ist, dann Göring. Oder irgendein anderer Abschaum, der sich davon einen Karriereschub erhofft.«

»Ehrlich gesagt glaube ich weder dass man ihn sucht noch dass ihn jemand findet. Philipp ist in Argentinien, in Buenos Aires. Das ist eine Millionenstadt. Wer weiß, ob die Adresse überhaupt stimmt. Die Familie kann es weiß Gott wohin verschlagen haben.«

»Wenn du jemanden finden willst und weißt, wo du suchen musst, dann findest du ihn auch. Das ist nur eine Frage der Zeit.«

Oda seufzte. Krauss machte es ihr nicht leicht. Aber sie hatte nicht vor, klein beizugeben.

»Nach allem, was du mir über Hansen erzählt hast, hält er sich für einen Entdecker«, sagte sie. »Einen, der fremde Kontinente erforscht und sich das Wissen der Eingeborenen aneignet. Ich kenne auch die Geschichte eines Entdeckers. Er hieß Cook. Wir haben in der Schule über ihn gesprochen. Cook hat die Welt bereist. Unermüdlich. Jahrelang. Er konnte nicht genug kriegen, wollte immer neue Länder erkunden. Am Ende haben ihn ein paar Eingeborene erschlagen und zerstückelt.«

Krauss musste lachen.

»Du willst nicht ernsthaft Hansen mit James Cook vergleichen. Hansen ist ein Nichts.«

»Ich meine, dass sich das Problem vielleicht von selbst erledigt. Hansen giert nach Erfolg, nach Anerkennung, nach Bedeutung. Er will jemand sein. Dabei verliert er den Blick für die Zusammenhänge. Das wird fatale Folgen haben. Ich glaube, dass ein Mensch wie er scheitern muss.«

»Mag sein. Aber kann ich mich darauf verlassen? Nein. Vielleicht tötet Hansen weiter, er und diese Bande von Sadisten und Psychopathen. Ich bin an einem Punkt, an dem es für mich kein Zurück mehr gibt. Es hat einen Grund, dass ich noch lebe, davon bin ich überzeugt. Es muss einen Grund haben.«

Oda fielen mehrere Gründe ein. In den sicheren Tod zu gehen, gehörte nicht dazu. Sie drehte sich auf die Seite, zog die Beine an und sah über Krauss' Füße hinweg auf die Lichtung. Der verschneite Wald strahlte eine majestätische Würde aus. Das Einzige, was zählte, waren die Jahreszeiten. Und die Naturgewalten. Aber selbst wenn ein Sturm hier und da ein paar Kronen ausdünnte, das änderte nichts. Der Wald war unverrückbar. Ähnliches galt für die NSDAP. Die Partei schwebte über den Dingen, schöpfte ihre Macht aus der Legitimation der Masse. Was scherte es die Partei, wenn sie eines ihrer Mitglieder verlor? Nichts. Die Partei wusste nicht einmal, dass Hansen existierte.

»Ich glaube, dass Hansen vollkommen unwichtig ist«, sagte Oda. »Niemand wird ihn vermissen. Oder aus seinem Verschwinden eine Lehre ziehen.«

»Für mich ist er nicht unwichtig«, entgegnete Krauss.

»Vielleicht tust du damit sogar jemandem einen Gefallen. Hansens Berufung in die SS und seine Ernennung zum Chef der ›Söhne Odins‹ haben garantiert für Unmut unter den Männern gesorgt. Sie werden dir dankbar sein, wenn du ihn beseitigst. Du handelst also gewissermaßen im Sinne der SS. Willst du das?«

»Da kennst du den Verein aber schlecht. Selbst wenn sie sich untereinander spinnefeind sind, ist jeder Angriff von außen ein Affront. Wenn ich ihnen ihre Verletzlichkeit demonstriere, indem ich Hansen töte, macht ihnen das Angst. Und es ist gut, wenn die Gestapo Angst vor mir hat. Außerdem begehst du den Fehler, nicht nach vorn zu schauen, was Hansen betrifft. Für mich ist nicht nur entscheidend, welche Rolle er im Moment spielt. Ich frage mich, was aus ihm werden kann. Und die Antwort gefällt mir nicht.«

Es ist zum Verzweifeln, dachte Oda. Ich komme nicht an ihn ran.

»Ich will dir eine Geschichte erzählen«, fuhr Krauss fort. »Über meinen Bruder. Im Sommer 1923 hat er mir zum ersten Mal von Hitler erzählt, von den Treffen im Bürgerbräukeller, hat mich angesteckt mit seiner Begeisterung. Damals war er frisch in die SA eingetreten. Ich fand das alles unglaublich aufregend und bin natürlich mitgegangen. Heimlich, weil es meine Eltern niemals erlaubt hätten. Schließlich war ich erst fünfzehn. Aber das machte es umso spannender. Im Münchner Bürgerbräukeller war es laut, hitzig, leidenschaftlich, es wurde viel getrunken und debattiert. Ich fand vor allem das Trinken toll. Aber auch, was Hitler erzählt hat, hörte sich interessant an. Selbst wenn ich nicht allzu viel davon verstanden habe.

Was bei mir hängengeblieben ist, war ein Versprechen auf ein besseres Leben, eine sichere Zukunft.«

Krauss machte eine kurze Pause, überlegte.

»Edgar schien wesentlich besser als ich zu begreifen, worum es ging. Er hat es mir sozusagen übersetzt, mich auf dem Laufenden gehalten. Aus meiner Perspektive war er drauf und dran, es zu etwas zu bringen. Im Gegensatz zu mir befand er sich in den Startlöchern zu etwas Großem. Das wollte ich auch. So sein wie er. Aber ich war der Jüngere und musste weiter in die Schule. Edgar erzählte mir, dass es für Männer wie uns in der SA nur aufwärtsgehe. Dann kamen der 8. und der 9. November. Der gescheiterte Putschversuch. Edgar war dabei, marschierte mit. Ich ahnte, dass er dabei war, habe aufgeregt vor dem Radio gesessen und gehört, wie von vielen Toten geredet wurde. Mein Gott, was hatte ich eine Angst um Edgar. Einen Tag später schaute er bei uns zu Hause vorbei. Zuerst war ich erleichtert und dann überrascht. Denn ich hatte geglaubt, Edgar sei am Boden zerstört, weil sich das Nationalsozialistentum in Luft aufgelöst und die Polizei Hitler festgenommen hatte. Aber weit gefehlt. Edgar stand wie unter Strom, redete pausenlos über die nationale Revolution und dass nur der bewaffnete Kampf zum Sieg führen würde. Ich erkannte ihn kaum wieder. Aus dem Theoretiker war ein Straßenkämpfer geworden. Natürlich hat er mich mitgerissen mit seinen Schilderungen. Das war jetzt wirklich ein Abenteuer, nicht mehr nur ein Haufen betrunkener Männer, die sich in einer verrauchten Bierschenke die Köpfe heiß diskutieren. Dann hat er mir die Pistole gezeigt.«

Krauss schwieg wieder einen Moment. Oda wagte es nicht, ihn zu unterbrechen.

»Mein Bruder hatte eine Pistole. Es war unglaublich. Ich wusste, dass vier bayerische Landespolizisten und sechzehn Putschisten erschossen worden waren. Die Zeitungen berichteten über nichts anderes. Ich fragte Edgar, ob er einen Polizisten getötet habe, und er sagte: ›Das willst du nicht wissen!‹, und etwas später: ›Und wenn?‹ Ich wusste damals nicht, was ich denken sollte. Einerseits war ich von seinem Mut begeistert, andererseits erschrocken darüber, dass er einen Menschen getötet haben könnte. Was würde mit ihm passieren?, habe ich gedacht. Würden sie ihn ins Gefängnis werfen? Doch es passierte gar nichts. Er verschwand unbehelligt und kehrte erst zurück, als die Nationalsozialisten wie Phönix aus der Asche stiegen. Edgar war einer ihrer Helden, und ich bin ihm ins Verderben gefolgt.« Krauss stockte kurz. »Aber einen Gedanken werde ich nicht los. Dass in diesem kurzen ›Und wenn?‹ Edgars Zukunft steckte. Die Skrupellosigkeit, mit der er sich nach oben arbeitete. Das Foltern und Morden. Die Verachtung allem menschlichen Leben gegenüber. Hannas Ende.«

Die Stille füllte den Raum aus.

»Natürlich war das undenkbar, aber nehmen wir mal an, ich hätte ihn damals, nach diesem ›Und wenn?‹, getötet. Dann hätte ich vielen Menschen das Leben gerettet. Bei Hansen werde ich diesen Fehler nicht noch einmal begehen.«

Es war aussichtslos. Vielleicht hatte Krauss sogar recht. Trotzdem lag ihr etwas auf dem Herzen, nagte an ihr. Sie setzte sich auf, rutschte an Krauss heran und legte den Kopf auf seine Schulter. Er nahm sie sacht in den Arm.

»Hast du auch mal an uns gedacht?«, fragte sie.

»Natürlich habe ich das«, sagte er.

»Und?«

»Und was?«

»Sei nicht so.«

»Es fällt mir schwer, darüber zu reden.«

»Du musst ja keinen Vortrag halten.«

Er überlegte, wählte seine Worte mit Bedacht.

»Ich wäre froh, wenn es ein ›uns‹ gäbe. Aber ich kann mir

den Egoismus nicht leisten, darauf zu beharren. Verstehst du, ich will mich nicht davonstehlen wie ein feiger Hund, als würde mich das alles nichts angehen. Nach so vielen Toten.«

Oda küsste ihn zart auf die Wange.

»Ist schon gut«, sagte sie. »Ich bin froh, dass ich überhaupt eine Rolle in deinem Leben spiele.«

Er beugte sich vor, sah sie an.

»Red bitte keinen Unsinn. Natürlich tust du das. Und ich hoffe, dass wir uns diesmal nicht trennen. Wir können das durchziehen und dann von hier fortgehen.«

Sie lächelte milde.

»Ich glaube nicht, dass du tatsächlich so denkst. In Wirklichkeit wirst du mir eine Aufgabe zuteilen, bei der mir nicht viel geschehen kann, oder irgendeinen fadenscheinigen Vorwand präsentieren, warum du allein handeln musst. Ich kenne dich mittlerweile ein wenig.«

»Ich verspreche dir, dass es diesmal nicht so läuft. Wir bleiben zusammen, egal, was passiert.«

Oda versuchte vergeblich, in seinen Augen die Wahrheit zu lesen.

»Wir warten eine Woche ab«, fuhr er fort und strich ihr dabei über die Haare. »Das ist unsere Woche. Wir werden leben, als seien wir ein normales Paar, das hier seine Ferien verbringt. Winterurlaub. Eine Woche. Das ist die Zeit, die uns bleibt. Dann sehen wir weiter.«

»Ich habe keine Angst vor dem Tod«, hörte sich Oda sagen. »Denn ich weiß jetzt, wie er sich anfühlt. Ich schwebte über einem Meer aus wattiger Dunkelheit, und beinahe wäre ich darin versunken. Aber ich hatte nicht den Eindruck, dass das schlimm wäre. Im Gegenteil. Ich weiß nicht, wie ich es beschreiben soll. Da war so eine unendliche Stille, die jeden Gedanken, alles Sein aufzusaugen schien. Es war …«

Oda suchte nach Worten.

»… irgendwie befreiend«, vollendete Krauss ihren Satz. »Ich habe es auch gespürt. Es war eine Verlockung, sich einfach fallen zu lassen in diese Schwärze und endlich Ruhe zu finden.«

Sie schwiegen, die Köpfe gesenkt. Dann beugte Krauss sich vor und küsste Oda. Es linderte ihren Schmerz. Er nahm sie in den Arm, drückte sie an sich.

»Seit ich weiß, was der Tod ist, fürchte ich mich noch weniger vor ihm«, flüsterte er ihr ins Ohr.

»Ich habe nicht einmal mehr Angst vor dem Sterben«, sagte sie.

29.
Berlin

18. Januar 1940
Görings Privatresidenz Carinhall

Göring sehnte sich nach spirituellem Beistand. Nicht von der Art, wie ihn Heermann, dieser Hochstapler, sich erdreistete anzubieten. Mit seinem Hokuspokus konnte er vielleicht Frauenzimmer wie Emmy beeindrucken. Aber nicht den Reichsfeldmarschall. Nach der Pleite mit den geheimen Dokumenten war Heermann für Göring nicht mehr existent. Meine Güte, beinahe wäre er reingefallen auf diesen Aufschneider. Schon so hatte er sich vor Hitler blamiert. Zum Glück wollte der Führer, weil er selbst in das Affentheater eingewilligt hatte, nichts mehr von dieser Episode wissen. Es war so, als habe sie nie stattgefunden. Mit einer Ausnahme: Heermann durfte Carinhall nicht mehr betreten, so viel stand fest. Wenn Emmy etwas von ihm wollte, musste sie den Quacksalber aufsuchen oder anrufen. Vielleicht bestand zwischen den beiden ja eine telepathische Verbindung. Göring feixte. Wundern würde ihn das nicht.

Für die Art spiritueller Ansprache, die er sich erhoffte, bedurfte es keines Mediums. Der Reichsfeldmarschall sah auf die Uhr. Es war elf Uhr vormittags. Himmler hatte er für dreizehn Uhr einbestellen lassen, pünktlich zum Mittagessen. Genug Zeit für einen kleinen Spaziergang. Göring ließ sich von Kropp seine Fellmütze und seinen Lieblingspelzmantel bringen – aus sündhaft teurem Zobel, das Geschenk eines russischen Abgesandten –, schlüpfte hinein und trat durchs Portal von Carinhall ins Freie. Die eiskalte Luft aktivierte alle seine Sinne. Er liebte den Winter, weil er schnell schwitzte und ihm die Sommerschwüle auf den Kreislauf schlug. In den warmen Monaten waren seine Haarspitzen am Hinterkopf stets leicht feucht, und selbst in den feinen Falten unter seinen Augen perlten Schweißtröpfchen. Zwar hasste er es genauso zu frieren, aber dagegen konnte man sich wappnen. Außerdem schätzte er eine warme, kaminbeheizte Stube. Da schmeckten ein fettes Essen und ein guter Rotwein gleich viel besser. Winter war die Zeit für Genießer. Leider legte er jedes Mal ein paar Kilo zu und musste sich daraufhin die endlosen Tiraden seines Leibarztes anhören.

Schon nach vielleicht zweihundert Metern merkte er, dass ihn das Laufen ermüdete. Göring schob es auf den Pelz, der schwer auf seinen Schultern lastete. Er hätte den dünnen Mantel anziehen sollen. So kalt war es auch wieder nicht. Eigentlich stapfte er gerne durch den Schnee, weil ihn das Knirschen seiner Schritte an wundervolle, unbeschwerte Winter auf Burg Veldenstein erinnerte, wo er einen großen Teil seiner Kindheit verbracht hatte. Aber nun schoss ihm, wenn er an die Burg dachte, diese unselige Befreiungsaktion durch den Kopf. Das Leben hielt weiß Gott mehr Turbulenzen parat, als gesund für ihn sein konnte. Göring bog in einen Pfad ein, der sich am zugefrorenen Wuckersee entlangschlängelte. Die halbe Strecke hatte er geschafft. Nach der nächsten Biegung waren bereits die Findlinge vor dem Mausoleum zu sehen. Er marschierte gemächlich weiter, den Oberkörper nach vorn gebeugt, die Hände auf dem Rücken verschränkt, ein brauner, fast quadratischer Fleck in der weißen Winterlandschaft. Zehn Minuten später stand er vor der Treppe, die hinabführte zur Gruft. Dort unten ruhte seine geliebte Carin, in seiner Nähe, mit freiem Blick auf den See. Er stieg die Stufen hinunter, öffnete das schmiedeeiserne Portal und trat in den schlichten, mit Kerzen erleuchteten Raum, an dessen Stirnwand Carins Sarg aufgebahrt war. Kropp musste dafür sorgen, dass die

Kerzen tagsüber brannten, falls Göring seiner verstorbenen Frau einen Besuch abstatten wollte. Erschöpft sank er auf den Stuhl vor dem Sarg und nahm die Fellmütze ab. Durch die dicken Mauern und die Kerzen war es in der Gruft ein paar Grad wärmer als draußen. Im Sommer dagegen herrschte im Gewölbe angenehme Kühle; ein weiterer Grund, warum der Feldmarschall sich in dieser Zeit gerne dort aufhielt.

»Guten Morgen, meine Liebste«, sagte er. »Ich hoffe, du frierst nicht allzu sehr. Kann mich kaum erinnern, wann wir zuletzt einen so strengen Winter hatten. Na ja, höchstwahrscheinlich macht dir die Kälte nichts mehr aus, da, wo du jetzt bist. Aber meinen alten Knochen setzt sie ganz schön zu.«

Göring horchte in sich hinein. An manchen Tagen hier draußen meinte er, Carins Stimme zu hören. Nicht aus dem Sarg oder den Tiefen der Gruft, dann hätte er wohl an seinem Verstand gezweifelt oder geglaubt, dass sich jemand einen Scherz mit ihm erlaube, sondern tief in sich selbst. Seine verstorbene Frau sprach zu ihm, sandte ihm Botschaften, manchmal trat er sogar in einen Dialog mit ihr. Aber heute herrschte eine geradezu beängstigende Stille. Carin schwieg. Natürlich sagte sich Göring, wenn er die Sache rational betrachtete, dass er sich ihre Stimme einbildete, sie aus seiner Erinnerung rekonstruierte. Doch ein Teil von ihm, und nicht einmal der allerkleinste, wollte daran glauben, dass sie ihn nie komplett verlassen hatte.

»Weißt du, Carin, ich habe es wirklich nicht leicht«, sagte er kleinlaut und nestelte dabei an seiner Fellmütze herum. »Ich glaube, der Führer hasst mich. Er ist so … so launisch. Heute will er dies, morgen das, alles im Kommandoton. Immer dreht er sich gleich weg, wenn er mit mir redet, schaut mich nicht einmal an. Nie ein Wort des Lobes. Aber wehe, es geht mal was daneben. Dann rastet er aus, spuckt und geifert. Carin, ich halte das nicht mehr aus. Früher standen Hitler und ich treu

Seite an Seite, da waren wir Kampfgenossen. Brüder. Unzertrennlich. Nun benutzt er mich nur noch, weiß, dass er meine Luftwaffe braucht und dass die Menschen mich lieben. Wenn das nicht wäre …«

Er schaute im Halbdunkel auf den steinernen Sarg, in den Carins Name eingraviert war. Gab ihr wieder Zeit. Aber das Einzige, was er hörte, war ein leises Tröpfeln am Tor. Carin, liebste Carin, bitte tröste mich, jammerte er im Geiste, ich fühle mich so verloren. Nichts.

»Es ist auch dieser verdammte Krieg. Natürlich muss das Deutsche Reich zusehen, dass es seinen Platz behauptet im Konzert der Großen, dass es seine Macht demonstriert, seine unnachgiebige Härte. Aber das hat es bereits getan. Uns gehört jetzt ein ordentliches Stück Europa. Polen ist gefallen und eingemeindet. Nicht eine Sekunde gab es Zweifel am deutschen Sieg. Unsere Bilanz ist ungetrübt. Doch der Führer ist damit nicht zufrieden. Er ist nie zufrieden, drängt weiter und weiter. Es geht alles viel zu schnell. Dieses Tempo halten wir nicht lange durch. Woher soll ich nur die vielen Flugzeuge nehmen? Und womit soll ich sie beladen? Ich weiß es nicht. Ich weiß nur, dass wir irgendwann scheitern. Und dann wird der Führer mit dem Finger auf mich zeigen. Das weiß ich ganz bestimmt. Ich werde das alles ausbaden dürfen, ich allein.«

Er tat so, als ob er schluchzte. Das hatte bei Carin zu Lebzeiten meistens funktioniert. Sie war ein einfühlsamer Mensch. Gewesen. Im Tod schien sie sein Lamento zu durchschauen. Vielleicht half ja ein wenig Schwärmerei.

»Weißt du, Carin, ich denke oft an unsere gemeinsame Zeit zurück. Damals schien alles erleuchtet. Das lag natürlich auch an dir. Wir mussten eintreten für unsere Überzeugungen, haben uns gegenseitig den Rücken gestärkt. Es war nicht einfach, aber schön. Wir haben nach den Sternen gegriffen. Ich hätte sie dir so gerne zu Füßen gelegt, aber du hast mich zu früh verlassen, hast mir nicht mehr die Chance gegeben, dir meine Liebe zu beweisen. Jetzt ist da niemand mehr. Niemand, der mich so liebt, wie du mich geliebt hast, und den ich so liebe, wie ich dich geliebt habe.«

Göring sah sich verstohlen um. Nicht, dass ihn jemand hörte. Emmy sprach mit ihm zwar niemals über seinen Carin-Kult, aber die Zwiesprache mit seiner ersten Frau war nun wirklich nicht für die Ohren seiner jetzigen Gattin bestimmt. Doch da war nichts, was ihn verdächtig stimmte. Hier draußen durfte sich ohne seine Erlaubnis sowieso niemand aufhalten.

»Carin, bitte sprich mit mir«, flehte er. Nicht einmal mehr die Toten wollten mit ihm reden. Es war zum Verzweifeln. Er lauschte angestrengt. Vergebens. In ihm herrschte totale Leere. Göring war auf sich gestellt. Er seufzte laut.

»Na gut«, sagte er. »Ich bin dir nicht böse. Du hast es auch nicht leicht.«

Der Reichsfeldmarschall erhob sich, setzte seine Mütze auf und zog seinen rechten Handschuh aus. Er führte die Finger an seine Lippen und legte die Hand auf den kalten Stein des Sargs.

»Meine Liebe. Ruhe sanft.«

Göring stülpte den Handschuh wieder über, drehte sich um und verließ die Gruft. Noch einsamer als zuvor stapfte er zurück zum Anwesen. Als er die äußeren Flügel Carinhalls erreicht hatte, sah er einen Mercedes über die Auffahrt heranrollen. Das musste Himmler sein. War es schon so spät? Göring hatte die Zeit aus den Augen verloren. Er beschleunigte die Schritte, wollte aber nicht atemlos wirken. Sollte der Reichsführer-SS doch warten. Geschah ihm nur recht, wenn er überpünktlich hier auftauchte. Während Göring auf das Portal zumarschierte, beobachtete er, wie Kropp die hintere Tür des Mercedes öffnete. Zur Überraschung des Reichsfeldmarschalls stiegen zwei Männer aus. Himmler hatte jemanden mitgebracht. Davon war nicht die Rede gewesen. Doch dieser Saukopp machte sowieso, was er wollte. Er nahm sich alle erdenklichen Freiheiten heraus, weil er Einfluss hatte und den Respekt des Führers genoss.

Göring sah, dass Kropp mit Himmler sprach und auf den heraneilenden Reichsfeldmarschall wies. Mist! Göring hatte gehofft, dass sein Kammerdiener den Besuch erst in den Salon führte und ihm dadurch die Möglichkeit verschaffte, wieder zu Atem zu kommen. Na ja, scheiß drauf, dachte er. Würde er eben aus der Not eine Tugend und Himmler ein schlechtes Gewissen machen.

»Mein lieber Himmler«, donnerte Göring aus der Distanz, »schön, dass Sie da sind. Ein Winterspaziergang belebt Körper und Geist. Das sollten Sie auch mal probieren, kann nie schaden.«

Der Reichsfeldmarschall hatte die Neuankömmlinge erreicht. Himmler blickte abfällig durch seine Nickelbrille, deren Gläser so dick waren wie der Boden eines Einweckglases.

»Wenn ich mir Ihren roten Kopf ansehe, kann das nicht gesund sein«, sagte er mit unbewegter Miene. Göring fluchte innerlich, setzte aber ein breites Grinsen auf.

»Es wirkt nur, wenn man sich anstrengt«, entgegnete er. »Und dafür müssen Sie Ihren Hintern erst mal hochkriegen.«

»Ich fühle mich gesund genug. Meine Begleitung übrigens auch, wenn zurzeit allerdings eingeschränkt durch eine Knieverletzung. Darf ich vorstellen: Untersturmführer Otto Schulz-Kampfhenkel, Wissenschaftler, Filmemacher, Buchautor. Ich nehme an, er ist Ihnen bekannt.«

»Nicht persönlich«, sagte Göring und schüttelte die Hand des schlanken, überheblich wirkenden Mannes, dessen Gesicht ihm tatsächlich vage vertraut schien. »Aber ich kenne selbstverständlich seinen Film.«

»Es ist mir eine Ehre, Exzellenz«, sagte Schulz-Kampfhenkel, der sich auf einen Stock stützte. Göring fragte sich, warum Himmler ihn mitgebracht hatte. Als könne der Reichsführer-SS Gedanken lesen, lieferte er prompt die Antwort.

»Ich habe Schulz-Kampfhenkel beauftragt, ein Gutachten über Hansen anzufertigen. Wie Sie ja sicher wissen, waren die beiden monatelang gemeinsam am Amazonas unterwegs. Niemand kennt Hansen so gut wie Schulz-Kampfhenkel.«

»Aha«, sagte Göring wenig begeistert. Was sollte er mit einem Gutachten über Hansen? Dass der Kerl irre war, daran zweifelte niemand. Die Frage war vielmehr, ob sich sein Wahnsinn kontrollieren ließ. »Herrschaften, besprechen wir das lieber im Warmen. Folgen Sie mir.«

Er ging voraus und reichte Kropp mit missbilligendem Blick seinen Pelzmantel. Göring geleitete seine Gäste durch das pompöse, mit Skulpturen geschmückte Foyer und durch einen langen, ebenfalls mit Kunstschätzen und kostbaren Teppichen dekorierten Flur in sein Arbeitszimmer. Bisher hatte noch jeder Rundgang durch Carinhall bei den Besuchern einen nachhaltigen Eindruck hinterlassen. Himmler war zwar nicht das erste Mal hier, aber Göring liebte es, den technokratischen Reichsführer-SS mit Opulenz zu erniedrigen. Schulz-Kampfhenkel dagegen sollte vor Ehrfurcht erstarren. An der Tür zu seinem Arbeitszimmer blieb Göring stehen und wandte sich an den Untersturmführer.

»Ich hoffe, Sie haben Verständnis dafür, dass ich mit dem Reichsführer-SS erst einmal unter vier Augen sprechen muss.«

»Selbstverständlich«, sagte Schulz-Kampfhenkel eine Spur zu devot.

Göring öffnete die Tür und bat Himmler einzutreten.

»Nehmen Sie bitte Platz«, sagte er und wies auf einen Stuhl vor seinem Schreibtisch. »Darf ich Ihnen etwas anbieten? Wein, Whiskey, Zigarre? Wer sich bewegt, darf danach sündigen.«

Himmler wedelte abweisend mit der Hand. Ich hatte nichts anderes erwartet, du stocksteifer Bürokratenhengst, dachte Göring. Er sammelte sich, hatte sich seine Strategie lange überlegt. Fehler eingestehen und Himmler den Wind aus den Segeln nehmen, um die eigenen Interessen zu wahren. Göring setzte sich.

»Hansens Verhalten ist unentschuldbar«, sagte er und registrierte zufrieden das erstaunte Funkeln hinter Himmlers Nickelbrille. Der Reichsfeldmarschall fuhr fort: »Straubinger hätte natürlich vor ein Kriegsgericht gehört. Ihn vor seinen Männern zu erschießen, war ein unverzeihlicher Fehler. Darüber müssen wir nicht diskutieren.«

Himmler wollte etwas erwidern, aber Göring hob leicht die Hand.

»Lassen Sie mich bitte ausreden. Meiner Ansicht nach gilt es zwei Punkte zu beachten. Erstens dürfen wir unser Gesicht nicht verlieren. Wenn wir Hansen gleich wieder abservieren, gestehen wir unser Versagen ein. Das passt mir nicht. Zweitens hat der Mann – abgesehen von seinem Fehlverhalten – Resultate geliefert. Straubinger war ein Verräter, er hat Krauss gerettet und mit den Briten zusammengearbeitet. Dass wir das wissen, verdanken wir Hansen. Mit seinen Methoden und seinem Riecher hat er Straubinger in einem atemraubenden Tempo überführt. Darauf versteht er sich. Und bevor Sie von mir verlangen, dass wir Hansen in die Wüste schicken, denken Sie daran, dass der Verräter im OKW noch nicht enttarnt ist. Straubinger hat glaubhaft versichert, damit nichts zu tun zu haben. Wenn doch, hätte Hansen das aus ihm herausbekommen.«

Er legte eine Pause ein, betrachtete Himmler, dessen durch die Brillengläser verkleinerte Augen seinerseits auf ihm ruhten. Göring sah sich außerstande, aus dieser hässlichen Visage irgendwelche Emotionen herauszulesen. Von Himmlers Reaktion hing vieles ab. Wenn der Reichsführer-SS seiner Argumentation folgte, war erst mal alles in Butter.

»Folgendes Angebot: Wir geben Hansen noch ein paar Monate, um den Verräter im OKW zu enttarnen. Wenn er den Auftrag erledigt hat, setzen wir ihn ein paar Wochen später ab. Dann wird niemand mehr danach fragen, warum wir ihn überhaupt installiert haben. Vielleicht schicken wir Hansen an die Front, wo er auf Nimmerwiedersehen verschwindet. Wie klingt das?«

Himmler schob seine Brille mit dem Finger zur Nasenwurzel, eine beiläufige Geste höchster Konzentration.

»Klingt vielversprechend«, sagte er. »Aber verraten Sie mir eines: Wo schaffen Sie die Leichen hin, die Hansens effektive Recherche hinterlässt?«

»Es wird keine Toten mehr geben«, sagte Göring. »Das werde ich ihm einbläuen. Sollte er gegen diese Regel verstoßen, ist er weg. Keine Ausnahme.«

»Alles schön und gut. Es setzt jedoch voraus, dass sich Hansen an das hält, was man ihm befiehlt. Das wäre ein guter Zeitpunkt, um Schulz-Kampfhenkel dazuzuholen. Er hat auf meine Bitte hin ein Gutachten über Hansen erstellt. Kennen Sie Hansens Pläne, die Guyanas in Südamerika zu erobern?«

»Vage«, antwortete Göring. Was in gewisser Hinsicht stimmte. Hansen hatte sie ihm zwar vorgetragen, aber Göring hatte aus Desinteresse kaum zugehört. Himmler lächelte süffisant.

»Schulz-Kampfhenkel kann diese Wissenslücke schließen. Sie werden begeistert sein.«

Himmler erhob sich, um den vor der Tür Wartenden hereinzuholen. Göring forderte den Untersturmführer mit einem Nicken auf, seine Ergebnisse vorzutragen.

»Ich kann Ihnen natürlich nur Auszüge meines Gutachtens referieren«, begann Schulz-Kampfhenkel und vergewisserte sich mit einem Blick auf Himmler, dass dieser einverstanden war.

»Fangen Sie mit der Beurteilung Hansens an«, empfahl der Reichsführer-SS. »Mit besonderer Berücksichtigung von Hansens Bereitschaft, sich unterzuordnen.«

Schulz-Kampfhenkel räusperte sich.

»Wenn ich sage, dass das nicht seine Stärke war, ist das die halbe Wahrheit. Hansen hat ab einem gewissen Punkt nur das getan, was seinen eigenen Interessen diente oder ihm richtig erschien. War das deckungsgleich mit dem, was ich wollte, hatte ich Glück. Stand er einer Sache ablehnend gegenüber, war es so gut wie unmöglich, ihn davon zu überzeugen. Hansen ist mir so lange gefolgt, wie es für ihn nützlich war. Die meiste Zeit führte er ein Eigenleben.«

»Wie sah das aus?«, fragte Himmler. Göring schien es, als spielten seine Gäste ein Theaterstück für ihn. Zwei Edelmänner schütten einen Kübel Dreck aus über einen, dessen verdorbener Charakter ihre Ehre beschmutzt. Eine Lachnummer.

»Hansen sonderte sich ab. Entweder war er auf der Jagd, manchmal tagelang, oder er verschwand in seinem Zelt. Wollte mit niemandem von uns etwas zu tun haben. Als ihn Kahle mal zum Kartenspielen dazubitten wollte und sein Zelt betrat, hätte Hansen ihm fast das Messer in den Bauch gerammt. Alle haben ihn gefürchtet. Die letzten Wochen am Jary musste ich mit ihm allein verbringen. Wir haben nur das Nötigste miteinander gesprochen. Er war mir unheimlich, lief herum wie ein Indianer, stets auf der Hut. Es gibt Gerüchte, dass er am Tag unserer Abreise von den Wayapi mehrere Indianer getötet haben soll, darunter einen Jungen. Ich kann das nicht aus eigener Anschauung bestätigen, man hat es mir erst viel später berichtet. Aber ich halte es nicht für unwahrscheinlich. Dass Hansen unser Jäger war, ist kein Zufall. Das Töten hat ihm Vergnügen bereitet. Deshalb war er so gut darin. Alle wussten das.«

»Ich will das kurz zusammenfassen«, unterbrach Himmler. »Hansen hat das Prinzip von Befehl und Gehorsam nicht begriffen. Außerdem trägt sein Verhalten unverkennbar sadistische Züge. Wahrscheinlich schreckt er nicht vor Mord zurück. Ist das richtig?«

Schulz-Kampfhenkel nickte.

»Absolut. Ich würde ihm weder eine heikle Mission noch Verantwortung für Menschen übertragen. Das endet unweigerlich in einer Katastrophe.«

Himmler warf Göring einen triumphierenden »Hab-ich's-nicht-gewusst«-Blick zu. Der Reichsfeldmarschall wandte sich entnervt von ihm ab und dem Untersturmführer zu.

»Wie ich sehe, haben Sie den Amazonas heil verlassen und Karriere gemacht. Trotz Hansen. Wenn das alles stimmt, was Sie hier erzählen, sind Sie gerade noch so davongekommen.«

»Sie können natürlich glauben, was Ihnen beliebt«, sagte Schulz-Kampfhenkel irritiert. »Ich habe nicht behauptet, dass Hansen jeden Menschen umbringt, mit dem er es zu tun hat. Er ist nur unberechenbar, eine tickende Zeitbombe. In ihm schlummert etwas, mit dem ich nicht Bekanntschaft machen möchte.«

Göring wusste, dass dieser besserwisserische Expeditionsreisende übertrieb, aber grundsätzlich recht hatte. Hansen war ein gemeingefährlicher Zeitgenosse. Ohne ihn würde er jedoch niemals an Hitlers Sohn herankommen. Hansen war seine letzte Chance. Göring würde es sich lebenslang vorwerfen, sie nicht genutzt zu haben.

»Danke für Ihre Einschätzung, Herr Untersturmführer«, sagte er. »Aber ich bleibe bei meiner Entscheidung. Hansen bekommt einen Einlauf verpasst, der sich gewaschen hat, wird aber nicht abgelöst.«

Himmler wirkte genervt.

»Wie Sie meinen, Herr Reichsfeldmarschall. Ich möchte jedoch keine Beschwerden hören, wenn die Sache nach hinten losgeht.«

Bevor Göring etwas erwidern konnte, mischte sich Schulz-Kampfhenkel ein.

»Ich würde mein Bild Hansens gerne vervollständigen, wenn Sie erlauben.«

»Nur zu«, sagte Göring. Schulz-Kampfhenkel atmete tief durch.

»Es geht um seine Eroberungspläne der Guyanas. Hat er Ihnen davon erzählt?«

»Grob.«

»Gut. Ich will Sie hier nicht mit Details langweilen. Nur so viel: Es geht bei Hansens Plan darum, Französisch-, Holländisch- und Britisch-Guyana unter deutsche Vorherrschaft zu bringen. Von dort aus könnte man einerseits den Schiffsverkehr in den Gewässern kontrollieren, beispielsweise den strategisch wichtigen Panamakanal, andererseits hätte man Zugriff auf quasi unerschöpfliche Reserven an Rohstoffen aller Art und würde sich zudem neuen Raum für das deutsche Volk erschließen. Der Reichsführer-SS hat mich gebeten, auch dabei meine Sachkenntnis walten zu lassen. Und was soll ich sagen: Gegen Hansens Idee ist nichts einzuwenden. Ich halte ihn zwar für den falschen Mann, um den Plan in die Tat umzusetzen, aber an dem Vorhaben an sich gibt es nichts zu kritisieren. Im Gegenteil. Ich halte es sogar für geboten.«

Was ein übersteigertes Selbstbewusstsein so ausbrütet, dachte Göring. Hoffentlich fasste sich der Entdecker kurz.

»Aus meiner Sicht bietet Südamerika genau den beinahe unermesslichen Raum für unser Volk, nach dem der Führer so dringend sucht«, fuhr Schulz-Kampfhenkel enthusiastisch fort. »Dieser Raum wird heute von unterwertigen Völkern beherrscht, aber nicht erfüllt. Das ist eine historische Chance. Aber es gibt noch anderes zu bedenken. Angesichts unseres

Weltmachtanspruches müssen die höheren Rassen Europas unter deutscher Führung auf der westlichen Halbkugel Fuß fassen, um die Vereinigten Staaten in ihre Grenzen zu weisen. Wenn die Guyanas erst einmal unter unserem Einfluss stehen, könnte diese Region zum westlichen Grundpfeiler der künftigen germanisch-europäischen Weltmacht werden. Bedenken Sie, welche Schätze dort in den Urwäldern ruhen. Mit ihrer Hilfe lässt sich die deutsche Wehrmacht zu einem Bollwerk gegen die anti-nationalistischen Kräfte in der Welt ausbauen. Im Übrigen könnte auch ich einen bescheidenen Beitrag dazu leisten.«

»Ach ja?«, fragte Göring, dessen Gedanken abgeschweift waren. Er hatte gehofft, endlich zum Mittagessen übergehen zu können.

»Während meiner Jary-Expedition habe ich wesentliche Gebiete genauestens kartographiert, einen Großteil davon mit modernstem technischem Gerät aus der Luft. Ehrlich gesagt glaube ich nicht, dass detailliertere Karten dieser Region existieren.«

Göring horchte auf. Zumindest das klang einigermaßen interessant.

»Können Sie das näher erläutern?«, fragte er.

Schulz-Kampfhenkel lächelte erfreut.

»Aber sicher. Wenn Sie wollen, liefere ich Ihnen einen ausführlichen Bericht. Ich habe eine Arbeitsgemeinschaft von Piloten, Wissenschaftlern und Potentaten gegründet, um meine Methoden zu verfeinern. Heute steht wesentlich ausgefeilteres Gerät zur Verfügung als beim Antritt unserer Amazonas-Reise. Ich bin auf jeden Fall überzeugt davon, dass der topographischen Erfassung aus der Luft die Zukunft gehört. Wir werden in der Lage sein, Karten zu erstellen, die auf wenige Meter genau sind. Aus militärischer Sicht kann das ein ungeheurer Vorteil sein.«

»In der Tat. So einen Bericht hätte ich gerne schnellstmöglich auf meinem Schreibtisch. Dann unterhalten wir uns ausführlich darüber«, sagte Göring und legte beide Hände auf die Tischplatte, als wolle er jeden Moment aufstehen.

»Meine Herren, ich möchte zum Ende kommen. Ihre kühnen Guyana-Pläne kann ich heute nicht abschließend beurteilen, Herr Schulz-Kampfhenkel, das mögen andere tun. Der Reichsführer-SS zum Beispiel. Ich bin aber froh, dass Sie mir bestätigen, dass Hauptsturmführer Hansen sowohl militärischen Weitblick als auch eine nationalistische Gesinnung besitzt. Dass er ein schwieriger Mensch ist, darin sind wir uns einig, wenn wir das auch unterschiedlich bewerten mögen. Aber, und das dürfen wir hier nicht vergessen, Hansen liefert Ergebnisse. Deshalb bleibe ich bei meiner Entscheidung, ihn im Amt zu belassen, unter den Bedingungen, die wir vorhin unter vier Augen besprochen haben, Herr Reichsführer.«

Himmler zupfte sich gelangweilt ein Stäubchen vom Ärmel. Göring erhob sich.

»Und nun möchte ich Sie beide zum Mittagessen einladen. Mit einem leeren Magen entlasse ich Sie nicht in diesen kalten Wintertag.«

Das wird mir eine freudlose Tischgemeinschaft werden, bemitleidete Göring sich. Nun ja, er würde Schulz-Kampfhenkel ein paar Amazonas-Geschichten erzählen lassen. Diese Nervensäge hörte sich gerne reden, konnte ihm aber noch mal nützlich sein. Genauso wie Hansen. Man musste immer das Ziel im Blick behalten, dachte Göring. Wie man es erreichte, war nebensächlich. Es zählte nur der Triumph. Und den genoss man am besten allein. Wenn die Zeit gekommen war, würde er sich von Hansen trennen müssen. Und dieser Drecksau keine Träne nachweinen.

30.
Berlin

18. Januar 1940
Reichssicherheitshauptamt

Hansen stand in seinem kümmerlichen Büro am Fenster und schaute auf die winterliche Stadt. Langsam hatte er den Anblick satt. Er sehnte sich zurück nach der Wärme des Dschungels, die einen umhüllte wie ein Kokon. Gefroren hatte er dort nie. Hansen wusste nicht einmal, ob es ein indianisches Wort für »frieren« gab. Hier dagegen schien es ihm, als beherrschte die Kälte das gesamte Sein. Die Temperaturen lagen in den vergangenen Tagen um minus zwanzig Grad, Meteorologen sprachen vom strengsten Winter in diesem Jahrhundert. Selbst große Flüsse wie der Rhein und die Elbe waren teilweise zugefroren, die Schifffahrt, aber auch der Schienenverkehr waren stark eingeschränkt. Hansen erinnerte sich nicht, jemals solchen Frost erlebt zu haben. Unter den Hausdächern hingen armdicke Eiszapfen wie gigantische Stalaktiten, die einen Fußgänger leicht aufspießen konnten. Erst hatte es monatelang gegossen wie aus Kübeln, jetzt gefror einem der Speichel im Mund.

Dabei machte es für Hansen keinen Unterschied, ob man vor oder hinter der Scheibe stand. Auch in den beheizten Stuben fröstelte man; doch war es hier der unterkühlte Umgangston, der für ein Klima der Angst und Missgunst sorgte. Himmler hatte ihn am Morgen zurechtgestutzt wie einen Schuljungen. Aus seinen Worten sprach eine solche Missbilligung, dass er sich fragte, wieso der Reichsführer-SS ihn überhaupt gewähren ließ. Als Antwort fiel ihm nur Hermann Göring ein. Noch hielt der Reichsfeldmarschall seine Hand über ihn, aber auch dessen Protektion drohte zu bröckeln. Göring hatte ihn ins Luftfahrtministerium bestellt und dort nach Strich und Faden zur Sau gemacht. Natürlich war es nicht schlau gewesen, Straubinger vor dessen ehemaligen Kameraden zu erschießen, das leuchtete Hansen ein. Er hatte sich damit jedoch Respekt verschafft und einen bleibenden Eindruck hinterlassen. Straubinger war ein lausiger Verräter. Mit solchen Schweinen machte man kurzen Prozess. Göring sah das anders. Er verbot Hansen weitere Alleingänge. Sollte noch ein Mann durch seine Hand sterben oder eine seiner Entscheidungen Tote zur Folge haben, würde der Reichsfeldmarschall ihn fallenlassen. Hitlers Sohn hin oder her.

Hansen hatte während Görings Standpauke insgeheim schmunzeln müssen. Wenn der Fettsack wüsste, wie viele Menschen er auf die andere Seite geschickt hatte. Es war ihm vollkommen egal, was diese herausgeputzte Witzfigur ihm vorzuschreiben gedachte; Hansen schnitzte längst an gewinnbringenderen Konstellationen. Wenn ihn Himmler und Göring behandelten wie einen willfährigen Trottel, dann wandte er sich eben direkt an den ersten Mann im Staat. Immerhin war Hansen wahrscheinlich der einzige Mensch auf diesem Planeten, der dem Führer seinen verlorenen Sohn zurückbringen konnte. Wer wollte ihn da übertrumpfen? Hitler würde ihm aus Dankbarkeit das geben, was er verlangte. Vielleicht ließ sich bei dieser Gelegenheit, sozusagen als Gratis-Zulage, das Ansehen des fetten Feldmarschalls empfindlich beschädigen. Noch während Göring ihn ankläffte, erfreute sich Hansen an seinen Zukunftsvisionen. Dann war der Name Schulz-Kampfhenkel gefallen, und Hansen hatte wieder zugehört. Hinterher bereute er es beinahe, denn wieder drohte ihn eine gewaltige Welle aus Wut zu überrollen und ihm die Kontrolle zu entreißen. Göring zitierte aus einem Gutachten Schulz-Kampfhenkels über ihn; demnach war er nichts weiter als ein degenerierter, sadistischer Psychopath, der das Töten von Tieren als Sport betrieb. Vielleicht wäre ihm das Urteil noch egal gewesen, aber dass ausgerechnet dieser verweichlichte Hobby-Entdecker sich anmaßte, über ihn zu richten, verursachte ihm Übelkeit. Hasserfüllt zog er ab.

Zurück im Büro, ließ er sofort Schulz-Kampfhenkels Aufenthaltsort ermitteln. Sein Gutachter war eigentlich in Schönwalde stationiert, kurierte aber zurzeit in der Charité eine Knieverletzung aus. Hansen rief dort an, erfuhr, dass der Patient in dieser Woche zu Untersuchungen anwesend war, und machte sich sofort auf den Weg. Draußen schlug ihm arktische Luft entgegen, doch auch sie konnte seinen Zorn nicht kühlen. An der Charité brauchte er eine Weile, um sich zu orientieren. Das Gelände war weitläufig und unübersichtlich, mit etlichen backsteinroten Gebäuden. Ein Pförtner kramte ihm Schulz-Kampfhenkels Station und Zimmernummer heraus. Orthopädie Männer, Zimmer 323. Auf dem Weg in die dritte Etage grübelte Hansen darüber nach, was er überhaupt von Schulz-Kampfhenkel wollte. Ihn zur Rede stellen? Ihn bestrafen? Ihn gar töten, so wie er es am Jary gerne getan hätte? Er wusste es nicht. Nur, dass er voller Hass war. Und dass dieser Hass rausmusste. Er hatte bestimmt ein Jahr nicht mit Schulz-Kampfhenkel gesprochen. An der Tür zur Station hielt er inne. Gab es zwischen ihnen überhaupt noch etwas zu sagen?

Das würde sich zeigen. Er öffnete die Schwingtür, trat in einen langen, lichten Krankenhausflur. Hansen schritt die Zimmer ab, suchte die richtige Nummer, fand sie, atmete durch, ging, ohne anzuklopfen, hinein. Das Bett war aufgeschlagen, der Patient unterwegs. Enttäuscht machte Hansen kehrt und lief einer Krankenschwester in die Arme.

»Wenn Sie Herrn Schulz-Kampfhenkel suchen, der raucht gerade auf dem Balkon.« Sie wies den Flur hinunter auf eine Flügeltür. Hansen marschierte dorthin, seine Stiefelabsätze klackerten über das Linoleum. Vor der Tür verharrte er, sah durch die Scheiben seinen ehemaligen Expeditionsleiter an der steinernen Brüstung stehen, in der Linken einen Stock, über den Schultern locker einen Mantel hängend. Er war allein, kehrte Hansen den Rücken zu und stieß dicke Rauchwolken aus, von denen man nicht sagen konnte, ob es sein Atem oder Zigarettenqualm war. Vorsichtig öffnete Hansen einen Türflügel und trat von hinten geräuschlos an Schulz-Kampfhenkel heran. Ein kleiner Stoß, und die Welt wäre um einen großartigen Forscher ärmer, dachte Hansen.

»Hallo, Otto«, sagte er.

Schulz-Kampfhenkel drehte sich erschrocken um, verlor das Gleichgewicht und geriet in Schräglage. Hansen packte blitzartig seinen Arm und zog ihn zu sich heran. Es war reiner Reflex, keine überlegte Aktion. Auch Schulz-Kampfhenkel hatte nach Hansen gegriffen, sich an ihn geklammert. Eng umschlungen standen sie nun da, die Körper dicht aneinandergepresst, Gesicht an Gesicht. In diesem Augenblick flammte in Hansen ein Verlangen auf, das zurückreichte bis in ihre Jugend, bis zu ihren Streifzügen durch herbstliche Wälder, in denen sich zwar seine edlen Retterphantasien erfüllten, aber nicht seine erhoffte Belohnung, und mit einem Schlag wurde ihm bewusst, dass sie niemals erloschen war, dass er sie lebenslang mit sich herumgeschleppt hatte, eine unerwiderte, unbegreifliche, aussichtslose Leidenschaft. Hansen roch Schulz-Kampfhenkels rauchgeschwängerten Atem, und eine diffuse Gier flutete durch seine Zellen. Erst der Blick seines alten Schulkameraden holte ihn zurück in die Wirklichkeit. Aus den Augen Schulz-Kampfhenkels sprach ungläubiges Entsetzen. Er stieß Hansen mit beiden Händen weg, taumelte selbst, bis er festen Stand fand. Der Moment war vorbei.

»Was willst du hier?«, keuchte Schulz-Kampfhenkel empört. »Du hast mich beinahe umgebracht.«

»Ich habe dich gerettet«, antwortete Hansen. »Schon wieder. Das wievielte Mal eigentlich? Ich weiß es nicht. Sag du es mir.«

»Red keinen Quatsch. Du wolltest mich über die Brüstung stoßen, du Lump.«

Hansen schüttelte sacht den Kopf.

»Wie lange kennen wir uns jetzt, Otto? Mehr als zwanzig Jahre. Ich habe dir in dieser Zeit nie ein Härchen gekrümmt, sondern war für dich da, wenn du mich gebraucht hast. Und ich habe mir nie angemaßt, öffentlich ein Urteil über dich zu fällen, so wie du es über mich getan hast.«

Schulz-Kampfhenkel sammelte den Mantel wieder ein, der bei dem Tumult zu Boden gefallen war, klopfte etwas Schnee ab und schlüpfte hinein.

»Du bist also wegen des Gutachtens hier«, sagte er mit ruhigerer Stimme als zuvor. »Ich nehme an, Göring hat dir davon berichtet.«

Hansen stützte sich auf die Brüstung. Ein eisiger Windstoß raubte ihm fast den Atem.

»Bin ich wirklich so ein schlechter Mensch, Otto?«, fragte er, ohne sich nach ihm umzudrehen.

»Ja, das bist du«, antwortete Schulz-Kampfhenkel. »Und das weißt du auch. Das Gutachten war im Übrigen nicht meine Idee. Himmler hat mich darum gebeten, nachdem du ihm deine Guyana-Pläne präsentiert hast. Es stört dich offensichtlich nicht, dich mit fremden Federn zu schmücken.«

»Das ist lächerlich. Du erhebst doch wohl keine Ansprüche auf etwas, das jedem hätte einfallen können? Das ist nur dein Neid, damit nicht als Erster vorgesprochen zu haben. Immer und überall der Erste sein, das ist es, was du willst. Otto Schulz-Kampfhenkel, der große Entdecker und Eroberer. Ein jämmerlicher Wicht bist du, sonst nichts, einer, der seine Freunde verrät.«

»Hör doch auf! Freundschaft, dass ich nicht lache. Als ob du wüsstest, was der Begriff bedeutet. Freunde teilen ihr Leben, ihre Erfahrungen. Du hast dich abgesondert, dein eigenes Ding durchgezogen. Und wehe, jemand kam dir zu nahe.«

Hansen wandte sich um.

»Wer hat sich denn abgesondert, als es darum ging, den Ruhm zu teilen? Seit wir zurück in Deutschland sind, habe ich nur durch die Zeitungen von dir gehört. Du bist die Leiter hinaufgefallen, hast dich im Glanz der Öffentlichkeit gesonnt und rundum abgesahnt. Kahle und Krause haben davon profitiert. Aber ich? Fehlanzeige. Dass ich in deinem Film überhaupt auftauche, grenzt an ein Wunder. Manchmal, wenn ich die Berichte lese, kommt es mir vor, als sei ich gar nicht dabei gewesen am Jary, als habe ich mir das nur zusammenphantasiert. Also erklär du mir bitte nicht, was Freundschaft bedeutet. Du hast mich hängenlassen. Wahrscheinlich wäre ich in der Gosse verrottet, wenn ich mich nicht selbst aus dem Sumpf gezogen hätte. Und sieh her: Heute stehe ich im Rang über dir, Untersturmführer Schulz-Kampfhenkel.«

»Noch so eine Idiotie. Was hat jemand mit deiner Gesinnung in der SS verloren? Jemand, der sich ausschließlich für sich selbst interessiert? Das Wohlergehen des Vaterlandes ist dir doch vollkommen schnuppe. Als ob du dich für Politik erwärmen könntest. Niemals. Nur wenn es, wie die Statthalterschaft in den Guyanas, mit deinen Zielen zusammenfällt. Das ist das eine. Viel schwerer wiegt dein degeneriertes Wesen. Du bist kein Arier. Wenn du jemals einer warst, was ich stark bezweifle, hast du den arischen Kern in dir abgestoßen. In meinen Augen bist du genauso minderwertig wie die Wilden am Jary.« Schulz-Kampfhenkels Augen glänzten. »Ja, Heinrich, ob du es wahrhaben willst oder nicht, du bist ein Wilder. Durch und durch.«

In diesem Moment wäre Hansen ihm am liebsten an die

Gurgel gesprungen, hätte die Arroganz aus diesem grenzenlos bornierten Herrenmenschen herausgeprügelt. Aber das war nach der Erkenntnis von eben nicht mehr möglich. Hansen war gelähmt von dem Bewusstsein, lebenslang versagt zu haben. Bevor er etwas erwidern konnte, sprach Schulz-Kampfhenkel weiter.

»Himmler hat mir erzählt, dass du einen deiner eigenen Leute vor den Augen seiner Kameraden erschossen hast. Außerdem sollst du mit Giften der Indios und mysteriösen Tränken operieren, um Gefangenen ihre Geheimnisse zu entlocken. Das zeigt mir, wie krank du bist, Heinrich. Du lebst im Wahn, ein Indianer zu sein. Ein Schamane. Aber ich lasse mich davon nicht blenden. Mich hat ein SS-Hauptsturmführer zu Hause besucht. Er hat gesagt, dass du einen Menschen vergiftet hast. Ich habe ihm ein Gegenmittel mitgegeben. Von dir lasse ich den Ruf meiner Expedition nicht in den Schmutz ziehen.«

Hansen lächelte falsch.

»Du bist ein solcher Narr, Otto. Das mit dem Gegengift weiß ich längst. Was du aber nicht weißt, ist, wen du gerettet hast. Eine Frau, die zu den Staatsfeinden gehört. Görings Nichte, eine kaltblütige Killerin, die sich mit einem Deutschen, der für die Briten arbeitet, zusammengetan hat. Er war es, der bei dir angeklopft hat. Und du fällst auf seine Scharade herein. Du bist ja so was von linientreu, Otto. Was meinst du, was passiert, wenn das herauskommt? Ob du dann weiter die Gunst Himmlers genießt?«

Schulz-Kampfhenkels Selbstsicherheit schien zu bröckeln. Seine Pupillen flirrten hin und her, als durchforste er seine Erinnerung nach einer Bestätigung dafür, einen Fehler begangen zu haben.

Das soll der Mann sein, nach dem ich mich verzehre?, fragte sich Hansen. Dieses wankelmütige, narzisstische Wesen?

Unmöglich. Die Triebe spielten ihm einen Streich. Langsam wurde es Zeit, von hier zu verschwinden. Ihr Gespräch führte zu nichts.

»Wir werden sehen, wer am Ende besser im Sattel sitzt«, sagte er. »Der Wilde oder der Entdecker.«

Schulz-Kampfhenkel hatte seine Irritation überwunden.

»Deine Tage sind gezählt«, entgegnete er abfällig. »Das weiß ich aus erster Hand.«

»Wenn du dich da mal wieder nicht täuschst. Egal.« Hansen trat so nah an Schulz-Kampfhenkel heran, dass sich der Dampf ihres Atems vermischte. »Bevor ich gehe und dich hoffentlich nicht mehr wiedersehen muss, möchte ich dir einen guten Rat geben: Komm mir niemals mehr in die Quere. Beim nächsten Mal werde ich dich nicht retten. Darauf kannst du dich verlassen.«

»Ein nächstes Mal wird es nicht geben«, entgegnete Schulz-Kampfhenkel.

»Mach's gut, Otto«, sagte Hansen, drehte sich um und ließ den Mann, dessen Anerkennung und Zuneigung ihm einmal mehr bedeutet hatten als alles andere auf dieser Welt, hinter sich zurück.

Eine halbe Stunde später stand Hansen in seinem Büro und starrte wieder auf das klirrend kalte Berlin. In seinem Kopf lief jedoch ein anderer Film ab. Er versuchte, seine Zeit mit Schulz-Kampfhenkel auf Gefühle abzuklopfen. Nicht, dass es etwas geändert hätte. Aber Hansen wollte sich klarwerden über das, was er war. Ein primitiver Wilder, wie es sein alter Schulfreund zu wissen meinte? Oder doch einer, der zu Höherem berufen war? Hansen glaubte, dass die Antwort in der Beziehung zwischen ihm und Schulz-Kampfhenkel verborgen war. Darin lag der Ursprung für sein Handeln. Lautes Klopfen riss ihn aus seinen Grübeleien.

»Herein.«

Die Tür ging auf. Es war Weber. Er brachte eine Nachricht.

»Ein Förster aus Potsdam hat gemeldet, dass eine lange leerstehende Hütte seit ein paar Tagen bewohnt ist. Er habe ein Paar gesehen, behauptet er. Der Mann vermutet, dass es sich dort versteckt hält. Das könnte ein Volltreffer sein.«

Es war ein Volltreffer. Hansen wusste es sofort. Er strich über das unter seiner Kleidung verborgene Amulett. Das Schicksal meinte es gut mit ihm. Es gab dem Wilden eine Chance zu zeigen, was in ihm steckte.

31.
Potsdam

19. Januar 1940
Odas Jagdhütte

Um vier Uhr morgens war Krauss auf den Beinen, schlich sich leise aus dem Schlafzimmer. Oda stöhnte und drehte sich wieder um. In der Wohnstube zog Krauss sich an, streifte wegen der Kälte zwei Pullover über. Einen Moment überlegte er, ob er Hannahs Amulett ablegen sollte, weil es kalt auf seiner Haut klebte, entschied sich dann aber dagegen. Es erinnerte ihn an seine Aufgabe. Zum Schluss schlüpfte er in den weißen Anstreicher-Overall. Damit war er einigermaßen gut getarnt. Krauss hatte vor, auf die Jagd zu gehen. Ihre Vorräte waren so gut wie aufgebraucht, das Ende ihres Exils absehbar. Erlegte er ein Wildschwein, konnte er ihren Abschied von der Hütte um ein paar Tage hinauszögern. Er hatte die Woche mit Oda genossen, es war wie ein Urlaub vom Chaos, das hinter diesen Wäldern hauste. Sie besaßen kein Radio, waren abgeschnitten von allen Informationen. Ein paar Wochen in dieser abgeschiedenen Idylle, und der Krieg würde so fern erscheinen wie die Oberfläche des Mondes. Krauss und Oda wussten natürlich, dass sie sich einer Illusion hingaben, dass sie das taten, was die meisten Menschen am besten beherrschten – das Unangenehme, Unvermeidliche auszublenden, zu verdrängen. Aber sie wollten ihre gemeinsamen Tage genießen, solange es ging.

Krauss sah aus dem Fenster. Der Vollmond tauchte die Lichtung in fahles Gelb. Es hatte ein wenig geschneit, die frischen Flocken glitzerten auf dem verharschten Untergrund. Nebelschwaden zogen über die Baumwipfel, schwappten auf die Wiese, wurden vom Wind zerrieben. Ideales Wetter zum Jagen. Wenn sich Wild auftreiben ließ. Viele Tiere waren in diesem strengen Winter verendet, fanden keine Nahrung oder erlagen den arktischen Temperaturen. Krauss nahm das Fernglas und suchte die Lichtung ab. Nichts. Die Tiere hielten sich vom Haus fern. Er würde ans andere Ende der Freifläche gehen müssen, rund siebenhundert Meter. Vielleicht hatte er dort mehr Glück. Falls nicht, kannte er eine andere Stelle, weiter östlich. Oda hatte sie ihm vor zwei Tagen bei einem Spaziergang gezeigt. Es war ein Weiher, dessen Zulauf, ein kräftig sprudelnder Bach, nicht gefror. Überall im Schnee fanden sie Spuren von Tieren, die den Platz als Wasserstelle nutzten.

»Das hier ist sozusagen die Theke des Waldes«, hatte Oda begeistert gesagt. »Hier treffen sich alle Vierbeiner auf einen Schwatz, bevor sie in ihre warmen Nester kriechen.«

»Besser als jede Bar, die ich kenne«, entgegnete er.

»Ich würde mich freuen, wenn du mich hierhin ausführst, wenn alles vorbei ist. Ab heute ist das unser Platz, abgemacht?«

»Abgemacht.«

Eine halbe Stunde warteten sie versteckt hinter Sträuchern, ob sich ein durstiger Waldbewohner zeigen würde, aber nichts geschah. Durchgefroren, aber guter Dinge zogen sie wieder ab. Krauss verschwieg Oda, dass er noch andere Spuren gesehen hatte, menschliche. Wahrscheinlich war es ein Jäger oder der Förster, der sein Revier kontrollierte. Sosehr sie es sich auch wünschten, sie waren hier nicht allein. Der Grat zwischen der Illusion, sich auf sicherem Territorium zu befinden, und der Realität, dass es nirgendwo absolute Sicherheit gab, schon gar nicht in unmittelbarer Nachbarschaft des Feindes, war sehr, sehr schmal. Das musste er sich regelmäßig vor Augen führen. Doch je länger sie unbehelligt blieben, desto mehr wähnten sie sich unangreifbar. Vor allem Oda schien von Tag zu Tag gelöster. Ein fataler Irrglaube, der sie das Leben kosten konnte, dachte Krauss. Deshalb blieb er wachsam, schreckte beim kleinsten Geräusch hoch. Einmal hatten mehrere Flugzeuge die Lichtung in großer Höhe überflogen. Bomber. Görings Luftwaffe. Es war wie ein Gruß aus der richtigen Welt, in der eine genügsame Stille wie in diesem Wald nicht mehr existierte.

Krauss packte eine Umhängetasche voll mit Munition für den Karabiner. Zuletzt hatte er versucht, mit dieser Waffe Göring zu erschießen, und war dabei auf Oda gestoßen. Das weitreichende Scharfschützengewehr war mit einem Schalldämpfer versehen, was ihm im Wald sehr gelegen kam. Zuletzt steckte Krauss die Walther ein, aus reiner Gewohnheit. Er warf noch einen Blick in die Tasche, die sie von Smith geerbt hatten. Darin waren zwei Maschinenpistolen, mehrere Handfeuerwaffen und Handgranaten, das restliche Waffenarsenal des SOE-Kommandos. Nichts davon taugte für die Jagd. Krauss zog sich eine weiße Wollmütze und Handschuhe über und verließ das Haus.

Draußen empfing ihn eiskalte Luft, die würzig nach Kiefern roch. Krauss' Stiefel knirschten im Schnee, der zwanzig Zentimeter hoch lag. Er schätzte, dass über Nacht zwei bis drei Zentimeter Neuschnee gefallen waren. Nichts, was ihn von seinen Plänen abhalten würde. Krauss stapfte langsam im Schutz des Waldes am Rande der Lichtung entlang. Nach hundert Metern blieb er stehen, wandte sich um und betrachtete das Haus. Für das Gebäude war eine Schneise in den Baumbestand geschlagen worden, so dass es schien, als würde es sich in den Wald schmiegen. Es sah aus wie ein Hexenhäuschen aus dem Märchen oder die Klause eines Einsiedlers. Alle Fenster waren dunkel. Wenn man es nicht besser wusste, wirkte die Hütte verlassen. Vielleicht waren sie hier doch sicherer, als er dachte. Auf jeden Fall empfand er es als Privileg, mit Oda diese Woche verbringen zu dürfen. Schon lange nicht mehr hatte er sich einem Menschen so nahe gefühlt. Sie würde Hanna zwar nie ersetzen können, aber den Schmerz erträglicher machen. In guten Momenten stellte er sich vor, mit Oda zusammenzuleben – um sich eine Sekunde später als naiven Narren zu verdammen. Für den Menschen, der er geworden war, existierte diese Option nicht mehr. Und er musste es verhindern, dass Oda mit ihm in den Abgrund gezogen wurde. Er wusste nur noch nicht, wie.

Krauss marschierte weiter, blieb im Schatten der Bäume, zwei, drei Meter von der Lichtung entfernt. Die Stille erschien ihm unnatürlich, alle Geräusche waren durch den Schnee gedämpft, wie in einem Zimmer mit einem dicken Teppich. Er hatte sich diese Vollmondnacht für die Jagd ausgesucht, war aber trotzdem überrascht, wie hell es tatsächlich war. Nur der Nebel behinderte die Sicht, doch der Wind trieb die Schwaden ab und an auseinander. Manchmal hielt er erschrocken inne, weil er die Umrisse von Menschen auszumachen meinte, doch stets waren es Schattenspiele, hervorgerufen durch den Nebel und das diffuse Mondlicht. Trotzdem bemächtigte sich seiner ein Gefühl innerer Unruhe, eine böse Vorahnung. Krauss mahnte sich zur Vernunft. In einer mondklaren Nacht allein im Wald wurde man leicht zum Opfer seiner Phantasien. Er lief weiter, suchte den Boden nach Spuren ab. Fetzen eines fast vergessenen Traumes bemächtigten sich seiner, diffuse Szenen einer Hatz im Schnee. Es war Edgar, der ihn da verfolgte. Sein toter Bruder.

»Idiot«, sagte er laut. »Reiß dich zusammen!«

Aber es war so, als sei eine Schleuse geöffnet worden. Erinnerungen überfluteten ihn. Gefühle. Bilder. Edgar, der einen Rauchkringel blies und ihm lächelnd eine Zigarette reichte, der auf einem Heuboden spielerisch mit ihm rang und ihn anschließend mit Heubüscheln bewarf, der ihm mit der Gabel ein Stück Fleisch vom Teller stahl, während der Vater gerade nicht hinschaute und die Mutter noch am Herd hantierte. Der ihn in den Arm nahm und ihn tröstete, als Beppo, ihr Berner Sennenhund, wegen Altersschwäche vom Tierarzt eingeschläfert wurde. Krauss musste zu seiner eigenen Überraschung weinen, und er wischte sich fluchend die Tränen weg, bevor sie zu Eis gefroren. Was war nur mit ihm los? Er lief weiter, nahm seine Umgebung aber kaum wahr, so sehr war er mit sich selbst beschäftigt.

Krauss dachte an den anderen Edgar. An einen Marsch in finsterer Nacht, begleitet von Hunderten Gleichgesinnten. Mit Fackeln bewehrt wanderten sie durch das dunkle Berlin und brüllten ihre Parolen hinaus. Wer sie nicht hören wollte, dem prügelten sie ihre Wahrheit ein, gnadenlos, brutal, unmissverständlich. In dieser Nacht hatte Krauss seine Tätowierung bekommen, war aufgenommen worden in den elitären Kreis der »Söhne Odins«, war vorgedrungen ins Zentrum der Macht. Krauss fasste sich unwillkürlich an die Brust. Das Motto der »Söhne Odins«, »Reines Blut, reines Herz, reines Volk«, war in seine Haut geritzt. Aber er spürte nur die metallische Kälte des Amuletts, das ihm Hannah geschenkt hatte. Es riss ihn aus seinen trüben Gedanken. Er blieb stehen, sah sich um. Ohne es zu merken, war er fast bis zum Ende der Lichtung gelaufen. Krauss spähte nach Wild, um sich abzulenken, starrte konzentriert auf die schneebedeckte Wiese, die das Mondlicht reflektierte, wenn sich eine Lücke im Nebel auftat. Auf der anderen Seite meinte Krauss eine verschwommene Gestalt zu sehen, die sich aus dem Schatten des Waldes schälte. Ruhig bleiben. Er hatte sich schon einmal getäuscht. Wenige Meter rechts von der ersten sah er eine zweite Person das Feld betreten, dann eine dritte. Krauss duckte sich.

Das war keine Täuschung. Sie hatten sie gefunden. Er entdeckte weitere Männer, die sofort vom Nebel verschluckt wurden. Sie trugen Waffen, Maschinenpistolen. Das mussten

Hansens Leute sein. Wie viele waren es? Zwanzig, fünfzig? Hansen würde kein Risiko eingehen. Krauss hätte schreien können vor Wut. Er hatte sich doch zu sicher gefühlt, sich einlullen lassen, nicht auf seine Instinkte gehört. Zu spät. Oda war im Haus, sie schlief. Er würde es nicht rechtzeitig schaffen, sah immer mehr Männer aus dem Wald schleichen. Es blieb ihm keine Wahl. Er musste angreifen, Oda warnen. Ihr wenigstens eine kleine Chance ermöglichen. Krauss legte sich hin, benutzte einen Ast als Stütze für den Karabiner, visierte durch das Zielfernrohr einen Mann an. Nebel nahm ihm die Sicht, wurde auseinandergetrieben, gab die Schussbahn frei. Sein Opfer wartete am Waldrand, wahrscheinlich auf Befehle. Fadenkreuz auf der Brust. Das war weder die Jagd noch das Wild, das Krauss sich erhofft hatte. Nur das Töten blieb dasselbe. Krauss hielt kurz den Atem an und zog den Abzug durch.

Hansen bemerkte aus dem Augenwinkel, wie einer der Männer oberhalb von ihm hinfiel. Wahrscheinlich war er gestolpert. In der Natur bewegten sich diese Kerle dermaßen ungeschickt, dass Hansen es kaum mit ansehen konnte. Natürlich erschwerten der Schnee und die Dunkelheit das Vorwärtskommen, aber eine etwas bessere körperliche Koordination hätte er sich von seiner Truppe schon gewünscht. Am Amazonas wäre jeder dieser Burschen verloren gewesen. Sie fanden sich ja nicht einmal in der heimischen Flora zurecht. Und gegen den Dschungel war das hier ein gepflegter Park. Geradezu erbärmlich. Von der Stelle, an der sie das versteckte Auto freigeschaufelt hatten, waren sie in einer langen Reihe nebeneinander durch den Wald gezogen. Fünfundzwanzig Männer, verteilt auf vielleicht dreihundert Meter. So erhöhten sie die Wahrscheinlichkeit, auf das Versteck der Gesuchten zu treffen, und minimierten das Risiko, in eine Falle zu laufen.

Hansen wusste, dass dieser Einsatz über seine Zukunft bei

der SS entscheiden würde. Himmler hatte ihm das eindeutig zu verstehen gegeben. Diesmal durfte nichts schiefgehen. Obwohl ihm für das Kommando nur läppische fünfundzwanzig Männer bewilligt worden waren.

»Sorgen Sie diesmal dafür, dass Sie jeden Einzelnen von ihnen auch wieder zurückbringen«, hatte ihn der Reichsführer-SS ermahnt.

Hansen bezweifelte, dass er das bei dem Gegner würde garantieren können, und hatte geschwiegen. Himmler war so nahe an ihn herangetreten, dass er dessen muffigen Dunst riechen konnte. Seine Augen hinter den Brillengläsern blitzten hasserfüllt.

»Ich werde es nicht weiter zulassen, dass Sie die besten Männer des Landes ins Verderben schicken und ehrbare deutsche Frauen zu Witwen machen, nur weil Sie einem Phantom hinterherjagen. Merken Sie sich das. Da kann Göring so lange die Hand über Sie halten, wie er will. Wenn Sie versagen, ist Ihre Zeit bei uns beendet. Sie haben hier nichts verloren, und das wissen Sie. Ihre Heimat ist die Wildnis. Da können Sie sich nach Belieben im Dreck suhlen.«

Genau da wollte Hansen auch hin. Aber nicht, um sich im Dreck zu suhlen, wie es Himmler sich in seinem Spatzenhirn vorstellte, sondern um von dort aus Druck zu machen und seinen Plan zu vollenden. Der Sturm auf die Guyanas. Die Statthalterschaft. Es war möglich, davon war Hansen überzeugt. Wenn er Hitlers Jungen in Argentinien fand, konnte er alles verlangen. Deshalb hatte er sich ein Konzept zurechtgelegt, falls sein nächtliches Unterfangen scheitern sollte. Mit dem Postflieger von Potsdam nach Dresden, weiter mit dem Zug nach München, über Österreich nach Italien bis Genua. Dort legte in zwei Wochen ein Schiff nach Lissabon ab. Die notwendigen, selbstverständlich gefälschten Papiere besaß er bereits. Von Portugal aus würde es relativ leicht sein, Belem zu erreichen. Dann befand er sich auf vertrautem Territorium und konnte in Ruhe seine Geschäfte in Argentinien angehen. Hansen hatte den Plan bewusst so gestaltet, dass er mögliche Verfolger in die Irre führte. Aber das alles war nur eine Rückversicherung. Er hoffte, sie nicht in Anspruch nehmen zu müssen und den offiziellen Weg einschlagen zu können.

Während seine Männer eine Schneise durch den Wald trampelten, dachte Hansen darüber nach, welcher Teufel ihn ritt, seine mühsam erworbenen Privilegien leichtfertig aufs Spiel zu setzen. Nun war er durch glückliche Fügungen so schnell so weit gekommen, weiter als er es je zu träumen gewagt hatte. Und dann fiel ihm nichts Besseres ein, als alles zu riskieren. Ohne Not. Er hatte doch, was er für seine Karriere brauchte. Wissen. Protektion. Innere Stärke. Warum jagte er so besessen diesem Mann hinterher? Krauss war eine unbedeutende Nebenfigur und würde ihnen früher oder später ins Netz gehen. Was wollte einer allein denn ausrichten? Einem Apparat, der fast schmerzunempfindlich war, Nadelstiche versetzen. Lächerlich.

Trotzdem war Hansen hier, kämpfte sich bei schneidender Kälte durch den Wald, ohne zu wissen, ob er richtiglag mit seiner Vermutung, auf Oda und Krauss zu stoßen. Doch. Er wusste es. Er spürte die Nähe des Mannes, der ihn erniedrigt hatte wie kein Mensch zuvor. Er spürte den Hass in sich, den brennenden Wunsch, Krauss leiden zu sehen. Und sterben. Deshalb war Hansen hier. Er leistete sich seinen privaten Feldzug, weil er ihn sich leisten konnte. Selbst wenn er seine Zukunft damit riskierte. Aber die ungesühnte Schmach, von Krauss gedemütigt worden zu sein, wog schwerer. Das würde er sich niemals verzeihen.

Als sie nach einer Stunde die Lichtung erreichten, deren Schneedecke im Mondlicht aussah wie ein vergilbtes Leichentuch, war sein Puls in die Höhe geschnellt. Am anderen Ende kuschelte sich eine Hütte schutzsuchend in den Wald. Hansen wusste sofort, dass sie am Ziel waren. Adrenalin durchströmte ihn, putschte ihn auf. Nur noch wenige Minuten, und Krauss würde eine Lektion bekommen. Seine letzte. Über das Recht des Stärkeren.

Hansen hob die rechte Hand, um die Aufmerksamkeit der Männer auf sich zu ziehen, und sondierte konzentriert ihre Aufstellung, als einer seiner Leute rechts von ihm rücklings auf den Boden gerissen wurde. Dass gleich zwei Männer kurz hintereinander hinfielen, konnte kein Zufall sein.

»Deckung!«, schrie Hansen, obwohl er keinen Schuss gehört hatte, und schmiss sich in den Schnee. Ein Scharfschütze. Krauss. Wer sonst? Hansens Herz hämmerte hoch oben im Hals. Der Mann, den er vor einer Minute hatte stolpern sehen, war mit Sicherheit ebenfalls von einer Kugel getroffen worden. Irgendwo da draußen lag Krauss und hatte sie im Visier. Dieser Hurensohn. Hansen biss die Zähne zusammen, zwang sich zum Nachdenken.

»Zurück in den Wald!«, befahl er.

Oberleitner, der fünf Meter links neben ihm lag, drückte sich mit den Armen leicht vom Boden hoch.

»Unten bleiben«, raunzte Hansen. Oberleitner schaute ihn erschrocken an. Seine rechte Gesichtshälfte explodierte in einem blutigen Schwall, der Körper sackte zurück in den Schnee. Hansen stockte der Atem. Er presste sich eng an den Waldboden, roch die modrige Erde unter dem kalten Schnee. Wieder kein Knall. Krauss benutzte einen Schalldämpfer. Ein Gewehr mit Zielfernrohr. Im Licht des Vollmondes waren sie leichte Beute für ihn. Oder für beide. Vielleicht war auch Oda da draußen und nahm sie ins Visier. Sie konnten überall sein, auf der anderen Seite der Lichtung, auf einem Hochsitz, in einem Baum. Vorerst unerreichbar für Hansen. Drei Männer hatte Krauss innerhalb weniger Minuten ausgeschaltet. Mindestens. Hansen fluchte. Das war genau das, was nicht passieren durfte. Wie hatte Krauss wissen können, dass sie anrückten? Hansen begriff es nicht.

Gewehrfeuer schreckte ihn hoch. Das harte Stakkato einer Maschinenpistole zerriss die Stille. Andere fielen ein, ober- und unterhalb von Hansen. Diese Idioten. In den gegenüberliegenden Wald prasselte ein Bleischauer. Verschwendete Munition. Nicht eine der Kugeln würde ihr Ziel treffen. Allmählich verstummten die Waffen, tröpfelten aus wie ein abgedrehter Wasserhahn. Die Männer hatten die Sinnlosigkeit ihres Geballers eingesehen. Wenn irgendjemand bisher nicht wusste, dass zu dieser Stunde etwas Ungewöhnliches vor sich ging, so wusste er es spätestens jetzt.

Vorsichtig rutschte Hansen zurück, den Körper eng am Boden. Er hoffte, dass es die anderen genauso machten. Hinter der Baumgrenze robbte er mühsam fünf Meter weiter, bevor er es wagte, sich halb aufzurichten. Normalerweise durfte er für Krauss nicht mehr zu sehen sein, weil er sich im Schatten der Bäume befand. Hier drang nur wenig Mondlicht durch. Nichts geschah. Zehn Meter rechts von ihm tat es ihm einer seiner Männer nach. Hansen signalisierte ihm, dass er mit dem halben Trupp südlich im Schutz des Waldes vorrücken sollte. Er selbst würde mit den verbliebenen Leuten nach Norden zum Haus vorstoßen und dort die Lichtung queren. So konnten sie Krauss und Oda in die Zange nehmen und das Risiko, in ihre Schusslinie zu geraten, minimieren. Der Mann verstand und trottete los. Hansen lief leicht gebückt nach Norden, auf das Haus zu. Nach zehn, fünfzehn Metern blieb er stehen, weil er etwas gehört hatte. Er lauschte. Da war es wieder. Ein Wimmern. Es kam von der Grenze zwischen Wald und Lichtung. Behutsam arbeitete sich Hansen vor, achtete auf Deckung. Dann sah er einen seiner Männer. Er stand ihm zugewandt hinter einem Baum, der vielleicht drei Meter vom

Waldrand entfernt auf der Lichtung wuchs. Der Soldat hatte sich kerzengerade an den Stamm gepresst. Offensichtlich war er starr vor Angst. Hansen vermutete, dass er mit angesehen hatte, was mit Oberleitner passiert war.

»Kriechen Sie herüber«, rief Hansen gedämpft.

Der Mann drehte den Kopf in seine Richtung. Wahrscheinlich sah er Hansen nicht.

»Nun machen Sie schon«, insistierte Hansen. »Sie haben es fast geschafft.«

Der Mann zitterte, bewegte sich. Umständlich rutschte er am Stamm herunter, schlenkerte ungelenk mit den Armen. So nicht, dachte Hansen. Blutnebel spritzte aus dem Unterarm des Soldaten. Der Mann jaulte auf, hielt sich die Wunde und taumelte, benommen vom Schmerz, aus der Deckung des Baumes. Hansen hörte, wie die nächste Kugel mit einem dumpfen Schlag in den Oberkörper des »Sohnes Odins« klatschte. Die Wucht des Aufpralls riss ihn halb herum, seine Maschinenpistole wurde weggeschleudert. Krauss bestrafte jeden Fehler gnadenlos, registrierte Hansen mit einer Mischung aus Faszination und Besorgnis. Der reglose Körper des Mannes vor ihm erinnerte Hansen daran, dass er selbst genauso verletzlich war. Sterblich. In das Schneefeld zwischen ihm und der Waldgrenze hatten Blutspritzer ein bizarres Bild gezeichnet. Hansen starrte darauf. Etwas rührte sich in ihm, er fühlte sich zurückversetzt in ein anderes Leben. Déjà-vu. Dieses Bild hatte er schon einmal gesehen. Blut im Schnee. Nur wo? Er war verwirrt. Der Wald sandte ihm Botschaften. Zum ersten Mal seit langer Zeit tastete Hansen nach seinem Amulett. Unter den Schichten seiner Kleidung spürte er den harten Jaguarzahn und atmete durch. Noch war dieser Kampf nicht verloren.

Er lief zurück in den Wald nach Norden, auf die Hütte zu. Unterwegs sammelte er die übriggebliebenen »Söhne Odins«

ein. Von ihnen war niemand verletzt. Auf der Höhe des Hauses hockten sie sich zusammen. Vierzehn Mann. Mindestens vier waren tot. Sieben probierten, Krauss von Süden her zu überrumpeln. Wenn es noch sieben waren.

»Wir müssen sichergehen, dass niemand mehr im Haus ist«, sagte Hansen. »Drei Mann kommen von vorn, drei von hinten. Seid vorsichtig. Der Rest folgt mir durch den Wald. Noch Fragen?«

Keiner antwortete. Es gab nichts zu sagen. Hansen versuchte, in dem trüben Licht in den Gesichtern um ihn herum zu lesen, aber das war fast unmöglich. Sie würden ihn nicht hängenlassen, darauf kam es an. Sie waren »Söhne Odins«.

»Dann los«, befahl er.

Die Männer teilten sich in Gruppen auf. Dann stürmten zwei Trupps geduckt über die Lichtung auf das Haus zu. Hansen rechnete jeden Moment damit, dass einer von ihnen wieder wie von Geisterhand ausgeschaltet würde. Doch die erste Gruppe hatte die Vorderseite der Hütte fast erreicht, ohne dass ein Schuss gefallen war. Gerade als Hansen sich zu seiner Entscheidung beglückwünschen wollte, trat eine Gestalt halb hinter der Hausecke hervor und warf etwas. Zwei Sekunden später explodierte zwischen den Männern eine Handgranate. Schnee, Erde und zwei Körper wurden durch die Luft geschleudert, die riesige Fensterscheibe des Hauses platzte mit lautem Klirren. Hansen zog unwillkürlich den Kopf ein, obwohl er sich in sicherer Entfernung befand. Mein Gott, dachte er. Das hier entwickelte sich zu einem Fiasko.

Er gab seinen Leuten ein Zeichen und lief los, weiter in den Wald hinein. Sie folgten ihm. Die Dunkelheit und die Bäume würden ihnen Schutz bieten. Den Kameraden am Haus konnte er sowieso nicht mehr helfen. Vielleicht gelang es ja den dreien, die sich der Rückseite näherten, den Gegner zu überwältigen. Er hoffte es, hatte aber den Glauben daran verloren. Er dachte an Görings Worte. »Unterschätzen Sie die beiden nicht«, hatte der Reichsfeldmarschall gesagt, als er hörte, dass Oda lebte. Das Paar hatte im Alleingang die Bunkeranlage von Schein-Carinhall überfallen und sämtliche Wachen ausgeschaltet. »Die beiden sind verrückt«, warnte Göring ihn, »und werden sich niemals kampflos ergeben.« Hansen hatte zwar vermutet, dass er auf Widerstand stoßen würde, Görings Urteil aber für übertrieben gehalten. Jetzt wusste er, was der Feldmarschall meinte.

Von Verzweiflung getrieben, erhöhte Hansen das Tempo, hastete wie von Sinnen durch den Wald, wich herabhängenden Ästen aus, sprang über Wurzeln und schneeverkrustete Baumstämme. Er überließ sich seinen Instinkten. Es kümmerte ihn nicht, ob ihm die anderen folgen konnten. Wenn sie nicht in der Lage waren, sich anzupassen, hatten sie hier draußen nichts verloren. In dieser Umgebung fühlte er sich zu Hause, das hier waren sein eigentlicher Lebensraum und sein Daseinszustand. Die Natur. Die Jagd. Er würde diese verfluchte Beute zur Strecke bringen. Hansen hörte nicht weit entfernt mehrfach das trockene Knattern von Maschinengewehrsalven und lief schneller. Er würde sie beide töten. Sie mussten sterben. Das waren sie ihm schuldig, denn sie hatten seine Karriere ruiniert. Ganz in der Nähe schrie jemand. Hansen hielt inne und bewegte sich auf die Stelle zu. Er war sicher, dass der Schrei aus einer weiblichen Kehle gedrungen war.

Oda hatte gar nicht schreien wollen. Sie war über eine verschneite Baumwurzel gestolpert und hingefallen, hatte dabei die Maschinenpistole verloren. Als sie sich umdrehte, sah sie wenige Meter von ihr entfernt einen SS-Mann, der mit seinem Gewehr auf sie zielte. Da war ihr der Schrei entfahren. Im selben Moment warf der Mann seine Arme nach hinten und sackte zusammen. Oda brauchte eine Zehntelsekunde, um zu begreifen, dass er von einer Kugel getroffen worden war. Richard. Er war irgendwo hier draußen mit seinem Karabiner. Sie hatten ihn nicht erwischt. Trotz ihrer verfahrenen Lage durchströmte Oda ein Glücksgefühl. Solange er lebte, solange sie beide dem Gegner die Stirn boten, gab es Hoffnung. Jetzt war sie sicher, dass Richard es darauf angelegt hatte, sie zu warnen. Als das Gewehrfeuer über die Lichtung hallte, war sie aus dem Bett gesprungen und hatte sich in Windeseile angezogen. Da das Haus nicht getroffen wurde, mussten die Schüsse Richard gelten. Angst hatte ihr in die Eingeweide geschnitten. Verdammt, stand es so schlimm um sie? Ja, dachte sie, ja. Sie liebte diesen Mann. Und jetzt feuerte eine unbekannte Anzahl von Feinden auf ihn. Mit Hansen an der Spitze. Dieser Verrückte würde niemals aufgeben. Sie hatte in seinen Augen nackte Mordlust gesehen. Hansen war komplett irre. Ein Psychopath. Richard hatte recht gehabt. Sie mussten ihn stoppen. Oda schnappte sich aus der Tasche mit den Waffen eine Maschinenpistole, steckte zwei Magazine ein und zwei Handgranaten. Sie würde diesem Aasgeier einheizen, dass der sich wünschte, diesen Wald niemals betreten zu haben.

Nicht, dass sie es nicht hatte kommen sehen. Jeder Tag in der Hütte erhöhte die Wahrscheinlichkeit, dass sie aufgespürt wurden. Wahrscheinlich hatte sie ein dummer Zufall verraten. Das Auto. Oder ein Jäger hatte sie beobachtet und verdächtige Personen im Wald gemeldet. Eigentlich war es nebensächlich. Sie hatte es gewusst und nichts unternommen. Weil sie die Zeit mit Richard genoss. Vielleicht war es die schönste Woche ihres Lebens. Zumindest die schönste, an die sie sich erinnerte. Am Anfang hatte sie versucht, Richard davon zu überzeugen, mit ihr wegzugehen. Alles hinter sich zu lassen. Doch es war nicht seine Art, sich davonzustehlen. Er fühlte sich verpflichtet, nicht anderen, sondern sich selbst, war verstrickt in ein unentwirrbares moralisches Dilemma. Dann hatte sie es aufgegeben, es hingenommen. Richard war durch Worte, durch Argumente nicht zu erreichen. Also wechselte sie die Strategie und demonstrierte ihm, wie ihr Leben aussehen könnte. Überzeugung durch Anschauung, lautete ihre Devise. Aber auch das fruchtete nicht. Zwar schien Richard die Zeit mit ihr zu gefallen, ihre Spaziergänge, ihre Gespräche und natürlich ihre Zärtlichkeiten, aber es war ihm anzusehen, dass er sich nie vollständig hingab, dass da stets etwas anderes mitschwang, etwas Tiefsitzendes, Unauflösbares. Auch wenn er das Gegenteil behauptete, war sie bald sicher, dass es für sie als Paar keine Zukunft gab. Sie hatten sich die falsche Zeit ausgesucht.

Schwer bewaffnet war sie aus dem Haus geschlichen und hatte sich hinter Buschwerk versteckt. Das Gewehrfeuer war verstummt. Dann sah sie zwei Trupps aus dem Wald auf die Lichtung laufen, direkt auf ihre Hütte zu. Sie teilten sich auf, kamen von vorn und hinten. Oda rannte im Schutz des Hauses an die seitliche Wand, wartete ein paar Sekunden, entsicherte eine Handgranate, zählte, trat um die Ecke, warf die Granate zwischen die heranpirschenden Männer und lief wieder hinters Haus in die Büsche, in Deckung. Die Explosion erschütterte das Gebäude und ließ die Panoramascheibe bersten. Dieses Fenster war mit ein Grund gewesen, warum sie sich für das Haus entschieden hatte. Perdu. Wie fast alles in ihrem Leben. Was soll's?, dachte Oda. Sie hatte es aufgegeben, sich an Dingen festzuklammern. Alles, was zählte, war der Mann, der da draußen um ihrer beider Zukunft kämpfte.

Aus dem Gebüsch heraus sah sie einen Soldaten um die hintere Ecke des Hauses schleichen, die Maschinenpistole im Anschlag. Oda feuerte zwei kurze Salven auf ihn ab, er schoss im Fallen in die Luft. Sie rannte zurück zur Hütte, presste sich an die Außenwand, lugte um die hintere Ecke, sah niemanden. Die Kerle mussten durch das Schlafzimmerfenster eingestiegen sein. Oda wandte sich um, lief wieder zur Vorderseite, schlich an die zerstörte Panoramascheibe heran, durch die Mondlicht das Innere erhellte. Sie drehte sich ins Fenster, entdeckte die Umrisse einer Gestalt im Wohnzimmer und drückte ab. Das Mündungsfeuer tauchte den Raum, in dem sie am Abend zuvor mit Richard auf der Couch gelegen hatte, in eine schnelle Folge von Licht und verzerrten Schatten. Von mehreren Kugeln getroffen, stürzte der Mann ins Mobiliar. Oda duckte sich weg. Sie wusste, dass da noch jemand im Haus sein musste und auf seine Gelegenheit wartete. So weit würde sie es nicht kommen lassen. Gebeugt rannte sie in Richtung des Waldes. Dort war sie dann gestolpert und von dem dritten Mann ins Visier genommen worden. Er lag nun tot im Schnee, ahnungslos, wieso es ihn so unerwartet aus dieser Welt gerissen hatte. Hinter ihm war der Boden mit Blut gesprenkelt. Oda starrte darauf. Sie spürte, wie sich eine unsichtbare Hand um ihren Hals legte und ihr den Atem raubte. In ihren Träumen war sie durch Felder aus blutigem Schnee gelaufen. Nun hatte die Wirklichkeit sie eingeholt. War tatsächlich alles vorherbestimmt?, fragte sie sich. Wenn ja, wie ging es aus?

Oda hörte aus der Ferne jemanden rufen. Richard. Wo war er? Sie spähte in die Finsternis, erkannte nichts. Was wollte ihr Richard mitteilen? Er brüllte noch einmal, nur ein Wort, das sie erst aus dem Gehörten herausschälen musste. Theke. Richard hatte das Wort »Theke« gerufen. Erst begriff sie nicht, war ratlos, stöhnte, zwang sich zur Konzentration, dann sprang sie die Lösung an. Natürlich. Die Theke des Waldes. So hatte sie den Weiher genannt. Richard wollte, dass sie sich am Weiher trafen. Ein guter Plan. Im Gegensatz zu Hansens Truppe kannten sie sich in dem Wald aus. Wenn sie es schafften, diesen Vorteil auszunutzen, würde ihnen die Flucht vielleicht gelingen. Plötzlich fasste sie wieder Mut. Wären Richard und sie wieder vereint, war alles andere egal. Gemeinsam würden sie diesem langhaarigen Irren die Stirn bieten. Oda warf einen letzten Blick auf den toten Mann und setzte sich in Bewegung.

Während sie allmählich das Tempo steigerte, dachte Oda über Richard nach. Sie konnte sich nicht erinnern, jemals solche Gefühle für einen Mann empfunden zu haben. Es hatte die eine oder andere Schwärmerei als Mädchen gegeben, aber mit dem Missbrauch durch ihren Vater wurde all das auf einen Schlag ausgelöscht. Oda entwickelte einen Hass auf alles Männliche, der nur schwer zu kontrollieren war. Indem sie sich selbst mehr forderte als alle anderen, sich innerlich abhärtete gegen den Wunsch nach Zweisamkeit, blieb sie funktionstüchtig. Ein emotionaler Krüppel, ideal, um im Auftrag ihres Onkels Hermann Göring andere Menschen auszuspionieren und notfalls auch auszusortieren aus der Schar der Lebenden. Sie war die fähigste Agentin im F. A., durchtrieben, kaltschnäuzig, kompromisslos. Erst mit den Jahren bröckelte ihr Panzer, verlangte längst Verdrängtes danach, wahrgenommen zu werden. Ihr Kind, das sie zur Adoption weggeben musste. In die Hände von Menschen, die sie nicht kannte, die aber angeblich nur das Beste für sie und das Kind wollten. Das war eine Bedingung ihres Onkels gewesen, wenn sie ihm ihr Leben anvertrauen wollte. Hätte sie es doch nie getan. Heute bereute sie diesen Schritt. Damals war es ihr leichter gefallen, die Frucht ihres Leibes herzugeben, da es ein Kind der Schande war und keines der Liebe. Bei ihrer ersten Begegnung mit Krauss hatte ihr Panzer bereits Risse bekommen, und als er ihr so unvermutet seine verwundete Seele öffnete, war es um sie geschehen. In Richard hatte sie ihr Pendant gefunden, den Menschen, der ihren Schmerz verstand, weil er ihn selbst in sich trug. Wenn sie zusammen waren, trat der

Schmerz in den Hintergrund. Das war wunderbar. Sie würde niemals mehr von Richards Seite weichen. Lieber wäre sie tot.

Vor ihr lag der zugefrorene Weiher. Sie hatte ihn problemlos gefunden, als hätte eine unsichtbare Kraft sie gezogen. An manchen Stellen schimmerte das Eis durch den See und spiegelte das Mondlicht. Oda hörte den Bach an der freien Stelle sprudeln. Neben ihr knackte ein Zweig. Erschrocken drehte sie sich um. Hansen richtete aus kurzer Distanz eine Waffe auf ihren Kopf. Seine Hand war vollkommen ruhig.

»Schön, dich wiederzusehen«, sagte er. »Wenn du gleich hier sterben willst, dann schrei.«

Oda lebte. Das war das Entscheidende. Krauss war nach der Explosion der Handgranate und den Gewehrsalven auf das Haus zugelaufen. Zwar vermutete er, dass Oda geschossen hatte, wollte sich aber vergewissern. Immer wieder blieb er stehen und beobachtete durch das Zielfernrohr die Umgebung der Hütte, obwohl er kaum etwas erkennen konnte. Als er einen Mann sah, der sein Gewehr hob, drückte er ab. Oda richtete sich auf. So, wie sie sich bewegte, war sie unverletzt. Er musste ihr eine Nachricht zukommen lassen, eine Nachricht, die nur sie verstand. Krauss stellte den Karabiner ab und formte aus seinen Händen einen Trichter. So laut er konnte, schrie er zweimal das Wort »Theke«. Der Weiher. Sie würde wissen, was er meinte, hoffte Krauss. Er nahm den Karabiner wieder hoch und schaute durchs Zielfernrohr. Oda wandte sich ab und ging nach Osten. Sie hatte verstanden.

Es war vielleicht ihr einziger Ausweg. Krauss vermutete, dass Hansen sie in die Zange nehmen wollte. Einige Männer waren nach Norden gelaufen, andere nach Süden. Sie planten, im Schutz des Waldes vorzustoßen. In der Dunkelheit würde es schwer sein, sie auszumachen. Aus Krauss' Sicht konnte Oda und ihn nur ihre Ortskenntnis retten. Das brachte ihnen den entscheidenden Vorteil. Zumal es bald richtig finster würde. Der Mond ging unter. Schon jetzt war das Licht schwächer. Langsam arbeitete er sich durch den verschneiten Wald, blieb alle paar Minuten stehen, um zu lauschen. Aber er hörte nichts. Keine brechenden Äste, keine Stimmen, kein Geraschel. Vielleicht irrten ihre Verfolger orientierungslos im Wald herum. Vielleicht erschossen sie sich gegenseitig. Ein schöner Gedanke.

Dass Oda es anscheinend unversehrt aus dem Haus geschafft hatte, spornte ihn an. Sein Plan, sie zu warnen, war aufgegangen. Hansen sollte diese Nacht verfluchen. Er hatte sich mit gefährlichen Gegnern angelegt. Aber noch waren sie nicht in Sicherheit. Noch lange nicht. Krauss wusste, dass er Hansen ernst nehmen musste. Dieser Lump würde nicht aufgeben. Das hatte er mehrfach bewiesen. Krauss bereute zum wiederholten Mal, Hansen nicht längst getötet zu haben. Das brachte seine Gedanken zurück zu Oda. Auch ihr gegenüber hatte er Dinge versäumt. Krauss mochte es nicht, über Gefühle zu reden. Solche Sachen gingen ihm schwer über die Lippen; zudem erschien es ihm wie ein Verrat an Hanna. Aber Oda hatte es verdient, dass er ihr sein Innerstes offenbarte, hatte sich ihm hingegeben. Auch er wollte das, wurde aber gebremst von der Angst, sie nicht beschützen zu können. Sie lebten in einem Zustand der permanenten Bedrohung, wie sollte er da eine Beziehung zu ihr aufbauen? Wenn sie sich an ihn klammerte, war ihr Leben in Gefahr. Das durfte er nicht zulassen. Doch nun, in diesem Moment größter Not, überwältigten Krauss die Gefühle für Oda. Die Zuneigung, die er für sie empfand, wurde nur übertroffen von der Sorge, sie zu verlieren. Bei dem Gedanken klumpte sich sein Magen zusammen. Er musste ihr all das gestehen. Unbedingt. Ihr sagen, dass er sie liebte. Krauss verharrte, verwundert über sich selbst. Vor ein paar Wochen hätte er behauptet, dass

Liebe in seinem Leben keinen Platz mehr hatte. Nun war alles anders.

Vor ihm fiel der Waldboden leicht ab. Er hatte die Böschung des Weihers erreicht. Durch die Bäume hindurch hielt er Ausschau nach Oda. Da stand sie, fünfzehn Meter entfernt, unmittelbar am Waldrand. Er rutschte die Böschung hinunter zur zugeschneiten Eisfläche des Tümpels. Oda sah auf, aber er erkannte in der Dunkelheit ihren Gesichtsausdruck nicht. Ohne dass er hätte sagen können, warum, erschien sie ihm traurig, niedergeschlagen. War es ihre Körperhaltung? Er winkte, ging auf sie zu. Als er wenige Meter von ihr entfernt war, sprang eine Gestalt blitzschnell aus dem Schatten eines Baumstamms hervor und drückte sich von hinten an Oda. Krauss riss den Karabiner hoch.

»Waffe runter!«, befahl Hansen. Krauss erkannte die Stimme sofort. Wie hatte das Schwein sie so schnell gefunden? Hansen hielt Oda eine Pistole an den Hinterkopf und offenbarte so wenig wie möglich Angriffsfläche. Ein Schuss wäre zu gefährlich gewesen.

»Du weißt, dass ich es ernst meine«, drohte Hansen. »Sie ist tot, wenn du die Waffe nicht wegwirfst.«

»Ich liebe dich«, sagte Oda. »Wenn du mich auch liebst, schieß ihm den Schädel weg.«

Krauss versuchte sich zu konzentrieren, aber in ihm rangen Wut und Panik miteinander. Nicht schon wieder, dachte er. Ich kann nicht zwei Menschen auf ähnliche Weise verlieren. Das ist unmöglich. Damals bei Hanna hatte er aus seinem Versteck heraus machtlos mit ansehen müssen, wie Edgar ihr in den Kopf schoss. Alles wegen des Jungen. Aber es war Hannas Wille gewesen, sie hatte sich für seine Zukunft geopfert. Nun befand er sich erneut an einem Scheidepunkt. Aber diesmal musste die Sache anders ausgehen. Alles andere würde er sich niemals verzeihen. Er musste Oda retten, unter allen Umständen. Was mit ihm selbst passierte, war egal. Hansen würde ihn niemals am Leben lassen. Oda vielleicht schon. Sie war eine Verräterin, aber auch Görings Nichte. Hansen konnte es sich nicht erlauben, sie zu töten. Nur durch den Reichsfeldmarschall war er überhaupt in der SS. Genauso schnell würde Göring ihn wieder fallenlassen. Hansen musste ihm Oda lebendig zurückbringen, wenn er weiter Karriere machen wollte. Er würde sie nicht töten.

»Was ist los?«, fragte Hansen. »Entscheide dich, sonst entscheide ich für uns alle. Und das wird dir nicht gefallen.«

»Du lässt sie am Leben«, verlangte Krauss.

»Nein!«, brüllte Oda. »Fall nicht auf ihn rein. Er tötet uns beide. Der Kerl lügt.«

»Ich will nur dich«, sagte Hansen. »Was mit Oda geschieht, liegt allein in Görings Ermessen.«

Krauss zögerte.

»Ich liebe dich«, sagte er.

»Tu es nicht«, entgegnete sie. »Bitte.«

»Ich kann nicht anders.«

Das schwächer werdende Mondlicht ließ Odas Züge schemenhaft verzerrt erscheinen. Sie war verzweifelt, desillusioniert, am Ende. Krauss konnte den Anblick kaum ertragen. Er warf den Karabiner in den Schnee. Oda senkte den Kopf, schluchzte.

»Die Pistole auch«, sagte Hansen. »Ich weiß, dass du eine trägst.«

Krauss griff unter seine Jacke, zog die Walther aus dem Holster und schmiss sie ebenfalls fort. Er ergab sich in sein Schicksal. Wenn es eine höhere Macht gab, legte er ihr sein Leben zu Füßen. Sein Leben für Odas Leben. Das war der Handel.

»Sehr gut«, sagte Hansen und trat hinter Odas Rücken hervor. Er hielt seine Pistole auf ihren Kopf gerichtet. Krauss war froh, dass es zu dunkel war, um den Triumph in Hansens Miene zu sehen. Es reichte, ihn aus den Worten dieses gemeinen Verbrechers herauszuhören. Hansen kostete seinen Sieg aus.

»Ein schöner Moment. Nur schade, dass ich so lange darauf warten musste. Und der Preis, den ich dafür zahle, ist eindeutig zu hoch. Nun ja, für die Dinge, die einem wirklich etwas wert sind, ist man bekanntlich bereit, sein letztes Hemd zu opfern.«

Er grunzte verächtlich. Krauss verfluchte die Dunkelheit, die ihm in seinen letzten Minuten Odas Antlitz raubte.

»Ihr versteht sowieso nicht, wovon ich rede, nehme ich an. Aber eines will ich euch noch mit auf den Weg geben.« Er richtete die Worte an Krauss. »Dein größter Fehler war es, mich herauszufordern. In der Nacht im Haus hättest du mich töten müssen. Aber du hast versagt. Ich konnte das nicht vergessen. Vielleicht hätte ich euch ansonsten in Ruhe gelassen. So war das unmöglich.«

Hansen stockte.

»Du hast aber noch weitere Fehler begangen, Krauss. Gerade nicht auf mich zu schießen, zum Beispiel. Mir zu vertrauen. Ich hoffe, du wirst stets daran denken: Das, was hier passiert, ist allein deine Schuld.«

Hansen schoss Oda von hinten in den Kopf. Sie fiel vornüber in den Schnee. Krauss' Herz setzte aus. Er rang nach Atem, drohte von einem Strudel aus Schmerz in einen bodenlosen Abgrund gerissen zu werden. Der Schnee vor Oda verfärbte sich dunkel, dünne Ströme verästelten sich zu einem filigranen Muster, zu einem Delta aus Blut. Krauss sank halb ohnmächtig auf die Knie. Er würgte, schluchzte, aber es flossen keine Tränen. Leer. In ihm war nichts mehr. Weder Worte noch Gedanken. Er war auf einen Schlag innerlich verbrannt. Ausgehöhlt. Kalte Asche.

»Schau sie dir gut an, Krauss«, sagte Hansen. »Das ist dein Werk. Ich hoffe, dass du dieses Bild immer vor Augen hast, dort, wo du jetzt hingehst. Aber in der Hölle ist man sicher noch erfindungsreicher als ich, was meinst du?« Er lachte leise. Krauss wollte nur noch, dass es vorbei war. Dass er diese Stimme nicht mehr hören musste. Er hob den Kopf.

»Bring es zu Ende«, sagte er.

Hansen zielte mit ausgestrecktem Arm auf ihn, nahm sich Zeit. Viel Zeit.

»Weißt du, wie sie mich im Busch genannt haben? Ich war der Jäger. Der Meisterschütze. Weil ich nie danebengeschossen habe.«

Krauss hörte, wie der Hahn einrastete.

»Grüß die Hölle von mir«, sagte Hansen und drückte ab.

Oda, dachte Krauss, bevor die Welt verschwand.

DRITTER TEIL

32.
Yvoir, Belgien

10. Juni 1940
Hochsitz bei Dinant

Das Reh schaute Göring aus feuchtbraunen Kulleraugen an. Was für ein Prachtexemplar, dachte der Reichsfeldmarschall. Er legte an, zielte, hoffte auf einen Blattschuss.

»Warum tötest du so viele Unschuldige?«, fragte das Reh vorwurfsvoll. Vor Schreck verriss Göring die Flinte, und der Schuss ging daneben. Das Reh blieb wie angewurzelt stehen. Göring rieb sich die Augen, doch das Tier verschwand nicht. Zum Kuckuck, dachte er, was soll das?

»Irgendwann wirst du Rechenschaft ablegen müssen für das Morden, dessen bist du dir hoffentlich bewusst«, sagte das Reh.

»Zieh Leine! Behalt deine Ratschläge für dich«, rief Göring. Ich bin verrückt, ich spreche mit einem Reh, dachte er.

»Es geht immer nur um das Töten, um Dominanz. Das ist deine Vorstellung von Leben. Leben heißt aber, das andere zu respektieren. Liebe deinen Nächsten wie dich selbst, gebietet Gott. Warum hältst du dich nicht daran? Gott wohnt in allen Kreaturen. In mir, selbst in dir.«

Woher wusste dieses Stück Wildbret auf vier Beinen von Gott? Was sollte das Gefasel?

»Ich glaube nicht an Gott!«, schrie er. »Ich glaube an mich. Hier bin ich Gott. Und ich nehme Leben, wie es mir gefällt.«

Hastig hob er die Flinte und visierte das vorlaute Viech an.

»Obacht, Eure Exzellenz«, sagte eine Stimme.

Göring zuckte zusammen und drückte ab. Der Schuss hallte über die Lichtung, das Reh sprang in den Wald, in Sicherheit. Göring fluchte.

»Meine Schuld«, sagte sein Adjutant, Hauptmann Witzig. »Sie waren kurz eingenickt. Ich hätte Sie vorsichtiger wecken müssen.«

Das war also mal wieder nur einer seiner verrückten Träume gewesen. In letzter Zeit phantasierte er sich einen Quatsch zusammen, Herrschaftszeiten! Ein sprechendes Reh. Hoffentlich hatte er im Schlaf nicht geredet. Auf dem Hochsitz war es so eng, dass Witzig jedes Wort mitbekommen hätte.

»Habe ich irgendwas gesagt?«, fragte er.

»Nein, Eure Exzellenz, nur leise gemurmelt.«

Er würde ihm sowieso nicht die Wahrheit sagen. Niemand wagte das. Nicht einmal Emmy. Denn er, Hermann Göring, Reichsfeldmarschall, Luftfahrtminister, Reichsforst- und -jägermeister, Gründer der Gestapo und vieles, vieles mehr, war neben dem Führer der mächtigste Mann im Deutschen Reich. Der weitere Verlauf des Krieges hatte seinen Stern heller leuchten lassen als je zuvor. Norwegen, Holland, Belgien, Frankreich, so lautete die Erfolgsbilanz der vergangenen zwei Monate. Von Gegenwehr mochte Göring kaum reden, so leicht erkauft erschienen ihm die Siege. Gut, noch hatten die Franzosen nicht kapituliert. Aber das war nur eine Frage der Zeit. Auch die Norweger sträubten sich eine Weile, unterstützt von den Briten. Narvik im Norden war sogar uneinnehmbar. Aber das restliche Land fiel den deutschen Truppen wie eine reife Frucht in die Hände. Aus Görings Sicht vor allem wegen der überragenden Arbeit der Luftwaffe. Diese Satansbraten. Sie waren aus demselben Holz geschnitzt wie er, wagemutige Hasardeure, denen der Kampf zur zweiten Natur geworden war. Dank der taktischen Überlegenheit seiner Flieger gelang es den Briten nicht, die norwegische Niederlage abzuwehren. Und das Deutsche Reich rückte England näher auf den Pelz.

Was Görings Selbstbewusstsein aber beinahe zum Platzen brachte, war die Operation »Gelb«, der Angriff im Westen.

10. Mai. Ein Datum, das er nicht vergessen würde. An diesem denkwürdigen Tag hatte er der Welt und Hitler bewiesen, dass die Überlegenheit der deutschen Luftwaffe erdrückend war. Wer wollte sich ihr in den Weg stellen? Mehr als viertausend Flieger hatte Göring an die Westfront beordert, und sie radierten die feindlichen Linien aus, als sei dies alles ein erbauliches Spiel und nicht blutiger Ernst. Bereits am ersten Tag verloren die Franzosen tausend Flugzeuge und damit einen großen Teil ihrer Schlagkraft. In den Niederlanden gingen der Hafen von Rotterdam und erhebliche Teile der Stadt in Flammen auf – ein vermeidbares Missgeschick, weil der niederländische Kommandant vorher kapituliert hatte –, aber Göring wusste die einschüchternde Kraft solcher Bilder zu schätzen. Tag für Tag errangen die deutschen Truppen Erfolge, überrollten den Feind wie eine Lawine. Der Reichsfeldmarschall berauschte sich an dem täglichen Triumph und stopfte noch mehr Leckereien in sich hinein als sonst. Wie im Wahn futterte er sich durch die köstlichsten Gerichte und genoss die besten Weine, die er vorzugsweise konfiszieren ließ. Mit täglich rosigeren Backen dirigierte er das Geschehen aus seinem Sonderzug, durch dessen schmale Gänge sein mächtiger Körper walzte wie ein Panzer. Einige Offiziere witzelten, dass er irgendwann auf dem Weg zum Speisewagen stecken bliebe und nur schweres Gerät ihn aus seiner misslichen Lage würde befreien können.

Dem Reichsfeldmarschall war all das vollkommen egal. Hitler fraß ihm aus der Hand, die Generalität lag ihm zu Füßen. Ohne Zweifel hieß der Mann der Stunde Hermann Göring. Er sonnte sich in dieser Gunst, ließ sich neue Uniformen schneidern, die er mit Orden, goldenen Epauletten und juwelenbesetzten Gürteln verfeinerte. Am liebsten trug er Weiß. Göring wusste, dass hinter seinem Rücken über ihn gespottet wurde; einmal kam ihm zu Ohren, dass man ihn mit Graf Danilo aus der »Lustigen Witwe« verglich. Aber selbst das kümmerte ihn nicht. Sollten sie Witze reißen. Ein Wort von ihm genügte, und jeder dieser Schleimscheißer musste um sein Leben zittern. So konnte es endlos weitergehen, in Saus und Braus, die Welt ein gigantischer Selbstbedienungsladen, in dem andere die Zeche zahlten. Wunderbar. Damit es ihm in Belgien an nichts mangelte und er, um der trotz oder gerade wegen aller erdenklichen Annehmlichkeiten permanent lauernden Langeweile vorzubeugen, seinen liebgewonnenen Gepflogenheiten nachgehen konnte, ließ er sogar sein eigenes Rotwild aus den Wäldern Carinhalls hierherschaffen und vor seine Flinte treiben. Ein Leben ohne die Jagd fühlte sich nicht echt an. Zumindest bis zu diesem Morgen. Denn er hatte weder einkalkuliert, dass ein Reh mit ihm sprechen, noch dass er danebenschießen würde. Göring haderte ein wenig, merkte, wie ihm sein Versagen aufs Gemüt schlug. Er durfte nicht so hart mit sich ins Gericht gehen. Das Reh war nur geträumt und der Fehlschuss seinem Erschrecken zuzuschreiben. Ihn traf keine Schuld. Es gab keinen Grund, sich die Stimmung vermiesen zu lassen.

Aber es war zu spät. Automatisch schweiften seine Gedanken ab zu den unseligen Ereignissen im Winter. Wie viele Male hatte er das alles ergebnislos durchgekaut? Es brachte nichts, überhaupt nichts. Und doch. Wenn die vage Möglichkeit bestand, dass Hansen mit Hitlers Sohn in Deutschland auftauchte und die Position, die sich Göring in den vergangenen Wochen erobert hatte, in Frage stellte, konnte er die Ereignisse nicht ad acta legen. Denn warum sollte Hansen zu ihm kommen? Er musste damit rechnen, dass der Reichsfeldmarschall ihn über die Klinge springen ließ. Also würde Hansen sich, vorausgesetzt, der Junge befand sich in seiner Gewalt, direkt an den Führer wenden. Und ihm bei der Gelegenheit offenbaren, dass sein zweiter Mann ein falsches Spiel trieb. Göring mochte sich nicht vorstellen, was dann geschehen würde.

Dieser tausendfach verfluchte Hundesohn! Hansen. Niemals hätte er sich mit dem Kerl einlassen dürfen. Es war von Anfang an klar gewesen, dass Hansen nicht alle Tassen im Schrank hatte. Göring bekam das nicht in seinen Schädel, dass er auf diesen Hanswurst hereingefallen war. Aber damals konnte er natürlich nicht wissen, dass es so gut laufen würde für ihn, dass der Verlauf des Krieges ihn beinahe unangreifbar machte. Damals hatte er geglaubt, dass er einen Knüller in der Hinterhand brauchte. Stattdessen schwebte plötzlich ein Damoklesschwert über ihm. Bleib auf dem Teppich, beruhigte er sich. Nimm nicht das Schlimmste an. Die Wahrheit war doch: Er wusste rein gar nichts. Er spekulierte nur. Aber das war die Crux. Diese Gedankenspiele. Was wäre, wenn …? Das trieb ihn noch in den Wahnsinn.

Göring erinnerte sich genau an den Tag, als der Anruf kam. Man habe seine Nichte gefunden. Oda. Tot. Erschossen. Nicht, dass ihn das zum traurigsten Mann auf diesem Planeten machte; er war eher überrascht. Nach und nach vervollständigte sich das Bild. Es war die Folge einer unfassbaren Insubordination, die Hansen den Kopf gekostet hätte, wenn man seiner hätte habhaft werden können. Wie es aussah, war er, ohne die Aktion im Vorfeld mit ihm, sondern nur mit Himmler abzustimmen, auf einen Tipp hin mitten in der Nacht mit fünfundzwanzig »Söhnen Odins« hinausgefahren nach Potsdam, um eine Jagdhütte zu überprüfen. Dort angekommen, geriet das Kommando in einen Hinterhalt und wurde größtenteils aufgerieben. Zehn Männer wurden getötet. Ein Desaster. Der Rest verirrte sich im Wald. Weil Hansen als Leiter der Operation nicht aufzutreiben war, untersuchten Gestapo und Reichskriminalpolizei den Fall. Die Ermittler fanden und fotografierten Odas Leiche.

Die Bilder von ihr wurde Göring seither nicht mehr los. Sie lag rücklings im Schnee, das Gesicht leicht zur Seite gedreht, die Augen weit geöffnet. Um ihren Kopf herum war der Schnee von schwarzen Linien zerfurcht. Das war ihr Blut, hatte man Göring gesagt. Stundenlang starrte er auf die Fotos. Sie waren von bizarrer Schönheit, zeigten ein fremdartiges Wesen. Einen Todesengel, hatte Göring gedacht. Für sie war die Reise vorbei. Für andere offensichtlich nicht.

Wenige Meter von Odas Leiche entfernt wurden Spuren gefunden, die darauf hindeuteten, dass auch dort jemand im Schnee gelegen hatte. Wer das war, ließ sich nicht klären. Aber viele Möglichkeiten gab es nicht. Denn unter den Toten fanden sich weder Hansen noch Krauss. Dass Letzterer sich mit Oda in der Hütte aufgehalten hatte, war nahezu hundertprozentig sicher. Von allen Szenarien, die in Frage kamen, schien Göring am wahrscheinlichsten, dass Krauss sich aus dem Staub gemacht und Hansen Oda getötet hatte. Danach war auch er verschwunden. Himmler hatte in Görings Büro wie ein Wahnsinniger herumgetobt, den Reichsfeldmarschall und dessen verkorkste Personalpolitik für das Fiasko verantwortlich gemacht. Göring musste ihm hoch und heilig versprechen, sich niemals mehr in die inneren Angelegenheiten der SS einzumischen und den nicht enttarnten Verräter im OKW nicht als Druckmittel gegen den Reichsführer-SS zu benutzen. Zwischen ihnen herrschte Waffenstillstand. Obwohl Himmler Göring derzeit überhaupt nicht interessierte. Solange die Schlagkraft der deutschen Wehrmacht von der Luftwaffe abhing, zählte nur eine Meinung – die des Reichsfeldmarschalls.

Wie realistisch seine Theorie bezüglich Hansens Verschwinden war, sollte sich Wochen später zeigen. Das Forschungsamt ermittelte, dass sich der Hundsfott heimlich falsche Papiere hatte anfertigen lassen. Hansen reiste unter dem Namen Heinrich Peskoller. Er hatte sich Mühe gegeben, seine Spur zu verwischen. Die Gestapo machte sie dennoch ausfindig. Sie führte über Dresden und München bis Genua. Dort verlief sie sich.

Aber es war ein Leichtes, von Genua nach Südamerika zu kommen. Göring spekulierte, dass Hansen unterwegs war, um den Jungen aufzustöbern. Sollte ihm das gelingen, könnte das Damoklesschwert fallen. Was Göring irritierte, war der Zeitraum. Hätte Hansen nicht längst zurück in Deutschland sein müssen? Und was hatte das zu bedeuten? War der Junge nicht aufzuspüren? Verfolgte Hansen andere Ziele? Hatte er vielleicht das Zeitliche gesegnet? Letzteres wäre Göring am liebsten gewesen. Er reimte sich gerne zusammen, dass Krauss Hansen erwischt hatte, bevor der sich einschiffte. Für Görings Geschmack war die Situation extrem verfahren. Ausgerechnet zwei der größten Psychopathen, die ihm gefährlich werden konnten, liefen höchstwahrscheinlich frei herum. Beide besaßen mehr als einen Grund, sich an ihm zu rächen. Beiden traute er zu, dies auch zu tun. Das alles verursachte ihm, wenn er darüber nachdachte, jedes Mal eine derart schlechte Laune, dass er alles tat, um nicht darüber nachdenken zu müssen. Und umso mehr daran dachte.

»Papperlapapp«, murmelte er und erhob sich aus dem extrastabilen Stuhl, den ihm Witzig auf den Hochsitz bugsiert hatte. Die Holzkonstruktion knackte und wankte bedenklich.

»Sie gehen vor«, raunzte Göring. Wenn er von der Leiter abrutschte, fiel er wenigstens weich. Der Reichsfeldmarschall schulterte seine Flinte und schaute prüfend über die Lichtung. Kein Reh weit und breit. Wenn es wirklich sprechen könnte, würde es was zu erzählen haben, dachte der Reichsfeldmarschall. Ein paar dumme Witze über den dicken Jäger, der auch noch danebengeschossen hatte. Wütend drehte er sich um und stieg hinter Witzig die klapprige Leiter hinunter. Göring wünschte sich fast, eine Sprosse würde brechen und er könnte seinen Stiefel in Witzigs Gesicht bohren. Doch die Leiter hielt seinem Gewicht stand. Schweigend stampfte Göring in Richtung seines Sonderzuges, der hinter einem Buchenwäldchen nur wenige hundert Meter entfernt wartete. Er hatte, wie meistens, zum Mittagessen eine Besprechung mit seinen Offizieren angesetzt. Sie mussten das weitere Vorgehen abstimmen. Noch hatte Frankreich nicht kapituliert.

Göring sah auf seine Uhr. Er war spät dran. Um mehr als eine Stunde. Wenn die verfluchte Bagage nicht auf ihn gewartet hatte, dann ... Ja, was dann? Das würde sich zeigen. Als der Reichsfeldmarschall den Zug erreichte, hatte sein Zorn apokalyptische Ausmaße angenommen. Er schmiss Kropp seine Flinte zu und schwang sich in den Speisewagen. Das Küchenpersonal räumte gerade die letzten benutzten Teller weg. Um den langen Tisch herum saßen vielleicht zwanzig Männer in Uniform und starrten Göring erschrocken an. Milch und Udet tupften sich mit der Serviette den Mund ab. Verräter, dachte Göring, verdammtes Gesindel. Na wartet.

»Meine Herren, ich hoffe, das Essen hat Ihnen so gut geschmeckt, dass Sie es auch ein zweites Mal würdigen können.«

Er wandte sich an den Oberkellner.

»Sie tischen alles noch mal genauso auf, verstanden!«

Göring setzte sich trotzig an seinen Platz am Kopf der Tafel. Die Männer blickten sich ratlos an, einige hatten die Köpfe gesenkt. Es war unübersehbar, dass sie nicht wussten, wie sie mit der Situation umgehen sollten. Und dass ihre Bäuche randvoll waren.

»Herrschaften«, polterte Göring. »Ich erwarte von Ihnen, dass Sie alles bis zum letzten Krümel verputzen. Heute gilt das Gesetz des Stärkeren: Fressen oder gefressen werden. Wohl bekomm's!«

33.
Buenos Aires

27. Juli 1940
Avenida Alvarez

Hansen schob sich gerade ein Stück Brot in den Mund, als der Junge das Haus verließ. Kurz hinter ihm folgte die Kinderfrau, hielt das Gittertor zur Straße offen, wartete auf das Mädchen. Der Deutsche stand auf, nahm hastig einen Schluck Kaffee, legte zwei Scheine auf den Tisch. Er war jetzt den dritten Tag in Folge in diesem Café, das sich als idealer Beobachtungsplatz erwiesen hatte. Hier fiel Hansen nicht weiter auf, blätterte stundenlang in zerlesenen Illustrierten, ohne allzu viel von den Geschichten zu verstehen. Sein Spanisch reichte für die alltäglichen Bedürfnisse oder ein oberflächliches Gespräch. Er begriff, dass sich die meisten Artikel mit dem Krieg in Europa beschäftigten. Details klammerte er aber lieber aus. Für das, was er vorhatte, fühlte er sich ausreichend gewappnet. Außerdem stellte hier niemand einem Fremden dumme Fragen. Wie alle Millionenmetropolen bot auch Buenos Aires denjenigen, die ihn suchten, den Schutz der Anonymität.

Hansen war nach seiner Ankunft vor knapp einer Woche staunend durch die Stadt gelaufen, über die breiten, belebten Boulevards, auf denen mehr Autos fuhren und Menschen flanierten als in Berlin. Buenos Aires brummte. Obwohl er Paris nur von Fotos kannte, erinnerten ihn die Prachtbauten an die französische Hauptstadt. Eine solche an Europa orientierte Eleganz hatte er nicht erwartet. Hansen war auf dem südamerikanischen Kontinent bisher nur in Belem gewesen, das gegen Buenos Aires wie ein Provinznest wirkte. Belem ging alles Prunkvolle ab, es war das Tor zum Amazonas, geprägt von Abenteurern, Halsabschneidern und Tagelöhnern, dem Dschungel und den tropischen Bedingungen abgerungen. Es besaß dafür den großen Vorteil, dass Hansen sich dort zurechtfand. Buenos Aires schüchterte ihn ein, Belem war sein Zufluchtsort.

Deshalb hatte ihn seine überstürzte Abreise aus Berlin zuerst dorthin geführt. Nachdem er Oda und Krauss erschossen hatte und seine Euphorie langsam abgeebbt war, war ihm klargeworden, dass es keinen direkten Weg zurück zu den »Söhnen Odins« gab. Zu viele Menschen hatten in diesem Wald ihr Leben gelassen. Noch einmal würde ihn Göring nicht beschützen. Zumal Hansen die Nichte des Reichsfeldmarschalls getötet und damit dessen Befehle missachtet hatte. Er mochte sich nicht ausmalen, was passierte, wenn er es dennoch wagen sollte. Görings Schergen würden ihm die Seele aus dem Leib prügeln und ihn in irgendeinem gottverlassenen Acker verscharren. Die einzige Möglichkeit, die ihm blieb, war die Flucht. Wobei Hansen vor sich selbst lieber von vorzeitiger Abreise als Flucht sprach. Oder davon, einen Umweg zu nehmen. Denn Hansen hatte nicht vor, dauerhaft auf seine mühsam errungenen Privilegien zu verzichten. Stattdessen würde er notgedrungen den geordneten Rückzug antreten und seine beste Karte ausspielen. Wahrscheinlich hatte er das gewollt, seit er diese Karte besaß. Einen Joker, der alle anderen ausstach. Sein »Sesam, öffne dich!«, seine Allzweckwaffe, die ihn nah ans Allerheiligste brachte, ins Zentrum der Macht: Hitlers heimlicher Sohn.

Aber Hansen mochte eine weitere Möglichkeit nicht ausschließen. Nämlich die, dass er sich nicht unter Kontrolle hatte, so wie es Himmler und Göring mutmaßten. Dass in ihm etwas wütete, das ihn manchmal zu verschlingen drohte, wenn er dem nicht nachgab. Die Sache mit Schulz-Kampfhenkel – Hansen weigerte sich, ein anderes Wort dafür zu benutzen –

machte es nicht besser. Im Gegenteil. Es hatte das Wüten und Wühlen nur verstärkt. Das Töten linderte den Schmerz. Für eine gewisse Zeit.

Als er die Leichen der beiden Menschen betrachtete, die ihm so zugesetzt hatten, und das fahle Licht des Mondes langsam einer allumfassenden Dunkelheit wich, fasste er den Entschluss zu verschwinden. Für ihn war es kein Problem, zurück zum Waldrand zu finden. Niemand begegnete ihm, er wurde geschluckt von der undurchdringlichen Schwärze. Zwei Wochen später lehnte er an der Reling eines Schiffes, das nach Lissabon in See stach, ausgestattet mit gefälschten, auf den Nachnamen Peskoller ausgestellten Papieren und ausreichenden Barmitteln. Englischen Pfund, vorsichtig abgezweigt, dazu Gold, alles in allem genug, um monatelang sorgenfrei zu leben. Länger sollte sein Ausflug nicht dauern. Von Lissabon aus schiffte Hansen sich nach Belem ein. Die Überfahrt war stürmisch, das Klima an Bord von Angst geprägt. Viele Passagiere fürchteten, im Schlaf von einem deutschen U-Boot-Angriff überrascht zu werden. Hansen bezweifelte, dass es die deutsche Marine auf zivile Dampfer abgesehen hatte, zumal, wenn sie unter portugiesischer Flagge fuhren. Gleichwohl schlummerte er unruhig, allerdings aus Sorge um seine Finanzen. Doch niemand legte sich mit dem langhaarigen, stets finster dreinschauenden Deutschen an.

In Belem nahm Hansen zuerst ein schäbiges Zimmer und mietete wenige Tage später ein Häuschen am Rand der Elendsquartiere. Dort schmiedete er seinen Plan. Es galt, mehrere Aspekte zu berücksichtigen. Der Junge war nur lebend wertvoll für ihn. Hansen musste unter allen Umständen vermeiden, dass ihm etwas zustieß oder er erkrankte. Am besten war es, sein Vertrauen zu gewinnen. Nur wie, wenn er ihn den einzigen Menschen entriss, denen er vertraute? Hansen dachte darüber nach, der Familie Geld zu bieten, immerhin wagte sie einen Neuanfang in einem fremden Land, und es handelte sich nicht um ihr leibliches Kind. Aber was, wenn die Eltern nein sagten? Dann würden sie aufpassen, vielleicht die Behörden einschalten. Hansen wusste nicht, wie die argentinische Polizei reagierte. War sie genauso korrupt wie die brasilianische? Besaßen die Verwandten, bei denen die französische Familie untergekommen war, vielleicht einen guten Draht zur Staatsmacht? Alles war denkbar.

Ihm blieb keine andere Wahl, als den Jungen zu entführen. Was Hansen jedoch stark einschränken würde, war ein vollkommen apathisches Kind. Deshalb beschäftigte er sich zum ersten Mal mit der Frage, was er bei seinem Opfer auslösen konnte. Aus Odas Schilderungen wusste er, welch leidvolle Geschichte der Junge hinter sich hatte. Ihm war übel mitgespielt worden, er hatte Dinge erlebt, die ein Kind seines Alters nicht erleben sollte. Gerade jetzt, wo er sich davon erholte, wäre das ein schrecklicher Rückschlag. Aber es half nichts. Hansen brauchte den Jungen. Und dessen Kooperation. Die Reise nach Deutschland musste Philipp erstrebenswert erscheinen, damit sie unterwegs keinen Verdacht erweckten. Wen würde der Junge gerne wiedersehen? Oda natürlich. Hansen plante, sich als Abgesandter Odas auszugeben. Sie war aus unbestimmten Gründen verhindert. Krankheit, Gefangenschaft, da fiel ihm etwas ein. Hansen lächelte. Er hatte eine Idee. Wenn man einmal auf dem richtigen Pfad war, ergab eines das andere. Er würde Philipp nicht entführen. Er würde ihn befreien, in Odas Auftrag. Aus den Händen seiner Häscher. Was Hansen nicht nur vertrauenswürdig erscheinen ließ, sondern ihm zusätzliche Argumente liefern würde, warum er den Jungen nicht zurück in die Obhut der Familie bringen konnte. Es war viel zu gefährlich. Philipp wollte doch nicht, dass seinen Pflegeeltern in Argentinien dasselbe zustieß wie seiner Familie in London. Das würde ihm das Gör abkaufen. Hansen musste es nur geschickt anstellen. Überzeugend wirken. Meine Güte, er hatte es mit einem Kind zu tun. Das würde er wohl hinbekommen. Alles eine Frage der Inszenierung. Fehlte lediglich das geeignete Ensemble.

Drei Wochen nach seiner Ankunft in Belem schiffte er sich ein nach Buenos Aires. Auf der Route verkehrten seltener Passagier-, aber regelmäßig Frachtschiffe, die gegen entsprechende Tarife auch Reisende mitnahmen. Neun Tage später erreichte Hansen die argentinische Hauptstadt, nervös wie lange nicht. Von dem, was ihn dort erwartete, hing seine Zukunft ab. Während der Schiffsreise war er unfähig gewesen, einen klaren Gedanken zu fassen. Jahrelang hatte er darauf gehofft, sich von den anderen Menschen abzuheben, etwas zu finden, das sein Leben nachhaltig veränderte. Jetzt war er kurz davor, seine Visionen real werden zu lassen. Als der Mann, der Hitler seinen Sohn zurückbrachte, würde ihm die Welt zu Füßen liegen. Nachdem er ein billiges Zimmer gebucht hatte, ließ er sich von einem Taxi zu der von Oda unter dem Einfluss seiner Drogen ausgeplauderten Adresse bringen – dass Krauss das Giftarsenal verbrannt hatte, versetzte Hansen immer noch einen Stich. Die Zeit des Wartens war vorüber. Er wollte den Jungen sehen. Gewissheit haben, dass er existierte. Kein Hirngespinst war. Er wusste nicht, was er in diesem Fall getan hätte. Wollte es nicht wissen.

Das Haus lag an der baumbestandenen Avenida Alvarez in einer guten Gegend nah am Zentrum, es hatte einen Vorgarten mit einem schmiedeeisernen Törchen. Nur hundert Meter entfernt auf der anderen Straßenseite befand sich ein Café, perfekt für Hansens Bedürfnisse. Es war ein sonniger Tag mit an die zwanzig Grad zur Mittagsstunde, obwohl in Buenos Aires Winter herrschte. Hansen suchte sich draußen einen Platz mit freiem Blick aufs Haus, bestellte sich Kaffee und Gebäck, rührte aber nichts davon an. Bevor er nicht die Wahrheit kannte, brachte er keinen Bissen herunter. Nach ungefähr einer Stunde, es mochte auf zwei Uhr zugehen, sah er eine Frau mit einem Jungen und einem Mädchen den Bürgersteig entlangkommen. Hansen wusste trotz der Distanz, die es ihm erschwerte, Gesichtszüge auszumachen, dass es Philipp war. Er spürte es. Dies war die größte Chance, die ihm das Leben bieten würde. Er musste sie nur ergreifen.

In den nächsten Tagen kümmerte er sich darum, die Rollen für seine Schmierenkomödie zu besetzen. Er benötigte skrupelloses Gesindel, das nicht vollständig auf den Kopf gefallen war. Ein schwieriges Unterfangen. Hansen suchte am Hafen, in den Spelunken, hatte einen Blick für Außenseiter, spendierte Drinks, fühlte ihnen, so gut es sein Spanisch erlaubte, auf den Zahn. Die meisten waren zu dämlich, um sich die Schuhe zu binden. In einer etwas vornehmeren Kneipe stieß er auf einen kahlköpfigen Deutschen, der sein halbes Leben in Argentinien verbracht hatte, Erwin Falk. Nach mehreren Bieren bot Falk, dessen Glatze sonnengegerbt war, Hansen seine Dienste an, was es auch sei. Offensichtlich ahnte er, dass sein Landsmann nicht sauber war.

»Ich bin Ihr Mann«, sagte er, »Sie können sich auf mich verlassen. Ich stelle keine Fragen und gebe keine dummen Antworten.«

Hansen musterte ihn von der Seite.

»Ich will ein Kind entführen«, sagte er.

Falk schwieg, nahm einen Schluck Bier.

»Das kostet Sie eine Stange Geld«, entgegnete er.

Hansen lächelte. Falk hielt Wort. Stellte keine Fragen. Mit ihm würde Hansen es wagen. Er erklärte ihm seinen Plan, weihte ihn aber nicht in seine Motive ein. Niemand durfte Philipps wahre Herkunft erfahren. Falk empfahl, zwei weitere Männer hinzuzuziehen, um Hansens spätere Befreiungsaktion glaubwürdiger wirken zu lassen. Er kannte zwei zuverlässige

Typen, die es so hielten wie er. Keine Fragen, solange die Bezahlung stimmte. Hansen willigte ein. Obwohl sein Geld nicht ewig reichen würde. Aber jetzt zu sparen, schien ihm der falsche Ansatz. Sie verabredeten einen Treffpunkt, um die Details zu klären. Hansen blieb eine Woche, um den Plan auszuarbeiten.

Von da an beobachtete er das Haus täglich, notierte, wer es wann verließ und zu welcher Zeit zurückkehrte. Er verfolgte das Kindermädchen, das sich mit Philipp und der etwa gleichaltrigen Tochter der Familie jeden Vormittag auf den Weg machte. Die junge Frau begleitete ihre Schützlinge in die Stadt, wo sie, wie Hansen schnell herausfand, Privatunterricht erhielten. Das Mädchen sprach nur Französisch, Philipp hauptsächlich Englisch; beide mussten Spanisch lernen, um in der Schule mithalten zu können.

Auch heute folgte Hansen dem Trio, hielt großen Abstand, um nicht aufzufallen, bummelte wie ein Tourist über die bemerkenswert sauberen Trottoirs. Er wollte sichergehen, dass die Kinder jeden Tag dasselbe Ziel hatten. Denn in seinem Kopf konkretisierte sich allmählich ein Plan. Er würde Philipp am helllichten Tag entführen lassen, unmittelbar nach dem Unterricht, mitten im Verkehrsgetümmel. Falk sollte sich den Jungen schnappen, wenn er seine Spanischstunden absolviert hatte. Am Hafen, in einer einsamen Gasse, nach einem Nachmittag voller Todesangst für Philipp, würde er die Befreiung inszenieren, mit einer Rauferei und viel Hektik. Von da aus ging es direkt aufs Schiff nach Belem. Keine Zeit zum Atemholen, zum Nachdenken. Waren sie erst auf hoher See, würde sich der Junge aus purem Überlebensinstinkt an ihn klammern. Dann konnte Hansen eine Bindung zu ihm aufbauen. Und ihn in Belem auf die Reise nach Deutschland vorbereiten. Dort bekam er auch die neuen Papiere, die sie für die Überfahrt benötigten. Hansen registrierte, wie der Junge und das

Mädchen das Haus in der Innenstadt betraten. Er drehte um. Um dreizehn Uhr dreißig war der Unterricht beendet. Übermorgen um dieselbe Zeit würde er hier in einem Wagen warten. Und ungerührt zusehen, wie Hitlers Sohn von drei angeheuerten Strauchdieben in einen Lieferwagen gesteckt würde. Von da an wäre es nur noch eine Frage der Zeit, bis Philipp Hitler seinem leiblichen Vater gegenüberstünde.

Hansen sah auf die Uhr. Falk war fünf Minuten zu früh. Verdammt. Hoffentlich erregten sie keine Aufmerksamkeit. Er parkte den Lieferwagen neben der Tür, aus der Philipp und das Mädchen herauskommen würden. Vor dem Haus wartete bereits die Kinderfrau, um die beiden in Empfang zu nehmen. Zwei Männer stiegen aus dem Lieferwagen, lehnten sich an die Karosserie. Ramon und Antonio. Sie sollten den Jungen schnappen. Falk blieb wie vereinbart im Führerhaus sitzen. Hansen fluchte wieder. Konnte man sich auf das Gesindel verlassen? Alles hing von ihnen ab. Sie hatten Anweisungen, das Kindermädchen nicht zu verletzen, nur einzuschüchtern. Nicht ihr zuliebe, sondern des Jungen wegen. Am liebsten wäre Hansen selbst hinübergelaufen, hätte die Sache allein geregelt. Bleib ruhig, beschwor er sich. Leicht gesagt. Die Tür schwang auf, der Junge kam heraus, lächelte die Nanny an. Ramon drückte sich vom Wagen ab, Antonio öffnete die Hecktüren des Lieferwagens. Der Junge sah Ramon an, blieb stehen, bewegte die Lippen. Hansen war zu weit weg, um etwas zu verstehen. Ramon packte den Jungen mit einem Arm um die Brust, hob ihn hoch. Die Kinderfrau kreischte, stürzte sich auf den Entführer. Auch Philipp schrie. Passanten blieben stehen, glotzten. Ramon stieß das Kindermädchen mit der freien Hand kräftig weg. Sie stolperte, fiel. Auf Hansens Straßenseite, vielleicht fünfzig Meter vor ihm, stieg ein Mann aus einem geparkten Auto. Ramon schob den Jungen auf die

Ladefläche, schubste ihn in den Wagen. Antonio knallte die Hecktüren zu, schloss ab. Ramon taumelte zurück, hielt sich die Brust, knallte aufs Pflaster. Antonio sah entsetzt zu ihm herunter. Hansens Puls beschleunigte sich. Was war da los?

Der Mann aus dem Wagen lief über die Straße auf den Lieferwagen zu, hob den rechten Arm. Antonio fiel auf die Knie, das Gesicht verzerrt. Hansen hatte keinen einzigen Schuss gehört. Aber das, was der Mann in der Hand hielt, war zweifellos eine Waffe. Mit einem Schalldämpfer. Er hatte den Lieferwagen fast erreicht. Falk fuhr los, hatte das Geschehen durch die Spiegel beobachtet. Der Mann zielte, feuerte auf den Wagen, der schnell beschleunigte. Falk bog um die nächste Ecke und war verschwunden. Der Mann schoss dem knieenden Antonio beiläufig in den Kopf, drehte sich um und rannte zurück zu seinem Wagen. Hansen stockte der Atem. Er hatte das Gesicht des Mannes gesehen. Krauss. Unmöglich. Krauss war tot, von ihm vor Monaten erschossen. Aber das da vorn war Krauss. Er lebte, stand mitten auf dieser breiten Straße im Zentrum von Buenos Aires, musste ungeduldig warten, weil dichter Verkehr herrschte. Hansen war starr vor Entsetzen, wie gelähmt. Das kann nicht sein, sagte er sich. Nein. Nein. Nein.

Er startete trotzdem den Wagen, rollte los. Krauss spurtete die letzten Meter zu seinem Fahrzeug, Hansen trat aufs Gas, hielt auf ihn zu, der Motor jaulte. Krauss wirbelte herum, schoss. Hansen duckte sich, Glas splitterte. Als sein Wagen Krauss' Auto rammte, wurde Hansen durchgeschüttelt. Metall knirschte, der rechte Außenspiegel knickte ab. Hansen lenkte nach links, drückte weiter aufs Gaspedal. Der Wagen ruckelte, löste sich, fuhr weiter. Im Rückspiegel sah Hansen, dass Krauss auf ihn zielte. Die Heckscheibe barst. Gottverdammmich! Dieser Kerl war unzerstörbar. Hansens Herzschlag setzte kurz aus, er atmete stoßweise, hatte sich kaum unter Kontrolle. Mit allem hatte er gerechnet, aber nicht damit. Dass Krauss lebte. Hansen hatte seine Leiche im Schnee liegen sehen. Jetzt feuerte Krauss auf seine Männer, mitten in Buenos Aires. Er hatte hier auf ihn gewartet, zuckte es Hansen durch den Kopf. Krauss wusste ebenfalls, wo der Junge sich aufhielt. Und er ahnte, dass Hansen ihn entführen würde. Verflucht, wie lange war Krauss schon hier? Wie nah waren sie sich gewesen? Wie knapp war Hansen dem Tod entronnen?

Völlig außer sich steuerte er den Wagen durch den dichten Verkehr, kaum in der Lage, sich auf die Straße zu konzentrieren. Er musste das Fahrzeug loswerden, so viel war klar. Die Schießerei würde die Polizei alarmieren, wahrscheinlich war sie bereits unterwegs. Bei den vielen Augenzeugen hatte sicher einer das Nummernschild parat, zumindest aber Fabrikat und Farbe. Hansen wählte eine unbelebtere Seitenstraße. Natürlich war der Wagen gestohlen, aber trotzdem brachte es den Plan durcheinander. Zumindest würde sich auch Krauss um einen neuen fahrbaren Untersatz bemühen müssen. Ein schwacher Trost.

Hansen parkte, stieg aus, ging weiter, ohne sich umzudrehen. Er brauchte dringend Ersatz. So war das alles nicht gedacht, auf der Zielgeraden eingeholt zu werden. Von einem Gespenst. Hansen überlegte fieberhaft. Wie sollte er sich verhalten? Bis jetzt war er im Vorteil. Krauss hatte den Jungen beobachtet. Er ahnte, dass Hansen ihn entführen würde, wusste aber nichts über dessen Plan. Es konnte noch funktionieren. Wenn Falk nicht die Nerven verlor. Und sich an die Absprachen hielt. Hansen bog zu Fuß in die Hauptstraße ein, winkte sich ein Taxi heran.

»Zum Hafen«, sagte er. Seine Stimme klang wie die eines Fremden. Eines Mannes, der Angst hatte. Mein Gott, dachte Hansen, was geschieht hier? Dass Krauss lebte, konnte nicht mit rechten Dingen zugehen. Im selben Moment verfluchte er sich für diesen Anfall von Aberglauben. Er hatte nur einmal auf Krauss geschossen und ihn offensichtlich verfehlt. Es war allein sein Fehler. Seine Überheblichkeit. Beim nächsten Mal würde er auf Nummer sicher gehen. Wenn es ein nächstes Mal gab.

Am Hafen stieg er aus, machte sich zu Fuß auf den Weg zu dem verlassenen Lagergebäude. Falk hatte es für den zweiten Akt der Entführung vorgeschlagen. Dort würde er den Jungen festhalten, bis Hansen als sein Befreier aufkreuzte. Jetzt musste er die Aktion vorziehen. Hoffentlich geriet ihm sein ausgewanderter Landsmann nicht in die Quere. Hansen kannte ihn zu wenig, um einschätzen zu können, wie Falk auf Extremsituationen reagierte. Dass dieser zwei Männer unerwartet verloren hatte, würde dessen Laune nicht verbessern. Aber Hansen nahm sich vor, so ruhig wie möglich zu bleiben. Zweimal irrte er sich in der Adresse, drohte sich im Straßengewirr rund um den Hafen zu verlaufen. Dann entdeckte er das verlassene Kontor. Im Hafen gab es mindestens ein Dutzend dieser verwahrlosten Gebäude. Durch eine ramponierte Stahltür gelangte er in einen Gang, der in die Halle führte. Hansen entdeckte sofort den Lieferwagen. Falk ging davor auf und ab, zog hektisch an einer Zigarette und schimpfte vor sich hin. Als er Hansen sah, stürmte Falk auf ihn los.

»Was war das gerade für eine verfluchte Schweinerei?«, schrie er aufgebracht. »Ich dachte, es gibt keinerlei Risiko. Nun sind zwei Männer tot. Zwei gute Männer. Wer ist dieser Kerl? Warum haben Sie mir nicht gesagt, dass der Junge bewacht wird?«

Hansen hob beschwichtigend die Hände.

»Es tut mir leid«, sagte er. »Ich habe es genauso wenig gewusst wie Sie und bin genauso schockiert. Den Schützen hielt ich für tot. Ich habe ihn selbst vor vielen Wochen getötet. Zumindest dachte ich das bis vorhin.«

Falk schien überhaupt nicht zuzuhören.

»Das ist Wahnsinn. Das waren beide Freunde von mir, Ramon und Antonio. Verdammte Scheiße. Ramon hat zwei Kinder. Das kommt Sie teuer zu stehen, Hansen.«

Dafür, dass Falk keine Fragen stellen und keine dummen Antworten geben wollte, redete er sich um Kopf und Kragen, dachte Hansen.

»Beruhigen Sie sich, Falk. Niemand konnte das voraussehen. Es tut mir leid, wirklich. Ich weiß nicht, was ich sagen soll. Ist der Junge in Sicherheit?«

»Himmelherrgott!«, fluchte Falk und schleuderte seinen Zigarettenstummel auf den Boden, dass die Funken flogen.

»Ist der Junge in Sicherheit?«, wiederholte Hansen.

»Er ist in dem Zimmer, wie besprochen«, grummelte Falk.

»Sie bekommen natürlich das volle Honorar.«

»Haben Sie den Verstand verloren? Das reicht nicht. Ramons Anteil bekommt seine Familie. Sie müssen schon mehr drauflegen, wenn Sie den Jungen haben wollen.«

Falks Augen glitzerten herausfordernd. Hansen hatte keine Lust, sich mit ihm anzulegen. Nicht, dass er eine Auseinandersetzung mit Falk gescheut hätte. Aber er brauchte den Deutschen noch.

»Ich bin bereit, meine Bezahlung zu verdoppeln«, sagte er.

Falk linste ihn misstrauisch an.

»Wenn ich was tue?«

Hansen straffte sich.

»Der Mann, dessen Bekanntschaft Sie heute Nachmittag gemacht haben, heißt Krauss. Er ist ebenfalls Deutscher. Für seinen Kopf bin ich bereit zu zahlen. Halten Sie ihn auf, egal wie. Am besten für immer. Ich will ihm nie mehr begegnen.«

»Wie soll ich ihn Ihrer Meinung nach finden? Ich habe nicht einmal sein Gesicht gesehen.«

Hansen betrachtete den Wagen. Oberhalb der hinteren

Stoßstange waren Einschusslöcher im Blech zu sehen. Krauss hatte auf die Reifen gezielt, wollte es nicht riskieren, den Jungen zu verletzen. Er würde das Fahrzeug wiedererkennen.

»Machen Sie sich darüber keine Gedanken. Sie müssen Krauss nicht finden. Er findet Sie.«

34.
Buenos Aires

28. Juli 1940
Hafen

Der Lieferwagen war ein Köder. Unübersehbar parkte er in einer Seitengasse, erleuchtet von der einzigen Straßenlaterne weit und breit. Krauss erkannte ihn sofort, als er mit einem gerade gestohlenen Auto daran vorbeifuhr. Am Ende der Gasse bog Krauss ab, fuhr zwei Straßen weiter, hielt an. Sie lauerten ihm auf. Wollten ihn zur Strecke bringen. War Hansen dabei? Natürlich steckte er dahinter, aber die Falle war zu plump für ihn. Außerdem hatte er den Jungen. Die Entführung lag mehr als zwölf Stunden zurück, es war kurz nach drei Uhr am nächsten Morgen. Mittlerweile suchte die Polizei nach den Männern, die sich am Nachmittag eine Schießerei in der Innenstadt geliefert und ein Kind entführt hatten. Wahrscheinlich war Hansen mit Philipp schon außer Landes. Oder in einem sicheren Versteck. Aber Krauss würde in Bezug auf Hansen kein Risiko eingehen. Der Kerl schoss auch auf große Distanz so sicher wie der Teufel. Nur einmal hatte ihn sein Glück verlassen. Zu gerne hätte Krauss Hansens Gesicht gesehen, als er plötzlich in Buenos Aires vor ihm auftauchte und seine Leute tötete. Hansen musste glauben, einen Geist vor sich zu haben. Einen lebenden Toten. So falsch lag er damit nicht.

Krauss stellte sein Fahrzeug ab, lief zu Fuß zurück zur Parallelstraße der Gasse, in der er den Lieferwagen entdeckt hatte. Ein Lagerschuppen grenzte an den nächsten, manche wirkten so marode, dass niemand hier seine Ware unterstellen würde, es sei denn, er liebte es, in Trümmern zu wühlen. Krauss suchte sich ein solches Gebäude, drückte vorsichtig gegen eine Tür, die knirschend nachgab. Er hoffte, nicht zu viele Geräusche zu machen, da er davon ausgehen musste, dass seine Häscher ihn hier irgendwo erwarteten. Mit einer Taschenlampe suchte er den hohen Raum ab, fand eine stählerne, wenig vertrauenerweckende Treppe, die an der Seite zu einer Reihe von auf halber Höhe angebauten Büros führte. Von da aus sollte er aufs Dach gelangen. Tatsächlich fand er im Zwischengeschoss eine Leiter, die zu einer Luke führte. Sie war nicht verschlossen. Behutsam öffnete er sie, drückte sich hinaus in die Dunkelheit. Er brauchte jetzt ein wenig Glück, dachte Krauss. Ein falscher Schritt, und er würde durch das morsche Dach in die Halle stürzen. Geduckt pirschte er an den Rand, der auf die Gasse führte, legte sich in Position. Von hier aus hatte er den Lieferwagen im Blick. Bald würde er wissen, wer dort auf ihn wartete. Ob der Mann dabei war, dessen Tod Krauss sich als Verpflichtung auferlegt hatte.

Unten in der Gasse rührte sich nichts. Wie immer in den letzten Wochen und Monaten, wenn er zum Nichtstun verurteilt war, übermannten Krauss die Erinnerungen. Er schloss die Augen. Dachte an die Menschen, die er geliebt und verloren hatte. Erst Hanna. Dann Oda. Warum das Schicksal ihn zweimal bestrafte, ging über seinen Verstand. Andere Menschen segelten glücklich und unbeschwert durchs Leben. Vielleicht wurde manchen das Pech doppelt aufgebürdet, damit die Rechnung am Ende stimmte. Krauss wusste es nicht. Nur, dass man ihn zu Lebzeiten büßen ließ für seine Sünden. Mit jedem Tod eines geliebten Menschen war auch in ihm etwas gestorben. Zwar funktionierte sein Körper, aber innerlich fühlte er sich kalt, erstarrt. Das Einzige, was ihn am Leben erhielt, was ihn antrieb, war Hass. Während ihm alles andere fehlte, hatte er davon im Überfluss. Ein Universum voller Hass.

Odas Antlitz verfolgte ihn. Ihre erloschenen Augen. Dass Krauss noch lebte, war Zufall. Oder eben nicht. Auch das blieb wohl ewig ein ungelöstes Rätsel. Er war im ersten Licht durch den Schnee zu ihr gekrochen, hatte zart ihre Wange berührt, sie sanft geküsst. Ihre Haut war eishart gefroren. Krauss hätte sie gerne begraben, am Ufer des Weihers, den sie so sehr liebte. Aber das war unmöglich. Ihm blieb keine Zeit, und es fehlte geeignetes Werkzeug. Er versuchte, es ihr zu erklären, sprach mit ihr, flüsterte ihr Worte ins Ohr, die nur für sie bestimmt waren, Worte, die sie trösten sollten. Er schwor, den Mann zu töten, der ihr das angetan hatte. Sie wusste, dass er seine Versprechen hielt. Was es auch kostete. So verabschiedete er sich, stolperte in den Wald, fort von seinen Häschern.

Von diesem Tag an beherrschte ihn nur ein Gedanke: Hansen. Krauss stahl einen Wagen, brach in ein Haus ein, verschaffte sich frische Kleidung. Alle Menschen, an die er sich wenden konnte, waren tot. Seine Lage schien aussichtslos. Ein Mann fiel ihm ein, der vielleicht ein Interesse hatte, ihm zu helfen. Schulz-Kampfhenkel. Weil er Hansen ebenfalls hasste. Krauss beobachtete das Haus von Schulz-Kampfhenkels Eltern und hatte Glück. Nach zwei Tagen erschien der fußlahme Sohn zu Besuch. Krauss verschaffte sich Eintritt. Schulz-Kampfhenkel hörte ihm zu, vollkommen verängstigt, denn er wusste mittlerweile, mit wem er es zu tun hatte. Im Laufe des Gesprächs taute er auf, erzählte, dass Hansen wohl geflohen war und wo er ihn vermuten würde. Belem. Krauss meinte, es besser zu wissen. Zumal Schulz-Kampfhenkel offensichtlich keine Ahnung hatte, was Hansen antrieb. Sein verhasster Kamerad würde Buenos Aires ansteuern. Versuchen, sich den Jungen zu schnappen. Krauss' einzige Chance bestand darin, ihm zuvorzukommen. Es war ein reines Glücksspiel: Würde Hansen zuerst nach Belem fahren und von dort aus nach Buenos Aires weiterziehen? Oder reiste er sofort nach Argentinien? Aus Krauss' Sicht sprach einiges dafür, dass Hansen sich für Belem entschied. Er hatte keine Eile, hielt alle Widersacher für tot und konnte sich in vertrauter Umgebung auf seinen Coup vorbereiten. Natürlich erwähnte er Schulz-Kampfhenkel gegenüber kein Wort davon. Sie saßen wieder in seinem Zimmer, umgeben von den Krauss bekannten Amazonas-Memorabilien.

»Hansen will also wieder dorthin zurück«, hatte er gesagt und den für seine Augen mit Expeditions-Ramsch vollgestellten Raum gemustert. »Der Dschungel hat ihn infiziert.«

»Sie reden vom Dschungel wie von einer ansteckenden Krankheit«, entgegnete Schulz-Kampfhenkel. »Dabei war es nur eine besonders intensive Erfahrung. Ich habe Ihnen bereits in unserem ersten Gespräch gesagt, dass Sie im Urwald auf sich selbst zurückgeworfen werden. Er holt alles aus Ihnen heraus, was in Ihnen steckt, manchmal mehr, als Sie verkraften können. Für einen schwachen Menschen kann das ein prägendes Erlebnis sein, vergleichbar vielleicht mit einer Wiedergeburt. So einer wird in den Schoß zurückkriechen wollen, aus dem er gekrochen ist.«

»Sie wollen damit sagen, dass Sie Hansen für einen schwachen Menschen halten.«

»Ich will damit sagen, dass er anders aus dem Dschungel herausgegangen ist. Die Zeit dort hat ihn verwandelt. Er war hinterher ein anderer Mensch. Der Dschungel ist jetzt ein Stück Heimat für ihn.«

Krauss schätzte Hansens Motive anders ein. Schulz-Kampfhenkel war nicht in der Lage, seinen alten Kameraden unvoreingenommen zu beurteilen. Offensichtlich ging eine derartige Expedition an allen Teilnehmern nicht spurlos vorüber.

»Ich nehme an, dass Sie es begrüßen würden, wenn Sie Hansen niemals mehr begegnen«, sagte Krauss. »Ich biete Ihnen einen Handel an: Sie garantieren mir Stillschweigen über unser heutiges Gespräch, ich verspreche Ihnen, das Problem Hansen ein für alle Mal aus der Welt zu räumen.«

Schulz-Kampfhenkel sah ihn schweigend an.

»Einverstanden«, sagte er leise.

Was für ein skrupelloser Schuft, dachte Krauss. Er räusperte sich.

»Sollten Sie sich nicht daran halten, werden Sie und Ihre Familie mich vielleicht eines Tages wiedersehen. Und glauben Sie mir, Sie werden nicht erfreut darüber sein.«

Zwischen ihnen breitete sich eine unangenehme Stille aus, in der jedes Stühleknarren überlaut zu hören war. Im Erdgeschoss hüstelte jemand.

»Ich brauche Ihre SS-Uniform«, hatte Krauss das Schweigen gebrochen. »Und Geld.«

Schulz-Kampfhenkel erfüllte seine Wünsche, war froh, ihn loszuwerden. Ob er sich an die Abmachung halten würde, schien Krauss fraglich. Immerhin hatte der wagemutige Entdecker Angst vor ihm, das würde helfen. Krauss zog noch im Haus Schulz-Kampfhenkels SS-Uniform an. Sie verschaffte ihm größeren Handlungsspielraum. Er musste sich frei bewegen können, die Flucht aus Deutschland und seine Reise vorbereiten. Vom Anwesen der Schulz-Kampfhenkels in Buckow steuerte Krauss die Praxis der Weinbergs an. Vielleicht standen die Räume noch leer, und er konnte dort unterschlüpfen. Tatsächlich war die Wohnung nicht neu vermietet. Das Arztschild hing wie früher draußen an der Tür, es zeigte einen gelben Kreis mit blauem Davidstern und den Zusatz: »Zur ärztlichen Behandlung ausschließlich von Juden berechtigt.« Nun, Krauss war weder Jude noch krank, aber er betrachtete sich als einen Freund der Familie.

Als er die Tür hinter sich schloss und die Zimmer inspizierte, in denen Oda und er ins Leben zurückgefunden hatten, überrollte ihn eine Welle aus Sehnsucht und Schmerz. Alles war verwüstet, das Mobiliar zerschlagen, die Regale eingerissen, Bücher und Scherben bedeckten den Boden. Krauss sah nicht nur die Wohnung, sondern auch seine Existenz, die in Trümmern lag und nicht mehr reparabel erschien. Sein Kummer kannte weder Worte noch Tränen. Nur abgrundtiefe Abscheu. Er tröstete sich mit dem Gedanken, die Weinbergs überredet zu haben, das Land zu verlassen. Wenigstens das. Aber selbst diese Illusion war ihm nicht vergönnt. Drei Tage später, als Krauss die Wohnung verließ, um nach Belgien aufzubrechen, begegnete er vor dem Haus einem Mann, der ihn aus traurigen Augen taxierte.

»Ich kenne Sie«, sagte er, unbeeindruckt von der SS-Uniform.

Krauss blickte sich nervös um.

»Keine Sorge«, beruhigte ihn der Mann. »Niemand weiß, dass Sie hier sind. Außer mir. Ich bin mit den Weinbergs befreundet.«

»Wissen Sie, wie es Ihnen geht?«

»Deshalb bin ich hier. Ich habe schlechte Nachrichten. Die Familie hat es nicht auf das Schiff geschafft. Sie wurde festgenommen. Seitdem habe ich nichts mehr gehört.«

Krauss starrte den Mann nur an. Die Worte sickerten langsam in sein Bewusstsein, ätzten sich durch seinen Verstand wie Säure. Nicht geschafft. Festgenommen. Ein kalter Schlund öffnete sich in seinem Bauch.

»Wo hält man sie fest?«, fragte er.

»Ich habe gehört, in Bremen. Aber sicher weiß ich es nicht.«

Hannah, dachte Krauss. Nicht das Kind. Er wankte. Der Mann packte seinen Arm.

»Sie können nichts tun. Ich dachte nur, Sie haben ein Recht, es zu wissen. Samuel hat sehr gut von Ihnen gesprochen. Er sagte, dieses Land brauche mehr Menschen Ihres Formats. Ich fürchte, es braucht noch viel mehr.«

Die Schwäche war vorüber. Krauss hatte sich wieder gefangen. Der Mann deutete ein Nicken an, drehte sich um und marschierte davon. Benommen ging Krauss zurück in die Praxis, durchwühlte Schränke und Schubladen, bis er fündig wurde. Ein Foto der Familie, mit allen drei Kindern. Die Weinbergs standen kerzengerade, Hannah trug Zöpfe und grinste mit offenem Mund, so dass eine Zahnlücke zu sehen war. Minutenlang betrachtete Krauss das Bild, steckte es ein. Die Familie hatte dieses Schicksal nicht verdient. Aber darum ging es hier nicht. Nur um Macht und Wahn.

Zwei Tage später kontaktierte er aus Antwerpen Doyle, seinen ehemaligen Verbindungsoffizier beim MI5 in London. Es war kein erfreuliches Gespräch. Aus der Perspektive der Briten hatte Krauss nichts erreicht, seinen Auftrag, Hitler zu töten, vermasselt. Nur eigene Ziele verfolgt. Immerhin waren die »Söhne Odins« geschwächt. Vielleicht löste Himmler die Einheit sogar auf, nach dem neuerlichen Fiasko mit Hansen. Doch Doyle schien wenig begeistert. Als Krauss ihm vom Tod der SOE-Männer berichtete, reagierte der Brite mit unterdrückter Wut, schimpfte leise vor sich hin. Ob es eine Chance gab, dass Krauss der britischen Regierung Hitlers Sohn zuführte?, fragte Doyle daraufhin. Krauss hatte vermutet, dass der MI5-Mann von Mortimer eingeweiht worden war. Aber die Engländer wussten nicht, wo sie suchen sollten. Auch wenn es Krauss nicht behagte, er durfte Doyle nicht verärgern, brauchte ihn für seine Pläne. Krauss erklärte, es sei sein Ziel, den Jungen zu schützen. Wenn das MI5 ihn unterstützte, würde er darüber nachdenken, das Kind auszuliefern. Das war natürlich eine Lüge. Sollte der Junge da sein, wo Krauss ihn wähnte, würde er dort auf Hansen warten. Und ihn töten. Danach war Philipp in Sicherheit. Und weder Doyle noch Göring oder sonstwer würde in der Lage sein, ihn aufzustöbern. Aber das konnte er dem MI5-Offizier nicht sagen. Stattdessen blieb er vage. Doyle spürte das. Er wollte Zugeständnisse. Krauss pokerte.

»Wenn Sie mir jetzt helfen, gebe ich Ihnen mein Ehrenwort, dass ich alles tue, was in meiner Macht steht, um Adolf Hitler zu töten. Ich werde alle meine Energie in diese Aufgabe stecken und nicht ruhen, bis ich sie erfüllt habe. Koste es mich, was es wolle. Das zumindest kann ich Ihnen versprechen, Doyle.«

Zwei Tage später besaß er genug Geld und das Ticket für eine Schiffspassage nach Buenos Aires. Dort angekommen, machte er die von Oda benannte Familie ausfindig und observierte das Haus. Als er Philipp zum ersten Mal sah, spürte er eine tiefe Erleichterung – und die Vorfreude darauf, Hansen die letzte Überraschung seines Lebens zu bereiten. Krauss musste nur warten. Irgendwann würde Hansen aufkreuzen. Dass die Wiedersehensparty nicht so gelungen war, wie er sich das vorgestellt hatte, wurmte Krauss. Wieder war ihm Hansen entkommen, noch dazu mit dem Jungen. Und es war allein Krauss' Schuld. Er hätte Philipp längst in Sicherheit bringen können, wollte aber unbedingt mit Hansen abrechnen.

Über dem Horizont war ein rötlicher Schimmer zu sehen. Nicht mehr lange, und die Sonne würde aufgehen. Unten auf der Straße tat sich etwas. Die hinteren Türen des Lieferwagens schwangen auf. Zwei Männer traten heraus, streckten sich wie nach einer anstrengenden Fahrt. Offensichtlich warteten sie schon länger. Ein weiterer, ziemlich kräftiger Kerl schälte sich aus dem Schatten zwischen zwei Lagerhallen. Im Licht der Laterne konnte Krauss ihre Gesichter gut erkennen. Hansen war nicht dabei. Sie sprachen kurz miteinander und marschierten los, die Straße hinauf. Hundert Meter weiter verschwanden sie in einem Schuppen, ähnlich dem, auf dessen Dach Krauss lag. Vorsichtig kroch er zur Luke, kletterte ins Gebäude und nahm denselben Weg zurück, den er gekommen war. Wenige Minuten später öffnete er die Tür des Schuppens, in den sich das Trio zurückgezogen hatte, wahrscheinlich, um eine Pause einzulegen. Ziemlich unprofessionell, dachte Krauss. Er entsicherte die Walther, hielt sie nach vorn gerichtet. Die Halle ähnelte der, in der er zuletzt gewesen war, nur dass die Büros hier ebenerdig lagen. Ein Lichtschein aus einem der mittleren Fenster erhellte schwach den großen Raum, spendete genug Licht, um Krauss den Weg zu weisen. Er hörte Gelächter. Die Büros waren hintereinander angeordnet wie Schuhschachteln. Krauss wählte den Eingang des vordersten Raumes und ging vorsichtig mit der Waffe im Anschlag zur Durchgangstür des angrenzenden Zimmers, in dem er die Männer vermutete. Zu recht.

Als er die Tür öffnete, drehten sie sich erschrocken zu ihm um. Einer fehlt, dachte Krauss im selben Moment, als ihn von hinten zwei bärenstarke Arme umklammerten. Die Waffe fiel zu Boden. Krauss' Oberkörper wurde so fest zusammengepresst, dass ihm die Luft wegblieb. Das musste der kräftige Kerl sein, dachte er. Einer der Männer vor ihm kam grinsend auf ihn zu, in der Hand einen Totschläger. Nein. Wenn sie ihn überwältigten, würde Hansen am Leben bleiben. Krauss riss beide Beine hoch und trat dem Angreifer vor die Brust. Der Mann wurde zurückgeworfen, während Krauss und sein Kontrahent durch den Schwung zurücktaumelten und gegen etwas Hartes stießen, einen Schrank oder einen Schreibtisch. Krauss spürte, wie sich der Schraubstockgriff minimal lockerte. Er senkte seinen Kopf nach vorn und rammte ihn mit aller Kraft nach hinten. Der Klammeraffe stöhnte laut auf, seine Muskeln erschlafften. Krauss rammte ihm den Ellenbogen in den Unterbauch. Er war frei. Der Mann vor ihm rappelte sich gerade wieder hoch, bereit für die nächste Attacke. Krauss suchte mit den Augen den Boden ab, sah die Waffe, bückte sich, packte sie und schoss. Der Totschläger kippte seitlich weg. Krauss erhob sich. Der zweite Mann vor ihm rührte sich nicht, starrte ihn nur an. In seinen Augen meinte Krauss, die Erkenntnis zu lesen, versagt zu haben. Sie waren hier, um ihn zu beseitigen. Nun wurden sie selbst zum Opfer. Krauss schoss ihm in die Stirn.

Er wandte sich dem Kräftigen zu, dem, der ihn von hinten überrumpeln wollte. Der Kerl lehnte in sich zusammengesunken an der Wand, keuchte.

»Dónde está Hansen?«, kratzte Krauss seine Spanischkenntnisse zusammen.

»Hansen ist fort«, antwortete der Mann.

»Ein Landsmann«, sagte Krauss.

»Mein Name ist Falk, Erwin Falk. Dass die Sache dermaßen aus dem Ruder läuft, habe ich nicht geahnt. Tut mir leid.«

»Zu spät«, entgegnete Krauss. »Wo sind Hansen und der Junge?«

»Lassen Sie mich am Leben, wenn ich es Ihnen sage?«

»Ich töte Sie, wenn Sie es nicht sagen.«

Falk schüttelte den Kopf, als sei es ihm unbegreiflich, wie er in so einen Schlamassel geraten konnte.

»Ich hätte es wissen müssen, als Hansen mich anheuerte. Dass mit ihm etwas nicht stimmt. Er hat mir nicht gesagt, dass Sie den Jungen beschützen.«

»Er hielt mich für tot.«

Der Deutsche sah ihn verständnislos an.

»Wo ist er?«, fragte Krauss.

Falk seufzte, gab auf.

»Hansen ist mit dem Jungen unterwegs nach Belem. Das Schiff hat gestern Abend abgelegt.«

Krauss fluchte. Er kam wieder zu spät.

»Wann fährt der nächste Dampfer?«

Falk zuckte mit den Achseln. Wenn Hansen glaubte, dass sein Verfolger aufzuhalten war, irrte er sich, dachte Krauss.

Dann fuhr er eben nach Belem. Und immer weiter, bis er ihn hatte.

»Lassen Sie mich am Leben«, sagte Falk. »Ich helfe Ihnen, nach Brasilien zu kommen.«

»Auf welcher Seite stehen Sie?«, fragte Krauss.

Falk musterte ihn irritiert.

»Ich will wissen, auf welcher Seite Sie stehen«, wiederholte Krauss. Falk musterte ihn.

»Auf Ihrer natürlich. Ich bin davon überzeugt, dass Deutschland die Zukunft gehört und dass wir das Gesindel ausrotten müssen. Um dieses Gesocks ist es nicht schade. Wir beide wissen das. Sie sind ein Arier wie ich. Bald gehört uns die ganze Welt.«

»Falsche Antwort«, sagte Krauss.

Erst zehn Tage später erreichte Krauss Belem. Er hatte ein Flugzeug nach Rio de Janeiro erwischt, dort aber fünf Tage warten müssen, bis er sich in die Stadt am Rio Guamá einschiffen konnte. Dort war es weit weniger prachtvoll als in Buenos Aires, dem Ort fehlten das internationale Flair und eine breite bildungsbürgerliche Schicht, die nach Höherem strebte. Belem lag an der Mündung von Rio Pará und Rio Guamá, die zum Amazonas führten, war ein Umschlagplatz für den Kautschuk, der aus den Wäldern hierhin transportiert wurde und zum Beispiel Manaus großen Reichtum beschert hatte. Regelmäßig fuhren Touristenschiffe von Belem in die Amazonas-Metropole, in deren Oper international bekannte Gesangskünstler auftraten. Aber das alles interessierte Krauss nur am Rande. Er suchte weder einen Gummi-Lieferanten noch touristische Attraktionen. Krauss irrte durch die verwinkelte Altstadt rund um den Hafen, das Hemd klebte ihm am Körper, weil er in der für ihn ungewohnten, schwülwarmen Luft der Tropen schwitzte, und ihn verfolgte nur ein einziger Gedanke: Wo steckte Hansen? Mit seinen paar Brocken Spanisch fragte er sich durch Kneipen und Restaurants, lernte sein Anliegen sogar auf Portugiesisch zu stammeln, wohl wissend, dass er die Antwort nicht würde verstehen können. Aber er traute sich zu, ein positives Urteil von einem negativen zu unterscheiden. Alles andere würde sich fügen. Hauptsache, er entdeckte eine Spur zu Odas Mörder.

Tatsächlich stieß Krauss auf etliche Menschen, die den Deutschen kannten. Hansens Erscheinung war zu ungewöhnlich, um schnell in Vergessenheit zu geraten, der blonde Zopf, die verschiedenfarbigen Augen, das athletische Auftreten. Aber niemand wusste, wo er zu finden war. Es wollte auch niemand wissen. Hansen hatte den Status eines Außenseiters, er tauchte auf und verschwand wie ein Phantom. Je mehr Menschen Krauss befragte, desto weiter schien sich Hansen von ihm zu entfernen, so sehr unterschieden sich die Angaben. Es war zum Verzweifeln. Zwei Tage verstrichen, in denen Krauss erfolglos die Stadt durchkämmte, darauf hoffend, der Zufall möge ihm den weißen Indianer vor die Füße spülen. Zwar kam ihm der Zufall zu Hilfe, aber auf ganz andere, unerwartete Weise.

Nach einem weiteren Tag ergebnisloser Suche betrank sich Krauss in einem Lokal, das nur aus windschiefen Brettern bestand. Es lag direkt am Fluss, der hier so breit und unüberschaubar war wie ein Ozean. Krauss starrte mit dem Glas in der Hand auf den Strom, der irgendwann in den Amazonas und damit in den Dschungel führte. Es fiel ihm schwer, sich die Dimensionen dieses Urwaldes vorzustellen. Größer als Europa sollte er sein, unzugänglich und mörderisch, bevölkert von Raubtieren und Indios, die einen seit Jahrhunderten unveränderten Lebensstil pflegten. Dort draußen hatte Hansen eineinhalb Jahre seines Lebens verbracht. Krauss war es trotz der räumlichen Nähe nicht möglich, sich das vorzustellen. Genauso wenig wie das, was im Dschungel mit Hansen geschehen war. Oder eine Antwort auf die Frage zu geben, ob es überall hätte geschehen können.

»Du suchen Hansen?«, sagte eine Stimme auf Deutsch neben ihm. Krauss drehte sich um. Er schaute in das prägnante Gesicht eines Indianers. Der Eingeborene hatte schulterlange schwarze Haare, die von einem Stirnband zusammengehalten wurden, er trug nur einen Lendenschurz und hielt einen riesigen Bogen in der rechten Hand. Damit wirkte er selbst in Belem seltsam deplatziert. Krauss hatte keine Ahnung, wie er ihn ansprechen sollte. Er probierte es ebenfalls auf Deutsch.

»Du kennst Hansen?«, fragte er skeptisch.

»Ja. Ich wissen wo«, sagte der Indio und zeigte auf den Fluss. Krauss runzelte die Stirn. Wollte ihm der kleine Kerl sagen, dass er Hansens Aufenthaltsort kannte? Krauss' Puls beschleunigte sich.

»Du weißt, wo Hansen ist?«, fragte er.

Der Indianer nickte. Sein Finger deutete den Fluss hinauf.

»Aparai«, sagte er.

Krauss begriff nicht. Er zuckte mit den Achseln, verzog das Gesicht.

»Ich dich bringen«, sagte der Indio.

Das war eindeutig. Krauss lächelte. Konnte er diesem Wilden trauen? Oder war das wieder eine von Hansens perfiden Fallen? Doch wenn der Indianer ihn hätte töten wollen, hätte er das längst getan, ihm aus der Distanz einen seiner vergifteten Pfeile in den Körper gejagt.

»Warum?«, fragte Krauss. Der Indianer setzte den Zeigefinger der linken Hand auf seine eigene Brust und spreizte den Daumen ab.

»Hansen töten Indianer«, sagte er. »Wayapi. Böser Geist.«

Das verstand Krauss, und er erkannte die Wahrheit, wenn er sie hörte. In ihm reifte allmählich die Gewissheit, dass er den Menschen gefunden hatte, der ihn an sein Ziel bringen würde.

»Dein Name?«, fragte er seinen neuen Freund.

Der Indianer legte die Linke stolz auf sein Herz und straffte sich.

»Winnetou«, sagte er.

35.
Brasilien

18. August 1940
Rio Jary

Der Affe sprang mit zwei Sätzen außer Sichtweite. Vom Echo des Schusses aufgeschreckt, flog ein Schwarm Papageien krächzend über Hansens Kopf hinweg. Er senkte das Gewehr. Seit er wusste, dass seine Kugel Krauss nicht getötet, sondern verfehlt hatte, lastete ein Fluch auf ihm. Er hatte sein Selbstvertrauen verloren. Früher saß jeder Schuss, ahnte er jede Bewegung seines Opfers voraus. Heute drückte er überhastet ab, fand nicht zur Ruhe, konnte keine Verbindung mehr herstellen zu seiner Umgebung. Auf einen Treffer kamen mindestens drei Fehlversuche. Das nagte an ihm. Aber nicht nur das. Obwohl er sich in seinem angestammten Territorium bewegte, fühlte sich nichts vertraut an. Hansen wurde das Gefühl nicht los, dass sich der Dschungel ihm verweigerte. Er wischte sich den Schweiß aus dem Gesicht. Eine Woche waren sie jetzt unterwegs und hatten kaum die Hälfte der Strecke geschafft. Der Junge hielt sie auf. Er fieberte, geschwächt von unzähligen Mückenstichen. Heute hatten sie deshalb einen Tag Pause eingelegt. Philipp schlief in einem notdürftig errichteten Unterstand, vollgepumpt mit Atrepin; Hansen war losgezogen, den Fleischvorrat aufzufüllen, bisher vergeblich. Hoffentlich lief ihm noch irgendein Vieh vor die Flinte, so nah, dass er nicht vorbeischießen konnte.

Vielleicht war das alles eine Schnapsidee gewesen, die Reise ins Dorf der Aparai, mit einem siebenjährigen Kind im Schlepptau. Aber Hansen hatte sich unsicher gefühlt in Belem. Auf Falk und dessen unterbelichtete Schergen war kein Verlass. Je intensiver Hansen darüber grübelte, desto mehr sagte ihm seine Intuition, dass Krauss sich niemals aufhalten lassen würde von diesen Witzfiguren. Sie waren ihm nicht gewachsen. Hansen dachte an die Nacht, als Krauss ihn im Schlaf in seiner Wohnung überwältigt hatte, an dessen hellblaue Augen, denen jeder Schimmer von Barmherzigkeit fehlte. Damals hatte Krauss abgestritten, dass sie Seelenverwandte seien. Aber Hansen wusste es besser. Das Töten war ein fester Bestandteil ihres Daseins. In ihrer Profession hatten sie es beide zur Meisterschaft gebracht. Deshalb weilte Falk mit an Sicherheit grenzender Wahrscheinlichkeit nicht mehr unter den Lebenden, deshalb musste Hansen so bald wie möglich aus Belem verschwinden. Weil das nächste Schiff nach Europa erst in zwei Monaten auslief, brauchte er einen Plan. Die Lösung erschien ihm dann so naheliegend, dass er sich fragte, warum er nicht früher darauf gekommen war: Er würde in den Dschungel gehen.

Noch ein anderes Argument sprach für dieses beschwerliche Unterfangen. Mit seiner Batterie an Giften im Rücken hatte Hansen sich als etwas Besonderes gefühlt, unberechenbar und angsteinflößend, wie eine Naturgewalt. Mit anzusehen, wie sein mühsam der Wildnis abgerungener Vorrat verbrannte, war schmerzhaft gewesen. Auch das hatte er Krauss zu verdanken. Nun gedachte er dieses Arsenal wieder aufzufüllen, mit tatkräftiger Hilfe von Präräwa und Saracumano. Das Gift würde ihm daheim in Deutschland die Aura des Außergewöhnlichen zurückbringen, ihm Respekt verschaffen in der Hackordnung der deutschen Herrenrasse. Es würde, so hoffte er, seinen Wert in den Augen Hitlers noch erhöhen. Je intensiver er darüber nachdachte, desto mehr erschien Hansen seine verwegene Idee fast zwingend. Zwei Probleme galt es allerdings zu lösen: Den Jungen bis zu ihrer Rückkehr in die Zivilisation bei guter Gesundheit zu halten und Männer zu finden, die bereit waren, mit ihm das Abenteuer zu wagen. Allein ließ sich die Reise den Fluss hinauf unmöglich bewältigen.

Für den Jungen kaufte Hansen vor allem Atrepin, um die garantiert auftretenden Entzündungen zu behandeln. Außerdem schwatzte er Gummisuchern, die in Belem eine Auszeit vom Dschungel nahmen, deren Medikamente ab. Das sollte reichen, denn Kinder verfügten Hansens Meinung nach über einen widerstandsfähigen Organismus und waren in vielerlei Hinsicht belastbarer als Erwachsene. Das Problem, willige Begleiter zu finden, schien Hansen weitaus diffiziler. Er stöberte Raimundo auf, einen der Caboclos, auf die bei ihrer Expedition immer Verlass gewesen war. Zwar erkannte ihn Raimundo sofort, aber seine Freude hielt sich in Grenzen, genauso wie seine Bereitschaft, noch einmal bis zu den Aparai vorzudringen. Hansen bot ihm eine stattliche Summe, doch der Caboclo blieb stur; es war unübersehbar, dass er dem Deutschen misstraute. Weil der insistierte, nannte ihm Raimundo einige Namen von Männern, bei denen er sein Glück versuchen sollte. Sie wohnten in noch ärmlicheren Gegenden und waren nicht in der Position, Hansens Angebot abzulehnen – obwohl in ihren von der Armut stumpfen Gesichtern deutlich geschrieben stand, wie unwohl sie sich dabei fühlten. Hansen hätte sich gerne Zeit gelassen, sorgfältiger ausgesucht. Aber auch ihm blieb keine Wahl. Er hoffte, dass der Dschungel gnädig mit ihrer kleinen Reisegesellschaft umging, weil er vermutete, dass das Arbeitsverhältnis zwischen den Caboclos und ihm größeren Belastungsproben nicht gewachsen sein würde. Drei Männer willigten ein, Hansen zu begleiten, Alfredo, José und Manuel. In zwei Wochen, schätzten sie optimistisch, müsste es ihnen gelingen, die Strecke zu bewältigen.

Sie hatten sich geirrt. Der Fluss verlangte ihnen mehr ab als erwartet, das Überwinden der Stromschnellen saugte die Kraft aus ihren Knochen. Hansen erinnerte sich zwar an die Strapazen von damals, aber er hatte verdrängt, was das bedeutete. Es war beinahe eine glückliche Fügung, dass der Junge sie dazu zwang, einen Tag zu pausieren. Als Hansen zurück ins Lager kam, schaukelte Philipp noch in der Hängematte, während Alfredo über dem Feuer Fische grillte. Hansen war froh, dass die Männer etwas zu essen hatten, fürchtete aber, dass sie den Respekt vor seinen Jagdkünsten bald verlieren würden. Manuel und José beäugten ihn komisch von der Seite. Schmiedeten sie Pläne, wie sie den Weißen, der sie in die Wildnis trieb, loswerden konnten? Hansen ermahnte sich dazu, wachsam zu sein, das Trio nicht aus den Augen zu lassen. Er schaute nach dem Jungen. Das Fieber war gesunken, es ging ihm besser. Philipp sprach nicht viel, war die meiste Zeit in sich gekehrt. Er folgte Hansen, das war die Hauptsache, hatte ihm anscheinend die Geschichte der vereitelten Entführung abgekauft. Aber so richtig wurde Hansen nicht schlau aus ihm. Dafür fehlte ihnen eine gemeinsame Verständigungsbasis. Philipp sprach ein wenig Deutsch und mittlerweile ein paar Worte Spanisch, hauptsächlich aber Englisch, das Hansen wiederum nicht beherrschte. Daher wusste er nicht zu sagen, ob der Junge den Sinn ihrer Reise in den Dschungel begriff. Hansen hatte ihm zu erklären versucht, dass sie sich verstecken mussten, und das Aufregende an dem Ausflug hervorgehoben. Aber wahrscheinlich wäre das ohnehin egal gewesen. Der Junge folgte ihm wie ein Hund. Er hatte niemand anderen mehr.

Hansen lächelte Philipp an. Der Junge blickte stoisch zurück.

»Zieh dein Hemd aus«, sagte Hansen. Auf seinem Streifzug hatte er Pflanzen gesehen, die ihm vertraut erschienen. Aus den Blättern und Stielen stampfte er einen Brei, den er mit Uferschlamm vermischte. Die Männer beobachteten ihn skeptisch. Hansen sagte dem Jungen, er solle sich hinstellen, betrachtete dessen schmächtigen Oberkörper, die blasse Haut. Tief in ihm regte sich eine verdrängte Lust, aber Hansen zwang sie zurück. Er hatte seinen Trieben lange nicht mehr nachgegeben, obwohl sie stets da waren und nach Befriedigung lechzten. Doch sowohl Zeitpunkt als auch Person hätten falscher nicht sein können. Hansen nahm eine Handvoll seiner stinkenden Paste, schmierte Arme und Oberkörper des Jungen damit ein, bis hoch den Hals hinauf.

»So machen es die Indianer«, sagte er. »Gegen die Piums. Dann stechen sie nicht. Lass es trocknen und zieh dein Hemd wieder an.«

Danach vollzog er die Prozedur an sich selbst. Er hoffte, dass die Zusammensetzung einigermaßen stimmte. Es stank auf jeden Fall zum Himmel. Die Caboclos schüttelten die Köpfe. Zum Glück hatten sie ihre Hängematten ein gutes Stück entfernt aufgehängt. Aber Hansen kümmerte es ohnehin nicht, was sie von ihm dachten, er war froh, nicht mit ihnen reden und die unterdrückte Verachtung in ihren Augen lesen zu müssen. Mit nacktem Oberkörper legte er sich zur Nachtruhe, wollte diesen arroganten Bastarden beweisen, dass er ein Kind des Dschungels war.

Am nächsten Morgen regnete es kurz vor Sonnenaufgang, ein kräftiger Guss, der sie alle durchnässte. Frierend packten die Männer das Boot. Philipp wirkte erholter, das Fieber war gesunken. Nun aber fühlte sich Hansen angeschlagen, litt unter wattigem Kopf und flauem Magen. Er führte es auf die Alpträume zurück, die ihn in der Nacht geplagt hatten und ungewöhnlich lange nachglühten. Dabei hätte er deren Inhalt nicht einmal schildern können, erinnerte sich nur vage an Bilder von Fäulnis und Verwesung. Als die Sonne allmählich höher stieg, dampfte der Urwald, und Nebelschwaden waberten durchs dichte Unterholz. Hansen hörte merkwürdige Geräusche und meinte, im Nebel die Umrisse von Gestalten zu erkennen, schimpfte sich deshalb wiederholt einen Idioten, der am helllichten Tag halluzinierte. Einmal entfuhr ihm sogar ein leiser Schrei, der die Caboclos aufhorchen ließ. Hansen winkte genervt ab, half weiter dabei, das Boot zu beladen. Aber aus den Augenwinkeln blickte er sich verstohlen um, suchte die nebelhaften Silhouetten zu deuten. Waren es die im Wald umherirrenden Seelen der von ihm getöteten Indianer, die ihn da heimsuchten? Eigentlich glaubte er nicht an Geister, aber der Dschungel hatte ihn oft überrascht, und die Vergangenheit ließ sich nicht ungeschehen machen. Der Tod der Wayapi war sinnlos und ungesühnt. Vielleicht forderten sie Vergeltung. Er hätte es ahnen, sich Krauss in Belem stellen können. Aber als er sich einmal zu der Reise entschlossen hatte, war es Hansen, als zöge ihn eine unsichtbare Kraft in den Urwald hinein, tiefer und tiefer, ohne dass er dagegen etwas hätte unternehmen können. Er biss sich auf die Lippen, bis sie bluteten.

Minuten später brannte die Sonne den Nebel weg. Hansen beruhigte sich, obwohl Fetzen seiner düsteren Traumbilder an ihm klebten wie feine Spinnfäden. Er setzte sich an den Bug des Bootes, um die Männer nicht sehen zu müssen, und ließ die monotone Waldlandschaft an sich vorüberziehen. In diesem Moment überwältigte ihn die Gewissheit, alles richtig gemacht zu haben. Wer wollte ihn hier aufspüren? Er konnte überall sein. Wenn es ein perfektes Versteck gab, dann war das der Dschungel. Krauss würde ihn niemals finden. Hansen lachte. Seine langen Haare flatterten im Fahrtwind. Das hier war seine Welt. Hier hatte er sich behauptet. Er berührte den Jaguarzahn, der auf seiner Brust hin und her baumelte. Warum fürchtete er sich vor Gespenstern? Er stand unter dem Schutz des mächtigsten Geistes, der in diesem Wald herrschte. Hansen drehte sich um, blickte in missmutige Gesichter, die seine Euphorie sofort dämpften. Manuel bediente den

Außenborder, José und Alfredo suchten den Fluss nach eventuellen Hindernissen ab. Nur Philipp kehrte Hansen den Rücken zu, schaute nicht den Fluss hinauf, sondern hinunter. Die Erkenntnis durchzuckte Hansen wie ein Stromschlag. Seine Begeisterung von eben wich kaltem Grausen. Sie wurden verfolgt. Nicht von Schatten, sondern von realen Menschen. Krauss war irgendwo da unten, und der Junge spürte das. Die Reise zu den Aparai war vergeblich. Selbst wenn Hansen in den innersten Kreis der Hölle flüchtete, Krauss würde ihm folgen. Und ihn finden.

36.
Brasilien

24. August 1940
Rio Jary

Wenn sie ruderten, fühlte sich Krauss am wohlsten. Ab und an stellte Winnetou den Motor ab, um Benzin zu sparen. Dann kämpften sie zu dritt mit den Paddeln gegen die Strömung an. Vorn im Boot saß Okube, ein Stammesbruder von Winnetou, dessen indianischer Name, wie Krauss herausbekommen hatte, Pituma lautete. Die peinliche Hommage an Karl May hatte er Schulz-Kampfhenkel zu verdanken. Natürlich war Pituma mit keinerlei Vorkenntnis belastet und derart stolz auf seinen »weißen« Namen, dass Krauss nicht umhinkonnte, ihn zu benutzen. Es verlieh der ohnehin exotischen Reise eine zusätzliche absurde Note. Das gelegentliche Rudern kostete sie zwar Kraft, aber es war eine monotone Bewegung, die Krauss' Kopf reinigte und ihn zeitweise von der Last der Erinnerung befreite. Ab einem gewissen Punkt zählte allein der Rhythmus, in dem die Paddel ins Wasser tauchten und die Männer im Boot zu einem Organismus verschmolzen. Wenn Winnetou die Ruderpartie beendete, erwachte Krauss wie aus einem Tagtraum, legte sich das Paddel auf die Knie und ließ den Schweiß auf seiner Haut vom Wind trocknen, gleichermaßen ermattet wie enttäuscht, dass es vorbei war. Allein mit Muskelkraft hätten sie Wochen gebraucht, um den Fluss zu bezwingen. Selbst mit einem Außenborder war es schwer genug. Winnetou tätschelte den Motor gerne und nannte ihn Otto; Krauss vermutete, dass es sich um ein Geschenk Schulz-Kampfhenkels handelte, auf dessen indianischen Freund er so unverhofft gestoßen war. Oder besser gesagt, der auf ihn.

Krauss hatte zu Beginn der Reise keinerlei Vorstellung gehabt, was ihn erwartete, hatte weder Schulz-Kampfhenkels Buch gelesen noch den Film gesehen. Er ahnte, dass es schwierig werden könnte. Aber es war weit mehr als das. Es war schmerzhaft schön, eine grandiose Zumutung, und es veränderte seinen Blick auf die Dinge. Krauss hatte nicht gewusst, dass eine derart ungestüme, ungebändigte Natur existierte, fühlte sich mit jedem Tag machtloser und damit der Gnade seiner beiden Begleiter ausgeliefert. Manchmal fiel es ihm schwer zu begreifen, dass er sich eingelassen hatte auf dieses Himmelfahrtskommando, nur weil ein Indio behauptete, Hansens Versteck zu kennen. Der Kerl konnte bezahlt sein, ihn vergiften und irgendwo in diesem ozeangleichen Amazonas auf den Grund versenken. Aber merkwürdigerweise war Krauss von der ersten Sekunde an überzeugt gewesen, dass Winnetou die Wahrheit sagte. Dieser halbnackte Eingeborene belog ihn nicht. Krauss bezweifelte sogar, dass der Indio das Prinzip der Lüge kannte. Stattdessen erzählte ihm Winnetou eine Geschichte, in der er jedes deutsche Wort anbrachte, dessen er mächtig war, darunter »Otto«, »Freund«, »lecker« und den kuriosen Satz »Gute Nacht, Papa, schlafe gut«. Es gab keinerlei Zweifel daran, dass der Aparai, wie er seinen Stamm nannte, Schulz-Kampfhenkels Expedition begleitet haben musste. Einen minimalen Restzweifel hatte Krauss höchstens an Pitumas Loyalität. Aber er meinte in den tiefschwarzen Augen des Indianers zu lesen, dass sie bezüglich Hansens Zukunft einer Meinung waren. Vielleicht wünschte er sich das aber auch nur.

Unsicher, was die Reise ihm abverlangen würde, hatte Krauss im Krankenhaus von Belem nach Rat gesucht. Die meisten Ärzte beherrschten nur Portugiesisch, einer sprach auch leidlich Englisch. Er warnte Krauss vor den Krankheiten, die im Busch lauerten. Erzählte ihm von winzigen Moskitos, die ihn bei lebendigem Leibe aussaugen würden, von Blutegeln, deren Bisswunden sich infizierten, und von Piranhas, die in Sekundenschnelle das Fleisch von seinen Knochen knabberten, sollte er sich mit aufgeschrammten Beinen ins Wasser wagen. Am meisten aber beeindruckte Krauss die Geschichte von einem winzigen Fisch, dem Candirú. Wenn ein Lebewesen ins Wasser urinierte, folgte dieser Wels dem Geruch und drang in die Harnröhre seines Opfers ein, hakte sich dort hartnäckig fest, verhinderte das Entleeren der Blase und bereitete dem Wirt qualvolle Schmerzen. Am Ende war eine Operation oft unvermeidlich, oder der Betroffene starb an den Folgeinfektionen. Offensichtlich amüsiert über Krauss' angeekeltes Gesicht lächelte der Arzt.

»Sie können das jedoch verhindern, indem Sie Ihr bestes Stück beim Pinkeln über der Wasseroberfläche halten«, riet er. Gegen Malaria verschrieb er ihm Chinin, ferner Atrepin, um Schmerzen und Entzündungen einzudämmen. Das Glück, das Krauss brauche, um eine solche Reise unbeschadet zu überstehen, könne er ihm allerdings nicht verschreiben. Er solle auf jeden Fall darauf achten, sich von Schlangen und grellbunten Fröschen fernzuhalten, weil diese ein Gift injizierten, gegen das kein Kraut gewachsen sei.

»Damit kenne ich mich aus«, entgegnete Krauss dem verdutzten Mediziner.

Leicht verunsichert betrat er am nächsten Morgen das Boot, wohl wissend, dass er sich auf unbestimmte Zeit in die Hände der Indianer begab. Ohne sie wäre er in der Wildnis verloren. Krauss hatte alternativ darüber nachgedacht, in Belem auf Hansen zu warten. Irgendwann musste er ja wieder dort auftauchen. Aber es erschien ihm zu riskant. Womöglich wählte Hansen eine andere Route, oder er verfaulte im Dschungel nach einem Schlangenbiss. Was Krauss jedoch am meisten überzeugte, diesem Psychopathen zu folgen, war der Junge.

Philipp war noch ein Kind, den Gefahren des Dschungels nicht gewachsen. Natürlich handelte es sich bei ihm um Hansens Kapital, das ihm nur lebend etwas nutzte. Aber Krauss sprach diesem sadistischen Mörder die nötige Reife ab, um den Jungen zu beschützen. Irgendwann würde Hansen die Geduld verlieren. Er hatte sich nicht unter Kontrolle. Krauss musste ihn erledigen, bevor das passierte.

Die Reisetage verbrachten sie weitgehend schweigend. Winnetou signalisierte Krauss per Handzeichen, wann er wie zu rudern habe. Untereinander verständigten sich die Indianer mit kurzen Kommandos. Beide wussten, was zu tun war. Es gab nicht viel zu sagen. Bereits am ersten Abend bedeutete Winnetou Krauss, dass er sein Hemd ausziehen solle. Auf einem Bananenblatt hatte der Indianer eine übelriechende Paste angerichtet.

»Piums«, sagte er und ließ seine Hände vor Krauss' Gesicht herumschwirren. Das war eindeutig. Nachdem Krauss sein Hemd abgestreift hatte, betrachteten die Indios zunächst neugierig seine Wunden. Die wulstigen Narben der Einschusslöcher glänzten noch leicht rosa. Winnetou strich mit den Fingern darüber, Krauss ließ ihn gewähren. Der Indio sagte etwas in seiner Sprache, nickte anerkennend. Er sah Krauss in die Augen, der wandte den Blick nicht ab. Winnetou wusste nun, mit wem er es bei seinem Begleiter zu tun hatte. Krauss war ein Krieger.

Die Paste roch scharf. Dann wirkt sie wenigstens, dachte Krauss. Schweigend ließ er sich von dem Indio einschmieren, der diese Prozedur sehr genau nahm. Winnetou war offensichtlich an seiner Gesundheit gelegen. Eine gute Nachricht. Unbehelligt von den Moskitos und der Angst, hinterrücks im Urwald gemeuchelt zu werden, konnte Krauss sich gleich doppelt entspannen. Er bedankte sich lächelnd bei seinem Reiseführer.

»Gute Nacht, Papa, schlafe gut«, sagte Winnetou und ging zu seiner Hängematte.

In dieser Nacht lag Krauss lange wach und starrte in den Himmel. Über den Baumwipfeln funkelte ein Sternenzelt, wie er es in Europa niemals erlebt hatte. Er fühlte sich unbedeutend angesichts dieser Weite und Fülle, wie ein Sandkorn an einem endlosen Strand. In dieser Umgebung erschien ihm das, was sich in Europa abspielte, unwirklich. Dort herrschte Krieg, angezettelt aus grotesken Gründen, von einem einzigen Menschen. So weit entfernt von der Heimat fiel es Krauss noch schwerer, Hitlers Verstiegenheit nachzuvollziehen. Was maßte sich dieser Mann an, Millionen ins Verderben zu stürzen? Und warum lehnte sich niemand dagegen auf? Krauss begriff es nicht. Soweit er es verfolgt hatte, rollte die Kriegsmaschinerie unaufhaltsam weiter, war die deutsche Wehrmacht mittlerweile in Holland, Belgien und Frankreich einmarschiert. Hitler machte seine Drohungen wahr, und keiner hielt ihn auf. Krauss hatte sich vorgenommen, das zu ändern, sobald diese Sache hier erledigt war. Es musste einen Weg geben, um diesem Geisteskranken das Handwerk zu legen. Diesen Weg zu finden, würde seine Aufgabe sein. In den letzten Wochen hatte er viel Zeit gehabt, darüber nachzudenken. Und darüber, warum ausgerechnet er noch lebte. Wahrscheinlich war es einfach ein dummer Zufall, so wie alles im Leben. Aber es blieb ein Quäntchen Unsicherheit, dass ihm in diesem Spiel eine besondere Rolle zugedacht war. Normalerweise hätte Krauss das weit von sich gewiesen. Aber für den Fall, dass es wirklich so war, hatte er sich der Einfachheit halber vorgenommen, es zu glauben.

Nicht weit entfernt brüllten Affen. In den Baumkronen raschelte es wild, Äste knackten. Ihm unbekannte Vögel pfiffen zuvor nie gehörte Laute, ab und zu krächzte ein Papagei. Über allem lag das auf- und abschwellende Konzert der Zikaden.

Der Dschungel schlief nie, das war Krauss nach der ersten Nacht klargeworden. Diese Welt hier existierte völlig unberührt von dem Krieg, der in Europa herrschte, und das galt gleichermaßen für Mensch und Tier. Das war für Krauss eine wichtige Erkenntnis: Dass es außerhalb der ihm bekannten Welt noch viele andere Welten gab, die nicht infiziert waren vom deutschen Wahnsinn, obwohl sie alle gleichzeitig existierten. Wen kümmerte hier der Machtanspruch der deutschen Herrenrasse? Die Indianer hatten nicht einmal etwas von Deutschland gehört. Und diese Wissenslücke hatte keinerlei Auswirkungen auf ihr Leben. Für Krauss war das so wie im Theater: In einer anderen Rolle sah man die Dinge auch aus einer anderen Perspektive. Wenn man beispielsweise den Maßstab änderte und Hitler mit den Augen der Welt betrachtete, war er nur ein kleiner Wicht. Das beruhigte Krauss, das rüttelte die Verhältnisse zurecht. Natürlich war Hitler gefährlich, wahrscheinlich sogar ein Monster, aber er war auf keinen Fall unbesiegbar. Mit diesen Gedanken schlief Krauss ein.

In den nächsten Tagen verfestigten sich die Abläufe weiter, jeder wusste genau, was er zu tun hatte. Wenn sie lagerten, war Krauss dafür zuständig, trockenes Holz zu sammeln für ein Feuer. Winnetou ging auf die Jagd. Der Indianer bewegte sich mit traumwandlerischer Sicherheit, balancierte elegant über Felsen im Fluss und kehrte nie ohne Beute zurück, meist waren es mit Pfeil und Bogen erlegte Fische. Krauss blieb das ein ungelöstes Rätsel, das den Umstand, ohne die Indios in dieser Wildnis hilflos zu sein, noch unumstößlicher machte als zu Beginn der Reise. Abends am Feuer rauchte Winnetou ein stinkendes Kraut aus einem Pfeifchen und erzählte eine Geschichte in seiner Sprache. Krauss verstand kein Wort, aber wenn Okube kicherte, lachte er mit, signalisierte seine Zugehörigkeit. Sie waren drei Männer, die den Fluss hinauffuhren, nicht mehr und nicht weniger.

Krauss merkte, wie er Tag für Tag ruhiger wurde. Odas Tod erschien ihm entrückt, wie in einem anderen Leben geschehen. Aber Hansen war mindestens genauso weit entfernt. Krauss befand sich in einer Art Zwischenwelt, in der nur die unmittelbaren Bedürfnisse und Anforderungen zählten. Rudern, essen, schlafen. Und immer so weiter. Bis Winnetou mitten am Tag einen Uferstreifen ansteuerte, der für Krauss' Augen so aussah wie jeder andere an diesem niemals endenden Fluss. Doch die Indianer hatten Spuren eines Lagers entdeckt. Sie waren offensichtlich frisch und Hansens Vorsprung nicht groß.

»Wie lange noch?«, fragte Krauss. Winnetou schüttelte den Kopf. Noch lange, interpretierte Krauss. Fast war er froh. So musste er sich nicht damit auseinandersetzen, konnte sich dem Vorwärtskommen widmen, dem Wechsel von Tag und Nacht, Essen und Rudern, Schlaf und Erschöpfung. Allmählich verlor Krauss jedes Zeitgefühl, wusste weder Tag noch Stunde zu benennen. Als Winnetou ihm eines Abends ernst zunickte und ihn mit »Schlafe, Hansen« zur Bettruhe verabschiedete, erschien es Krauss fast übereilt. Deutete er die Worte doch dahingehend, dass sie ihr Ziel am nächsten Tag erreichen würden. Krauss lag die Nacht über wach, herausgerissen aus dem ewigen Stemmen gegen den Strom, und dachte darüber nach, was zu tun war. Er drehte sich im Kreis. Natürlich musste Hansen sterben. Viel wichtiger aber war, dass der Junge lebte. Davor hatte Krauss die größte Angst – dass Hansen Philipp gegen ihn benutzte. So wie das Schwein es bei Oda getan hatte. Priorität hatte der Junge. Erst wenn Philipp in Sicherheit war, würde Krauss Hansen töten.

Am nächsten Morgen waren die Indianer aufgeregter als sonst. Bis zur Abfahrt redeten sie viel, dann schwiegen sie. Hinter einer Flussbiegung lenkte Winnetou das Boot in einen kleinen, von Bäumen geschützten Seitenarm des Jary. Gleich dahinter entdeckte Krauss eine Reihe festgetäuter Kanus am

Ufer. Winnetou hielt darauf zu, legte an. Die beiden Indios bedeuteten Krauss zu bleiben. Eine halbe Stunde später kehrte Okube zurück und holte ihn. Der Weg führte ins Dorf der Aparai, wo Winnetou inmitten mehrerer Indianer auf Krauss wartete. Das Dorf war eine lose Ansammlung von Hütten, die sich um einen zentralen Platz gruppierten und wenig stabil wirkten; überall streunten dickbäuchige Hunde herum. Männer wie Frauen waren so gut wie nackt, abgesehen von Lendenschurzen. Eine junge Mutter säugte ihr Baby, für Krauss ein verstörender Anblick. Über dem Dorf lag der Geruch von Verbranntem, am Rand stand ein Holzgestell, auf dem Felle und Fleischstücke trockneten. Es war eine ihm unbekannte Welt, die er hier betrat. Genauso gut hätte er einen anderen Planeten besuchen können. Die Aparai starrten ihn feindselig an. Krauss fühlte sich unwohl. Wie sollte er sich verhalten? Schulz-Kampfhenkel hatte das gewusst, er war schließlich Wissenschaftler. Krauss streckte den Männern seine Hand zur Begrüßung entgegen. Niemand ergriff sie. Winnetou sagte ein paar Worte. Der älteste, mürrisch aussehende Indianer reagierte und gab Krauss die schwielige Hand.

»Aocapoto«, sagte Winnetou. »Tuschaua.«

Wahrscheinlich war das der Häuptling, dachte Krauss. Auf jeden Fall einer, der etwas zu sagen hatte. Bevor Krauss entschied, wie er sich zu verhalten hatte, packte ihn Winnetou am Arm und führte ihn von den anderen fort, zu einer abseits gelegenen Hütte. Darin lagen an Händen und Füßen gefesselt zwei Männer auf dem Boden. Der Kleidung nach zu urteilen, handelte es sich nicht um Indios, sondern um Caboclos. Aus dem, was Winnetou ihm aufgeregt zu erzählen versuchte, schloss Krauss, dass die Burschen ein Aparai-Mädchen belästigt hatten. Sie gehörten zu Hansen, der sich demnach ganz in der Nähe aufhalten musste, in einem anderen Dorf, nur wenige Minuten entfernt. Es ging ihm jetzt alles viel zu schnell, dachte Krauss. Erst waren sie wochenlang unterwegs, dann musste er sofort reagieren. Krauss folgerte, dass Winnetou ihm deshalb die Gefangenen zeigte, weil Hansen durch diesen Verlust geschwächt war und ein Überfall auf den verhassten Feind einfacher. Als Krauss die Hütte verließ, stand ein junger Indio vor ihm und bot ihm mit beiden Händen einen Revolver dar, wie ein Gastgeschenk.

»Saracomano«, erläuterte Winnetou. Offenbar der Sohn des Häuptlings, entnahm Krauss Winnetous Worten. Der Revolver war ein Geschenk Hansens, und Saracomano wollte ihn nicht mehr haben, weil diese Waffe andere Indianer getötet hatte. Jetzt sollte Krauss sie nehmen und sie von dem bösen Geist befreien. Krauss sah sich den Revolver näher an. Es war ein Webley, ein älteres Fabrikat, das er aus seiner Zeit in England kannte, unhandlich wie unverwüstlich. Er nahm die Waffe, wog sie in der Hand, kontrollierte die Trommel. Alle sechs Kammern waren voll.

»Help!«, schrie einer der Caboclos verzweifelt. Krauss drehte sich zur Hütte um, schaute auf den Revolver. Er lächelte.

»Ich weiß jetzt, wie wir es machen«, sagte er.

37.
Frankreich

7. September 1940
Cap Blanc-Nez

Hinter dem Dunstschleier am Horizont lag die Heimat des Feindes, den Göring am meisten fürchtete: England. Er stand auf den Klippen von Cap Blanc-Nez und starrte hinaus aufs Meer, konnte aber trotz Fernglas und gutem Wetter die Kalksteinfelsen von Dover nicht erkennen. Als ob die Briten einen Schutzschirm um ihre Insel errichtet hätten. Wenn sie dachten, dass sie unangreifbar wären, irrten sie. Göring reichte das Fernglas an General Kesselring, der neben ihm ungeduldig mit den Füßen wippte. Kesselring war nervös. Heute endete die Schonfrist für England, heute würde Göring Churchill beweisen, aus welchem Holz die deutsche Luftwaffe geschnitzt war. Dabei hätte es nicht so weit kommen müssen. Der Reichsfeldmarschall reckte trotzig das Kinn in die kühle Meeresbrise. Was hatte er nicht alles getan, um die Briten rauszuhalten aus diesem Krieg. Wenn er nur an den übereifrigen Dahlerus dachte, der wie ein Pingpongball zwischen den Nationen hin- und herhüpfte, ohne je wirklich erhört zu werden. Gut, Göring wollte seine eigenen Motive nicht vor sich selbst schönreden; es war ihm nie daran gelegen gewesen, Großbritannien aus reiner Nächstenliebe zu schonen. Er hielt das deutsche Unterfangen nur für aussichtsreicher, wenn England nicht darin verwickelt wurde. Die Briten waren ein tapferes Volk, sie hatten sich über Jahrhunderte in der Welt behauptet und verfügten über großen Einfluss. So eine Nation hatte man nicht gerne zum Feind.

Aber es war nun mal anders gekommen. Vor fast genau

einem Jahr hatte Chamberlain dem Deutschen Reich den Krieg erklärt, und bis vor wenigen Wochen beschränkte sich der Konflikt zwischen den beiden Ländern im Wesentlichen auf kleinere Scharmützel. Seit dem Sommer aber hatte sich die Auseinandersetzung verschärft. Selbstverständlich waren die Deutschen daran nicht ganz unschuldig. Hitler hatte die »Operation Seelöwe« ausgerufen – die Schlacht um England. Bomberangriffe sollten die Briten zermürben und eine Landung deutscher Truppen vorbereiten. Freilich handelte es sich bei dem »Seelöwen« um ein zahnloses Raubtier; denn Hitler hatte noch nicht die Absicht, die britische Insel zu erobern. Die Aktion war ein Scheinmanöver, basierend auf der Annahme, die demoralisierten Engländer durch die Bombardements an den Verhandlungstisch zu zwingen. Während Görings Flieger mit befohlener Zurückhaltung militärische Ziele angriffen, versuchte Hitler, auf geheimdiplomatischem Wege die britische Führungsspitze zu kontaktieren. Ohne Erfolg. Stattdessen schlug Churchill zurück und schickte Bombergeschwader nach Berlin. Göring nahm das persönlich. Er hatte dem deutschen Volk versprochen, dass kein feindlicher Flieger je die deutsche Hauptstadt attackieren würde. Andernfalls würde er Meier heißen und einen Besen fressen. Hintenrum, so hatte er es verlauten gehört, nannten ihn die Berliner bereits Besenmeier.

Göring setzte alles daran, die feindlichen Angriffe zu vergelten. Ziel war es, der britischen Luftflotte schmerzhafte Verluste beizubringen – allerdings, so Hitlers Bedingung, ohne Zivilisten in Mitleidenschaft zu ziehen. Daher verlagerte Göring seine Strategie auf den Luftkampf, seine Jäger gegen die der Engländer, und nannte das Unternehmen »Adlertag«. Nur dass den deutschen Adlern die Flügel schnell gestutzt wurden. Feldmarschall Milch meldete hohe Verluste, die englischen Maschinen waren kampfstark, die Piloten zu allem entschlossene Teufelskerle. Göring wurmte das, stellte es doch seine Autorität als Feldherr in Frage. Das wollte er nicht auf sich sitzen lassen. Gerade jetzt. Nach dem erfolgreichen Frankreich-Feldzug hatte Hitler ihn zum Reichsfeldmarschall ernannt und ihm damit praktisch die Oberhoheit über den gesamten deutschen Kriegsapparat übergeben. Damit fühlte Göring sich nun als der mächtigste Soldat der Welt. Und der sollte sich ein paar britischen Heißspornen geschlagen geben? Niemals.

Deshalb mischte sich an diesem Spätnachmittag auf Cap Blanc-Nez ein gutes Stück Genugtuung unter seine allgemeine Skepsis. Churchill sollte eine Lektion bekommen, lernen, dass er sich nicht ungestraft mit dem Deutschen Reich anlegte. Oder dessen obersten Feldherrn der Lächerlichkeit preisgab. Heute würde dieser kaltschnäuzige Zwerg bluten müssen. Beim letzten englischen Bomberangriff auf Berlin waren acht Menschen gestorben. Das und die anhaltende Weigerung der Briten, Kompromisse mit der deutschen Führung auszuhandeln, hatten bei Hitler dazu geführt, seine anfängliche Zurückhaltung aufzugeben. Göring durfte endlich frei schalten und walten. London war zum Abschuss freigegeben.

Der Reichsfeldmarschall sog die salzige Seeluft tief ein. Ein Teil von ihm bedauerte es, diese geschichtsträchtige Metropole in Trümmer legen zu müssen. Wenn er nur an die Kunstschätze dachte, die dort lagerten. Was für eine Verschwendung. Er horchte. War das hinter ihm ein Brausen, wie von Propellerturbinen? Nein. Es brauste nur in seinen Ohren. Göring sah genervt zu Kesselring. Der zuckte mit den Schultern. Sie warteten jetzt bestimmt eine halbe Stunde. Vergeudete Zeit. Künftig würde er besser damit haushalten, nahm sich Göring vor. Hitler hatte erneut im kleineren Kreis verlauten lassen, dass er nicht vorhabe, sich an den Pakt mit Russland zu halten. Die Bolschewiken waren bereits viel zu nah an die Grenzen des

Deutschen Reiches vorgestoßen. Außerdem besetzten sie den Raum, den das deutsche Volk so dringend benötigte. Im kommenden Frühjahr wollte der Führer entscheiden, ob er sich gegen England oder gegen Russland wandte. Göring war fest davon überzeugt, dass es in den Osten gehen würde. Die Angriffe auf London dienten nur dazu, die Briten in ihre Schranken zu weisen. Göring schüttelte den Kopf über seine Einfalt. Noch vor ein paar Wochen hatte er geglaubt, dass die Engländer angesichts der deutschen Erfolge einknicken würden und der Krieg bald beendet sei. Was war er doch für ein Trottel gewesen.

»Herr Reichsfeldmarschall«, sagte Kesselring und deutete mit dem Kopf nach Osten. Göring drehte sich um und schaute in den Himmel. Tatsächlich. Da waren sie. Schwarze Punkte am Horizont, die sich schnell vergrößerten. In der Luft lag ein Brummen, als nähere sich ein überdimensionaler Bienenschwarm. Nur dass die Stiche dieser Bienen sich nicht mit feuchten Umschlägen lindern ließen. Der Lärm schwoll an, machte eine Verständigung schwierig. Aber Göring wollte gar nicht reden, sondern nur genießen. Jetzt bereute er es nicht mehr, gewartet zu haben. Das da waren seine Männer, seine Flieger, die auf seinen Befehl hörten. Stolz schwellte seine Brust. Die erste Ju 88 donnerte über ihn hinweg, raus auf den Ärmelkanal. Dutzende Bomber folgten, Messerschmitt 110 und Heinkel 111, begleitet von schnellen Jägern. In ihren Bäuchen trugen sie hundertfach, tausendfach den Tod. Das Brausen der Motoren war jetzt allgegenwärtig. Göring starrte mit offenem Mund. Ein Schwarm von Flugzeugen nach dem anderen schwirrte über ihn hinweg. Schon war ein Großteil der Maschinen weit über dem Kanal und nahm Kurs auf London. Von unten betrachtet sah es aus, als ob sich eine Ameisenstraße über den Himmel erstreckte. Die ersten Flugzeuge verschwanden bereits im Dunst über der Insel.

Görings Herz klopfte schneller. So einen erhebenden Augenblick hatte er lange nicht erlebt. Es war seine Armada, die da Kurs auf Englands Hauptstadt nahm. Die Piloten hörten auf seinen Befehl, er war Herr über Leben und Tod. Er, Hermann Göring, größter Feldherr aller Zeiten. Niemand reichte an ihn heran, an die zerstörerische Macht, über die er gebot. Das Brausen wurde leiser, Göring vernahm wieder das Tosen der Brandung am Fuß der Klippen. Mit ein wenig Phantasie konnte er sich vorstellen, am Bug eines Schiffes zu stehen, das hinaus in die Schlacht fuhr. Die Schlacht um England.

Er schloss die Augen. Ohne dass er sie heraufbeschworen hätte, schossen ihm Bilder des brennenden Rotterdam durch den Kopf. Damals war er nach den Angriffen über die Stadt geflogen, hatte das Ausmaß der Verwüstung begutachtet. Jetzt würde auch London in Flammen aufgehen. Im Geiste sah Göring Feuerwalzen und schwarzen Rauch, zwischen dem Tausende von Menschen ihre Haut zu retten versuchten, hörte ihre verzweifelten Schreie. Erschrocken öffnete er die Augen. Mit einem Mal begriff er. Das hier war nicht das Ende. Es war erst der Anfang.

38.
Brasilien

8. September 1940
Dorf der Aparai

Hansen überlegte fieberhaft, was zu tun war. Ungeachtet der Tatsache, dass er kaum ein Wort von dem verstand, was Alfredo sagte, redete der unaufhörlich auf ihn ein. Manuel und José waren seit dem frühen Morgen verschwunden. Jetzt dämmerte es. Zunächst hatte Hansen gedacht, die Männer seien auf der Jagd. Mittlerweile schien es fast sicher, dass den beiden Caboclos etwas zugestoßen war. Während Hansen spekulierte, dass sie sich im Dschungel verirrt hatten, glaubte Alfredo an einen Überfall der Aparai. Er vermutete, dass die Indianer Manuel und José gefangen genommen hatten. Für Hansen ergab das nur Sinn, wenn die Caboclos ins Dorf eingedrungen waren. Seit ihrer Ankunft war klar gewesen, dass die Aparai sie dort nicht sehen wollten. Die Männer durften die verlassenen Hütten bewohnen, darüber hinaus war ihnen jeder Kontakt verboten. Vor allem Hansen galt als unerwünschte Person. Sich darüber hinwegzusetzen, wäre äußerst dumm gewesen. Die Indianer wussten sich zu wehren, das hatte Hansen den Caboclos eingetrichtert. Er hoffte darauf, dass sich die Stimmung zu seinen Gunsten wenden würde und die Aparai irgendwann einlenkten.

Die Ablehnung der Indianer hatte ihn zunächst hart getroffen, wollte er doch mit Hilfe von Präräwa und Saracomano seine Giftvorräte wieder auffüllen. Daraus wurde nun nichts. Direkt am Abend ihrer Ankunft war eine kleine Delegation, angeführt von Aocapoto, bei ihnen erschienen und hatte unmissverständlich klargemacht, dass man keinen Besuch wünsche. Allein sah Hansen sich jedoch außerstande, die giftigen Frösche voneinander zu unterscheiden. Vielleicht gelang es ihm, Curare zu kochen, aber auch davon war er nicht restlos überzeugt, weil es schwierig war, die Pflanzen auseinanderzuhalten. Die Caboclos hielt er für zu einfältig, als dass sie ihm hätten helfen können. Hansen ließ sie das jeden Tag spüren, und die Kluft zwischen ihm und den Männern vergrößerte sich stetig. Sie drängten auf eine baldige Abreise zurück nach Belem, aber Hansen vertröstete sie, versprach ihnen Gold, das die Aparai angeblich im Busch horteten. Er wollte sich so lange wie möglich im Dschungel verstecken, diesem vermaledeiten Krauss den Schneid abkaufen oder ihn glauben machen, Hansen habe sich in Luft aufgelöst. Stattdessen waren nun zwei der drei Caboclos verschwunden. Ohne sie würde es schwer sein, die Rückreise zu bewerkstelligen.

Alfredo baute sich mit einer Flinte vor Hansen auf, sauer über dessen Untätigkeit. Er wollte ins Dorf, die Aparai zur Rede stellen. Hansen beruhigte und warnte ihn zugleich. Wenn Alfredo mit einem Gewehr ins Dorf stürmte, war es möglich, dass die Indianer das als Angriff verstanden und ihn sofort töteten. Allein war er den Wilden nicht gewachsen. Alfredo fluchte. Er wusste, dass Hansen recht hatte. Der Caboclo konnte nicht ins Dorf spazieren, seine Freunde befreien und davon ausgehen, dass die Aparai ihn gewähren ließen. Hansen betrachtete ihn aufmerksam. Er musste die Kontrolle über Alfredo behalten. Sollte es zum Konflikt mit den Indianern kommen, waren sie hier nicht mehr sicher. Deshalb hatte Hansen für sich entschieden, Alfredo lieber außer Gefecht zu setzen, als einen Streit mit den Aparai zu riskieren. Aber der Caboclo schien erst mal zu resignieren. Hansen versprach ihm, am nächsten Morgen nach Manuel und José zu suchen, sollten sie bis dahin nicht aufgetaucht sein. Erst einmal würden sie weiter warten. Er begründete es unter anderem damit, dass es dem Jungen nicht gutging. Philipp litt jetzt seit Tagen unter wechselndem Fieber. Das Atrepin war beinahe verbraucht, und Hansen hatte keinen Schimmer, wie er den Jungen dann behandeln sollte. Insgeheim hoffte er auf die Hilfe der Indianer. Sie würden es nicht ablehnen, ein krankes Kind zu versorgen. Hansen konnte es sich daher nicht leisten, das Verhältnis zu den Aparai weiter zu belasten. Es war eine klassische Zwickmühle: Verlor er die Solidarität der Caboclos, gefährdete er die Rückkehr nach Belem, riskierte er einen Kampf mit den Aparai, stand die Gesundheit des Jungen auf dem Spiel. Und natürlich auch seine eigene.

Während Hansen unschlüssig vor seiner Hütte stand, sah er im schwindenden Licht des Tages drei Gestalten auf das verlassene Dorf zukommen. Wenn er es richtig deutete, hielten zwei Männer einen dritten zwischen sich fest und zwangen ihn so vorwärts. Dieser Mann war kein Indianer, er trug Hemd und Hose. Hansen griff nach seinem Gewehr, wartete. Auch Alfredo hatte die Gesellschaft entdeckt, rief dem Trupp etwas zu und bekam prompt Antwort. Es waren die Vermissten. Aber wer war der Mann in ihrer Mitte? Wenige Meter vor Hansen blieb das Trio stehen. Er hatte es geahnt. Trotzdem starrte er Krauss an wie eine Erscheinung.

»Lasst mich los, ihr Schweine!«, brüllte Krauss und wand sich im Griff der Caboclos. Vergeblich. Hansen schüttelte den Kopf, sprachlos angesichts der Überraschung. Krauss war ihnen tatsächlich gefolgt. Wie hatte er das nur angestellt? Dieser Kerl war ein Phänomen. Was für ein Glück, dass er in die Hände der Caboclos gefallen war.

»Bringt ihn rein«, sagte Hansen mit trockenem Mund. Er öffnete die Tür. Die Caboclos führten ihren Gefangenen, die Arme brutal auf den Rücken gedreht, in Hansens Hütte. Er entzündete eine Petroleumlampe. Wie um sicherzugehen, hielt er sie dicht vor Krauss' Gesicht. Natürlich gab es keinen

Zweifel, Hansen hatte ihn in Buenos Aires in Aktion gesehen. Aber er hatte gelernt, seinen Augen nicht mehr zu trauen. Denn er hatte auch auf Krauss' toten Körper im Schnee geblickt. Die Wirklichkeit war nicht immer so, wie es schien.

»Ja, ich bin es«, schrie Krauss und warf sich so kräftig nach vorn, dass ihn die Caboclos nur mühsam bändigen konnten. »Und ich bin hier, um dich zu töten, du Ratte.«

Fast hätte Krauss ihn diesmal erwischt. Mein Gott, das war knapp. Wenn man bedachte, welche Hindernisse der Mann beiseitegeräumt haben musste, um hierherzugelangen. Falk und seine Handlanger zum Beispiel. Ein Wunder, dass ihn Manuel und José überwältigen konnten. Wahrscheinlich hatte Hansen den Caboclos sein Leben zu verdanken. Wer hätte das gedacht? Manchmal hielt das Schicksal gleich mehrere Überraschungen auf einmal parat. Hansen bemerkte, dass Krauss noch eine Waffe in einem Holster trug, das ihm im Gerangel wohl vor den Bauch gerutscht war. Die Caboclos mussten den Revolver übersehen haben. Er stellte die Petroleumlampe ab, trat an Krauss heran und zog die Waffe, einen Webley-Revolver wie den, mit dem er vor Jahren die Wayapi erschossen hatte, aus dem Holster. Ein feiner Schmerz schnitt in Hansens Handfläche. Er ignorierte ihn, weidete sich stattdessen an den weit aufgerissenen Augen der Caboclos, die ihren Fehler bemerkten und erschrocken auf den Revolver starrten. Gut, dass er einen so geschulten Blick hatte, dachte Hansen.

Krauss lächelte, stellte sich entspannter hin. Offensichtlich hatten die Caboclos ihren Griff gelockert.

»Seid vorsichtig, der Mann ist gefährlich«, mahnte Hansen und richtete die Waffe auf Krauss. José und Manuel taten einen Schritt zur Seite, ließen von ihrem Opfer ab. Was war hier los?

»Bastardo«, sagte José verächtlich und spuckte auf den Boden. Hansen spürte, wie es heiß durch seinen Körper wallte, gefolgt von Übelkeit. Er konnte nicht anders, er musste die Waffe sinken lassen. Das Atmen fiel ihm auf einmal schwer, die Luft in der Hütte schien zu brennen. Schwindel erfasste ihn, die Gesichter um ihn herum verschwammen. Einen Schwächeanfall konnte er jetzt nicht gebrauchen, nicht jetzt. Aber noch hatte er die Waffe. Und auf diese Distanz war es unmöglich, vorbeizuschießen. Wenn er es denn schaffen würde, sie auf dieses verdammte Schwein zu richten.

»Verschwindet«, befahl Krauss den Caboclos. Manuel sagte ein paar Worte zu Alfredo, der wiederum ratlos von einem zum anderen schaute. Dann verließen die drei Männer die Hütte. Krauss war mit Hansen allein. Der begriff nichts. Aber es fiel ihm auch schwer, klar zu denken. Er hatte das Gefühl, dass ihn gleich seine Beine im Stich lassen würden. Seine Arme hingen schon herab wie tote Äste.

»Du fragst dich sicher, was mit dir passiert«, sagte Krauss, der nun direkt vor Hansen stand. »Dabei müsstest gerade du es wissen.«

Die Erkenntnis, die in Hansen heraufdämmerte, war furchtbar. Krauss hatte ihn vergiftet. Der Schmerz, als er die Pistole griff – die Oberfläche war präpariert, wahrscheinlich mit Froschgift, das schon in seinem Blut zirkulierte, ihn lähmte und langsam vernichtete. Alles andere war Theater gewesen, eine Täuschung, er hatte die Caboclos auf wundersame Weise überredet, die Seiten zu wechseln.

»Ich sehe es dir an, dass du begreifst, Hansen. Du bist nicht der Einzige, der sich in diesem Land mit Giften auskennt. Winnetou, du weißt, wen ich meine, hat mir geholfen. Und Präräwa. Ich hoffe, ich spreche ihren Namen richtig aus. Für sie bist du ein Teufel, weißt du das eigentlich? Sie vermeiden es, dich beim Namen zu nennen. Die Aparai glauben, dass nur ein anderer Teufel dich töten kann. Ich habe ihnen gesagt, dass ich der Richtige bin. Stell dir vor, sie haben es mir sofort geglaubt. Ich habe das Gift besonders dick aufgetragen und ein paar Pflanzenstachel auf den Griff geklebt, damit es dahin gelangt, wo es wirkt, ins Blut. Wie fühlt es sich an, mit den eigenen Waffen geschlagen zu werden?«

Hansen wankte. Der schwere Revolver fiel aus seiner Hand, polterte auf den Boden. Das war alles nur ein schlechter Traum, aus dem er gleich erwachte. Krauss existierte nicht. Krauss war tot, von Würmern zerfressen. Außerdem: Wie sollte er ihn überhaupt aufgespürt haben? Am anderen Ende der Welt. Das war ein Ding der Unmöglichkeit. Für jeden.

»Der Revolver gehört übrigens dir«, sagte Krauss. »Ich habe ihn von Saracomano bekommen. Er hat ihn nie abgefeuert. Und jetzt tötet er dich, ohne eine Kugel zu vergeuden. Ich finde das einen schönen Gedanken.«

Hansen taumelte, stürzte und schlug rücklings auf den Boden. Krauss kniete sich neben ihn, sah ihm ins Gesicht.

»Ich habe dir damals in der Wohnung versprochen, dass du vor mir dem Tod begegnest«, sagte Krauss. »Heute löse ich mein Versprechen ein.«

Hansen wollte nicht sterben. Nicht hier. Nicht in dieser jämmerlichen Hütte. Er stöhnte laut. Krauss reagierte nicht, sah sich suchend um, entdeckte einen Behälter mit Petroleum. Er nahm ihn, schüttete den Inhalt über die aus dünnen Stämmen notdürftig zusammengebundenen Wände. Hansen zog es die Kehle zusammen. Sein Mund war vollkommen trocken. Was hatte Krauss vor? Der Kerl sollte ihn erschießen, damit es ein Ende hatte. Aber das Gift lähmte auch Hansens Zunge. Er konnte nur unverständliches Zeug gurgeln. Krauss kniete sich wieder neben Hansens Kopf, betrachtete ihn ohne einen Funken Mitleid.

»Ich will, dass du brennst.«

Hansen krächzte. Krauss lächelte böse.

»Du fragst dich, warum ich noch lebe. Ich will es dir sagen.«

Er griff unter sein Hemd und holte einen metallischen Anhänger hervor, der an einem Lederriemen um seinen Hals baumelte. Hansen sah, dass es sich um eine Unterlegscheibe handelte, in die jemand etwas hineingeritzt hatte. Sie war stark eingedellt, da, wo seine Kugel sie getroffen haben musste. Sein Schuss war abgelenkt worden. Und er war so arrogant gewesen, seinem Opfer nicht noch eine zweite Kugel zu verpassen. Krauss hielt ihm das Stückchen Metall unter die Nase. Jetzt erkannte Hansen das unsaubere, wie von Kinderhand eingravierte Symbol. Einen Davidstern.

»Hannah hat mir das Leben gerettet«, sagte Krauss.

Hansen dachte an sein eigenes Amulett. Aocapoto hatte ihm versprochen, dass es ihn unbesiegbar machen würde. Lange Zeit hatte er sich darauf verlassen können. Bis jetzt. Krauss erhob sich und nahm die brennende Petroleumlampe. Ein letztes Mal wandte er sich an Hansen.

»Jetzt bekommst du einen Vorgeschmack auf das, was dich dort, wo du hingehst, erwartet.«

Krauss ging zur Tür, schleuderte die Lampe gegen eine Wand. Mit einem Knall entzündete sich das Petroleum, Flammen züngelten hoch, kletterten in Windeseile die trockenen Äste hinauf. Hansen sah aus den Augenwinkeln, dass Krauss ihn von draußen beobachtete. Das Feuer loderte höher, Rauch vernebelte Hansen die Sicht. So ging es also mit ihm zu Ende. Dass es nicht schön werden würde, hatte er sich gedacht, aber das? Über ihm wirbelten schwarze Schwaden, das Prasseln der Flammen kam näher. Das Atmen strengte ihn zunehmend an. In dieser Hütte brannte alles wie Zunder. Auch er. Erfolglos versuchte er, seinen Kopf zu drehen. Um ihn herum war nur noch Rauch.

Nein. Etwas schälte sich heraus aus dem dichten Qualm, ein Körper. Würde er in letzter Sekunde doch noch gerettet werden? Von einem Caboclo, den das schlechte Gewissen plagte?

Oder war es Krauss? Die Gestalt näherte sich geschmeidig, beugte sich über ihn. Hansen stockte der Atem. Das war kein Mensch, sondern ein Tier. Ein Jaguar. Unverkennbar. Was wollte diese Bestie hier? Niemals würde eine Kreatur in die Flammen laufen. Hansens Verstand spielte verrückt. Der Wahnsinn hatte ihn in seinen Klauen. Nur wenige Zentimeter von seinem Gesicht entfernt fletschte der Jaguar das Maul. Hansen öffnete den Mund, bekam aber nur ein Würgen heraus. Die Augen des Jaguars funkelten ihn bösartig an. Sein Atem stank nach verbranntem Fleisch. Dieser gottverfluchte Dschungel, dachte Hansen. Diese verteufelten Wilden. Der Jaguar brüllte, riss mit einem einzigen Prankenhieb Hansens Amulett von dessen Hals und wurde vom Rauch verschlungen.

Epilog

Buenos Aires
Oktober 1940

Der Junge öffnete das schmiedeeiserne Tor und ging zum Haus, ohne sich umzusehen. Krauss beobachtete ihn von der anderen Straßenseite, an einen Baum gelehnt. Obwohl er diesen Moment in den vergangenen Wochen herbeigesehnt hatte, fiel ihm der Abschied nicht leicht. Weil er endgültig war. Er würde Philipp niemals wiedersehen. Der Junge war jetzt in Sicherheit. Er klopfte, wartete. Das Zimmermädchen öffnete die Tür. Es sah Philipp, hielt sich erschrocken die Hand vor den Mund, riss ihn dann in seine Arme und stürzte mit ihm ins Haus. Krauss lächelte über seinen Schmerz hinweg. Der Junge war in guten Händen. Sein Junge. Sie hatten viel miteinander gesprochen auf ihrer Reise den Fluss hinunter. Philipp war froh, wieder Englisch reden zu können. Krauss versuchte, ihm die Dinge zu erklären, so gut es ging. Das meiste ließ er aus. Ihm kam es auf die Botschaft an: dass Philipp sich nicht mehr fürchten musste. Dass seine Odyssee beendet war. Dass ihn niemand mehr verschleppen würde. Dass er ein normales Leben führen würde, mit Menschen, die ihn mochten und für ihn sorgten.

Der Junge hatte begriffen, glaubte Krauss. Nur er selbst haderte. Er fühlte sich Philipp näher, als er dachte. Das Kind war seine Verbindung zu Hanna und Oda, den Menschen, die er geliebt hatte. Die Gefühle für sie waren zum Teil auf Philipp übergegangen. Aber es gab keine Alternative. Krauss konnte dem Jungen keine Perspektive bieten. Nur die Gnade seiner Abwesenheit. Er war der Einzige, der Philipps Aufenthaltsort kannte, und er würde dieses Wissen mit ins Grab nehmen. Krauss warf einen letzten Blick auf das gutbürgerliche Haus und wandte sich ab. Er musste loslassen. Es war an der Zeit. Morgen ging ein Schiff nach England. Von da aus würde er einen neuen Versuch wagen. Zurück ins Land seiner Väter reisen. Um sich und die Welt zu erlösen.

Nachwort

Der Name Otto Schulz-Kampfhenkel klingt erfunden, ist er aber nicht. Schulz-Kampfhenkel wurde 1910 geboren; er führte ein Leben zwischen Wissenschaft und Größenwahn, juvenilem Abenteurertum und ideologischer Verblendung. Nachdem sich die Öffentlichkeit jahrzehntelang kaum für Schulz-Kampfhenkel und dessen Rolle im Nationalsozialismus interessiert hat, versuchen Historiker seit einigen Jahren verstärkt, Vita und Wirken des deutschen Geographen aufzuarbeiten. Dabei herrscht weitgehend Einigkeit in dem Punkt, dass der SS-Mann Schulz-Kampfhenkel ein überzeugter Anhänger der NS-Ideologie war, ein Vertreter der »völkisch-radikalen Funktionselite«, wie es die Historiker Sören Flachowsky und Holger Stoecker von der Berliner Humboldt-Universität in ihrer Anthologie »Vom Amazonas an die Ostfront« (Böhlau Verlag 2011) formulieren. Strittig sind jedoch Schulz-Kampfhenkels Motive, die ihn 1935 an den Rio Jary führten. Während »Spiegel«-Autor Jens Glüsing in seinem Buch »Das Guayana-Projekt« (Ch. Links Verlag, 2008) behauptet, der deutsche Abenteurer habe am Amazonas schon Pläne zur Eroberung der Guyanas geschmiedet, weisen Flachowsky und Stoecker diese These entschieden zurück. Ihren Erkenntnissen nach habe Schulz-Kampfhenkel erst über eine derartige Intervention nachgedacht, nachdem Heinrich Peskoller, ein windiger Globetrotter und Romancier, Himmler nach Kriegsausbruch Invasionspläne für die Guyanas präsentierte hatte. Himmler habe Schulz-Kampfhenkel daraufhin um ein Gutachten gebeten, was diesen erst dazu inspirierte, eigene Gedanken zu dem seiner Ansicht nach lobenswerten Überfall-Szenario zu entwickeln.

Als Romanautor darf man sich die Freiheit herausnehmen, die Wirklichkeit zu interpretieren und mit ihr zu spielen. So dient als Grundlage für die Dschungel-Kapitel meines Romans zwar Schulz-Kampfhenkels originaler Bericht über seine Reise zum Rio Jary, »Rätsel der Urwaldhölle«. Vieles davon habe ich als Vorlage benutzt, den Absturz mit dem Seekadett, die Strapazen auf dem Strom, die Begegnung mit »Winnetou« und den Aparai. Schulz-Kampfhenkels Schulfreund und Begleiter Heinrich Hansen hat es jedoch nie gegeben, und damit auch nicht seine Sicht auf die Ereignisse. Auch das Lagerfeuer-Gespräch zwischen den beiden Männern über die Guyanas ist wie alle anderen Dialoge in diesem Roman erfunden. Entscheidend aber ist, dass es – ohne Hansen – so oder ähnlich stattgefunden haben könnte. Die Saat in Schulz-Kampfhenkels Gedankengebäude war gelegt, auch wenn sie vielleicht erst Jahre später hervorbrach. Diesem Prinzip folgen große Teile dieses Buches – vor einem möglichst authentischen Hintergrund zu denken, was hätte sein können.

So war Görings Ehefrau Emmy tatsächlich fasziniert von dem Wahrsager August Heermann, den sie mit ihrem Mann bekannt machte. Heermann hat sie auch im Fall des im belgischen Mechelen abgestürzten Kuriers beraten; Göring und Hitler sollen, so wird es kolportiert, daraufhin die »Erkenntnisse« des Hellsehers nachgestellt haben. Auf Burg Veldenstein hat Göring einige Jugendjahre verbracht, er ging auch in Neuhaus zur Schule. Die mittelalterliche Anlage gehörte seinem Taufpaten Hermann von Epenstein. Dessen Witwe überschrieb Göring und seiner Tochter Edda die Burg im Jahr 1938. Dass Göring seiner verstorbenen Frau Carin ein pompöses Mausoleum am Wuckersee errichten ließ, ist allgemein bekannt. Er besuchte oft ihren dort aufgebahrten Sarg. Ebenfalls überliefert ist der ausschweifende Lebensstil des Reichsfeldmarschalls sowie seine Maßlosigkeit; unter den unendlich vielen Episoden, die Biographen zum Beleg zusammengetragen haben, zählt auch die, dass er Rotwild aus seinen deutschen Jagdrevieren nach Frankreich transportieren ließ, um es dort abzuschießen. Göring wollte eben niemals verzichten. So reiste er am liebsten in seinem opulent ausgestatteten Sonderzug »Asien«, dessen Salonwagen bis 1963 als »Bundeskanzlerwagen« für Konrad Adenauer fungierte. Er ist heute im Bonner »Haus der Geschichte« zu besichtigen.

Das Special Operations Executive (SOE) entspringt ebenfalls nicht meiner Phantasie. Diese lange offiziell verleugnete Spezialeinheit des britischen Geheimdienstes hatte von Churchill den Auftrag, »Europa in Brand zu setzen«. Das SOE operierte während des Krieges in verschiedenen europäischen Ländern, vor allem in Frankreich. Nach Kriegsende wurde es aufgelöst. Ian Fleming ließ sich unter anderem von den Einsätzen des SOE zu seinen Bond-Romanen inspirieren.

Schon aus meinem ersten Roman »Unter Mördern« bekannt ist die authentische Figur des schwedischen Industriellen Birger Dahlerus, der in den Sommermonaten des Jahres 1939 vergeblich versuchte, zwischen England und Deutschland zu vermitteln und den Kriegsausbruch zu verhindern. Da er seine Bemühungen im Jahr 1940 fortsetzte, findet er in diesem Roman eine kurze Erwähnung.

Erfunden ist freilich Hitlers Sohn, obwohl die Nationalsozialisten danach strebten, über Organisationen wie die »NS-Frauenschaft« oder das Projekt »Lebensborn« erbgesunde Kinder in die Welt zu setzen. Erfunden sind auch die »Söhne Odins«, inspiriert von paramilitärischen Organisationen wie der »Stahlhelm« oder der »Jungstahlhelm«, als denkbare Variante eines pervertierten Unterdrückungsapparates. Dementsprechend hat es auch niemals einen Richard Krauss gegeben.

Das Schicksal des jüdischen Arztes Samuel Weinberg und seiner Familie soll zumindest ansatzweise vermitteln, wie der NS-Staat zu Beginn des Krieges jüdische Akademiker systematisch ausgrenzte. Von den rund achttausend jüdischen Ärzten, die 1933 in Deutschland praktizierten, waren Ende 1938, nach dem gesetzlichen Approbationsentzug, nur noch rund dreihundert als sogenannte »Krankenbehandler« ausschließlich für Juden tätig. Viele jüdische Ärzte verließen traumatisiert (aber noch rechtzeitig) das Land, das sie immer als das ihrige begriffen hatten; Weinbergs Biographie als dekorierter Weltkriegskämpfer ist dabei exemplarisch zu sehen.

Der SS-Untersturmführer Otto Schulz-Kampfhenkel gehörte dagegen zu den Kriegsgewinnlern. Er verfeinerte seine Methode der Luft-Kartographie zunächst 1942 in Libyen, wo er dem streng geheimen »Sonderkommando Dora« zugeteilt wurde. Im Jahr 1943 ernannte ihn Göring zum Beauftragten für Sonderfragen der erdkundlichen Forschung im Reichsforschungsrat und zum Leiter einer »Forschungsstaffel«. Abgeordnet an die Ostfront, setzte Schulz-Kampfhenkel seine Technik ein, um der deutschen Wehrmacht mit detaillierten Militärkarten Vorteile auf dem Schlachtfeld zu verschaffen. Nach dem Krieg wurde er zunächst interniert, drehte nach seiner Freilassung geographische Dokumentationen und baute 1962 das Hamburger »Institut für Weltkunde in Bildung und Forschung« auf, das heute noch existiert. Otto Schulz-Kampfhenkel starb 1989.

Die noch rund vierhundert Indianer vom Stamm der Aparai leben heute nicht mehr in der Region um den Rio Jary, sondern verteilt auf sechzehn Dörfer am Rio Paru de Leste. Die Wanderungsbewegungen sind vor allem auf ihren Kontakt mit der Welt der Weißen zurückzuführen.

Danksagung

Allen voran möchte ich mich bei meiner Frau (und ersten Leserin) Marion Meyer bedanken, die mich auch in Zeiten des Zweifels immer ermuntert hat weiterzumachen. Ihre Kritik hat mich angespornt.

Dank gebührt auch meinem Freund und Kollegen Michael Peitsch für seinen unbestechlichen Fehler-Radar und seine konstruktiven Vorschläge.

Ebenfalls aufschlussreich war das Gespräch mit Dr. Sören Flachowsky, wissenschaftlicher Mitarbeiter an der Humboldt-Universität Berlin, dessen gemeinsam mit Holger Stoecker herausgegebenes Buch über Otto Schulz-Kampfhenkel, »Vom Amazonas an die Ostfront« (Böhlau Verlag), mir neue und interessante Einblicke in den Charakter des deutschen Forschungsreisenden geliefert hat.

Weiterhin gilt mein Dank allen denjenigen, die mir geholfen haben, das erste Buch bekannt zu machen. Denn was ist ein Buch ohne Leser?

JÖRG ISRINGHAUS
Unter Mördern
Roman
389 Seiten
ISBN 978-3-7466-2760-1
Auch als E-Book erhältlich

Mission »Kind 39«

August 1939: Der Deutsche Richard Krauss soll im Auftrag des englischen Geheimdienstes Hitler töten. Doch er hat andere Pläne. Weil sie ein Kind schützte, das Göring jagen lässt, wurde seine Freundin getötet – ausgerechnet von seinem Bruder Edgar, der einer brutalen Eliteeinheit angehört. Doch in Berlin muss Richard erkennen, dass er in eine Falle gelaufen ist. Statt seinen Bruder zu töten, wird er selbst schwer verletzt. Um sich selbst und das versteckte Kind zu retten, muss er auf die Hilfe eines schwedischen Diplomaten vertrauen. Birger Dahlerus versucht mit aller Macht, den Ausbruch des Zweiten Weltkriegs zu verhindern. Dafür ist ihm fast jedes Mittel recht. Ein packender Roman über die Ohnmacht des Einzelnen, über vergiftete Herzen, verlorene Seelen und einen entscheidenden Wendepunkt in der deutschen Geschichte.

»Eine überzeugende Mischung aus Fakten und Fiktion.« WDR

Mehr Informationen erhalten Sie unter www.aufbau-verlag.de
oder in Ihrer Buchhandlung

atb aufbau taschenbuch